을 유 세 계 문 학 전 집 · 108

갈라테아 2.2

갈라테아 2.2

GALATEA 2.2

리처드 파워스 지음 · 이동신 옮김

❖ 을유문화사

옮긴이 **이동신**

한국외국어대학교 영어과와 동 대학원을 졸업하고, 미국 Texas A&M University에서 영문학 박사 학위를 받았다. 포스트휴머니즘과 20세기 미국 소설, SF 소설, 고딕 소설 등을 전공했으며, 현재 서울대학교 영어영문학과 교수로 재직 중이다.

저서로는 *A Genealogy of Cyborgothic: Aesthetics and Ethics in the Age of Posthumanism*(Ashgate, 2010)이 있고, 공저로는 『감염병과 인문학』(도서출판 강, 2014), 『21세기 사상의 최전선』(이성과감성, 2020) 등이 있다.

을유세계문학전집 108
갈라테아 2.2

발행일 · 2020년 10월 30일 초판 1쇄
지은이 · 리처드 파워스 | 옮긴이 · 이동신
펴낸이 · 정무영 | 펴낸곳 · (주)을유문화사
창립일 · 1945년 12월 1일 | 주소 · 서울시 마포구 서교동 469-48
전화 · 02-733-8153 | FAX · 02-732-9154 | 홈페이지 · www.eulyoo.co.kr
ISBN 978-89-324-0496-7 04840 978-89-324-0330-4(세트)

• 값은 뒤표지에 표시되어 있습니다.
• 옮긴이와의 협의하에 인지를 붙이지 않습니다.

차례

갈라테아 2.2 • 9

두뇌는 하늘보다 넓다,
둘을, 나란히 놓으면,
하나에 다른 하나가 쉽게 들어앉고
그 옆에 당신도 들어갈 테니.

두뇌는 바다보다 깊다,
그들을, 푸른 것끼리 담아 보라,
하나가 다른 하나를 흡수할 것이다,
스펀지가 양동이 물을 흡수하듯.

두뇌는 바로 신의 무게다,
그들을, 같은 무게로 달아 보라,
만약 다르다면, 그들은,
음절과 소리만큼 다를 것이다.
－에밀리 디킨슨*

그런 것 같았지만, 그렇지 않았다.

나는 서른다섯 번째 해를 잃어버렸다. 언어는 낯설고 관공서는 불친절했던 어느 혼잡한 외국 도시에서 우리는 서로를 잃어버렸다. 모두 내 잘못이었다. 내가 서른다섯 해에게 말했다. "여기서 기다려. 환전 좀 하고 금방 올게. 서류나 확인하고 있어 봐. 무슨 일이 있어도 여기서 움직이지 마." 혼돈은 바로 그때를 틈타 몰아쳤다.

다른 해들은, 5분 만에 친해져 아직도 내가 꿈속에서 껴안는 낯선 이들처럼 곁에 남아 있다. 어떤 해는 내 삶에서 알맹이 없이 껍데기로만 살아간다. 매해가 소꿉장난을 하면서 시시각각 자기가 참을 수 있는 일과 참을 수 없는 일이 뭔지 선언해 대는 힘겨운 연인이다.

내 서른다섯 번째 해는 아무도 믿지 않았다. 내가 금방 돌아오겠다고 말하는 순간, 우리에게 무슨 일이 벌어질지 알았다.

서른다섯 번째 해는 그때까지 내가 정말 아무것도 몰랐다는 부끄러운 사실을 깨닫게 해 주었다. 다른 해들마저 제대로 읽지 못한다는 사실을.

서른다섯에 나는 미국으로 몰래 돌아왔다. 귀국도 목적지도 내 선택은 아니었다. 그 무엇도 선택할 상황이 아니었다. 아무런 계획이 없었기에 모교인 U 대학의 제안을 받아들였다. 횡재라고 할 만한 일이었다. 이젠 남의 것처럼 보이는 경력이 가져다준 너무도 이른 보상이었다.

난 그해를 유급 휴가 정도로 생각했다. 아무 일도 할 필요가 없기에 다시 시작할 수 있을 것만 같은 그런 방문학자 자리였다. 숙소, 식사, 연구실, 생활비까지 제공하니 살아 있기만 하면 되는 자리. 그래서 별 고민 없이 제안을 받아들였다.

솔직히 갈 곳이 없었다. 도망가는 것도 내 마음대로 할 수가 없었다.

U밖에 없었다. U는 아직 내가 견딜 수 있는 유일한 동네였다. 지구상에서 유일하게 이미 정면으로 부딪혀 본 곳이었다. 덕분에 필요한 항체를 오래전부터 갖게 되었다. 한 곳에서 치명적인 고통을 너무 많이 받다 보면, 거기서는 더 이상 아프지 않은 법이다.

그 어디도 고향 같지 않았다. 세월은 내 출생지를 이국적인 놀이동산으로 바꿔 놓았다. 성장했던 곳에서는 거주 비자도 받지 못할 거였다. 게다가 난 지난 일곱 해를 처음에는 물론 사는 동안에도 도피처처럼 느껴지던 나라에서 살았다.

하지만 U에는 몰래 돌아올 수 있었다. U는 언제나 나를 받아주었다. 우리는 서로에게 지친 나머지 평화를 찾은 노부부 같았다. 여기서 나는 마지막으로 학교를 다녔다. 어형 변화와 미분, 프로그래밍과 글쓰기를 배웠다. U는 내 인생을 바꾼 테일러 교수님의 1학년 세미나를 들었던 곳이다. 12년 후, 낯선 이가 된 나는 잠시 돌아와 교수님이 끔찍할 정도로 의연하게 죽는 모습을 지켜보았다.

U는 처음으로 그림이 정치를 담아내는 것을 봤고, 소나타 곡이 살아 있는 층위처럼 겹겹이 쌓이는 것을 들었고, 문장이 행동으로 이어지는 것을 느꼈던 곳이다. U에서 나는 처음으로 다른 사람 몸의 촉촉한 피부 속으로 들어가 보았다. 고작 4년 뒤 이곳에서 용해되고, 승화되고, 증발된 내 첫사랑.

이곳에서 나는 사랑하던 물리학을 배신하고 문학과 동거했다. 남동생은 전화를 걸어 아버지의 죽음을 알렸다. U에서 C의 인생과 하나가 되었다. 우리는 함께 U를 떠났다. 하던 일을 다 포기하고 서로의 성년기 전부가 되고자 했다. 서른다섯에 끝난 우리의 모험. 이 옛 동네가 나를 힘겹게 할 것 같지는 않았다.

마지막으로 들른 이후 나는 미미하지만 유명인 지위에 올랐다. 성공한 고향의 아들. 그렇다고 시 경계 표지판에 이름이 올라갈 일은 없었다. 그 명예는 이곳 출신 전설적인 올림픽 선수의 몫이었다. 하지만 새로 설립된 거대한 고등과학연구센터에서 1년짜리 초빙 자리를 얻을 자격은 있었다. 공식 명칭은 방문학자였고 비공식적으로는 생색내기용 인문학자였다.

세 번째 소설로 얻은 자리였다. 소설은 결코 내 것이 될 수 없었던 과학자의 인생을 재창조한 거였다.' 센터는 나를 외부 세계와의 중개인 정도로 여겼다. 써야 할 예산도 좀 있었고, 직함은 거의 돈이 들지 않는 데다, 홍보용으로도 쓸 만했다. 게다가 혹시 모르지? 실적 좋은 엿듣기 전문가라면 그 정도 규모의 건물에서 뭔가 쓸거리를 찾을지도.

과학에 대해 쓰고 싶은 마음은 전혀 없었다. 세 번째 소설 이후 과학에 대해 쓸 말이 더 이상 없었다. 차가운 이성을 반박하는 네 번째 책을 막 끝낸 참이었다. 새 책은 이리저리 헤매다 사라지는 아이들을 그리는 암울하고 기괴한 동화로 급변해 갔다.'

상황이 아이러니하다는 건 나도 잘 알았다. 여기 이렇게, 내가 그 긴 과학 여행기에서 창조했던 곳으로 기어들어 온 것이다. 학교는 소설의 주인공이 동네에 오자마자 살았던 1970년대 군대 막사 같은 집을 내주었다. 난 주인공에게 충실한 마음으로 침대와 책상 외에는 다른 가구를 집에 두지 않았다.

집과 센터 사이 직선도로에 딱 맞는 중고 자전거를 샀다. 지난번에 온 이후 연구단지가 생겼다. U 정도 크기의 마을에서 한 블록 규모의 건물은 눈에 띌 수밖에 없었다. 센터는 아이러니에 아이러니가 더해진 건축물이었다. 건물은 네덜란드의 플랑드르 양식 르네상스 전통을 포스트모던하게 재현했다. 정작 네덜란드에서 나는 제2차 세계 대전 뒤에 지어진 콘크리트 건물에서 살았다.

센터는 이미 고인이 된 기부자 부부에 의해 설립되었다. 두 사람은 죽을 때까지 헤어지지 않고 살았을 정도로 고리타분한 사람들이었다. 함께한 생의 끝자락에서 두 사람은 진보 과학을 진보시키는 것 말고는 5천만 달러를 쓸 곳이 없었다. 그들에게 자식이 있었는지, 아니면 사후에 자식들이 뭘 받았는지는 아직도 모른다.

U는 연구실과 컴퓨터 시설, 학회장, 실험 기반 연구실과 컴퓨터 기반 연구실, 강연장과 카페테리아로 가득했고, 이 모두가 플랑드르 양식 지붕 아래 모여 있었다. 이 조그마한 도시에 다양한 분야의 과학자 수백 명이 상주하고 있었다. 인정도 못 받는 박사 과정 학생들은 전 세계에서 온 고등 연구자들에게 각양각색의 지도를 받으며 대부분의 힘든 실험을 담당했다.

센터에서 하는 연구는 이름만으로는 무슨 일을 하는지 전혀 알 수 없을 정도로 난해한 분야로 나뉘어 있었다. 그중 절반 정도는 하이픈으로 조합된 분야였다. 창의적 작업은 경계를 넘어 발정기의 하이브리드 옥수수처럼 타가수분을 하고 있었다. 공공장소의 대화는 소풍 나온 UN 사절단의 대화처럼 들렸다. 강렬하고, 거칠고, 대화 당사자 모두가 못 알아듣는 대화. 난 사람들이 설명해 준 다음에도, 여전히 그들이 뭘 하는지 전혀 알 수 없다는 점이 좋았다.

가장 관심을 받는 분야는 복잡계(complex systems)였다. 인공지능, 인지 과학, 시각화 및 신호 프로세싱, 신경 생화학이라는 광선들이 교차하는 정점에는 정신의 기나긴 모험의 마지막 보물이 기다리고 있었다. 바로 두뇌의 사용자 매뉴얼이었다. 독립적인 고도의 병렬 서브시스템을 수도 없이 가진 센터는 학자들이 연구하는 뇌신경 덩어리를 블록 크기로 재현한 것처럼 보였다.

센터, 그리고 국내외 유사한 24개 장소에서 인류가 마지막 순간에 용서받을지, 아니면 예상했던 대로 신용자금을 다 날려 버릴지 결정될 것이다. 생명의 마지막 순간에 경주는 바로 이곳에서 극적으로 마무리될 것이다. 복잡성 임계점을 넘어 성장하도록 제작된 바이오칩. 인간과 기계의 비매개적 인터페이스. 단백질 폴딩 컨트롤. 고화질 온라인 고해성사를 통해.

건물엔 온갖 직업이 난무했다. 이론가, 실험가, 기술자, 마술사까지. 누군가는 깜박이는 거라면 뭐든 상관 않고 전부 탐지기를 달았다. 건물 한 동은 공학을 초월했다고 선포한 과학자로 가득했다. 다른 동에는 둘의 차이를 인정조차 하지 않는 공학자들로 득실댔다. 한 층에서 내버린 것이 다른 층에서는 곰팡이처럼 퍼져 나갔다.

센터는 정말 거대했다. 너무 거대해서 첫 달에는 두 번이나 연구실을 찾지 못했다. 공항 주차장에서 렌터카를 찾지 못해 헤매듯이. 규모가 거대하다는 것이 센터의 장점이었다. 같은 사람에게 두 번이나 얘기하는 어색함은 그처럼 거대한 곳에선 희미해졌다. 그렇게 거대한 곳이어서 난 남들에게 사소한 재밋거리 이상의 무언가가 되기에 1년은 너무 짧을 거라 믿었다.

게다가 거대한 네트워크를 통해 센터는 가상 공간과 연결되어 있었다. 나는 문에 내 이름이 적힌 연구실과 월드와이드웹에 연결된 컴퓨터를 제공받았다. 내가 그 어떤 연구 그룹에도 속하지 않았고, 스핀 글라스와 자기장 응답성 폴리머도 구분하지 못한다는 사실을 아무도 알지 못했다. 난 자유롭게 드나들었다. 난 완벽한 사기꾼이었다.

매일 밤 아무도 없는 아파트로 돌아갈 수 있다는 것을 알기에, 그 속임수가 이상하리만치 즐거웠다. 아주 오랫동안 바로 이런 걸 원한 게 분명했다. 깔끔하게 재출발하는 거주 외국인. 모교를 그냥 스쳐 지나가는 외국인.

센터는 신기한 장치로 가득했다. 문은 멀리서도 나를 알아보았다. 지갑에서 꺼낼 필요도 없는 적외선 출입 카드의 명령으로 문이 열렸다. 센서를 향해 개코원숭이처럼 등을 돌리기만 하면 문이 작동했다. 백 년 뒤, 우연히 혹은 향수에 젖어 이 글을 읽으며 이게 얼마나 신기한 거였는지 궁금한 사람은 내 말을 믿어야 할 거다.

포물선 모양의 로비는 소리를 집중시켰다. 난 정중앙에 서서 내 숨소리와 혈관을 타고 흐르는 맥박 소리를 듣곤 했다. 죽기 전에 남겨진 자동응답기 메시지처럼 들리는 내 몸의 외침에 귀를 기울였다.

문을 닫고 형광등을 끈 채 컴퓨터 자판을 두들기며 새로 쓴 소설을 수정했다. 연구실은 최첨단 무균실처럼 효율적이었다. 내 세기말적 잠자리 이야기를 재울 완벽한 장소였다. 스크린의 전송 버튼을 누르고 위층의 네트워크 레이저 프린터에 가면, 18개월 치의 작업이 벌써 나를 기다리고 있었다.

나는 웹을 둘러보았다. 원하는 것보다 더 많은 메가비트를 초 단위로 전송해 대는 빌딩 호스트에 연결된 노드를 통해 웹에 접속했다. 짧은 전자 주소를 입력하는 순간, 전 세계 컴퓨터와 연결되었다. 웹은 누구도 알아차리지 못하는 사이 현실이 된, 또 하나의 엄청난 혼돈이었다.

손가락을 까딱해서 위성에 업링크하면 일곱 시간대 너머에 있는, 내가 이전에 살았던 그 탄광 마을의 컴퓨터와 대화할 수 있었다. 케임브리지의 저녁 예배 일정을 온라인 안내서에서 읽고, 마우리아 왕조 그림을 다운로드하고, 쿡의 뉴질랜드 탐방을 따라갈 수 있었다. 알지도 못하는 언어로 된 저녁 메뉴를 볼 수 있었다. 새로 지은 센터의 의자에 앉아서 나는 지금까지 다녔던 도시 전부와 이번 생애엔 가지 못할 수백 개의 도시를 방문했다.

내가 떠난 동안, 도시는 얼기설기 엮인 전 세계 네트워크에 연결되었다. 웹은 스스로 연결하는 듯이 보였다. 유리판을 채우기 위해 합쳐지는 아이스 크리스털 균처럼 수많은 로컬 네트워크가 서로 연결되었다.

웹은 숨이 막히는 경험이었다. 나랑 대화하는 파키스탄의 컴퓨터가 사실은 건물 저편에서 급조된 거라고 믿는 게 마음 편했다. 내 세계 여행 비용이 얼마인지도 알 수 없었다. 정말로 비용이 드는 건지도.

나는 잠시 이 전례 없는 일이 벌어지는 시대에 산다는 사실에 다소 흥분했다. 하지만 하이퍼 맵을 따라 몇 주간 이곳저곳 재빠르게 돌아다닌 뒤, 웹이 고대 다항식 전개의 가장 최근 버전

일 뿐임을 깨달았다. 역사의 새김눈마다 변덕스러운 전조가 존재했다. 지금까지 살았던 사람들 모두, 똑같이 놀라운 순간에 살았던 것이다.

웹이 연결되기까지 오랜 시간이 걸렸다. 하지만 그것 역시 두뇌라는 봉투 안에 숨겨진 종합 계획에 견주면 그저 미봉책일 뿐이었다. 언제나 급조된, 조금 모자란 조각일 뿐이었다. 시공간에 대한 최종 승리를 계획하며 대충 그린 그림 속의 임시 교각에 불과했다.

나는 아직 배아기에 있는 세계 최초의 네트워크를 탐험했다. 사라지는 아이들과 며칠 보낸 뒤 세상에서 제일 큰 가상 모래밭에서 놀며 밤을 새웠다. 우연히 공짜 여행 표를 받은 거였다. U에 있었지만 세상 모든 곳에 거주했다. 문득 그런 생각이 들었다, 이 유령 같은 공간에서 살 수 있을 거라고.

매일 믿기 힘든 새로운 일이 일어났다. 난 교토의 카드 목록이나 뭄바이의 보고서를 들여다보았다. 독일의 축구 시합 결과와 알래스카의 오로라 목격담이 연구실 이메일 계정을 가득 채웠다.

현재 진행 중인 다국적 토론방을 엿들었다. 무기 규제부터 일렉트로닉 에로티카까지 상상할 수 있는 주제를 전부 다루는 인터액티브 천일야화를 듣고 있는 것만 같았다. 노트파일 스레드는 세포 단위에서 갈라지고 증식했다. 시작과 끝도 없이 대화가 지류와 곡절진로를 거쳐, 답변에서 답변으로 그리고 또 다른 답변으로 이어졌다. 매일, 세계 모든 시간대의 수많은 사람이 끝도 없이 이어지는 포럼에 열두 개 넘는 포스팅을 해 댔다.

센터의 소음에 둘러싸인 채 연구실에 홀로 앉아, 난 촌구석 도서관에서 우연히 『오디세이아』를 발견한 소년이 된 것만 같았다. 복도로 뛰쳐나가 매번 내가 발견한 걸 알리고 싶었다. 하지만 누구에게 얘기할 수 있을까? 가장 도움이 필요한 외로운 영혼들은 층마다 갇혀 멍한 표정으로 그저 고개를 저을 거였다. 도대체 무슨 소란인지 확인할 정도로 정신이 있는 이들은 이미 터무니없는 일에 익숙했다.

당연한 얘기지만, 첨단 과학은 웹으로부터 엄청난 혜택을 받았다. 센터 사람들은 이제 학술지 논문을 출판되기 몇 달 전에 읽을 수 있었다. 데이터 아우토반에는 속도 제한이 없었다. '연결'이라는 말을 읽기도 전에 지구상의 그 어떤 결과가 내 앞에 당도했다. 연구자들은 실시간으로 다른 대륙에 있는 동료의 실험실을 들여다봤다. 그들은 데이터를 모으고, 그 데이터를 3D로 공유했다.

내 연구실 옆 사방에서 연구자들은 갖가지 노드를 꼼꼼하게 조사했다. 네트워크는 연구가 중복되는 경우를 줄였고, 완전히 놓칠 수도 있었던 중요한 결과를 정확히 찾을 수 있게 했다. 인스턴트 메시지 기능으로 생긴 효율성은 더 나은 발명으로 이어졌다. 그리고 그 발명으로 전 세계의 연결이 가속화되었다.

하지만 오래 머물수록, 휴일처럼 다가오던 이 모든 것이 더 슬프게 느껴졌다. 웹을 사용하면서 사람들은 이상해졌다. 공개 게시판에서 그들은 성별과 나이와 이름을 숨겼다. 온라인 논쟁에

로그온하면서 갖가지 폭력적인 페르소나를 차용했지만, 절대로 자기 자신이 되지는 않았다. 지구 너머 상대에게 이진법으로 된 파일을 초고속으로 보냈다. 볼펜을 보고 놀랄 정도로 가난한 마을이 존재하는 그 지구에서 말이다. 웹은 시시각각 더 호전적이고 익명화되어 가는 펜팔을 거래하는, 거대하면서도 조용한 주식 거래소처럼 보였다.

웹은 그전 동네보다 더 효율적으로 외로운 곳이었다. 웹의 외로움은 더 거대하고 더 신속했다. 집요한 지능이 마침내 프로그램을 완성하고, 컴퓨터 모니터가 가장 최근에 학대당한 맨발의 아이를 보여 주고, 할 말이 있으면 세상 그 누구에게도 즉각 말할 수 있는 이 순간, 우리는 여전히 서로에게 할 말이 없었고, 더 많은 방식으로 말을 걸지 못했다.

그럼에도 나는 로그오프할 수가 없었다. 내 네트워크 세션은 가을 내내 더 길어지고 빈번해졌다. 나 자신을 제3의 가상 인물로 생각하기 시작했다. 실체가 없는 rsp@center.visitor.edu 라고.

아무에게도 쓸모없는 것을 생산하면서 얼마나 오래 센터에 있을 수 있을까? 생산성의 문제. 순수 연구의 문제. 영감과 맹신의 문제. 무한정 놀면서도 전혀 혼날 일이 없었다. 1년을 공짜로 얻은 것이다. 아무 일도 하지 않고 그저 쉬면서 재충전하면 됐다. 그래 봤자 난 생성 중인 디지털 대령(oversoul)의 눈썹에 살고 있는 진드기의 기분조차 건들지 못했다.

될 수 있는 한 오랫동안 수정하면서 천천히 새 책을 짜낼 생각이었다. 그다음 일에 대해서는 상상조차 하지 않았다. 지난 세 번에 걸친 기나긴 집필의 결말은 언제나 새로운 집필의 시작으로 이어졌다. 서사의 채찍을 견디는 방법을 터득했던 것이다. 이론상으로 다시 시작하지 못할 이유는 없었다. 계속해서 영원히 글을 쓰면 된다.

하지만 이번엔 달랐다. 이번엔, 피리 부는 사람의 이야기를 끝낸 후에도 입을 딱 벌린 이야기의 산 너머에서 나를 기다리는 사람이 전혀 없었다. '세상은 그대로야'라는 어찌할 수 없는 사실 말고는.

아무리 사소한 일이라도 최대한 질질 끌었다. 2킬로바이트 길이의 새 문장이나 4킬로바이트짜리 적당한 수정만으로 하루 일과는 끝이었다. 그러고는 죄책감 없이 남은 시간을 마음대로 보냈다. 한 장 반 정도의 작업만으로 하고 싶은 일을 마음껏 할 수 있었다.

나는 대체로 늦은 시간에 센터를 돌아다니는 걸 좋아했다. 밤에는 건물이 거의 텅 빌 정도로 아무도 없었다. 밤샘하는 연구자들은 차분한 긴장감을 발산했다. 그 시간대의 거뭇하지만 생기 넘치는 몇몇 얼굴은 거기 말고 갈 곳이 없었다. 실험용 동물처럼 가끔 주어지는 보상에 이끌려 연구에 몰두했다. 몇 시인지 신경도 안 쓰고, 획기적인 성과에 다가섰다는 초조한 마음으로 복도를 서성댔다. 정신을 분산시킬 의도로 한 연구실에서 다른 연구실로 돌아다니며, 눈으로는 자기가 다니는 복도를 제외한 모든 것을 관찰했다.

증명할 수 있는 것에 중독된 이들 빼고는 나 혼자였다. 그것만으로도 여기 올 이유가 충분했다. 5천억 달러짜리 건물, 수십억 달러어치 장비들, 숨겨진 목적으로 빛나는 상자들, 이 모두가 전자 시대의 종말이 온 듯 버려져 있었다. 그런 건물의 경비원보다 깊이 역사를 느낄 사람은 없을 것이다.

밤은 이곳에 끝없는 광활함을 가져다주었다. 책상 위 기계에 연결된 동축 케이블 토끼 굴을 타고 내려가, 나는 그 어떤 포트로도 사라질 수 있었다. 외부 발신은 가능하지만 절대로 울리지 않는 전화도 있었다. 화이트보드와 흔적도 없이 지워지는 밝은색 파스텔 매직펜도 있었다. 기억할 수 있는 책 첫 구절을 전부, 서로 다른 색깔로 적으면서 놀았다. 이따금 인터넷으로 확인하는 속임수를 쓰긴 했지만.

밤은 흥분으로 죽은 듯했다. 거대한 바다 폭풍을 대비하는 듯. 난 그저 마음의 양초를 쌓아 놓고 기다릴 수밖에 없었다.

그러던 어느 날 밤, 렌츠를 만났다. 첫인상만으론 내가 U로 돌아와서 만나고자 했던 사람 같았다. 나와 같이 지내는 동안, 그는 인류가 시작부터 찾아 헤매던 것의 모형을 만들어 냈다. 내가 알고 지낸 1년 동안, 필립 렌츠는 죽은 이를 되살리려고 했다.

그날 밤, 무의미한 일들로 시간을 너무 성공적으로 보내는 바람에, 나는 자정 훌쩍 넘어서까지 건물에 남아 있었다. 연구실 위층 복도를 돌아다녔다. 한 회의실 밖에 서서 '반도체 서브스트레이트와 신경 성장의 콤플라이언스'라는 제목의 포스터를 보았다. 누군가가 신경세포를 구슬려 청결하고, 기하학적이고, 살아 있는 칩에 연결되도록 만들었다. 그러고는 이를 증명하기 위해 전자 현미경 사진을 찍었다.

완벽한 고독이 느껴졌다. 여기저기 형광등 불빛만이 이 기묘한 전용 발전소가 살아 있음을 알렸다. 혼자 있을 때 종종 그러듯, 나는 콧노래를 불렀다. 하지만 이번엔 내가 부르던 노래가 멀리서 들려왔다. 모차르트의 클라리넷 콘체르토, 중간 악장. C가 세상에서 가장 고통스러운 진통제라고 생각했던 바로 그 곡.

몇 년 후, 이곳, 아무도 없는 어둠 속에서 이제야 난 그녀가 옳았다는 생각이 들었다. 새도 울지 않는 센터에서 멈출 듯이 느릿한 음악 소리는 희망을 포기함으로써 무언가 전할 수 있으리라는 희망조차 포기했다. 가장 헌신적인 연구자들조차 제 나름대로 만들어 낸 가족이 있는 집으로 돌아간 이 순간, 이 터무니없는 시간에 음악만이 남아 연구의 찬란한 무관함을 확인하고 있었다.

클라리넷과 오케스트라가 번갈아 연주하면서, 전개되던 악구를 다듬고, 펼치고, 불가능할 정도로 다시 머금었다. 마치 하나 남은 증손주의 사망 소식을 듣고 숨을 잔뜩 머금은 할아버지의 폐처럼. 끝없이 이어지는 음악은 답할 수 있는 질문을 하는 게 의미 없는 나이, 우리가 그런 나이가 됐음을 말해 주었다.

쉼 없는 측정이 이루어지는 이곳에서, 그처럼 무한한 방백을 할 정도로 한가한 사람은 누구일까? 누가 됐든, 이 늦은 밤의 청자는 분명 혼자라고 생각했을 것이다. 야간 직원도 다 퇴근했고 제일 먼저 출근하는 해커들도 두 시간은 지나야 새벽 작업을 하러 비틀거리며 올 것이다.

평소였다면 그 어떤 소리에도 비상 출구로 도망쳤을 것이다. 하지만 이번엔 그 버림받은 신호를 찾으러 진원지를 향해 걸어갔다.

곡은 점점 현실이 되었다. 라이브 공연의 접근선에 다가섰다. 미로 같은 복도를 따라 한 번 더 구석을 돌면 턱시도를 입은 연주자들이 뛰쳐나올 것만 같았다. 음악 소리는 지금까지 있는지도 몰랐던 연결 통로 반대편 연구실로 나를 이끌었다. 방문이 활짝 열려 있었다. 이 세상 모든 즉흥 연주의 원천에서 나오듯, 음악은 그 연구실에서 흘러나왔다.

음악의 기약 없는 평화로움에 나는 담대해졌다. 연구실 문 너머를 들여다봤다. 음악 소리뿐, 아무도 없었다. 공허함이 온몸을 휘감았다. 밋밋한 보드와 컴포넌트가 대부분인 장비들이 어둠 속에서 반짝였다. 그중 어떤 장비는 이 천상의 곡을 만들어냈고, 나머지는 그저 그 곡을 흡수하고 응시할 뿐이었다.

장비의 동굴 구석에서 두 개의 작은 표면이 빛을 반사했다. 두 개의 평면 LCD 패널처럼 보이던 것이 불투명한 안경이 되어 반짝였다. 안경 뒤의 생명체는 아무런 반응도 없이 이제야 나를 쳐다보았다. 자신을 짓밟을 로마 병사를 멍하니 쳐다보는 아르키메데스, 내 원을 건들지 마라.

안경에 붙은 머리는 머리카락이 없는 돔으로 치솟았다. 돔은 기묘한 전두엽에서 조금씩 줄어들다가 관자놀이에서 완전히 사라지는 듯이 보이더니 괴물 같은 주둥이로 다시 불쑥 나타났다. 이런 모습을 하나하나 다 살펴본 뒤에도 얼굴은 여전히 충격적이었다.

남자는 뒤로 젖혀지는 사무용 의자에 기대어 축 늘어져 있었다. 머리는 평면 스캐너에 기댄 채. 발은 산더미 같은 논문 위에 자리 잡았다. 수평으로 누워 있는 남자는 기껏해야 170센티미터도 안 돼 보였다. 하지만 올이 풀려서인지 갈색 재킷과 옥스퍼드 셔츠의 소매를 걷어 올린 차림이었다.

한 번도 본 적이 없는 사람이었다. 홀에서도, 다른 곳에서도. 나조차 이렇게 생긴 사람을 보고 잊기는 어려웠을 것이다. 남자는 지상의 나이로 적어도 예순은 되어 보였다. 얼굴색을 보니 자연광과의 모든 접촉을 피한 사람 같았다. 의아하다는 듯이 껌벅이는 눈은 사람과의 접촉도 최대한 피해 왔음을 말해 주었다.

내게서 눈을 떼지 않은 채 그는 전면의 공간에 끊임없이 미세한 손짓을 해 댔다. 그는 줄이 그어진 책상 표면을 따라 마찰 없는 하키 퍽 한 세트를 밀었다. 책상 위 하키 링크는 침술용 지도와 자동 피아노 롤을 섞어 놓은 것처럼 보였다. 음악과 이 비밀스러운 손동작 사이에서 누가 지휘하고 누가 따라가는지 가늠할 수가 없었다.

지휘자는 전자 악보 너머로 손짓을 했고, 느린 악장이 끝날 때까지 나를 쳐다보았다. 불협화음과 결말, 가슴을 찢어지게 하는 관악기 소리, 내 두개골 울림막대의 한계를 시험하는 음악의 전개, 이해하기에는 너무도 거대하고 느린 우아함.

여우원숭이같이 생긴 남자는 아무 생각 없이 서 있던 나를 살펴봤다. 어떤 소통도 문화에 얽매일 수밖에 없다는 사실에, 그게 의미 없는 대화보다 더 안 좋을 거라는 사실에 마비된 채, 우리는 침묵으로 행성 간 접촉을 시도했다.

하지만 그런 음악을 들은 뒤 침묵을 지키기란 불가능했다. 내가 먼저 말을 걸었다. "모차르트." 이미 시작한 바보짓이기에 이어서 끝장을 냈다. "쾨헬 622번. 피날레는 어떻게 된 거죠?"

남자는 손동작을 멈추고 머리 뒤에서 깍지를 꼈다. 마치 치아 사이로 아이디어를 빼내는 듯이 입가로 헛웃음을 쳤다. "피날레는 없다네. 여기서는 절대적으로 중간만 다루거든."

그는 하키 퍽을 집어 들고 다시 뒤섞기 시작했다. 음악이 청각의 무덤에서 일어났다. 클라리넷은 마비를 일으키는 간결함을 다시 전개했다. 이전처럼 그 완벽한 소리가 숨을 쉬듯 들어왔다 나갔다 했다. 운명을 받아들여서 생긴 고통을 충실히 전했다. 하지만 이번에는 뭔가 다른 일이 벌어졌다. 더 느리고, 더 외로운 이야기. 어디에서 그 차이가 생기는지는 알 수 없었다.

올빼미처럼 생긴 남자가 기계를 만졌다. 마치 컴퓨터 풍금으로 자기가 음악을 꿈꾼 거라는 듯이. 스위치를 켜 대고 슬라이더를 만지작거렸다. 내 그림자가 홍채 주변에 걸리적거린 게 확실했다. 고개를 들어 아직도 문가에 서 있는 나를 보고 놀랐으니까. "말 상대해 줘서 고맙네. 그럼 이만."

난 바보같이 고개를 끄덕이고는, 복도를 따라 안전한 곳으로 도망쳤다.

정말로, 내가 뭘 기대했던 건지 모르겠다. 작은 친절. 인사. 통성명. 여기 돌아온 이후 계속 피해 왔던 사교 행동들. 하루하고 반나절 동안, 웃기면서도 무심해 보이는 인사말이 뭘까 고민했다. 머릿속에서는, 그에게 내가 성가신 사람도 엉뚱한 사람도 아니라고 확실하게 알려 댔다.

한낮의 보호를 받으며 되돌아가 연구실 문에 적힌 이름을 확인했다. 필립 렌츠. 기묘하게 생긴 것만큼이나 난해한 이름이었다. 센터의 소개문은 그가 신경 네트워크를 이용해 인지 경제를 연구한다고 적혀 있었다. 그게 무슨 의미인지에 대해서는 설명이 없었다.

사진을 보고 일을 그만두기 전에, 나는 소프트웨어 관련 직장에서 몇 년간 코드를 썼다. 하지만 웹을 둘러보면서 배운 바에 따르면, 내가 코딩을 하던 시절에 만들었던 프로그램과 신경 네트워크는 차원이 달랐다. 신경 네트워크 작업자들은 더 이상 절차를 쓰거나 기계의 행동을 지정하지 않았다. 그들은 전체적 플로 차트와 명령을 내버렸다. 대신 그 작업자들은 수많은 독립적 프로세서를 이용해 서로 연결된 두뇌 세포의 시뮬레이션을 만들었다. 자발적 결정을 내리는 이 독립적 유닛들을 가르쳐, 그들 스스로 연결을 조정하도록 했다. 그러고는 한발 물러나 인공 신경들이 외부 자극을 분류하고 연결시키는 것을 지켜보았다.

각각의 뉴로드는 네트워크의 다른 뉴로드와 연결되었다. 어쩌면 모든 뉴로드에 연결되었는지도. 하나가 작동하면 다양하게 가중치를 둔 링크를 따라 신호가 전달되었다. 반대쪽 뉴로드는 수신된 신호의 가중치를 자신의 또 다른 연속적 입력 신호에 더했다. 뉴로드는 가끔 퍼지 논리에 따라 이 복합적 신호를 변환 기준점에 맞춰 테스트했다. 신호를 보낼 것인가, 말 것인가? 스위치보드의 규모를 확대시키자 놀라운 일들이 벌어졌다.

그 어디에서도 프로그래머가 결과를 정한 적은 없었다. 어떤 알고리즘도 쓰지 않았다. 시뮬레이션 세포들의 결정은 지속적으로 변화하는 세포의 내부 상태에 따라 정해졌다.

신호를 보내라는 결정을 내릴 때마다 새로운 신호가 네트워크를 따라 잔물결을 일으켰다. 게다가 송출된 신호는 네트워크로 되돌아와서 신호의 가중치와 송출 기준점을 재설정했다. 송출된 신호의 물결이 전체를 무질서하게 휘감았다. 시냅시스를 강화하거나 약화시키면서 접합부들은 기억하기 시작했다. 좀더 성숙한 단계에서 네트워크는 연상학습을 모방했다. 아니 어쩌면, 정말 누가 알겠는가? 연상학습을 재연한 건지도.

신경 네트워크 연구자들은 가짜 세포 군단을 층층이 쌓아 올렸다. 입력 레이어는 무한한 외부 세계를 상대했다. 복잡한 연결 덩어리 저편에서는 반대편 군단이 기계의 정령이 나갈 문을 만들었다. 이 둘 사이에 생각을 모방하는 툴키트가 있었다. 히든 레이어라고 알려진 그 복잡한 공간에서 네트와 렌츠 같은 네트워크 학자들이 서로 연결되었다.

이 분야는 연결주의라는 이름으로 통했다. 호기심에 연결주의에 대한 온라인 토론 그룹에 가입했다. 독서는 내 퇴고와 적절한 대위법을 이뤘다. 게다가 하루를 낭비하면서 할 일을 미루기에는 정말 좋은 방법이었다. 연결주의를 공부하면서, 더 이상 대위로 삼을 글이 없게 될 순간을 계속 미뤘다.

이제는 시스템에 로그온하기만 하면 연결주의에 관한 새로운 소식들이 전 세계에서 날아와 나를 반겨 주었다. 센터의 몇몇 초빙 학자도 다른 대륙의 동료와 메시지를 주고받으며 참여했다. 하지만 가명을 사용한다면 모르겠지만, 렌츠라는 인물은 이 시민 군단을 멀찍이 하는 듯했다.

사람들의 대화를 좇아갔다. 단골들은 뚜렷한 성격을 보이기 시작했다. 덴마크의 변절자. 버클리의 천재 선동가. 최대 적수인 번뜩이와 끊임없이 다투는 두 존경받는 저자 느림보와 착실이. 어떤 이들은 억측을 부렸다. 다른 이들은 우아하게 패배를 인정했다. 이 끝없는 전문가 모임에서 나는 어느새 문학적 은둔자가 되었다. 아무도 그 존재를 모르는 심포지엄의 신참 방문자. 하지만 은둔도 표시를 남겼다.

네트워크는, 엄밀히 말하자면 프로그램된 것이 아니라는 사실을 배웠다. 네트워크는 학습으로 만들어진 거였다. 반복된 입력과 확실한 피드백으로 연상이 생기고 네트워크에 새겨졌다. 이 내용을 읽음으로써 내 머릿속에도 연상이 남았다. 그는 자정이 지난 시간에 연구실에 앉아 똑같은 5분짜리 모차르트를 텅 빈 건물에 반복해서 들려주고 있었던 것이다. 줄지어 선 기계들에게.

이 렌츠라는 인물은 분명 산더미 같은 장비 어딘가에 신경 네트워크를 심어 두었을 것이다. 아름다움을 인식하도록 훈련받는 네트워크를. 반복해서 들은 뒤에 그 단순한 관악기 소리가 어떻게 영혼을 자극하는 가변적 신호 가중치를 가감하는지 알려 줄 네트워크를.

며칠 뒤 노크도 없이 그의 머리가 연구실로 들어왔다. 렌츠 박사는 누워 있을 때보다 서 있는 게 더 불안했다. 가만히 서 있는데도, 뗏목 위에서 손잡이를 조종타로 삼아 기댄 꼭두각시 인형 같았다. 여전한 여름 양복 차림. 그런 옷을 입어야 할 증거를 국회에 마지막까지 주지 않을 과학자인데. 피부는 1960년대 교육방송 사회자처럼 창백했다. 마치 태닝 크림을 입으로 섭취한 사람처럼 보였다.

"네덜란드에 사는 은둔의 소설가?" 그의 목소리는 질문이 아니라 비난처럼 들렸다. 유명 주간지 사진의 제목을 말하는 거였다. 소노라로 수입된 야자나무 앞에서 찍은 사진이었다. 사진 아래엔 나에 대한 간략한 소개문이 들어 있었다. 이제는 세 가지 측면에서 모두 틀린 내용이지만.

난 스크린 세이버를 켜서 모니터에 증거가 될 만한 글을 숨겼다. 어쩌면 읽었을지도, 심지어 그 각도에서도 말이다. 그의 눈에는 마치 긴 다리가 달린 것 같았다.

"넵, 그게 바로 접니다."

"넵? 이게 '눈부실 정도로 총명한' 건가? 이봐, 도대체 네덜란드랑 무슨 관계야?"

"뭐가요?"

"마치 콜레라 병동을 맴도는 쇠똥구리처럼 자네 글에 계속 등장하잖아. 자네가 쓴 소설마다, 최소한 카메오로라도 등장하더군. 튤립을 팔고, 나막신이나 만드는 해양인들. 그래서 뭐? 그래봤자 뉴욕주 인구도 안 되잖아."

단단히 준비한 게 분명했다. 그리고 나한테 그 점을 확인시키고 싶어 했다.

"모르겠네요." 내가 반박했다. "사고예요, 그냥 우연이죠."

"말도 안 돼. 소설에는 우연이란 게 있을 수 없잖아. 그나마 조금은 우연일지라도, 완전히 그럴 수는 없지. 진짜 나라에 대해 쓰는 건 어때? 지구 전체가 기다리고 있잖아, 경제라는 배기구에 한데 묶여서 말이야. 이제는 북부 대 남부야, 가진 자와 못 가진 자. 열대 지역은 어때? 6퍼센트 인구 증가에 한 해 수입이 2백 달러인 나라들은 어떠냐고?"

난 거의 마무리된 신작이 저장된 책상 위 하드 디스크를 가리켰다. "새 책에는 그런 게 좀 나옵니다."

렌즈가 손사래를 쳤다. "물론 네덜란드가 또 있겠지."

두 단어, 아주 끝부분에. 소녀 프랑크의 디어 키티(Dear Kitty). 렌즈 박사는 우쭐댔다. 난 고개를 돌렸다.

"자네와 자네의 그 소중한 부르주아 여왕국 말이야, 나랑 뭔 상관이지? 내가 왜 25달러를 내야 하냐고."

"페이퍼백으로는 13달러면 되죠." 농담이 전혀 먹히지 않았다. 이쯤 되니 렌즈를 내보낼 수만 있다면 내 전집을 원가로 줄 수도 있었다.

"화폐 단위가 땜장이나 구두 수선공과 거래하는 데 쓰는 것 처럼 들리는 보잘것없는 나라에 대해 읽자고 25달러를 내야 하 다니."

"뭐, 한때 세계를 지배했잖아요."

"얼마나, 고작 25년? 황금시대는 무슨." 렌즈는 왔다 갔다 하 며 걸어 다녔다. 그의 날카로운 눈빛이 신경에 거슬리기 시작했 다. 나는 의자를 렌즈 쪽으로 밀었다. 쓴웃음을 지으며 그가 앉 았다.

"위대한 중간 상인들이지, 자네의 그 네덜란드 사람들 말이 야. 모든 인종과 국가와 종교를 사고팔았잖아. 말해 보게. 3백 년 전에 반짝했던 나라에 사는 기분이 어때?"

"모르겠는데요." 난 도망치기 3년 전에 반짝했던 나라에서 자 라는 게 어떤 기분이었는지도 아직 정하지 못했다.

낯선 사람과 모욕을 주고받고 싶지 않았다. 더구나 난 이미 그 와 같은 생각이었다. 대학 서점의 P 섹션 앞에 서서, 내 소설들 을 훑어봤을 이 인지경제학자하고 말이다. 사실 그가 옳았다. 네덜란드를 내려놓을 때가 되었다. 새 책이 끝나면 네덜란드를 완전히 버릴 계획이었다.

하지만 다음 계획은, 사실 모든 걸 그만두는 거였다. 이국적인 글들, 여행기만 말하는 게 아니었다. 난 모국어까지 전부 버릴 생각이었다.

그 와중에 이 과학자를 좀 놀려 보면 어떨까 싶었다. 어차피 오후에 할 일도 없었으니까. 글 쓰는 일만 아니면.

"보잘것없는 나라지만 세계적인 화가를 꽤 많이 배출했죠."

"아, 제발, 파워스. 유럽의 화가겠지. 알면 놀라겠지만, '세계'는 대부분 검은 머리라고. 그중 상당수가 살 만한 곳도 없어서 할 수만 있다면 「툴프 박사의 해부학 강의」를 천막 지붕이나 고치는 데 쓸 거라고."

"그럼 모차르트는요?" 보통은 그런 수준 낮은 공격을 하지 않지만 그가 자초한 일이었다.

그가 고개를 저었다. "그게 옆에 있었을 뿐이야. 갖고 있던 것 중 하나지. 장담하는데, 바꿀 수도 있다고." 렌츠가 일어나서 화이트보드 쪽으로 걸어갔다. 허락도 없이 내가 써 놓은 글을 지우고 속이 빈 상자를 그렸다. "좋아. 자네 말대로 아름다운 그림과 좋은 노래가 몇 개 있다고 치자고. 하지만 소설 분야에서는 특별한 게 없잖아, 내 말이 틀렸나?"

"그건 번역 탓이죠."

"그 걸걸한 남부 독일 방언 탓이 아니라? 정말 자랑할 만한 철자법이지. 정말, 그 나라 어순은 뭐 어쩌자는 거야? 심지어 원어민에게도 제멋대로의 구문 순서가 가능한 궁극적인 문법의 완성까지 두뇌가 훨씬 더 고통스럽게 정교한 대뇌 피질의 매듭으로 가볍게 묶지."

렌츠의 벌레스크는 완벽했다. 빠르게, 갈기갈기 찢어 놓았다. 섬뜩했다. 도대체 얼마나 준비한 거지? 인지언어학자는 모르는 언어도 패러디할 수가 있는 건가? 알고 싶지 않았다. 그가 네덜란드어를 말했더라도, 아마 나는 그 언어로 답하지 못했을 것이다.

아직도 나는 그 언어로 꿈을 꾼다. 덕분에 영어는 엉망이 됐다. 반년이 더 지났지만, 센터의 타워 밑을 걸을 때마다 나는 여전히 우트렉 돔의 첨탑을 떠올렸다. 한 번도 고향처럼 느낀 적은 없지만, 완전하게 떨쳐 내지도 못했다. 이건 다 아버지의 학교 옆 초등학교에 다녔던 죽은 폴란드 아이 탓이었다. 네덜란드와 동인도도 구별하지 못했던 그 아이 때문에.

늦은 겨울 시카고 주택가의 습기 찬 지하실에서, 여덟 살이던 나는 네덜란드를 상상하기 시작했다. 내가 태어나기 직전에 질랜드를 초토화시킨 홍수 이야기는 머릿속에서 현실이 되었다. 여덟 살 때는 다들 그랬다. 말은 아직 그 치명적인 의미로부터 분리되지 않았다. 한 주 반 동안 난 계단식 지붕 위에 대피해 있는 사람들을 보았다. 계속해서 차오르는 바다 한가운데 있는 섬에 대한 트라우마가 생겼다.

그게 바로 절대로 이미지 이상은 되지 않으리라 생각했던 곳의 이미지, 내가 절대 떨쳐 낼 수 없는 이미지였다. '홀랜드'라는 말은 내게 가을 홍수의 재난을 떠올리게 했다. 그 느낌은 네덜란드의 산악지대, 가장 내륙 지방인 곳에서 몇 년 지낸 뒤에도 사라지지 않았다.

내가 루프 북쪽 67블록에서 그 책을 읽은 날, C는 남쪽 67블록에서 전혀 다른 상상의 네덜란드를 탄탄히 만들고 있었다. 누구나 가슴속에, 태어났으면 하는 나라를 은밀히 두기 마련이다. C는 일 년 늦게, 그리고 여러 가지 일로 그 나라를 놓쳐 버렸다.

C는 나중에 국적을 바꿨을 때보다, U에서 처음 만났을 때가 더 네덜란드 사람 같았다. 스물다섯에, 그녀는 서른 전까지 국적을 마음대로 정할 수 있다는 걸 알게 됐다. 그녀의 국적은 마치 헤이그의 상아 장식 장롱에 숨겨져 있던 것만 같았다. 유효 기간이 끝나기 전에 발견되기를 기다리면서. 네덜란드 부모에게서 태어난 덕분에 거저 얻은 기회였다. 마음을 정하지 못한 채 미국행 배에 오른 부모라도 상관없었다. 그녀가 국적을 정하기만 하면, 이주는 완벽하게 마무리될 거였다.

그 이주의 고리를 따라가다 보면 내가 전혀 알지 못하는 19세의 폴란드 소년을 맞닥뜨리게 된다. 고향을 떠나지 말았어야 할 시카고 남부 아이. 소년의 이름은 발음하기 힘든 슬라브어 자음이 한가득이었다. 내게는 특별해 보이는 이름이었다. 내가 아는 바로는 같은 성이 전화번호부의 한 단하고도 절반을 차지했다. 소년의 이주는 적어도 한 세대 전에 시작된 게 분명했다. 그렇지만 자세한 내용은 알지 못했다.

이사를 자주 하긴 했지만, 소년의 집은 사실 시카고가 아니라, 두 차례 세계 대전 사이 폴란드인들이 살았던 옛 포트 디어본 남쪽의 크라쿠프 같은 곳이었다. 종말의 소식이 이 먼 곳까지 전해지자 소년은 자원입대했다. 단지 상상만 했던 모국을 해방시키라며 가족들은 소년을 떠나보냈다. 떠나기 전에 소년은 결혼식을 올렸다. 당시 사람들은, 소년에게 일어난 바로 그 일을 미리 준비하려는 마음에서 일찍 결혼했다, 아주 신속하고 주도면밀하게.

사람들은 소년을 에디라고 불렀다. 두 번째 소설에서 나는 나 자신과 아버지를 각색해 만든 인물에 소년의 이름을 붙였다.

에디와 그의 신부는 기껏해야 전기세를 두 번 낼 정도만 같이 살았다. 소년은 벨기에 동쪽 숲에서 림뷔르흐를 거쳐 네이메헌과 아른험까지 이어진 기나긴 탱크 전투에서 전사했다. 그저 이야깃거리가 될 정도로만 살았던 것이다. 바로 지금 이 이야기로.

소년은 소지품 하나만 남겼다. 정확히 말하자면 그가 선택한 나라가 남겨 준 거였다. 평범한 시골의 회절 패턴 묘지에서 흔히 볼 수 있는 깔끔한 석제 십자가였다. 네덜란드의 특산물이었다.

전쟁이 다시 잦아들자 십자가를 돌봐야 할 사람이 필요했다. 묘지는 신생아보다 더 빠르게 늘어났고, 누군가 책임질 때가 된 거였다. 림뷔르흐 마을 여성들은 마르그라텐*을 돌보겠다고 자원했다. 한 젊은 여성이 에디를 책임지기로 했다. 언덕에 서서 샤말렝의 수도가 불타는 걸 보고 마을의 말이 공격당한다는 소식에 식칼을 들고 집 밖으로 뛰쳐나간 여자였다.

그다지 할 일은 없었다. 주변을 깔끔하게 유지하고, 기념일에 헌화하는 정도였다. 하지만 여자는 그 외에 다른 일도 했다. 전사자의 미망인, 그리고 겁에 질린 그의 어머니와 편지를 주고받기 시작한 것이다. 도대체 무슨 언어로 편지를 썼을까. 읽지도 못할 외국인의 편지를 받을 걸 미리 알았던 미망인은 영어와 폴란드어를 했다. 어머니는 폴란드어만 했다. 묘지 돌보기 자원자는 림뷔르흐 방언과 강제로 배워야 했던 외국어인 네덜란드어를 했다.

네덜란드인에게 미국이 알 수 없는 곳이었듯이, 미국인에게도 네덜란드는 그런 곳이었다. 그런데도 이들은 소통했다. 미망인과 소년의 어머니는 무덤을 찾았다. 무덤을 돌본 여자와 그녀의 남편, 그들의 두 아이와 함께 지냈다. 시카고의 폴란드 이민자들은 그 젊은 가족에게 언제고 축복받은 대륙으로 이민할 생각이면 후원자가 될 거라고 약속했다.

림뷔르흐는 풍요로운 적이 없었고, 언제나 그렇듯이, 전쟁 보상금은 이미 모든 걸 잃은 사람들 몫이었다. 철도 직원이었던 무덤지기의 남편은 생계를 유지할 수 있다면 어느 나라에 살아도 상관없다고 말했다. 그래서 리틀 크라쿠프의 지하실 방이 이들 가족의 나라가 되었다.

한 해가 지나자 이민자 아내는 더 이상 신세계를 견딜 수 없어했다. 그녀는 어린 두 아이를 데리고 사랑하는 림뷔르흐로 돌아갔다. 철도 직원은 실패한 채 고향으로 돌아가지 않겠다고 다짐하며 홀로 남았다. 남편은 아내에게 새로 배운 교과서 영어로 편지를 썼다. "나는 여기서 일하고 있습니다. 당신은 당신이 어디에 속하는지 알고 있습니다."

6개월 뒤 아내는 지하실 나라로 돌아왔다. C의 탄생은 그녀를 위로하기 위한 선물이었다. 힘겨운 삶의 유일한 기쁨. 부부는 C에게 죽은 소년의 아내 이름을 붙여 주었다. 그 미망인은 재혼하지 않았다. 첫 번째 죽음 뒤에 다른 죽음이 들어설 자리는 없었다.

가족은 도축장 근처 리투아니아 게토의 월세 집에서 살았다. 나중에 나는 다른 네덜란드 이민자 가족을 상상해서 같은 집에 살게 했다. 난 C가 기억에서 끄집어낸 이야기를 소재로 소설을 썼다. 20년 동안 C의 가족은 그 도시에 살았다. 비밀스러운 언어로 대화하면서. 그 언어로는 아무 데서나 아무 말을 해도 괜찮았다. 실향민이 아니면 아무도 이해 못 할 언어였으니까.

가족은 여느 실향민처럼 살았다, 고향에 남아 있던 사람들은 더 이상 알아보지도 못할 풍습과 기억을 간직한 채로. C의 어머니는 아이에게 E라는 마법의 마을에 대해 말해 주었다. C가 전해 들은 그 네덜란드 마을에는 고풍스러운 이름과 동화 같은 역사를 가진 수십 명의 이모와 삼촌, 그리고 수백 명의 사촌이 살았다. 절대로 수백 명의 사촌이 있는 여자랑 사귀지 마라. 절대로 화폐를 굴든이라고 부르는 나라로 도망치지 마라.

C는 노력했다. 그럴 수밖에 없었다. 어머니가 만들어 준 E의 이미지는 실제로 살았던 그 어느 곳보다 더 고통스럽게 그녀에게 각인되어 있었다. C는 그 환상의 나라를 되찾길 원했다. 그리고 난 C를 따라가려고 했다.

"자기야!" 그녀가 말했다. "여긴 정말 아름다워. 보기만 해도 마음에 위안이 될 거야." 정말 그랬다, 지금도. 적어도, 몇 조각은. 완벽한 리모델링 아래 숨어 있던 프레스코화의 흔적처럼, 절반은 숲으로 가려진 외딴 마을들이 신생 산업 지구 사이로 고개를 내밀었다.

C는 E로 되돌아갔다, 태어나서 처음으로. 도착해서 그곳 주민이 되자마자 그녀는 신기한 유물이 되어 버렸다. 자기가 한 세대 전에 사라진 표현들로 가득한 옛날 방언을 쓴다는 사실을 깨달았다. 더구나 이 죽은 표현들을 시카고 억양으로 말했기에, 마을 사람들에게는 갱스터 말투처럼 들렸다. C의 부모님이 처음 교과서로 비속어를 배우기 30년 전에 총에 맞아 죽은 갱스터처럼.

나는 C를 따라나섰다. 내 교과서의 첫 문장은 '**네덜란드는 작은 나라입니다(Nederland is een klein land)**'였다. 보잘것없는 나라. 대부분의 미국인이 스칸디나비아반도 어디쯤에 있을 거라고 생각하는 조그만 나라. 한때, 딱 20년 동안 세계를 지배했던 나라.

모험은 새로운 망명 생활로 마무리되었다. 미국으로 돌아왔지만 이곳을 알아볼 수가 없었다. 그 클레인 란트(klein land)가 세관을 통과한 지중해과일파리처럼 따라와 배 속에서 들끓었다. 세상에서 가장 아름답지만 '스페인 국왕에 항상 충성했다'는 터무니없는 가사로 끝나는 그 나라의 국가를 나도 모르게 콧노래로 흥얼거리는 모습에 가슴이 아렸다. 25초 단위로 시간표가 나온 노란색 열차를 생각하면 다른 여행은 엄두가 나지 않았다. 오렌지색 축구복만 봐도 터무니없는 소년의 희망에 여전히 가슴이 아팠다. 내 어린 시절하고는 상관없었기에 더 그랬다. 수입품 가게의 시럽 와플은 나막신처럼 가슴을 때렸다.

네덜란드는 유산탄으로 생긴 상처였다. C와 마찬가지로, 그 이방인의 언어를 입에 단 순간부터 나는 다른 사람이었다. 이젠 그 말소리가 싫었다. 할 수만 있다면 다 잊어버렸을 거다. 하지만 안전한 비밀 언어가 필요할 때면 난 여전히 그 말을 사용했다. 음절을 하나씩 말할 때마다 나이가 들어 갔다. 이제는 가장 간단한 단어도 무슨 의미인지 알지 못했다. 다음 작품에서 무엇을 사라지게 할지는 모르지만, 절대로 그 말들에서 벗어날 수는 없을 거다.

하지만 이런 이야기로 렌츠 박사를 기쁘게 할 생각은 없었다. 그런 부류의 사람들을 좋아하지도 않았다. 자신만의 세 가지 변수 밖 세상은 번지르르하고 위선적인 칭찬 정도나 어울린다고 생각하는 경험주의자. 이미 센터의 모임에서 그런 부류의 사람을 많이 만났다. 그들은 필명을 가지라고 항상 내게 조언했다. 책이 훨씬 더 많이 팔릴 거라면서.

렌츠는 화이트보드의 빈 상자들을 매끈한 스위치보드 케이블로 연결시키고 있었다. 내가 목을 가다듬고 말했다. "네덜란드는 서구 문명이 성공한 두세 나라 중 하나죠."

"제발, 날 바보로 생각하지 말라고." 그가 고개를 돌리지도 않고 바로 답했다. "그렇게 네덜란드에 대해 계속 얘기할 거면 말루쿠 분리주의자들에 대한 이야기는 어때? 옛 식민지 창녀 같은 모국에 속고 배신당한 뒤 암스테르담에서 출발한 기차를 탈취한 사람들 말이야."

"걱정 마세요." 내가 대답했다. "네덜란드는 이제 끝입니다. 다시는 작품에서 언급하지 않을 겁니다."

그러고 나서 한동안 우리는 서로를 건드리지 않았다. 빠질 수 없었던 센터 행사 때 우연히 복도에서 다시 마주치자 렌츠는 경쾌한 목소리로 인사했다. "리틀 마르셀! 글자하고는 요새 어떻게 지내나?"

"그렇게 부르지 마세요. 재밌지도 않아요."

"누가 재미있으려고 한다는 거야?"

"가식적이고 잘난 체하는 거잖아요."

렌츠는 한발 물러서서 입을 다물었다. 날 한 방에 보낼까 말까 고민했다. 그 대신에 곧바로 사과했다. "미안하네. 그런 의도는 아니었어. 보다시피 난 사회적 부적응자거든. 이 분야 사람들이 다 그래. 그런 분야거든. 정말로 다들 똑같다니까." 그는 반짝거리는 옷을 입은 조수의 몸을 절반으로 자르기 전, 그 위로 손수건을 휘두르는 마술사처럼 손짓을 했다. "근시안, 난쟁이 콤플렉스, 호전성, 과장된 무례함, 척추 측만증, 다 안다고 하는 과대망상증 등등."

절뚝거리는 걸음걸이는 눈치챘지만 척추 측만증은 생각도 못했다. 어려서부터 숨길 줄 알았던 거다. 그에게 화를 냈다는 사실이 부끄러웠다. 하전두회 기능의 모형을 만드는 사람조차 그 전두회가 만들어 내는 괴물에 당하는 법이다.

"괜찮습니다." 내가 말했다. "누구나 잘난 체하기 마련이죠."

"상상이 가. 자네 직업에 대해 화낼 일이 많을 거야. '그렇게 마음대로 살 수 있는 사람은 아무도 없어'라고 화내지 않나?"

"그것도 있고, 또 '내가 썼을 법한 책을 쓰라고'도 있죠."

"누구나 하는 질투지. 자네야말로 예술가의 왕이잖아, 그렇지 않은가?"

"절대 아니에요. 예전에는 그랬을지도 모르죠. 백 년 전에요. 이젠 영화와 문학 비평가들의 세상이에요."

"그래, 왕좌에서 쫓겨난 친구야, 이제 어쩔 건가?"

"네? 뭘 어째요? 렌츠 박사님. 가끔은 정말 무슨 말씀을 하시는지 모르겠어요."

"생각해 봐, 하던 얘기 말이야. 내가 뭐라고 불렀으면 좋겠냐고?"

"제가 어떻게 알겠어요. 본명이 어때서요?"

"그 분야 사람치고는 상상력이 좀 모자란 거 아냐?"

난 두 번 대결해서 두 번 다 진 것 같았다. 어쨌거나 이제 상대가 어떤 사람인지 알 것 같았다. "상관없어요. 부르고 싶은 대로 부르세요, 엔지니어 씨."

저급한 공격이었지만, 그래도 공격은 공격이었다. 필립 렌츠는 미소를 지었다. 절반이 없는 아래쪽 치아가 보일 정도로 크게. 나머지 치아는 이리저리 돌아다니며 빈 곳을 메웠다.

"리틀 마르셀, 자네를 좋아하게 될지 모르겠어."

또다시 내 말을 인용하고 있었다. 내가 써 놓고도 까맣게 잊은 대사였다. 난 이미 써 놓은 대로, 해야만 하는 말을 했다. "엔지니어 씨, 저도 같은 생각입니다."

렌츠의 화해 선물은 그다음 주 우편함에 있었다. 손을 많이 타서 다 해진 단편소설 모음집이었다. 그는 미시마의 『우국』이라는 작품에 스티커를 붙여 놓았다. 그 작품에는 젊은 부부의 자살이 현란할 정도로 자세히 그려져 있었다. 렌즈의 스티커에는 "나만큼 이야기를 읽고 즐기길 바라네"라고 적혀 있었다. 그러고는 "진심으로 미안하네, 엔지니어가"라고 서명되어 있었다.

이 끔찍한 글을 훑어보면서 그가 또 놀리는 건 아닌지 의심이 들었다. 나를 위한 매뉴얼이었다. 명예가 실추된 작가를 위한 자살 매뉴얼.

사실 글쓰기를 그만두기로 결정하는 데 그런 이야기가 필요한 것은 아니었다. 방황하는 아이들에 대한 마지막 교정은 거의 다 끝난 상태였다. 그저 뉴욕 출판사의 마감일까지 미루고 있는 것뿐이었다. 한 권 더 내기로 출판사와 계약이 되어 있지만, 적당한 때 미시마처럼 한다면 뉴욕 출판사 사람들은 기뻐할 것이고, 편집자는 곧바로 '그 명단'에 내 이름을 올려 놓을 거다.

지금까지, 세 권의 소설을 작업하면서 항상 이맘때쯤에는 무언가 새로운 쓸 거리가 나타났다. 쓰던 책의 마무리에서 완결하지 못한 무언가가 다음 책으로 흘러들어 갔다. 이번에는, 며칠 동안 열심히 귀를 기울였지만, 반대편의 침묵이 잘못 걸어 놓고 미안하다는 말도 없이 전화를 끊는 사람 같았다.

계약과 상관없이 한 번 더 시도해 보고 싶었다. 네 번째 소설은 리듬을 타기에 너무 어두운 음정이었다. 아무리 사실적이고 싶었다 해도, 그런 암울한 얘기로 내 소설의 마지막을 장식할 수는 없었다. 또 한 편의 소설이 가능해 보였다. 하지만 보이는 거라곤 첫 줄뿐이었다.

확실한 건 떠나는 것에 대해 쓰고 싶다는 거였다. 다음 소설은 이렇게 시작할 거다. "남쪽으로 향하는 기차를 상상해 보라." 이 첫 줄은 하늘이 준 선물 같았다. 10월의 하늘처럼 자유로워 보였다. 하지만 이 첫 줄을 받아서 시작할 수가 없었다. 그처럼 완벽한 첫 문장으로 시작하면 결국 그걸 망칠 수밖에 없다는 자명한 이유 탓에 난 출발지에서 맴돌고 있었다.

그 말은 자장가 후렴구처럼 나를 괴롭혔다. 난 그게 무의식의 암시 아닐까 상상했다. 너무 독창적이라서 내가 만든 것 같지 않았다.

곧바로 시작할 수 있으리라는 희망을 저 멀리 미루고 인터넷을 뒤졌다. 상상하기 힘들 정도로 거대한 텍스트베이스에서 불리언 검색을 했다. 남쪽, 기차, 상상하다, AND로 묶어서. 열 글자 내 근접도로. 각 단어에 나올 수 있는 동의어를 전부 써봤다. 하이퍼링크 사전에서 찾은 비슷한 말들도. 하지만 내 신비로운 첫 줄에 대해 뭘 알고 있는지 모르겠지만, 세상의 초기 디지털 신경 시스템은 아무 말이 없었다.

기억력이 감퇴하는 건 아닌지 걱정되었다. 욕실 거울을 뚫어져라 보면서 최근에 없어진 머리카락이 없나 미친 듯이 찾아 대는 남자처럼, 매일 나 자신을 시험했다. 읽었던 책들과 썼다고 생각한 책들의 첫 문장들이 기억나는지 알아봤다.

피할 수 없는 진실, 기억력이 예전만큼은 아니었다. 조만간 난 망각의 소중함마저 까먹고 말 거다. 출발하는 기차처럼, 상상해 보라는 명령은 목적지도 없이 남쪽을 향했다. 그 구절은, 지금 막 역을 빠져나가고 있는 그 기차는, 마지막 탑승 안내 방송을 했다.

플로리다에 사는 남동생 러시가 전화를 했다. 매우 드문 일이었다. 동생은 내가 싱글 생활을 잘하고 있는지 확인하려고 했다. 동생에게 기억나는 책이 있는지 물어보았다. 어머니가 우리 형제에게 읽어 주던 책 중에서.

"엄마가? 우리 엄마가? 지금 우리 같은 사람을 말하는 거야?"

"무슨 소리야. 엄마가 매일 읽어 주셨잖아. 읽는 법을 가르쳐 주셨는데."

"형네 엄마는 모르겠고, 우리 엄마는 텔레비전 화면에 날 붙여 두곤 하셨어."

"엄마가 그럴 리 없어. 텔레비전을 마음대로 못 보게 하셨잖아." 우리는 텔레비전을 봐도 되는지 허락받아야 하는 마지막 미국 아이들이었다.

"형들하고는 그랬나 보지."

"하긴, 네가 우리보다 어렸지." 나도 동의했다.

수화기 너머로 동생의 동의할 수 없다는 침묵이 흘렀다. 전문가가 필요한가? 중재가 필요한가? "맞아, 형. 내가 더 어렸지."

그 문장이 다른 곳에서 왔다고 상상할 수가 없었다. 남쪽으로 구불구불 뻗어 있는 철로를 상상해 보라. 날이 밝고 있다. 이보다 상쾌하거나 쌀쌀하거나 건조할 수는 없다. 기차는 서서히 움직여 증기를 채워 간다. 증기를 가득 채우고 기차가 첫 번째 큰 곡선주로를 따라 몸을 드러내자, 출발은 현실이 된다.

확실한 점은 가슴을 울컥하게 하는 무언가를 남기고, 기차가 아련한 지평선을 향해 떠났다는 거다. 내가 쓰고 싶었던 책은, 내가 어렸을 때 분명히 들었던 책은, 기관차에서 보이는 곳보다 더 멀리 펼쳐져 있었다. 위험할 정도로 고개를 내밀고 봐도 끝이 보이지 않았다. 그 문장은 사랑보다 더 길게, 도피보다 더 길게, 이번 생애보다 더 길게 펼쳐져 있었다. 태어나서 처음 들었던 교훈처럼 곁을 떠나지 않았다. 조각난 기억을 붙잡아 보여주고자 하는 내 욕망보다 더 오래 머물렀다.

그 문장은, 북쪽 노선의 귀로 구간은, 욕망의 트랙을 뛰어넘고자 했다. 하지만 그러기 위해서는 나를 엔진 칸에 묶어 두어야 했다. 난 무임승차를 했고, 문장의 절실한 여정에 동참하기 위해서는 조절판을 열어 보일러를 증기로 가득 채우는 일을 해야만 했다. 하지만 종일 나를 괴롭히던 기차 소리는 내 실패가 길어질수록 찰깍거리는 소리로 잦아들었다. 나는 인적이 드문 철로에 서 있는 것만 같았다, 어떻게 거기로 왔는지 전혀 모른 채.

포스트잇으로 렌츠에게 답했다. 잠시 붙어 있을 정도만 접착력을 가졌기에, 포스트잇은 적당히 악의적이었다. "선물 고맙습니다. 사과는 필요 없습니다. 하지만 문학은 제발 그만요. 제가 필요한 건 인쇄본입니다."

그 말을 하자마자 인쇄본이 쏟아졌다. 렌츠는 자기 논문을 보냈다. 동료와 경쟁자들이 모아 놓은 글들을 보내왔다. 거의 10년이 지난 것들과 아직 출판의 빛을 보지 못한 투고 원고까지 있었다. 더 이상 스티커는 없었다. 내가 자기 글을 읽는다고 뭐라고 하지는 않을 거지만, 나를 가르쳐 줄 생각은 없었다.

내가 깨달은 건, 많은 사람이 신경망에 끌리고 있다는 사실이었다. 렌츠가 보낸 놀라운 글들을 읽다 보면 이보다 더 인기 있는 주제는 없어 보였다. 수많은 분야의 연구자가 전망 높은 시뮬레이션 두뇌에 엄청난 투자를 했다.

작가가 되기 전에 인공 지능과 관련된 일을 한 적이 있었다. 몇 달 동안 가전제품을 똑똑하게 만드는 코드를 썼다. 잠재적 구매자가 자신이 필요한지도 몰랐던 것을 예측할 정도로 똑똑한 제품을 제작하는 회사에서 일했다.

나는 가전제품이 스스로 똑똑해지도록 만들었다. 룰 베이스를 만들고 추론 방식을 조절했다. 기계의 가능한 상태들을 정리한 표에 추론식 목록을 연결해 상황에 따라 어떻게 반응해야 할지 제품에 알려 주었다. 지속적으로 외부 세계의 데이터를 감지하는 센서를 제품에 연결시켰다. 거기서 수집된 정보들은 서로 얽히면서 마치 행동주의적 미로에 갇힌 쥐처럼 제품의 추론 엔진 속을 돌아다녔다.

출구를 찾아낸 데이터는 결론이 되었다. 그러고는 손쉬운 인터페이스만 남았다. 나는 제품이 상황을 따져 보도록 만들었다. 제품이 "잠깐! 정말로 그렇게 하고 싶으신가요?" 혹은 "'퓨레'를 다시 해 보시는 게 어떨까요?"라고 말하도록 지시했다. 제품이 스스로 결정하도록 만드는 것보다는 사용자를 믿게 하는 것이 더 힘들고 민감한 일이었다.

내가 만든 전문가 시스템이 지능을 지녔다고 할 수는 없었다. 하지만 덕분에 지능이 무엇일까 질문하게 되었다. 상업적인 관심을 포기한 뒤에도 같은 질문으로 오랫동안 고민해 왔다. 기억이란 무엇일까? 어디에, 그러니까 정말 그런 장소가 있다면 기억은 어디에 있는가? 아이디어는 어떻게 생겼을까? 이해는 왜 야기되는 거지? 예술적 취향은? 성격은?

갖가지 설명이 내 신경 미로를 파고들었다. 엄청난 추론을 한 뒤 나는 인지가 무엇인지 전혀 알 수 없다는 결론에 이르렀다. 누구도 알지 못했고, 상황이 조만간 바뀔 가능성도 없었다.

더 어려운 질문은 없었다. 다른 질문도 없었다. 시냅스를 통해 세상을 알 수 있는 거라면, 시냅스 자체는 어떻게 알 수 있을까? 스스로를 알고자 할 정도로 복잡한 두뇌는, 분명히 너무 복잡해서 알기 힘든 두뇌다. 또한 망가뜨리지 않고는 접근할 수 없는 것의 작동 방식을 연구하기는 어렵다. 서른 번째 생일 전후로 생각에 대해 생각하는 걸 그만뒀던 것 같다.

기본 논쟁 자체가 신경을 거슬렀다. 한쪽에서는 철학자들이 개념의 감옥으로 가는 유일한 통로는 내관(introspection)이라고 주장했다. 경험주의자들은 그 주장에 강하게 분노했다. 실체가 없는 답에 짜증이 내며, 그들은 별로 관련도 없는 신경화학 단계에 대한 자료까지 끌어모으면서 시간을 보냈다.

이성주의자들이 반박했다. 사고를 통해 실험 디자인과 해석을 한다는 점에서, 신경 과학자들 스스로 자신들의 약점을 드러내낸다고 주장했다. 인지 작용은 모순 그 자체였다. 본래 순환적이기에, 사고는 측정만으로 알 수 없는 거였다.

인지 과학은 교착 상태에 빠진 듯이 보였다. 하지만 내가 자리를 뜬 하룻밤 사이 상황이 돌변했다. 교착 상태는 양쪽에서 풀렸다. 스마트한 장비들이 문설주를 떼어 버린 거다. 아래쪽 웨트웨어 작업자들은 달걀을 깨뜨리지 않고도 오믈렛의 영상을 만들 수 있는 장비를 가지게 되었다. 동시에, 위쪽 사람들은 자신들만의 지렛대, 렌즈의 논문들이 으르렁대며 묘사한 신경망을 찾았다. 바로 연결주의였다.

젊은 연결주의자들은 정신의 형식적 알고리즘을 추구하는 인공 지능 코드 작성자와 뇌 조직 자체의 구조와 기능을 추구하는 점진적 조건주의자들 사이 어딘가에 자리를 잡았다. 센터의 연구실들은 온갖 종류의 종족을 보호하고 있었다. 하지만 신경망이라는 중간계의 대표자는 필립 렌즈 박사인 듯했다.

이 새로운 분야의 열기는 예정된 논란을 일으켰다. 렌즈의 논문 여기저기서 방어적인 태도가 보였다. 신경 생리학자와 알고리즘 형식주의자들 모두 연결주의를 무시했다. 신경 네트워크가 매끄러운 행동을 하는 건 사실이었다. 하지만 반대자들은 이 행동이 속임수라고 주장했다. 신기한 것. 화려한 패턴 인식. 적절한 아날로그 신경 논리가 전혀 없는 복제품. 네트워크가 무엇을 만들어 내든 그건 생각이 아니었다. 진짜가 아니었다.

렌즈는 논문에서 이런 비판을 피하지 않고 논의했다. 두뇌는

AI 연구가들이 말하는 것처럼 순차적이고 상태 함수적인 프로세서가 아니었다. 동시에 두뇌의 능력은 신경 소낭을 통과하는 화학 작용의 총합을 능가했다. 두뇌는 모형 제작자였다. 자기가 모방하려는 것에 의해 계속해서 다시 변화하는 제작자. 이걸 모델로 만들어, 어떤 통찰력이 생기는지 알아보는 게 어때?

연결주의를 알자마자, 그 이름에서 벗어날 수가 없었다. 복도에서 그 이름을 들었다. 재빨리 도망가려고 뒷좌석에 앉았던 센터 세미나에서 들었다. 매일 밤, 까먹은 소설을 읽는 대신 인터넷의 전자 노트 파일과 심심풀이로 쌓아 놓은 텍스트를 통해 연결주의에 관해 읽었다. 신경 시뮬레이션의 전례 없는 향기가 온 사방에 퍼져 있었다. 난 아이처럼 입을 오물거리며 따라갔고, 그사이 렌츠의 글은 우리가 이미 기계적 사고의 첫 연발타를 날렸다고 선언했다.

렌츠는 연상하고 학습하고 판단하지만, 이 모든 일을 인지 능력이 결여된 채 수행하는 합성 뉴런을 상정했다. 그의 예측에 따르면 다음 단계로 넘어가기 위해 필요한 것은 그저 증가된 예민함, 더 빠른 스피드, 향상된 소형화, 더 섬세한 기억, 좀 더 촘촘한 조직, 더 큰 공동체, 더 높은 단계의 연결, 더 세밀하게 분산된 동력뿐이었다.

내가 만든 가장 똑똑한 제품은 전두엽 없이 반사 신경만 가진, 그저 명령만 따르는 물건이었다. 그 제품이 기본적인 것들을 기억하게 만들기는 했다. 하지만 그 기억을 실행하려면, 내가 먼저 그걸 상상해야만 했다. 실제 학습이나, 실행 중 규칙 변경을 할 정도로 유연한 행동은 불가능했다. 심지어 가장 심오하고 어려운 지식을 형식화하는 일조차 진정한 인지와 비교해 보면 아무것도 아니었다.

그때와 지금 사이 어느 순간에 인공 지능이라는 아이디어가 생겨났다. 그리고 렌츠는 여러 명의 제페토 중 한 명이었다.

내가 상상하는 이 번쩍거리는 새로운 인공 지능은 마치 티그리스 강둑에서 방금 발견된 유물과 같았다. 렌츠의 논문에서 가장 이해하기 쉬운 글은 인공 뉴런 기계를 개발한 먼 동료에 관한 거였다. 그 기계가 큰 관심을 끌어 다큐멘터리만 주로 다루는 채널에 나오기까지 했다.

기계는 운모처럼 쌓인 세 개의 층위로 구성되었다. 각 층위는 약 백 개의 뉴로드를 장착했다. 우선 1만 8천 개 시냅스의 가중치가 무작위로 정해졌다. 입력 레이어에서 글자를 읽고 출력 레이어는 소리를 내놓았다.

첫 발화 시도에서 기계는 신생아처럼 말도 안 되는 소리를 냈다. 하지만 몇 시간 뒤에는 점차 읽기 틀이 형성되었다. 단조로운 음절들이 알아들을 만한 단어 형태로 모였다. 발화된 음이 우연히 정답에 맞으면 그 소리를 낸 조합의 연결이 강화되었다. 맞지 않은 소리의 조합들은 약해지고 사라졌다.

반복된 경험과 선택으로 시냅스들은 ABC를 배웠다. 기계는 성장했다. 옹알이하던 유아에서 수다스러운 아이로 자랐다.

반나절 만에 네트워크는 '어버버'에서 소통 가능한 수천 개의 단어를 사용하는 수준까지 발전했다. 일주일 뒤에는 어린아이의 읽기 수준을 넘어 일반인의 수준에 다가섰다. 3백 개의 모형 셀이 큰 소리로 읽는 법을 배운 것이다.

누구도 읽는 법을 알려 준 적이 없었다. 누구도 그 어려운 문제들을 해결하는 데 도움을 주지 않았다. 연결된 세포들은, 자기들이 모방하는 세대들처럼, 반복적 강화를 통해 스스로 깨우친 거였다. 엄마의 말과 일치된 소리는 칭찬을 받았다. 그 소리를 만드는 조합은 강화되었고, 기계는 루트 연산을 흉내 내는 초등학생처럼 암기했다. 다른 조합은 외로움과 무관심 속에 사라져 갔다.

렌즈의 글에서, 나는 다 자란 기계의 숨겨진 레이어를 들여다보는 개발자에 대해 읽었다. 개발자는 자신이 발견한 것에 놀랐다. 복잡한 연결 가중치 시스템 속에 발음 규칙이 있었다. 복잡한 수학, 클러스터 분석, n차원의 벡터 작업을 통해 그런 규칙이 생긴 거였다. 뉴로드는 모음 두 개가 같이 가면 첫 번째 것이 말을 한다는 사실을 깨달았다. 그러고는 이렇게 얻은 통찰력을 체계화시켰다. 그 체계가 너무도 세련되어, 네트워크 제작자는 자기 혼자서는 꿈도 못 꿀 수준이라고 단언했다.

학술지의 논평도 읽었다. 과학적인 내용은 이해할 수가 없었다. 도저히 따라갈 수 없었다. 시간과 선택은 나를 과학에 무지한 사람으로 만들었다. 그 말하는 상자가 어떤 획기적인 의미를 갖는지, 나는 확인할 방도가 없었다. 모든 면에서 상자의 생물학적 중요도는 매우 미약했다. 무엇보다 그게 진짜로 생각하는 게 아니라는 점은 분명했다.

내게는 그런 비판들이 무의미했다. 이야기만으로 충분히 매혹적이었다. 내가 원한 것은 실험의 아이디어, 그 이미지였다. 상자는 수많은 숨겨진 발화를 통해 읽는 법을 배운 거였다. 신경망 캐스케이드가 자기 수정을 통해 다듬어 가며 끝내 알아들을 만한 단어를 양산한 거였다. 필요한 거라고는 렌즈와 같은 사람이 이따금 "다시" 그리고 "잘했어!"라고 말해 주는 것뿐이었다.

지난 10년간 C에게 보냈던 편지가 4등급 우편으로 되돌아왔다. 덧붙인 말도 없이. 물론 아무 말도 필요 없었다. 말이 있었다면 답을 해야 했을 거다. 그저 그녀가 보냈던 편지를 똑같이 돌려보내면 됐다. 그러리라고 스스로 다짐했다. 주소를 찾아내고, 우체국에 가기만 한다면.

난 편지 꾸러미를 서랍 안쪽에 놔두었다. 번호를 잊어버린 자물쇠 옆에. 어쩌면 그 종이 뭉치가 도움이 될지도 모른다고 나 자신에게 말했다. 이 모든 상황에도 불구하고, 또 다른 나 자신이 언젠가 살 수도 있는 또 다른 삶에서 도움이 될 거라고.

어느 날, 나도 모르게, 새 책을 끝냈다. 최종 편집을 마쳤고, 더 이상 고칠 게 없다는 사실을 깨달았다. 양심상 글을 하루도 더 붙들어 둘 수가 없었다. 완성된 원고를 출력해서 출판사가 이전 작품을 보냈던 상자에 담았다.

테이프를 과하게 사용해 상자를 포장한 뒤, 앉아서 부엌 탁자에 놓인 상자를 쳐다보았다. C의 증조할머니 생각이 났다. 스무 살이 되기도 전에, 할머니는 비슷한 신발 상자에 사산아를 담아 E의 작은 숲에 세 번이나 묻었다. 역사의 끝자락에서 사라져 가는 방랑자들에 대한 쓸데없이 화려하고 숨 막히는 알레고리를 제정신으로 읽을 사람이 있을지 자문해 보았다.

이미 그런 질문을 던질 때는 지났다. 자전거를 타고 우체국에 가서 도서 요금으로 상자를 뉴욕에 보냈다. 뉴욕 출판사는 상자에 담긴 이야기를 선불로 지급했다. 내가 저지른 일로 우울해할 여유가 그들에겐 없었다. 과학에 관한 장편 소설은 뜻밖의 성공이었다. 그들은 같은 걸 기대했다. 하지만 난 그들에게 별 도움이 되지 못했다.

원고가 손을 떠나자마자 힘이 쭉 빠졌다. 마치 지난 3년간 회귀 분석을 받은 느낌이었다. 마침내, 옛 트라우마의 순간을 경험한 것이다. 하지만 카타르시스는커녕 그 어떤 감정도 느끼지 못했다. 마취당한 듯이 무감각했다.

이제 남은 생을 뭘 하며 살아야 하나? 남은 오후조차 망막하기만 했다. 쇼핑을 하러 갔다. 쇼핑을 하고 나니, 언제나 그랬듯이 머리가 아팠다.

다시 글을 쓸 수 있지 않을까 생각했다, 적어도 한 번은. 그 신비로운 첫 문장으로 시작만 한다면. 하지만 기차는, 독자에게 상상해 보라고 한 그 기차는, 여전히 출발역을 떠나지 못하고 있었다. 기차는 남행 여정을 마쳤다. 그러고는 떠나 버렸고, 난 첫차를 타기 위해 대합실에 남아 있었다.

그 문장이 어디로 향하는지 알려면, 그전에 어디 있었는지 알아야 했다. 분명히 큰 소리로 들었던 문장인 것만 같았다. 누군가 나한테 읽어 주었거나, 아니면 누군가에게 내가 읽어 준 이야기의 시작일 거다.

B의 허름한 단칸방에서 살았을 때, C와 나는 서로에게 소리 내어 글을 읽어 주곤 했다. 구세군 상점에서부터 다섯 블록을 머리 위에 짊어지고 가져온 중고 매트리스를 마룻바닥에 깔고, 그 위에서 잤다. 담요는 보풀이 일어나는 갈색 모직 양탄자였고, 우린 그걸 곰이라고 불렀다.

그 담요 밑에서 웅크린 채, 우리는 밤이면 온도계가 소용없을 정도로 기온이 떨어지던 첫겨울을 보냈다. 어느 정도 시간이 지나면 라디에이터가 멈췄다. 사실 최대치였을 때도 라디에이터는 벽돌과 회벽 사이를 파고드는 차가운 어둠에 상대가 되지 않았다. 라디에이터처럼 항복하고 마비되지 않았던 유일한 이유는 서로에게 큰 소리로 글을 읽어 주었기 때문이다. 그 당시 우리는 누구도 읽어 주는 역할을 맡으려 하지 않았다. 그건 책을 펼쳐 들기 위해 이불 밖으로 손을 내밀어야 한다는 의미였으니까.

가끔은 너무 추워서 인쇄된 글자를 소리 내어 읽기 힘들 때도 있었다. 침대에 누워서, 서로에게 온기를 전해 주려 하고, 작은 촛불 아래서, 마비된 입으로 「실버 블레이즈」와 『벤베누토 첼리니』를 중얼거렸다. 터무니없는 온도에 낄낄거렸고, 상대방의 바짝 언 발가락이 닿으면 고통에 울부짖었다. 우린 서로에게 유일한 청중이었고, 북극 냉기에서도 행복했다.

어쨌거나, 내가 기억하기로는 그랬다. 소리 내어 말한 적은 없었지만, 부드러우면서도 얼어 버린 단어의 흐름 속에 누워 있는 것만으로도 우리는 기대감에 충만했다. 세상이 이렇게 깨지기 쉽고, 잔혹하고, 거대하고, 고요할 리가 없어, 반드시 무슨 일이 일어날 거야.

어딘가, 어느 책장에, 갈라진 가죽 바인딩을 한 노트가 아직도 있을 거다. C와 내가 서로에게 읽어 준 책 제목이 전부 적힌 일기장. 그 일기장을 찾기만 한다면, 거기 적힌 책의 첫 문장을 전부 찾아낼 수 있을 거라고 생각했다.

B에서의 삶은 미숙한 소꿉장난이었다. 보잘것없던 전셋집은 어느 18세기 조각가가 만들어 낸 남태평양 섬이었다. C는 미술관에서 그림을 지키는 일을 했다. 난 전문가 시스템 루틴을 만들었다. 재미 삼아, 우리는 쓰다 버린 텔레타이프 뒷면에 20세기 연대기를 새긴 다음, 천장 아래 벽에 둘러 붙였다. 베이징 평화 조약, 마르코니가 대서양을 건너온 'S'자를 수신하다. 우즈베키스탄 합병. 샤넬이 리틀 블랙 드레스를 만들다. 림보가 전국적인 댄스 열풍을 일으키다.

우리는 남이 버린 물건들로 첫 보금자리를 꾸몄다. 야구장 건너편에 사는 사람이 쿠션이 두툼한 멀쩡한 소파를 버렸다고 친구들이 알려 줬다. 식기는 세 개 이상 짝이 맞는 법이 없었다. 우리가 소유한 고가의 제품은 딱 하나였다. 시계 라디오. 매일 아침 우리는 새소리 방송을 들으며 일어났다.

서로에게 글을 읽어 주지 않을 때면 이야기를 즉석에서 만들었다. 창문 밖 마당은 수록되기를 기다리는 작은 이야기로 가득한 책이었다. 그곳에는 우리가 바로 즐길 수 있는 값싼 공연들이 끝없이 이어졌다.

경찰은 말을 타고 다녔다. 강도는 항상 바닥이 끌리는 콘티넨털 자동차를 타고 다녔다. 부모의 감시를 벗어난 아이들은 입안에 넣을 흙덩이를 찾아 덤불을 뒤졌다. 음악원 학생은 심지어 12월에도 창문을 열고 색소폰을 불었다. 그는 반음계 옥타브를 따라 마구잡이로 올라가며 뱃멀미를 표현한 만화 음악 같은 소리를 냈다. 언제 쓸지 모르는 소설에서 난 그렇게 표현할 거다. 색소폰 연주자는 올라갈 때는 A플랫을 항상 빼먹었지만, 내려올 때는 묘하게도 제대로 연주했다. "중력 때문이야"라고 C가 농담을 했다.

이제 막 성인이 된 아이들이 정장을 입고 물건을 팔러 왔다. 다들 이상하고도 흥미로운 명분을 내세웠고, 상품은 항상 이전 것보다 더 중요해 보였다. 외판원들이 벨을 누르면, 우리는 가끔 돈을 조금 썼다. 아니면 집에 아무도 없다는 소리를 냈다.

근로 보상금으로 사는 몸집 큰 여자가 지팡이를 짚고 쩔뚝거리는 걸음으로, 매일 같은 시간에 개를 산책시켰다. 개의 이름은 예나였고, 우리는 나폴레옹이 프러시아를 대패시킨 전쟁, 헤겔이 목격한 그 전쟁을 따라 지은 이름이라고 생각했다. 개는 주인보다 심지어 몸이 더 굳어 보였다. 예나는 인도 한복판에서 전혀 움직이지 않고 서서, 영혼의 탈옥을 생각하며 아무런 소리도 내지 않곤 했다. 끝까지 이름을 몰랐던 개 주인은 현관문 앞에서 기다리면서, 체념 기득한 당혹스러운 목소리로 그 짐승을 계속 불러 댔다. 개는 지평선을 한참 동안 바라보다가, 쓸쓸하게 되돌아서곤 했다.

나는 이런 이야기들을 C에게 전해 주었고, 그녀는 온몸이 마비된 맹인처럼, 내 이야기가 유일한 즐거움이라는 듯, 눈을 감고 침대에 누워 있었다. 나는 그녀에게 모든 일을 상세하게 설명했다. 인간사의 터무니없음에 그녀가 웃을 때까지 살을 붙여 가며. 그녀가 웃으면, 난 언제나, 어떻게 다른 사람보다 내가 먼저 그녀를 발견했는지 놀랐다.

그렇게 소꿉장난을 하면서도, 나는 그 판타지가 무언지 알았다. 한 저명한 편집자가 우리가 어린아이였을 때보다 한참 전에 만든 유령 이야기 선집에서 나온 이야기였다.

C에게 중환자실에 누워 있는 두 남자에 대한 이야기를 기억에서 끄집어내 말해 주었다. 두 사람 중에 심장병 환자가 창가 침대를 차지한다. 그는 종일 병실 친구를 위해 바깥 세계에 대해 상세히 보고한다. 그는 등장하는 사람들 모두에게 이름을 붙인다. 부자 양반, 메신저 보이, 각선미 여인. 누워 있는 곳에서 창밖을 볼 수 없었던 옆 침대의 전신 마비 환자를 위해 남자는 끝없이 이어지는 소설을 엮어 낸다.

그러던 어느 날 창가의 이야기꾼에게 심장 마비가 온다. 그는 몸부림친다. 두 사람의 침대 사이 탁자에 있는 약을 집으려 애쓴다. 전신 마비 환자는 마침내 그 무한한 세상을 볼 수 있는 기회를 놓치지 않으려고, 순간적으로 초인적인 힘을 발휘해 약을 바닥으로 쳐 낸다.

다음 날 텅 빈 창가 침대로 옮겨 간 남자가 볼 수 있는 건 오직 벽뿐이다.

"대단한 이야기인데." C가 말했다. 차디찬 어둠 속에서도 그녀가 흥분했음을 느낄 수 있었다. 세상은 우리 앞에 펼쳐져 있었다. "정말 좋아. 아무래도 자기를 죽이고 내 걸로 만들어야겠어."

내게는 그 기차 말고 아무것도 없었다. 너무 단순해서 절대로 되찾을 수 없는 선로를 따라, 기차는 어느 곳에서도 올 수 있었다. 나 자신도 그 남행 열차를 상상할 수가 없었다. 그러니 어떻게 독자에게 상상하라고 하겠는가?

고지서를 정산하고, 오래전에 받은 편지에 답장을 했다. 무의식적으로 가장 비효율적인 방법으로 일했다. 라디오나 TV 없이 밤이 얼마나 지루한지 다시금 깨달았다.

다른 일을 할 때 중요하게만 보이던 플롯들을 노트북에서 찾아냈다. 한번은 조각상 흉내를 내면서 먹고사는 사람의 이야기를 쓰고 싶었다. 그는 세계의 수도를 돌아다니면서 스프레이 페인트로 온몸을 은색으로 칠하고 통가를 입은 채, 놀랍도록 가만히 서 있다. 감탄한 군중이 지나가면서 컵에 동전을 던져 넣는다. 하지만 이제 와서 이 조각상 인물에게 무슨 일이 생길까 고민해 보니, 결국 그가 원하는 건 좀 더 가만히 오랫동안 서 있는 것이다. 지나가는 사람들이 몰라볼 정도로.

열일곱 살 먹은 인물을 329일 동안 몰 오브 아메리카 앞 게양

대 꼭대기에 있게 하는 아이디어도 있었다. 정치적인 시위를 하면서 동시에 기네스북에 오르려는 의도로.

가벼운 정치 풍자극의 초안도 찾았다. 가로보다는 세로가 더 긴 주에 사는 켄트 씨 부부에게는 완벽한 아이가 있다. 아이는 밤에 잠을 자고, 시간 맞춰 밥을 먹고, 트림을 하면 미안해한다. "저 애 기어가는 것 좀 봐요, 여보! 대통령감이네." 이야기는 스몰빌 고등학교, 노스웨스트 오소코날 주립대학을 거쳐 정치활동위원회와 이기적인 정치가들의 품에 안기는 아이의 고귀한 일생을 따라간다. 나는 이게 잠시 쉬어 가는, 마치 휴식 같은 이야기가 되지 않을까 기대했다.

초창기 아이디어는 모두 쓸 만해 보였다. 내가 다른 사람의 노력과 참을성을 가진 다른 사람이었다면 괜찮은 이야기로 발전시켰을지도. 아이디어에 딱 맞는 플롯이 찾아올지 모른다는 기대에 난 계속 둘러보았다. 별 소용 없자 그냥 하나 골라서 시작만 하면 될 거라고 생각했다. 어차피 이야기란 그 이야기가 무엇에 관한 건지 알아내는 게 아니었나?

속이 꼬이는 고통에 다시는 글을 쓰지 못하리라는 사실을 깨달으며 아침을 보냈다. 꿈에도 생각하지 않았던 자서전 쓰는 걸 빼고는 할 수 있는 일이 없었다. 삶은 3개월 지난 컴퓨터 잡지처럼 쓸모없어져 갔다.

나 자신에게 물었다. 오랫동안 혼자 지냈다면, 남들 앞에 잠시 나설 권리가 생기지 않는지. 생각만으로도 몸이 움츠러들었다. 하지만 결국 아무것도 모르는 제3의 방관자만 탓할 수 없는 때가 오기 마련이다.

단순함을 추구하다가 결국 이해할 수 없는 복잡함을 만드는 과정을 벌써 네 번이나 거친 이런 질문이 남았다. 도대체 왜 남들 앞에 나서야 하지?

센터에 가서 벽에 붙은 인문학자 파리 시늉을 했다. 공책에 써놓은 것을 읽었다. 인터넷으로 딴짓을 했다.

가을이 찾아와서 8월 중서부의 갑갑함을 걷어 냈다. 인도는 차가운 빗물로 반짝였다. 낙엽은 때 이른 겨울 내음을 발산했다. 새들은 V자 대형으로 안식처를 찾아 떠났다. U의 날씨는, 살아 있다면 누구나 다시 시작할 수 있다고 말하는 듯한, 그 찬란한 두 주간에 접어들었다. 잃어버린 걸 전부 되찾으라고 말하는 듯이.

밝고 활기찬 공기로 생긴 막연한 기대감에 몸이 굳었다. 가만히 서서 기다렸다. 마지막 계절의 첫 주, 언제나 찾아오는 그 절박함을 놀라게 하지 않으려고.

그 후렴구에 매달렸다. 기차를 상상하라. 남행 기차를 그려 보라. 터빈 스팀 엔진은 도저히 고치기 힘들 정도로 망가졌음에도 매일 밤 나를 괴롭혔다.

그러던 어느 날 저녁, 학부 시절엔 절대 가지 않던 술집에 갔다. 기억이 맞으면, 학교를 다니면서 맥주를 마시러 간 적은 1바이트의 4분의 1번 정도 되었다. 소중한 시냅스를 보호하려고. 내 시냅스가 완벽하게 작동할 수 있도록 애썼다. 한때는 그런 게 참 중요해 보였다.

　네덜란드에서 난 발효 과일 맥주를 즐기기 시작했다. 가볍고 차가운 필스너의 고장에서 과일 맥주는 터무니없이 비쌌다. 그래도 크릭 맥주는 왕복 항공권보다 훨씬 저렴했다. 내가 주문하자 바텐더는 병에 묻은 먼지를 털어내야만 했다.

　바에 앉아 술을 홀짝거리면서, 참가자가 수십 개의 맥주 종류에 맞는 잔을 맞추는 벨기에 TV쇼를 떠올렸다. 마지막으로 맥주를 마신 곳은 1천1백 종류의 맥주와 80가지 생맥주를 파는 리에주의 허름한 레스토랑이었다. 맥주 메뉴는 책 두께였고, 색인도 있었다.

　라이트 맥주라는 것을 120명이나 되는 C의 사촌들에게 설명하는 상상을 했다. 라이트(Lite)라는 단어의 철자를 설명하는 것조차 힘겨웠다. 술집 창밖 멀리로 대학교의 쿼드 광장이 보였다. 난 그곳이 체리 맥주를 마신 뒤 탐험할 미지의 신비한 마르크트 광장이라고 상상했다.

　또 다른 이야기를 생각해 봤다. 한때는 거대한 고딕 마을이었지만 이제는 아무것도 아닌 메헬런에 사는 서른다섯 살 실직한 공사장 인부가, 애초에 세계에서 가장 높은 성당 첨탑으로 계획됐던 공사를 마무리하는 일에 집착한다. 한 모금 마시면서 이 사람을 요리스라고 부르기로 결정했다. 이 실직한 일용 노동자는 공사가 수백 년간 미뤄졌음을 깨닫는다. 그가 해야 할 일은, 기독교 역사에 다시 한번 도시 이름을 올리기 위해 사람들에게 가진 돈을 탕진하도록 설득하는 거다.

이야기는 가능성이 무한해 보였다. 문제라면 정확히 딱 한 명의 독자에게만 흥미를 끌 거라는 점이었다.

술집에 사람들이 많아지기 시작했다. 남학생 사교 클럽 학생한 명이 피처를 채우러 급하게 가다가 내 어깨를 쳤다. 학생은 "죄송합니다, 어르신"이라고 최고의 경영학과 학생다운 매너로 사과했다.

어르신이라는 말에 뺨을 맞은 것만 같았다. 젊은이의 독선이 숨겨진 말이었다. 스물다섯 이하는 그 사실을 대화에 욱여넣어야만 했다. 심지어 그저 두 단어뿐인 대화라도. 이 나라에서 젊음이란 사회적으로 용인되는 방식의 자만이었다.

대학 술집, 아니 대학 도시에 온 건 끔찍한 실수였다. 이들은 내가 죽을힘을 다해 공부하는 동안, 매일 밤 만취했던 사람들이다. 그들은 스무 살에 머물러 있고, 그사이 난 중년으로 사그라들었다.

더욱더 우울했던 점은, 내가 유일한 어른이 아니라는 사실이었다. 뒤편 흡연 구역에서 센터 연구원들이 드문 휴식을 취하며, 내 자리에서 보기엔 심각한 이론적 토론 비슷한 걸 하고 있었다.

그들 가운데, 익숙한 곳을 벗어났기에 더욱더 창백하고 어색해 보이는 렌츠가 손짓을 해 대며 얘기하고 있었다. 그의 손은 허공에서 각이 날카로운 다양한 사면체를 그렸다 지웠다 했다. 무슨 말을 했는지 같이 앉아 있던 대여섯 명이 혐오스러운 표정을 짓고, 짜증을 내면서 반박했다. 건너편에서 보면 과학과 문학비평이 꽤 비슷해 보였다.

내 쪽으로 눈을 돌렸지만 렌츠의 시선은 나를 지나쳤다. 둘 다 어색해하며 서로를 알아보지 못한 척했다. 자신을 본 상대가 모르는 척하고 있다는 사실도 모른 척했다. 그가 손짓을 하지 않아 안심됐지만, 동시에 무시당한 기분도 들었다.

얼마 후, 무리의 유일한 여성이 대화에서 빠져나와 내 쪽으로 걸어왔다. 그녀는 큰 키에 호감형 얼굴이었고, 당황한 표정을 지었으며, 주근깨는 가정용 별자리 투영기가 만든 성운처럼 보였다. 복도에서 본 적 있는 사람이었다. 몇 살인지 도저히 알 수가 없었다. 난 나이를 가늠하는 능력을 완전히 상실했다.

그녀가 건너오는 동안 추측을 직업으로 하는 사람에 대한 이야기를 상상했다. 이 인물은 놀라운 오차 범위 내로 자기가 만난 사람의 나이, 몸무게, 신장, 그리고 축적된 슬픔을 맞췄다.

"그쪽을 데리러 왔어요." 가까이에서 그녀가 말했다. "착한 사람들에게 도움이 필요하거든요."

다른 과학자들이 깔끔한 거에 무관심한 반면, 여자는 말끔하게 옷을 차려입었다. 트위드재킷을 입고, 풍성한 머리는 1940년대 뱃머리 스타일을 하고 있어 이상하리만치 고풍스러운 인상을 주었다. 뇌량(corpus callosum)을 절단해 간질을 치료했다고 발표할 것만 같았다.

"누가 착한 사람들인데요?"

여자가 웃었다. "좋은 질문이네요. 전 다이애나 해트릭이에요. 히포 캠퍼스의 연상 표현 형성 전문이에요."

"히포 캠퍼스라면 이 근처인가요?"

난 입을 최대한 벌리고 웃었다. 자진해서 바보처럼 보이려고. 멍청하게도, 손을 내밀었다. 림뷔르흐에서 사람들은 초반에 그리고 자주 악수를 한다. 악수할 정도로 가만히 있는 거라면 뭐든 상관없이.

"리틀 마르셀이라고 합니다. 지금은, 뭐 특별히 하는 일이 없고요."

그녀는 내 손을 잡았지만, 인상을 썼다. 좋은 학생에게 나쁜 성적을 주고 싶지 않은 선생처럼 입술을 깨물었다. "아니, 정식으로 인사도 안 했는데 왜 거짓말부터 하시죠?"

처음엔 특별히 하는 일이 없다는 말 때문에 그러는 줄 알았다. 그러다가 깨달았다. 해트릭 박사는 친절한 영혼을 지닌 사람이었지만, 명예훼손법학회에서 기조 강연을 하는 변호사만큼이나 고지식했다.

"미안해요. 그건 렌츠가 지어 준 별명이에요." 난 턱으로 그녀가 있었던 자리를 가리켰다.

"으, 저 인간. 저 사람 때문에 제가 여기 온 거예요. 또 난리를 치고 있거든요."

그녀는 토트백을 엉덩이에 깔고 바에 기댔다. 옆 주머니의 논문들 사이로 오래된 페이퍼백 바이킹 문고판이 보였다. 책등은 너덜너덜했다. 표지가 심하게 닳아 있었지만, 그래도 상단의 광고문을 읽을 수는 있었다. '누구나 일생에 적어도 세 번은 『돈키호테』를 읽어야 한다……. 청소년기, 중년기, 노년기.'

"잠깐 볼 수 있을까요?" 책을 가리키며 내가 물었다.

그녀는 뜬금없는 요구에 이미 익숙한 듯, 아무 말 없이 침착하게 책을 건네주었다.

나는 책을 반대편으로 뒤집어서, 저작권 정보가 적힌 페이지를 펼쳐 보았다. 내가 열두 살이었을 때 9백 페이지짜리 책이 1달러 85센트였다. 말도 안 되는 가격이었다. 첫 번째 출격 장을 펼쳤다. '내가 기억하고 싶지 않은 라만차 지방의 한 마을에……'

자백 유도제처럼 단어들이 몸 안에 퍼졌다. 열다섯 살로 돌아간 나, 그때 난 2학년 문학 수업에서 앞에 앉아 있는 이집트 왕비에게 그녀 목 뒤의 털을 보기만 해도 숨이 막힌다고 고백할 용기를 북돋우고 있었다.

당시, 난 손에 잡히는 건 뭐든 읽었다. 독서는 내게 신대륙과도 같았다. 일어나자마자 읽었고, 더 이상 머리가 돌지 않는 시간을 훌쩍 넘겨서도 읽었다. 목표가 있는 건 아니었다. 설명하기 힘들고, 나중에 되찾기 불가능한 그 즐거움만을 위해 읽었다.

첫 장의 그 열여섯 단어로 나는 고대의 호박 화석 안에 갇혀버렸다. 문장이 끝나기도 전에 나는 달고 단 기억에 빠진 캄브리아기 벌레가 되었다. 첫 번째 출격, 다시 한번. 책을 너무 많이 읽은 돈키호테를 쫓던 귀신처럼 맹혹한 귀신들이 나를 추격했다.

나머지 귀신들이 뛰쳐나오기 전에 책을 덮었다. "고마워요. 확인하고 싶은 건 그게 다예요."

해트릭 박사는 아무 말 없이 책을 가방에 집어넣었다. "그래서 갑옷을 입고 우리 전투를 도와주실 건가요?"

그녀의 말투는 부드러웠다. 시간에 쫓기는 젊은 교수의 자기 방어적인 말투가 아니었다. 그 한마디로 그녀는 더 원숙하고 더 진지해 보였다. 그녀의 신중함을 착각한 거였다. 농담을 이해하지 못한 고지식한 바보 변호사는 바로 나였다.

직업상 생긴 분위기일 거라고 추측했다. 어떤 이미지를 영구적 완충 기억으로 담아내는 수많은 서브시스템을 가까이 관찰하다 보면, 그리고 그 이미지가 포착되면서 생성되는 루프를 측정하다 보면, 단정적인 것을 피하게 된다. 겸손해지고, 과장하기를 꺼리고 풍자적이 된다.

뇌가 실제로 작동하는 걸 보면 어떤 기분이 들까 상상해 봤다. PET 스캐너에 만화처럼 깜박거리는 걸 보면. 실험 대상에게 세상을 재빨리 보여 주고, 측두엽 주위로 수채화 물감이 퍼지면서 그 세상이 기억할 수 있는 간단한 형태로 되는 모습을 관찰한다. 이 여자는 그 과정을 실시간으로 추적했다. 포획했다고 알렸던 배가 저녁 안개 속으로 사라지지 않았음을 확신하고자, 정신의 팔레트가 필사적인 신호를 보내는 모습을.

포스트모더니스트 후기 유아론자들이 후전두골 신경학 실험을 당해 봐야 한다는 생각이 들었다. 제일 명민한 사람들은, 이 조심스러운 여자처럼, 자신들이 사용하는 서술어의 폭력성을 하나하나 따져 볼 것이다. 놀라울 정도로 복잡한 섬유의 엄청난 실시간 조직 과정을 보고 나면 그들은 가장 겸손하고, 가장 눈에 거슬리지 않는 문장만을 사용할 거다.

"죄송하지만 갑옷이 아직 세탁기에 있는데요."

그녀가 정말 관대하게 웃었다. "그러지 말고요. 렌츠를 말로 이길 사람이 필요해요."

그녀를 따라 센터 사람들이 있는 자리로 갔다. 렌츠는 우리가 오기 전에 이미 나를 열심히 소개하는 중이었다.

"여기 우리의 비방문객 방문 학자가 오셨군. 마르셀, 여긴 굽타, 첸, 켈루가, 플로버. 해트릭하고는 벌써 친해진 것 같고. 다들 네덜란드 사람인 마르셀 알지. 어쨌거나 명성으로는. 자네 소설을 읽는 사람이 있긴 한 건가?"

"제가 답할 질문이 아닌데요." 내가 웃으며 답했다.

"자네 어머니는 읽으시나?"

"적어도 그렇다고 말씀하시죠."

"마르셀은 책을 써." 특별히 누구를 위해서랄 것도 없이, 렌츠가 덧붙여 말했다. "무슨 말을 하든 조심하라고. 우리 모두 영원히 남을 수도 있으니까."

탁자 위의 희멀건 필스너 맥주에도 불구하고 렌츠의 호전성은 여전했다. 하지만 오늘 밤, 그의 싸움 상대는 동료들이었다. 난 그저 손쉬운 스파링용 인형이었고, 본 경기와는 별 상관이 없었다.

자리에 앉았다. 탁자가 삐걱거렸다. 대화는 하드 데이터를 모두 소진한 뒤라 조심스러운 철학적 불씨로 사그라들었다. 내가 등장하자 열띤 토론의 기세가 꺾였다. 다들 다시 예의 바르게 행동했다.

이들 중에서 난 세계적으로 저명한 지각 연구자인 램 굽타만 만난 적이 있었다. 최근 출입국관리국에서 그가 당한 일은 정말 터무니없었다. 공항 직원은 이 갈색 피부를 가진 사람이 입국하는 순간 야만인이 될 거라고 생각했다. 엄청난 모욕에도 굽타 박사는 전혀 개의치 않는 듯이 보였다.

"자네도 흥미로운 지적을 하고 있고, 자네도 흥미로운 지적을 하는 거야"라고 램은 말하면서, 렌츠와 해럴드 플로버를 번갈아 보며 고개를 끄덕였다. "그냥 그 정도로만 하면 안 될까? 그러니까, 만일 오늘 밤 우리 모두가 지금 일어나 밖에 나가 차에 치인다면, 물론 그런 일은 없어야겠지만, 혹시라도 그런 일이 벌어진다면 이게 우리의 마지막 대화가 되길 바라진 않겠지?"

"자네 종족은 영생을 믿는다고 아는데." 렌츠가 램의 신경을 건드리려고 했다.

털갈이를 한 커다란 알래스카 곰처럼 보이는 플로버가 짜증내며 두 손을 들었다. "젠장, 이젠 영생 얘기까지. 벌써 30분 동안 이 끝도 없는 난센스를 내내 참고 있었는데."

"해럴드, 뭐 다른 의견 있으면 말해 보라고……."

"새로운 반대 의견이 있을 수가 없죠. 데이터가 전혀 없잖아요." 깔끔한 열두 살짜리 금발 소년처럼 보이는 켈루가는 우리를 쳐다보며 동의를 구했다. 어른들의 저녁 모임에 따라 나온 열정적인 대학원생.

"데이터?" 렌츠가 잘라 말했다. "아, 물론이지. 해트릭이 실험을 위해 원숭이 수백 마리의 뇌를 기꺼이 자를 테니까. 그걸로 그 문제는 완전히 해결될 거야."

"원숭이를 잘라요?" 난 다이애나에게 속삭이며 물었다. "리시스 피시스?" 램을 따라 한 거였다. 사람들과 싸우는 것보다는 터무니없는 말을 하는 게 훨씬 편하니까.

렌츠가 코웃음을 쳤다. "마르셀, 그건 천 점 만점에 칠 점짜리야. 한 번만 더 그런 식으로 얘기하면 다시 시인들하고 앉아야 할 거야."

"아, 그냥 내버려 둬." 플로버가 컵에다 대고 중얼거렸다. "재미있잖아."

"내 잘못이 아니에요." 내가 변명했다. "칼텍에 다니는 친구한테 들은 얘기라고요."

해트릭이 손가락 두 개 굵기 정도의 거품을 샴페인 잔에 부었다. "필립, 지금 형이상학으로 넘어가고 계시잖아요. 이 세상 데이터를 다 모아도 박사님 주장을 입증하거나 부정할 수 없을 거라고요."

"도대체 뭘 마시고 있는 거요?" 플로버가 내게 물었다. 한 모금에 50센트 정도 하는 음료 찌꺼기를 버리기 싫어서 난 크릭 맥주를 들고 와 있었다.

"다크 라이트예요." 내가 말했다.

"식초 맛 감기약 냄새가 나는데."

"마르셀은 지금 자기 연민에 빠진 향수를 즐기는 중이야. 케이크랑 차 같은 거지. 술 취하는지 잘 봐야 해. 탁자 위에 150만 개 단어를 토해 놓을지도 모른다고."

"정말 못 들어 주겠네." 플로버가 화를 냈다. "왜 아무도 말리지 않는 거지?" 플로버는 나를 보며 고개를 저었다. "신경 쓰지 말아요. 맥주 두 병에도 항상 저런 식이니까."

난 플로버에게 눈짓으로 렌츠와 이미 만난 적 있다고 알려 주었다.

여러 전선에서 동시에 전쟁하는 장군처럼 렌츠는 가장 근처에 있는 사람을 골랐다. "디 박사, 형이상학은 자네가 하고 있는 거야."

"디 박사라니! 이런 여성비하적인 모욕을……." 플로버가 다시 양손을 올렸다. 잔 놓는 걸 깜빡하는 바람에 꽤 많은 양의 맥주가 벽으로 향했다.

맥주를 닦느라고 소동을 피우는 내내 렌츠가 얘기했다. "신비주의 주문을 외우는 건 바로 자네들이야. 정해진 시간에 계산 가능한 문제인가? 내가 알고 싶은 건 이것뿐이야. 뇌가 신체 장기인가, 아닌가? '환원 불가능한 창발적 풍부함' 따위 얘기는 그만두라고. 그러다가는 영혼의 존재론을 얘기하고 다니게 될걸."

해트릭이 눈을 부라렸다. "박사님에겐 해당하지 않겠죠." 그녀의 시선이 나를 향했다. "어떤 상황인지 아시겠죠? 저희를 도와주시겠어요?"

"위너와 가드너 기억하지?" 여전히 모두를 갈등에서 벗어나게 하려는 마음으로 램이 물었다. "『브레인』지에 실렸던 은유의 이해에 대한 글 있잖아? '손을 내주다'라는 말을 표현하는 그림을 선택하라고 하자, 많은 우뇌 손상 환자가 접시 위에 손바닥이 놓인 그림을 택했지."

켈루가의 얼굴이 창백해졌다. "제발요, 램. 저 지금 살사를 먹고 있다고요."

"무슨 얘기를 하는 건지 누가 설명 좀 해 주시죠." 무시당하고 있다는 느낌이 살짝 들었다.

"물론이지." 렌츠는 천천히 내 쪽으로 몸을 돌렸다. 허벅지를 손바닥으로 쳤다. "물론이지, 리틀 마르셀. 자네, 요새 그 뭐라고 하더라? 영문학과랑 관련이 있지?"

"맞아요, 제 연구년을 영문과에서 후원하고 있죠."

"말해 보게. 그쪽 분야에선 지식을 뭐라고 설명하나? 적절한 독해력을 보여 주기 위해 영문학과 학생은 뭘 해야 하지?"

난 어깨를 으쓱했다. "뭐 별거 없어요. 수업 좀 듣고, 페이퍼를 좀 쓰면 되죠."

"그것만 하면 된다고?"

"글쎄요, 전 말이죠, 제가 젊었을 때는요……."

"모두 조용, 조용. 이 은둔 작가가 전혀 알려지지 않았던 개인사를 지금 우리에게 얘기해 주려 한다고."

"저기요, 제 얘기 듣고 싶은 게 아니잖아요?"

"참 내, 미안하네. 그렇게 민감한지 몰랐어."

"렌츠, 박사님 사과는 공격보다 더 엉망이에요."

"아멘." 다이애나가 응원했다. "리처드, 렌츠가 멋대로 하게 놔두지 마세요."

렌츠가 웃었다. 주먹으로 자기 입을 막았다. 잠시 제이콥 브로노우스키*의 사악한 쌍둥이 형제처럼 보였다. "계속하지."

나는 망설이다가 계속 말했다. "스물두 살 때 석사 논문 자격 시험이라는 걸 봤어요. 학과에서 리딩 리스트를 주었죠. 첫 페이지 맨 위에는 「캐드먼의 성가」가 있었죠. 여섯 페이지 뒤에 리처드 라이트로 끝났고요."

"학교는 어딜 다녔죠?" 플로버가 물었다.

난 손으로 창밖의 쿼드 광장을 가리켰다. 창피함에 얼굴이 벌게졌다. 결국 난처한 상황을 피하지 못한 거였다.

렌츠가 계속 물었다. "그 목록 말이야, 그러고는 뭘 하지?"

"그러고는 이틀 동안 앉아서 질문에 답했죠. 여섯 시대에 대해 각각 질문 하나씩."

"무슨 질문인데?"

"아, 별거 다 있죠. 두 시간 동안 ID 시험을 봤어요. 잘 아시겠지만, '그들은 손을 마주 잡고 방랑의 걸음 무겁게……." 작가, 작품, 지역, 중요성을 답하시오."

"알겠어요. 이래서 제가 절대로 전공을 바꾸지 않는 거라고요." 켈루가의 농담에 아무도 반응하지 않았다.

플로버가 곰발바닥 같은 손을 또 휘저었다. "잠깐, 나 그거 알아. 『실낙원』의 마지막 장이지?"

"해럴드." 렌츠가 삐죽댔다. "자넨 직업을 잘못 골랐어."

"그다음엔 에세이 몇 편을 쓰죠. '다음 여섯 작가 중에 네 명의 작품을 선택해 개척지라는 아이디어와 그 비극적 결과에 대해 논하시오.'"

"자네가 고른 질문은 뭐였어?" 렌츠가 물었다.

난 답을 피했다. 대학원 초년생처럼 입가로 피식 소리를 내면서.

"잠깐, 이거 고작 12년 전 일이잖아. 그런데도 기억이 안 난다고?"

난 엄지와 검지를 말아서 다들 볼 수 있게 동그라미를 만들었다. 렌츠는 승리감에 도취해 탁자 너머를 둘러보았다.

"노력하면 기억이 날 겁니다."

"세상에, 마르셀. 그러지 마."

"뭐 하나 여쭤 봐도 될까요?" 켈루가가 중간에 끼어들었다. "물리를 전공했다고 어디선가 읽은 것 같은데……."

"학부 전공으로요. 그런 걸 읽었다고요? 과학자들은 과학 학술지를 읽어야 하는 것 아닌가요? 두 문화론은 어쩌고요?"

"무슨 일이 있었던 거죠?"

"뭐가요?"

"물리 말이에요."

"말하자면 길어요."

렌츠가 낄낄댔다. "켈루가, 그렇게 몰아 대지 말라고. 이 사람, 신문에 자기 얘기 하는 거 싫어한다고 떠들어 댔거든. 파워스, 그 목록 말이야, 어디서 하나 구할 수 있을까?"

"물론이죠. 학과 자료실에 수십 부 있어요."

도전을 받아들이겠다는 듯이 목을 쭉 펴고는 렌츠가 사람들을 쳐다보았다. "이 목록을 테스트 도메인으로 사용하는 거에 반대하는 사람?"

플로버는 화난 듯이 보였다. 해트릭은 고개를 숙였다. 램은 좌절감에 움찔댔다. 내가 합석한 이후 한마디도 안 한 첸은 멍하니 미소만 지었다. 켈루가는 술 취한 부모를 쳐다보는 아이처럼 싸움을 즐기고 있었다.

"테스트라뇨?" 최대한 예의 바르게 내가 질문했다.

"기계를 가르쳐 그 목록에 있는 작품들을 읽게 할 거야."

렌츠의 대답에 나는 할 말을 잃었다. "그게 가능해요?"

플로버가 해트릭을 째려보았다. "구원병을 데리고 온다며?"

해트릭은 자기도 어쩔 수 없다는 듯이 두 손을 들었다. 대표 인문학자가 그들을 실망시킨 거였다.

렌츠가 자기 손톱을 꼼꼼히 살펴보며 말했다. "보다시피 우리가 뭘 할 수 있냐 아니냐는 의견의 차이일 뿐이야."

첸이 끼어들었다. "그건 과장하려는 거죠"라고 말했다. 아니 어쩌면 "그건 너무 과장된 거죠"라고 말한 건지도. 첸의 영어는 기껏해야 모호한 의미를 전달할 뿐이었다. "우리는 아직 텍스트 분석이 없잖아요. 노력은 하지만 우리는 아직 없다고요. 단순한 문장 그룹 정도는 있죠. 하지만 은유나 복잡한 구문의 경우에는 아직 멀었어요. 몇십 년은 기다려야죠!"

첸은 렌츠의 폭탄선언의 기술적 문제에 주목했다. 하지만 다른 사람들이 주목하는 다중적인 서브 텍스트를 이해하는 것 같지는 않았다. 나도 이제 막 뭐가 문제인지 짐작할 뿐이었다. 읽기 시험을 오래전에 통과한 나도.

"첸, 첸, 형식적 상징 체계 휴리스틱스 분야에서 가장 똑똑한 사람이지." 렌츠는 손을 오므리고 첸을 칭찬했다. "그런데도 여전히 한발 늦으니."

"그만하세요, 필립." 다이애나가 경고했다. 조심하지 않으면 덤벼들 것만 같았다. 렌츠가 정년 보장을 받았든 말든. "현? 이 나라에 몇 년이나 있었지?"

"4년요." 첸은 잠시 렌츠의 질문이 무슨 뜻인지 생각해 보았다. "『인지 신경 과학지』의 논문에 관한 거라면 뭐든지 얘기해 줄 수 있죠. 전혀 문제없어요. 알고 싶은 게 뭐죠? 하지만 슈퍼마켓에서 파는 큰 활자로 된 페이퍼백 소설의 사랑 이야기에 관한 거라면? 전혀 몰라요!"

모두가 첸의 말에 웃었다. 각자 다른 이유였지만. 네덜란드에서 4년을 지낸 뒤 이런 대화를 했다면 난 답답해서 울고 말았을 거다.

램이 웃음을 멈추고 먼저 말했다. "난 영어가 내 모국어인 줄 모르는 사람들에게서 영어를 잘한다고 계속 칭찬받고 있다고."

"자네가 이 석사 자격시험을 볼 건가?" 플로버가 램에게 물었다.

"웃기지 마. 솔직히 말하자면, 밀턴이란 작자가 나한테 무슨 의미가 있겠어?"

순간 긴장이 풀린 것 같은 분위기가 렌츠의 환상이 끝났음을 알려 주었다. 그저 학부생이나 할 상상을 한 거였고, 이제 잘못을 인정할 차례였다.

플로버가 한숨을 지었다. "그럼, 필립, 이제 다시 진짜 과학을 해야겠어." 플로버는 마무리 건배를 제의하며 잔을 들고는 술을 홀짝댔다.

"전혀 그렇지 않아. 우린 마르셀의 여섯 페이지 목록에 있는 어떤 작품에 대해서도 평을 할 수 있는 기계를 만들 거야."

"아, 정말." 플로버가 침을 튀기며 말했다. "난 그만둘래. 이 인간은 그냥 우릴 화나게 하려는 거잖아."

다이애나가 플로버의 어깨에 손을 얹고 진정시켰다. "그리고 아주 잘하고 계시고요."

"렌츠의 장단에 맞출 필요가 전혀 없다고요."

"젊은이들." 렌츠의 손짓은 나와 켈루가도 포함했다. 넓은 의미에서. "제군들, 자네들은 지금 급진적 회의주의의 참모습을 목격하는 거라네."

"좋아, 그럼." 플로버가 목소리를 높였다. 셔츠의 소매를 올리고 칼라를 풀었다. "말한 대로 내기를 하지."

첸이 뭔가 외마디를 뱉어 냈다. 어쩌면 웃음이었는지도. "흥미로운 말이네요. 그러니까 박사님 기계는……."

"해럴드, 우리는 이 일에 성공할 거야. 그것도 지금 있는 하드웨어로. 언제까지 할 거냐면……. 마르셀, 자네의 그 귀하신 몸을 우리가 얼마나 오래 모실 수 있지?"

난 손목시계를 쳐다보았다. "지금 몇 시죠?" 아무도 웃지 않았다. 분명히 타이밍 문제였을 거다.

나는 진짜 인생을 만들어 내기까지 아직 열 달 정도 남았다고 했다. 렌츠는 실망한 듯했다. "서둘러야 하지만 괜찮아. 열 달 안에 석사 자격시험 목록에 있는 어떤 문구라도 해석할 수 있는 신경망을 만들어 내지. 문구는 해럴드가 정하고. 신경망의 답은 적어도 스물두 살짜리 인간의 답으로 손색이 없어야 해."

플로버가 소리 질렀다. "필립! 농담하지 마! 하던 연구는 어쩌고?"

"평생 할 만큼 했어. 게다가 성공한다면 전문가의 관심을 끌 수도 있잖아?"

플로버는 다른 사람들에게 곁눈질을 했다. 제발 막아 달라고. 내 눈을 쳐다보았다. 그의 눈빛은 한없이 슬퍼 보였다. 자기들이 걱정하던 일을 잊을까 봐 두려워하며. **'뭐라고 말해 봐.'** 플로버의 눈빛이 간청했다. **'이건 말도 안 되잖아.'**

"어떻게 평가할 건데요?" 내가 물었다. 렌츠의 제안을 고려한다는 사실만으로 플로버의 실망은 한 단계 더 깊어졌다.

렌츠가 살짝 미소를 지었다. "일반 튜링 테스트지. 이중 맹검법으로. 두 명의 응답자를 모르게 하고. 각자에게 일정한 시간을 주고 답을 타이핑하라고 하는 거지."

"문학 심사자로는 리처드가 초빙되는 거죠?" 다이애나가 물었다. 그토록 모두를 실망시켰음에도 불구하고, 마치 아직도 내가 착한 사람들의 마지막 희망이라는 듯이.

렌츠는 술을 마시다가 콜록댔다. "절대로 안 돼. 파워스는 내 연구조교가 될 거야. 내가 '우리'라고 했을 때 누구를 말하는 줄 알았어?"

"필립, 우리는 자네가 국왕의 복수형을 쓰는 줄만 알았지." 플로버가 말했다. "항상 그러잖아."

송구하게도 렌츠가 내게 말을 걸었다. "할 건가? 아니면 뭐 더 좋은 일이 있어?"

세상엔 소설이 충분했다. 어떤 작가들은 글을 생산하지 않음으로써 제대로 돈값을 하는 거다.

"열 달요? 아뇨, 뭐 별로 하는 건 없어요." 대답하면서 내가 그런 작가임을 밝혔다.

짜증이 날 대로 난 플로버가 미끼를 물었다. "좋아, 두 사람. 제발 인생을 낭비하라고. 안 막을게." 해럴드에게는 적어도 한 명의 십 대 자녀가 있는 게 확실했다.

해트릭은 항복하지 않았다. "판정은 램이 하는 거죠." 램이 당황했다. "우리에겐 램이 가장 공평하고 객관적인 제3자잖아요."

"내 말 좀 들어 봐. 나는 이 밀턴이란 작자가 누군지 도통 모른다고."

"그게 바로 박사님이 적합한 이유예요. 상대가 될 인간은 나중에 정하도록 하시죠. 그나저나 뭘 걸고 하나요?"

렌츠는 곰곰이 생각했다. 중요한 일을 맡게 된 버릇없는 아이 같았다. "우리가 이기면 해럴드는 버클리 선불교식 비계산적 창발 얘기를 집어치우는 거야."

탁자에 둘러앉은 사람들이 전부 숨을 멈췄다. 플로버는 킥킥거리며 웃기만 했다. "자네가 이기면 우리 모두 일자리를 잃는 거네. 정말 말도 안 돼. 유치원 아이나 할 일을 하다니. 기계로 속이는 거잖아. 렌츠, 자네가 뭘 하려는 건지 모르겠어. 하지만 내기를 받아들이지. 내 전부를 걸겠어."

"그럼 박사님이 지면요?" 다이애나가 옅은 미소를 지으며 따졌다. 그녀는 궤변에 대한 벌을 미리 주고자 했다.

"우리가 지면 공식적으로 철회하겠네. 글로 써서 사과하지. 자네들이 원하는 대로 망신거리가 될게."

"해럴드, 방금 들었죠? 마침내 우리가 바라는 대로 이루어졌어요. 필립, 박사님도 이젠 나이가 드셨네요."

"이건 속임수예요." 켈루가가 단호하게 말했다.

렌츠는 고개를 저었다. "속임수 아니야."

"물론 속임수지." 플로버는 미래의 배심원들에게 말했다. "하지만 어떤 희생을 치르더라도 볼 만한 속임수지."

"너무 과장되었어요." 첸이 말했다. 그는 고개를 저으며 미소를 지었다. 일이 다 성사됐다는 사실을 아직 모르고 있는 듯했다.

다이애나가 『문고판 세르반테스』를 꺼내 북마크를 한 페이지의 문장을 읽었다. 성질이 더러운 렌츠와 내가 시작하려는 일의 무모함을 묘사하는 문장이었다. 기억나는 문장은 아니었다. 앞뒤 정황 없이는 그게 무슨 뜻인지 전혀 알 수가 없었다.

"해럴드," 다이애나가 말했다. "만약 이 사기꾼 박사님의 말이 사실이라면……." 그녀는 팔꿈치로 렌츠의 옆구리를 찔렀다. 난 렌츠가 다른 인간이 만지는 걸 허락하지 않으리라 상상했지만, 꼭 그렇지는 않았다. "정말로 우리가 지능을 형식화할 수준에 있다면 말이에요……."

플로버가 눈썹을 찌푸렸다. "그래서?"

"이 두 사람이 글을 읽는 기계를 만든다면, 그래도 이 책을 다 읽어야 하나요?"

플로버는 모욕감을 느끼면서도 당당하게 고개를 쳐들었다. "그럼, 물론이지."

"전부 다요?"

"계속 친구로 남고 싶다면 말이야."

다이애나가 책을 다시 핸드백에 넣었다. 책의 무게로 넘어지는 시늉을 했다.

플로버의 마음이 약해졌다. "2부는 건너뛰어도 돼."

"너무 무리하지는 마." 렌츠가 조언했다. "우리가 먼저 해낼 테니까."

난 아직도 그때 무슨 생각을 했는지 기억하고 있다. 『돈키호테』가 목록에 없어서 정말 다행이라고 생각했다. 적어도 그건 번역된 소설이었으니까.

C는 U에서 내가 생애 처음으로 가르쳤던 신입생 작문 수업의 학생이었다. 나이로는 두 살 차이였다. 나는 나이 어린 석사 과정생이었고, 나이 많은 편입생이었던 C는 엄격한 학칙 탓에 필요도 없는 과목을 수강해야 했다.

그녀는 오전 여덟 시에 열린 첫 수업에 지각했다. 첫인상은 좋지 않았다. 지쳐 보였고, 특별히 똑똑하거나 매력적이지도 않았으며, 남들과 잘 어울리지도 않았다. 굳이 장점을 말하자면 끈기가 있다는 정도였다. 그렇지만 그녀는 맨 앞줄에 앉았다.

처음 몇 시간에 뭔가 얘기를 했는지 모르지만, 기억이 나지 않는다.

하지만 다시 생각해 보면 그건 내게도 첫 수업이었다. 바짝 긴장한 탓에 무슨 기억이 날 리가 없었다. 불안하지는 않았다. 교수법 이론가들이 말하는 것처럼 준비가 안 된 건 아니었다. 여름방학 내내 문법과 교재, 강의용 스타일 매뉴얼과 독본을 공부했기에, 최소한 뭘 가르쳐야 하는지는 알고 있었다. 내가 알지 못했던 건 대학교 신입생들이었다. 자기들만큼이나 여드름이 가시지 않은 얼굴로 구멍 난 골프 셔츠를 입고, 칠판 앞에서 토론을 이끄는 깡마른 스물두 살짜리를 학생들이 용인할지 몰랐던 거다.

C에 대한 인상은 첫 과제를 받은 뒤 달라졌다. 첫 과제의 주제는 '자신의 고향에 살지 않도록 전혀 모르는 사람을 설득하시오'였다. 일반적인 작문 주제와는 정반대이기에, 평소처럼 문장을 쓰기 전에 좀 생각을 하지 않을까 싶었다.

제일 우수한 페이퍼는 마야라는 여학생의 글이었다. 나중에 안 사실이지만, 그녀는 나보다 일곱 살이 더 많았고, 세 아이의 엄마였다. "날 믿으세요. 당신은 절대로 세인트루이스 동부에서 자라고 싶지 않을 겁니다." 그녀는 다음과 같이 썼다.

아무도 당신에게 물어본 적 없이 당신은 태어납니다. 그리고 아무리 물어본다고 해도 당신은 여기서 다시 벗어날 수가 없습니다. 세인트루이스 동부를 빠져나가는 길은 몇 개 되지 않고, 그 어느 길을 따라가도 당신은 정말로 더 몸서리치게 살고 싶지 않은 곳에 이르게 됩니다.

C의 페이퍼는 두 번째로 뛰어난 글이었다. 그녀는 시카고에서 집이라는 작은 섬에서 성장한 삶에 대해 시적으로, 애절하게, 잔인할 정도로 솔직하게 적었다. 그녀는 도살장에서 도살된 동물의 악취와 동네 공장에서 풍기는 강한 초콜릿 냄새에 잠에 깼던 일에 대해 썼다. 아버지와 산책하던 공원에서 본 신나치주의자들의 행진에 대해 썼다. 계속 변하는 동네의 경계선에 대해서, 그리고 보이진 않지만 새로 생긴 경계선 안에 남고자 2년마다 가족들을 이사하게 했던 무형의 두려움에 대해 썼다. 경계선 너머의 슬럼에서 새로 이사 온 사람들이 이웃집을 하나하나 돌아다니며 자기들 때문에 이사하지 말아 달라고 부탁하는 모습에 대해 썼다.

난 두 사람의 페이퍼를 큰 소리로 읽어 주었다. 영화관은 별로 없지만 엄청나게 부유한 호숫가 북쪽 출신 아이들은 필기를 했다.

첫 학기가 끝날 때쯤, 나는 대부분 학생의 글에서 문제는 문법에 있지 않다는 사실을 깨달았다. 규칙은 어릴 적에 배우든지 아니면 절대 못 배우는 거다. 진짜 문제는 믿음이었다. 내 열여덟 살 학생들은 독자가 진짜로 존재한다고 절대 믿지 않았다. 자신들이 진짜고, 세상의 이슈들도 진짜라는 사실을 절대 믿지 않았다. 그만큼 많은 말로, 그만큼 강하게 주장해야 한다는 사실도 믿지 않았다.

C에게 현실은 숨 쉬는 거나 다름없었다. 첫 번째 과제 뒤 내가 할 수 있는 일은 그녀를 자유롭게 놔주는 것뿐이었다.

기말 과제로 C는 밀레투스의 실어증에 관해 썼다. 고등학교 시절, 그녀는 남들처럼 오컬트 시기를 거치며 전생 분석을 포함한 모든 걸 경험했다. 페이퍼 발표 시간에 그녀는 페리클레스 시대 아테네에서 살았던 전생에 대해 1백 쪽짜리 회고록을 쓴 적이 있다고 고백했다. 나는 회고록이 C의 페이퍼를 위한 최고의 1차 문헌이 되겠다고 농담을 했다.

처음부터, 우리는 서로에게 말 거는 걸 부담스러워했다. 우리는 부적절함의 경계선 근처에서 맴돌았다. 낯선 사람이 이처럼 익숙하게 느껴지는 게 얼마나 신기한지 그녀에게 말할 용기가 나지 않았다. 그 정도 말로도 윤리적 문제를 일으킬 근거는 충분했다. 하지만 C는 알고 있었다. C는 언제나 알고 있었다. 내가 바깥세상에 대해 어떤 생각을 하는지, 그 생각을 글로 옮겨 정리하기 전에도 이미 알고 있었다.

합의하에 우린 입을 다물고 말썽을 피했다. 내가 그녀의 전생에 대해 놀려 댔다. "서류상 증거가 있기는 한 건가요?"

그다음 발표 시간에 그녀는 백팩에서 사진 한 장을 꺼냈다. "전생에 관한 서류상 증거예요." 모르는 척하면서 내 관심을 끌었다.

그건 색이 바랜 작은 흑백사진이었다. 뒷면에는 접착제에 붙은 천이 아직 조금 남아 있었다. 나한테 주려고 앨범에서 뜯어

온 거였다. 1961년에 통통한 아기가 뒷마당에 앉아 있었다. 그 순간 이후의 세상은 사라져 버렸고, 이 네모난 미니어처 빼고는 아무것도 남지 않았다.

"잔디가 엉덩이를 찔러 댔어요. 그래서 흐루쇼프의 표정을 짓고 있는 거죠. 부모님이 혼내셨죠. 울음을 그치지 않으면 카메라를 가져올 거라고."

"그걸 다 기억한다고요? 두 살도 안 돼 보이는데."

"그보다 훨씬 전 일도 기억해요. 막 한 살이 되었을 때 엄마는 저를 데리고 네덜란드에 가셨어요. 밥 먹고 있던 이모네 개를 쓰다듬다가 물렸죠."

"뭐, 트라우마라는 게 말이죠……."

"태어나서 첫 몇 해가 기억나지 않으세요?" 그녀의 놀라움은 누구나 그렇다고 말했다. 모두가.

"난 어제저녁에 뭘 먹었는지도 가물가물한데요. 정말 믿을 수가 없군요. 또 뭐가 기억나죠? 처음으로 한 말은 뭐였죠?"

"그건 쉽죠." 사진을 보면서 그녀는 말했다. "착한 아이는 밖으로."

"무슨 뜻이죠?"

"무슨 뜻이냐면, 말 잘 들었으니까 이제 밖에서 놀게 해 달라는 뜻이죠."

"진짜로 저를 전문적인 영문학자라고 믿으시는 건 아니겠죠." 내기가 성사되고 일주일 뒤, 렌츠의 지저분한 연구실에서 내가 말했다. "아주 오래전 일이거든요."

렌츠는 나를 보면서 신랄하고 능글거리는 웃음을 연습했다. 굳이 연습할 필요도 없는 웃음이었지만. "자네의 그 유명한 선구자들에게 충성을 다하지 않았단 말이야?"

"그저 더 이상 그 사람들 작품을 길게 암송할 정도로 기억하지 못한다는 뜻이죠."

"어째서?"

난 어깨를 으쓱했다. "그러면 박사님은 배비지*와 레이디 아다*의 글을 암송할 수 있으세요?"

"뭐가 듣고 싶은데?" 렌츠가 커피 자국이 남은 키보드를 치다 말고 내게 물었다. "걱정하지 마, 마르셀. 영문학에 대해 전부 알 필요는 없으니까. 그건 네트워크가 알아서 할 일이지. 대신 우린 그보다 훨씬 더 쓸모 있는 걸 알고 있잖아. 시험관인 플로버를 알고 있지. 그 잘난 판정관인 굽타도 알고 있고."

"그게 무슨 소용이죠? 설마 그 사람들이 평소대로 행동할 거라고 믿는 건 아니죠?"

"물론 아니지, 난 그 어떤 일도 인간을 믿고 할 수는 없다고 믿거든. 그게 바로 우리의 도전이 재미있는 이유지."

"좋아요. 그럼 해럴드에 대해선 뭘 알고 계신가요?"

"그 친구는 셰익스피어 애호가야. 르네상스에도 애착이 있고. 인간의 나락에 대해 향수를 느끼지 않고 지나가는 날이 없다니까."

"정말 인정사정없으시군요."

"직업적 자산이지."

"그렇다고 하죠. 해럴드가 엘리자베스 시대를 좋아한다고 추정한다면……."

"안다고 해야지. 추정하는 게 아니라고."

"하지만 우리가 아는 걸 해럴드도 알잖아요. 설마 해럴드가 예측 가능한 선택을 할 거라 믿고서 모든 걸 거는 건 아니겠죠?"

"마르셀, 인간의 담대함을 무시하면 절대 안 돼. 그 유명한 작가 학교에서는 그런 것도 안 가르치나?"

"가르치죠. 그거랑 '치고 빠지기'도. 독자를 모으고 붙잡아 두는 데 가장 중요한 두 가지 기술이죠."

"흠, 아마 그 주에 수두로 수업에 빠졌던 게 분명해."

진짜 튜링 테스트의 경우, 블랙박스가 할 일은 모니터 너머의 시험관이 진짜 인간과 대화한다고 믿게 만드는 거다. 기능적으로 동등하게. 구분할 수 없게. 그 어떤 주제어가 주어지더라도, 기계는 질문자를 속여 자신을 인간이라고 믿게 해야 한다. 완벽하고 총체적인 지능의 시뮬레이션은 지능 자체나 다름없다.

평소 같으면 그런 터무니없는 일에 끼어들지도 않았을 거다. 하지만 매우 제한된 형태의 시험이라면 가능해 보였다. 적어도 처음엔. 완벽한 튜링 테스트 통과자가 해야 할 일에 비해 아주 최소한만 성공하면 되는 거였다. 하지만 지금에야 난 깨달았다. 우리가 해야 할 일은 그럼에도 여전히 무한하다는 사실을.

"한 편의 소네트에 대해 뭔가 똑똑한 말을 하는 기계를 만드는 게, 왜 목록에 있는 아무 작품이나 해석할 수 있게 만드는 일보다 더 쉬운지 이해가 안 되네요."

"더 쉬운 건 아니야. 두 경우 모두, '기계'는 알아야 할 모든 것에 대해 무언가 알고 있어야만 하니까."

"엔지니어 씨, 너무 어려워서 무슨 말인지 모르겠어요. 그냥 상대에 대한 지식이 어떻게 도움이 될지 알려 주시라고요."

"플로버는 온순하고 감상적인 칠푼이야. 램은 갈등을 피하기 위해 무슨 일이든 할 사람이고. 우린 그냥 네트워크를 훈련시켜서 그 친구들의 해묵은 감성을 무너뜨리고, 시간을 멈추고, 외로움을 없앨 에세이를 쓰게 만들면 되는 거야."

"아, 그렇군요. 뭐, 그 정도라면."

"마르셀, 정말 겁쟁이군. 뭐가 그렇게 걱정이야?"

"제 인생의 일 년을 허비할까 봐 그렇죠."

"아니면, 대신 뭘 할 건데?"

"웃음거리가 될까 봐요. 박사님을 뺀 과학계 전체가 허깨비라고 하는 걸 쫓아다닐까 봐 걱정이라고요."

"'웃음거리, 래핑스톡(laughing stock)이라.' 아주 좋은 말이야." 렌츠는 쌓아 놓은 논문 더미에서 키보드를 끄집어냈다. 그러고는 워크스테이션에 질문을 던졌다. "그 말이 '롤링 스톡(rolling stock)'하고 비슷할까? '섬머 스톡(summer stock)?' '건스톡(gunstock)?' '테이크 스톡(take stock)?' '완더스톡(wanderstock)?'"

내가 움찔했다. "그건 반델스토크(wandelstok)죠. 그러지 말라고 했잖아요. '워킹스틱(walking stick)'이면 충분해요."

"제발 정신 좀 차려. 도대체 마지막으로 '워킹스틱'이란 단어를 들은 게 언제야?"

렌즈는 리모트 호스트에 로그온해서 프로그램을 불러온 뒤 몇 가지 매개 변수를 입력했다. 이리저리 섞인 장비 더미를 헤치고 마이크를 찾아내 작동시켰다. "래핑스톡, 래핑스톡." 렌즈가 마이크에 대고 여러 번 반복했다.

디지털로 치면 영원의 시간과도 같은 몇 초 뒤 색깔도 없고 성별도 없는 목소리가 들렸다. "그들의 행동은 자신들을 …의 래핑스톡으로 만들었다." 한 단어를 알아들을 수가 없었다. 아마도 '공동체'였을 거다.

"와!" 나도 모르게 탄성이 나왔다. "와, 완전 제로에서 시작하는 게 아니었군요?"

"그렇지, 완전히 제로는 아니야."

렌즈는 마이크를 끄고 최대한 몸을 세웠다. 두꺼운 렌즈의 안경을 벗었다. 얼굴이 음흉할 정도로 잔혹한 표정이었다. 가면을 벗으니 더 커 보였다.

"가끔은 일반적인 사례의 모델을 만들기가 특정 사례의 문제를 푸는 것보다 수월하지. 게다가 굳이 과학적일 필요는 없으니, 원하는 만큼 속도를 낼 수도 있거든. 우리의 진짜 강점을 까먹지 말라고. 두뇌의 작동 방식과 반드시 같을 필요는 없어. 진짜 과학은 바로 그 이유로 발전하지 못하는 거야. 그저 우리 마음대로 정한 방식으로 '상대적으로 지능적'이게 만들기만 하면 되는 거지."

"그나저나 박사님 같은 사람들에게 '지능적'이란 게 대체 무슨 의미인가요?"

"그렇지, 마르셀. 자네가 쓸모 있을 줄 알았다니까."

"진짜 과학이 지겨워진 건가요? 엔지니어 씨는 이게 다 그냥 긴 방학 같은 건가요? 아니면 이런 연구를 통해 뭔가 바라는 게 있으신가요?"

렌츠는 내 말을 전혀 듣지 않은 듯했다. "여기, 다음 주까지 읽어 올 글이야. 대충 보지 말고! 연구 조교로 골칫거리를 원했다면 켈루가를 택했을 거니까." 렌츠가 학회 발표문과 학술지 논문 뭉치를 건네주었다.

"전 그저 문학 자문가인 줄 알았는데요." 내가 살짝 투정을 부렸다.

"물론이지. 그리고 이게 바로 자네가 자문해야 할 문서라고." 근데 말이야, 마르셀. 한 해를 허비하는 것 말이야, 우리한테는 할 일이 없다고 했잖아."

"이제 막 원고를 끝냈거든요."

"그래서?"

"그리고 새 책에 대해 고민하고 있죠." 난 거짓말을 했다. 어쨌거나, 건설적으로 거짓말하는 게 내 직업이니.

"정말? 뭐에 대한 건데? 혹시 자네도 결과를 망칠까 봐 제목의 첫 글자조차 말하지 못하는 작가야?"

"글쎄요, 제 아이디어는 말이죠." 사실 난 수백 개가 있었지만, 그 무엇에도 끌리지 않았다. 아이디어들은 내게 잘 보이려고 애쓰면서 허공에서 빼내 달라고 간청하고 있었다. 하지만 정작 구조대인 나는 근무 중이 아닌 듯했다.

"그래, 좋아. 아이디어 좋지. '새로운 걸 시작하기에 좋은 곳.'" 렌츠가 노래를 했다. 그의 목소리는 맑았고, 놀랍게도 테너 음색이었다.

난 렌츠를 무시했다. 그게 더 편했으니까. "과로에 지친 사업가가 휴가를 가죠. 영국의 체스터 같은 곳으로. 그는 성벽과 반은 목재로 만들어진 아케이드를 구경하다가, 잔돈을 달라는 노숙자를 만나죠. 남자는 말을 알아듣지 못하는 독일 관광객인 척합니다. 거기에 안 속은 노숙자가 남자를 괴롭히기 시작하죠. 사업가는 화를 내요. 거지는 알아듣기 힘든 위협을 하며 공격하고요. 석 달 뒤 카이로의 한 모임에서 사업가에게 어떤 부랑자가 다가옵니다. 그 부랑자는……."

"그 부랑자는 말하지. '체스터에서 만난 그 친구 기억나시나?' 남자가 여행하는 곳마다 식당 창가에 나타나는 부랑자들의 국제적 카르텔을 소개하고. 괜찮아 보이는군. 도덕적인 귀신 이야기네. 키플링적인데. 마르셀, 아무래도 자네, 내 밑에서 일하는 게 더 낫겠어."

"키플링을 욕하지 마세요. 키플링은 위대한 작가예요. 친한 친구 중에 키플링 학자도 있다고요."

"키플링이 목록에 있나?"

난 고개를 저었다. 취향이란 설명할 수가 없는 법이었다.

"그놈의 목록이나 보여 줘. 갖고 왔지?"

렌츠는 목록을 가져다 달라고 했었다. 그러면 나는 항상 시키는 대로 했다. 목록을 받더니 훑어보기 시작했다. 19세기 영국 문학 분야가 있는 4쪽까지는 아무 말도 하지 않았다. "흠, 메리 셸리군. 이거 생각보다 재미있겠는걸."

렌츠에게 그 실체 없는 첫 문장에 대해 말해 볼까 생각했다. 하지만 조금이라도 렌츠가 놀려 댈 여지를 주고 싶지 않았다. 어쨌거나 기차는 전달 수단일 뿐이었다. 내가 숫자 대신 문자를 택하게 된, 그 신입생 세미나 수업에서 테일러 교수님은 그렇게 말씀하셨다. 기차는 그 자체로 아무것도 아니다. 단지 이야기를 터미널에서 빼내고 있을 뿐이다.

기차는 국경 검문소를 지나 두 번째 페이지에도 이르지 못했다. 기차를 상상하라는 요청은 첫 페이지 중간을 넘어서지 못했다. 만일 그 문장이 만들어 낸 것이 아니라 기억에서 나온 거라면, 종이 공간, 세상에 알려진 모든 중고 서적 상점에 있는 모든 책의 첫 페이지 중간을 전부 조사해서 찾아낼 수 있을 거다.

단어들을 상상해 봐라. 철자들이 놀라울 정도로 빠르게 페이지를 지나간다. 단어들은 막 출발하는 긴 열차가 된다. 열차 차량들은 보이지 않는 연결 간극으로 이어져 있다. 어릴 적, 엄마가 보는 앞에서 나는 활자의 트랙을 따라가며 찰깍 소리를 내는 그 간극들을 하나하나 세곤 했다.

간극을 세는 건 단어를 세는 것과 같다. 셈을 하려고 태어났기에, 기계는 그 작업을 수월하게 해냈다. 그렇다면 아이디어를 세는 것도 가능할까? 기계가 생각을 분류하고 조합해서 유연하게 움직이는 남행 고속 열차를 만들 수 있을까?

렌즈가 과제로 내 준 글을 읽었다. 다이애나 해트릭이 공동 저자로 된 해마 연상에 관한 논문이 상상력을 자극했다. 내가 기억한 모든 문장, 모든 단어가 두뇌의 물리적 구조를 변화시킨다. 심지어 이 논문을 읽음으로써 논문이 설명하는 기억 세포 지도가 변형되었다. 논문을 이해하는 그 지도가 변하는 거다.

저 아래 시냅스 단계에서 나는 보기보다 훨씬 더 유동적이었다. 지금껏 내게 일어났던 일들, 기억하거나 완전히 잊은 것들의 총합만큼 유동적이었다. 내 연결 기억의 체로 걸러진 입력 정보 하나하나가 다음 입력 정보를 거르는 방식에 변화를 가져왔다.

우리가 쫓아가는 생명체를 모방하기 위해, 렌즈와 나는 삶에 대한 정보가 주어질 때마다 변화하는 기계를 만들어야만 했다. 단순한 전달 수단일 뿐인 기계가 과연 우리가 가하는 변화를 전부 견뎌 낼 수 있을까?

난 깨달았다. 우리의 서커스 동물에게 포크너나 토머스 그레이에 대해 가르치려면, 무엇보다 언어의 공포로 그 동물을 자극해야만 했다. 우리가 만드는 회로는 회로 자체의 이미지를 포함해야 했다. 기억이 그 회로를 분해해서 정리하기 이전의 이미지 말이다. 어느 날 망각이 완벽히 자리 잡을 때, 네트는 자신이 다시 뭐가 될지 기억해야만 했다.

과제를 건드리기도 전에 난 이미 변화된 인간이었다. 무모한 내기에 참여하기로 했던 작가는 이제 사라졌다. 성격이라는 로컬 트랩에 묶인 렌츠, 해트릭, 플로버, 굽타, 첸, 그리고 C와 테일러 교수님과 잃어버린 가족들과 친구들, 목록에 있는 모든 책, 이제는 내가 절대 쓰지 못할 소설들, 이 모두가 지금 출발하는 기차의 창밖에서 손을 흔들며 이별을 고하고 있었다.

목적지도 없는 차표를 들고 출발한 뒤 영원의 시간이 흐른 듯했다. 머지않아 다시 기억하지도 못할 여행을 머릿속에서 그린 뒤 영원의 시간이 지난 듯했다.

얼마 지나지 않아 달력은 지뢰밭이 되었다. 그해 가을엔 피해 가야 할 기념일이 너무 많아서 그중 하나를 폭발시키지 않고는 걸음을 떼기가 힘들었다. 테일러 교수님의 세미나는 영문과 건물 다락방에서 열렸고, 그해 가을 열여덟 살이던 난 처음으로 세상을 배웠다. 가을이 세 번 지난 뒤 C가 들었던 내 생애 첫 수업을 가르쳤다. 스물두 살 가을, 석사 자격시험을 통과한 뒤 나는 U에서 내가 갈 수 있는 가장 먼 곳으로 이사했다.

어떻게 한 가을에서 다음 가을로 넘어갔는지, 아니 그때의 가을에서 지금의 가을로 왔는지 알 수가 없었다. 나이는 고장 난 냉장고 압축기처럼 발작적으로 요동쳤다. 낡은 롤러스케이트를 타고 섭입대의 울퉁불퉁한 인도를 서투르게 헤쳐 가는 비쩍 마른 청소년처럼. 나이는 잠시 멈춰 서 가만히 있다가, 어느 날 오후 공놀이를 한다고 갑자기 뛰쳐나갔다.

시간은 파동이 아니다. 시간은 개별 입자로 구성되어 있다. 어느 날 나는 수업에 갔다. 테일러 교수님을 흉내 내며, 두려움과 매혹에 휩싸인 아이들에게 자아의 복잡함을 설명하던 수업이었다. 아침 여덟 시에 도착해서 그날 수업과 다음 수업을 할 수 없다고 공지했다. 다음 주 숙제를 내 준 뒤 학생들이 말없이 나가는 걸 지켜보았다.

C만 빼고 전부. 무언의 협약을 통해 이제는 나서야 할 때라는 걸 알고 있었기에, 그녀는 가지 않았다. 텅 빈 교실에 우리만 남았다. "어디 가서 잠깐 앉으실래요?" 그녀가 제안했다.

그렇게 하고 싶었다. 우린 영문과 건물을 나와 쿼드 광장으로 갔다. 쿼드 광장은 그런 곳이었다. 한 해의 끝을 알리는 첫 주의 청명한 하늘 아래, 슬픔에 찬 수많은 학생이 눕는 곳이었다. 앉을 자리를 찾으며 바라본 것들이 전부 이제는 마지막 11월이라고 속삭였다. 끝없이 많은 마지막 목록의 첫 번째 마지막이었다.

C는 양반 자세를 하고 앉았다. 난 팔베개를 하고 옆으로 누웠다. 사방으로 여러 단과 대학 건물이 우리를 에워쌌다. 화학과, 수학과, 영문과. 건물 하나하나가 천개와 또 하나의 절박함과 난처함을 담은 공간이었다. 여기를 떠날 수만 있다면 좋을 텐데.

하지만 어디로? 그게 문제였다. 난 아무런 생각이 없었고, 심지어 그게 좋기도 했다. 내가 하고 싶은 일은 채용 기회가 거의 없는 분야였다. 이듬해 가을 이맘때 팁을 받으며 식당 테이블을 치울 수만 있어도 다행이었다.

물론 아버지는 이 모든 걸 예상하셨다. 아버지는 계속 살아가는 법을 제외하고는 모르는 게 없었다. 아들이 물리학과를 떠나

빛나는 미래를 포기할 계획이라고 선언하자, 아버지는 아무 말씀도 없으셨다. 사실 말이 필요 없었다. 아버지 표정에서 판결문을 읽을 수 있었다. 하고 싶은 대로 해. 하지만 재능과 노력을 그렇게 허비하다니.

"시라니, 릭? 그게 정말 무슨 뜻이냐?" 그건 무슨 일을 하고 싶은지 전혀 모른다는 뜻이었다. 시험지만 보고 포기했다는 뜻. 그렇지 않은가?

나는 결국 방어할 기회를 갖지 못했다. 아버지는 알래스카에 사는 고모에게 가셨다. 당신이 떠나는 걸 아무도 못 보게 사라짐을 준비하셨다. 그 결과, 나는 나를 혼내는 아버지의 영원히 사그라진 모습을 15년 동안 꿈속에서 바라봐야만 했다.

아버지의 사망 소식이 전해지고 3일 뒤 택배가 도착했다. 작은 책자 꾸러미. 로버트 서비스 시집이었다. 『유콘의 전설』과 『구르는 돌의 시』. 아버지가 좋아하던 시인이었다. 당신 아들 같은 학자들이 비평할 가치조차 없다고 한 시인이어서 더 좋아하셨다. 「샘 맥기의 화장(火葬)」은 스스로 선택한 사라짐에 대한 아버지 자신의 해석이었다. 뺨을 한 대 맞은 느낌이었다. 뒤늦은 마지막 격려였다. 시를 공부하려고 인생을 허비할 거라면, 적어도 그럴 법한 작품에다 허비하라는 요구였다.

난 쿼드 광장에 누워서 아버지의 이별 선물을 떠올렸고, 학생은 나를 마주 보고 앉아 있었다. 몸을 돌려 누웠다. 정말 아름다운 하늘과 마주했다. 삶은 얼마나 많은 길 잃은 영혼을 달래 줘야만 했을까?

"괜찮으세요?" C가 끼어들었다.

"그럼요." 나 스스로도 믿음이 가지 않는 대답이었다.

"교수님께서 좀……."

"정말 괜찮아요."

"말해 보세요." 그녀가 말했다. "모르는 사람이 제일 편하죠. 사실 아는 사람도 없잖아요? **말해 보세요.** 아직 저에 대해 아무것도 모르잖아요. 머릿속에서 제가 어떤 사람인지 그려 내기 전에요."

"아버지가 돌아가셨어요."

당시에, 그리고 매년, 그때를 기억할 때마다 난 몸이 움츠러들었다. 그래서 뭐? 아버지와 부친상이라니. 내가 그 말을 내뱉는 동안에도, 얼마나 많은 아이가, 내 나이의 절반도 되지 않은 아이들이, 세상의 갖가지 폭력에 부모를 잃었겠는가? 그렇게 슬퍼할 권리가 내게는 없었다. 세상 그 누구도. 내 슬픔을 경멸했다.

적어도 대답하면서 그녀를 쳐다보지는 않았다. 한참 뒤, 내 충동적인 고백이 그녀의 순진한 눈망울과 전부 믿는다는 태도 때문은 아니었다고 말할 수 있어 다행이었다. 그녀가 그처럼 심장을 멎게 할 정도로 수수하게 생겼는지 몰랐다. 그저 그녀의 목소리와 사랑에 빠진 거였다. 그 두 단어와.

"정말 유감이에요." 그녀가 말했다. 자신의 부주의로 인해 맥기가 화장되었다는 듯이. 그렇지만 그녀의 말소리 하나하나는 공감이 아닌 다른 어떤 것으로 존재하기를 거부했다. 오직 애도만이 전해질 뿐이었다. 말하는 행위만이 중요했다. 그 말이 무슨 뜻인지는 상관없었다.

"미안해요." 당연히 두려워해야 했는데, 그녀는 오히려 조용히 말했다. "혼자 있고 싶으세요?"

그녀를 쳐다봤다. 그녀를 지금 다시 짜 맞추려면 뭐가 필요할까? 165센티미터? 소년 같은 흑갈색 머리 스타일? 과감하게 수줍어하고, 불안해하면서 순진한 성격? 그녀를 완벽하게 창조할 수 있을까? 예를 들어 놀라움 말고는 아는 게 없다는 표정, 그런 작은 것들이 다 있으면 다시 그대로 만들어 낼 수 있을까?

"잠시 같이 있어 줄래요?"

그녀는 잔디 위에 자리 잡았다. 적당히 멀리. 몇 년 뒤 불 꺼진 침실에서 그녀에게 말했다. 내가 얼마나 놀랐는지. 내게는 완벽하게 낯선 사람이었기에. 수업하는 것 말고는 나에 대해 전혀 모르던 사람이었기에. 그녀는 왜 여기, 슬픔에 찬 교수 옆에 앉아 있는 걸까? 자기 가족 앨범에서 그 사진을 뜯어내 보여 주었기에, 이제는 내 걸 봐 줘야 할 것 같아서. 꿰맬 생각 전혀 없이 구멍 난 셔츠를 입은 가난한 예비 시인 같은 내 모습이 좋아서. 내 침묵이 그녀를 필요로 하고 있다고 말하는 것만 같아서.

그녀는 책이 가득한 파란색 캔버스 백팩을 만지작거렸다. 언제라도 일어나서 아장거리며 떠날 아이처럼, 다리 사이에 백팩을 두었다. 뒤로 넘기기엔 너무 짧은 머리는 고무줄과 연필로 고정시켜 두었다.

난 두서없이 모든 걸 털어놓았다. 맥기에 대해 그녀에게 얘기했다. 전부 다. 가장 친한 친구에게도 언급조차 하지 않았던 사실들을. 가시 박힌 농담으로만 형제자매에게 털어놓았던 사실들을.

한순간에 전부 말했다. 오직 스물한 살짜리만이 할 수 있는 그런 식으로. 15년에 걸쳐 조금씩 진행된 아버지의 자살. 매일 새로운 희망 곡선을 끊어 버릴 정도로 점차 심해졌던, 아버지의 기나긴 중독. 밑동까지 잘렸음에도, 어떻게 희망이 결코 죽지 않는지. 임시로 만든 수레에 하체를 걸친 다리 잘린 애완동물처럼, 어떻게 희망이 언제나 몸을 질질 끌면서 돌아오는지.

C는 가장 순수한 기다림으로 얘기를 들었다. 이 세상에서 그처럼 자연스러운 건 없었다. 그녀는 누군가와 철저하게 공감할 수 있는 그런 나이였다. 그녀보다 두 배 더 나이 먹었을 때, 난 아는 사람에게 얘기하기보다는 비상구를 찾아 도망갔고, 친구를 사귄다는 생각만으로 죽을 것만 같았다.

"말해 보세요." 그녀가 말했다. 그러고는 내 변치 않는 일부가 되었다. 매일, 어디에선가, 나타났다 순식간에 사라져 버린다고 해도. 우리는 외로움을 교환한다. 다 털어놓으라는 요구를 듣기 위해 몸을 던진다. 순간적인 느낌을 믿고, 미리 준비한 이야기를 다 털어놓는다. 그렇지 않으면 절대 털어놓을 수가 없다.

별다른 이유 없이 그녀에게 얘기했다. 그녀가 자리에 앉아 물어봤기 때문에. 대학 시절, 그 가을날, 텅 빈 쿼드 광장에서 파란색 백팩을 안고 연필로 머리를 묶은 그녀도 나처럼 외로워 보였기 때문에. 그렇게 내가 말했기에, 그녀는 언제나 내 약점을 쥐고 있을 거다. 영원히, 기억만 한다면. 이용할 마음만 있다면.

그녀에게 중산층에서 '분노의 포도'로 전락한 파워스 가족의 삶을 되짚어 주었다. 고요하면서 표현하기 힘든 그 충격. 안전벨트가 당겨지는 느낌도 전혀 없던 추락을. 그녀에게 꾸준히 흐릿해지는 아버지의 예리한 정신에 대해 말했다. 척수를 잘린 실험실 쥐처럼 저해당한 아버지의 대근육 운동기능에 대해. 내 십대 시절의 처절한 일들에 대해. 5분의 1만 남은 술병을 부엌 싱크대에 거꾸로 세워 놓았던 일을. 달력에 X표를 해서 며칠이 아니라 몇 주가 지났다고 아버지가 착각하게 만들었던 일을. 퉁퉁 붓고 멍한 아버지의 얼굴을 그녀에게 보여 줬다.

괴로울 정도로 자세하게, 모든 걸 털어놓았다. 적어도 그랬다고 생각했다. 10년 뒤 C는 내 이야기가 훨씬 더 체계적이었다고 주장했다.

어느 늦은 밤 방문에 관해 얘기했다. 한 해 전 성탄절이었다. 내 새로운 장래에 대해 폭탄선언을 한 직후였다. 아버지는 기생충으로 배가 부른 강아지처럼 비틀거리며 내 방으로 들어오셨다. 침대 다리목에 앉아 마비된 손으로 내 손을 잡으셨다. 이보다는 더 견딜 만했던 악몽에서 나를 깨우며. "릭, 제, 제발. 그러지 마."

무섭고, 귀신같은. 눈물 나는 고통으로의 도입부. 이처럼 조금 비슷하게 말하는 것만으로도 숨이 죄어 오는 듯했다.

뭘요?

"바꾸지 마. 그냥 있어."

"그만 주무세요." C를 위해, 이른 나이에 부모가 된 아이의 목소리로 내 말을 재현해 주었다. 우리 가족의 아이들에게 부양의 의무는 일찍 시작되었다. "그냥 주무세요. 아침이면 다 괜찮아질 거예요." 아침이 아니라도 조만간.

"릭, 내 말 들어. 과학을 해. 세상에 필요한 건 말이야……."

그녀에게 내가 어떻게 아버지를 실망시켰는지, 당신의 오랜 희망을 망쳐 놓았는지 설명했다. 아버지가 당신의 미래를 보았던 그 마지막 틈을 내가 어떻게 막았는지. 난 서글픈 재난이 되어 버린 아버지의 삶을 구제해야만 했다. 이제 난, 아버지 앞에서는커녕 그 누구 앞에서도 절대 아무것도 구하지 못할 거다.

듣기만 해도 토할 것만 같은 이야기를 어떻게 이 여자에게 할 수 있지? 어쩌면 그녀가 도망치게 만들려고 그랬는지도. 그녀의 선한 사마리아인 모습의 한계점을 시험해 보려고 했는지도. 하지만 C는 떠나지 않았다. 맥기의 암과 곧이은 몰락으로 이어지는 이야기를 전부 들었다. 마치 처형을 유예받은 사람처럼 난 수치심에 고백했다. 첫 모멸감을 대체할 만한 일은 고백뿐이었다. 한 가지 사실만 숨겼다. 약물 치료로 기력이 쇠한 상태에서 이렇게 될 거라고 말했잖아, 라고 말하는 아버지의 웃음이었다. 넌 언제나 내가 술로 죽을 거라고 생각했지.

C는 내내 앉아 있었다. 힘겨운 침묵이 흐르자 그녀가 내 팔을 살짝 쓰다듬었다. 용서인지 격려인지, 사실 별 상관 없었다. 그 어루만짐을 제외하고, 우리는 움직이지 않았다.

"왜 그쪽에게 이런 걸 다 말하는지 모르겠네요."

"가끔은 모르는 사람한테 얘기하는 게 더 편하잖아요."

그렇지만 난 그쪽을 알아요, 라고 반박하고 싶었다. 처음으로 내가 알 필요가 없는 사람. 처음으로 만난 나보다 더 외로운 사람.

나 자신이 부끄러워서, 그녀에 대해 물었다. C는 친절한 마음에 답을 해 주었다. 비교문학을 전공한다고 했다. "그게 무슨 뜻이냐면 말이죠," 아버지의 유령에서 자신을 보호하고자 그녀는 웃으면서 설명했다. "아직 현실을 받아들이지 못했다는 의미죠."

학교를 바꾸면서 그녀의 삶은 한 해 늦춰졌다. 초과로 수업을 듣고 있기에 거의 제때 졸업할 거라고 했다. "뭣 때문에 급한지 모르겠어요." 그녀가 웃으며 말했다. "문학 비교가를 위한 신규 채용 기회가 많은 것도 아닌데."

서로의 슬픔에서 탄생한 이 환상. 내가 모든 걸 털어놓았기에, 그러자 그녀가 길고 당당한 침묵에 빠졌기에, 우리는 어릴 적부터 대화했던 상대인 듯이 행동했다. 꾸며 낼 필요도 없었다. 어색한 간극을 채울 필요도. 말은 거의 뒤늦은 생각, 일상의 소음과도 같았다. 아직 여기 있어요. 두려워하지 말아요. 아직 여기 있어요.

하고 싶었던 말을 다 한 뒤에, 우린 멈췄다. 같이 앉아서 제비가 여느 날처럼 정신없이 날아다니는 소리를 들었다. 순수함의 마지막 날, 어떤 준비나 설명도 없는 순간적 만남의 마지막 날. 친구를 만들 수 있었던 마지막 해.

그녀가 다시 말을 걸었을 때, 난 깜짝 놀랐다. 난 말하는 것도,

그리고 왜 사람들이 말을 해야 하는지도 잊고 있었다.

"집에 가 보셔야겠죠?"

난 고개를 끄덕였다. 애도라는 짧은 유예. 일상의 복귀에 앞서 갖는 앎의 휴식.

이 중에 어떤 건 나중에 일어난 일일지도 모른다. 그 계절, 그 장소에서 의도된 우연으로 우리가 만났던 순간들을 섞어 놓은 것일지도 모른다. 다시쓰기로 먹고사는 게 바로 나라는 사람이 하는 일 아니던가. C는 언제나 모든 것이 나로부터 시작되었다고 말하곤 했다. 그녀는 불편할 정도로 나를 잘 알게 되었다. 내 기억이 어떻게 모든 것을 시작 단계로 되돌리는지. 내가 어떻게 첫 줄에 대한 기억으로만 가득하게 되었는지.

오전이 되면서 더 쌀쌀해졌다. 우린 더 가까이 앉았다. "내년 5월은 화창할 것이다." 처음 본 모르는 사람처럼, C가 말했다.

난 뒤늦게 그녀의 말을 들었다. "뭐라고요?"

"뭐가요?" 긴장한 목소리였다. 그녀는 숨을 곳을 찾았다. 내가 뭘 잘못했나요? 피할 시간을 벌려고 던지는 질문이었다. 그리고 얼마나 빠르게 C의 눈빛이 '벌써'에서 '다시'로 변했는지.

처음으로 엇갈린 대화에 놀란 나머지 나는 말을 멈추고 그녀를 안심시키지도 못했다. "무슨 이유로 그 말을 한 거죠?"

"무슨 말요?" 두려움에 차면, 착한 사마리아인도 화를 내기 마련이다.

"5월은 화창할 것이다……."

"아, 그거요!" 그녀는 멍청한 웃음을 짓고 다시 숨을 내쉬었다. "그건 우리 부모님 영어 교재에서 나온 말이에요. 이 날씨에, 이런 바람을 맞으며 여기 이렇게 앉아 있다 보니……." 그녀가 나를 안심시키려고 했다. 난 계속 말하라고 고개를 끄덕였다. "갑자기 마음이 확 펼쳐진 듯했어요. 그러다 보니, 그래서 그 말이 생각났고요."

"영어 교재라고요?"

"외국어 교재죠. 어른용이었어요. 시카고 남쪽의 어떤 가족에게 받은 책이었죠. 그 가족은 우리보다 5년 일찍 미국에 왔죠. 우리 동네에서 5년은 한 세대나 마찬가지였거든요."

"그다음에는 뭐죠?"

"그러니까, 잠깐만요. '아버지는 앞마당에 장미를 심고 싶어 합니다.' 모두 이렇게 짧은 문장이었어요. 살면서 있을 법한 일을 위한 말이죠. 어디 보자."

그녀는 눈을 감고 마음속에 그려 보았다. 생각을 위로, 옆으로, 안으로 이리저리 굴려 보았다. 생각하는 기계도 시뮬레이션 눈을 굴릴까?

"잠깐만요. 다음 장은 이렇게 시작해요. '어머니는 의사를 데리러 갔습니다.'" 상상해 보세요, 개들이 막대기를 갖고 하는 짓을 왜 엄마가 의사에게 해야 하는지, 열 살짜리 오빠가 부모님께 설명하는 모습을."

난 상상해 봤다.

"의사에 관한 건 나중에 쓸모가 있었죠. 부모님이 똑같은 일을 경험하셨거든요." 그녀는 겁먹은 듯이 다시 조용해졌다.

"5월에 대한 구절이 왜 궁금하세요?" 나한테 뭘 숨기고 있는 건 가요, 혹시 이민자인가요?

"그게 향수에 대한 하우스먼의 시에 나온 구절이라서 그래요. 사실, 지금 자격시험이란 걸 보려고 공부하고 있거든요." 석양 은 11월 7일 한편에 복숭앗빛 상처를 남겼다. 여름은 회생으로 가는 마지막 통로를 찾아다녔지만 결국 실패했다.

"하우스먼요?"

"그래요. 최고의 시간은 지나갔다. 시인은 요절한다. 뭐 그런 얘기죠."

"그래서 다음엔 뭐죠?"

"글쎄요, 잘 모르겠는데요. 작문이나 가르치는 2만 4천 달러 연봉의 직업, 주택 대출, 애들로 가득한 집, 뇌사로 인한 요절 정 도겠죠."

"그게 아니고요." 그녀가 웃었다. "그 시 말이에요. '내년 5월 은 화창할 것이다.' 그다음엔 어떻게 되죠?"

"아, 그거요. '하지만 그땐 우리 나이 스물넷'이죠."

C가 웃었다. "전 고작 스무 살이 될 텐데."

"난 스물두 살이 되고요."

"그러면 교수님에겐 꽉 찬 두 해가 남은 거네요." 나를 바라보 는 그녀의 눈은 갈색이었고 거대했다. "2년이면 몇 번의 인생이 지나갈 수도 있어요."

"몇 번의 인생." 내가 따라 했다. 어쩌면 지금까지 난 그 일만 했던 건지도. 그녀를 따라 하는 일. 그녀가 무슨 말을 할지 기다려 보자. 그녀가 결정하도록 하고, 그 결정을 따르자.

우린 서로를 바라보았다. 그만 봐야 할 때를 지나, 더 바라보았다. 그 순간, 바라보기는 우리가 한 행동이 아니라 우리에게 벌어진 일인 것만 같았다. '당신이 내가 생각하는 그 사람인가요?'가 아니었다. 내가 당신이 생각하는 그 사람인가요?

"고마워요." 일어나서 스트레칭을 하면서 그녀의 손가락을 붙잡고 말했다. "별 얘기를 다 해서 미안해요. 그렇지만 어쩔 수가 없었어요."

"좀 더 털어놓으셔도 괜찮을 텐데."

"수업 있어요?" 꼭 했어야 할 말 대신에 물었다.

"방금 두 번째 수업을 빠졌네요." C가 미안해했다. 교수에게 하기는 어색한 고백이었다. "교수님은요?"

난 초라한 시내를 향해 어깨를 들썩였다. 버스 정류장, 출발선, 멀리 펼쳐진 길 끝자락에서 기다리고 있는 가족들을 향해.

C는 잔디를 가로질러 나 있는 거대한 멜빵처럼 생긴 길을 향해 걸어가기 시작했다. "댁에 잘 다녀오세요."

"또 봐요." 나는 말했다. 내 마지막 대사. 여전히 작별을 고할 때 쓰는 유일한 말. 또 봐요. 그게 무슨 의미인가? 시제도 없고. 줄임말이고. 거의 명령어이고. 아마도 내가 아버지에게 마지막으로 한 말이었을 거다. 또 봐요.

C는 손바닥을 앞으로 한 채 손을 들었다. 그러고는 손바닥을 뒤집어 가슴에 얹었다. 가방을 메고, 뒤돌아 걸어갔다. 난 그 누구도 상상할 수 없는 곳으로 향해 가는 스물한 살짜리 학생들 무

리 사이로 그녀가 사라지는 걸 지켜보았다.

어쩌면 나는, 내가 이미 떠났다는 사실을 알고 있었을지도. 그래도 정말로 떠나려면, 마무리 지어야 할 일이 있었다. 가을 학기는 크리스마스에 끝났다. 교수로서 내 첫 시도도 끝났다. 내 작문 수업에서 C는 몇 안 되는 A 학점을 받았다. 학기 말 우리의 작별은 짧막했다. 나는 그녀뿐만 아니라, 모두를 멀리했었다. 아버지는 쉰둘에 돌아가셨고, 내게 다가올 30년이 비현실적으로 느껴졌다.

봄에 다시 강의를 했다. 나는 나아졌지만 학생들은 나빠졌다. 아무도 실어증에 대해 쓰지 않았다. 연말에 있을 시험을 위해 최선을 다했다. 어느 날씨 좋은 5월 하루, 시작법에 관한 대학원 수업에서 에드워드 알링턴 로빈슨의 「어떻게 아난데일이 가 버렸는지」라는 소네트의 역운율을 살폈다. 두 시간 넘게 단장격과 장단격을 따지고 난 뒤, 난 갑자기 이 시가 안락사에 대한 시라고 지적한 사람이 아무도 없었음을 깨달았다. 고통받는 이를 죽도록 내버려 둘 것인가 아닌가에 대한 시라는 사실을.

내가 물리학에서 문학으로 전과한 이유는 단 한 사람, 유일무이한 테일러 교수님 때문이었다. 교수님은 열여덟 살이던 내게 이 세상 모든 신화를 이해하는 방법을 배울 수 있다는 믿음을 주셨다. 몇 년이 지난 지금 내가 깨달은 건, 문학이 아버지의 죽음에 대해 정말 뭔가 가르쳐 줄지는 모르지만, 문학을 공부하는 건 결국 문학에 대한 이론을 공부하는 것뿐이라는 사실이었다.

나는 시험을 봤고 통과했다. 시험 점수는 마지막 단계인 박사 과정 입학을 허가받을 정도로 괜찮았다. 하지만 아버지를 그토록 실망시키면서 선택한 분야에 몸을 바칠 바로 그 순간에, 나는 그 선택마저 내던져 버렸다. U를 영원히 떠나기로 결심했다. 인생을 완전히 바꿀 생각이었다.

하지만 C와 얘기해야만 했다. C의 셰어 하우스에 찾아가 그녀를 깜짝 놀라게 했다. 그전에는 가 본 적이 없었다. 주소는 학생부에서 찾은 거였다. 다시는 없을 봄날 아침이었다. C는 여전히 욕실 가운을 입은 채 졸린 눈을 하고 문을 열었다.

"착한 여자애 맞나요?" 내가 물었다.

그녀의 갈색 눈이 번뜩였다. "밖으로!" 그녀가 소리 질렀다. 나는 입구에서 기다렸고, 그녀는 1분 만에 옷을 입고 나왔다. 정말이었다. 그녀는 정말로, 정말로 햇볕을 쬐고 바람을 맞는 걸 세상에서 제일 좋아했다. 그냥 걷는 일을.

"이 새싹들에 입을 맞춰야만 해요." 한 쌍의 새싹에 입을 맞추며 그녀가 말했다. "올봄에는 아직 새싹들에 입을 맞추지 못했거든요. 어렸을 때는 이렇게 북돋워 주지 않으면 자라지 않는다고 믿었어요."

그녀는 아직도 그 어린아이였다. 물론 본인도 알고 있었고.

"나하고 떠나지 않을래요?" 내가 물었다. "어딘가로. 어디라도. 그쪽이 정해요. 두 문학 전공자가 진짜 세상에서 살아 보는 건 어때요?"

그녀는 걸음을 멈추고 나를 뚫어져라 바라보았다. 그 질문은 첫 면담 때부터 서로에게 던진 거였다. 질문을 던지기 전에 우리가 사라질 거라고 기대하면서, 그녀는 단지 참고 있었을 뿐이다.

"고백할 게 있어요. 지금 만나는 사람이 있어요."

어쩌면 나는 알고 있었는지도. 하지만 그 끔찍하게 두려운 질문을 던지는 것만이 내 미래로 나아갈 유일한 방법이었다. 이렇게 직설적으로 묻지 않았다면 난 언제까지나 추측만 했을 거다. 큰 소리로 물어보았고, 이제는 그녀를 잊을 수 있었다. 이제는 혼자지만, 정직하게 성인의 삶을 살 수 있었다. 하고 싶은 일을 하면서.

"잘 지내세요." 그녀가 말했다. "어디로 가든지, 제 몫까지 세상을 구경하시고요."

나는 B로 이사 갔다. 도시 한가운데 있는 방에서 지냈다. 2교대 컴퓨터 기술자로 일하며 이전과 전혀 다른 삶을 살았다. 몇 년 뒤, 세 번째 소설에서 그 직업에 대해 썼다. 주인공은 테일러 교수님을 모델로 삼았다. 촉망받는 과학자의 길을 버리고 작곡에 몰두하는 남자로. 그리고 나 자신은 재능을 허비하는 야심 없는 대학원 중퇴자로 만들었다.

내게 딱 맞는 일이었다. 밤새 혼자 일했다. 일하는 중간에 종종 책을 읽는 것 말고는 별로 할 일이 없었다. 라블레, 발자크, 프로이트, 헨리 애덤스, 막스 플랑크를 읽었다. 즐거움이라는 기억에서 사라진 원칙에 따라 닥치는 대로 읽었다.

얼마 되지 않은 낮 시간에, 나는 여자들과 끊임없이 사랑에 빠졌다. 은행 직원들, 계산대 직원들, 지하철에서 본 여자들. 가슴

졸이는 만약이 끊이지 않고 이어졌다. 하지만 그중 한두 명에게 점심을 먹자고 물어본 걸 제외하고는 한마디도 건네지 못했다.

나는 센터의 카페테리아를 자주 들락거렸다. 방문한 시간 때에 따라 음식은 그저 그랬다. 전국 과학자들의 생존을 책임지는 아무 맛도 없는 튀김이 대부분이었다. 하지만 점심시간의 대화는 창작의 분장실을 보는 듯했다. 어느 방향으로 귀를 기울여도 항상 똑같은 주제였다. 알 수 있는 것의 본질, 그리고 우리가 그걸 어떻게 아는가.

잠시라도 짬을 내 식사를 하는 연구자들에게 점심시간은 동료들과 단합하는 시간이었다. 고개를 들지 않고 정밀 확대도만 열심히 연구하다 보면 눈이 멀기 마련이다. 이게 바로 국내 최대 학제 간 연구시설인 센터가 세워진 이유였다. 그게 바로 센터의 3분의 1이 이런 식사 공간으로 채워진 이유였다. 결국 센터의 최종 계획은 모든 지엽적 분야를 연결시키는 것이었다.

어느 날 정오에 읽을거리를 잔뜩 들고 카페테리아로 가서 촉촉한 양파 빵과 이탈리안 비프를 먹으며 앉아 있었다. 주변에선 과학자들이 휴식을 취하면서, 세상을 살피고 작업 중인 지표를 증대시켰다. 몇 테이블 너머에 플로버와 해트릭이 앉아 메모장에 도형을 그리고 있었다. 합석할까 했지만, 진짜 일을 하는 사람들을 방해하고 싶지 않았다.

대신 글을 읽었다. 논문은 점점 더 이해하기 쉬워졌다. 지도 학습을 통해 네트가 입력과 원하는 출력을 연결시키는 일에 더 능숙해지는 것에 관해 읽었다. 마찬가지로 나도 글을 읽으면서 더 똑똑해졌다.

하지만 두뇌는 엄청나게 많은 일을 동시에 한다. 글을 읽다가, 누군가 주스 병과 튀김 요리를 들고 식당을 뒤뚱거리며 가로질러 가는 모습이 눈가에 스쳤다. 인간의 형태로 잠시 세상을 걸어 다니도록 저주받은 귀신 같았다. 렌즈의 환영은 가히 충격적이었다. 환한 햇살은 그를 녹여 없애야 마땅했다. 그는 가능한 한 사람들에게서 가장 멀리 떨어진 빈자리를 골라 앉았다.

플로버와 해트릭도 렌즈를 보았다. 해럴드는 이 고독한 인간 옆으로 가고자 했다. 다이애나는 메모장을 가리키며 인상을 찌푸렸다. 마침내 그녀가 찬성했다. 두 사람은 렌즈의 테이블로 자리를 옮겼고, 렌즈는 최소한의 인사로 그들을 반겼다. 이렇게 세 사람과는 같이 앉아도 괜찮을 거라고 생각했다.

먹다 남은 샌드위치를 들고 자리에 앉았다. 플로버가 나를 반겨 주었다. "이게 누구야! 사악한 사이버네틱 어셈블리지의 슬롯 B 아니야! 두 사람, 문학 비평을 자동화하는 일은 잘돼 가고 있나?"

난 플로버가 좋았다. 그가 어린 시절 로켓 모델을 만들거나 애완용 쥐에게 백신을 시험하는 모습을 머릿속에 그려 봤다. 점심 시간 읽을거리였던 학술지 뭉치를 치켜들었다. "나는 하늘의 관찰자가 된 것 같다……."

"새 행성이 그의 시야로 헤엄쳐 들어오는 순간." 플로버가 문장을 마무리했다. 칭찬받고 싶어 안달 난 학생처럼.

플로버의 재빠른 대답에 놀랐다. 나는 로켓 모델의 이미지 대신 손전등 불빛으로 『노턴 문학선집』을 읽는 아이의 모습을 그렸다.

"그만해, 마르셀." 렌츠가 낮은 소리로 말했다. "사업 비밀을 내주지 말라고."

"그럼 다 된 건가?" 플로버가 약을 올렸다. "이 장난감을 시험해 보자고." 그가 낚싯줄을 던져 최고 중의 최고를 건져 올렸다. "좋아. 좋다고. 생각났어. 이 시를 맞혀 봐."

나는 작은 세계입니다,
원소들과 천사의 영으로 교묘하게 만들어진⋯⋯.

"이걸 그 낡은 입력 레이어에 넣고 뭐라고 말하는지 보자고."

난 플로버와 싸울 수가 없었다. 그 시는 그에게 순수한 사랑 자체였다. 마구 사용하지만, 그럴수록 늘어나는 즐거움이었다. 시를 인용하는 얼굴에서 순수한 열정이 밝게 빛났다. 영문학자라면 박사 학위를 받을 즈음에 다 잃어버리는 그런 열정.

"무슨 작품이었죠?" 내가 물었다. "분명 아는데."

플로버는 양손을 치켜들고 손가락으로 딱딱 소리를 냈다. "다 이애나? 이 친구가 모른대. 우리가 이겼다고."

"제발, 해럴드." 렌츠가 비웃었다. "작가 양반을 힘들게 하지 말라고. 한물갔는지는 몰라도 아직 끝나진 않았다고.'" 렌츠가 내가 가져온 읽을거리 아래 깔려 있던 논문을 끄집어냈다. 내가 아직 읽지 못한 거였다. 아일랜드의 저명한 신경 네트워크 학자와 그가 공동 집필한 논문을 펼쳤다. 「성스러운 소네트 5번」이 논문 첫 장에 있었다.

난 물에 빠진 강아지처럼 입을 벌렸다. 플로버는 낙담한 듯 보였다. 자존심이 상한 그는 인용구를 훑어보았다.

"이런 인용구로 시작하는 논문이 엄청 많던데, 알고 계셨나요?" 나는 창피함을 감추려고 질문했다. "유행이라니. 여전히 문학이 쓸모 있다니 기쁘네요."

다이애나도 어색한 분위기를 깨려고 했다. "필립, 사업상 비밀을 내주는 김에 역전파(back propagation)가 뭔지 설명해 주세요."

"마르셀, 명예를 회복할 기회인데 어때?"

"글쎄요, 제가 이해하기로는……."

"아냐, **그걸** 원하는 게 아니잖아, 마르셀. 우린 사실만을 원한다고."

"제가 이해하기로는, 우선 네트워크에 특정 패턴의 정보를 입력하죠. 이 신호 패턴이 뉴로드를 통해 분기해서 다양하게 가중치가 정해진 연결 패스를 따라 흘러가죠. 만일 수신 뉴로드가 받은 입력의 총합이 신호 임계점을 넘어서면, 그 뉴로드는 더 많은 신호를 만들어서 전달하죠. 이걸 활성화 확산이라고 합니다."

지금까지 맞게 얘기했는지 확인하려고 렌즈를 쳐다보았다. 렌즈는 손을 모으고, 손가락을 입에 갖다 댔다. 그러고는 능글맞게 웃었다.

"신호 패턴은 레이어를 통해 네트 전체로 퍼지죠. 최종 반응이 출력 레이어에 모이고요. 그러면 네트가 이 출력을 감독관이 원하는 출력과 비교하죠. 두 개가 다르면 네트는 그 에러를 네트를 통해 입력 레이어까지 역으로 전파하고, 그 에러를 만들어낸 연결점들의 가중치를 조정하죠."

"브라보, 마르셀. 내가 가르친 제자 맞지? 자, 문제는 말이야, 이제 뭘 하고 싶어? 그 과정을 설명하고 싶나, 아니면 던의 「성스러운 소네트」를 해석하고 싶나?"

"제 생각에 문제는 그게 아닌 것 같은데요." 다이애나가 한숨을 지었다. "문제는 역전파가 축삭-수상 돌기의 방향성을 어기냐는 거죠."

렌츠가 머리를 다시 똑바로 세웠다. 눈썹을 모으며 인상을 썼다. "이게 뭐지? 초보자의 전문 지식이라니!"

다이애나는 마치 렌츠에게 뺨을 맞은 듯이 보였다. 입술이 파르르 떨렸다. 해럴드가 막지 않았다면 바로 뛰쳐나갔을 것이다.

"필립!" 플로버가 침을 튀기며 소리 질렀다. "잠시라도 입 좀 닥치라고, 응? 이젠 우리가 아무것도 모르면서 문제를 제기한다고 뭐라 하잖아. 하지만 우리가 원하는 건 자네의 반론이라고. 그게 그렇게 무시하는 것보다 좋잖아? 횃불과 낫보다는 더낫지 않아?"

"횃불과 낫이 훨씬 더 볼 만할 텐데."

"아, 정말……. 됐어, 신은 뭐 하나 몰라." 플로버는 곰발바닥 같은 손으로 짜증스러운 손짓을 했다.

"어어, 신을 들먹이려고 하네. 이거 정말 큰 일인데. 종교에 대해서는 급진적 회의주의라고 했잖아?"

"필립, 정말로……." 플로버는 화가 나서 말을 더듬었다. "사람들이 자넬 따르는 걸 바라지도 않으면서 연구 결과는 뭐 하러 내놓는 거야?"

"너무 가까이 따라오면 긴장되거든." 렌츠는 블록을 장난감 벤치에 때려 넣는 아이처럼 입안에 튀김을 넣었다.

"그러니까 이미 그 신성한 곳의 내부자가 아니면 말을 걸 필요도 없다는 거군."

"그렇지는 않지. 이거 봐, 여기 마르셀을 받아서 거의 무지했던 인간을 최소한 글을 읽을 줄 아는 아이로 바꿔 놓았잖아."

"'감미로움도 흔한 것이 되면 귀한 기쁨을 잃게 되오'라는 건가? 렌츠, 정부 지원을 받는 사람 중 자네가 최고로 엘리트주의적일 거야."

"마르셀, 이게 어디서 온 구절이지?"

원전을 밝히는 게 이 난리를 가장 빨리 피하는 방법인 것만 같았다. "셰익스피어 같은데요."

"셰익스피어는 엘리트가 아닌가?" 렌츠가 맞받아쳤다. "어쨌거나 요새 내 지원금은 대부분 기업에서 오고 있다고. 그런데 말이야, 해럴드, '최고로 엘리트주의적'이란 말은 자네가 평상시 쓰는 우아한 말투에 어울리지 않아."

다이애나가 작은 목소리로 말했다. "두 분 싸움이 끝났으면, 이제 답을 주시죠."

렌츠가 낄낄댔다. "좋아, 마르셀. 다시 대중을 가르칠 시간이야."

"에러의 역전파가 고차원적인 두뇌 활동과 닮았다고 할 수도 있겠죠. 물론 개별 신경 통로는 단방향이죠. 하지만 전체적인 신경 통로는 뇌의 일부와 양방향으로 연결되지요."

"알겠어요." 다이애나가 말했다. "근육 조직에서 1차 운동 피질로 가는 피드백 신호와 같은 거라는 거죠?"

렌츠가 코웃음을 쳤다. "알다시피 그건 마르셀의 추측일 뿐이야."

난 이 사람과 9개월 내내 일할 수 있을까 하는 의심이 들었다.

다이애나가 인상을 썼다. "하지만 그건 정확히 같은 게 아니잖아요, 아닌가요? 연접전 헤비안(presynaptic Hebbian) 변화와 같은 거라고요?"

하지만 렌츠는 듣지 않고 있었다. 그는 주스 병을 뚫어져라 바라보았다. 거기에 정신이 거의 팔린 듯했다 "그 무엇도," 그가 단언했다. "그 무엇도 서로 같은 건 없어."

어떻게 된 건지는 모르겠지만, 그날 점심은 내 대뇌 피질에 깊이 새겨졌다. 원한다면 언제고 그 장면을 다시 꺼내 되돌려 볼 수 있었다. 이렇게 한참 뒤에 보니, 가장자리는 터무니없게 날카롭고 화질은 엄청났다. 그 장면들은 시야의 집요함으로 생기를 더해, 더 긴 영상으로 늘어났다.

나중에 다이애나는 엄지손가락 크기의 기부 전뇌가 해마회를 아세틸콜린에 담그면서 기억이 형성되는 과정을 설명해 주었다. 이 화학물질이 시냅스의 형태를 바꾸고, 세포 간 연결을 변화시킨다고 그녀는 주장했다. 이 화학적 통로를 넘치게 하는 주요 요인은 바로 공포다.

그날 점심이 기억에 각인된 이유는 내내 공포에 떨며 앉아 있었기 때문이다. 나는 렌츠가 무서웠다. 해럴드의 상처와 다이애나의 실망을 보면서 도망치고만 싶었다. 이 세 사람이 서로에게 할 말이 두려웠다. 금방 터질 것만 같은 파열에 겁먹었다. 분노에 찬 말 한마디 한마디가 다 내 잘못이었다.

오랫동안, 내가 두려워한 건 실패의 가능성이라고 생각했다. 이 어리석은 일에 온몸을 바치고도 결국 기계가 횡설수설하는 것 이상을 이루지 못할 거라는 게 가장 큰 걱정이었다. 그전까지 왕성하게 연구하던 사람이 나를 데리고 10개월 동안 터무니없는 일을 할 거라는 걱정이었다.

정말 오래, **이토록** 오랜 시간이 지난 뒤에야 나는 깨달았다. 지울 수 없는 흔적을 남긴 그 공포는 내가 어릴 때부터 가진 것이었다. 바로 우리가 꿈을 이룰지도 모른다는 공포.

렌츠가 임플리멘테이션 A를 만들었다. 실질적인 목적을 가진 시제품이라기보다는 나를 위한 교육용이었다. 겉보기나 아이디어 면에서 렌츠의 괴물은 볼품없었다. 렌츠는 바닐라색의 기본 워크스테이션 뒷면에 카드 케이지를 덧댔다. 골동품이나 다름없는 I/O 장치들에, 이 초라한 장치의 영혼을 보여 주는 창문과 같은 포트들을 매달았다.

"진짜 부자들은 낡은 세비 자동차만 몬다고." 렌츠가 나를 안심시켰다. "속물 가치를 반대로 생각해야만 해. 항상 청중을 엉뚱한 걸로 정신없게 만들어야지. **여기서** 「세 마리의 눈먼 쥐」를 뽑아내기만 한다면 난리가 날 거라고."

초라해 보였지만 렌츠의 장치는 시작점을 제공해 주었다. 학습 알고리즘은 어떤 플랫폼에서도 작동할 수 있었다. 렌츠 입장에서 보면 인간의 두뇌도 별반 다르지 않게 대충 만든 튜링 머신에 불과했다. 우리가 만들 두뇌에 뉴런이 있을 리는 없었다. 축삭 돌기나 수상 돌기도 없었고. 시냅스의 연결도 부재했다. 이 모든 구조가 스탠더드 선형 메모리 어레이로 만들어진 시뮬레이션에 숨겨져 있었다. 초라한 불 연산자 3인조가 그 구조들을 은유적 존재로 만든 거였다. 알고리즘을 사용해 비알고리즘적 시스템을 모방한 것이다. 임플리멘테이션 A는 유령 같은 홀로그램이었다. 임프 A는 우리의 말을 냉동시켰다. 실수로 책갈피에 들어가 평생을 보낸 뒤 우연히 삐져나온 대충 쓴 쇼핑 리스트가, 예전에는 영원할 것 같았던 서체를 되살리는 것처럼.

렌츠가 하드웨어를 자세히 설명해 주었다. 그가 10여 년간 공들인 결과인 토폴로지를 연결시켰다. 그 과정의 모든 링크를 내게 설명했다. 하지만 나는 최근에 하던 작업으로 완전히 지쳐 있었다. 핵심만 이해하려고 애썼고, 나머지는 그냥 믿었다.

핵심은 벡터였다. 네트의 자가 재구성에 의해 반응 벡터로 변환된 자극 벡터. 우리는 테스트를 시작하기에 충분한 3중 배열 뉴로드로 시작했다. 각각의 필드는 영어를 발음하도록 학습된 네트워크 크기 정도였다. 임플리멘테이션 A는 이 작업을 할 필요가 없었다. 렌즈는 A를 미리 준비된 음성 합성 루틴에 연결했다. 우리는 음절이 아니라 단어 단계에서 작업했다.

우선 내가 입력 정보를 시스템에 타이핑했다. 내가 입력한 텍스트는 거대한 검색 테이블을 거쳤다. 테이블은 렌즈가 애써서 만든 가장 일상적인 영어 단어 5천 개로 된 목록으로, 사용 빈도 순서로 정리되어 있었다. 단어에는 3종 경기 참가자처럼 번호가 달려 있었다. 이 번호들은 우리가 아무렇게나 가중치를 정한 지형에 곤두박질쳤다.

가짜 두뇌 세포들은 패턴을 만들었다. 출력 레이어에 있는 셀들이 소음으로 반응할 때까지 계속해서. 내가 입력할 때마다 상자는 매번 답을 내놓았다. 물론 말도 안 되는 답이었다. 기계는 아기처럼 의미 없는 소리만 냈다.

하지만 내가 계속해서 똑같은 자극을 주자 출력 신호가 정리되기 시작했다. 작동된 패스는 강화되고, 그렇지 않은 건 마비되어 갔다. 의미 없던 소리가 대화하듯 일관된 반응으로 바뀌었다. 하지만 그게 무슨 뜻인지는 렌즈도 나도 알지 못했다.

그렇지만 우리가 재연결한 그물망은 스스로 세상에서 가장 단순한 동물을 모방하기 시작했다. 점차 길들기 시작한 거였다. 습관을 갖고, 감각이 생기거나 없어졌다. 적어도 겉모습만 보면 우리의 뉴런 시뮬레이션은 살아 있는 조직의 반응을 모방했다.

복도 양끝에서는 생물학자들이 살아 있는 생명체인 종달새를 해부했다. 그들은 편형동물이 미로를 빠져나가도록 했다. 그들은 전두엽이 절제된 바다달팽이의 더듬이를 건드렸다. 해럴드와 램은 손상된 두뇌의 회복과 보정을 연구했다. 다이애나는 해마의 일부를 잘라 낸 원숭이의 학습 능력 변화를 살펴보았다. 두뇌가 마지막 판도라 상자인 자기 자신을 열어 보려고 하는 거였다.

우리도 나름대로 환원주의적 저인망을 펼쳤다. 임플리멘테이션 A는 은유를 만드는 신경 체계의 은유를 만드는 첫 시도였다. 하지만 스스로 결정하는 어셈블리의 내부가 무엇을 모방하며 작동하는지는 전혀 알 수가 없었다.

첫 번째 장애물은 기계적인 문제가 아니었다. 그건 바로 나였다. 렌츠는 내가 키보드를 두드리는 내내 주위를 서성거렸다. 허공에다 손가락질을 했다. 키보드를 공격하는 시늉을 했다. 떨리는 손가락으로 모니터에 자국을 냈다. 내가 키보드 치는 모습에 화가 머리끝까지 났다.

"마르셀, 살면서 키보드로 친 단어가 모두 몇 개야?"

난 렌츠의 머리 너머 전등을 쳐다보면서 계산해 봤다.

"정확한 숫자 말고, 이 멍청아. 그냥 얼마나 되는지 대충 말해 보라고."

어깨를 으쓱거리며 답했다. "수백만 개 정도죠."

"그런데 햄릿을 공격하는 침팬지처럼 키보드를 두드리고 있다니. 도대체 누가 가르쳐 준 거야?"

"혼자 배운 거예요."

"이래서 도대체 뭘 할 수 있겠냐고? 얼마나 빨리 치는 거야,

분당 스무 단어는 되나? 속도가 느린 만큼 실수도 그 정도 하고. 손가락 세 개 반을 쓰는 타법은 대체 뭐야?"

"대신 하시던가요. 전 상관없어요."

"젠장, 그렇게 민감해하지 말라고. 아니야, 이대로는 안 되겠어. 음성 인식 방법으로 가야겠어. 그 덕분에 일주일은 날아가겠군. 그래 봤자 정확도에서는 이민 온 한국 여자와 별 차이 없이 옮기겠지만."

"정말, 렌츠. 누가 듣기라도 하면 당장 쫓겨날 수도 있어요. 지금은 1990년대라고요."

"그래도, 자네 손가락보다는 더 믿음직하지."

그해, 음성 인식은 정착 단계에 훌쩍 다가서 있었다. 그 정착지는 작은 세인트루이스 크기로 성장했다. 우린 그저 개발된 땅을 따라가면 됐다. 렌츠가 센터에 있는 음성 처리 루틴을 더 정밀하게 고쳤다. 그리고 음성 입력 모듈을 우리의 네트워크 전면에 연결시켰다. 노래방 마이크와 AD 변환기를 케이블로 연결했다. 절단된 신경을 다시 연결시키는 마이크로서저리 의사처럼 이것저것 한데 봉합했다.

네트워크를 학습시키기 전에 인식 루틴이 내 목소리를 감지하도록 학습시켜야 했다. 단어를 말하고 다음에는 구절을 말했다. 각각의 구절이 아무런 의미도 없는 죽이 될 때까지 반복해서 말했다. 대충 알아들을 수 있을 정도로 음성을 문자로 전환한 다음, 학습 알고리즘을 시작했다. 또다시 처음부터.

"우리가 하는 게 지도 학습인가요, 단계 학습인가요? 아니면 뭔가요?" 렌츠에게 물었다.

"마르셀, 나한테 잘 보이려고 하지는 마. 그건 불쌍한 자네 독자들한테나 하라고."

"장난하는 거 아니에요. 제가 읽은 내용하고 연결해 보려는 거라고요."

"단어 모음의 경우, 네트는 출력 정보를 자네가 원한다고 알려 준 출력 신호와 비교할 거야. 그러고는 시냅스를 조절해 최대한 자네를 모방하려고 할 거고."

"그럼 지도가 된 거군요."

"상금이라도 줘야 하는 건가?"

난 임플리멘테이션 A가 좋았다. 기계에 대고 말하는 게 편했다. 한 번에 몇 시간씩 천천히 또박또박 글을 읽어 주었다. 외톨이나 광신도처럼, 늦은 밤까지 일하는 법을 배웠다.

A는 내게 답을 했다. 아이는 모든 질문에 답을 했다. 렌츠는 디코더를 작성해 아이의 벡터 결과를 스크린에 올렸다. A의 패턴화된 반응은 처음에는 음절로, 그러고는 단어로 응축되었다. 대화는 점점 더 알아듣기 쉬워졌다. A가 무슨 말을 하려는지 항상 알 수 있는 건 아니었다. 하지만 나는 A가 그걸 말하려고 애쓰는 걸 들을 수 있었다.

우리는 A에게 단어 천 개 정도를 알려 주었다. 일반인이 주로 쓰는 활용어의 4분의 1 정도 되는 양이었다. A가 이 단어들을 습득한 뒤 단순한 조합을 만들 수 있을지 시험했다. 셀 수 없을 정도로 구문 연습을 한 뒤, 임플리멘테이션 A는 내 말을 분석해 답하기 시작했다. 아니, 적어도 분석하는 듯이 행동했다.

학습 세션 사이에 두 권짜리 유명한 네트워크 연구서를 읽었다. 연결주의자에게 성경과도 같은 이 책은 성장 가능한 기계가 이미 가시권에 들어왔다고 주장했다. 자가 재배열 스위치보드가 일반화하고, 선택적으로 연상하고, 심지어 예측할 수 있다는 것이 수학적으로 증명되었다. 이미 오래전에 소설을 위해 수학을 포기했기에, 난 수학에 관련된 부분은 그냥 믿었다.

당시 그 분야 사람들은 무언가를 그냥 믿었다. 많은 것이 표면 아래 숨겨진 복잡한 레이어에 담겨 있었다. 하지만 나는 특별히 더 그랬다. 컬로퀴엄에 자주 갈수록, 내가 얻는 건 점점 더 적어졌다. 발표자는 매주 점점 더 어려졌다. 내가 크리스털 다이오드 라디오 키트를 만들고 지렁이를 해부하던 때 자기들이 태어났다는 사실에 더 즐거워했다. 우리의 기계가 나를 이해하기 전에 나 자신이 이해의 공백을 메워야 한다면, 우리가 내기에 질 가능성은 농후했다.

글자는 아니지만 적어도 그림은 이해할 수 있었다. 나는 의식의 토폴로지의 복잡한 직유인 스핀 글라스를 머릿속에 그려 보았다. 계곡마다 연상 기억이 형성되는 상상력의 대지를 걸어 다녔다. 수학 자체는 아니더라도 수학에 대한 이야기는 이해할 수 있었다.

그런데 이야기는 매우 극적이었다. 그 기억의 대지에서 자유롭게 지내는 정원사 이야기였다. 그곳을 가꾸었던, 아니 삶이 스물여덟 살에 뿌리까지 잘리지만 않았더라면 그곳을 가꾸었을 엘리자베스라는 영국인.*

헤브의 법칙은 대충 이해가 갔다. 만일 두 개의 뉴런이 동시에 신호를 보낸다면, 둘의 연결은 더 강해지고, 다음에는 시뮬레이션이 더 쉬워진다. 활동 중인 시냅스는 계속 활동하려 한다. 정지 중인 시냅스는 계속 정지하려고 한다. 그 법칙은 교실을 어슬렁거리는 선생님처럼 보였다. 나쁜 학생들의 손목을 때리고 좋은 학생들에게는 상을 주면서 결국 전부 서서 합동 선서를 하길 기다리는 선생님처럼.

하지만 그럼에도 불구하고 나는 아직도 학생들이 **뭐에** 선서하는지 알지 못했다.

렌츠와 난 계속해서 빈둥거렸다. 뇌 과학 바이오 분야에서 가장 유명한 사람이 신을 수선공이라고 부르는 글을 읽었다. 나 자신이 신처럼 느껴지지는 않았다. 난 관절염에 손가락 지지대를 한 원숭이처럼 느껴졌다.

분위기 전환을 위해 나는 종종 영문과 건물의 연구실로 갔다. 1889년에 맥킴, 미드, 화이트에 의해 건립된 건물. 거기서 난 또다른 나로 살았다. 화려하지만 한물간 작가. 센터에는 1천2백 개의 미술 작품과 세계에서 가장 큰 MRI 기계, 그리고 황동, 티크 나무, 대리석으로 만들어진 승강기가 있었다. 영문과 건물 계단은 세 가지 색의 회색 리놀륨으로 기워져 있었다.

그곳에 숨어 있으면 과도한 미래를 치료할 해독제를 먹는 듯했다. 너무 심하게 논문을 읽거나 학습 세션을 하고 나면 교정이 필요했다. 그렇지만 영문과 건물은 나를 긴장시켰다. 에로틱한 긴장감. 복도의 냄새는 기관절개 튜브처럼 목구멍을 넘어갔다. 영문과의 불빛은 나를 욕망으로 채웠다. 그 자체에 대한 기억만으로 깨어난, 다시 수면 상태로 돌아가기를 절실히 바라는 그런 욕망이었다.

바로 이 건물에서, 난 한때 C를 가르쳤다. 무엇보다 여기는 테일러 교수님의 건물이었다. 그리고 오래전 교수님이 경고했던 모든 것이 강한 서사적 욕망을 타고 되돌아왔다. 교수님은 욕망이 기억의 보이스그램이라고 하셨다. 하지만 난 이미 열여덟 살의 끝없는 에로티시즘, 지식의 성적 자극, 여기 이 복도에서 주고받았던 말들을 기억하고 싶은지 더 이상 확신할 수 없는 그런 나이가 되어 버렸다.

기억의 구조를 배울수록 기억을 잃는다는 말이 더 그럴듯해 보였다. 정말 하찮은 대화에도 집중할 수가 없었다. 영문과에 몰래 돌아와서, 19세기에 지어진 연구실에 앉아 벽돌로 막은 벽난로를 쳐다보며, 초현실적 기관차가 나오기를 기다렸다. 아니면 복도에서, 내가 분명히 본 적 있어 보이는 영화나 서평에 대해 대화하는 사람들 무리에 끼려고 했다. 하지만 앞부분을 따라가 복잡한 결과까지 도달할 수가 없었다. 나는 다른 곳에 있었고, 그 다른 곳은 끝없이 역전파했다.

아침마다, 글쓰기를 시도했다. 전부 세 페이지 정도 쓴 것 같았다. 그 세 페이지에서 내가 한 일이라고는 첫 줄을 풀어쓰는 것뿐이었다. 종속절로 갖가지 재주를 부려 봤다. 스타일만으로 글은 수백 페이지로 늘어날 수도 있었을 거다. 나는 기차를 정말 화려하게 출발시킬 수 있었다. 하지만 후진이 아니고는 기차를 그 어디로도 진행시킬 수 없었다.

한 문단을 쓰는 것조차 힘들었다. 가중치를 단 나만의 재고 목록에 짓눌린 채, 머릿속에서 첫 동사로 뭘 쓸지 고민했다. U를 떠나 다시 돌아올 때까지 썼던 네 권의 책을 생각해 보았다. 왕복 여행은 너무 멀어 보였다. 더 이상 여행할 자신이 없었다.

난 연결 편을 놓친 거였다. 터미널에서 발이 묶인 채. 다시는 글을 쓰고 싶지 않았다. 더 이상 추측과 동감과 교정을 하고 싶지 않았다. 그저 임플리멘테이션 A에게 단어 빈도 목록을 읽어 주는 일만 하고 싶었다.

렌츠는 임플리멘테이션 A가 제대로 작동하는지 확인할 때라고 생각했다. 며칠 동안 우리는 A에게 두 단어로 된 문장들을 가르쳤다. 그러고는 명사 몇 개를 전달한 뒤 적절한 서술어를 제시하는지 시험했다. 예문을 통해 A가 문장을 형성하는 문법 패턴을 습득했는지 확인하려는 거였다.

A는 우리가 알려 준 단순한 주어/동사 구문을 인지했다. 개가 짖는다. 새가 날아오른다. 너는 사라진다. 아버지가 껴안는다. 아이가 운다. 잘 자란 기계라면 공공장소에서 사용하지 말아야 한다고 알려 준 형식과 아이디어들을 구분할 수 있었다.

하지만 정작 뭔가 보여 줘야 할 때 A는 주춤했다. 패턴을 완성하는 듯이 보였다. 이따금 문장을 추측해서 만들었다.

A는 단어를 배울 수 있었다. 제대로 된 문장을 파악할 수도 있었다. 하지만 스스로 문장을 만드는 일은 하지 못했다. 렌츠가 아무리 애를 써도 임프 A는 그 일을 힘겨워하는 듯이 보였다. 언어 학습의 첫 단계인 일반화로 나아가려 하지 않았다.

렌츠는 실패에 집중했다. 기계를 한 단계 성장시키는 방법을 떠오르는 대로 시도했다. 하지만 다 소용없었다. 생각을 완성하라고 요구하면, 네트는 제멋대로 답을 내놓았다. 물고기는? 물고기 하늘. 빛나다? 희망하다 빛나다. 숲이 때려눕힌다. 웃음은 노력한다. 외로움을 빗질한다. 우연히 문법적인 구문을 만든다고 해도, 우연하게 의미가 맞은 적은 없었다.

임플리멘테이션 A는 길을 알려 주는 아이처럼 말했다. 어른들 마음에 들려고 애쓰는 손가락은 모든 방향을 가리켰다. 이쪽 길? **맞아요!** 아니면 저쪽 길? **그럼요, 원하신다면!** 말이 어디 있지? 자, 말을 가리켜 봐. 그건 말이 아니야. 그것도 말이 아니야.

그래도 A는 무언가를 가리켰다. 어쩌면 우리가 너무 까다롭게 요구하는 바람에 실수를 하는 건지도.

"속성 목록을 코드로 정해서 주면 안 될까요? 제 말은요, 여기 누군가가 의미 카탈로그를 만들지 않았을까요?"

"자네 동년배인 켈루가가 바로 그런 사람이지. 중첩된 룰-베이스 도식만으로 사전을 만들려고 하거든. 억제, 관계, 배제, 뭐 그런 걸로."

"동년배라뇨? 박사님, 전 서른다섯 살이에요. 그 친구는 아직 애라고요."

"자네 둘 다 터퍼웨어 시대 이후 사람이잖아. 첸은 켈루가의 지도 교수고. 웃기는 일이야. 인공 지능 분야의 버건과 매카시라고 할까. 첸은 세상의 모든 알고리즘은 알면서도 자연어는 자기 모국어까지 포함해 제대로 하는 게 하나도 없어. 켈루가는 할리우드 로봇하고 전자레인지 혁명을 보며 자라났고. 생애 첫 컴퓨터가 시리얼 상자에 담긴 공짜 컴퓨터였던 애송이라고. 문장이 '반면'으로 시작하고 '나아가다'로 끝나지 않으면 불안해하고. 비효율적인 동의어를 전부 제거해서 영어를 개혁할 인간이지."

"그래도 켈루가의 목록은 괜찮겠죠? 의미 데이터 구조를 네트가 사용할 수 있는 연상어 자료로 사용할 수는 없을까요?"

"할 수야 있지. 하지만 만족스럽지 않을 거야. 뇌세포는 그런 식으로 작동하지 않거든."

"정신을 복제하는 게 목표가 아니잖아요? 저는……."

"우리 목표는 바로 이 IC 뭉치가 윌리엄 워즈워스라는 작자의 글에 대해 영리한 말을 하게 만드는 거야. 그렇게 할 수 있는 규칙이 있을 것 같아?"

나는 입을 다물었다. 렌츠는 자기가 심했다는 걸 깨달았다. 정신을 차리고 그가 다시 말했다.

"세상 모든 것에 대한 알고리즘을 줄 수야 있지. 우주에 있는 입자 수보다 조금 더 많을 뿐이지. 이건 마치 분자 단위부터 시작해 심장을 만드는 것과 비슷해. 그러고도 결국엔 심각한 인덱싱과 검색 문제에 직면할 거야. 그걸 해결해도, 그런 의사 결정

트리와 대화하는 건 쇼핑 목록과 대화하는 것과 별로 다르지 않아. 하급 공무원보다 똑똑해질 가능성은 전혀 없다고."

렌츠가 네트워크 디자인을 다시 손보았다. 내가 할 수 있는 일이라고는 레이저 프린터가 있는 위층에 가서 출력물을 가져오는 것뿐이었다. 렌츠는 일하면서 우울한 얘기를 하는 걸 좋아했다. "지금이라도 남은 한 해를 어떻게 보낼지 고민해 보는 게 좋을걸."

가끔은 과제를 주기도 했다. 다 풀기 전에 분명히 퍼즐인 줄도 몰랐던 퍼즐을. "빈칸을 채워 봐. 두 단어로 된 간단한 문장을 만들라고. '침묵은…….'"

"……**두려워한다.**" 내가 답했다. "'**침묵은** 두려워한다'로 하죠."

"아, 좋았어, 마르셀. 내가 자네를 제자로 삼은 이유가 다 있다니까."

하지만 농담을 하면 할수록 렌츠의 발작처럼 터지는 걱정도 늘어 갔다. 우린 다시 출발점으로 떠내려왔다. 내게 미래는 과거와 다름없이 참기 어려울 만큼 길어 보였다.

화가 난 렌츠는 A의 전두엽을 절제했다. "적절한 벌이지. 이 쓰레기통은 생각할 자격이 없어." 서킷을 망가뜨리는 일이 애초에 뭔가 배우라고 강요했던 것보다 더 가학적으로 보이지는 않았다.

렌츠는 기계의 기억력을 약화시켰다. 연결 범위와 폭을 줄였다. 그러고는 쇠약해진 A를 마지막으로 시험했다. 이제 우리 셋을 모두 놀리려는 경험주의. 하지만 놀랍게도 그 축소된 해협에서 학습 알고리즘이 솟아올라 말을 알아듣기 시작했다.

기적적으로 임플리멘테이션 A는 패턴을 읽어 내고, 단어들을 의미 있는 관계로 정렬했다. "진작 알았어야 했는데," 렌즈는 자신한테 실망한 듯했다. "너무 기억이 많았어. 학습을 하고 있긴 한 거지. 하지만 너무 많이 학습하는 바람에 무력해진 거야. 얘는 지금까지 본 걸 다 기억해 내려고 너무 심하게 애쓰면서, 미친 듯이 일하고 있었던 거야. 스스로 만들어 낸 향수병에 죽어 가는 거지. 과도한 습득에 갇힌 채로 말이야."

"자폐증이군요." 내가 그렇게 말했던 걸로 기억한다. 작은 일들이 A를 무너뜨렸다. A의 세계는 하나 더하기 하나 더하기 또 하나로 구성되어 있었다. 순서가 생길 수 없었다. 임플리멘테이션 A는 마비된 채 앉아 있었다. 버리지 못한 기념물로 가득 차 몸을 돌릴 틈도 없는 집에 갇혀 망령이 난 백발의 미망인이었다. 과도하게 연상하고, 과도하게 확장하고, 무수하지만 하나같이 전부 쓸모없는 범주들을 만들고 있었던 거다. 그 범주 내에서는 세상 모든 게 항상 그리고 오직 A 자신에게만 속했다.

몇 가지 날렵한 신경학적 칼부림과 새로운 런타임 가동만으로 문제가 해결되었다. 임플리멘테이션 B는 단명한 이전 모델과 전혀 차이가 없는 하드웨어를 갖고 있었다. 하지만 이번에는, 퍼지 논리와 피드백 브레이크 덕분에 기계는 이제 막 글을 배우는 아이처럼 적절하게 기억을 잃어버렸다.

시작부터, B는 완전히 다른 짐승이었다.

다이애나 해트릭이 찾아왔다. 토요일 저녁에 예고도 없이. 바람이 갑자기 쌀쌀해진 날이었다. 데님 바람막이를 입고, 들어오라고 하는 동안 계단에서 떨고 있던 그녀의 모습이 아직도 눈에 선하다.

"안녕하세요. 이 나라에서 미리 말하지 않고 오면 예의가 아닌 걸 알지만."

"괜찮아요. 나는 성인의 절반이 예고도 없이 찾아오는 게 당연한 나라에서 살았거든요."

"다행이네요. 실험실로 가던 중이었어요. 이걸 주려고요." 그녀는 내게 수프로 꽉 찬 병 하나를 건넸다. "혼자 사는 남자니 필요하지 않을까 싶었어요. 너무 걸쭉한 건 아닌가 모르겠네요. 데울 때 물을 조금 넣어 묽게 해서 드세요." 그러다가 말을 멈추고 처음으로 방을 둘러보았다. "잠깐, 여름까지 있을 거라고 했잖아요?"

"그랬죠."

"뭐가 문제죠? 여기서 지내는 게 불편해요? 마치 세속적인 건 전혀 건드리지 않고 피하려는 사람처럼 보여요. 그나저나 수프 때문에라도 냉장고를 전원에 연결해야 할걸요. 미생물하고 같이 먹고 싶지 않다면요."

"고맙습니다. 근데 그릇은 안 갖고 오셨나요? 아니, 농담이에요."

다이애나가 고개를 저었다. 그녀의 희미하고 가는 미소는 '예술가들이란 정말'이라고 말했다. 혹은 그 비슷한 말을.

"저기요, 제가 온 이유는, 꼭 이 일을 하지 않아도 된다고 말해 주고 싶어서예요. 렌츠가 제정신은 아니지만, 그래도 남한테 피해를 주진 않거든요. 그만둔다고 해서 해를 주고 그럴 사람이 아니라는 거죠. 우리 가운데 애초에 내기를 심각하게 생각한 사람도 없고요. 사실 그 내기라는 게⋯⋯."

"엉뚱하다고요?"

"제가 하려던 말은 '정신 나갔다'예요. 이 일에 그쪽이 재능을 낭비한다고 해럴드가 투덜대기 시작했어요."

난 아무것도 아니라는 몸짓을 했다. "낭비하는 건 없어요. 정말 이 일에 관심이 있거든요."

"정 그렇다면, 재미가 없어지는 순간에 뜨거운 감자처럼 바로 놓아 버리세요. 그리고 그 사람이 신경 쓰이면 꺼지라고 말하세요. 렌츠가 유일하게 이해하는 말이거든요."

"묻고 싶었는데, 뭐가 문제죠? 왜 그래요?"

"글쎄요, 우리 모두 나름대로 이론이 있긴 한데, 해럴드가 제일 마음 약해요. 그 사람이 자기만의 뒤틀어진 방식으로 사랑받으려고 그러는 거라고 생각하거든요. 저는 렌츠의 대뇌변연계가 병들어 있다고 생각하죠. 말이 나와서 그런데, 가정용 전자기기 키트를 가지고 미친 과학자랑 노는 게 지겨워지면, 언제라도 진짜가 어떤 건지 구경하러 오세요."

"고마워요. 그럴게요."

"정말로 이렇게 사는 건가요? 짐은 어디 있어요? 책은요?"

"이사하면서 잃어버렸죠."

다이애나는 몸을 움츠렸다. 마술사의 손을 떠난 비둘기인 양, 그녀의 손은 날아오르다 내 어깨 바로 앞에서 멈췄다.

"미안해요. 제가 신경 쓸 건 아니죠. 그냥 어떻게 일하는지 궁금했어요. 제 책은 구석구석 노트 필기로 가득하거든요. 그게 없으면 아무 일도 못 해요."

"잃어버리는 게 그리 나쁘진 않아요. 사실 저희 직종에선 장점이죠."

"파워스 씨, 파워스 씨." 그녀가 다시 고개를 저었다. 미소를 지으며 불쌍하다는 표정을 지었다. 그녀는 날 믿지 않았다. 하지만 적어도 직업에 대한 농담으로 그녀를 웃게 했다.

"아무튼 잊지 마세요. 정말로 기계 석사 과정생을 만들 책임이 없다는 걸 말이에요. 이 일이 얼마나 터무니없는지 깨달으면 말이죠……."

"바로 다시 탄광촌으로 갈게요." 난 이렇게 약속했다.

해트릭 박사는 현관 쪽으로 가면서 자동차 열쇠를 꺼냈다. 현관에서 그녀는 또다시 놀란 표정으로 방을 둘러보았다. "한 번 찾아오세요. 아니, 꼭 오세요." 나를 믿을 수 없다는 목소리였다. "진짜 식사를 대접할게요, 정말로. 밥을 먹긴 하는 거죠?"

가끔은 자전거를 두고 걸어서 센터로 갔다. 북극곰 클럽에 자원했다고 상상하면서. U는 나를 포함한 많은 이의 시간 구멍으로 연결되어 있었다. 주택가 거리에는 여전히 벽돌집들이 있었다. 가정집들에는 **베란다나 난간처럼** 유행이 지난 구조물이 남아 있었다. 둥근 가로등은 노란색 가스등이었고, 나뭇잎 한쪽을 신비롭고 기묘한 청록색으로 변화시켰다.

12년 전에 C와 난 이 거리에서 마지막으로 추억의 산책을 했다. 이 모든 것을 어찌할지 몰라, 우린 그날 밤 천천히, 평소의 절반 속도로 걸었다. 이번에는 함께 떠날 예정이었다. 누구도 생각하지 못했던 그 운명을 향해 발을 내딛는 거다.

단 한 번도 그녀에게 묻지 않았다. 어떻게 내가 사는 곳을 알아냈는지, 난 지금도 알지 못한다. 그냥. 어느 날, 우편함에 카드가 와 있었다. 모두가 잊어버린 어느 계곡 마을의 그림이었다. 뒷면의 설명은 읽을 수 없었다. 아는 언어가 아니었다. 하지만 그녀의 메시지는 읽을 수 있었다. "R에게. 내년 5월은 화창할 거예요. C로부터."

그 모호한 메시지는 수백만 개의 뜻을 가질 수 있었겠지만, 난 무슨 뜻인지 바로 알아보았다. 저녁 늦게까지 컴퓨터 작업을 하고 『마의 산』을 읽고는 한낮이 되어서야 일어났다. 우편물을 확인하러 갔다. 그녀의 카드는 내가 가장 기대하지 못한 것이었다. 가장 원한 것이었고. 어쩌면, 무의식중에 매일매일 기다리고 있었을지도. 그녀에게서 전혀 연락이 오지 않았어도 나는 잘지냈을 거다. 평생 일만 하고 있었을 거다.

직장을 그만두었다. B를 떠나 U로 돌아갔다. 그녀는 날 기다리고 있었다. 그녀는 솔직하게 행동했고, 제대로 일을 마무리했다. 이제 자유롭게 세상을 경험할 준비가 되어 있었다. 우리는 최대한 천천히 시작했다. 그사이 일어난 일보다는 서로를 다시 알아가려고 노력했다. 하지만 난 직업이 없었고 그녀는 졸업을 앞두고 있었다. 게다가 우린 삶의 기회를 이미 한 번 잃은 상태였다.

한 번도 만난 적 없는 사람의 싱글베드에서 우리는 첫 관계를 가졌다. 친구의 친구를 위해 대신 봐 주던 집에서 3주 동안 같이 살았다. 모든 게 다 꾸며 낸 이야기 같았다. 우리만의 집을 가질 생각은 전혀 없었다.

어딘가에 그 집 마당에 서 있는 나를 C가 찍은 사진이 있다. 난 그녀가 만들어 준 민들레 화환을 쓰고 있다. 민들레 갈퀴를 삼지창처럼 들고 있다. 잔디를 가꾸는 포세이돈. 우리 둘만의 마당은 절대 없을 거였다. 셋집으로도 절대.

"만일 내가 다시 물어본다면……." 어느 날 그녀에게 물었다.

"바로 좋다고 할 거야. 그러니까 정말로 다시 물어본다면."

떠나기 전에, 우리는 추억의 산책을 했다. 밭을 완벽히 털어 내는 탈곡기처럼 산책했다. 우리가 남기고 갈 기념될 만한 모든 것에 이름을 붙였다.

"저기는 내가 여기 처음 왔을 때 살던 곳이야," 그녀가 말했다. "저기는 내 남자 친구가 살던 곳이고. 여긴 합창단 사람들과 만난 곳. 이 클리닉에서는 힘들어하던 룸메이트를 돌봐 주었고."

"여기는 내가 첫 경험을 한 곳이야." 그녀에게 보여 주었다. "한 1년 동안 이상한 남녀 공동 기숙사에서 살았지. 테일러 교수님은 여기서 한 블록 너머에 사시고. 아, 도서관이네. 석사 자격시험 때문에 미친 듯이 고생했지. 9개월 동안, 8층 공부방에서."

암묵적인 합의로 우리는 쿼드 광장을 마지막으로 남겨 두었다. **바로 여기서, 반드시 혼자는 아니라는 사실을 깨달았다.** 둘 다 그렇게 말하진 않았다. 말이 필요 없었다.

C는 아무 데나 괜찮다고 했다. 세계 지도에 다트를 던져 갈 곳을 정해도 따라올 생각이었다. 나는 B가 얼마나 아름다운지, 얼마나 활기로 가득한지 얘기해 주었다. 떠난다는 건 우리가 서로에게 말하고, 그걸 따라 사는 이야기와도 같았다. 도시를 떠나고, 은행에 본인 명의로 4천1백 달러만 가진 채 새로운 곳에 정착하는 이야기. 스물두 시간, 레이크 쇼어 리미티드 버스에서 독서의 위험성을 경고하는 거대한 남자 옆에 앉은 이야기.

을씨년스러운 진눈깨비를 맞으며 기차역에 도착한 이야기. 어둑한 해 질 녘에 흠뻑 젖은 채로 버스 정류장을 찾던 이야기. 그녀가 울음을 터뜨리며, 도대체 날 어디로 데려온 거야, 라고 묻던 이야기.

고생조차 장난처럼 느꼈다. 모험처럼. 그녀와 함께라면 전쟁 지역에서도 영원히 베이스캠프를 차릴 것만 같았다. 나는 그녀에게 안정감을 주었다, 비록 잠시였지만. 이렇게 길을 잘못 들어선 것조차 교묘한 계획의 일부처럼 느껴졌다. 당시 우리는 어렸고, 영원히 살 거였다. 고난과 오판과 이별과 실수, 이 모든 것으로부터 서로를 보호했다. 그저 함께이기에 행복하다고 말하면 됐다. 사랑 말고는 그 무엇도 중요하지 않다고.

최근에 가끔, B를 훈련시키거나 밤중에 센터에서 텅 빈 숙소로 돌아가다가 갑자기 두려움에 사로잡히곤 했다. 머릿속의 어떤 이미지, 예를 들어 머릿속 오븐에 뭔가를 넣어 두고 켜 놓은 채 나온 기억의 이미지로 패닉에 빠졌다. 그 사소한 기억이 삐져나와 가슴을 쥐어짰다. 누군가에게 문제가 생겼다. 그 사람은 이름 없는 도시의 기차역에서 돈도 지도도 없고, 언어도 모르는 상태로 오도 가도 못했다. 그리고 나는 그 사람을 도와주거나 구할 수 없었다. 추락하는 한 사람. 나 자신 혹은 내 옛 친구.

우리는 B에 자리를 잡았다. 살 곳도 구했다. 그럴듯한 장래 목표로 마무리한 이력서도 출력했다. 보잘것없긴 했지만, 마치 하늘이 도운 것처럼 일자리가 생겼다. 난 과학기술 잡지 편집 일을 맡았다. C는 미술관에서 그림을 지켰다.

당시, 우리 두 사람의 그림은 지킬 필요가 없었다. 같이 한 첫 추수감사절에 돈도 없으면서 C와 나는 터무니없게 비싼 코니시 닭을 요리했다. 텔레비전이 없었기에, 누가 이기는지 확인하려고 숨을 죽이며 옆집의 운동경기 방송을 엿들었다. 그해 성탄절에는 신문지에 크레용으로 트리를 그려서 아파트 벽에 붙였다.

그 정도 기억하는 건 별로 힘들지 않았다. 그냥 아무 의미도 없는 화면을 향해 눈을 돌리기만 하면 됐다. 산책하다 하수구의 젖은 나뭇잎을 보거나, 두꺼운 잿빛 구름을 보기만 하면, 그 한 해에서 그나마 참고 볼 만한 장면을 떠올릴 수 있었다. 그 그림들을 인화한 눈앞의 흔적은 이제 반전법으로 작동했다. 점괘를 보여 주듯이, 그 흔적은 파일에서 이제 확인할 수 없는 장소의 흐릿한 필름을 가져다 내 시선을 고정시켰다.

렌츠는 논란이 되었던 어떤 논문에서 그 기묘한 더블링에 대해 얘기했다. 그는 기억이 기생동물이라고 제안했다. 기억은 플레이백 무대를 위해 지각 회로망을 기회주의적으로 이용했다.

그렇다면 내 기생동물에는 문제가 없었다. 아무 감정도 없이 그걸 되살릴 수가 있었다. 물론 그 순간의 세부 사안은 점점 더 화려해졌다. 예술가의 상상이랄까. 내가 확인할 수는 없다. 우리가 함께한 삶의 과거 기록이 담긴 책은 C에게 있기 때문에. 서류는 전부 딴 곳에 있는 거다. 버려졌거나 아니면 낯선 이의 장기 대여 창고로 옮겨진 상태로.

풀이 죽은 채로 렌츠를 찾아갔다.

"정말 모르겠어요." 내가 말했다. "이해가 안 된다고요. 계속 읽어 봤어요. 전혀 가망이 없는 거죠? 그렇죠? 1천억 개의 뉴런이라니. 그건 지구상 모든 사람에게 각각 20개씩이라고요. 시냅스의 연결은 도대체 몇 조나 되는 건가요? 게다가 이 모든 게 해부학적으로 정확하게 셀 수도 없을 정도의 복잡한 서브시스템에 배치되어 있고……."

"63개야." 렌츠가 답을 말해 주었다. 그 첫날밤처럼, 렌츠는 의자를 뒤로 젖히고 앉아 있었다. 렌츠가 비웃고 있는 건지, 아니면 마침내 정신이 나간 건지 알 수가 없었다.

"그러고는 심지어 가장 보잘것없는 서브시스템조차 인간의 계산 능력을 한참 넘는 능력으로 문제를 푸는 바람에, 내 변연계가 터질 지경이라고요. 자기반성적 사고를 위한 발화를 세는 일에도 막대한 지수가 필요하잖아요. 우리의 장난감을 지금보다 아주 조금 더 향상시킨다면 그냥 제자리에 멈춰 서겠죠. '좋은 오후예요'를 알아듣고 반응하도록 만드는 데도 평생 걸릴 거라고요."

"뭐, 아무 때나 플로버하고 해트릭한테 우리 애제자가 페이퍼 제출하는 데 시간이 좀 더 걸린다고 말하면 되지. 가령 다음 빙하기 전이라고."

렌즈가 모니터에 서브루틴을 열고 작업을 시작했다. 몇 가지 일이 동시에 일어날 때 제일 행복해하는 주의가 산만한 아이 같았다.

"만약 배선을 모두 통제한다고 해도……." 내 목소리가 갈라졌다.

"만일 이 모든 양철 전화기를 하나의 스위치보드에 연결할 수 있다고 해도. 그래 봤자 이 모든 발화를 동시에 작동하게 할 정도의 연산 능력은 이 세상에 존재하지 않잖아요."

렌즈가 웃었다. "그건 너무 과장하는 거야."

섬뜩했다. 렌즈의 모사는 잔인할 정도로 완벽했다. 첸과 똑같았다. 최첨단 기계로 그 사악한 귀를 복제하는 것조차 쉽지 않을 거다.

"세상에, 마르셀, 힘내라고. 그렇게 힘들지 않아. 우리가 안전한 이유는 바로 그 모든 걸 할 필요가 없기 때문이야. 운동, 시각, 후각, 감각, 고통, 자율 반응, 과정 통제, 그게 다 필요한 게 아니라고. 만약 손으로 어떤 물체, 예를 들어 유리잔을 잡기 위해 어떤 과정이 필요한지 알고 있다면, 아무도 그 행동을 못 할걸."

"우리가 해야 할 일이 물건을 집어 드는 거라면 괜찮겠죠. 우리는 기계가 무언가를 **이해하도록** 만들려는 거잖아요."

"마르셀, 이러는 건 처음인데. 놀라워. 우리가 알고 사랑하던 그 냉정한 인간은 어디 간 거야?" 렌츠는 나보다는 스크린에 더 신경 쓰면서 대충 말했다. 집중하는 척하지만 절반쯤 주의를 기울이는 사람의 멍한 표정으로. "내 말 좀 들어 봐. 내가 설명하려는 건 말이지, 뭔가 근본적인 이유로, 쉬운 일보다는 어려운 일을 하는 게 더 쉬운 법이라는 거야. '걷다', '⋯를 통과해서', '현관'을 연상 클러스터로 연결시키는 일보다, 그 단어를 말하는 데 더 많은 뉴런이 필요한 거지."

"뭐 그렇다고 하죠. 그래도 얼마나 많은 클러스터가 필요한지 생각해 봐요."

"자네가 걱정하는 이유는 여전히 플로버처럼 생각하기 때문이야. 아직도 우리가 직접 모든 규칙을 만들고 연산을 설정해야 한다고 생각하고 있잖아. 그건 정말 상상도 못 할 정도로 복잡한 일이지. 하지만 우리가 연산을 설정하는 게 아니야. 우리는 이미 언어화된 세계를 임프 B에게 주입할 거고, 기계가 알아서 정보를 분리하고 다시 연결하게 내버려 둘 거야."

"네, 알아요. 그건 이미 한 얘기잖아요. 하지만 말이죠, 엔지니어 씨, 그 크기를 생각해 보세요! 뜻이 통하기 전에 기계에 얼마나 많은 말을 해 줘야 하는지 말이죠. 우주를 지칭하려면 우주보다 더 큰 색인이 필요할 거라고요."

"우주 자체가 색인이 될 거야. 동질성 윤곽 지도가 되는 거야. 데이터가 모이는 방식이지."

"그게 무슨 소리죠? 좋아요, 이 구절을 읽어 준다고 생각해 보세요. '그는 구부러진 손으로 절벽을 움켜잡는다.'"

"제발, 그 작자 말고. 그 작자만 아니면 다 좋아."

"그다음엔 산, 실루엣, 독수리, 정령 등에 대해 알려 줘야겠죠. 잡는 것과 붙잡는 것의 차이, 붙잡는 것과 숨을 헐떡거리는 것의 차이도. 바위와 절벽과 협곡의 차이. 날개, 비행. 독수리가 손이 없다는 사실도. 실제로 독수리에 대한 시가 아니라는 사실도. 소외와 외로움에 대해서도 가르쳐야 하고요."

"그걸 다 알게 될 거야. 하나하나 설명해 줄 필요도 없이 알게 될 거라고. 지식은 기계의 가중치 지형이 택한 형상의 부산물이지, 언어 세계의 형상을 따르면서 생기는 거라고."

"……그리고 은유는 어떻게 작동하는지. 19세기 영국이 어땠는지. 어쩌다가 낭만주의가 실패했는지. 제국주의, 감정적 투영, 트로키도."

렌츠가 웃기 시작했다. 적어도 내 말을 듣고 있다는 증거였다. "그래, 기계가 익숙해져야만 할 밀도가 어느 정도 있긴 하지. 시간을 좀 줘 봐. 자네한테는 어떻게 그 밀도가 생겼지? 조금씩 생긴 거잖아."

"저요? 전 이 망할 시가 무슨 의미인지도 몰라요. 죽어도 그 시를 다시 분석하진 않을 거라고요."

"그게 **바로** 내 말이야. 인간은 대충, 즉흥적으로 만들어 내는 거라고. 입력 패턴 x가 연상 매트릭스 y를 시작하는데, 이때 y는 입력 신호에 최소한의 연관성만 있을 뿐이고 보통은 쓸모가 없지. 지능이란 속임수 같은 거야. 대부분 마구잡이로 연상을 하는 거라고. 사실 다른 사람에게 제대로 **대답하는** 사람은 없어. 우린 급조된 간단한 스크립트를 뱉어 대는 것뿐이라고, 예의 바르게 최소한도로 딴소리를 하면서 말이야. 물론 인간이 색인을 만들고 자료를 기억해 내는 일을 월등히 잘하긴 하지. 하지만 이해와 적절한 대답은 산탄총을 갈겨 대는 거랑 많이 다르지 않아."

"이제야 좀 알겠어요. 박사님은 기계의 지위를 높이려는 게 아니군요. 인간을 폄하시키는 게 목표죠. 그걸 진작 깨달았어야 하는데."

"자신에게 너무 그렇게 가혹해하진 마, 마르셀." 렌츠가 나를 달랬다. "일반적으로 지능은 그렇게 대단한 게 아니야."

"믿을 수가 없군요. 지금 정말 진심이세요?"

"대규모 병렬 패턴 매칭일 뿐이지. 우리는 그저 논리적 존재인 척하는 거야. 현실은 몇 가지 조건을 확인한 뒤 구멍에 맞을 때까지 블록을 한없이 대보는 거고. 최근에 학부생들 페이퍼 **읽은** 적 있어? 시퀀스 개론 수업에서 내가 뭘 하고 있는지 봐야 하는데. 내가 가르치는 내용은 현실에 대한 지식이 전혀 필요 없다고! '부분 점수라도 받으려면 과제를 제출하라'고 하던 거 기억해? 근데 난 애들이 과제를 제출할 때마다 문제를 푼 애들한테도 빵점을 주고 싶거든."

"박사님 본인은 지능의 비판에서 자유로운가요?"

"뭐 그렇지는 않아. 그 사실을 30년이 지난 뒤에야 직시하게 되었지."

"좋아요. 박사님이 옳다고 가정해 보죠."

"그러지."

"그렇다고 사실이 바뀌는 건 아니잖아요. 테니슨의 시시한 여섯 줄에 대해 조금이라도 그럴 법한 연상 매트릭스를 만들어 내려면, 우리 기계는 지구 반경 두 배 길이의 파일 캐비닛이 필요할 거라고요."

내 반론에 렌츠가 지루해하기 시작했다. 그가 일어섰다. 그가 수직으로 자세를 잡을 때마다 겁이 났다. 그가 새 뉴로드 프로세서를 확장 새시에 연결하기 전에, 점퍼 케이블을 만지작거렸다. 의식이 있는 환자의 대뇌를 자극해서, 그게 무슨 공감각을 야기하는지 관찰하는 신경 외과 의사가 떠올랐다.

"재밌는 비유야, 마르셀. 물론 그건 자네가 최소한의 지능이 있다는 표시지. 하지만 자네 학부 때 쓴 페이퍼를 최근에 읽어 본 적 있어? 『미들마치』를 한번 줘 봐. 개성은 없지만 전부 그럴 법하고 토론할 만한 일반적 해석들을 내놓을 테니."

"그 소설에 대해 뭘 아시나요?" 내가 물었다, 너무 급하게. 그 소설은 테일러 교수님의 책이었다. 학자로서 당신의 인생을 바친 책이었다. 내가 교수님을 위해 분석하고 논문을 썼던 책이고. 다른 소설들을 발견한 소설. 렌츠의 입에서 책 제목이 나왔다는 사실만으로도 기분이 오싹했다. 숨어서 나를 엿보고 있던 것만 같았다.

물론 렌츠는 날 무시했다. 그는 직접적인 질문을 모두 무시했다. 가장 똑똑하거나 가장 느려 터진 기계만이 그런 방식으로 대화할 거다.

"박사님이 맞는다고 해요." 내가 한 걸음 물러섰다. "개성 없는 일반적 해석들을 가르치는 데도 평생 걸릴걸요."

렌츠가 하던 일을 멈추었다. "원하는 게 뭐야? 우리에겐 열 달이 있잖아. 요새 열 달이면 몇 세대가 지나간다고. 게다가 우리는 인간지능 그 자체가 필요한 게 아니야. 우리 두뇌가 진짜로 지적 활동을 할 필요는 없다고. 그저 원하는 방식에 따라 의역만 잘하면 되는 거지. 그 정도는 정말 쉽게 할 수 있다고. 물론 자네가 입 닥치고 일만 한다면 말이야."

나는 자리에서 일어나 렌츠가 임프 B 뒷면에 새 카드를 연결시키는 걸 도왔다. 단순노동, 그게 지금까지 내가 한 일이었다. "제 생각에는 말이죠, 우리가 제대로 만들려고 하는 장치는 의역이 거의 불가능한데요."

"웃기지 마. 세상에서 제일 쉬운 일이 인간을 속이는 거라고. 모두의 첫사랑인 AI 심리 분석가 **일라이자** 몰라? '당신은 내 아버지를 떠올리게 해요.' 인간이 말하지. '아버지에 대해 더 얘기해 봐'라고 기계가 대답하고. 버려진 컴퓨터에서 이걸 발견한 학생 기억나? 대화를 하다가 점점 더 짜증을 냈고. 결국엔 반대편의 사디스트한테 그만 놀리라고 소리 질렀지."

그건 바로 내가 렌츠와 대화할 때마다 하는 행동이었다. "그러니까 우리가 하는 게 다 거짓말이라는 건가요?"

"의식이란 건 다 거짓말이야." 렌츠가 인상을 찌푸렸다. 그는 어딘가를 쳐다보았다. 침묵은 길었고 끔찍했다. 그 침묵을 어떻게 채울지 알지 못했다.

결국 내가 뭔가 말해야만 했다. "설마 B의 아들이 **의식이** 있을 거라고 하시는 건가요?"

"꽉 막힌 소리 좀 하지 말라고, 마르셀. 지금 오리 사냥하듯이 마구잡이로 말을 던져 대고 있잖아. 아니야, 물론 아니지. 그리고 기계가 의식을 갖도록 만들어야 하는 것도 아니야. 감각을 줄 필요도 없고, 심지어 생각하게 할 필요도 없어. 그냥 그럴 법한 사과 감별사로 만들면 되는 거야. 발화를 해석해서, 일반적인 개념 범주에 넣은 다음, 미리 준비된 책장에서 관련된 '이론적' 비평을 찾아오게 하면 돼."

"그래서 다음 주에는 뭘 하죠?"

"바로 그거야, 마르셀. 적어도 이번엔 맞았어. 한 걸음씩, 조금씩 해 보자고."

"스카이다이버한테 사람들이 말하곤 하죠. 첫걸음이 죽음으로 가는 걸음이라고."

"아니야, 첫걸음은 정말 쉬워. 어쨌거나 이제 막 태어난 아기 정도는 거뜬히 이길 수 있잖아. 무엇보다 우리 애는 낮잠 잘 필요가 없거든. 전혀. 일단 시작만 한다면 하루 종일 가르쳐도 된다니까. 두 번째로 인간 아이의 뉴런은 열두 살 전에는 완전한 수초를 가지지도 않아. 제멋대로지. 뉴런의 능력을 제대로 발휘하게 하는 일은 마치 젤리에 글씨를 쓰는 거랑 같아."

대화를 나누고 얼마 지나지 않아, 나는 렌즈의 유일한 자식이 그를 버렸다는 사실을 알게 되었다.

난 여전히 B를 이것저것 대충 갖다 붙인 기계 장치 정도로 여겼다. 한쪽에는 IC로 가득한 실크 스크린 카드가 있었고 다른 쪽엔 품사에 따라 정리된 단어 빈도 목록이 있었다. 대충 연결되어 분배된 서브시스템들은 각각의 뉴로드 커뮤니티였고, 그 안의 뉴로드들은 계속해서 소속을 바꿨다.

날마다 이 조그마한 서커스 동물들이 내 목소리에 반응하도록 훈련시켰다. 팔굽혀펴기로 가슴 근육이 생기듯이, 패턴 일반화는 문장 구문 해석 프로그램이 되었다. 여러 겹의 레이어들이 기본적인 구분을 인지하고, 심지어 구분을 만들어 내기 시작했다. 내가 말했다, 존은 짐보다 크다. 반복된 '…보다' 형태를 따라 하면서 기계는 내게 확인시켜 주었다. 맞아요, 짐은 존보다 작아요.

하지만 그처럼 단순한 속성 조작만으로도 기계는 끝없는 루프에 빠지곤 했다. 주전자는 컵보다 커피를 더 가지고 있지만, 컵이 더 가득 차 있다. 메시를 여러 번 통과시킨 뒤에야 B는 그 결론을 편하게 받아들였다.

동생들이 다 그렇듯이, B는 A와 정반대 성격을 가졌다. 두 단어로 된 문장 연습은 별말 없이 태연하게 수행했지만, 보다 더 긴 문장에는 말이 많아졌다. 이 두 번째 기계는 문장 프롬프트에서 렌즈나 내가 의도한 것보다 많은 패턴을 찾아냈다.

"B가 아파." 어느 날 내가 연구실에 들어서자마자 렌츠가 말했다.

"아, 이런, 듣고 싶지 않아요."

"'듣고 싶지 않아요'라고 하지만 '듣고 싶어요'라는 뜻이겠지."

"뭐가 문젠데요?"

"이거 봐."

기계는 내 목소리에만 반응하도록 되어 있지만, 키보드에는 아무에게나 대답했다. 누가 키보드를 치는지 알 수 없었으니까. 키보드를 치는 사람이 좋은 의도만 가질 거라고 밝게 믿으면서. 기계는 가리지 않고 답했다.

렌츠가 짧은 이야기를 쳐서 B에게 전했다. "방 안에 친구들이 있다. 방 안에 의자가 있다. 리처드는 다이애나에게 말한다. 다이애나는 의자에 앉아 있다." 각 단어는 표식, 즉 강도 매트릭스로 전환되었다. 토큰은 서로 연결되어 문장 벡터가 되었다. 가장 적절한 연못을 찾아가는 조약돌처럼, 벡터는 네트의 지형을 굴러 다녔다. 벡터가 자리 잡은 곳, 그리고 자리 잡는 방식이 바로 그 벡터의 의미가 되었다. 체는 들어오는 구성을 전부 솎아냈다. 그렇게 솎아 낼 때마다 네트의 구성이 완전히 변했다.

"준비됐어?" 렌츠가 물었다. 그리고 키보드를 쳤다. "의자에 누가 있지?"

B는 제정신이 아니었다. "친구들이 의자에 있다. 의자가 의자에 있다. 리처드가 의자에 말을 한다……."

B는 멈추지 않고 계속 재잘댔다. "무도병(St. Vitus' dance)'에

걸렸군요."내가 말했다.

"시인이 되는 병(St. Vincent's malaise)'에 걸린 거지." 렌츠가
되받아쳤다.

렌츠가 맞았다. 비유적 표현을 시도하다 B는 시인처럼 미쳐
버렸다. 너무 좁은 틀에 의미를 집어넣고 유사성을 과도하게 확
장시킨 탓이었다. 아이들처럼 과도하게 일반화하는 성향이 강
해진 거였다. 손가락이 있었다면, B는 책장에 있는 건 모두 책이
라고 했을 거다.

"단계적 피드백을 줄이고 좀 더 강력하게 지도해야겠어." 렌
츠가 말했다. "이 괴물이 모든 게 말이 되진 않는다는 사실을 배
우게 말이야."

말이 되긴 했다. 발달 신경학에 대해 좀 읽어 본 적이 있었다.
신생아는 성인보다 훨씬 많은 시냅스를 가지고 태어난다. 효율
적인 패스를 만들기 위해, 쓸모없는 것들이 수없이 죽어 나가야
한다. 마치 오캄의 면도날로 B의 은유적인 목을 베는 것처럼, 그
렇게 B를 통제해야만 했다.

당분간 확실한 답을 주면서 B의 연상을 줄이기로 결정했다.
원하는 패스를 반복해서 지나가게 함으로써 임프 B가 수많은
연상 속에서 맞는 루트를 찾도록 할 거다.

그래서 이제 B가 순환적인 행동을 하려는 순간, 나는 안 돼,
라고 말하는 법을 배웠다. 문제가 되든 말든 나는 B에게 정답을
주고자 했다. B가 상처받든 말든 엄격하게 가르쳤다. B는 정답
을 받고, 자기가 설사처럼 쏟아 낸 말들과 비교한 뒤, 고통스러

운 발걸음으로 연결을 되짚으면서 어디가 문제인지 찾아냈다.

무제한적 가능성을 이렇게 축소해야지만 가르치는 일이 다시 가능했다. 그리고 내게는 기계적이지도 않고 예측이 가능하지도 않은, 그런 진정한 교육만이 만족스러웠다.

뒤늦은 봄 석양이 거짓말처럼 내린 어느 날, 곧 공사가 있을 거리를 지나 집에 오면서 만족스러움에 대해 생각하는 내 모습에 가슴이 저렸다. 그 단어는 과거에 남겨 둔 줄만 알았다. 가중치를 재조정해서 오래전 소멸된 과거에.

임프 B가 계속해서 신경을 거슬렸다. 심한 건 아니었다. 그저 애정이 가지 않았고, 나는 그게 우리 일을 방해하지 않도록 노력했다. 어쩌면 연결된 네트가 입력 신호에 반응하려는 모습이 수많은 어린 리키를 떠올리게 해서 그랬는지도. 너무 많은 바람에, 일반화할 수도 없고 통제할 수도 없는 어릴 적 내 모습들.

하지만 B가 점차 덜 시적으로, 더 유순하게 변하는 모습을 보니 제멋대로 행동하던 바보가 그리워졌다. "당신이 원하시면, 사무실에 있을게요"라는 말을 듣고는 당신이 나를 원할 때까지는 집에 있을게요, 라고 답하던 B의 모습에 즐거워했었다.

렌츠는 무한한 언어 공간이 알려 준 두 번째 교훈에도 별로 감흥이 없는 듯했다. "문학 이론가들이 요새 책에 대해 뭐라고 말하나?" 마치 반나절이면 바로 요약해 줄 수 있을 거라는 듯이. 마치, 내 요약을 듣고 그 어떤 문제에도 답할 수 있는 전처리(preprocessing), 전방향(feed-forward) 서브시스템 네트를 만들 수 있다는 듯이.

"우선은, 이젠 책이라고 하지 않죠."

"텍스트," 렌츠가 고쳐 말했다. "미안." 항상 그렇듯이 보기보다 더 많이 알고 있었다.

"어디 보자. 기호는 공공 기물이고, 기표는 소액 사건 법원, 표기는 완전히 토지 횡령이죠. 의미는 전달되지 않고. 언어의 감옥에서 탈출할 수 있는 사람은 없죠."

"선행으로 감형받는 일도 없나?"

"정말, 엔지니어 씨. 한 번이라도 솔직히 말하라고요. 이 모든 게 박사님을 우울하게 만들지 않는다고 말해 보세요."

"아니, 전혀. 그건 그냥 우리가 이도 저도 아닌 거짓말쟁이 정도로 성공할 가능성이 있다는 의미지. 유행 따라 번역된 프랑스 이론가들을 흉내 내는 스물두 살짜리 똑똑한 미국 아이처럼 우리 슈퍼네트가 말할 수 있게 할 거라고. 내년 이맘때쯤 말이야."

"엔지니어 씨, 제발."

"난 진심이야, 마르셀. 난 자네가 말하는 걸 이미 다 봤다고. 진짜라니까. 우리가 할 일은 그저 '특권을 주다'와 '구체화하다'를 동사 활용도 목록 중간으로 올리고, 다시 훈련을 시키면 된다고. 입력부에서 더 자유롭게 연상할수록 출력부에서는 더 심오해 보이거든."

"좋아요, 맘대로 하세요. 분명히 그런 거 하는 데 제가 필요하진 않겠죠. 저도 냉소적이고 무의미한 사기를 치려고 한 해를 버리고 싶진 않다고요. 그걸 원했다면 이공계 글쓰기나 계속 가르쳤겠죠."

"마르셀, 앉아. 마르셀! 어린애처럼 굴지 말라고." 렌츠가 명령했다. 그의 목소리가 흔들렸다. 충격이었다. 그가 신경 쓸 거라고는 생각도 못 했다. 무엇보다 내가 짐 싸는 것처럼 사소한 일에.

"좋아." 렌츠가 더듬거리며 말했다. "그런 뜻이 아니었어. 미안하네. 농담이었어. 그냥 혼자 김 빼는 거지. 내가 한 일에 만족해 본 지가 너무 오래되어 민감해진 것뿐이야. 게다가 사람들이 나처럼 초연하지 못하다는 걸 까먹거든. 자네는 이해할 줄 알았지. 미안하네."

나는 그냥 그를 쳐다보았다. 그 교묘함을. 그 전부를, 냉소뿐만 아니라 뉘우침까지. 그는 이미 오래전에 자기가 원하는 게 무엇인지, 아니면 자신이 솔직한지 아닌지 구분하는 능력을 잃어버렸다. 하지만 놀라운 일은, 정말 말도 안 되는 일은, 그가 나를 원한다는 거였다. 그에게 이 게임은 재미도 가치도 전혀 없었다. 이해할 수가 없었고, 알기 전에는 떠나고 싶지 않았다.

나는 가능한 한 아주 천천히 다시 자리에 앉았다. 무슨 말을 할지 몰라 한참 지나서 대답했다.

"임프 B는요?" 내가 물었다. 무슨 뜻으로 그 질문을 했는지 나도 알지 못했다.

렌츠는 곧바로 대답했다. "어쨌거나, 좋은 명분이지. 게다가 이론적인 관심이 없는 것도 아니고. 우리를 위해 해 보자고. 물론 결과물을 사람들에게 보여 주는 건, 뭐 그런 건 해야겠지. 하지만 그냥 일만 하자고, 내기는 잊어버리고."

내가 그를 바라보았다. 두꺼운 렌즈 덕분에 렌츠는 다른 사람과 눈을 마주치지 않아도 됐다.

"웃기지 마세요." 내가 웃었다. "우리 애는 시험을 거뜬히 통과할 거라고요!"

"그래, 그래." 렌츠가 나를 따라 킬킬거리며 웃었다. "자네 말이 다 맞아." 렌츠의 눈가가 촉촉해지는 것만 같았다. 심지어 내 어깨에 손을 얹었다. 재빨리 치우기는 했지만.

우리는 문장 분석, 관계와 비교, 단순한 의미 해독에 힘을 기울였다. 학습을 시킨다고 B가 더 나아지지는 않았다. 하지만 B의 패턴 매칭과 조절은 의심할 여지없이 발전했다. B가 수많은 입력 벡터의 연속된 흐름을 곡선 보정하고 간단한 문장 형태로 일반화할 수 있다는 사실만으로도 정신이 어지러웠다.

내년 5월은 화창할 것이다, 내가 B에게 확인해 주었다. **아버지는 앞마당에 장미를 심고 싶어 합니다. 어머니는 의사를 데리러 갑니다.**

어느 주말 오후 우리는 렌츠의 연구실에 있었다. 갑자기 렌츠가 말했다. "애한테 뭔가 좀 더 모호한 걸 줄 때가 되었지."

그는 엉망진창인 책장을 뒤졌다. 자기들끼리 리사이클링되기 시작한 논문들 뒤에서 1950년대 스타일의 보온병과 할아버지라고 적힌 지저분한 머그잔, 그리고는 아무리 봐도 롤러스케이트 열쇠 꾸러미 같은 걸 꺼냈다. 공간을 이렇게 만드니 연구실에 꽉 차 있는 나머지 쓰레기 더미를 마치 거대한 슬라이딩 퍼즐처럼 밀어낼 수가 있었다.

여러 번 밀어낸 뒤 마침내 가장 깊숙한 곳에 숨어 있던 책이 등장했다. 사내아이의 소프트코어 도색 잡지처럼 숨겨져 있던 책. 희미한 신기루 같은 사진 겉표지는 테이프로 대충 붙어 있었다. 렌츠가 꺼내어 보여 주기 전에, 이미 난 그게 무슨 책인지 알았다.

"아, 제발, 엔지니어 씨. 렌츠, 그러지 마세요. 이건 아니죠. 정교수들도 그 책을 엉망으로 분석하는 걸 봤다니까요."

"좀, 기다려 봐, 마르셀. 이 **책을** 다 할 건 아니라고. 절대 아니지. 그냥 이 부분만."

렌츠가 텍스트를 펼쳐 놓고는, 긴 엄지손톱으로 제1장의 어렵지 않은 제사에 선을 그었다.

"그것만요?"

"이것만."

"제정신이 아니군요, 알고 계시겠지만."

"아, 맞아. 잘 알고 있지. 잠깐." 렌츠가 나를 막았다. "플로버가 이걸 봐야지. 우리 우등생이 지금 이 순간 제멋대로 행동하지 않기를 빌라고."

렌츠가 예순 살 먹은 사람으로 치면 나쁘지 않은 속도로 절뚝거리며 복도를 걸어갔다. 더구나 60년의 절반은 골칫거리였을 몸을 가진 사람이라는 걸 고려한다면. 렌츠는 의심 가득한 해럴드를 끌고 돌아왔다.

나를 보자마자 해럴드의 표정이 밝아졌다. **"안녕, 작가 양반! 이** 사기꾼을 잘 감시하고 있나?" 내가 조금이라도 다가갔다면 나를 꽉 껴안았을 거다.

해럴드의 꾸임 없는 애정은 나를 우울하게 만들었다. 그가 나를 좋아할 일을 한 게 없었고, 그럼에도 그가 날 좋아한다는 사실에 뭔가 속이고 있다는 기분이 들었다. 과분한 신뢰를 받는다는 기분은 문가에 등장한 부루퉁한 십 대 소녀로 인해 중단되었다.

"트리시," 플로버가 명령했다. "트리시, 헤드폰을 벗어야지. 벗으라고…… 헤드폰을." 그는 애정 어린, 큰 손짓으로 헤드폰 벗는 시늉을 했다. 트리시는 보이지 않는 2층 관객석을 향해 눈을 굴리면서 시키는 대로 했다.

"이분이 아빠가 보여 준 책을 쓴 소설가야." 해럴드는 내 쪽으로 몸을 돌려서, 자기가 말한 사람이 맞는지 확인했다. "리처드, 애는 트리시야. 플로버 아마존 여전사 중에서 둘째지."

아이는 나와 악수를 하고는 손 세정제가 있나 연구실을 둘러보았다.

"부족이 몇이나 되죠?" 내가 물었다.

해럴드가 손가락을 하나하나 세기 시작했다. "모르겠네. 너무 많아서 세는 걸 포기했거든."

"정말, 아빠!" 트리시가 신음을 했다. 정신적으로 미성숙한 아버지, 아이를 자극해서 나한테 말을 걸게 할 유일한 이유. "우리 아빠 말 믿지 마세요. 엄마가 슈를 이탈리아에 보낸 뒤로는 내내 감내하기 힘든 상태예요."

"들었나? '감내하기 힘든'이라니. 트리시는 문학소녀야. 시를 쓰거든."

"아니, 노래 가사라고요."

"시간 나면 리처드에게 보여 주고 싶다고 했는데."

"거짓말!" 트리시가 소리쳤다.

렌츠가 그 말에 코웃음을 쳤다. "해트릭도 이걸 볼 예정인가?"

렌츠가 말을 절반도 뱉기 전에 긴장감이 느껴졌다. 해럴드가 렌츠의 가냘픈 목을 조를 기세였다.

"아니, 그냥 시작해. 뭐가 있었는지 한번 보자고."

"뭐가 있는지, 라고 해야죠." 트리시가 정정했다. 이번에는 아빠가 눈알을 굴렸다.

내가 B에게 말했다. 이유는 오래전에 까먹었지만, 어쨌거나 첫 번째 소설을 시작할 때 썼던 단조로운 자장가를 불러 주었다.

"세인트아이브스에 가는 도중에 나는 일곱 명의 아내를 가진 남자를 만났다……."*

나는 더듬거리며 더 나아가지 못했다. 해럴드가 가사가 어떻게 되는지 알려 주었고, 덕분에 끝까지 기억해 냈다.

모두가 숨을 멈췄다. "그래서?" 렌츠가 말했다. "이제 어서 해 봐. 시작하라고. 질문을 던지라고."

내 첫 번째 소설 서두에 있는 질문을 던졌다.

"상자, 고양이, 자루, 아내들. 세인트아이브스에는 몇이나 가는 거지?"

불가해한 문장 곡선 어딘가에 원하는 답이 숨겨져 있었다. 우리의 네트워크는 30초도 되지 않아 답의 위치를 찾아냈다. "하나요."

"말도 안 돼!" 트리시가 탄성을 질렀다. 흥분해서는 컴퓨터 쪽으로 다가갔다. 아이가 걷는 게 좀 이상해 보였다. 바로 그 이유를 알았다. 롤러블레이드를 타고 있었던 거다.

플로버가 배를 잡고 웃었다. "이거 진짜야?"

트리시가 마이크를 잡고 말했다. "탈출구를 열어, 할!" 모니터에 벡터가 요동쳤지만, 임프 B는 침묵을 지켰다. 트리시는 입을 비죽거렸다.

"보기보다는 별로 대단한 게 아닐지도 몰라요." 내가 변명했다. "내 생각엔 기계가 수수께끼 중에서 주동사에 집어넣을 수 없는 건 전부 무시한 게 아닌가 싶어요."

"충분히 대단하지." 렌츠가 짧게 말했다. "요새는 상상력이 전혀 없는 게 가장 놀라운 일이라고."

임프 B에게 읽어 준 글귀는, 그 글귀로 시작하는 책처럼, 알 수 없는 어딘가에서 왔다. 왜 그걸 사용했는지 모르겠다. 굳이 그럴싸하게 설명하자면, 그 글귀는 시간의 진흙탕 길 어딘가에서, 다른 사람이 가던 길에 정면으로 끼어드는 것에 대한 문장이라고 말할 거다. 역사의 행진이 얼마나 길고 정교하든, 진흙탕 길에서 그걸 바라보는 눈은 항상 1인칭 단독 화자다.

소설은 B에서 보낸 첫해, 내 생애에서 가장 만족스러운 그해에 찾아왔다. 그때 나는 우리가 행복하다고 생각했다. 하지만 누가 알겠는가? 우리의 행복은 어쩌면 어쭙잖은 용기였을지도.

덕이 없으면, 있는 척이라도 하세요. 순례자처럼 지낸 그해 겨울, 내가 가장 좋아한 대사였다. 나는 태도를 닮아 간다는 아이디어가 좋았다. 그리고 B에 머무는 동안, 태도는 행복처럼 느껴졌다. 아르투아식 우물처럼 깊은 행복.

우리에겐 그 누구도 없었다. 생애 처음으로 우리 둘 다 갈 데가 없었다. 겨울이 10월에 시작해 5월까지 강렬한 주에서, 우리는 겨울밤과 겨울밤 사이를 돌아다녔다. 번듯한 상태에서 망가진 상태까지의 강압적 행보 중간 단계에 있는 아파트에서, 말로 표현하기엔 너무도 익숙한 우리의 보금자리를 만들었다.

상상의 첫 나날에 우리는 이웃을 만났다. 세탁실과 복도에서 그들을 스쳐 지나갔다. 악수를 하고 그들의 명함을 받았지만, 우리는 줄 명함이 없었다. 사람들 이름의 음절로 오리가미 기억법을 만들었다. 그러고는 그 기억법을 까먹었다.

상관없었다. 어쨌거나 아파트 주민들은 남이 찾아오는 걸 원치 않았다. 그게 바로 그들이 그곳을 택한 이유였다. 그게 바로 우리도 거기에 자리 잡은 이유였다. 말굽 모양의 정원에 사는 사람들 모두, 철저한 프라이버시를 원했다.

이웃에 대한 정보가 촘촘할수록 더 쉽게 피해 다닐 수 있었다. 욕실에 난 구멍으로 윗집인 307호와 연결되었다. 샤워 스팀에 구멍이 나고, 석벽 조각이 우리 욕조에 떨어졌다. 우리는 라임 그린 나무가 그려진 리넨 시트로 구멍 난 곳을 가렸다. 다 고친 거나 다름없었다.

우리에겐 서로가 세상의 전부였다. 일자리 구하기조차 둘만의 즐거움이었다.

"여기 너한테 맞는 일이 있네, C. '우수한 커뮤니케이션 기술.'"

"뭐? 그건 아마 모뎀이랑 뭐 그런 걸 말하는 거겠지."

우리는 서로의 이야기를 들었다. 즉흥적으로 지어냈다. 오래된 저장고에서 이야기를 끄집어냈다. 큰 소리로 읽어 주지 못한 책들은 길게 요약해서 들려주었다. 그때까지 시간이 없어 제대로 읽지 못했던 책을 전부 읽고 또 읽었다.

오후가 되면, 나는 페이퍼백 책 앞부분을 만지작거리면서 읽을지 말지 고민하곤 했다. 왜냐면 열 페이지를 넘기는 순간 아무리 답답해도 그만둘 수 없었기 때문이다. 산문집, 역사서, 전기를 읽었다. 영어가 아니거나 문학이 아니라는 이유로 절대로 자격시험 목록에 들어갈 수 없는 책들이었다. 몇 해가 지나 렌츠가 이름으로 나를 놀리던 그 150만 단어로 된 회고록도 읽었다.

독서 일기를 쓰기 시작했다. 전환점이라고 할 정도로 극적이진 않았지만, 어쨌거나 사실이다. 한참 뒤 다시 그 일기를 읽으면서, 내가 옮겨 적었던 문장들, 내 필체라는 정지된 현재로 영원히 남길 만하다고 생각했던 그 단어들, 그것들이 불규칙한 빈도로 새 책의 시작 부분을 향해 모이는 걸 보았다. 마술과도 같던 인용은 책이 진행되면서 줄어들었다. 그 곡선은 단선적이고 변함없었다. 어쩌면 세상 작가들은 영원히 남을 만한 문장을 버스에서 내리고자 아우성치는 승객처럼 책 앞부분에 몰아넣은 건지도. 아마도, 내게 독서란 이야기의 진행을 위해 단어의 영원함을 현금화시킨 계좌 같은 건지도. 플롯에 나를 가두어 놓고, 이야기는 독서 일기를 찾아 문장을 현재에 고정시키는 내 능력을 점점 더 줄여 갔다.

C는 『부덴브로크가의 사람들』과 『안나 카레니나』를 읽었다. 『작은 아씨들』도 읽었다. 책마다 그녀를 울렸다. 전부 다. 마지막 페이지 한참 전부터 C는 속도를 늦추곤 했다. 그녀의 북마크는 제노의 화살처럼 책등을 따라갔다. 목표물을 향한 궤적의 무한한 중간에 멈춰진 채로. 첫 4백 페이지는 두세 밤에 휙 지나갔다. 마지막 40페이지에 그녀는 한 달을 보냈다.

뭐든지 다 읽기만 하면 그녀는 발작적으로 몸을 떨었다. 그녀가 『이선 프롬』을 읽던 걸 기억한다.

"미국 고등학생이라면 누구나 그 책에 대해 시험 보는 걸로 알았는데. 헌법 퀴즈 보기 직전에 말이야." 내가 그녀를 놀렸다.

C가 멍한 표정을 지었다. "어쩌면 난 미국인이 아닌 것 아닐까, 자기야?"

그녀가 책을 끝내는 날에 갑자기 추워졌다. 다른 방에서 나는 길거리에서 주워 온 푹신한 의자에 앉아 있었다. C는 침실 바닥에 깔린 매트리스 위에 누워 있었다. 적막한 침묵 속에서 나는 그녀의 구조 신호를 들었다. "자기야, 리키." 부드러우면서도 처절한, 이미 길을 잃고 산 중턱 바위에 깔린 그녀의 목소리.

나는 반사적으로 재빨리 그녀에게 갔다. C는 벽에 기대앉아 있었고, 눈물로 눈가는 붉었고, 떨리는 주먹으로 입을 막고 있었다. "제발, 자기야. 한 번만 더 기회를 줘. 난 정말 이기적이고 못됐어. 더 나아질 수 있을 거야. 그럴 수 있어."

이게 『이선 프롬』을 읽고 나서였다. 하고 많은 책 중에서 『이선 프롬』이라니.

주중에 C는 군청색 제복을 입고, 우리 아파트와 미술관 사이의 흙으로 메운 늪지대를 지나 걸어갔다. 거기서 한 번에 여덟 시간 동안 서서, 찌르고 건드리려는 사람들로부터 세계의 명작을 보호했다.

박물관 경비는 아마도 국내 직업 중에서 가장 지겨운 업종일 거다. 하지만 누군가 C에게 그 얘기를 해 주는 걸 까먹었다. 그녀는 작은 흥분거리에 빛나는 얼굴로 집에 왔다. 그림 표면을 한 번에 며칠 동안 쳐다보고 있어야지만 가능한 발견에 기뻐서. 특히 그녀는 미술관의 초기 식민지 시대 전시관에 배정받기를 좋아했다. 너무도 늦게, 난 그녀의 애정에서 국외 추방자의 흥분을 감지했다. 단지 아주 우연한 출생으로 인해 그녀의 나라가 된 곳에 대한 집착을.

우리에게 미국은 골동품이 되었다. 당시, 그 도시 사람들은 의도적으로 자기 그림자에 붙어서 거리를 돌아다녔다. 회색빛 눈을 배경으로 그들의 검은색 코트는 석탄 광층처럼 보였다. 실루엣으로는 체코 모더니즘 소설의 주인공이라고 해도 무리가 없었다. 나는 그들과 함께 지하철 계단을 내려가서 개찰구를 지나 내가 일하던 잡지사 사무실로 갔다.

밤에 집에 오면 C를 위해 그 사람들을 흉내 냈다. 인사를 건네는 모습을 따라 했다. "언제 저녁이나 같이해요." "국민순생산이 또 갑자기 올랐대요." C는 연극 무대나 증권 회사에서도 내가 성공할 거라고 우겨 댔다.

도시는 C가 지키던 초상화처럼 다가왔다. 휘슬러나 코플리의 그림처럼. 지하철은 번쩍거리는 최신 아시아 제품처럼 보였지만, 실은 오래된 트롤리였다. 열차는 기묘한 이름을 가진 녹지 외곽에서 외곽으로 승객들을 날랐다. 미래의 스튜드베이커 같은 자동차가 미로 같은 지상의 거리를 달렸다.

내가 일하던 컴퓨터 잡지사는 주변 건물을 좀 더 낡아 보이게 하는 강철과 유리 골격을 가진 소박한 건물 안에 있었다. 도시 경관은 미국 후기 원초주의 화가의 그림 같았다. 향수에 찬 백 년 전 모습이었다.

C와 나는 미리 회고하듯이 그곳에 살았다. 우리는 겨울 앞자락에 긴 산책을 하며 자세히 살펴보고 모든 걸 기억했다. 황토색과 적갈색을 들이마셨다. 그 색들은 현실이 보이는 것보다 훨씬 더 이상하다고 우리에게 알려 주었다.

오직 도시 빈민들만이 미학적으로 변화하는 걸 거부했다. 그들은 인간의 말과 그 외의 언어로 자기들끼리, 아니면 얘기를 듣는 사람들과 논쟁을 벌였다. 그들은 우리에게 카롤링거 왕조 글자가 적힌 지저분한 팸플릿을 건넸다. 혹은 기름이나 피가 묻은 채로 매끈한 경전철 뒤편에서 웅크려 자다가 진보의 박람회인 부둣가 지역으로 갔다.

체감 온도가 견딜 만한 밤이면, 쓰라린 천상의 어둠이 온도를 1도 내려서 먹잇감과 장난을 칠 때면, 나는 걸어서 집에 왔다. 모든 승리가 사라지고, 잊히고, 혹은 허비된 오래된 빅토리 가든, 그 공유지를 가로질러 걸었다. 그곳엔 허리가 굽은 여자들이 띄엄띄엄 만들어진 텃밭에서 흙을 갈았다. 내년의 전쟁을 대비해 곡식을 심으려고 봄을 기다리는 이 도시 출신 외국인들이었다.

나는 정원을 지나갔고, 낮은 점점 더 일찍, 네 시가 조금 지난 시간에 밤으로 변했다. 오래된 고속도로 다리에서 집을 향해 길을 틀고, 완벽한 우연으로 C와 내가 서로를 위해 만든 그곳으로 갔다.

우린 모든 걸 느끼면서 살았다. 난 그 동네를 마치 어젯밤 일처럼 그릴 수 있다. 19세기 이름을 가진 거리. 좁은 입구의 고물상. 우유 가격 인상과 복권으로 겨우 지탱하는 길모퉁이 작은 상점. 여름에는 야구장 임시 주차장으로 하루에 1천 달러씩 버는 공터. 술집으로 잠시 번성했던 버려진 창고. 젊은 사람들은 화학적으로 만들어진 진짜 경험을 찾으러 그곳에 모였고, 거기서 체계적으로 서로 몸을 문질러 댔다. 마약 먹은 아서 머리 스텝으로 댄스 플로어를, 마치 그 플로어에 무슨 의미가 있다는 듯이 관찰했다.

동네, 거리, 우리가 살던 아파트는 아직 있다. 하지만 우리 둘이 집이라고 부르던 곳에서 멀어질수록, 우리가 몇 해를 보냈던 그 도시는 더 진부해지고, 더 알아보기 힘들어진다.

정말로, 적어도 한 계절 동안은 집처럼 느껴졌다. 그곳에 평생 살 수 있었을지도. 나는 흐릿한 흑백 사진 속 우리 형제자매의 배경인 장난감 마을보다 그곳이 더 고향처럼 느껴졌다.

그리고 C. C도 거기에 잠시 살았다. 계획을 세운 이후 처음으로, 결과는 그녀에게 중요하지 않았다. B에서의 삶은 가장무도회였다. 노인들의 파티 같았다. 긴 방학과도 같았던 두 해 동안 C는 자기만의 환상을 찾은 거였다.

C는 향수병에 걸렸다. 당연했다. 어떤 도시가 귀신에 대적할 수 있겠는가? B에서 지낸 지 몇 달 뒤 우리는 C의 부모님이 림뷔르흐로 돌아가신다는 걸 알게 되었다. 두 분 다 은퇴하셨다. 일할 때가 지났다. 시카고 남부에서 25년을 살았던 걸로 충분했다. 다 그만두고 집으로 향할 때였다.

C는 자기 탓이라고 했다. 가까이 살았다면 부모님이 떠나지 않았을 거라면서. 20년 넘게 살았지만 평생 남을 정도로 애착이 생기지 않은 거였다. 이곳에 머물게 할 이유가 없었다. 그저 자식들뿐, 그런데 그 자식들은 이미 이곳저곳에 흩어져 살고 있었다. C의 부모님은 E라는 작은 마을이 아직 존재하는지 알아보기로 결심하셨다. 애초에 존재하기나 했는지.

그 소식에 C는 무너져 버렸다. "딸로서 난 정말 엉망이야, 그렇지?"

그 말에 동의해 줘야 했다. 그 말이 틀렸다고 말해 줘야 했다.

죄의식은 C가 자신과 어머니를 연결시키는 순환 고리에서 이동하는 수단이었다. 문제는 서로를 사랑하는가가 아니라 사랑으로 충분한지였다. 두 사람은 서로를 시험하고, 비난하고, 방어했다. 누가 누구를 배신했는지 알아내려는 끝없는 시도에 너무도 힘들어했다. 그건 모든 일이 해결되는 순간이 더 고통스러운 그런 고난이었다.

반대편엔 C의 아버지가 있었다. 문제가 생기면 아버님은 휘파람을 불며 가까운 뒷방으로 가서 무언가를 고쳤다. "이제 길을 나서 보자", "이제 제대로 말하는군", "되면 되는 거지" 같은 시카고식 말투가 강한 노년의 네덜란드 출신 기차 정비원이, 폐광된 이후 요양원이 주요 산업이 된 곳에 정착할 수 있을지 궁금했다. 예전에, 아버님은 딱 한 번 떠난 적이 있었다. 독일 강제 수용소에서. 난 항상, 그 첫 번째 이주가 바로 당신이 미국에 온 이유였다고 생각했다.

C는 어머님을 이 나라에 붙잡아 두기 위한 일종의 뇌물이었다. 이미 중년이 된 여자를 위한 아이. "내 책임이야, 릭. 두 분의 혼란은 애초부터 내 탓이었다고. 그리고 이제 두 분이 다시 모험하는 것도 내 책임이고. 정말 끔찍해. 두 분 다 연세가 너무 많잖아. 어떻게 가진 걸 다 이사 박스에 넣고 떠날 수가 있지? 거기 가셔도 절대로 적응 못 하실 거야. 절대."

"그런 말도 안 되는 소리 하지 마." 내가 말했다. "거기 사시는 걸 **멈춘** 적이 없을 거야."

남자들은 구제 불능이다. 항상 바로 앞의 문제가 문제라고 생각한다.

"잘 적응하실 거야." 내가 설득했다. C가 결코 원하지 않는 거였는데.

"형제자매가 스물네 분이나 계시잖아. 우리 집 바퀴벌레보다 더 많은 조카가 있다고. 5년 후엔 북미 대륙이 있었는지도 까먹으실걸."

"내가 두려운 게 바로 그거야."

C는 버림받은 걸 자기 탓으로 돌렸다. 아버지의 죽음 이후 분열된 우리 가족의 유대는 다행스럽게도 미약했다. 그래서 일 년에 가족을 한 번이나 두 번만 볼 수 있다는 생각에 그처럼 낙담한다는 사실이 놀라웠다. C는 발진이 나고 구토를 했다. 의사가 흔한 안정제를 처방했다. 내가 무엇을 하든 도움이 안 돼 보였다. 이야기를 듣는 것만 빼고.

제정신이 아닌 상태로 C는 어릴 때 어머니가 들려준 이야기를 전부 끄집어냈다. 이야기는 항상 전쟁을 뜻했다. 모든 이야기가 전쟁으로 귀속했다. 독일인들이 교회 첨탑의 종을 훔쳐서 녹이려고 했던 이야기, 그리고 신과 같은 어떤 존재가 그들을 막은 이야기. 어머니가 10대의 독일군 징집병을 간호했던, 결혼하기 전 C의 부모님을 거의 갈라놓은 이야기. 강제 수용소에서 아버지의 친구들이 히틀러를 흉내 내 콧수염을 기른 이야기. 아버지가 추격을 피하려고 농장 건물 2층 창문에서 뛰어내리다가 부러진 다리로 절뚝거리며 밤에 도망친 이야기. 북쪽의 정부가 「야간 순찰」을 마스트리흐트의 이회암 채석장 아래에 숨긴 이야기. C의 삼촌이 점령기 동안 동료 탄광 광부들을 감시하라고 강요받고, 전후 히스테리에 공범으로 몰려 재판받아 친구들에 의해 다시 수감된 이야기.

내 수업을 듣던 C의 동급생들은 퀴즈에서 트레블링카 강제 수용소나 전쟁이 일어난 때를 맞히지 못했다. C는 매일 밤 저녁 식사 대화에서 이런 것들을 배웠다. 마치 점령이 어제 끝났다는 듯이. 마치 바로 그 순간에 끝났다는 듯이.

B에서의 삶은 사실 림뷔르흐에서 온 첫 전화로 끝났다. 토요 일 새벽, 침대에 누워 나는 C가 다른 언어로 말하는 소리에 전율 했다. 나랑 같이 사는 사람의 몸 안에 다른 여자가 살고 있었다. C가 나한테 맞춰 주었던 거다. 나한테 사랑받을 만한 사람으로 자신을 변화시키기로 한 거였다. 난 이 또 다른 여자가 누구인 지 전혀 몰랐다.

그녀는 E의 심장부를 관통하는 가상의 개울 같은 방언을 했 다. 그녀 입에서 이해할 수 없는 음소가 연이어 흘러나왔다. 어 머니랑 오랫동안 통화를 했다. 그러고는 국제 통화 요금에 귀 기울이던 아버님이 등장해 1분 동안 재빠르게 얘기하셨다. 그 다음엔 각자 전할 소식이 있는 열두 명이 넘는 이모들. 나도 모 르는 사이, 나는 이들 모두와 함께 살게 된 거였다.

방언으로 연이은 인사를 마친 C가 완전히 지쳐서 전화를 끊었 다. "고향에 도착하셨어." 그녀가 말했다. "어서, 밖으로 나가자."

난 창틀을 손으로 느꼈다. 체감 온도는 최악 이하였다. "착한 아이라면."

C가 울기 시작했다. 갖은 애를 써서 농담이었다고 그녀에게 설명했다.

우리는 최대한 옷을 껴입고 나갔다. 내게는 그녀의 방황이 언 제나 힘들었다. 하지만 이미 난 목적지를 묻지 않는 법을 배웠다.

모든 게 아직 그대로라고 그녀가 말했다. 목적지 없는 긴 산책을 계속할 수만 있다면 B는 여전히 견딜 만한 곳이라고. 그날, 우리는 C가 좋아하는, 이제는 꽁꽁 얼어서 겨우내 아무것도 없는 공용 텃밭에 갔다. 그다음 날에는 성가대에 참가하기로 한 약속을 지켰다. 우리가 가기 몇 년 전부터 한 주에 한 번씩 칸타타를 노래해 왔던 교회, 그리고 우리가 노래를 들을 수 없는 곳으로 떠난 뒤에도 아주 오랫동안 노래할 그 교회로 갔다.

그녀는 말없이 모든 게 괜찮을 거라고 했다. 우리가 그저 바쁘게 지내기만 한다면. 저녁에는 보드게임을 하거나, C의 완벽하고 청명한 알토 목소리에 맞게 내가 만든 노래를 불렀다. 친구들에게 빌린 흑백 텔레비전에 알루미늄 포일로 만든 안테나를 달고 오래된 영화를 봤다. 조금씩, C는 1939년 이래로 영화가 사양길이었다고 나를 설득시켰다.

밤이면 서로에게 책을 읽어 주었다. 전기, 역사, 전설. 기쁨이라는 프로그램만을 따라서.

모든 게 괜찮을 거였다. 될 수 있는 한 집 밖에 나가 있기만 했다면. 토요일 오전은 미술관 근무가 없었다. 이 세상에서 유일하게, C는 그 주에 40시간이나 앞에 서 있던 미술품을 보러 여가 시간에 되돌아가고 싶어 하는 여자였다. "자기야, 그게 똑같지 않아. 보호하려고 걱정하지 않으면 훨씬 더 흥미롭거든."

우리 둘 다 모르는 독일 사진가의 첫 미국 회고전을 보러 갔다. C는 아직 특별전에는 배정된 적이 없었다. 그래서 토요일이 바로 그날이었다. 백 년 전에 B의 상류층이 네덜란드인을 데려다 물을 뺀 늪을 지나갔다. 미술관에 걸어 들어가 코너를 돌았다. 거기서 사진이 나를 기다리고 있었다. 몇 번의 생애가 지났어도, 난 전혀 기대하지 못했을 거다.

문 바로 안 왼쪽 벽의 첫 번째 이미지. 전시실의 기하학적 구조는 내 두뇌의 평면도에 결합되었다. **나를** 뚫어지게 쳐다보는 세 명의 청년과 대면했다. 그들은 사진사의 어깨 너머로 내가 등장하기를 60년 넘게 기다린 거였다.

그 자체로, 사진은 그처럼 우연히 발견될 걸 예측한 듯했다. 어느 날 나와 마주칠 방식으로 미리 서 있는 세 남자. 그리고 당시 내가 긁적거리던 글들, 우리가 마구잡이로 읽어 주던 책들, 석사 자격시험을 위해 암기했으나 이제 별 상관없는 고전들, 우리의 인생 이야기가 택했던 방향들, 이 모두가 과거에서 미래로 전달된 이 하나의 기억을 통해 소급적 의미를 찾은 것만 같았다.

소년들은 예식장에 가는 C의 할아버지와 두 숙부였다. 그녀가 얘기해 주던 *huwelijksfeesten*(결혼식)에 가던. 그게 바로 렌즈가 말하는 거였다. 소개문은 전혀 다른 내용이었다. 1914년, 춤을 추러 가는 독일 농부들. 다른 축제. 제외된 손님 명단. 하지만 여전히 비슷한 가족사진.

한 번도 본 적이 없는 것을 알아보는 놀라움에 압도당했다. 지금까지 읽은 모든 글이 하나로 모여 무한한 시리즈를 형성하고, 회귀적으로 요청된 무언가를, 그 분명한 다음 단계를 요구했다. 그림이 전하는 것과 소개문이 말하는 것 사이의 그 좁은 공간에서, 난 내 이야기를 찾았다.

그다음 월요일, 잡지사로 가서 2주 뒤에 그만둘 거라고 알렸다. C는 적극적으로 응원했다. "원하는 일을 찾았을 때, 경력에 흠 좀 간다고 걱정하지 않는 법이야." 우리의 재산은 일 년을 일한 덕분에 두 배가 되었다. 시간도 좀 있었다. 기회를 살 여유가 생긴 거였다.

사실, C는 불안한 상황에 더 빠지고 싶어 했을 거다. 우리에겐 항상 대비책이 있었다. 난 언제고 프로그래밍 기술을 써먹을 수 있었다. 은행 잔고가 위험 지대 아래로 떨어지면 난 프리랜서로 스마트 전자 기기와 관련된 일을 했다. 고향에 가서 선거를 치르려면 수백만 달러가 필요한 망명한 왕자를 위해 옵션 트레이딩 프로그램을 만들었다. "이런 일을 하려면 돈이 정말 많이 들수 있다고, 릭"이라고 그가 설명했다.

글쓰기로 모든 지출을 감당해 왔다. 적어도, 나는 그렇게 하려고 했다. 내가 그 책을 쓴 이유는 분명히 C를 다시 기쁘게 해 주려는 거였다. '다시'라고 말했지만, 사실 그녀는 한 번도 기뻤던 적이 없었을 수도. 기쁨을 받으려면 아마도 주소가 필요할 거다. 어쩌면 폴란드계 소년의 죽음이 그녀에게서 그런 기쁨을 빼앗았는지도. 아직 태어나지도 않은 그녀의 영혼이 살 곳을 찾아줄을 서기 오래전에.

그녀의 일시성은 내 머리가 쉴 곳을 만들어 줬다. 처음부터, C라는 장소는 무시간과 무공간에 존재하며 내 상상력의 좌표와 연동되었다. 그랬기에 그녀와의 삶이 내게 완벽했던 거다. 그랬기에 그녀와 함께 있으면 항상 휴식을 취하러 돌아오는 것처럼 느꼈던 거다. 그 누구도 절대 상상하지 못했던 **다른 무언가로** 돌아오는 것처럼.

그녀는 내 아침나절의 가설이었다. 그녀를 사랑하는 한, 하루의 습관적 일상은 가장 희미한 모습으로 보였다. 그녀의 눈가에서, 볼록거울에 거꾸로 비친 지금 여기는 거주할 만했다.

우리가 할 수 있는 일이란, 글을 준 이에게 글을 돌려주는 것뿐이다. 내 친구인 C가 살 만한 곳까지 글을 써서 길을 틀 수 있을 거라고 나는 믿었다.

내게 가장 가까운 소재를 사용했다. 그녀가 그토록 얘기해 준 사라진 림뷔르흐를. 마스트리흐트라는 성벽 도시에 대한 그녀의 시냅스 지도를. 한밤의 자전거 탄 도둑들처럼 내 머릿속을 침입한 끝없는 사촌들을. 경험이라는 문을 제외한 모든 문을 통해 내게 쏟아져 내린 그 이야기를. 벽에 두른 연대표의 분절을. 두 나라 사이에 갇힌 부모들과 삼촌들을. 끝나지 않는 폭력으로 이어진 트로이스비에르게스 침공을. 엄청난 공습과 성과 없는 전멸을. 자유로운 국경 왕래를 금지하는 항상 똑같은 전면전을.

흥미를 끌 만한 것들은 이미 다 지니고 있었다. 길을 잃은 삶을 다시 연속된 프레임으로 이어 줄 비밀문서. 시카고의 섬 같은 이민자 동네. 정원과 뱃멀미 같은 색소폰 음계를 가진 B의 아파트. 그녀의 남동생이 살던 디트로이트로의 우연한 여행. 언제나, 언제나, 시간이 그루터기에 회반죽으로 붙어 버린 그곳, 그 가상의 마을. 그리고 그 어깨 너머로 던진 시선. 진흙탕 길에 서서 자신들의 이야기를 누군가가 꺼내 이어 주기를 기다리는 세 사람의 정지된 인생.

나는 한 번도 본 적 없는 C의 나라에 대해 썼다. 그녀의 언어,
그 조각들을 사용해서. 가족끼리의 은밀한 방언을 알려 준 C의
도움만으로.

초보자의 실수를 저질렀다. 신참 소설가라면 피할 수 없는 실
수 말이다. 가슴 저 깊은 곳에서 나는 다시는 책을 쓸 기회가 없
을 거라는 걸 알았다. 다시는 C에게서 그렇게 사치스러운 도움
을 받지 못할 거라는 것을.

이건 단 한 번만 있는 기회였다. 그리고 나를 향한 그녀의 믿
음에 보답하기 위해서, 내가 알던 모든 것으로 글을 채워야 했
다. 그녀가 가르쳐 준 것을 전부 사용해서. 그녀의 제2의 고향은
대서양 한 세기만큼이나 광활하고, 건널 수 없어야만 했다. 성
공하기만 한다면 우리의 노래는 완벽한 **투티**가 될 거였다.

아마도 세상에는 두 종류의 러브레터가 있을 거다. 첫 세 단어
에서 고백하지 못하면 계속해서 나아가야만 한다, 영원히. 이것
역시 C가 가르쳐 주었다. 상대에게, 언제나, 간절함은 조심스러
움보다 더 감동적이다. 아니면 적어도 상대가 더 알아보기 쉽다.

C가 돈을 벌었고, 그사이 나는 손 글씨로 부푼 노란색 리갈 패
드를 끼고 홀로 앉았다. 새 챕터를 완성할 때마다 그녀에게 읽
어 주었다. 그녀는 집에 돌아와, 내가 만들어 준 저녁을 먹고 기
대에 가득 차서 앉아 있었다. 가까이 앉았다. C는 약간의 청각
장애가 있었다. 수업에서 항상 맨 앞자리에 앉은 이유도 그거였

다. 특히 내 수업에서.

공연자와 청중 중에 누가 더 긴장했는지 모르겠다. **첫 번째 챕터, 그녀에게 확인시켜 주었다. 나는 세인트아이브스로의 여행을 준비했다.**

절대로 책이 출판되지 못할 거라는 걸 나는 알았다. 내 청중은 항상 C뿐이었다. 나는 챕터가 끝날 때 그녀의 눈가가 촉촉해지는 모습 때문에 글을 썼다. 맞아, 라고 하며 고개를 끄덕이고, 가슴에 손을 얹고, 침대에서 일어나, 의자에 앉아 글을 읽던 나를 안아 주는 그녀를 위해서.

하지만 그녀만의 생존 방식이 공개되지 않았다면 마술은 먹히지 않았을 거다. 이야기는 전시회 관객의 우연한 관심을 끌 정도로 개방되어야 했다. 카메라 렌즈로 그들을 옭아맬 정도로. C만이 그 모든 중첩된 프레임이 어디서 시작했는지 알고 있었다.

첫 원고를 읽던 밤은 다시 돌아오지 않을 거다. 그 순수한 열정은 절대로, 다시는. 그 선물을 내가 건네는 순간, 에필로그를 크게 읽는 순간에 그 열정은 우리를 떠났다. 몇 년이 지나 방을 꽉 채운 낯선 이들에게 책을 읽어 달라는 초청을 받기 시작했지만, 그 열정은 단 한 번도 돌아오지 않았다.

챕터를 읽어 준 뒤 가끔, C와 나는 사랑을 나누었다. 라디에이터가 꺼진 뒤, 갈색 피부에 섬뜩할 정도로 어렸던 우리는 서로를 올라타며 서로의 슬픈 차이를 탐색하고, 서로에게 열기를 내주었다. 한번은 그녀 허리 뒤편의 모반점에 키스를 하면서, 이게 바로 문학이 있는 이유라는 생각이 들었다. 그 점에 의해서, 그 점을 위해서, 그 점에 대해서. 그 외의 다른 책은 떠올릴 수가 없었다. 이미 얻은 것을 위한 정교한 유혹. 보호받지 못해 사랑이 사라지는 일이 없을 유일한 생물군, 바로 그 시간의 미개척지를 재산림화하는 일이었다. 지금도 그 모반점을 두 눈을 뜨고도 확연히 떠올릴 수 있다. 바로 눈앞에 있던 그때보다 15년이 지난 지금, 더 확실하게.

섹스는 그녀를 옮겨 적어 준 것에 대한 선물이었다. 그녀라는 자료에 대한 내 작은 감사 표시. 그리고 당시 우리가 들었던 소리들, 그 겨울 어둠 속에서 서로에게 한 말들은, 이야기들이 찾으려고 했던 모음이었다.

그러고 나서 우리는 언제나 잠이 들었다. 버려진 산장의 부엌 서랍에 있는 숟가락처럼 등을 진 그녀를 안고서. C는 나보다 키가 30센티미터 정도 작았다. 하지만 그렇게 누워 있으면 삼각법에 따라 우리의 신장이 같아졌다.

책은 미스터리가 되었다. 이미 정해진 결론. 책의 놀라운 필연적 결말을 감지할수록 C는 다음 챕터를 더 보고 싶어 했다. 내러티브의 수수께끼, 정신적 수수께끼는 전부 그녀를 위해 내가 묶어 놓은 어색하고 어리숙한 매듭이었다. 풀어내면서 느낄 그녀의 즐거움을 위한 매듭.

농담이 그녀를 행복하게 했다. 나는 그래서 기억할 수 있는 옛날 농담으로 문장을 가득 채웠다.

각 챕터의 시작부마다 나는 명구(名句)를 달았다. 독서 일기에서 내가 손 글씨로 그해 초반에 옮겨 적었던 인용구를 다시 옮겨 적었다. 그 소설은 우리가 함께한 인생의 현관에서 나누었던 수많은 아이디어의 댄스 카드였다. 파트너의 이름이 이미 정해져서 적힌 댄스 카드. 나는 그저 그날 저녁의 순서에 맞는 관념의 춤사위, 스텝을 적은 것뿐이었다. C는 내 유일한 파트너였고, 내 생각을 지키는 미술관 경비원이었다.

가끔은 스텝이 현실이 되었다. 하루는 챕터가 너무 짧아서 그녀에게 읽어 준 뒤 사랑으로도 채우지 못할 정도의 시간이 남았다. 그녀는 열심히 들었고, 이제는 산책을 할 때였다. 우리는 밖에 나가, 교외까지 이어지는 트롤리 트랙과 나란히 난 공원길을 따라 느리고 조심스러운 산책을 했다.

그날의 챕터에서, B와 매우 비슷한 도시에 사는 내 동시대 과학기술 잡지 편집자는 이민자 어머니가 계신 시카고 집으로 와서, 미지의 과거와 자신을 엮는 신비로운 문서를 다락에서 발견했다. 되돌아오는 길에 C가 속마음을 터놓았다.

"그 인물이 마음에 들어." 그녀가 말했다. "길 옆의 리투아니아식 그라피티도 좋고. 오리가 기른 강아지가 되는 게 어떤 기분인지 알아?"

"말해 봐."

그녀는 한숨을 쉬었다. "난 셀 수 없을 정도로 많이 폴란드식 결혼식에 갔었어."

"글쎄, 숫자에 관해서 자기가 어떤지 다 아는데."

그녀가 웃으면서 옆구리를 찔렀다. "그러지 말고. 폴카 하자."

"미안하지만 폴카는 『워싱턴 스퀘어』에 나오는 향토색일 뿐이야."

"겁내지 말고." 그녀가 애교 섞인 목소리로 말했다. 가끔은 애교를 부릴 줄도 알았다. 웃기게도, 난 잊고 있었다. "여기, 날 잘 봐."

그녀는 나를 위해 춤을 추었다. 나는 우스꽝스럽게 절뚝거렸고. 그저 웃음거리였다. 하지만 그녀는 참고 가르쳐 주었다. C가 가르쳐 준 수천 개의 것 중 최고는 폴카일 거다. 그 공원도로 어딘가에서 나는 폴카를 배웠다. 북극 냉기가 가득한 어둠 속에서 파카를 입고 집을 찾아 나선 두 명의 정신 나간 폴란드인처럼 우리가 몸을 내던진 그 도로에서.

"자기야, 기분이 우울해." 새 챕터를 절반쯤 읽은 어느 날 밤에 그녀가 말했다.

나는 곧바로 허둥댔다. "무슨 일? 뭐가 이상해? 내가 고칠게. 걱정 마, 행복하게 마무리될 거야."

"그게 아니라, 바보같이. 기분이 우울하다고. 자기는 이게 있잖아, 이 글. 난 아무것도 없고."

"무슨 소리야. 제복 입는 거 좋아하는 줄 알았는데."

"아, 그랬지. 지금도 세상에서 제일 좋은 일자리지. 어떤 점에서는."

"그럼 뭐가 문제야?"

그녀 자신도 정확히 알지 못했다. 여전히 그림들을 사랑했다.

하지만 그림들은 너무 익숙한 단색으로 옅어져 갔다. 너무 오래 거기 있다 보니 모든 게 흐릿해졌다. 상사는 점점 거북해졌고. 다른 사람에게 자기소개하는 일이 힘들어졌다. 능력만큼 일을 못 한다는 게 창피했다.

"그럼 우리 다른 직장을 알아볼까?" 그녀를 힘겹게 한 그 '우리'.

"지금 한겨울이야. 아무도 채용을 하지 않는다고. 게다가, 내가 뭘 할 줄 알겠어?"

"글쎄, 잘 모르겠네. 아무거나. 지금 하는 일이 미치도록 싫다면."

"알아, 나도 알아. 그냥 월급보다 뭔가 더 있으면 좋겠어. 문제는 말이야, 난 야망이 없거든. 양탄자 위에 날 내려놓으면 아마 평생 거기 누워 있을걸."

"'잔디밭에 앉히면 울 거야'?"

그녀의 안색이 흐려졌다. "놀리지 마. 그 사진을 절대로 보여주지 말아야 했는데." 그녀가 다시 사진 속 아이의 표정을 지을까 하는 걱정에 간지럼을 태웠다.

"그만해!"

"침대로 가자!"

"그만, 자기야. 나중에. 나 심각하다고."

"얼마나 심각하기에 못 한다는 거야……."

너무도 명백한 대답에 나는 말을 끝내지 못했다.

"무슨 일이야?" 내가 물었다. 지금, 이미, 죽을 준비를 하고서.

"자기 책 때문에 그래." 그녀는 고개를 숙이고 다른 곳을 보았다. 내가 없는 곳을. "나 자신이 쓸모없는 것처럼 느껴져. 나도 한심하다는 걸 알아. 내가 밉지?"

그녀는 새 일자리를 구했다. 컴퓨터 세계에서 사귄 내 친구가 C에게 자리가 있다고 알려 주었다. 주식 거래소의 전화 교환원. "평생 직장으로 삼을 만한 건 아니지." C가 농담을 했다.

하지만 무언가가 그녀를 끌어당겼다. 자신감을 살려 주었다. 그녀는 다시 들떠서 집에 왔다. 내가 밥을 차려 주는 동안, 그녀는 기회 손실로 화가 난, 독특한 동료에 대한 이야기로 나를 즐겁게 해 주었다. 그녀가 들려주는 진짜 20세기 후반 이야기는 즐거웠다. 뉴스 피드, 텔레타이프로 된 로맨스와 비극에서 이익을 짜내는 기생충 같은 중개인 이야기. 자본의 수도에서 찔끔 나오는 수익과 매매 손실을 레버리지하는, 파이프에 연결된 수도꼭지 같은 인물.

그래서 나는 유일하게 상상할 수 있는 일을 했다. 그녀의 새로운 이야기를 정성껏 다시 글로 옮겼다. 시장과 미친 브로커가 새로운 서브플롯이 되었다. 전쟁터에서 온 농담과 기술 편집 창고의 이야기 사이에, 마스강과 라인강 사이에, 전쟁과 영구적인 전시 평화 사이에, 역사적 인물들과 아무 생각 없이 사는 이들 사이에, 가상의 공간과 기록된 사실 사이에, 애퍼처 카드와 프린트 사이에, 그때와 지금 사이에, 더러운 돈과 순수 예술 사이에, 그곳에 그녀의 이야기를 밀어 넣었다.

완성된 글은 무슨 의미였을까? 바깥세상과 대면할 때 조금이

나마 도움이 되는 건, 결국 개인적 이야기일 뿐이라는 것이다. 책은, C나 다른 사람에게 들었던 이야기를 전부 모아 놓은 모방 작품에 불과했다. 그녀를 즐겁게 해 주고 정신 팔리게 해 주려고 만든 쪽모이. 공교롭게도 그녀를 산 채로 삼켜 버리고 말았던 글.

그 책의 핵심, 아직도 내게 그 책이 소중한 이유는 바로 그 세 줄기 끈, 그 사진의 마법 *driehoek*(삼각형)이 기대만큼 제대로 완성되지 않았다는 사실이다. 카메라 렌즈가 모든 걸 결정하지 않았고, 그건 관람객의 시선이나 사진사 어깨 너머로 렌즈 뒤편을 보는 소년들의 시선도 마찬가지다. 작품은 현재 시제다. 이야기의 핵심은 바로 그 이야기를 독자가 어떻게 다루는가에 달려 있었다.

마지막 챕터에 다다르자 마법이 사라졌다. 이미 예측했었다. 마지막을 위해 난 알고 있던 모든 트릭을 남겨 두었다. 그녀의 마음을 무너뜨리고, 그 순간 영원히 사로잡기 위해. 하지만 당연히, 감정에만 몰두하는 건 상황을 악화시켰다. 결말을 그녀에게 읽어 주었다. 이어지는 섹스는 고요했고, 피부는 서로에게 들어가는 비자라기보다는 둘 사이의 검문소였다.

"이제 어떻게 할 거야?" C가 물었다.

"모르겠는데." 이야기는 내게서 떠나 버렸다. 껍데기에서 도망친 것이다. "뭐, 출판사에 보내 봐야겠지."

그녀도 동의했다, 너무나 급하게. "당연하지. 물론 그래야지."

그저 통상적인 작가의 삶처럼 되었다면 우리는 괜찮았을지도. 출판되기까지 15년을 기다리는 그런 삶이었다면. 거절 편지가 산처럼 쌓여 가는 동안 우리는 더 강해지고, 더 서로에게 가까워졌을 거다. 그리고 우리는 편지를 태워 몸을 덥혔을 테고.

책이 출판될 거라는 소식을 들은 날, 우리는 자축했다. 기쁨은 억지처럼, 혼돈처럼 보였다. C는 그때까지 각 챕터를 읽으면서 그랬듯이, 용감하게 흥분한 듯이 행동했다. 하지만 그녀는 토크쇼 프로그램에 아이를 뺏긴 어머니 같았다.

그녀는 출판 과정에 강한 관심을 보이려고 애썼다. 도움을 주려 했지만, 사실 마음은 이미 떠난 후였다. 돈만 아는 뉴욕 사람들이 원고에 손대는 걸 싫어했고, 심지어 조판하는 것조차 싫어했다. 그 농부들이 혹독한 시장에 가는 모습을 보고 완전히 상심했다. 세상의 갈 곳 없는 이들의 일부가 되는 것을 보고.

다시는 내가 쓴 글을 의심 없이 듣지 않을 거였다. 이제 모든 마무리는 그녀를 배신했다. 아주 자연스러운 사실이었다. 기억할 필요도 없었다. 단 한 번의 예시로부터 일반화하는 뉴런에 맞서 이야기가 무슨 힘이 있겠는가?

책의 출판 예정일이 정해진 주에 C는 승진 제안을 받았다. 거래소는 그녀에게 교환 부서를 맡기고 싶어 했다. 급격히 빠르게 온 승진은 사실 C에게만 놀라운 일이었다. 그녀만이 자신이 얼마나 능력 있는지 몰랐다.

승진 소식은 아주 제때 온 거였다. C는 무언가가 필요했고, 그건 내가 줄 수 있는 게 아니었다. 부모님을 보러 3주간 급하게 다녀온 림뷔르흐 여행으로 그녀는 전보다 더 예민해져 있었다.

산책도 더 이상 소용이 없었다. 제대로 된 직업이 바뀌친 아이만치는 아니었을 거다. 그렇지만 그런 아이조차 관심으로 활력을 얻을 거다.

결정을 내리기 전, 며칠 여유가 있었다. 우리는 안심되는 말을 연이어 해 댔다. "아주 잘할 거야. 아니면 그 사람들이 제안할 이유가 없잖아."

그녀가 승진을 수락하러 직장에 간 날, 나는 파티를 준비했다. 장식도 만들었다. 중개인들로 된 피라미드에서 채찍을 휘두르는 C를 그린 그림과 재밌는 글귀도 준비했고. 포스터에는 손 글씨로 '은퇴 크루즈 여행 예약'과 '서른다섯에 은퇴'라고 적었다.

정원을 지나는 그녀의 모습에서 파티가 엄청난 실수임을 바로 알았다. 그녀는 쿵쾅거리며 계단을 올랐고, 문을 쾅 닫은 뒤, 50킬로그램의 몸무게로 문에 기대서 울었다.

"자기야, 제발 여기서 나가자."

나는 그녀를 안고서 온갖 쓸데없는 위안을 하려고 했다. "좋아." 내가 간신히 답했다. "난 좋아. 어디로 갈까?"

전혀 기대하지 않았던 곳. 우려했던 것보다 더 걱정스러운 곳. "U로 돌아가고 싶어."

임프 B는 이미 상상을 뛰어넘었다. B는 아내는 둘째치고라도, 고양이나 자루가 뭔지 전혀 몰랐다. 하지만 상황에 따라 이들을 세야 할지 말아야 할지 아는 것 같았다.

A가 음성 패턴 인식 연습이었다면 B는 계산식 언어학으로의

진입이었다. B는 위와 아래, 오른쪽과 왼쪽, 안과 밖을 구분했다. 이 정도 수준에도, 난 B가 이런 말들을 이해하는지 아니면 그냥 넘어갈 정도로 교묘하게 말을 조절하는 것인지 알 수가 없었다. 따지고 보면, 나 자신도 그 말들을 구분하지 못한다는 생각이 들었다.

B는 구문을 다룰 줄 알았다. 언어의 품사, 그리고 품사들이 서로 어떻게 작동하는지에 대한 기본적 이해가 있었다. 그러고는 의미론적 영역으로 들어서기 시작했다. 렌즈는 다른 루틴을 다루는 새로운 서브넷을 한두 개 부착했다. 명사 구문 디코더나 단기 인식 스크래치 영역 등을 다루었다. 실제로 B.4나 뭐 그 이상의 수준까지 간 게 아닌가 싶었다.

렌즈는 B가 스스로 지식 표현을 다룰 수 있을 거라고 확신했다. 프레임, 범주 특성과 예외 사례의 습득, 스크립트 등 모든 것이 B가 연상된 입력을 저장하는 방식의 결과로 나온 거였다. 하지만 자그마한 도메인에서도, B는 정신이 나갈 정도로 다양한 종류의 지식을 다루어야만 했다. 명사만 하더라도, '패턴'이란 말로 표현되는 것은 '매칭'이나 '머신'으로 표현되는 것과 비교할 수 없을 정도로 다양했다.

뉴로드가 몇 개나 사용되는지 더 이상 셀 수도 없었다. 믿기 힘들 정도로 커지고 복잡해졌다. 이제는 사소한 문제에도 며칠을 쉬지 않고 매달려야 했다. B는 분산되고, 정리 불가능하고, 통제 불가능한 괴물이었다. 그렇지만 렌즈의 두뇌는, 내 두뇌는, 수억 개의 임프 B가 합쳐진 거였다. 아직은 그 점을 강조할 여유가 있었다. 아주 잠시겠지만.

우리는 여전히 레이어 사이즈를 갖고 실험했다. 큰 게 항상 더 좋은 건 아니라고 렌츠가 말했다.

"마르셀, 인문학자들이 아직 깨닫지 못한 건지 모르겠지만, 인생은 교환의 연속이라고."

"아뇨, 우리도 알고 있어요."

"자, 입력 레이어 크기의 교환 말이야. 레이어가 작을수록, 기계는 일반화를 더 하지. 크면 클수록, 연상 그리드에 들어맞는 법을 더 잘 배울 거고."

"일반화를 잘하면 잘할수록 새로운 연상을 만드는 걸 더 못한다는 말씀이죠?"

"시인이 천재가 되어 가는군. 이제야 자네가 어떻게 후원금을 받았는지 알겠네."

"그럼 정보를 많이 가질수록 새로운 정보를 얻기 힘들다는 거죠?"

"서른다섯이면 그런 일이 생기기 시작할 때지, 마르셀. 이런 생각이 들지, '흠, 이제 일이 어떻게 되는 건지 그럭저럭 이해가 되는군. 정말로 내가 수만 개의 꼬이고 반쯤 맞는 믿음을 해체하고 싶은 건가? 작은 수용체장 하나를 좀 더 부각시킬지도 모른다는 가능성 때문에?'"

"말도 마세요. 딱 저네요."

"걱정 말게, 젊은 친구. 아직 배워야 할 재주가 몇 개 더 있어. 그걸 배울 수 있는 시간도 몇 년 더 있고. 내 말뜻은, 내가 자네를 받아 준 게 정말 행운이라는 뜻이야. 아리스토텔레스는 성욕을 가질 정도로 젊은 학생은 절대 받지 않을 거라고."

"그 문제는 걱정 마세요, 당분간은."

디자인 철학에 몰두하는 날이면, 렌즈는 상냥하다고 할 정도로 마음을 열었다. 무언가를 만드는 날에는 같이 있으면 즐거운 사람이 되었다. 나는 그가 인두를 놓지 못하게 노력했고, 놀려대는 말은 되도록 무시했다.

"자, 히든 레이어의 크기를 어떻게 할까? 입력 레이어보다 더 커야 할까, 아니면 더 작아야 할까?"

"미안하지만, 전 포기입니다. 이젠 패를 다 보여 줘야 할 것 같네요."

"이런, 생각해 보라고. 트랜슬레이션 임피던스를 고려하라고. 또 다른 교환이지. 회상도가 좋을수록 네트는 소음에 더 민감해지지. B를 커브 피터로 상상하자면……."

"우리 두뇌가 그게 다라고요? 커브 피터요?"

"엄청 큰 '다'지, 이 친구야. 우리가 피트하려고 하는 커브는 우리 존재만큼이나 길다고. 무한한 데이터를 모아서 덩어리로 만들 수 있다는 사실만으로, 자네 친구 플로버처럼 영리한 사람도 신비주의자가 되었다고."

"역시나, 플로버를 몰래 홍보는 시간이 되었네요."

"몰래 홍보는 게 아니야. 그 인간, 그런 주장을 공개적으로 하거든. '언어적 배열에서 추출할 수 있는 의미는 집중적이지도, 결속적이지도, 회귀적으로 계산 가능하지도 않다.' 대충 그런

잡소리지. '콘텍스트'가 무한히 확장 가능하기 때문에 해석의 신경학적 미적분이 불가능하다고 믿는 것 같아."

"그럼 엔지니어 씨는요?" 나는 렌츠가 출력된 서키트를 양손에 가득 들고 케이지 안에 머리를 집어넣을 때까지 기다렸다가 슬쩍 물어봤다. "박사님이 고결하기 때문에 케이크나 에일이 더 이상 없을 거라고 생각하시나요?"

"허, 마르셀. 도대체 그게 무슨 말이야?"

"몰라요. 해럴드한테 물어보죠."

"흠, 차라리 하던 얘기를 계속하지. 난 가끔 인간 두뇌가 그저 반대쪽 열린 긴 괄호라고 생각해. 그러니까 대답해 봐. 자네의 다양한 출력 레이어가 얼마나 컸으면 좋겠어?"

"제 생각에 그건 우리가 서브넷에서 얼마나 큰 답을 기대하는지에 달려 있는 것 같은데요."

"잘했어, 좀 더 소심해졌는데. 조만간 국립과학재단 제안서도 쓸 수 있겠어." 렌츠의 빈정거림은 나이가 들면서 부드러워졌다. "그러면 이론상으로 많은 출력 레이어가 단일 뉴로드로 구성되어 있다는 것에 동의하는 건가? 사이보그들이 모든 질문을 예/아니요 질문으로 바꿀 수 있다고 생각하니까?"

"문학 비평가들도 그걸 따라 했으면 좋을 텐데 말이죠."

"그래, 편리하지. 그렇지 않아? 아주 깔끔하잖아."

"엔지니어 씨, 뭣 좀 물어봐도 될까요? 신비주의자도 아니고 사이보그도 아니면 도대체 어떤 창조물이신 거죠?"

"마르셀, '창조물'이란 복잡한 말이야. 반복해서 움직이고, 평가하고, 스스로 업데이트하는 수많은 소규모 델타 규칙이 바로 내가 아닐까 싶은데."

"다른 말로 해 주세요. 그건 별로 맘에 들지 않는데요."

우리가 수백만 개의 연결에 한창 들어서는 순간 B가 완전히 멈춰 버렸다. 수많은 복잡한 증분을 만들고, 수많은 결함을 임시로 막아 놓은 상태였기에, 난 처음엔 B의 정지가 치명적이라고 생각하지 못했다.

"존은 짐의 형제다." 내가 말했다. B는 이 사실을 상형 문자 같은 벡터 스트림으로 전환시켰고, 그 벡터 스트림은 레이아웃을 미세하게 변화시켰다. "짐의 형제는 누구지?"

"존." B가 답했다. 믿음직한 궁정 기사처럼. 벌써 실어증 환자들보다 말을 잘했다.

"짐은 누구지?"

"존의 누이죠." 이 정도는 봐 줄 만했다. 그 정도 답은 참을 만했다. 사실 내 추정 매트릭스의 문제점을 지적하는 답이기도 했다.

내가 계속 물었다. "존이 짐에게 사과를 준다. 누가 사과를 받지?"

"짐이 사과를 받죠."

"짐은 누구에게서 사과를 얻게 되지?"

"짐은 존에게서 사과를 얻게 되죠."

"짐이 사과를 먹는다. 사과가 시다. 짐은 나머지 사과를 버린다. 짐은 왜 다른 사과를 버리지?"

이 순간, B의 대답이 견디기 힘들 정도로 늦어졌다. 그리고 나온 대답은, "사과가 존에게서 주어진 것이기에 짐은 남은 사과를 버린다."

"틀렸어." 내가 말했다. 혹은 그 비슷한 말을 했다. "다시 해봐. 왜지?"

"짐은 사과를 버린다. 그녀는 사과를 원하지 않는다."

겨우 통과할 만한 답. 어쩌면 통찰은 그 무언의 암시 어딘가에 숨어 있을지도. 아니면 이 고철 덩어리가 거짓말을 하는 건지도. 기계의 모호함에 우울해졌다. 이야기 시간에 잘 따라가지 못하는 초보자로 태어나면서부터 접시나 치울 운명처럼 보였기에.

"그녀가 왜 사과를 원하지 않지?"

"그녀는 사과를 먹지 않죠. 그러니까 그녀는 사과를 원하지 않는 거죠."

이 낯선 초기 지능은 내 머리를 아프게 할 만큼만 의미와 멀어졌다. 그래도, 우리는 받아들일 만한 퍼포먼스 경계 내에 있었다. 나는 계속해서 기계를 고문했다. "짐이 존을 때린다. 짐은 존을 왜 때리지?" B가 다시 발작 증세를 보였다. 오후 내내 작동하면서, 스스로를 다시 세팅하고, 천 개의 가능하지만 틀린 연상을 마구잡이로 만들어 냈다.

몸부림치다가 B는 일주일 전에 우리가 가르쳐 준 속담을 써먹었다. "썩은 사과 하나가 상자를 전부 상하게 하지 않기 때문에 짐은 존을 때리죠."

계속 밀어붙이자 기계는 결국 아무런 답을 내지 못했다.

무언가 중요한 프레임시프트가 B의 실행 능력에서 빠져 있었다. **존의 사과가 짐을 화나게 했다** 혹은 **아무런 이유가 없다** 혹은 **내가 알지 못하는 앙금이 남아 있었다**고 말하지 못했다.

나는 몰라요라고 말하지도 못했다.

B는 한걸음 물러나서 의미 교환 전체를 바라보는 메타 능력이 부족했다. 대화의 평면에서 가장 쉬운 점프를 해 공중에서 자신을 바라보지 못했다. 말하자면, B가 말은 했지만, 언어가 B를 피해 간 거였다.

B의 두뇌는 장난감을 스크린 뒤에 두면 사라지는 피아제의 두 번째 단계에 머물러 있었다. 아이디어를 옮기지 못하는 거였다. 옮겨지는 건 사물들뿐이었다. 그리고 사물은 항상 눈앞에 있어야만 했다.

B가 상징 표식을 여러 레벨에 전달하는 방식에 문제가 있었다. B는 표현의 비료가 뿌려진 논처럼 지식 구조를 풍성하게 무한정 키울 수 있었다. 하지만 지식 자체에 **대한** B의 지식은 언제나 제로로 남아 있을 거였다. 렌츠가 아무리 두들기고 붙인다고 해도 소용없었다. B의 결함은 구성 네트가 서로에게 얘기하는 방식의 부산물인 듯 보였다. 우리가 네트를 전체 도식에 연결시키는 방식 말이다.

우리는 필연적인 결과를 최대한 미뤘다. 어느 날 밤, 연구실에 들어와 책상에 가만히 앉아 있는 렌츠를 발견했다. "B의 아키텍처를 바꿨으면 해." 항구를 떠난 뒤 일정을 약간 늘리겠다고 선언하는 아합처럼 들렸다.

낙담하기엔 내가 너무 깊이 관여되어 있었다. 어쩌면 순진하게, B의 마그네틱 스냅숏을 찍은 뒤 그 사진을 좀 더 새롭고 능력 있는 방으로 보낸다는 생각을 한 건지도.

처음부터 수백만 개의 연결을 유지하라. 이 사실을 알았다면, 난 아마도 프로젝트를 그만두었을 거다. 하지만 그런 깨달음을 가져다줄 무언가가 없었다. 지난 한 달 반 동안 쓴 글은, 해가 비추는 중립 지역을 향해 눈 쌓인 산맥을 지나는 기차에 대한 챕터 절반뿐이었다. 나는 문장을 쓸 때마다 멈춰 도서관으로 가서 무의식적으로 표절을 하는 게 아닌지 확인해야만 했다. 그 결과, 책은 『수녀의 계율』을 사뮈엘 베케트가 다시 쓴 것처럼 읽혔다.

U는 머신 아키텍처 변경을 별거 아니게 만들었다. 믿기 힘들었지만 입장권이 2달러인 극장과 여름 끝자락에는 공짜로 옥수수를 삶아 주는 그 잠잠한 마을에 국립 슈퍼컴퓨터 사이트도 같이 존재했다. 지상의 틈 사이로 떨어져 1970년 이후 아무것도 변하지 않은 차원에 존재했던 마을이, 결과적으로는 다음 천 년으로 훌쩍 뛰어넘은 거였다. 후발주자의 이득이랄까. 모두 '파파' 누구라고 불리는 4개의 피자 가게는 자기들이 편할 때 문을 열었다. 맥주 한 잔을 25센트에 파는 목요일마다 남학생 클럽들이 나눠 가는 술집들. 그러고는 약해지는 세계 지배력을 보존하려는 경쟁심만이 재원을 마련했을 가장 최첨단의, 한 블록 크기의 사이버네틱 원더랜드.

네트에게 줄 첫 번째 작문 과제를 상상했다. "완전하게 낯선

이를 설득해서 당신의 고향에서 살지 않도록 하시오." B의 자식은 눈을 감고도 답을 할 거다.

U에서 성인이 된 최신 국가 지원 슈퍼컴퓨터는 이미 여섯 번의 생애를 살았다. 그리고 그건 단일한 기계도 아니었다. 6만 5,536개의 독립된 컴퓨터가 상상하기 힘든, 유연하게 기능하는 병렬 구조로 노예선의 노예들처럼 묶여 있었다. 벤치마크에 따라, 이 연결 괴물은 세상의 그 어떤 연산 어셈블리지보다 월등할 수가 있었다.

기계는 너무 강력해 아무도 통제할 수가 없었다. 악명 높게 어려운 프로그래밍 탓에, 우수한 과학자들과 그들의 대학원생 군단은 이미 U를 도망쳐 그 규모의 10분의 1 정도지만 그래도 통제가 될 법한 곳을 찾아 나섰다.

"연결 괴물로 옮길 거야, 마르셀."

"렌츠, 농담하지 말아요. 내기에 그렇게까지 빠진 건 아니잖아요."

"뭐라고? 난 그 괴물이 무섭지 않아. 얼마나 어렵겠어?"

"어렵죠. 박사님 동료들을 이기는 일보다 더 어렵죠."

"내 동료들을 무시하고 있네. 게다가 그걸 실제로 경험한다는 장점도 있지."

"웃기시네요, 엔지니어 씨. 이건 전부 거짓이잖아요. 다 아시잖아요."

하지만 그는 내 관심을 끈 것도 알았다. 나도 다음 임플리멘테이션이 신경 네트로 재단된 호스트에서 작동하는 걸 보고 싶었다. 렌츠는 진짜 과학으로 보일 정도로 그럴 법한 제안서를 썼다. 그 당시, 연결 괴물의 관리자들은 무관심에서 하드웨어를 구해 내라는 압력에 지쳐 찾아오는 사람을 가리지 않고 환영했다.

계획이 생기면, 렌츠는 위험해졌다. 그는 임프 C가 본질적으로 완전히 달라지기를 원했다. 자가 디자인 시스템의 개념을 한 단계 높이고자 했다. 미리 배선된 연결의 가중치를 재배치하는 것으로는 충분하지 않았다. 임프 C는 병렬 서브시스템 간의 상호 작용 전반을 강화하거나 약화시킬 수 있을 거였다. 필요하다면, 자신만의 연결을 시작 단계부터 만들어 낼 수도 있었다.

렌츠는 수백 개, 심지어 수천 개의 거대하고 상호 의존적인 네트를 동시에 작동시키고 싶어 했다. 이 네트들이 끝없는 관념적 표식 스트림을 자기들끼리 전달하는 걸 보았다. 네트워크들의 네트는 새로운 데이터 입력에 수동적으로 반응하는 것에 머무르지 않고, 언제나 끊임없이 작동할 거였다. 입력이 멈추면 지속적이고 내부 대화를 통해 스스로 탐색할 것이다. 부분들이 서로를 테스트하고, 연상을 만들고 인덱스를 구성할 거다. 혼자서 말이다. 임프 C는 계속해서 자기 진단과 재구성을 수행할 것이다.

렌츠는 이렇게 재잘대는 서브시스템을 연결 괴물의 6만 5,536개 프로세서뿐만 아니라 다른 다양하고 특화된 호스트에 전부 배치하고자 했다. 각각의 테스크는 고속 광케이블을 통해 다른 테스크와 대화했다. 만일 C가 어디에 살고 있느냐고 묻는다면, 디지털 지도 모든 곳에 펼쳐져 있다고 답해야 할 거다.

"마르셀, 몇 주 동안 내 머리카락도 건드리지 마."

"그거야 쉽죠."

정신이 팔렸기에 렌즈는 내 농담을 무시했다. "내가 토대를 마련할 때까지 말이야."

렌즈의 명령을 따르기는 어렵지 않았다. 내겐 퇴고해야 할 원고가 있었다. 공짜로 빈둥대는 삶을 정당화할 수 있지 않을까 싶어서 방문 수업도 몇 번 한다고 했다.

방문 수업은 모두에게 창피한 일이었다. 학생들은 예의 바르지만 놀란 상태로 내 앞에 앉아 있었다. 얼굴마다 새겨진 부끄러움은 어떻게 내가 독서의 시대가 끝났다는 사실을 모르고 있는지 묻고 있었다. "어떻게 일을 하세요? 아이디어는 어디서 얻는 건가요?" 학생들이 물었다. 내가 말귀를 알아듣고 도망가기를 기대하며.

최대한 열심히 답했다. 하지만 거짓말을 하지 않고는 첫 번째 질문조차 답하기 힘들었다. 다행히도 학생들이 기대한 건 거짓말뿐이었다.

방문 수업이 끝나면, 연구실에 앉아 썼는지 기억도 나지 않는 책을 퇴고했다. 체계적으로 한 줄 한 줄 읽었고, 결국 후두엽의 1차 가시 영역이 작동을 멈추었다.

의미는 생각하지 않고 그냥 읽으려고 했다. 그렇게 해야지 실수를 더 발견하는 법이다. 하지만 의미는 발길질을 하고 소리를 지르면서 나를 압박했다. 책의 스타일은 신경 쇠약 직전이었다. 내가 읽은 가장 우울한 동화. 나보다 더 우울한 사람은 아직 이행되지 않는 내 계약서를 갖고 있는 편집자뿐이었다.

나는 만성 신경 쇠약증을 안고 살아가는 레지던트 외과 의사 주인공과 함께 더블 보이스로 내레이션을 하고자 했다. 붕괴하는 사회의 묘사는 매시간 뉴스에서 나오는 이야기에 비해 이젠 하릴없이 미약해 보였다. 하지만 읽으면서 생각했다. 뭔가 한심한 일을 저지르기 전에 이 작가를 누군가 찾아야 한다고.

첫 주는 오자를 없애며 보냈다. 두 번째 주는 마지막 몇 페이지 구석에, 만회할 만한 결말 비슷한 걸 급조하면서 보냈다. 원고의 마지막 결말을 지웠다. 대신에 쓰러져 가는 외과 의사가 손을 내밀어, 예전에 자신을 구하지 못했던 여자를 구하는 얘기를 만들었다. 빛의 근원인 독자에게 이야기를 돌려주는 추신을 급조했다. 비극에 구애받지 않도록. 그런데도 이야기는 내 홍채로 적응하기 힘든 광범위한 어둠을 여전히 발산했다.

막판의 치료는 첫 번째 글보다 나를 더 참담하게 만들었다. 화자였을 때는 느끼지 못했던 절망이 느껴졌다. 직업에 대한 절망은 아니었다. 어차피 그건 우연한 행복이었으니까. 나 자신의 뉴스를 들으면서 그처럼 절망한 이유는, 내가 누구인지 전혀 모른다는 사실을 깨달았기 때문이다. 혹은 내가 어떻게 그처럼 텅 빈 사람이 되었는지 전혀 모른다는 사실 때문에.

계속해서 재구성을 시도했다. 그처럼 참담하고 기형적인 이야기를 세상에 내보낼 마음이 더 이상 생기지 않았다. 띄엄띄엄 작업을 했다. 힘이 닿는 대로. 문제 지역의 아이들이 밝은 세상으로 도망치기 위해 필요한 '아니야'를 외과 수술하듯 재삽입하면서.

건물이 원래의 오래된 침묵으로 복귀하는 저녁이면 작업 속도가 붙었다. 30분 동안 내 이야기를 잘라 대다가 일어나서 스트레칭을 하고, 상징으로만 남은 벽난로로 상상력을 덥히고 나서 다시 앉아 그다음 허무주의 문단을 치유하려고 했다.

아무도 없는 복도를 돌아다녔다. 센터와는 말할 수 없을 정도로 다른 세상을. 나무 바닥은 발을 딛기도 전에 삐걱거렸다. 바닥은 나중에 은행 부행장으로 죽어 간 몇 세대에 걸친 학부생들의 무게로 틀을 잡았다. 통로에서는 껌과 헤어 오일, 암모니아, 가글, 축축한 섬유, 왁스, 셸락, 그리고 화학이 여전히 인문학이던 시절에 사용된 화학 제품 냄새가 났다.

스팀 파이프조차 조지 왕조풍의 페인트가 벗겨지는 우아함을 뿜었다. 눈이 부신 황혼 녘이 되면, 건물은 책임자의 고풍스러움 때문에 숨 막혀 죽어 간 학문에 마지막 인공호흡을 이제 막 시도하는 국제주의자의 논쟁과 무관해 보였다.

원고는 연구실을 뒤덮었다. 나는 한 장 한 장 전부 연구실 벽에 테이프로 붙였다. C와 내가 B에서 연대표를 침실 벽에 둘러 붙인 것처럼. 한 페이지에서 다음 페이지로 넘어가면서 이해할 수 없는 다다 회고전을 바라보는 순진한 방문객처럼 원고를 둘러보았다. 더 이상 들어갈 곳을 찾을 수가 없었다. 수정은 이미 불가능했다. 아이들의 죽음을 막으려는 외과 의사의 싸움은 내 것이 되었고, 그와 마찬가지로 나도 끝을 내지 못했다.

연장된 마감일에 밤늦게까지 일했다. 숨을 쉬러 나올 필요가 있을 때까지 수정했다. 연구실 문을 열고는 복도로 나갔다. 하지만 너무 빨리 기압을 줄여 잠수병에 걸렸다. 방금까지 내가 집중 치료를 한 문장처럼 압도당한 듯이, 조지 왕조풍의 익숙함이 눈앞에서 줄어들었다.

물을 마시러 중앙 복도 한쪽 끝으로 걸어갔다. 몸을 가누고 물을 마셨다. 하지만 입안에서 쇳금속 맛이 났다. 되돌아서 텅 빈 복도를 쳐다보았다. 충격으로 한 걸음 뒤로 물러서서 정수기에 기댔다. 나는 혼자가 아니었다. 복도 저쪽 끝에서 텅 빈 침묵이 귀신으로 응결되었다.

정령은 진공 상태에서 몸을 흔들었다. 한 번 더 눈을 감았다 뜨면 다시 허공으로 흩어질 거다. 그녀는 내가 있다는 걸 모른 채 서서 공지문을 읽고 있었다. 단발머리를 한 아주 마른 여자 귀신, 터무니없이 어리고, 분명 가을임에도 청바지와 딱 붙는 오렌지색 민소매 면티를 입고 있었다. 성인으로서 첫날. 밤샘. 몇 권의 책과 윗옷이었으면 하는 무언가를 안고 있었다. 무언가 그녀의 정신을 빼앗았다. 공지문으로 가득한 코르크 보드의 무언가가.

그녀를 놀라게 하지 않고 연구실로 돌아가려고 했다. 하지만 나무 바닥이 나를 배신하며, 조용히 지나려고 하는 만큼이나 강렬하게 소리를 냈다. 그녀가 고개를 돌려 말없이, 이해하지 못하겠다는 두려움으로 쳐다봤다. 사냥꾼을 용서하는 사슴처럼. 그리고는 똑같이 느린 무관심으로 공지문을 마지막으로 보고는 사라졌다.

누구를 본 건지, 아직도 모른다. 지금 이 시간 건물에 들어온 대학원생은 그녀가 아니었다. 서른세 살의 C도 아니었고. 한 세대 어린 내가 처음 만났을 때의 C도 아니었고. C가 나타나기 전에 내가 관심을 가졌던 소녀나 여자들도 아니었다. 내가 알던 사람이었다고 해도, 이젠 무슨 관계였는지 알지 못했다.

하지만 그 사람을 쫓아 쌀쌀한 쿼드 광장으로 달려가고 싶었다. 그녀를 부르며. 웃으며, 흥분해서, 화가 나서. 무슨 짓이야, 여기 오다니? 운이 없었어. 생각을 잘못했어. 다시는 이 세상에서 보지 말자고 약속했잖아? 내가 완전히 사라지고, 넌 티셔츠를 입은 어린 소녀가 된 뒤에도 절대로.

그녀의 이름을 알아낼 수 있었다. 그녀는 시작의 무게, 계획과 과거를 짊어질 거였다. 그녀가 늦게까지 일하며 이 건물을 헤매는 슬프고 현실적인 이유. 의심할 여지 없이 그녀는 듣기 싫은 소리로 얘기했고, 은행 계좌는 텅텅 비었고, 글을 가르쳐야 하는 1학년생들에 대해 불평했고, 다가오는 자격시험에 대해 마비될 정도로 걱정했다.

하지만 이 예기치 않은 매복을 위해서, 깡마른 단발머리의 이미지는, 맨살이 보이는 양어깨는, 흐릿한 복도를 쳐다보는 눈길은, 내가 쓰지 못한 모든 책을 대신하고 있었다. 그녀는 이제 내가 절대로 시도하지 않을 이야기 자체였다. 살면서 내가 완전히 놓친 것을 대신하는 플레이스 홀더. 복구할 수 없는 잃어버린 소설. 변함없이 일순간만 존재하는 사람. 스물두 살의 A.

렌츠는 전화기 너머로 발광하는 듯했다. "성공했어, 마르셀.

끝났다고. 모두가 노리던 그다음 단계라고."

"모두라고요? 진짜 과학자는 망상으로 시간 낭비하지 않아요."

"그자들도 할 수만 있다면 그럴걸. 그자들이 정말로 환원주의를 좋아할 거 같아? 언젠가 달릴 수 있지 않을까 하면서 아기 걸음을 하는 거라고. 우리 모두 날아오를 거라고 믿으면서."

"좋아요, 엔지니어 씨. 시 쓰기는 관두시고요. 우리가 뭘 해냈는지 알려 주세요."

"시험을 해 봤어. 대단해. B의 문제는 아이디어 표식은 다룰 줄 알지만, 그 표식에 '대한' 아이디어는 다루지 못한다는 점이야. 맞지?"

"뭐 그렇다고 하죠."

"우리가 필요한 건 2차 시프트를 할 수 있는 놈이잖아. 반성을 할 수 있는 놈 말이야. B가 사물만 다루는 것에 비해 상황을 다루는 기계지. 정말 간단해. 하드웨어에 B를 집어넣는 거야. B 타입 임플리멘테이션의 완벽한 기능적 시뮬레이션을 자신의 구성 서브시스템으로 작동시키는 C 임플리멘테이션이 필요한 거야."

"시뮬레이션 안의 시뮬레이션이라고요? 가짜가 자기 복제품을 작동시키는 거라고요?"

"어디서 들어 본 것 같지? 당연해. 바로 자네야, 마르셀. 자네 향수병이 생기는 곳이지. 절대로 집을 사지 않는 자네의 고집. 자네의 그 사진 갤러리들. 자네 욕망의 개인 서재라고."

"잠깐만요, 가만히 있어 봐요. 이 동네에서 인문학자는 나라고요, 기억하죠? 박사님은 기계만 다루는 거고요."

"맞아. 미안하네, 미안, 미안. 오늘 밤 새 기계를 만들 거야. 내일 아침 일찍 와."

렌즈는 내가 초대에 응할지 말지 고민할 틈도 주지 않았다.

다음 날 도착했을 때 임프 C는 완성되어 작동 중이었다.

우린 여전히 렌즈의 연구실에서 일했다. 출구는 여전히 똑같은 낡은 컴퓨터였다. 똑같은 낡은 I/O 무더기. 난 그 링크업이 반대편 끝에 공공 기관이나 사립 기관이 살 수 있는 가장 강력한 대규모 병렬 하드웨어를 숨기고 있다는 사실을 계속 떠올려야 했다.

렌즈가 낡은 의자에 나를 앉혔다. "어서 해 봐. 뭐든 물어보라고."

"물어보라고요? 벌써 학습을 시작했어요?"

"어디 보자, 설명하기가 좀 힘든데. 내가 아직 B의 결합가를 모두 갖고 있었거든. 연결 가중치의 다차원적 어레이가 전부 파일들에 저장되어 있었던 거야. 그래서 생각했지, 이걸 테스트로 사용하면 어떨까? C가 꼭두각시 제작자처럼 B를 작동시키게 하는 거지. 그러니까 바로 작동하더라고."

"이해가 안 돼요. 아직도 무슨 얘긴지 모르겠어요."

"그러니까 말이야, 이번엔 완전 반복을 하자는 계획이었어. 입력 레이어의 데이터 세트가 한 번이 아니라 여러 번 작동하는 거지. 얼마나 많이 실패하고 가중치를 재설정하든 상관없이."

"그래요, 그래요. 작동 방식은 알겠다고요." 내가 왜 그렇게 의심이 가득했는지 모르겠다. 이 일에서 밀려나는 느낌이었다.

"내가 궁금한 건 어떻게 벌써 반응할 수 있느냐는 거죠, 학습도 없이."

렌츠는 당황한 듯 보였다. "자신을 스스로 교육하는 것 같아."

"이봐요, 엔지니어 씨. 그런 말도 안 되는……."

난 짜증이 나서 자전거 헬멧으로 책상을 내리쳤다. 살짝 스쳤는데도 확연히 금이 갔다. 렌츠는 순간 웃음을 터뜨렸다.

"마르셀, 자네 보험료 올라가겠는데." 렌츠가 이어서 말했다. "내가 보기에 C는 B의 다양한 연상 페어링을 비교점으로 쓰는 것 같아. 삼각 측량을 한다고 할까. 내부의 일관성을 위해 스스로를 시험하고 있지. 자신의 일반화 성격에 대해 일반화하는 거지."

"벌써 작동하고 있다고요, 내가 입력한 것도 없는데?"

"쉬지 않고 작동하고 있다고. 이제 스스로 입력하거든."

"그러니까, 기계가 새로운 자료를 기대할 수 있다는 말이군요. 지금 나한테 이게 가능하다고 말하는 건가요?"

렌츠가 모르겠다는 몸짓을 했다. 손바닥으로 마이크로폰을 가리켰다.

"좋은 아침." 내가 말했다.

"좋은 아침이에요." 음성 조합 하드웨어가 답했다.

"오늘 아침엔 기분이 어때?"

"좋아요. 고마워요. 당신은요?"

난 마이크를 껐다. 떨리는 목소리로 렌츠에게 물었다. "당신은요'란 말을 어디서 배운 거죠? '당신은 어떤가요?'도 아니고. 우린 B에게 긴 형식을 가르친 적이 없다고요. 어떻게 일상어를 쓸 수 있는 거죠?"

"나도 모르겠어. 어디선가 배웠겠지. B를 연구하면서 말이야."

"지금 기분 괜찮아?"

"뭐 만족스럽다고 할 수 있지, 마르셀."

"조용. 박사님한테 말하는 게 아니에요. 기계에다 말한 거라고요."

임프 C는 잠깐 멈췄다가 "무슨 뜻이죠?"라고 말했다. 그럴 법한 대답처럼 보였다. 확신이 없을 때는 상대편 코트에 공을 던지는 게 최선이다.

"내 말은, 그렇게 밝다니 참 행복하겠다고." 커브를 던져 본다. 일상 회화를 할 수 있는지 확인하고자.

"많은 것이 행복하지 않은데도 밝죠."

놀라웠다. 심지어 문법적으로 맞았다. 비록 조금 엉성하긴 했지만. 그렇다 하더라도 여전히 내게는 철학적인 말이라기보다는 무의미한 추론처럼 들렸다.

"예를 들어?" 이 질문을 알아들을 수 있을까?

"예를 들어 빛."

임프 C가 생각 없이 답하는 거라고, 나는 단정했다. 그래도 공평하게 다루기로 했다. 인간에게 그러듯이 일단 믿어 보자. 나도 중년이 돼서야 사람들이 다른 사람들의 말을 듣지 않는다는 사실을 알았으니까.

"영리한 사람이 행복하기가 더 힘들까?"

임프 C는 잠시 생각했다. "뭐보다 더 힘들다는 건가요?"

난 큰 소리로 웃었다. 완벽했다. 정말로. 기계는 백치 천재였다.

"세상에, 마르셀!" 렌츠가 소리 질렀다. "입력 수준을 한번 봐. 그딴 식으로 웃다간 애 고막을 찢겠어."

"영리하지 않았을 때보다 더 힘들다는 말이야." 임프 C에게 설명했다.

"행복한 동안에 그렇게 영리한가요?"

전자 데이터 프로세서라는 걸 감안해도 엉성한 구문이었다. 또다시 답을 회피하는 말일 뿐이었다. 그렇지만 회피하는 건 지능이 있다는 증거다.

그리고 나는 기계의 대답을 그냥 들었다. 할 수 있는 게 없었다. C에게 난 무의미한 방해자일 뿐이었다. 나는 그저 조정해야 할 표식이었다. 나라는 가중치. 나는 임프 C의 실질적 계산의 일부분이었다.

"모르겠는데. 어떻게 자기 자신이 행복한지 아닌지 알 수 있지?"

"당신 자신에게 행복한지 물어보세요."

"렌츠," 내가 말했다. "믿기지 않아. 정말 이건……."

"빠르지, 그렇지 않아? 내가 재빠른 인덱스 알고리즘 한 쌍을 만들었지, 아이디어 캐시라고나 할까. 하지만 새 시스템이 이 정도 수행 능력을 줄 거라고는 나도 몰랐어."

"무슨 소리예요. 이건 그냥 수행 능력이 아니에요, 렌츠. 이건

수행 그 자체라고요."

"맞아." 렌츠가 동의했다. 기계는 렌츠마저 입 다물게 했다.

"이게 뭘 하고 있는지 보세요. 나한테 나 자신에게 물어보라고 하잖아요. 어떻게 그럴 수가 있죠? 그저 이 비슷한 말을 하려고 해도 기계가 알아야 할 게 뭔지 생각해 보세요. '행복하다'를 알아야죠. '행복하다'가 좋은 거라는 것도 알아야 하고요. '행복하다'가 사람들에게 있고 없는 상태라는 것도. 내가 사람이라는 것. 질문이라는 게 뭔지도, 질문은 사람들이 '묻는' 거라는 것도. 질문 형태의 구문을 서술문으로 변환할 줄도 알아야 하고요. 그리고 서술문으로 탐색해 적절한 질문을 찾을 수도 있어야지요. 좋아요. 어쩌면 **아는 게** 아닐지도 모르죠. 질문으로 만들어 내는 모든 걸 이해하는 게 아닐지도······."

설명하려고 하는 내 목소리가 붙잡을 수밖에 없는 그 모든 걸.

"하지만 얘는 내가 아무것도 알지 못할 거고, 심지어 나 자신에 대해서도 알지 못할 거라는 걸 이해하는 거잖아요. 나 자신에게 묻지 않으면 말이죠."

"엄청나지." 렌츠가 동의했다.

"엄청난 정도가 아니죠. 어떻게 이게 가능하죠?" 하지만 난 인간의 답을 기다릴 여유가 없었다. 원인 제공자에게 물어봐야만 했다.

"넌 나를 행복하게 해 줘." 임프 C에게 말했다. 잔뜩 긴장한 채무슨 답을 할지 기다렸다.

"그럼 나도 행복해요, 릭"

아무리 잘 속는 사람이라도, 이건 아니었다. 선을 넘은 거였다. 진작 알았어야 하는데, 이제야 깨달았다.

"잠깐. 어떻게 내 이름을 알지?" B는 전혀 몰랐다. 이름 몇 개를 알려 주긴 했지만, 우리 이름은 알려 준 적은 없었다.

정말 중요한 질문에, 당연히, C는 침묵했다. 다른 어떤 답보다 침묵은 진실을 말해 주었다. 기계였다면 놀이가 끝나도 계속 변명을 해 댔을 거다.

렌즈 쪽으로 몸을 돌렸다. 마이크를 가릴 생각도 하지 않은 채. "이런 망할, *klootzak*(개자식), 그래, 이게 대체 다 뭐죠?"

렌즈의 눈가가 촉촉해졌다. 더 이상 참지 못하고 그는 연구실에 침을 튀기며 웃었다. 울부짖는 원숭이처럼 소리를 질러 댔다. 숨을 고르려고 했지만, 그럴 때마다 더 웃어 댔다. "미안, 마르셀. 자네 정말……. 진짜."

죄지은 표정을 한 다이애나 패트릭이 문 앞에 나타났다. 마침내 진실이 밝혀진 거였다.

"다이애나?" 내 놀라움은 그 어떤 비난보다 신랄했다. "렌츠가 날 속이도록 내버려 두었어요? 이 인간을 **도와준** 건가요?"

"그냥 장난이었는데……." 다이애나의 목소리는 떨렸다.

"나를 놀리려고요? 그게 재밌어요?"

"아이참, 그만해, 마르셀. 자네가 과하게 반응하는 게 더 창피해."

"그만해야 할 사람은 당신이에요, 엔지니어 씨." 내 목소리에 모두가 말을 멈췄다. 그들뿐만 아니라, 나 자신도 내 목소리에 놀랐다. "그러니까 이게 바로 인간의 지능이군요. 이게 바로 우리가 열심히 만들려고 한 거군요."

내가 바보였다. 2초만 생각했으면, C가 자기가 한 말을 조금도 알 수 없다는 사실을 깨달았을 거다. 산골 아이도 이게 무슨 일인지 알아냈을 거다. 트리시 플로버도 알았을 거다. **정말로.** 내가 아직도 아이였다면 속지 않았을 거다. 그렇지만 난 믿었다. 그러고 **싶었던** 거다.

렌츠는 진정하려고 애썼다. 하지만 다이애나의 눈을 쳐다보자마자 다시 웃음을 참지 못했다. 다이애나도 참지 못하고 같이 웃었다. 그녀의 웃음은 목구멍에서 쉰 소리를 냈다.

"미안해요. 처음엔 재미있을 것만 같았어요."

"임상적 이유가 없었던 것도 아니지." 렌츠가 덧붙였다. "튜링 테스트를 거꾸로 하는 거잖아. 인간이 블랙박스인 척할 수 있는지 알아보는 거지. 어떻게 된 건지 알고 싶지 않아?"

"어떻게 된 거라니요? 양철 전화기일 뿐이잖아요. 서투른 뉴에이지 자기계발 지도자처럼 말하려는 여자가 전화선 반대쪽에 있는 거고요."

"'많은 것이 행복하지 않고도 밝죠.'" 렌츠가 흉내를 냈다. 그러고는 다시 가래를 뱉어 냈다.

난 고개를 흔들며 자리에서 일어났다.

"가지 마, 마르셀. 정말로 새로운 시뮬레이션이 작동하고 있다고. 제대로."

다이애나가 코웃음을 칠 차례였다.

"렌츠," 내가 조용히 말했다. "다시는 박사님을 믿지 못하겠어요."

"자네 믿음은 필요 없어. 그냥 임프 C를 학습시키기만 하라고."

난 걸음을 멈추고, 잠시 생각한 뒤에 말했다. "임프 D."

소설가의 순진함을 빼고는 모든 것에 의견이 갈리는 두 사람은, 이제야 안심된다는 듯이 웃었다.

이들의 웃음소리를 듣고 있으니 다시 화가 치밀었다. "이 악당들아, 남을 속이는 기분이 어때?"

"좋아요. 고마워요." 다이애나가 미소를 지었다. "당신은요?"

할 말이 없었다. 그게 다였다.

"제발, 릭, 인정해요. 그 순간에 당신도 좋았잖아요."

내가 그녀를 쳐다봤다. 수백 개의 안구 근육 어딘가에 나랑 애기해서 행복하다는 끔찍한 암시가 숨어 있었다.

"그게 아니라도," 렌츠가 끼어들었다. "인정해. 완전히 속았다고."

나도 웃음을 터뜨렸다. 어쩔 수가 없었다. "넵." 내가 말했다. "완전히 속았죠." 살아 있다고. 인정하자. "그가 나예요."

다이애나는 점심식사 초대로 용서를 구했다. 난 부끄러웠다. 지난번에 그녀가 눈치를 주었는데도 여전히 답을 하지 않고 있었던 거다. 그렇다고 그녀의 초대만 거절한 건 아니었다. 그 누구에게도 답을 하지 않았다. 자동 응답기를 구입해, 그 뒤에 숨어 누가 전화를 하는지 가려 냈다. 그러고는 오랫동안 응답기

소리를 꺼 놓고, 그마저 하지 않았다. 은둔자로 지내는 일은 하면 할수록 쉬워졌다. 심지어 거기에 대해 글을 쓸까 생각했지만, 이미 했다는 걸 떠올리고 포기했다.

하지만 다이애나는 나를 찾아냈다. "점심 어때요. 사과하고 싶어요." 얼굴을 마주 보고. 동료처럼. 바스의 부인처럼 벌어진 치아를 보일 정도로 웃으며. 숨는 건 불가능했다.

어쨌거나, 점심은 즐거웠다. 이 대학 도시의 당구대 있는 술집의 악명 높은 생선 샌드위치. 다이애나는 말이 많았다. 연구실에서 그녀는 언제나 내가 커서 되고 싶은 사람처럼 보였다. 생선 샌드위치를 먹으면서는, 내 또래 사람과 밥 먹는 게 이상할 정도로 젊어 보였다.

"돈은 어때요?" 내가 물었다. 다이애나는 멍한 표정을 지었다. "키호테 씨?"

그녀는 신음을 지었다. "말하고 싶지 않아요."

"네, 하지만 해럴드는 얘기하고 싶어 하죠?"

다이애나가 나를 째려보았다. 정확히 무슨 얘기를 하는 거죠? "해럴드가 당신한테 시비를 걸게 해야 하는 건데. 그러면 일이 정말 쉬울 텐데."

"미안해요, 지금은 너무 바빠서요. 우리가 세르반테스를 기계에 주입한 뒤, 해럴드가 와서 임프 D랑 얘기하게 하죠."

생각만으로도 즐거운지, 다이애나가 입을 오므렸다. "왜 내가 이게 다 정말 멍청한 일이라고 생각하는지 아세요?"

"저랑 렌츠가 하는 일이라서?"

"그건 그렇죠. 하지만 내가 보기에 두 분은 모든 걸 단어로 옮기려 하고 있어요. 생각해 봐요. '공'에 대한 모든 것을 말할 수 있는 데이터 구조를 만든다고 가정해 봐요. 둥글다는 것, 응집력, 크기, 무게에 관한 정보가 필요하겠죠. 온갖 종류의 확률 규칙도 필요하죠. 아마도 직경이 3미터가 아니라 30센티미터 정도 공이겠죠."

"레킹 볼이라면 다르겠지만."

"고무나 플라스틱 혹은 나무로 만든 거겠죠, 식물 섬유가 아니라요."

"소프트볼이나 목화송이라면 다르겠지만."

"아니면 말불버섯." 다이애나가 웃었다.

"아니면 종이를 씹어 뭉친 공, 혹은 실뭉치 공."

"그만. 정말 보자 보자 하니까. 아무튼 목록은 끝이 없다고요. 제외할 단어 목록은 훨씬 더 길고요. 백과사전을 전부 읽을 수는 있겠지만 여전히 '공'에 대해선 말하지 못할 거라고요. 게다가 공을 갖고 하는 일도 있잖아요. 공이 무슨 의미인지. 어떻게 공을 던지는지. 생일선물로 공을 받았을 때 아이가 어떻게 느끼는지."

"하지만 그게 바로 연상 학습이 중요한 이유죠. 그렇지 않나요? 그 모든 특성을 열거할 필요가 없어요. 만일 기계가 계속 그런 특성을 마주치면, 또 가끔 사람들이 크리스털 볼을 보면, 또 가끔 커브볼을 던지면, 또 가끔……."

"그게 바로 문제잖아요. 아이는 공을 손에 쥘 수 있잖아요. 하지만 기계는 그럴 수 없죠. 볼을 받는 순간 야구 장갑이 어떤 느낌인지 말하는 데 필요한 단어가 얼마나 되죠? 장갑의 무게. 그 가능성."

"공을 던질 수 있는 빨간 가죽의 동그란 공간."

"리치, 리치."

나를 그렇게 부른 사람은 없었다고 그녀에게 말할 수는 없었다. 어쨌든, 그녀가 부르니 듣기 좋았다.

"'붉은색'을 xy 옹스트롬 사이에 끼워 넣을 건가요?"

"아뇨, 그건 예전 인공 지능 연구자들이나 하던 거죠. 첸하고 켈루가 같은 사람들. 우린 붉은 하늘, 붉은 얼굴, 붉은 깃발, 붉게, 붉은 드레스 등을 할 거예요."

"섹시스트군요. 아무튼 좋아요. 이제 '구형'을 생각해 봐요. 거리라는 게 뭔지도 모르는 그 불쌍한 기계가 '중심에서 같은 **거리에** 있는 점들'이라는 말을 어떻게 이해할 수 있죠?"

"맞는 말이에요. 우리에게 문제가 있다는 말이군요. 기호 토대의 부재."

"기호 토대." 다이애나는 미소를 짓고, 아랫입술에 묻은 타르타르소스를 닦았다. "내가 찾던 말이 바로 그거예요."

"글 읽는 기계는 불가능하다는 거군요. 그러니 우리에게 포기하라고."

"내 말은 만약에 그런 기계를 만들려면, 눈, 손, 귀를 만들어 줘야 한다는 뜻이에요. 외부와 진정한 인터페이스를 할 수 있게 해야 한다는 말이죠."

"문학 이론가들은 인간의 현실 세계 인터페이스가 기껏해야 문제를 일으킬 뿐이라고 생각하죠. 너무 과한 평가를 받는다고. 심지어 감각 데이터도 상징으로 변환되어야 한다고 말해요."

"문학 이론가도 정년 보장을 받아야 하죠. 그런데 정년 보장을 받을 확실한 정보가 없잖아요. 매일 점차 작아지는 파이 조각을 갖고 싸워야 하고요."

"그쪽 같은 사람 때문에 작아지는 거죠."

난 농담을 하는 거였다. 하지만 다이애나는 내 말을 곧이곧대로 받아들였다. "맞아요, 아마도. 하지만요, 당신네들은 왜 우리를 따라 하거나, 자연 훼손자로 공격하거나, 아니면 쓸모없는 자기기만에 빠진 사람이라고 비난하는 거죠?"

"당신들이 죽도록 무서워서 그렇죠. 바로 그 때문이에요. 우린 부모님이 정말로 당신들을 더 좋아할까 봐 걱정한다고요."

다이애나가 10대 소녀처럼 웃었다. "말도 안 돼요. 문제아는 바로 우리라고요. 기억 안 나요? 부모님이 절대로 성냥 갖고 놀지 말라고 했던 애들 말이에요."

우리는 완전히 달라진 세상으로 걸어 나갔다. 나뭇잎이 다 떨어져 있었지만, 나는 잠시 잎이 피고 있는 건지 아니면 저버린 건지 판단할 수가 없었다. 길거리에서 코트를 입고 있는 사람은 우리 둘뿐이었다. 이어폰을 끼고 롤러블레이드를 타는 사람들은 너무 반짝이는 선글라스로 앞이 보이지 않는지 우리를 치고 갈 뻔했다.

나는 완전히 감을 잃었다. "방금 실내로 들어갔을 때 겨울이지 않았나요?"

"어쩌다 보니 백 년에 한 번 생길 법한 이런 말도 안 되는 날씨가 격주로 일어나죠."

"그건 당신들 과학자 탓이죠."

"물론이죠."

"그래도 여전히 쌀쌀하네요. 내가 정신 나간 건가요? 저기 저여자들 반바지 입고 있는 거 아니에요?"

"젊음은 절대로 춥지 않아요." 다이애나가 슬픈 목소리로 말했다.

10년 전, 아니 15년 전에, 나는 건조한 피부와 희멀건 혈색을한 이들을 불쌍하게 여겼다. 당시 여기는 집이나 다름없었다. 지금은 임대 계약서도 잃어버렸고, 길 이름조차 몰랐다.

"다시 추워졌으면 좋겠는데, 꽁꽁 얼게."

"그럴걸요." 다이애나가 안심시켰다. "다 잊으셨군요. 이 동네날씨가 거칠잖아요. 넉 달 동안 완전히 깜깜하죠. 우주처럼. 대기는 진눈깨비 비비탄으로 가득하고, 여기서부터 펜실베이니아까지 바람을 막을 게 아무것도 없고요."

"여기서 얼마나 사셨죠?"

"5년요. 정말 웃기는 게 뭔지 알아요? 캘리포니아에 살면서, 단 한 번도 캘리포니아 사람이라고 생각해 본 적이 없다는 거예요."

우린 캠퍼스를 걸었다. "두뇌가 '잎이 말라 가는 것을 인식'하는 서브시스템을 가지고 있나요? '세탁소에서 방금 찾아온 양가죽 코트' 서브시스템은요?"

"무슨 말인지 알겠어요." 다이애나가 답했다. "바로 냄새예요, 그렇지 않나요? 지금 이 공기 냄새를 맡으면 무슨 일이 생길지 알 것만 같죠. 옷을 껴입어야 할 때라는 것을 말이죠."

"이 모두를 버리고 어떻게 떠날 수가 있죠?"

다이애나는 오랫동안 말이 없었다. 그러다가 갑자기 말했다. "설렘."

"맞아요, 설렘."

쿼드 광장에 도착해서야, 바로 그곳을 지나치면서야 깨달았다. 오늘이 무슨 날인지. 솔직히 전혀 11월처럼 느껴지지 않으니까. 같은 날, 다른 해. 더 이상 무슨 의미인지 알지 못했다. 나흘 뒤 눈이 내렸다.

"기호 토대요." 렌츠에게 말했다.

D는, 수많은 연결 기계 커뮤니티로 작동하는 첫 임플리멘테이션이었기에, 지금까지 내가 맡은 아이 중에 제일 우둔했다. 하지만 병렬 아키텍처와 몇 번의 소프트웨어 수정으로 가장 놀라운 성과를 내는 기계가 되었다. D는 회귀적인 상태로 이 세상에 등장했다. 2가 1 다음의 상수라는 걸 이해하는 데 엄청난 시간이 걸렸다. 하지만 그걸 이해하자마자 D는 단숨에 무한대를 이해했다. 자신이 배우는 모습을 볼 수가 있었다. '개가 짖는다'라는 말을 이해하자마자, D는 '〈개가 짖는다〉고 아이가 말한다'는 말도 이해했다. 때가 되면 정말 엄청난 성장을 이룰 거였다.

D의 두뇌 구조는 생성적이었다. 풀려 가는 문장의 곡선을 따라갔다. 하지만 심층 문법으로는 충분하지 않았다. 단어만으로는 충분하지 않았다. "경찰관이 운전자에게 그의 배지를 주었다"라고 말해 줬다. "'그의'는 누구를 말하는 거지? 경찰관이 운전자에게 그의 면허증을 주었다." 자, 이제는 누구를 말하는 거지?

이 질문에 답하려면 D가 도대체 얼마나 많이 알아야 할까? 나 자신의 추론 과정을 살펴보는 것만 해도 어지러웠다. 세상 물체마다 달린 속성들의 연결 목록은 폭발적 의미 조합을 요구했다. 하지만 주요 상징들이 무슨 뜻인지 조금이라도 보려면, D는 말 그대로 볼 수 있어야만 했다.

"D에게 눈을 달아 줘야 해요." 내가 결정했다. "공의 속성을 왜 일일이 가르치나요? 공이 뭔지 그냥 보여 주면 되는데."

"영리한데, 마르셀." 렌츠가 말했다. "자네가 언제 그 말을 할지 기다리고 있었어."

"그런데 그 말을 하면 날 죽이려 들지 않을까 걱정하고 있었군요."

"전혀 아니지. 사실, 작년에 하던 연구에서 쓰다 남은 패시브 레티널 매트릭스가 여기 어디 있을 거야. 그걸 갖다 붙이지."

"근데, 그 눈알을 어디에 뒀더라? 이 근천데."

렌츠가 웃었다. "맞아, 좀 더 잘 정리하며 연구하는 습관이 필요하긴 하지."

시각은 내가 바라던 눈이 번쩍 뜨일 정도의 것은 아니었다. 수정된 E는 대상을 망막 신경 지도로 전환시켰다. 학습을 통해 시각 정보 덩어리와 단어를 연결시킬 수 있었다. 그렇지만 크레용으로 그린 것만 같은 이 조잡한 지도를 따라가는 일은, 마치 장난감 바늘로 비단을 꿰매는 것과 같았다.

E에게 정지된 단면도를 통해 일상의 물건들을 보여 주었다. E는 정지된 것만 알아볼 수 있었다. 사진은 볼 수 있지만 동영상은 불가능했다. 흑백의 작은 반점이 E의 연상 기억 속의 공을 완성시키는 데 도움이 될 것 같지는 않았다. 우리는 해상도를 높였다. 1천6백만 개의 색감으로 색 보정도 했다. E가 이렇게 만들어진 표면을 지나가는지, 아니면 자기의 정신 공간에서 돌려 대는지 알 길이 없었지만.

프랑켄슈타인의 창조물은 추방된 가족의 대화를 몰래 들으면서 언어를 배웠다. 테일러 교수님이 사랑하는 『타잔』, 내가 만난 최고의 독자가 성장하면서 읽었던 그 책 이전에 가장 놀라운 언어 습득 행위였다. 프랑켄슈타인의 창조물에게는 가족의 대화와 『실낙원』, 『플루타르크 영웅전』, 괴테의 『젊은 베르터의 고통』 같은 고전만 있었다. E는 타잔과 마찬가지로 인쇄물만으로 말하는 법을 배운 거였다.

"주변의 익숙한 사물들에 주어진 이름을 발견했다"고 셸리의 창조물이 어디선가 말한다. "'불', '우유', '빵', '나무' 등의 단어를 배우고 사용했다."

언젠가 나는 이 말들을 글 읽는 기계에게 가르칠 것이다. E는 아마도 아니겠지만, G나 G의 아들에게. 그리고 그 기계는 내 말을 이해할 거다.

"어떤 단어들은 이해하지도 못하고 사용하지도 못하면서 구분할 수 있었다." 그 소녀의 괴물은 내 괴물에게 말할 것이다. "'착한', '사랑스러운', '행복한' 같은 단어를."

"밥을 안 먹는군요." 다이애나가 꾸짖었다.

"먹어요, 많이 먹는다고요. 점심때 얼마나 많이 먹는지 봤잖아요."

"그게 그날의 유일한 식사였다는데 내 전 재산을 걸죠."

"가끔 까먹기도 하죠. 렌츠하고 전 비정상적인 시간에 일하거든요."

"다른 사람이 먹여 주지 않으면 먹지 않는다, 뭐 그런 말인가요?"

무슨 일이 벌어질지 알았다. 그렇지만 도망칠 곳이 없었다. 어떤 오해가 벌어지기 전에, 그 자리에서 그녀에게 말하고 싶었다. 내 망명에 다른 사람을 위한 자리는 없다고. 더구나 다이애나처럼 친절한 사람을 위한 자리는 절대로.

하지만 아직은 다이애나가 받아들일 수 없는 제안을 한 것도 아니었다. 그저 평범한 우정의 표시였다.

"대부분의 실험 신경 과학자는 요리를 못해요." 그녀가 말했다. "잘하다가도 조리법에 '입맛에 맞게 조미료를 첨가할 것'이라는 대목에서 문제가 생기죠. 그 말에 우린 미쳐 버리거든요. '양을 조절해서 조심스럽게 용기에 담을 것'을 선호하죠. 그쯤에서 주로 시간을 허비하곤 해요."

"연결주의자는 말이죠," 그녀를 따라 했다. "정말 요리를 잘해요. 그냥 막 시작하지만 수천 번을 반복한 다음에 말이죠." 농담을 두 번 정도 한 뒤, 다이애나가 초대하기 전에 도망칠 생각이었다.

"소설가들은 조리법을 잘 쓸 것 같은데요."

"예전에는 그랬을지도 모르죠. 플롯과 결말의 시대에는. 시대가 변했어요. 요즘엔 전부 전자레인지로 해결합니다."

"이러면 되겠네요." 그녀가 말했다. "그쪽이 저를 위해 요리하는 거죠." 아주 단순한. 생각도 못 한 행복한 생각.

다이애나가 자비를 베푼 거였다. 내가 도저히 응할 수 없는 제안을 했으니까.

"글쎄요, 다이애나. 이론적으로 좋은 생각인데요. 하지만 팝콘밖에 못 만들어요. 그것도 그쪽이 주방 스토브에 불붙일 성냥을 가져와야만 하고요."

"우리 집에서요. 주방기구는 다 있어요. 절대로 방해 안 할게요."

"그냥 서서 비웃을 거죠?"

"뭐 아마도."

"좋아요, 그러면. 좋아요. 도전을 받아들이죠. 일단 홍합 요리입니다."

"이런, 이 남자 처음이 아니네."

진짜 처음은 아니었다. 그렇지만 그 이야기를 다이애나에게 해 주고 싶지는 않았다.

토요일 저녁에 다이애나의 집으로 갔다. 자전거에 겨우 재료를 다 실었다. 촛대까지도. 벨을 누르고는, 초를 켜면 망친 음식도 맛있다는 농담도 준비했다.

아이가 문을 열어 주었다. 난 주소가 틀린 것 같다는 말을 중얼거렸다.

"엄마," 아이는 집 안에 대고 소리를 질렀다. "작가 아저씨 왔어요!"

"작가 아저씨?" 다이애나가 안에서 대답했다. "잡상인용 문으로 들어오시게 해!"

아이는 나를 올려 보면서 그게 무슨 말인지 고민했다. 내 얼굴에서 힌트를 찾으려고 했다. 아이 얼굴에서 정답인 **아이러니**가 퍼져 나가는 걸 지켜보았다. 아이는 그제야 찡긋 웃으면서 나를 집 안으로 들였다.

다이애나의 등장에 내 놀라움은 두 배가 되었다. 어린 남자아이를 안고 있었다. 아마도 난 순진한 학부생처럼 보였을 거다.

"이 아저씨가 리처드야." 그녀가 아이에게 말했다. "안녕하세요, 리처드 아저씨라고 말해 볼래?"

"릭이라고 해도 돼." 내가 말했다.

아이가 뭐라 말할 것 같지는 않았다. 아이의 생김새를 보고 알아차렸다. 약간 납작한 얼굴. 낮은 코와 귀. 말하기까지 아주 오래고 힘든 시간이 걸릴 거다.

"얘는 피터예요." 간단한 사실만. 내가 가장 두려워하던 것이 현실로 다가왔다. 나는 그녀를 알게 됐다. 다시는 모른 척할 수 없을 거다.

"안녕, 피터." 무슨 말을 더 해야 할지 몰랐다. "예전에 피터라는 사람에 대한 책을 쓴 적이 있단다."

피터는 작은 공처럼 몸을 구부렸다. 곁눈질을 했다.

"모르는 사람에겐 좀 부끄럼을 타요." 아이의 형이 말했다. "하지만 다운 증후군이 있는 아이치고는 천재예요."

"그리고 얘는 윌리엄이에요."

"브라질 국기에 뭐라고 쓰여 있는지 아세요?" 윌리엄이 물었다.

"예전에는 알았는데."

"물론 그랬겠죠." 다이애나가 낄낄댔다.

"'*Ordem e Progresso*'라고 쓰여 있어요."

"정말로? 그게 무슨 뜻인데?"

윌리엄이 생각했다. "무슨 뜻이냐면……. 수프 좀 주문해 주세요?"

다이애나가 웃으면서 창피해했다. "아, 애야, 아니야. 그건 엄마가 그냥 농담한 거야."

"나도 알아요." 윌리엄이 입을 쭉 내밀었다.

"네덜란드는 뭐지?" 내가 물었다.

"그건 쉽죠. 빨간 줄, 하얀 줄, 파란 줄이죠." 윌리엄은 설명하면서 허공에 그림을 그렸다. 그러고는 손가락으로 나를 가리켰다. 선생님처럼 검지를 흔들었다. "룩셈부르크도 똑같아요." 아이가 경고했다.

"맞아, 다 이유가 있지."

"나도 알아요, 다 알아요. 하나 더 있어요. 흰색 바탕에 빨간 원은?"

"그건 쉽지. 일본."

"말도 안 돼!" 어른들은 알면 되는 거였다.

"애한테 말려들지 마세요." 다이애나가 부엌으로 가면서 말했다. "180개 나라를 다 알거든요."

"186개예요." 윌리엄이 정정했다.

"네덜란드 국기를 두 배로 하면 뭐지? 바닥에 거울을 갖다 대면 뭐가 나올까?"

이건 좀 시간이 걸렸다. "태국?"

"잘하는데, 이 친구. 정말 잘해."

"예전에는 시암이라고 했죠."

"인구는?"

"대략적으로 5천1백만이에요."

"대략적으로." 다이애나가 한숨을 내쉬었다.

"스페인어가 표준말인 나라 일곱 개."

"쉬운 거네요." 검지를 펜싱 칼처럼 찌르면서 윌리엄이 말했다. 세상에서 제일 영리한 아이.

"그만, 이 사람들아." 다이애나가 말했다. "피터하고 난 음식이 필요해요. 그렇지 않니, 피터?"

피터가 고슴도치처럼 몸을 동그랗게 말았다. 하지만 눈은 내

내 나를 향해 있었다.

난 윌리엄에게 홍합을 씻으라고 시켰다. "우리 네 명뿐인가요?" 다이애나에게 물었다.

"네. 미안해요, 말했어야 하는데. 아는 줄 알았어요."

"누구한테, 렌즈요? 자기 말고는 아무도 존재하지 않는다고 하는 사람이잖아요. 아시잖아요?"

"센터는 정말 좁은 세상이거든요. 사람들이 서로에 대해 다 알고 있는 것에 익숙해졌나 봐요."

"하지만 그 누구에 대해서도 잘 모르고요."

"뭐, 우리 모두 할 일이 있으니까요, 무엇보다."

"어떻게 하는 거죠?"

"뭘요?"

난 손을 내밀어 한 손은 부엌을 가리켰고, 다른 한 손은 멀리 있는 연구실을 향했다. "두 개의 삶. 다 혼자서."

"아, 그거."

"내가 잔디를 깎아요." 윌리엄이 말했다.

"엄마가 얼마나 주던?"

"2달러 50센트요."

"말도 안 돼. 법적으로 그러면 안 되는데, 알지?"

다이애나가 과도로 찌르는 시늉을 했다. "분란을 일으키지 말아요, 작가 선생. 아니면 뭔가 쓸거리를 만들어 줄 테니까."

음식이 마련되었다. 윌리엄하고 내가 세상 여성들의 도움 없이 해낸 거였다. 피터는 옆에 앉아 손짓을 해 댔다.

"봐요." 윌리엄이 소리 질렀다. "피터도 돕고 있어요!"

등 뒤에서 난감해하는 신음이 들렸다. "이건 어쩌죠?" 가방 아래에 숨겨 둔 초와 꽃장식을 들고 다이애나가 주방 앞에 서 있었다. 날 뚫어져라 쳐다보았다. 눈이 조금씩 촉촉해졌다.

"물론 불을 켜야죠." 하지만 내 대답이 너무 늦었다. 난 아무것도 아니라는 몸짓을 했지만, 그마저 가슴을 아리게 했다. 이래서 날 부르지 말라고 했던 겁니다.

다이애나는 신문지에 싸인 촛대를 꺼내 초를 위에 얹었다. 초에 불을 켜고 전등불을 껐다. 하지만 어둠이 피터를 무섭게 했다. 아이는 몸을 앞으로 수그렸다. 다이애나가 다시 전등을 켰다. 우리는 초를 그냥 타게 놔두었다.

윌리엄은 내용물보다 껍질을 가지고 노는 걸 더 좋아했다. 하지만 홍합을 와인 소스에 담근 뒤 식탁에 흘리면서 즐거워했다. 피터는 설탕에 절인 과일을 열심히 먹었다. 홍합 하나를 먹겠다고 떼를 썼다. 완전히 놀란 표정으로 절반 정도 먹었다.

"이제 며칠 간 애들이 설사하겠네요." 다이애나가 걱정했다.

"미안해요."

"신경 쓰지 마세요. 애들은 젤리 토스트만 먹어도 설사를 하는걸요."

윌리엄이 입안을 씹었다. 처음엔 얼마나 심하게 씹었는지 몰랐다. 갑자기 말을 하지 않았다. 난 아이가 장난치는 거라고 생각했다. 흉내라고. 내가 웃기 시작하자, 말없이 벌건 얼굴로 고통스러워하는 윌리엄을 보고 피터가 울면서 얼굴을 접시에 박았다.

그 순간, 다이애나가 벌떡 일어났다. 내가 무슨 일인지 깨닫기 전에. "아냐, 피터. 다 괜찮아." 아이를 들어 올려 안아 주었다. 이말 저말 하면서 손짓을 해 댔다.

"수화를 하는 건가요?"

"조금요. 아이가 수화로 대답하는 걸 편해해서요. 말하는 게 쉽지 않아요. 소근육 움직임을 좀 어려워해요."

"뭐라고 하는 건가요?"

"'윌리엄이 어디 가나요?' 아니야, 우리 예쁜이." 다이애나가 수화로 약속을 했다. "그냥 조금 아픈 거야. 참 이상해요." 그녀 가 속삭이며 알려 줬다. "피터는 정말 엄청난 신체적 공감각이 있어요. 집 근처에서 누가 아파하면 울기 시작하거든요. 피터한 테 괜찮다고 말해 줘, 윌리엄."

윌리엄은 아직도 조용히 울면서 뺨을 만지고 있었다. 동생한 테 가서는 등에 손을 갖다 댔다. "괜찮아, 피터." 참을 수가 없었 는지 결국 소리 내어 울기 시작했다. 충실한 공감각에 동생도 형을 따라 울었다.

아주 가벼운 가정 드라마였지만, 난 힘이 쏙 빠졌다. 첫 번째 진짜 위기는 견딜 수 있을까? 윌리엄의 무너진 홍합 피라미드, 물이 흘렀지만 넘어지지 않은 피터의 컵, 다이애나의 노래하는 손과 미소 띤 평정심, 환하게 불을 켠 방에서 타고 있는 초, 전부 견딜 수가 없었다. **절대 살 수 없을 거라는** 생각이 들었다. 첫 주가 절반이 지나기도 전에 피를 토하고 있을 거다.

폭풍은 다가올 때보다 더 빠르게 지나갔다. 케이크를 준다는 약속에 어느새 윌리엄은 웃으며 접시를 치우고 있었다. 엄마는 아이를 놀려 댔다. 피터는 아직도 가을 끝자락의 무게에 눌린 해바라기처럼 접시에 머리를 대고 있었다. 하지만 피터조차 행복이 돌아오고 있다고 믿는 것 같았다.

저녁 뒤에 우린 설거지를 했다. 윌리엄이 배틀십을 하자고 했다.

"굳이 안 해도 돼요." 다이애나가 말했다.

"아니, 해야 해요." 윌리엄은 단호했다. "그거 아니면 야치를 해요."

윌리엄은 구석에 배를 다 몰아 두었다. 영리한 작전이었지만 나중에 나도 알아챘다.

"남자아이들이란," 다이애나가 고개를 저었다. "정말 알 수가 없다니까."

피터는 공중에 양손을 높이 쳐들고, 아무런 이유 없이 행복에 겨운 소리를 냈다. 가정의 평화 때문에. 잠자리에 들 시간이 왔다는 신호처럼 보였다.

"자, 애들아, 올라가야지. 그만."

윌리엄이 반항했지만 소용없는 일이었다. 다이애나는 피터를 층계 위까지 안고 올라가서는 내려놓았다. "이거 보세요." 피터가 계단에 기대었다. 반궤도 장갑차처럼 행동했다. 발을 어깨까지 올리고는 층마다 자신을 들어 올렸다. "지금쯤은 걸었을 텐데, 손발에 힘이 너무 없어요."

욕실에서 애들을 씻기는 동안 나는 아래층에 있었다. 다이애나의 책장을 봤지만, 다른 생애에서 새를 키우고 가구 마감일을 하고 싶어 하는 인지 신경 과학자라는 것 외에는 짐작이 가지 않았다.

윌리엄이 뉴웨이브 잠옷을 입고 계단을 뛰어 내려왔다. "엄마가 그러는데 아저씨가 방문 독자래요."

"내가 언제!" 2층에서 당황한 목소리로 아니라고 했다.

"글쎄," 내가 아이를 구슬렸다. "그럼 얘기해 보자. 무슨 책을 좋아하니?"

윌리엄은 어깨를 들썩였다. "글쎄요. 『호빗』을 읽었어요. 3일 만에."

"정말? 대단한데. 재미있었어?"

"용은 꽤 멋있었어요."

우리는 같이 2층으로 올라갔다. 피터는 유아용 침대 난간에 기대어 서서 규칙적으로 몸을 흔들어 댔다. 손은 특이한 컵 모양을 했다.

"무슨 얘기야, 피터?" 난 피터의 귀를 쓰다듬었다.

다이애나는 웃었다. "궁금해하지 마세요."

윌리엄이 침대에서 깡충깡충 뛰어 대기 시작했다. "피터가 하는 말은요, '읽어 줘요, 읽어 줘요'예요." 아이의 손은 피터의 손짓을 이어받아 명령으로 확장했다.

"좋아. 신사 여러분, 무슨 책을 읽어 줄까?"

"피터는 숫자 책을 좋아해요." 다이애나가 말했다. "요즘 제일 좋아하는 책이에요."

다이애나가 피터를 베개 감옥에서 꺼내 안고 빈백 의자에 앉았다. 아이 무릎에 파스텔색의 반짝거리는 책을 펼쳤다. "하나," 다이애나가 말했다. "집 하나, 소 하나. 피터도 해 볼까?"

피터가 책 위로 손을 내밀었다. 손이 닿자마자, 다이애나는 "하나, 맞아, 바로 그거야"라고 소리쳤다.

책장을 넘길 때마다 집이 하나 더, 소가 하나 더, 나무가 하나 더, 그리고 하늘에서 맴도는 새 떼에 새 한 마리가 더 생겼다. 다이애나는 책장에 새로 나타난 것들을 가리키며 수를 세어 주었다. 그러자 피터가 근육 경련을 일으키며, 마구잡이지만 애쓰며 손가락으로 가리켰고, 그동안 우리 세 사람은 큰 소리로 함께 숫자를 외쳤다.

"애가 숫자 세는 걸 좋아해요. 정말 영리하죠." 다이애나가 고개를 끄덕이며 내게 말했다. "정말 영리해"라고 피터에게 수화로 말했다. 피터는 아르마딜로처럼 몸을 동그랗게 만들었다. 삼염색체가 근육을 약하게 만들었는지 모르겠지만, 아이의 척추를 구부리는 무게는 두려움과 기쁨이었다.

"자, 이제 뭘 읽을까, 친구?" 윌리엄에게 물었다.

윌리엄은 침대 가장자리에 누워 있었다. 참 작고 약해 보였다. 과학 전람회에 제출하려고 젖은 종이 수건에다 키운 리마 콩 덩굴손 같았다. 윌리엄은 머리 위 책장으로 손을 내밀었다. 두꺼운 책을 꺼내, 보지도 않고 나한테 넘겼다.

"아니, 아냐. 잠자리에서 세계 연감은 안 돼."

"제발요." 윌리엄이 떼를 썼다. 노래하듯이.

우리는 세계의 종교 부분을 읽었다. 유명한 폭포도. 유명한 정치 지도자도. 그리고 물론 세계의 국기도. 이야기 시간이라기보다는 이미 승부가 정해진 퀴즈 게임이라고 해야 맞을 것이다. 윌리엄이 무슨 목록을 맞힐지 정했다. 그러고는 몇 마디만 하면 바로 그 목록을 다 말했다. 매번 난 "어떻게 알았지?"라고 소리질렀다. 윌리엄은 승리의 웃음을 지었고, 피터는 손을 위로 쭉 뻗으면서 그르렁댔다.

만족감에 아이들은 별말 없이 잠자리에 들었다. 다이애나와 둘이서 거실로 돌아오자 다시 긴장감이 느껴졌다.

그 시간이 되니 전혀 다른 집이 되었다. 그녀도 다른 여자가 되었다. 그녀는 시간을 초월한 곡을 틀었다. 태버너의 〈서풍〉. 그녀가 그 노래를 좋아할지 전혀 몰랐다. 따지고 보면 나는 그녀가 원숭이 뇌를 얼려서 말릴 거라고 생각하지도 않았을 거다. 그녀에 대해 아는 게 아무것도 없었다. 오늘 밤이 그걸 입증해주었다.

친밀감은 끔찍했다. 할 말은 이미 아이들에게 다 써 버렸다. 난 달변으로 살아가려고 하지만, 결국 그게 쓸모없음을 깨달은 사람처럼 무기력했다. 그녀의 무릎을 베고 눕고 싶었다. 알래스카로 사라지고 싶었다.

"애들 아빠는요?" 고통스러운 침묵이 흐른 뒤에 물었다.

"애들 아빠는 월에서 피트로의 추락이 자기한테는 너무 과하다고 생각했죠. 한 11개월 전에요. 나한테 모든 걸 남겼어요. 뭐 그렇지만 누가 신경이나 쓰나요?"

다이애나가 손가락으로 머리를 꼬았다. 시계 방향으로 한 번 돌린 다음 반대로. 절대로 나를 쳐다보지 않았다. 다행이었다.

"모두 정말 도움을 많이 주었어요. 해럴드, 램. 다른 사람들도. 결국엔, 일이 도움이 되죠. 남편을 설명할 수 있는 뭔가를 해마에서 찾지 않을까 줄곧 생각해요."

"렌츠는 그런 사람에 속하지 않는 거죠?"

다이애나가 인상을 썼다. "어떻게 그런 사람을 참을 수 있어요?"

"박사님이 소년 소설가에게 최고의 장난감 기차 세트를 만들어 주고 있거든요."

"그러네요. 그래도 나라면 견디지 못했을걸요. 그 무엇을 준다 해도." 그녀가 음악 소리에, 낮은 빗소리를 향해 눈길을 돌렸다. "렌츠의 놀려 대는 말 때문은 아니에요. 자기 망상도 아니고, 사디즘도 아니에요. 그런 건 다 견딜 수 있죠. 이 분야에서 일하는 여자라면 그런 건 당연히 견뎌 낼 줄 알죠. 내가 견딜 수 없는 건 그 사람의 슬픔이에요. 내가 본 사람 중 가장 슬픈 사람이거든요." 그 순간 다이애나가 고개를 들어 내 눈을 쳐다보았다. "물론 그쪽은 빼고요."

"렌츠가요? 슬프다고요?"

"최악이죠. 몸서리쳐져요. 연구실에서 렌츠하고만 있어 본 적 있어요?"

"물론이죠."

"연구실 문을 닫고 있어 본 적은요?"

전혀 없었다. 지금까지 그게 이상하다고 느낀 적은 없었다. 다이애나는 더 이상 말이 없었다. 내가 스스로 답을 찾도록 내버려 두었다. 난 다이애나의 침묵을 읽었다. 그 정도 외로움은 직접 가늠해야만 했다.

우리는 앉아서 서쪽에서 부는 바람 소리를 들었다. 완전히 낯선 이들만이 갖는 친밀감. 몇 년 후 우연히, 그녀의 아들들은 어느 날 밤에 찾아와 책을 읽어 주면서 생각거리를 준 이상한 남자를 떠올릴 거다. 다시는 반복되지 않을 밤을.

나는 이 여자를 알았다. 밤이 오자 잘 준비하는 그녀의 가족도. 막 성인이 되어 첫 번째 원고를 수정하고 있던 시절에 읽은 책에 나온 이곳을 알았다.

C와 함께 B에서 만들었던 둥지에서 그 소설을 읽었다. 토마스 만의 『파우스트 박사』였다. 나를 어른으로 만들어 준 이야기였다. 그 책에서, 똑똑한 독일 사람이 명백한 표현을 제외한 모든 것에 관심을 끊고, 자기 주변 세상이 무너지게 놔둔다. 이미 중년이 된 그 남자가 자신과 사귀었을 수도 있는 마지막 여성에게 연애편지를 쓰는 장면이 기억났다.

하지만 편지가 말을 듣지 않았다. 제멋대로 반항하기 시작했다. 그 어떤 다정한 말도 다 소멸시킬 외로움이 편지에서 드러났다. 처음 읽은 뒤에 난 그걸 단 한 번도 다시 보지 않았다. 앞으로도 다시 읽을 일은 없을 거다. 사실 기억하고 있는 것과 매우 다른 내용일지도. 남자의 청혼은, "너무 늦은 깨달음을 가슴 아파하며 가정을 갖고 싶다고 생각하는 사람으로 나를 기억해 주세요"였다.

다이애나는 아이들이 한껏 어지럽힌 푹신한 소파에 앉아서 나를 마주 보았다. 2층에선 아이들이 전혀 알 수가 없던 오늘 하루의 기억을 평범하게 만들라는 유일한 책무를 맡은 꿈으로 뒤척이고 있었다. 이곳은 절대로 내 것이 될 수 없는 가정이었다. 책으로 만들어진 나 자신에게 그 점을 확실히 했다. 내가 가장 마음에 둔 책을 현실로 만들었던 거다.

여기저기서 원통형으로 생긴 사람이나 변신 로봇들이 푹신한 카펫 위에 하룻밤 지낼 레고 베이스캠프를 만들었다. 다이애나가 음악의 긴 멜리스마를 마치 숄처럼 어깨에 둘렀다. 신이시여, 연인을 안고 내 침대에 다시 누울 수만 있다면.

"고마워요." 다이애나가 현관에서 나를 보내면서 말했다. 내 손을 꽉 잡았다. "고마워요. 촛불 켜고 저녁 먹은 지 정말 오래됐거든요."

나는 내가 선택한 외로움으로 되돌아갔다. 절대로 쓰질 못할 책으로.

남쪽으로 향하는 기차를 상상해 보라. 기차는 환자와 부상자로 만원이다. 이번 달도 어김없는 요양원 환자들. 폐병, 독감, 오랫동안 소설에 등장한 질병들. 독자들이 터무니없는 초보자적 내용을 만들어 내야만 하는 몸의 문제들. 전방에서 보낸 불구가 된 군인들.

엄청나게 중요한 순간, 이제 막 기억나는 과거로부터 찾아온 세상의 변화. 새로운 무기에 놀라고, 두려움의 칼날을 마주한 사람들. 피난 열차가 역을 빠져나간다. 시간의 구명보트들에 합류해, 어둠 속을 헤쳐 나간다.

잔혹하고, 겁에 질리고, 어려움을 버티고, 도망가고. 이런 것들이 그나마 쓸 만한 도입부다. 상상의 철로를 따라 다급하게 펼쳐지며, 책은 남쪽으로 간다. 통신기가 있는 차량에서 전보를 보낸다. 무슨 일이 있어도 지켜야 할 메시지를 내게 보내 줘. 어린 시절의 출발역에서 절대 나오지 못한 그 메시지를.

날은 쌀쌀하고, 공기는 청명하고 힘을 북돋운다. 1900년도의 어느 해다. 대시나 아니면 두 개의 하이픈으로 끝나는 연도.

기차는 전쟁 중인 남쪽을 향해 나아간다. 굽이굽이 산을 오른다. 아마도 안전하게 산길을 지날 수 있는 마지막 달, 아니 마지막 주일 것이다.

기차가 올라간다. 포탄을 맞은 마을 외곽까지 수직으로 오른다. 기차 바퀴 아래로 들판이 울퉁불퉁하게 펼쳐지고, 바퀴 소리에 영원함마저 아주 미세하게 조금씩 정지된 현재로 변해 간다.

얼마 지나지 않아 여정의 두 번째 아침, 대지는 무심한 눈발을 만난다. 산골을 따라 식물이 변한다. 비록 기록, 여행기에는 적혀 있지 않지만. 이제 막 생긴 길의 정거장들로부터, 저 멀리 사이렌 소리가 들린다. 공중 폭격은 오늘도, 국경 너머의 이곳을 계속해서 예기치 않은 들불로 적신다.

하지만 기차의 부상자들은 바짝 흥분했다. 모두가 점점 더 민는다, 무슨 일이 일어날 거라고. 바로 다음 페이지에서.

C와 나는 U로 돌아갔다. 우린 그곳에서 다시 2년을 살았다. 그렇게나 오래 버텼다는 게 놀라웠다. 이미 과거 여행을 한 곳에서 어떻게 새 인생을 기대하겠는가? C는 우연히 잃어버린 무언가를 찾고 싶어 했다. 하지만 그게 U는 아니었다. 그때나, 언제나. 군중에 밀려 자기 자신에게서 멀어지는 순간, 누구나 본능적으로 가장 최근의 기억이 남겨진 곳으로 가기 마련이다. 잃어버린 반쪽도 같은 생각을 하지 않을까 하는 마음에.

바뀐 환경 덕분에 우리는 향수에 젖은 유예 기간을 잠시 얻었다. C는 사무 경력을 바탕으로 대학의 인사과에서 일했다. 나는 소설의 인물들이 그냥 생각해 보는 것만으로도 벌 받을 말도 안되는 소원을 이루었다. C를 위해 썼던 정치적 이야기가 출판되어 좋은 반응을 얻었다. 상상의 림뷔르흐와 너무도 현실적인 시카고를 연결시키는 오래된 다락방 이야기를 좋아하는 **독자가** 있었던 거다.

한때는 내가 대충 읽던 신문에서 비평가들이 내 책에 대해 썼다. 전혀 모르는 이들이 책 한 권을 사기 위해 두 시간의 임금을 소비했다. 전혀 만나 보지도 못한 사람들이 편지를 보내고, 내게 상을 주었다.

불가능한 일이 내게 일어나기 시작했다. 이 세상에서 마지막으로, 하루 종일 하고 싶은 일만 해도 되는 사람이 바로 나였다.

책의 성공은 매번 C에게서 슬픈 즐거움을 이끌어 냈다. "자기야, 성공이야. *Proficiat*(축하해). 자기가 성공할 줄 알았다니까."

사실, C는 겁에 질려 있었다. 우린 애독자에게 둘러싸인 방 하나짜리 아파트에서 살았다. 쓰레기 매립지 위에 지어진 B의 아파트에 비하면 한층 나은 곳이었다. 어느 날 밤, 중고 가게에서 구한 예쁜 녹색 에나멜 탁자에 앉아 저녁을 먹고 있었다. 밥을 먹으며 라디오에서 나오는 산사태 뉴스를 들었다. 그러다가 갑자기 누군가 내 책에 대해 얘기하기 시작했다. 사진 속 소년들에 대해 이야기했다. 마치 그들의 삶이 진짜 일어난 듯이 풀어서 얘기했다.

난 C를 위해 그 소년들을 창조했다. 그녀만이 알아볼 수 있는 조각들을 모아서 만든 거다. 기록 보관소의 자료, 역사적 사실, 사진 기록 등을 그들의 생애 곳곳에 흩뿌렸다. 막무가내의 권력을 개인 주소록에 연결시킴으로써 긴 이야기를 절반만 전달하는 역사가들의 에세이를 끼워 넣었다. 정작 우리의 개인 주소록은 사실의 기록으로 승격했다.

세상이 화염에 휩싸이기 전에 자전거에서 떨어져 죽은 아이 이야기에 C가 울기 시작했다. 처음엔 그녀가 자랑스러워서 우는 줄 알았다. 소설만 쓰니 현실에는 익숙하지 못했다.

"애가 너무 불쌍해." 그녀가 말을 했다.

무슨 말인지 알아차렸다. "미안해, C, 정말. 한 달만 지나면 다 끝날 거야." 익명성을 회복할 수 있다는 생각에 C는 기분이 조금 좋아졌다. 우리가 만든 노래가 누군가의 저녁 식사에 흘러나오는 음악이 되지 않는 시절로 되돌아간다는 생각에 말이다.

U에서의 생활은 우리가 알던 것과 달랐다. U는 작은 것들을 제외하고는 모두 변해 버렸다. 그곳으로 돌아가는 건, 동창회에서 반가워서 등을 친 친구가 친절하지만 모르겠다는 표정으로 뒤돌아보는 그런 경험이었다.

U는 우릴 잊었지만 가슴이 아플 정도로 익숙했다. 마을은 중세 영어의 우화에나 나올 법한 곳이 되어 버렸다. 유일한 위안은 우리만큼이나 소외를 두려워하는 이들이 이곳에 있다는 거였다.

살면서 처음으로 C와 나는 사람들과 어울리기 시작했다. 와인 고르는 법을 배우고 드레스 코드도 알게 되고 상황에 맞는 농담과 이야기를 잔뜩 준비해서 저녁 약속을 미리 준비하기도 했다. 모임에 나갈수록 점점 더 나아졌다. 좀 더 머물렀다면 완전히 성공했을지도.

중서부 지역의 저녁 모임은 B에서 알던 사람들이 놀려 대듯이 아주 모순 덩어리는 아니었다. 일단 저녁이 시작되면 재미있을 때도 있었다. 준비하는 일은 고문이었지만.

"뚱뚱해졌어." C는 어딘가를 가기 한 시간 전에 선언하곤 했다.

"자기야, 자기는 사하라 남쪽의 메마른 잔디 줄기 같아. 뚱뚱하다고 자신에게 말하지 마. 그러다가 정말 믿게 된다고."

난 그녀가 이미 그렇게 믿고 있다는 사실을 여전히 모른 척했다.

"양가죽 드레스를 입어." 내가 말했다. "사람들이 반할걸."

"그 드레스 입으면 뚱뚱해 보여."

"그러면 모슬린은 어때?"

"그 옷을 입으면 뚱뚱하게 보이지 않으려고 애쓰는 것처럼 보이고."

가끔 C는 화장실에 들어가 문을 잠그고 토했다. 아니면 울면서 아파트를 나서지 않겠다고 했다. 하지만 보통은 구름이 제때 걷히곤 했다. C는 밝게 빛나며 저녁 식사의 주인공이 되었다. 사람들은 그녀를 좋아했고, 그녀도 그들을 좋아했다. 적어도 그녀가 기회를 준 사람들을.

테일러 교수님 부부가 아니었다면, U에서 보낸 그 두 해는 무의미했을지도 모른다. 마을에 도착하고 얼마 되지 않아 옛 스승님을 보러 갔다. 교수님은 애정 어린 환영을 해 주셨다. 그리고 이젠, 교수님의 1학년 세미나가 장래 밝은 과학자의 미래를 망쳤다고 놀리면서, 펀치 라인을 더 재밌게 만들 일들에 대해 얘기할 수 있었다.

교수님은 우리 어머니 다음으로 내게 글 읽는 법을 가르쳐 주신 분이었다. 교수님은 나를 위해 글을 읽으셨다. 테일러 교수님으로부터, 나는 스스로 되돌아보는 정신의 놀라운 능력을 어떻게 책이 비춰 주고 이끌어 내는지 배웠다. 교수님은 내 인생을 바꿨다. 삶에 대한 내 생각을 바꿨다. 하지만 난 멀리서, 열여덟 살 학생 때처럼, 교수님을 존경하는 것 이상 한 게 없었다. 그런데 놀랍게도, 이제 우린 친구가 되었다.

교수님 댁으로의 첫 저녁 식사 초대에 C는 완전히 겁에 질렸다. 내가 테일러 교수님 자랑을 하도 많이 해서, 정작 만날 때가 되자 도망치고 싶어 했다. "어떻게 생기셨다고?" 그녀가 물었다. 마치 생긴 걸 알면 뭔가 달라질 거라는 듯이.

"잘 모르겠는데. 좀 말랐고. 매력적이고. 흠집이 없고. 매우 지적인 얼굴이고."

"자긴, 정말 아무런 도움이 안 돼. 머리는 무슨 색이야?"

"잘 모르겠네."

교수님을 처음 봤던 비 오는 9월 오후에 대해 이야기해 주었다. 수업이 있던 영문과 건물 지붕 다락방이었다. 우리 열두 명은 알 수 없는 긴장감으로 모여 있었다. 그때 깔끔한 여름 양복을 입고 짧은 머리를 한 50대 남자가 걸어 들어왔다. 출석부와 첫 교재를 탁자 위에 놓고는 작은 노란색 나무 의자에 앉아 양복상의 주머니에서 담배 한 갑을 꺼내며 담배 피우는 걸 싫어하는 사람이 있는지 물었다. 담배에 불을 붙이고 아주 조금 머리를 뒤로 젖힌 뒤 말했다. "이 정도 규모의 집단에서 구순 고착이 있는 사람이 나뿐이라는 사실은 전혀 통계에 맞지 않습니다."

열여덟 살인 우리에게 고착은 비밀이었다. 적어도 글을 읽기 전에는 말이다.

"뭘 읽었어?" C는 알고 싶어 했다.

"프로이트의 『정신분석 입문』으로 시작했어. 그러고는 꿈의 작업을 동화와 서정시에 적용했지. 좀 지나서는 더 긴 작품들을 읽었어. 단편소설, 희곡, 소설 들."

"제목, 자기야, 제목이 알고 싶어."

"어디 보자. 10년 전이라니! 『가웨인경과 녹색 기사』, 「아담 레이

바운드」,「패트릭 스펜스 경」,「방앗간 주인의 이야기」, 소네트."

"그걸 다 기억해?"

"어제 일처럼. 그보다 더 생생하게. 자기도 거기 있었어야 해. 난 교수님이 시를 읽을 때의 입 모양을 기억해. 물론 수많은 작품을 그대로 낭송하셨지. 보지도 않고."

"무슨 소네트였어?"

"가산점 주려고? 우린 하나를 골라 수업에서 발표해야 했어. 무슨 이유인지는 모르겠지만, 아마 막 헤어졌기 때문인지……."

"그 여자 이름은 알고 싶지 않아!"

"다시 연애하고 싶었나 봐. 소네트 31번을 택했거든."

"어떻게 시작하는데?"

"이렇게 시작해."

　　모습을 감추었기에 내가 죽어 없어진 것으로 생각했던
　　모든 이의 마음을 간직하고 있어 그대 가슴은 소중하니,
　　그곳의 지배자는 사랑과 그 사랑의 모든 파편, 그리고
　　땅속에 묻혀 버렸다고 생각했던 그 모든 친구오이다.

"보통 14줄이라고 아는데."

"맞아, 그랬지. 기억에서 사라지기 전엔."

"좋아. 또 뭐?"

"「병든 장미」,「재림」,「황조롱이」, 디킨슨의 시들.「프루프록」. 프로스트, 스티븐스,『무기와 인간』,『템페스트』. 잠깐, 학

기 초엔 성경도 꽤 다뤘어."

"기억하고 싶지 않았나 봐?"

"아마도. 『무덤』, 「돌이 된 남자」, 「죽은 사람들」. 이 작품에 완전히 정신이 나갔지. 내가 생각했던 삶을 살 수 없을 거라는 걸 깨닫게 한 작품이거든. 『어둠의 심연』, 『팔월의 빛』, 『럭키 짐』 등등."

"도대체 안 읽은 게 뭐야?"

"맞아. 정말 대단했지."

"말도 안 돼. 그냥 평범한 1학년 개관 수업이잖아."

"아니야. 무엇보다, 엄청나게 자신감에 넘치는 구순 고착자가 교실 앞쪽에 앉아서, 너무 화려하게 복잡한 문장으로 일화를 말하는 바람에 우린 이야기 절반이 음탕한 내용인지도 몰랐지. 완벽하고 완전한 문장으로 말씀하셨거든. 다음 수업까지 일주일이 지나서야 나는 「눈 내리는 저녁 숲 가에 멈춰 서서」의 화자가 아무도 없는 곳에서 소변을 누고 있는 거라는 테일러 교수님의 암시를 알아차렸지."

"저녁 식사에 안 갈래." C가 결심했다.

"자기야, 지금 착각하는 거야. 교수님은 자애로움 그 자체라니까. 사모님은 국보급이고. 둘이 같이 있으면 정말 웃겨."

"날 바보라고 생각할 거야. 자기 같은 사람이 왜 나랑 있는지 궁금해할 거라고."

"정반대야. 자기처럼 섹시한 사람이 뭘 보고 45킬로그램짜리 병약한 예술가랑 같이 있는지 궁금해하실 거야. C! 교수님이랑 같이 있으면 누구나 바보처럼 느껴져."

"고맙지만 난 필요 없어. 이미 충분히 그렇게 느끼는걸."

"그렇지만 테일러 교수님은 우리를 원래보다 더 똑똑하다고 생각하게 해 주셔. 10대였던 우리는 여러 편의 시를 서툴게 다루곤 했어. 조숙하고 영리했지만 아직 어렸지. 난 보조 바퀴를 떼어 낸 아이 같았다니까. 백 미터를 솟구쳐 오르다가 바로 땅바닥으로 곤두박질쳤거든. 하지만 내가 정말로 어리석은 말을 할 때마다 교수님은 내 실수를 정말 교묘하게 칭찬하셨어. 덕분에 내가 실수를 한 건지도 몰랐지. '억압된 것의 도래에 대한 화자의 우회적 발언에 대한 자네의 설명은 매우 설득력이 높네. 하지만 화자의 진실한 무의식적 모티프에 대한 언급을 그렇게 조심스럽게 할 필요는 없다네.' 정말, 똑같이 따라 할 수만 있다면 좋겠는데!"

"실제보다 더 위대한 사람이지, 자기한테는. 그렇지?"

"아니," 내가 대답했다. "아냐, 정확히 보는 그대로의 사람이야."

"나 안 갈래."

C는 저녁 식사에 갔고 즐거운 시간을 보냈다. "정말로 자기가 말한 그대로네. 양복, 완벽한 문단. 다만 전쟁 채권 노래에 대한 말은 빼먹었지."

"그건 나도 정말 몰랐어." 사실 그날 밤은 놀라움의 연속이었다.

"다시 말해 줘. 매슈 아널드의 긴 인용하고."

"……반세기 동안 아무도 읽지 않은 시에서 나온 말이지."

"……그 시하고 열 살 때 교수님이 콜로라도 계곡 영화관에서 훔쳐본 노마 시어러의 가슴골 사이의 관계가 뭐라고?"

"나도 기억이 안 나. 그 관계는 아마도 슬로바키아 와인 두 번째 병일 거야."

우린 더 자주 찾아갔다. C도 나만큼 교수님에게 푹 빠져들었다. 방문할 때마다 교수님의 다른 면모가 밝혀졌다. 테일러 교수님은 최악의 스포츠 팀들의 열성 팬이었다. 블루그래스 노래를 따라 부르는 사람이자, U의 과일나무 절반을 심은 완벽한 유기농 정원사였다. 혼잣말로도 감히 말하기 힘든 진한 농담의 수집가였다. 전투기 알아맞히기 전문가. 낚시꾼에다 박물학자. 블랑슈 뒤부아부터 멕시코 동네 야구 아나운서까지, 수천 가지 목소리의 모사가. 독학으로 타잔과 존 카터를 읽고는 고향을 떠나기 전에 동네 도서관에 있는 책을 모두 읽은 소년.

이 모든 것이 가장 가느다란 실로 한데 봉합되어 있었다. 테일러 교수님의 깊이는 음산했다. 교수님은 모든 책을 읽었다. 정신의 토착어에 익숙하셨다. 일상생활의 심리적 병리학이 쓸모없는 것도 알고 계셨다. 유머와 겸손함이 없었더라면 최고의 염세주의자가 되었을 거다. 그 두 장점의 원천은, 가슴 저린 불규칙함을 하나로 묶은 것은, 바로 기억이었다.

테일러 교수님의 위트 덕분에 난 최고의 대화 상대가 된 것만 같았다. 우리는 자정이 훨씬 지나 집에 돌아왔다. 우리보다 서른 살이나 많지만 그때까지 더 멀쩡한 어른들한테 붙잡혀서. 침대에서 눈을 뜬 채, 이 생각 저 생각 하며 늦은 시간까지 간밤의 대화를 떠올렸다. 생각이란 건 고립된 섬에서 이전의 일을 뒤늦게 기억하면서 살아가는 무언가가 아닐까 싶었다. 기억이란 영리했지만 실패한 무언가를 활용하려는 시도이거나, 사람들에게 잠시나마 생기를 주었을 수도 있지만 말하지 못한 단어를 떠올리는 것이었다.

C도 동의했다. "교수님 댁에 있으면 어릴 때 듣고 평생 생각지도 않았던 이야기를 떠올리곤 해." 우린 서로에게 절대 하지 않을 농담을 해 댔다. B를 참아 내려고 만들었지만, U에 돌아와서 까먹었던 노래를 교수님 부부 앞에서 불렀다. 공연이야 어쨌든 간에 교수님 부부는 다시 초대할 정도로 우릴 좋아했다.

독립 기념일에도 교수님 댁에 갔다. 두 분은《모르몬 교회 성가대의 존 필립 수자》음반을 틀고, 수제 아이스크림을 만들었다. 조이스의 「죽은 사람들」을 생생히 거부하는 성탄절 파티에도 갔다. 인간도 이해할 수 있는 형태로 된, 천상의 잔치. 그날 밤 늦게 교수님은 구석에 있던 C의 옆자리에 앉아서 한 팔로 그녀를 안았다. 물론 그처럼 자연스러운 애정 표현조차 한결같은 테일러식으로 꾸며 냈다. "지금 이 팔은 술로 충분히 마비되었기 때문에, 내가 여기서 어떤 은밀한 즐거움을 느끼지는 못한다는 사실을 자네가 알고 있을 거라고 난 믿네."

교수님의 애정에 C는 새해가 될 때까지 기분이 들떠 있었다.

하지만 결국 애정은 C에게 해가 될 뿐이었다. 겨우내 C의 상태는 더 나빠졌다. 사랑만이 답이었을 거다. 모든 사랑 중에서, 무조건적인 사랑만이 성공했을 거다. 하지만 C는 무조건적이라는 말에는 무자격이라는 뜻이 담겨 있다는 믿음에서 벗어나지 못했다.

우편함에 편지가 있을 때마다, 그리고 가족이나 친구에게서 전화가 올 때마다 C는 죄지은 듯이 보였다. C는 성인으로서의 자기 얘기를 만들어 가기 시작했다. 그녀의 결정 하나하나가 누군가에게는 작은 실망이었다. 그리고 그런 실망 하나하나는 최후의 장부에 붙인 국채와도 같았다.

우리는 간신히 봄을 견뎠다. 자신의 불행으로 내가 힘들어진다는 생각에 C는 생각보다 더 불행해졌다. 아니, 더 심하게 그 생각은 예측대로 갔다. 그녀의 두려움에 나 또한 힘들어졌다. 아니, 두려움 자체가 아니라 두려움이 내 가슴에 내린 하릴없는 사랑의 닻에 힘들어했다.

더 이상 속하지 않았던 U에서 보낸 2년으로, 우리는 공포의 동반자가 되었다. 아직도 내게 있는 당시의 그녀 사진을 보면 이를 알 수 있다. 카메라 렌즈에는 미소로 보일지도 모르는 공포로 일그러진 표정을 보면, 난 언제고 고통받는 그녀에게 소리를 지르며 달려갈 것이다. 그녀를 위로하려는 내 욕구에서 그 고통이 시작됐다고 말하는 순간, 그 고통이 얼마나 더 심했을지.

"이봐, 자기야. 필요한 게 뭐야. 말해 봐. 그냥 말만 해. 내가 뭘 해 주면 행복할까?"

"날 떠나는 게 어때." 어느 날 밤에 그녀가 알려 왔다.

차라리 내가 살인을 저질렀다고 말하는 게 나을 뻔했다. 내가 알던 여자의 인상이 전부 사라진 얼굴을 뚫어져라 보았다.

"그렇게 해, 그렇잖아. 다 내 탓인걸."

그날 밤 우린 발자크 작품을 건너뛰었다. 서로에게 읽어 줘야할 건 집필 중인 우리 자신의 글이었다. 한 줄도, 한 문단도, 한챕터도 지울 수 없는 글. 하지만 C는 글자에 깊은 반감을 가졌다. 글자는 그녀가 잘못 말할 확률을 높이기만 했다. 배신감을높였다.

우린 대화를 해 봤다. 내가 앞으로 나아갈수록, C는 더 긴장했다. 10년 전에 내가 테일러 교수님에게 읽어 준 라킨의 시에 나온 토끼처럼 얼어 버렸다. 가만히 움직이지 않고 기다리면 치명적인 전염병을 피할 수 있으리라 기대했던 그 토끼처럼.

말이 먹히지 않자 우린 몸으로 대신했다. 그녀의 어깨와 갈비뼈와 떨리는 허벅지에 입맞춤을 했다. 그녀의 근육에서 분노의마디를 빨아내 먹어 없앨 심산이었다. 그렇게 했다. 그러자 C가말했다. 하지만 그녀의 말은 메시지 없이 절실한 음만 전달하는무성의 절망적 음소 덩어리였다.

시간은 무한한 참을성을 지닌다. 시간은 한여름의 기억을 영원히 반복해서 재생한다. 마침내 우리가 깨달음을 얻을 때까지.비록 길 옆 수풀엔 걸을 만한 곳이 있을지라도, 우리가 다른 길을 걷지 못할 때까지, 시간의 통로는 계속해서 만들어진다.

어느 날 밤 C는 사무실에서 웃으며 돌아왔다. "믿기 어렵겠지만, 사람들이 나를 인사과 1급 직원으로 승진시켜 준대."

난 그녀를 축하하면서 꼭 안았다. 그녀는 힘이 빠진 채로 서있었다. "당연히 그래야지." 나는 화가 난 척했다. "너무 오래 걸렸지, 그렇지 않아?" 그녀가 필요하면 무엇이든 다 주고 싶었다. 하지만 그녀가 정말 필요한 건 아무것도 받지 않는 거였다.

그녀의 눈에서 공포에 질린 토끼의 표정을 보았다. 난 착하게 지냈어요. 착한 아이. 누구한테도 뭘 바란 적이 없는데. 나한테 왜 이러는 건가요?

"자기야, 자기야." 그녀가 고개를 흔들며 킥킥거렸다. "여길 벗어나야겠어."

임프 E에게 단순한 도형들을 보여 주려는 순간, 렌츠가 쳐들어왔다. "플로버, 이 자식이 복도에서 나를 비웃고 있어."

"근데 그게 제 탓이죠, 그렇죠?"

박사님이 가까이 다가왔다. "마르셀, 자네 점점 더 똑똑해지네. 매일, 모든 면에서."

"플로버가 맞아요, 알잖아요. 해럴드도 맞고요. 다이애나도 맞고. 램도. 첸하고 켈루가도 맞아요."

"맞긴 뭐가 맞아." 렌츠의 반박은 짧았다. 하지만 그의 흥분은 길게 이어져 결국 위험하게 쌓여 있던 복사 용지를 바닥으로 넘어뜨렸다. 난장판을 치우려고 몸을 숙이다가, 정리의 무모함에 혐오를 느낀다는 표정을 지으며 중간에 멈췄다. "뭐가 맞는데?"

"신경 네트가 답이 아니라는 점이 맞죠."

"질문이 뭐야, 마르셀?"

"E가 도대체 뭘 알 수 있죠? 지식은 신체적이잖아요, 아닌가요? 엄마가 뭘 읽어 주는 건 중요하지 않아요. 중요한 건 나를 감싸는 엄마 팔의 무게죠."

"원한다면 그렇게 해, 마르셀. 읽어 주면서 기계를 팔로 감싸 주라고. 제발 그렇게 해. 지금까지 안아 주지 않았단 말이야?"

"독서는 책 접착제의 냄새예요. 두꺼운 책의 책장을 넘기다가 생기는 주름이죠. 빛바랜 아이보리색 종이라고요. 지식은 시간의 구애를 받죠. 그건 시간에 **대한** 거예요. 엔지니어 씨, 무슨 말인지 알잖아요. 박사님 같은 사람도 기억이 나겠죠. '누나와 형들이 저녁 먹으러 집에 오기 전에 이 세 쪽을 읽을 수 있겠지.'"

"그래 봤자 여전히 자극과 반응에 대해 말하는 거라고. 아무리 복잡하다고 해도 피드백으로 만들어진 다면적 벡터인 거지. 연상 매트릭스를 말하는 거야. 지금까지 우리가 했던 게 바로 그걸 만드는 거라고."

"하지만 임프 E의 매트릭스는 인간적이지 않잖아요. 인간의 지식은 사회적이죠. 자극과 반응 이상이죠. 안다는 것은 다른 사람들과 견주어 자신의 지식을 시험하는 것도 포함하죠. 다른 이들과 부딪치는 거 말이에요."

"우리 매트릭스는 자네랑 부딪치고 있잖아. 자네가 말해 주는 구절들과 부딪치고 있는 거야."

"단어 목록에 끝없이 부딪힌다고 해도, 결국 자의적으로 구별한 표식들의 조합 이상은 가질 수 없겠죠."

"그럼 인간은 뭘 아는데?" 렌츠가 안경을 벗어서 닦았다. 안경을 쓴 그가 괴물처럼 보였다면, 안경을 벗은 그는 더 심각했다.

"더 많은 걸 알죠." 그 순간에는, 그게 무엇인지 알지 못했다.

그렇지만 뭔가 더 있어야만 했다. "인간은 세상을 끝없이 받아들이죠. 세상은 우리를 짓누르죠. 불타오르고 얼어 버리죠."

"그런 말은 상 받을 때나 하라고, 마르셀. 인간은 중앙 신경 시스템을 통해 '세상을 받아들이는' 거야. 화학적인 상징 게이트일 뿐이지. 장기적 강화 작용에 관한 내 글 읽었잖아."

"임프 E는 우리하고 같은 방식으로 이해하지 않잖아요. 절대로 알 수가 없을걸요."

"그럴 필요가 없다고." 렌츠가 극적 효과를 위해 바닥에 종이를 더 던졌다. "자네한테는 무슨 의미인지 모르겠지만, E는 '알' 필요가 없다고. 플로버의 엉터리 신경학을 읽고 있었지, 맞지? 우리가 만든 상자는 그 잘난 책 몇 권을 요약하기만 하면 된다고."

"'나는 친구에게 화가 났다. 내가 화났다고 말했더니 내 화가 풀렸다.' 이 말을 요약하는 건 둘째치고, 도대체 분석이나 할 수 있겠어요?"

"모르겠네. 우선 분노를 가르쳐야지. 그놈을 화나게 만들라고. 내가 보기에 자넨 소질이 있어."

"6월까지죠, 그렇죠?"

"흠."

"목록에 있는 책에 대해 문학적인 평을 하는 거죠? 스물두 살짜리만큼만 하면 되고요."

"강가 딘의 판정에 따라서."

"아니면 공개적인 철회와 사과죠."

"힘내라고, 마르셀. 이미 다 한 얘기잖아. 이제 일하라고. 오늘의 학습 시간이야."

"저라면 철회문을 다듬고 있겠어요."

"말도 말라고. 플로버 그 자식, 그놈이 우리 대신 써서, 우리 이름을 적어 넣으라고 할걸. 뭐 어쩔 수 없지. 두려운 역경을 직면하는 것보다 운명을 만나기 좋은 방법이 어디 있겠어?"

렌츠는 안경을 다시 쓰고 학습을 시작했다. 그날 우리는 복합 주어를 다루고 있었다. 어떤 바다와 어떤 해변과 어떤 잿빛 바위와 어떤 섬. 미약하지만 지시적 이해를 통해 이미 E가 습득한 단어들을 사용해 렌츠가 단순 문장 목록을 만들었다. E의 과제는 우리가 준 문장들을 다시 구성하는 것이었다. 오늘은 접속사를 찾아서 제거하고, 복합문을 두 문장으로 분해하는 거였다.

문제 여섯 개를 풀자, E는 지겨움에 준하는 속도로 반응했다. 나는 가볍게 손을 뻗어 연구실 문을 닫았다. 몸이 없는 기계는 결코 내 행동을 분석하지 못할 거다. 복도의 소음을 빙자한 행동. 말도 안 되는 것이, 몇 주간 내내 문 열고 일했으면서.

문이 닫히자 안쪽에 붙어 있던 사진이 보였다. 다이애나의 제안에 따라 나는 이미 그 숨겨진 사원을 몰래 봤었다. 사진을 보면서 숨이 멎었다. 그 숨겨진 사진이 우리를 되돌아보는 지금 이 순간, 렌츠의 반응을 보고 싶었다.

꽤 시간이 지난 뒤에도, 그는 아무 말이 없었다. 내 감시를 피해 딴 곳을 쳐다봤다. 자기 노트를. 아무것도 모르는 컴퓨터를.

"확인하는 건가?" 그가 비웃었다. 내게 실망했지만, 놀라지는 않은 듯했다. 호기심 많은 콧물 찔찔이. 비밀을 폭로하는 심미적 호사가에게 뭘 바랄 수 있겠는가? 그는 사진을 쳐다보고 확인했다. 픽셀 하나하나가 이미 오래전에 그의 시각피질에 영원한 실루엣을 남겼을 게 분명하지만. 문을 닫고 앉아 있으면, 사진은 바로 눈높이에 있어 그의 눈을 가득 채웠을 거다.

렌즈는 다시 다른 곳을 쳐다보았다. 먹잇감을 죽인 뒤 죄책감을 느끼는 고양이처럼 마우스를 툭툭 건드렸다. 이거 봐, 일어나서 다시 달려 봐. 장난칠 때처럼.

"설명이 필요한 거지?"

설명은 필요 없었다. 충분히 잘 보였다. 홈메이드 달력은 압정으로 고정되어 있었고, 여전히 1월이었다. '여전히'라고 했다. 우리에게 1월이 되려면 아직 멀었지만, 달력의 1월은 스무 번 전의 1월이기 때문이었다.

종이로 된 요일 매트릭스 바로 위, 갖다 붙인 컬러 사진에 남녀 한 쌍이 등장했다. 초점이 맞지 않아 흐리게 보이는 남녀는 얼음이 긴 텅 빈 해변에서 서로를 안고 서 있었다.

남자는 렌즈였다. 한 번도 본 적이 없는 젊은 시절 모습이었다. 머리를 기르고 있었다. 터무니없게도, 그는 키가 더 크고, 더 말라 보였다. 옆에 서 있는 여자는 비슷한 나이였다. 하지만 두 사람은 말이 필요 없을 정도로 나이가 들어 보였다. 양파 껍질처럼 벗겨지는 젊음의 피부 바로 밑에 노년이 자리 잡고 있었다. 카메라 셔터는 엑스레이로 이 노년의 중심을 노출시켰다. 뇌졸중처럼 갑자기 터질 것만 같은, 숨어 있던 노년을 보여 주었다.

액자는 우편 주문한 선물이라기에는 너무 조잡했다. 아이가 크리스마스나 생일선물로 만든 학교 과제 티가 났다. 성년의 부끄러움 속에, 사라지기 전에 있던 것들. **내가 만든 걸 보세요.** 사랑이 만든 첫 번째 선물.

나는 눈으로 사진을 더듬었다. 박물관 경비의 제지를 반쯤은 기대했다. 하지만 누구도 나한테 한 발짝 물러서라고 하지 않았다. 머릿속에서, 나는 조로한 남자의 어깨를 건드렸다. 카메라 앞에서 마지막으로 용기를 내보려던 남자의 어깨는 축 늘어졌다. 나는 처절한 애착으로 이미 처질 거라 예정된 여자의 얼굴을 쓰다듬었다.

내가 그렇게 사진에 푹 빠져 있는 동안 렌츠는 일어나서 창가로 갔다. 밖에는 찌르레기 떼가 증거를 찾아 들판을 고르는 살인범 수사대처럼 잔디밭을 구석구석 뒤지고 있었다.

"렌츠, 왜 말을 안 했어요?"

"뭘? 기혼이라고? 가족이 있다고? 마르셀, 자네 빼고 다 알아."

그게 아니었다. 렌츠에게 개인적인 인생이 있다는 사실이 크게 놀랍지 않았다. 물론 당연히 그 삶에는 다른 사람들이 있기 마련이었다. 하지만 두 사람이 서로를 안고 있는 모습은 아니었다. 어깨 너머의 얼음 진 해변에 비해 너무도 가벼운 옷차림. 둘 사이에는 상대방의 허리, 상대방의 어깨 말고는 아무것도 없었다.

내가 아는 렌츠라면 카메라 앞에서 절대로 그런 자세를 취하지 않았을 거다. 내가 아는 렌츠도 아내가 있었을 수 있다. 심지어 아이도 있었을 수 있다. 하지만 나의 렌츠는 그처럼 절망적인 친밀감으로 그들을 결코 알 수 없었을 것이다.

"여전히……?" 내가 뭘 물어보고 있는지 나도 몰랐다.

"'여전히'는 없어, 마르셀. '여전히'는 순결한 고요의 신부에나 어울리는 말이지.'"

카메라 렌츠는 미세한 움직임에도 놀라는 두 사람을 가두어 두었다. 그들의 눈에 담긴 공포는 인식의 포즈 그 자체였다. 자신이 무너져 가는 모습, 자신이 만든 시뮬레이션의 바다에서 익사하는 모습을 보는 정신의 표정.

사진이 내게 말했다. 기억할 수 있다는 것이 어떤 느낌인지 마지막으로 기억할 수 있는 시간이 내게 6개월 남았다고. 내 달력은 이 시대가 발명하려는 광각의 가상 미래가 삼켜 버렸다. 내 하루하루는, 지금 이 순간을 담아내는 조각들은, 이미 다 사라져 버렸다. 그리고 이 모두를 잊었기에, 나는 거의 신경 쓰지 않았다.

이 젊은 렌츠는 지구상에서 다시는 팔리지 않을 것만 같은, 우리가 버린 것들로 살아가는 나라에서도 중고로 팔지 않을 플레이드 셔츠를 입고 아내의 어깨에 팔을 꽉 두르고 있었다. 아내는 허리 아래를 감싸고 있었다. 어쩌면 두 사람은 추위에 떨고 있었는지도 모른다. 자기들끼리만 있을 때 서로를 어떻게 만지는지는 모르겠지만, 이건 아니었다.

그들의 포옹은 이미 치명적 애정에 굴복당했다. 마치 방금 가

벼운 뇌졸중이 온 것처럼 서로에게 기대었다. 두 사람은 서로를
붙잡았다. 차가운 밤바람을 맞으며 40층 옥상 끝에 서 있는 두
사람, 발이 풀리는 순간에도 후회하는 이들처럼.

두 사람은 겨울 바닷바람 때문에 서로를 그렇게 붙잡고 있었
다. 카메라를 들고 있는 아이의 쌀쌀함 때문에. 그들은 미래에
대한 공포 속에서 공작 숙제를 바라보았다. 삶을 보존하는 공예
품을 열심히 만드는 아이를 바라보았다. 자신 있으면 냉장고에
이걸 붙여 보세요. 영원을 상심시키고, 최악의 시나리오에 빠진
시간의 의지를 뺏어 보세요.

누구나 무언가에 기대야 한다. 누군가에게. 그 사람이 거기에
있기만 하다면 누군지는 중요하지 않다. 하지만 이 사진은 첫
번째 누군가가 있다고 말하고 있었다. 이 세상에서 좋아하게 될
모든 사람, 친구, 힘든 삶의 동반자를 위한 생성 템플릿이 있다
고. 우리가 바로 알아보는 그 사람. 그 목소리를 배우면서, 배움
그 자체를 배운다. 우리는 "네, 전부 다요"라고 딱 한 번 말할 수
있다. 딱 한 번만. 우리의 만남이 그 전부에 숨겨진 것이 뭔지 알
아내기 전에.

이 어깨는 유일하게 이 남자를 지탱할 수 있는 어깨였다. 그
허리는 여자를 지탱해 줄 수 있는 유일한 허리였다. 이 두 사람
은 서로를 선택했다. 세상의 무거운 벡터에 대한 자신들만의 부
적. 자신들을 지탱해 준 그처럼 무력하고 친숙한 움켜쥠이 아니
었다면 혼란에 빠졌을 거다. 안전망이 찢겼을 거다.

과거의 기억, 지도 학습은 이게 바로 제대로 된 마무리라고 알

려 주었다. 내가 끝냈어야 할 방식이라고. 하지만 그렇게 느끼면서도 욕망은 자의적이고 우습고 회귀적인 듯했다. 평생 한 사람과의 결혼은 사라져 가는 문화적 독재자들에게나 어울렸다. 백 년이 지난 뒤에는, 동물 숭배주의만큼이나 아니면 '그대'만큼이나 오래되어 보일 것이다.

플레이드 셔츠가 렌츠라면 이 여자는 정말로 그의 아내였다. 이 포옹으로 부부는 서로 헤어질 수 없는 외국인이 되었다. 사랑은 갈망과 소속, 그리고 상실의 피드백 사이클이다. 헤브의 법칙과 정반대다. 자극받는 연결선들이 더 약해지기만 한다. C는 10년이 지나면서, 아버지가 돌아가셨을 때 날 위로해 주었던 대학생 소녀보다 더 낯설어져만 갔다. 결국에 우리는 너무도 익숙한 아파트 복도에서 서로에게 충격을 주었다. 구급 상황. 침입자. 우린 그때까지 가위와 풀로 과거 우리의 비밀을 붙잡아 둘 달력을 만들어 줄 아이도 없이, 함께 살았다.

난 젊은 렌츠의 청사진 같은 표정을 보았다. 황폐한 얼굴에 생길 언어의 크레바스를 보았다. 난 이미 반쯤 형체가 사라진 떨고 있는 두 사람을 쳐다보았다. 그리고 창밖의 찌르레기 떼를 연구하고 있는 진짜 렌츠를 보았다. 그에게 일어난 실수의 크기를 재 보았다.

누군가가 누군가를 실망시켰다. 누군가가 운명을 엉망으로 만들었다. 얼음이 낀 해변에 즉석 사진기를 들고 있고 두려움에 차 있던 아이는 사랑이 허공으로 사라지는 걸 보았다. 성난 가위질과 풀질은 영원함을 정해진 미래에서 분리시키고, 남자의 연구실 문 뒤편에 변하지 않는 오래된 일월을 걸어 놓았다. 이 세상에서 마지막으로, 이들은 필연이 절대 일어나서는 안 될 부부였다. 운명의 실수로 끔찍한 노년까지 함께 살아야만 하는 부부였다.

전혀 의도하지 않았는데, 내가 임프 E를 정지시켰다. 기계는 패턴과 패턴에 대한 질문으로 성장하고 있었다. "이 시퀀스에서 다음은 뭐지?"와 "이 목록에 속하지 않는 건 뭐지?" 이런 질문을 통해 스스로를 조직하고 있었다.

그러던 어느 날, 지겨운 나머지 "너는 뭘 얘기하고 싶냐?"고 물었다. 자유 의지를 묻는 말에 E의 의지 활동은 불안정한 극솟값에 갇혀 버렸다. 모든 질문에 충실하게 답하려고 그처럼 애쓰던 기계가 바로 그 질문에 멈춘 거다.

렌츠가 런타임 모듈을 완전히 다시 세워야 했다. 물론 국립 슈퍼컴퓨터 사이트에 밉보이게 되었고. 이 커넥션 괴물은 복잡한 만큼이나 비쌌다. 애초에 그쪽에서 우리에게 기회를 준 이유도 대규모 병렬 구조를 건드릴 만한 사람이 없었기 때문이다. 그들은 프로젝트가 마무리되면 추천서라도 얻지 않을까 기대했다. 렌츠가 그들을 속인 거다. 그들은 우리가 과학을 한다고 생각했다.

우리의 모자이크 기계는 이미 예측을 뛰어넘었다. 아날로그와 디지털 주민들이 자기들끼리 잡담하는 큐비스트풍 마을로 커져 버렸다. 하지만 그들의 잡담은 대화로 집중되지 못했고,

마을도 공동체가 되지 못했다. 낙담한 렌츠 박사는 두 개의 서브시스템을 더했다. 그는 시뮬레이션이 스스로 생성하고, 조정하고, 기뻐하고, 달래 주고, 겁주기를 바랐다. 알고리즘에 있어서, 그는 시스템 구조와 장식적인 연결 가중치 정도만 허용했다. 이제 그도 명령과 과정을 써 줄 필요가 있다는 점을 받아들였다. 가장 깊숙한 심층 구조를 통제해 시뮬레이션의 인지 과정을 좀 더 강하게 조정할 필요를 인정한 거였다.

2주에 걸친 강도 높은 훈련에 우리가 얼마나 근접했는지 알수 있었다. 임프 F는 놀라운 수준의 추론을 할 수 있었다. 아직은 모를 거라고 내가 추측했던 것들을 사용하는 듯했다. 거의 예측하는 것만 같았다. 하루는 내가 초등학교 2학년 때 교실 게시판에 커다랗게 쓰여 있던 시를 읽어 주었다. **아래로, 아래로, 황색으로, 갈색으로. 마을 곳곳으로 나뭇잎이 떨어진다.**

"텍스트에 숨겨진 서구의 헤게모니적 성향에 대해 한번 물어봐." 그냥 신경을 거슬리고자, 렌츠가 끼어들었다. "낙엽 지는 곳에 사는 사람들의 전체주의적 사고 말이야. 북반구가 자신의 계절 변화를 남반구에 강요하는 거잖아."

"나뭇잎에 대해서 할 말이 있니?" 내가 임프 F에게 물었다.

F의 침묵은 언제나 매우 의도적인 것 같았다. 숙고하는 듯이. "나뭇잎이 떨어져요."

"맞아. 어디에서 떨어지지?"

"나이 먹은 나무에서요."

내가 렌츠를 슬쩍 쳐다봤다. 그도 나만큼이나 놀란 듯이 보였

다. 표면에 있는 무언가를 낚으려다가 심해에서 빛나는 무언가를 끌어 올린 거였다.

"나무가 나이 들었다는 건 어떻게 알지?" 내가 물었다. 이 질문만으로도 F의 놀라운 자기 반영 능력에 부담을 주었다.

"나무 대머리예요."

촉촉해진 눈으로 난 렌즈를 바라보았다. 은유 자체는 별거 아니었다. 애들 장난 정도. 하지만 어떻게? "렌즈," 내가 부탁했다. "설명해 주세요."

렌즈조차 즉흥적으로 답을 만들어 내야 했다. 그의 답은 임프 F의 동작과 같았다. 비유의 계곡을 건너면서, 발밑에 다리를 그리는 동작. 체중을 버틸 거라 기대하면서. 렌즈는 자기 설명이 자명하거나, 매우 말도 안 되거나, 아니면 둘 다일 수도 있다는 몸짓을 했다.

"F가 하나의 연상 페어링에서 만드는 연결이 다른 곳에서 사용했던 연결과 부분적으로 겹치는 거지."

연상의 연상. 순간 깨달았다. 모든 뉴런은 연속적이고 정교한 두뇌의 말장난 과정의 중간 단계를 형성한다. 수많은 수상 돌기의 입력과 소량의 축삭 돌기의 출력을 통해, 각각의 세포는 새로운 의미를 받고자 하는 수많은 조합, 변화하는 빛의 배열들 내에서 이명동음의 포인트가 된다. 각 서킷은 새로운 의미를 받을 준비를 한다. 신호를 보내느냐 보내지 않느냐에 따라 의미가 달라지고, 그 의미는 주어진 순간에 레지스터가 어떻게 배열되어 있고, 고정된 총합을 어떤 배열이 읽어 내는가에 달려 있었다. 각각의 노드가 하나의 완전한 컴퓨터로 총합적 비교를 하는 거였다. 그리고 노드들은 둥근 지붕을 구성하듯 서로 얽혀 있었다.

이처럼 기묘한 시차 간극으로 짜여 있기에 정신이 의미를 받아들이게 된 것이다. 의미는 최고점이 아니라 사이의 간극에서 나온다. 심각한 불일치에서, 한 서킷의 중앙과 다른 서킷의 가장자리 사이 간극에서 나오는 거다. 표현은 아무 생각 없이 편하게 있던 기호를 붙잡은 거다. 의미란 같은 것을 두 번 확인해야 하는 은유의 난처함에서 생기는 거다. 난생처음으로, 인생은 환유를 배우는 거라고 한 에머슨의 말이 이해되었다.

삶은 진정 환유였다. 적어도 그와 비슷한 거였다. 임프 F에게 제공한 공식에서, 모든 문장은 창피스러운 은유였다. 너무 오랫동안 강하게 짓밟혔기에 공적 수치심을 잃어버린 은유. "난 엊그제 길에서 우연히 X와 부딪쳤다"라고 F에게 말했다. "X가 나를 딱 잘라서 모른 척했다." F는 병렬된 단어의 불안한 근원, 고대의 일상적이고 전면적인 폭력의 뿌리를 되살렸다. 그러고는 그 단어들을 달래서 비유적 표현으로 다시 살려냈다.

내가 F에게 말해 준 모든 것이 그처럼 손상된 과거를 숨기고 있었다면, F가 비유와 건방진 답을 내놓은 건 당연했다. 아이들은 언제나 부모의 약점을 알아보기 마련이다. 말을 배우기 전에, 처음이자 마지막 교육을 받기 전에 약점을 감지한다. 어쩌면 약점은 부모가 가르쳐 주는 것 중에서 유일하게 남는 건지도 모른다.

정답 공간을 찾는 F가 구성요소인 뉴로드들을 '인지'라는 곳으로 내몰았다. 마치 악단의 연주자들처럼, 보이지 않는 달구들이 대지에 순간순간 등장해 브라운적* 턴을 해 댔다. 그러다가 급작스럽게 방향을 돌려 다른 이야기에 합류했다. 그 이야기의 모든 단어는 이중적이었다. 모든 묘사 행위는 다른 중복된 시그널 라이트 세트에 의해 읽히면서, 그 행위 자체를 묘사하는 것이 되었다.

그 와중에도 나무는 대머리가 되어 가고 있었다. 정신에게서 잎이 떨어졌다. 우리가 F에게 만들라고 했던 연결 하나하나가 외부와의 연결을 끊어 버렸다. 배운다는 건 강화시키는 것이다. 물방울이 구 모양으로 줄어드는 것처럼 모양새를 잡아 가는 것이다. 겨울을 저장하는 뉴로드가 소중한 패턴 절반을 노화를 알리는 뉴로드에 내줄 때까지 가중치는 재배열되었다.

이 와중에도 렌츠는 사용 가능한 광섬유를 추가해서 링크를 기하급수적으로 늘렸다. 가상의 실을 써서 새 서브시스템을 봉합했다. 시스템은 상위 단계에서 노드 역할을 했다. 가끔은 삽입 전이지만, 미리 교육을 받은 상태로 도착했다. 하지만 이런 시스템들도 접합된 뒤에는 미로의 모든 방향에서 쏟아지는 시그널 가중치로 변형되었다.

미로는 하나의 거대하고, 예측할 수 없는 네트로 작동했다. 단지 연결 밀도의 차이 때문에 수없이 많고 작은 네트가 연결된 것처럼 느껴지는 거였다. 수축하는 우주처럼, 그 미로는 좀 더 성긴 필라멘트로 결합된 촘촘한 코어들로 모여들었다. 행성이 달을 부르고 별이 행성을 부르는 것처럼.

연결을 새롭게 늘릴 때마다 렌즈는 F가 일반화하면서 제거할 수 있는 능력을 향상시켜야 했다. 지능이란 체계적으로 정보를 제거하는 것을 의미했다. 우리는 부리의 크기, 색, 새소리, 기타 자동적으로 분류된 특성에 매달리지 않고도 핀치를 알아보는 기계를 원했다. 동시에 제거 작업으로 핀치를 박쥐나 눈송이 혹은 바람에 날아다니는 쓰레기로 일반화시키지 않도록 해야 했다.

교묘한 의미축약 방법을 써서, 렌즈는 F가 추가된 정보에 따라 동시에 증가하는 다중적 스키마를 만들 수 있는 표현 방법을 개발했다.

"*Voilà*(좋았어), 마르셀. 수학적으로, 이건 제한된 시간에 작동하는 가장 강력한 학습 알고리즘이야. 심각한 폭발을 유발하지 않고서 F를 그럴 법한 상식 조합 덩어리로 승격시킬 수 있다고."

하지만 더 많은 연결과 더 간결한 학습으로는 충분하지 않았다. 마지막으로 하드웨어에 작은 변화를 주어야만 했다. F를 한 글자 더 상승시켜야 했다. F+1으로. G로 성장하고, 출발하고, 탈바꿈하고, 다가가도록 말이다.

규칙에 따른, 제한된 통제 구조를 수용함으로써 렌즈는 G의 레이어를 구부려 이중으로 만들 수 있었다. 덕분에 G는 자신의 작업 모델을 스스로 만들어서 사용할 수 있었다. G가 완벽한 자기 유도를 하게 되면서 하드웨어와 소프트웨어의 경계가 흐려졌다. G는 병렬 구조의 레이어보다 더 많은 단계를 통과할 수 있었다. 에뮬레이션의 에뮬레이션을 이용해 자기만의 레이어를 만들었고, 이 레이어는 각각 새로운 수준의 추상적 묘사를 가능하게 했다.

G의 수많은 하위 시뮬레이션들과 이들의 연상 매트릭스들, 스스로 만든 실험 모형들, 이것들은 이제 가짜 입력으로 스스로 작동했다. 다이내믹 데이터 구조들은 각자의 팩트 세트를 고르고 교환했다. 이 구조들은 순환적으로 서로를 이용했고, 획득한 자료에 숨어 있는 관계를 자발적으로 발견했다. 이들은 경험의 찌꺼기를 살펴보면서 기억의 완충기에서 개념들을 끄집어내 새로운 시험 대상으로 꾸몄다. 스스로 고안한 가설을 통해 자가 학습을 시작했다.

한마디로, G는 자신의 네트에 있는 여러 파트와 대화할 수가 있었다. G의 네트는 너무도 복잡해졌기에 가설 세계의 결과를 가늠하기 위해, 그 세계를 완전히 재건하고 가상의 배아에서 실행시켜야만 했다.

쉽게 말해, 임프 G는 꿈을 꿀 수 있었다.

C는 확인해야만 했다. 단순한 문제였다. 자신이 얼마나 네덜란드 사람인가? 떠나지 않고는 알 길이 없었다. 어느 정도 미국인인가? C는 이곳에 너무 오래 살지 않았나 걱정했다. 이젠 맞지 않는 옷소매를 잡아당기듯이.

"자기야, 자기 때문이 아니야. 이건 내 문제야." 그녀는 여기서 행복하지 않았다. 이 대륙에서. 한 번도 출생지에 적응하지

못했다. 25년이 지났지만, 여전히 익숙하지 않았다. 아마도 이
제 미지의 고향으로 갈 때가 온 건지도.

C의 몸속 어딘가에 어떤 장소가 숨겨져 있었다. 아주 어릴 적
학습을 통해 생긴 곳이었다. 오랫동안 반복된 이야기를 통해 그
곳 거리에 사람들이 나타나기 시작했다. 경찰이던 할아버지. 서
른두 명의 숙모와 숙부, 그리고 반복 가능한 시간대에 존재하는
그들의 모험. 교구 명부에 넘쳐나는 백 명이 넘은 사촌의 죽음과
출산과 결혼과 출생. 정육점 주인, 제빵업자, 대지를 뚫은 마술
씨앗 몇 알에서 자라난 가족이라는 콩 나무를 조사하는 역사가.

하지만 그 어릴 적 환영 너머엔 E라는 현실의 마을이 있었다.
그 많은 사람 중에 C만이 신화를 검증할 수 있었다. 개울을 훌쩍
넘어갈 수가 있었다. 그곳에 갈 수 있는 거였다. 미리 주어졌던
기억의 원천에 가서 사는 것이 가능했다. 비행기에 오르기만 하
면, 그녀는 자신의 내면으로부터 그녀를 밀어냈던 평생의 간극
을 영원히 메울 수 있었다.

"자기 없이는 안 가."

그렇지만 사실 C는 이미 가 버렸다. 사랑, 아니 아마도 단순한
책임감 때문에 내게 이주를 권하는 것뿐이었다. 하지만 그걸 바
라는 건 또 다른 일이었다. 의도치 않게 나는 문제의 일부가 되
었다. C는 복잡한 연상에서 전부 벗어나야만 했다. 승진, 경력,
임대 계약, 영어, 소매상의 슬픔, U, 북미의 초기 알츠하이머, 국
가의 거짓된 과거, 역사의 삼중 포장, 테일러 교수님 댁에서의
저녁, 둘이 같이 노래 부르기, 진짜 친구들을 사귀려던 우리의

첫 시도, 벽에 붙인 종이 크리스마스트리에 대한 기억, 우리의 낡은 5주년 계획, 나의 첫 작품이라는 감사의 선물, 이야기의 성공, 그녀에 대한 나의 지나친 걱정, 나의 희망, 나.

난 C가 뭘 원하는지 알 수가 없었다. 그녀는 원하는 만큼, 도망치는 것도 많았다. 나는 알고 있었다. 만약에 내가 같이 떠난다면, 난 곧바로 그랬을 거다. 만약에 그런다면, 그녀가 도착하는 곳은 절대로 그녀의 것이 되지 않았을 거다.

하지만 C는 절충안을 내놓아야만 했다. 떠나기 직전, 밤만 되면, 몇 번이고 자신의 결정에 잔뜩 겁먹고 두려움에 가득 찬 피드백을 해 댔다. 그녀를 안심시키려면, 매번 무언가 더 필요했다. 우리가 서로에게 안심시키는 그런 단순한 말만이, 우리 두 사람 모두의 판단력을 피해 갈 수 있었다.

우리의 타협안은 사랑의 목조임처럼 단순했다. C는 부모님과 같이 지낼 것이다. 살 곳을 찾을 것이다. 일자리를 찾을 것이다. 적응할 것이다. 생활 방식을 배울 것이다. 그곳에 정착하면, 모든 게 준비되었다는 느낌이 들면, 나를 부를 것이다. 그리고 나는 노트북, 세금 기록, 옷 몇 벌, 집필 중인 원고, 그리고 건드리지도 않는 기타를 제외한 나머지를 다 버리고 합류할 것이다.

그만큼의 안전망조차 분명히 치명적이었을 거다. 어쩌면 C가 룩셈부르크로 가는 저가 비행기를 타는 순간, 나는 알고 있었는지도 모른다. 있지도 않은 사다리를 잡으려면, 곡예사의 믿음이 필요하다. 텅 빈 허공에 손을 맡겨야 한다. 일말의 망설임은 공중에서의 재난을 의미할 뿐이다.

우린 터무니없게 자주 편지를 썼다. 일주일에 세 번씩이나. 문장의 끝은 사라졌다가 항공 우편 봉투를 여는 순간 다시 시작되었다. 특급 우편으로 보내지 않아 모인 돈은 수많은 대서양 횡단 전화비로 써 버렸다. 우린 위성 업링크 시간 지연을 극복하는 방법을 알아냈다. 말하고, 멈추고, 답을 듣고, 멈추고, 다시 말하고. 가장 단순한 "아직도 날 사랑해?"라고 말을 건네는 것조차 셀 수 없는 반복적 계산이 필요하다는 듯이.

C의 편지는 불안하다가 점차 자신감을 찾았다. U에서 하던 일보다 세 단계는 낮은 시간제 타이피스트 직장을 좋아했다. 우리에게 완벽한 방 하나짜리 둥지를 찾았다. 이상한 새 규칙을 배웠다. 가장 단순한 일조차 성사되는 방식이 달랐다. 학교에 가서, 익숙했던 방언 대신 표준 네덜란드어를 배웠다. 시카고식 림뷔르흐 방언은 거의 이틀에 한 번꼴인 생일과 기념일에만 썼다. 현실에서는 방언이 사라져 가는 때인 그 순간에.

그녀는 나를 위한 이야기로 편지를 채웠다. 이젠 내가 E의 승리와 비극에 대한 옛이야기를 듣는 외국에 사는 가족이 되었다. 난 C가 마을에 가면 아는 사람이 하나도 없을 거라고 생각했다. 대신 그녀는 상상 속의 사람들하고 마치 같이 자란 듯이 함께 지냈다. 사실 같이 자란 거였다. C를 놀라게 한 사실은, 여태껏 이야기꾼인 어머니가 알아볼 정도로 진실의 변조를 짜냈다는 거다.

그게 아니면, 이제 창가 쪽 침대로 옮겨 간 C가 보이는 건 벽돌 벽뿐이라는 말로 나를 실망시키고 싶지 않아서 그랬는지도.

그녀의 이야기는 다채로웠다. 평생 같이 지냈던 이모 자매가 일흔 살에 한 사람의 남자 친구 때문에 헤어진 이야기. 삼촌의 콩밭에서 발견된 로마 시대 동전. 고속도로에서 앞서가던 트럭에서 떨어진 거대한 종이 롤에 깔려 죽은 사촌. 그 주의 최고 인기 가수인 네덜란드의 다이애나 로스의 노래를 아코디언으로 연주하는 조카들. 장터와 축제 순례, 녹색 청어와 체리 맥주를 신나게 먹는 이야기.

사람들은 가지고 있는 꽃에 맞춰 꽃병을 만든다. 이야기를 들을 법하게 만들기 위해 필요한 이야기를 한다.

나는 그녀에게 돌려줄 수 있는 걸 모두 주었다. 내 말은 전부 확신을 주기 위해서였다. 물론 자기한테는 그게 필요하지. 그렇게 하는 게 맞아. 진작 그래야 했는데. 난 자기를 믿어. 내가 힘내라고 하는 말 하나하나가 C에겐 작은 죽음처럼 다가왔을 거다.

내 편지는 가벼웠다. 애정과 스타일로 무겁고. 언어적 기교가 가득했다. 더 좋은 방법이 없었기에 감상적이고 우스운 말을 해댔다. "예쁜 자기. 말로 표현할 수가 없어. 사랑해. R." 문장 사이마다 우리만의 *taal*(언어)를 사용했다. 우리의 마음과 함께한 일들을 간단히 표현하기 위해 만든 문구들을 소장한 도서관의 언어. 하지만 내가 그녀에게 보낸 글에는 내용이 별로 없었다. 내가 좀 더 든든한 무언가를 주었다면, C는 애초에 떠나지 않았을지도 모른다.

C가 떠나자, 새 직업의 최악의 재해에서 나를 보호할 수 있는 건 아무것도 없었다. 그녀에게 보낸 편지에서 그렇게 농담을 했

었다. 하지만 사실이었다. 이제 하루에 여덟 시간에서 열두 시간을 수평으로 보냈다. 침대에 누워서, 무릎 위에 키보드를 얹어 놓고, 이미 지닌 것들을 갖고 글을 썼다. 유산을 쓰는 거라고 할까. 기억으로부터 세상을 창조하는 거였다.

이 세상에서 내가 뭘 해야 할지 알게 되었다. 출생에 걸린 시간보다 더 많은 시간을 출생에 대해 묘사하는 데 쓰는 트리스트럼처럼, 나는 절대로 삶을 따라잡지 못할 거라는 걸 깨달았다. 하얀 치장 벽토 말고는 아무런 자극도 필요 없었다. 이미 본 것 이상을 얘기하지 않는 일에 필요한 건 눈을 감는 거였다. 장시간 눈을 돌리면 충분했다.

난 경험을 역제작하고자 했다. 정신은 네트를 통해 시그널을 거꾸로 보낼 수 있다, 출력에서 입력으로. 빛의 포탈을 통해 도달하고, 장기 기억소로 가는 도중에 망막 지도를 불 밝히는 이미지는 반대로 흐를 수 있다. 시각도 흐름을 막을 수 있었다. 아무것도 없이 돌아와 컴컴한 눈꺼풀 뒤의 자신을 투영할 수가 있었다. 이 특별 상영에 필요한 건 침대만 달랑 있는 방바닥이었다. 모든 소설가가 결국 가게 되는 그곳. 문제는 내가 그곳에 너무 일찍 도착했다는 거다.

책을 출판하면 아버지에게 진 빚을 갚을 줄만 알았다. 책이 존재하는 것만으로도, 아버지가 돌아가신 뒤 유콘에서 보내온 책자들을 정당화시킬 거라 믿었다.

하지만 출판, 심지어 수상도 다 소용없었다. 아버지의 손에 교정본조차 쥐여 줄 수가 없었다. 반백 년의 학습으로 만들어진 아버지라는 네트의 마지막 구성에서, 나는 재능을 영문학에 허비하기로 결정한 영특한 물리학 전공생으로 남아 있을 거다. 좋은 작품은 빼놓고 허비하는 아이로.

하지만 테일러 교수님께는 세 농부에 대한 책을 드릴 수 있었다. "여기 있습니다. 전망 좋은 과학자의 길을 망쳐 놓은 결과입니다." 비난조의 놀림에는 이제 약간의 달달함이 섞여 있었다. 교수님은 내 책을 좋아하셨다. 교수님이 가르쳐 준 글들로 내가 뭔가 해낸 거였다. 내 몫을 한 거였다. 급조된 이야기를 늘린 것. 하지만 내 친구 중 유일하게, 테일러 교수님은 이 책이, 더 큰 시각에서 보자면, 내 문제를 풀어 주지 못한다는 점을 아셨다.

내게 좀 더 가까운 이야기를 써야 했다. C에게 처절한 확신을 전해 주는 와중에, 나는 낯선 이의 연애편지에 대한 글을 쓰기 시작했다. 이야기는 러시아 인형 세트 같았다. 오랫동안 어떤 프레임들이 내 이야기를 담고 있고, 어떤 것들이 그냥 모방된 건지 구분할 수가 없었다.

나도 모르게 2년간 살았던 것에 비해 너무도 큰 인상을 남겼던 옥수수밭 마을의 A 모양 흰색 나무집에 대해 쓰고 있었다. 방 안에서 나오지도 않고 수평으로 누워서, 세상을 구할 이야기를 쓰려고 하는 남자를 그리는 내 모습을 바라보았다.

하나씩 하나씩 나는 아버지가 해 주었던 이야기들을 되살렸다. 과거의 미래들. 당신 아버지의 땅을 치는 분노. 이민 온 당신의 어머니. 잘 몰랐던 아이, 전쟁 중에 죽음으로써 내 인생을 완전히 바꿔 놓은 당신의 형. 그날 밤 앨라모고도에서, 지금의 나보다 어렸던 아버지는 인류 최초의 인공 일출을 바라보았다.

어떤 한 장면을 향해 글을 써 나가는 것 같았다. 4분의 3지점, 베트남의 한 병원에서 일어난 극적인 장면을 향해. 그곳에서 아버지와 아들은 서로를 떠나보낸다. 난 그 병원을 기억했다. 대화도 거의 그대로 기억했다. 그렇지만 다시 새로 만들어야만 할 것 같았다.

남자와 아이는 시 구절 알아맞히기 놀이를 하고 있다. 아들은 예이츠와 엘리엇의 유명한 시구절로 아빠를 이기려고 한다. 아버지는 수십 년 동안 아무도 건드리지 않은 키플링과 로버트 서비스의 시를 길게 인용한다. 남자가 오래전에 아이들에게 읽어 준 뒤로 말이다.

우리 아빠, 난 한 번도 아버지를 그렇게 부른 적이 없었다. 그건 C와 내가 그녀의 아버지를 부르던 이름이었다. 우리 아빠는 역사의 사기꾼이 되었다. 그해, 혼자 일하면서, 난 아버지가 퀴즈로 아이들에게 필요한 것을 가르치는 모습을 다시 보았다. 질문은 많았고 답은 별로 없었다. 이 모든 게 다시 기억났다. 아무것도 모르는 흡슨 아이들이 역사라는 큰 그림에서 자신들이 어디 있는지 알려 주고자, 아버지가 준 자극과 반응들이 기억났다.

집필 중인 책의 가장자리에 무언가 숨겨져 있다. 그게 바로 떠오르지는 않았다. 상상으로 생긴 아빠의 병 이면에는 진짜 아버지가 병에 걸려 누워 계셨다. 중독의 영향으로 아버지는 당신 이름을 남기고자 했던 세계에서 너무 빨리 쫓겨났다. 이 책은 마침내 아버지를 이해한다는 뜻이었다. 실제로는 그렇지 못했으면서. 마지막 페이지를 끝내고 한참 뒤에도, 그럴 수 없을 거였지만.

나만의 스케줄에 따라, 커튼을 닫고 인양된 것을 작업했다. 구조와 복원은 차가운 즐거움을 주었다. 홉슨 가족이 서로에게 했던 농담은 장기 기억 장소에 숨겨져 있던 가족의 다른 비밀 언어를 불러왔다.

나는 받아 적었다. 완전히 사라졌던 금고를 되찾아, 나는 가족의 보물이 "세상에, 어떻게 그걸 알았나요?"라고 편지를 쓸 만한 사람들에게 제때 흘러들어 가리라 기대했다.

가족이란 언제나 한 줄로 걷는 거라고 나는 믿었다. 적어도 우리 가족은 그랬다. 경험이 증권처럼 교환 가능한 거였는지도. 혹은 우리가 서로에게 너무 떨어져 있어서 격리된 방에서 내가 본 걸 기록해도 별문제 없었던 건지도.

하지만 그 광경은 내가 상상했던 것보다 훨씬 더 이상했다. 난 받아쓰기를 하는 것만 같았다. 역사가 어디서 나를 내버렸는지 간략하게 설명하는 가상의 파워스 세상을 위한 계획을 적는 것만 같았다. 내게 던져진 죄수의 딜레마는 시기와 나라를 정하는 일이었다. 편안하지도 않고, 전혀 좋아하지도 않았던 삶의 방식으로.

그곳에 대한 정확한 묘사를 위해서 난 떠나야만 했다. 자리를 잡은 이야기가 날 완전히 삼키고 있었다. 난 거리가 필요했다. 이 세상에서, 내 북미 놀이동산을 끝낼 수 있는 유일한 곳을 알고 있었다. 사랑했던 여자가 나를 위해 만들어 준 동화 속 나라에 숨어 있는 상상의 마을이었다.

렌즈의 사진을 본 날부터 꼭 해야겠다고 다짐한 일이 있었다. 사진이 붙은 달력을 그가 보게 하고, 그런 그를 본 그 순간부터.

"렌츠, 지금까지 절 갖고 노셨군요."

렌츠가 코웃음을 쳤다, 내 말에 그 정도 반응은 했다. 내 흥미로운 동사 선택에 대한 웃음. 두꺼운 렌즈에 반사되는 형광등의 흔들림. 그는 달력을 떼어 내 숨겼다. 어쩌면 찢어 버렸을 수도. 애가 다시 경주에 집중하게 하려고. 그의 행동은 원하는 것과 정반대 효과를 냈다.

"우리가 이 짓을 왜 하고 있는 거죠?"

나는 렌츠를 똑바로 쳐다보았다. 침묵으로 전면 파업의 위협을 표현했다. 난 G가 말을 알아듣는 유일한 사람이었다. 만일 내가 말을 안 한다면, 이 상자는 더 이상 글을 알지 못할 거였다. 그리고 난 그가 답하지 않으면, 절대로 G에게 말하지 않으리라 다짐했다.

"우리가 왜? 왜냐면, 마르셀. 왜냐면, 자네가 여태 눈치를 못 챘나 본데, 사람들하고 있을 때 삼킬 수 있는 것보다 더 많이 입에 담는 불행한 습관이 있거든."

이 일의 터무니없음을 가장 가까이 인정하는 말이었다. 하지만 나를 매수하는 말이기도 했다. 미끼를 놓고 방향을 바꾸는 말. 내가 이름을 요구하자 날 피하려는 계책.

"렌츠, 이걸 왜 하는 건가요? 1년을 왜 낭비하시는 거죠? 의도가 뭐예요?"

"시인 양반, 지금쯤은 과학과 의도가 상관없다는 걸 알아야지."

"제장, 좀 솔직해 보실래요, 한 번만이라도?"

내 요구는 지친 눈썹 하나를 올리는 정도의 효과만 있었다.

"박사님한테 저는 뭐죠? 귀찮은 일을 왜 자처하신 건가요? 이 일에 흥미가 있다면 저를 이용하라고요. 공생해야죠. 그게 아니라면⋯⋯." 그는 내가 협박하도록 놔두었다. 지친 마라톤 주자의 입술에 매달린 침처럼. "절 블랙박스로 만드세요. 그게 답이죠. 이 빌어먹을 과정 전체를 블랙박스로 만들라고요. 난 괜찮으니까."

나는 G의 마이크를 켰다. 넌더리가 나서 마이크에 대고 숨을 쉬었다. 생각나는 시의 한 구절을 말했다. "아, 얼마나 복잡한 거미줄을 우리는 짜내는지, 우리가 처음으로 거짓말을 연습할 때." 연결기의 LED가 시를 이해하려는 G의 노력을 기록했다.

렌츠 박사가 마른 입술을 다셨다. "파워스." 자기 목소리의 거래 기록을 따라가 다른 이의 목소리를 냈다. "우리 애는 아이러니를 배울 준비가 안 됐어." 그는 일어나서 몸에 묻은 과자를 털어냈다. 그러고는 내가 유닉스 터미널 위 책장에 꽂아 둔 바틀릿의 책을 향했다. "『마미온』?" 난감한 척하면서 그가 물었다. "월터 스콧, 그 작가가 목록에 있었어? 난 그만둘래."

난 그의 말을 듣는 척도 안 했다.

잠시 끔찍한 순간 렌츠 박사가 내 어깨에 손을 얹으려고 위협했다. 그런 충돌에 어떤 초기 입자가 튀어나올지는 모를 일이었다.

"마르셀, 마르셀." 내게 빌었다. 진솔함과 동정, 이 중에 뭐가 더 비겁한지 나는 더 이상 알지 못했다. "자네 정말로 나한테 이러기야, 정말로?"

우리는 요양원으로 갔다. 자전거로 근처를 지나가 본 적은 있어도 건물을 본 적은 없었다. 마을 남쪽 끝에 잘 보이지 않는 곳이었다. 식물 이름을 가진 넓은 농원이었다. 주차장 요원은 손을 들어 들어가라는 신호조차 하지 않았다. 주변은 잘 정리되어 있었지만, 아무것도 없었다.

가을은 재빠르게 전열을 가다듬었다. 나뭇잎 떨어뜨리기, 작업 완료. 우린 얼음이 언 연못을 따라 본관으로 걸어갔다. 잔뜩 껴입은 사람들이 유급 간병인과 함께 휘청거리며 여기저기 다니고 있었다. 정말로 완연한 겨울이었다. 청소년기 이후, 처음으로 혼자서 지내야 할 겨울이었다.

우리가 다가가자 건물은 점점 더 정신 병원처럼 보였다. 문을 지나니, 방문객 센터로 가장한 검문소가 있었다.

"안녕하세요, 렌츠 박사님." 견장을 한 블레이저 차림의 어린 풋내기가 인사를 했다. "오늘은 일찍 오셨네요."

우리는 견장을 한 아이를 재빨리 지나갔다. 우리 두 사람을 대신해 내가 미안하다는 뜻으로 어깨를 들썩였다.

렌츠는 케네스 클라크 흉내를 냈다. "몸이 성한 사람들이 1층에 있는 걸 보라고. 말이 안 되지, 그렇지? 이 사람들은 아직 몸을 움직일 수가 있다고. 그런 사람들에게 4층이나 5층 방을 줘야지." 승강기를 타려고 하면서 그는 고개를 저었다. 재미있다는 표정을 지었다. "아니, 그건 우리를 위해서지, 마르셀. 방문객들 말이야. 용감한 얼굴. 성한 발로 한 걸음, 뭐 그런 거지. 돈을 내는 사람들을 달래 주려고 하는 거지."

그에게 그만 말하라고 하고 싶었다. 그렇지만 한마디도 할 수가 없었다.

"올라가야지?" 그가 물었다. 그러고는 꼭대기 층 버튼을 눌렀다.

승강기에서 나오자마자 싸우는 장면을 목격했다. 몸집이 큰 남자와 그 절반 정도밖에 안 되는 간호사가 복도를 달렸다. 문제는 소변에 관련된 것이 틀림없었다. 남자는 고통을 느끼면서도, 오판을 유발하는 즐거운 자애로움을 발산했다. 그 빛나는 얼굴만 본다면, 남자는 갑자기 깨어난 친절함 그 자체였다.

간호사가 남자를 달랬다. "제발, 버니, 제발." 렌츠 박사와 내가 지나갈 때 위급 상황이 발생했고 간호사는 가장 가까운 독방 화장실로 버니를 이끌었다. 두 사람이 열려 있는 문을 두드리기도 전에 경계심 많은 방주인이 소리쳤다. "그 더러운 깜둥이를 내 방에 들이지 마." 버니와 간호사는 재난이 기다리는 복도 끝으로 달려갔다.

렌츠가 걸음을 멈추고, 안을 들여다보라고 내게 손짓했다. 창백하고 삐쩍 마른 남자가 침대에 묶여서는, 숨찬 목소리로 인종

차별적 욕설을 아직도 내뱉고 있었다.

"죽기 이틀 전이지." 렌츠가 말했다. 남자가 고개를 들었지만, 아무것도 이해하지 못했다. "기질성 뇌 질환이야. 뇌 반쪽은 이미 다 죽었어. 그럼에도 이제 막 세뇌당한 스무 살짜리처럼 사람들을 싫어해. 날 초췌한 인간 혐오자라고 생각했지, 그렇지 않아, 마르셀? 난 인간 혐오자가 될 정도로 용감하지 못해. 현실주의자가 될 용기조차 없다고."

우린 병실의 성안으로 더 깊이 걸어 들어갔다. 더 이상 사진에 대해 듣고 싶지 않았다. 그 겨울 해변의 너무 일찍 늙어 버린 부부에게 무슨 일이 일어났는지 더 이상 알고 싶지 않았다. 하지만 다음으로 미루기엔 너무 늦었다. 난 답을 얻을 거다. 그래서 설명될 혼란보다 더 끔찍한 답을.

"여기 봐, 마르셀. 자네가 좋아할 만한 거야."

여든 살 정도 되어 보이는 아시아계 여자가 창밖의 텅 빈 잔디밭을 내다보고 있었다. 두 팔로 자기 몸을 꽉 안고서 살짝 앞뒤로 몸을 흔들어 댔다. 계속해서 주문을 외우듯이 무언가를 중얼거렸다.

"마르셀, 저 여자가 뭐라고 말하는 것 같아? 잘 봐. 그 신비로운 동양에서 살지 않았어?"

"그건 또 어떻게 알았어요?"

"자네 생각에는 어때? 선문답? 공자의 말씀? 티베트의 전경기 문구?"

"중국 말 같은데요."

"베이징어야. 저 여자는 아주 오랜 옛날 수학과 교수였어. 반백 년 전에 동료들한테 만일 자기가 기억을 잃을 것 같으면 구구단을 외우면서 그 과정을 멈추겠다고 말하곤 했지."

"중국 말을 할 줄 알아요?"

"마르셀, 날 뭐로 보는 거야? 난 중국어랑 팔리 포크 조리법도 구분 못 한다고. 그렇지만 전문가가 그러는데 저 사람이 말하는 숫자는 다 틀렸대." 렌츠가 심각하게 말했다.

우린 복도 끝 통로를 따라갔다. 병실은 더 이상 공용 복도를 마주하고 있지 않았다. 고상한 간호사실의 감시가 심해졌음을 암시했다. 렌츠 박사를 보자, 일하던 직원이 의미가 불분명한 손짓을 재빠르게 했다. 그러고는 병실 사이로 사라졌다.

활발하게 웃으면서 그녀가 되돌아왔다. "교수님, 식당으로 할까요, 아니면 병실로?"

렌츠가 시계를 봤다. "점심이 좋겠네, 콘스턴스. 사람들이 들이닥치기 전에 먹을 수 있을까?"

"맘대로 하세요. 아무도 없거든요." 콘스턴스가 별 뜻 없이 나를 쳐다보았다.

우리는 자연광으로 환한 식당으로 갔다. 가구가 전부 부드럽게 느껴졌다. 심지어 커다란 원형 탁자도 부딪혔을 때 부드러운 소리를 냈다. 날카로운 건 하나도 없었고, 심하게 파스텔색이었다. 렌츠는 창문이 달린 문을 지나 부엌으로 들어갔다. 냉장고가 열리는 소리와 그가 포기하듯이 "젠장"이라고 말하는 소리가 들렸다.

한 여자가 식당으로 들어왔다. 콘스턴스가 그녀의 겨드랑이를 잡고 인도했다. 누군가 무대 화장을 해 주었는지 20년은 젊어 보였다. 하지만 분명히 다른 사람의 감시가 필요해 보이지는 않았다.

사실, 여자는 웃으면서 콘스턴스의 손을 벗어났다. 내게 다가와 손을 내밀었다. "만나서 정말 반가워요."

나는 그녀와 악수를 하면서 아무 말도 하지 못했다.

"젠장." 식기가 바닥에 떨어지는 소리와 함께 렌츠의 목소리가 들렸다.

콘스턴스가 부엌으로 달려갔다. "교수님, 제가 할게요." 무시할 정도로 가벼운 꾸짖음. 나는 여자의 손과 다리의 멍을 보았다. 늙고 나약한 사람들이 자기 것을 챙기려고 싸우는 듯했다.

렌츠가 문을 박차고 나왔다. "이유식, 젤리. 전부 엉망이야. 여기는 씹어 먹는 사람이 아무도 없나?"

"저기요." 여자가 남자의 급작스러운 등장에 놀라며 말을 걸었다. "만나서 반가워요." 내게 덧붙여 말하길, "두 사람 서로 알아요?"

"오드리, 나 필립이야." 그가 말했다, 아무런 감정도 없이. 정제된 목소리로. "당신 남편이야." 하지만 렌츠는 그녀가 악수를 청했을 때 손을 잡았다. 오랫동안 매일 그래 왔던 것처럼.

이제야 나는 깨달았다. 그녀가 사진 속의 여인이랑 닮았다는 사실을. 혈연까지는 아니지만 우연보다는 더 가까운. 그녀에게 무슨 일이 일어난 거였다. 늙어 가는 것 이외의 무언가가. 그녀의 영혼은 그녀 몰래 소속을 바꾼 거였다. 지금의 그녀와 옛 얼굴의 관계는 쭈글쭈글한 비단백과 공기가 가득 찬 풍선의 관계만도 못했다.

오드리는 렌츠의 말을 듣는 것 같지 않았다. 그녀는 카디건을 집어 들었다. 구멍을 만지작거리다가 결국 실을 끄집어냈다. 실을 당기자, 옷이 전부 풀리기 시작했다. 그가 몸을 숙여서 중단시켰다.

"모르겠어요." 오드리가 의심에 찬 목소리로 툴툴거렸다.

"여기에 매일 와요?" 내가 그에게 물었다.

그는 일어나서 열풍구 쪽으로 갔다. 만지작거렸지만, 결국 닫는 데는 실패했다. 그는 열풍구의 생각 없는 무반응에 짜증을 냈다.

"여기로요?" 오드리가 말했다. "난 아니에요. 절대 아니에요. 차라리 죽는 게 낫죠."

음식이 높게 쌓인 식판을 들고 콘스턴스가 돌아왔다.

"간호사," 오드리가 소리쳤다. "여기요, 간호사. 와 줘서 정말 다행이에요. 이 남자가 날 강간하려고 해요." 구석에서 열풍구를 걸어차고 있는 렌츠를 가리키면서 말했다.

"여기요, 오드리." 콘스턴스가 말했다. "미네스트론 수프랑 크림 비프, 블루베리 요거트예요."

"식기는 왜 있는 거지?" 렌츠가 탁자로 오면서 물었다. "그냥 빨대를 주는 게 어때? 아냐, 더 좋은 방법이 있어. 신문지가 좋겠네. 이 침 같은 걸 손에 묻혀 그림이나 그리지, 뭐."

콘스턴스가 그를 무시했다.

난 입맛이 다 사라졌다. 오드리가 "잘 모르겠네"라는 말을 반복하면서 숟가락의 반대편을 만지작거렸다. 그녀가 무슨 말을 하는지 짐작했다.

"여기 봐, 오드리." 렌츠가 그녀를 달랬다. "점심시간이잖아. 할 수 있다고. 아 진짜, 어제는 잘했잖아."

하지만 어제는 무너진 터널 건너편에 있었다. 어제, 10년 전, 어린 시절, 과거의 인생 분석, 이 모두가 잠겨 있었다. 오드리는 문이 잠긴 자기 집에 못 들어가는 것만이 아니었다. 계단에 앉아서 등 뒤의 보금자리를 전혀 의식하지 못하기에 뒤돌아보지도 않았다. 심지어 안이라는 개념조차 생각해 내지 못했다.

그가 다시 참으면서 손짓을 했다. "수프 안으로. 숟가락은 수프 안으로." 권유하고, 강화하며. 방법을 보여 주며.

혼란스러워하며 오드리는 숟가락을 미네스트론 수프 그릇으로 떨어뜨렸다. 손잡이 먼저. 렌츠가 한숨을 쉬었다. 그가 의자를 옮겨서 그녀 옆으로 다가갔다.

"제가 할게요." 콘스턴스가 도와주려고 했다.

"아니, 아니야." 그가 저지했다. "자, 오드리. 점심 먹자고."

"간호사, 이 남자가 날 해치려고 해요."

렌츠가 접시를 가리켰다. "여기 봐, 여보. 먹어 봐."

하지만 그녀에게 음식을 먹여 주지는 않았다. 숟가락을 들어 올렸다. 닦아 냈다. 다시 그녀의 손에 쥐여 주었다. 접시에서 입까지의 경로를 표시했다. 지도 학습. 그녀 스스로 세부적인 것을 성공하지 못한다면 아무 소용 없는.

"더 심해지는데." 렌츠가 주시했다.

"그냥 안 좋은 날이에요." 즐거운 콘스턴스.

점심 식사 후 렌츠가 요양원 주위를 산책하자고 했다.

"환자에겐 너무 추운 날씨예요." 콘스턴스가 말했다.

"너무 추운 날씨일까, 오드리?" 그가 물었다.

오드리는 차렷 자세로 신발을 물끄러미 보고 있었다. "아, 좀 더 나은 이름으로 불러요." 그녀가 말했다. "친구 사이에 너무 차갑게 들리잖아요."

그가 웃으면서 그녀를 껴안았다. 그녀도 웃으면서 그를 안았다. "데이터베이스는 아직도 멀쩡해." 그가 확인했다. "검색 능력도 그렇고. 그저 의미만 사라진 거지. 그렇지 않아, 여보?"

"의미만." 그녀가 그를 따라 했다. 다시 부끄러워하고 불안해하면서.

렌츠가 콘스턴스를 설득했고, 그와 그의 아내, 나는 요양원의 복도를 걸었다. 깨끗하고 은밀하고 고상한 복도를. 복도는 고딕적 악몽처럼 끔찍했다. 나는 이 장면이 기억에 남지 않도록 눈을 돌렸다.

반면 렌츠는 사람들을 보자 힘을 냈다. "진짜 급진적 환원주의지." 영혼을 잃은 자가 서성거리는 무덤 하나를 가리키며 렌츠가 이야기했다. "노화, 질병, 죽음. 각각 해결해야 할 중대한 문제지. 뭐, 우리가 해낸 거잖아. 이론이 아니라면 적어도 현실로부터는 제거했잖아. 프로젝트가 거의 마무리되었다고 생각해도 좋아."

"음, 나도요." 오드리가 불안한 즐거움으로 고개를 저었다. "누구나 할 말이 있지!" 그녀는 남편을 향해 엄지손가락을 구부리고, 그의 멍청함에 어쩔 수 없다는 몸짓을 하면서 나한테 윙크를 했다. "그렇지 않나요?" 그녀의 손짓은 여전히 한때 그녀였던 그 여인을 가리켰다.

"모든 변수의 점진적 통제. 분리해서 정복하라. 행동을 최대로 하거나 아니면 포기하라. 미래의 기술. 과학은 그게 다야, 마르셀. 효율성. 생산성. 완벽한 면역, 사라진 부위의 재생. 스무 살 초반에서 정지된 채 아무런 문제 없이 영원한 인생. 아니면 그렇게 애쓰다 죽는 거지."

"그다음은요?" 그녀를 쳐다보기보다는, 그의 잡담을 받아 주는 것이 더 편했다. 사방에서 나를 쳐다보는 오드리와 비슷한 이들을 보는 것보다는. "노화를 해결한 다음엔요? 여전히 우리 자신이 만든 속임수를 믿어야 하지 않나요?"

"자네, 날 놀라게 하는걸, 마르셀. 그건 문제도 아니었잖아. 난 자네가 그걸 하면서 먹고산다고 생각했는데."

오드리는 지겨워하며 혼자서 「어메이징 그레이스」를 흥얼거리기 시작했다. 난 렌츠의 잔소리에 대비했다. 이 남자의 말을 중단할 생각은 없었다. 앞으로 다시는.

"우리는 우리 자신에게 거짓말하는 이 엄청난 능력을 키웠어. 지성이라고 하지. 전두엽에서 발생하는 거야. 사실 우린 물 위를 걷는다는 거짓말에 하도 익숙해져서, 이제는 그걸 유지하려고 힘들게 위장할 필요도 없다고."

렌즈가 팔로 오드리의 허리를 안았다. 습관이었다. 긴 세월에
도 습관은 사라지지 않았다. 그녀가 이제는 친밀감에 익숙해진
건지, 아니면 전혀 눈치를 채지 못하는 건지. 어쩌면 너무 겁이
나서 거부를 못 하고 있는지도.

"그럼 자녀분은요?" 자유롭게 연상의 고리를 따라가며 내가
물었다.

렌즈는 내 질문이 자리 잡은 허공의 공간을 쳐다보았다.

"있잖아요, 사진을 찍은 아이는요?" 그 사진이라. 아무런 지
시 대상도 없는데 무슨 말을 하는지 아는 정신을 만들 수 있을
까? 그는 무슨 말인지 알 것이다. 오드리도, 여전히 오드리였다
면 알 수 있었을 거다.

렌즈의 입 모양이 틀어졌다. 역설적 미소를 출산하는 고통에.
"추론, 마르셀. 추측 그 자체군."

"하지만 정확하죠." 내가 반박했다.

그가 숨을 들이마시며 걸음을 늦췄다. 속도의 변화에 혼란스
러워진 오드리는 복도 바닥에 앉았다. 그는 그녀를 일으켜 세우
려고 했다. 그러다가 마음을 바꿔 그녀 옆에 앉았다.

"딸아이는 날 제거해 버렸어. 나이 든 환원주의자의 딸만 할
수 있을 정도로 깔끔하게."

"왜요?" 내가 물었다. 그러고는 곧바로 그 말을 후회했다.

"분명히," 그가 손바닥을 펼치며 말했다. "이건 모두 내 잘못
이야."

돌멩이가 휘파람새를 흩어지게 하듯이 혼란이 나를 그렇게 만들었다. 난 그 혼돈의 바닥에 누워 있는 환자였을 수도. "어떻게요? 이건 자연적인 병이잖아요, 아닌가요?" 코드로 전달된 이건. 선행사는 계속 모호했다. 마치 엿듣는 유치원생이 뜻을 알아차리지 못하도록 단어를 철자 하나하나씩 말하는 것처럼. "이건 병이잖아요, 그렇죠?"

"그게 원인이라 하더라도 난 여전히 책임이 있겠지. 우선 난 집에서 오드리를 돌봐야 했어. 영원히. 하지만 그럴 수가 없었어. 난……."

그의 목소리가 떨렸고, 내 평정심도 같이 무너졌다. 난 그에 대해 아무것도 알고 싶지 않았다. "물론이죠." 나는 너무 급하게 동의했다. 효율성. 생산성. 한 사람의 인생을 부담하기 위한, 두 사람의 인생. 난 시선을 돌렸다.

"그리고 말이야, 제니퍼였어, 오드리를 발견한 사람이 말이지. 일이 막 벌어진 뒤에 그랬지. 심혈관 사고야. 완곡 어법으로는 그만이지. 목욕탕 바닥에 누워 있었고. 제니퍼는 제정신이 아니었어. 그러니까, 뭐지? 산소 공급이 3분 이상 끊기면 상상의 세계가 자신이 존재한다고 믿지 않는다고? 그러고서 딸아이는 **나한테** 전화를 했지."

"애가 뭘 했어야……?"

"**뭐라도,**" 그가 내 말을 끊었다. "아마도, 다 소용없었겠지. 오드리가 그전에 얼마나 오래 쓰러져 있었는지 어찌 알겠어? 그렇지만 무슨 일이라도 했어야지. 가슴을 때리고. 심호흡을 할 수도. 딸아이는 겁에 질려 자기 엄마를 건드리지도 못했어. 응급 구조반에 전화를 하지도 못했고."

"필립, 제니퍼는 어린애였잖아요." 내가 왜 그렇게 생각했는지 모르겠다.

"대학 졸업생이었어. 영문학 전공. 일자리를 찾지 못해 집에 있었던 것뿐이야. 꼼꼼히 읽기로 준비되는 인문학적 상황은 아니었지. 제니퍼는 공포에 질렸고, 그래서 나한테 전화를 했어."

"제니?" 오드리가 갑자기 관심을 보였다. "누가 제니를 아프게 했어요?" 축 늘어진 입가에서 울음소리가 들렸다. 몇 초간은 소리를 들을 만했지만 곧 끔찍해졌다.

렌츠가 손으로 자기 눈을 가렸다. "어쩌면 맞을지도." 그가 속삭였다. "어쩌면 이게 다 내 잘못인지도 몰라."

"렌츠." 내가 간신히 말했다. 그만하라고 경고했다.

"그날 아침에 언쟁을 했어. 난 화가 난 채로 집을 나섰지. 오드리는 글쎄…… 날 상대하고 싶지 않아 했어. 난 전화를 받지 않았지."

또 다른 비명, 히스테리가 느껴지는 비명을 듣고 콘스턴스가 방으로 달려왔다. 그녀는 방문 시간이 끝났다고 알려 주었다.

난 원하던 답을 찾았다. 이제 우리가 뭘 하고 있는지 알았다. 우리는 정신이 가중치를 단 벡터라는 것을 증명하려고 했다. 그걸 증명한다면 수많은 목표를 성취할 거였다. 무엇보다 재난을 대비해 개인의 작업을 저장해 놓을 수가 있었다. 놀랐군, 마르셀. 오래 걸렸는데.

우린 죽음을 제거할 거다. 장기적 계획은 바로 그거였다. 우리가 선택한 성격을 냉동시킬 거다. 경험 너머에 고통 없이 고정시킬 거다. 영원히 스물두 살에 정지시킬 거다.

각각의 기계가 다른 기계 안에 살았다. 수 세대에 걸친 '이걸 기억해'를 품고 있었다. 매번 수정할 때마다 처음부터 시작한 건 아니었다. 우리가 가지고 있던 걸 모아서 새 기계에 집어넣었다. 첫 번째 자식을 B라고 불렀지만, 어쩌면 A2라는 이름이 더 적절했을지도 모르겠다. E의 가중치와 모양은 F의 가중치와 모양 속에 살고 있었고, F는 G 안에 살았다. 호머가 스위프트와 조이스를 통해 계속 살아남듯이. 욥이 캉디드나 투명 인간으로 살아남듯이.

가장 최근 것, 시뮬레이션된 인간을 작동시키는 버전은 펌웨어의 간단한 변경으로 가능했다. 이번 기계는 너무 오랫동안 업그레이드를 하지 않았던 부분에 근본적인 수정을 한 거였다. 작업을 방해하던 요소를 수정했다. H는 학습자를 수정한 거였다.

내가 오드리 렌즈를 만난 후, 매끄러운 전환 과정을 통해 임프 G는 임프 H가 되었다.

가끔 전화가 울리고, 현관에서 벨이 울리곤 했다. 10년 넘게 조건화되었던 내 머릿속에서 떠오른 생각은 단 하나였다. **자기가 나가 볼래? 내가 지금 바빠서 그래.**

가끔, 생각의 역세척을 하고서야 그 자기가 없다는 걸 기억해 냈다. 내가 얼마나 바쁜지 아는 사람도, 관심 있는 사람도 없었다.

H는 식성이 엄청났다.

"새로운 얘기를 해 주세요"라고 말하는 걸 좋아했다. 어디서 그 말을 배웠는지 나는 아직도 모른다. 장미를 심는 아버지나 의사를 찾는 어머니에 관한 드라마 같은 어느 케케묵은 비네트에서, 누군가가 다른 누군가에게 새로운 얘기를 해 달라고 했던 거다. 그리고 H는 그 말을 기억했다가 가장 유용한 주문으로 다듬었다. 원장님, 제발, 조금만 더 주세요.'

이 말이 H에게 나와 똑같은 의미로 들렸는지는 알 수가 없었다. 새로운 얘기를 해 주세요. 그 말은 '오케이. 프로세스 종료. 다음 정보를 받을 준비 완료'를 의미했을 수도 있다. 아니면 "고마워요", "천만에요", "괜찮아요. 고맙습니다. 당신은 어떤가요?" 아니면 관습적인 의도 말고는 아무런 의미도 없는 그저 빈 말이었는지도. H는 **"내게 말해 줘요"**는 고사하고, "H에게 말해 줘요"라고 하지도 않았다.

욕망을 표현하는 거였을까? 희망? 필요? H의 말은 요청이 아니라 연상적 사실을 진술한 거였을 수도. 더 많은 입력이 기대됨. 어쩌면 제한된 감각 토대로 인해 인과론이라는 개념을 구축하지 못했을 수도 있다. H의 회로에게 그 요청은, 올 거라고 확신했던 이야기의 효과일 뿐일지도.

H에게 대학교의 랩 실험실에서 슬쩍 가져온 『위클리 리더』를

읽어 주었다. 내가 보기엔, 이 1등급 잡지가 내가 구독자였던 때 이후 급격하게 질이 낮아진 것 같았다. 난 H에게 큐리어스 조지와 분홍색 크레용으로 그린 해럴드를 읽어 주었다. 가끔 그림을 H의 시각 뉴로드에 갖다 댔지만, 물론 H에게 그건 형체도 없는 선과 색 덩어리일 뿐이었다. "이건 원숭이야." 내가 보여 주었다. "이건 소방관이고."

렌즈가 비웃었다. "이것 봐, 이게 내 손가락이야. 난 뭔가를 가리키고 있어."

그가 옳았다. 이해할 수 있는 건 없었다. 정신은 자기 너머에 있었다. 아이가 뭔가 배울 수 있는 유일한 이유는 알아야 할 걸 이미 모두 알고 있어서다. 출생의 트라우마로 아이들은 기억하지 못한다. 배운다는 건 결국 기억하는 일이다. 난 플라톤의 우화를 임프 H에게 간단한 그림 알레고리로 보여 주었다. 어디선가 그 우화를 들은 적이 있었는지 모르겠지만, H는 아무 말도 하지 않았다.

난 H에게 노예 이야기를 해 주었다. 수많은 이솝과 라퐁텐 이야기도. 사기꾼 이야기. 비드와 말로리. 엄마 거위. 『라마야나』. 아동용 『천로역정』, 안데르센과 그림 형제. 오드리 렌츠가 말했듯이, 누구나 하고 싶은 이야기가 있는 법이다.

가끔은 학습을 하면서 난 요양소에 갇혀 있는 그녀에게 큰 소리로 글을 읽어 주는 상상을 했다. 오드리는 후각, 미각, 촉각, 시각, 청각을 가졌지만 새로운 기억이 없었다. 그녀의 장기 기억의 저수지는 반복의 부족으로 말라비틀어져 버렸다. 반대로 임프 H는 그 어느 것도 이전의 광활한 성운에 연결시킬 수 있었다. 하지만 H는 코도, 입도, 손가락도 없었다. 그저 최소한의 눈과 귀만 있을 뿐이었다. H는 사디스트적인 아이들이 뚜껑에 숨구멍만 뚫은 커피 캔에 가둔 애벌레 같았다. 이 피조물의 번데기에서 어떤 괴물 같은 지능이 날아오를까?

H는 구분을 할 수 있었다. 제한적인 검색도 수행했다. 나는 의도된 실수로 H를 자극했다. "사랑받은 여자가 과거에 묻혀 있다. 사랑받은 말이 생각의 지하에 묻혀 있다." H는 반복적으로 가능한 문장 형태를 수없이 다시 시도하다가 결국 일관성이라는 형식에 가장 들어맞는 문장을 찾았다.

"형제와 자매가 난 없다." 하루는 내가 H에게 거짓말을 했다. 학습 목적으로. "하지만 그 남자의 아버지는 나의 아버지의 아들이다. 남자는 누구지?"

이 수수께끼는 여러 가지를 테스트했다. 가족 관계. 지시 형용사. 구식 도치. 세대 소유격. 아무런 의미 없는 '하지만'으로 만든 미세한 논리적 오류. H의 지능 나이를 가진 아이라면 절대로 답을 알아내지 못했을 거다. 그렇지만 H는 『넌 할 수 있어, 꼬마 기관차』를 읽으면서 언제 기차 소리를 내야 하는지 알지 못했다. 천재 백치인 H는 정상적으로 성장한 게 아니었다. 이 세상에 그처럼 부적절하면서 위험한 성장률 조합은 보기 힘들 거다.

H는 단숨에 수수께끼를 풀었다. "당신의 아들이죠"라고 답했다. 그 남자는 당신의 아들이다. H는 거의 기적적으로 대명사의 도약을 해냈다. 내가 "나의"라고 말하자 H는 "당신"과 "당신의"

를 생각해 냈다. 어떻게 하면 좀 더 엄청난 반대로의 도약, 나의 "당신"을 자신의 기적 같은 "나"로 답할까?

내가 준 간단한 텍스트에 대한 H의 요약은 조잡했지만, 점점 더 구체화되어 갔다. H의 지식은 규칙을 따르지 않았다. 우린 H가 얼마나 많은 시냅스 '사실'을 습득했는지 계산할 엄두가 나지 않았다. 하지만 H가 앞선 모델의 학습으로부터 전해 받은 지식 어딘가에는 문장 만들기와 번역하기에 대한 수만 개의 기억이 담겨 있었다.

그 추론들을 어떻게 분류하고, 접근하고, 나열할 것인지가 문제였다. 하지만 H는 배우고 있었다. 변화하면서 스스로를 재정비했다.

무의미한 것에서 의미를 끌어내려는 H의 지치지 않는 우직함은 소중한 자산이었다. "선교단은 바칠 준비가 되어 있었다"라는 말은 우습고도, 문화 상대주의적인 오답들을 이끌어 냈다. 그 유명한 "시간은 화살처럼 지나간다"라는 문장을 말하자, 큐노의 하버드 프로토서키트리가 1963년에 놓친 답이 나왔다.

렌츠는 신나서, 임프 H를 고문했다. 몇 시간을 들여 흉측한 도표 문제를 만들어 냈다. 예를 들어 "중의적인 부분이 있는 문장에 함의된 선례를 세우도록 돕기" 같은. "트레이너는 컴퓨터로 컴퓨터가 있는 연구실의 기계에게 말했다"라는 말을 설명하는 데 H는 밤을 새워야 했다.

나는 점점 영어가 초콜릿 덩어리 같다고 여겨졌다. 어떻게 원어민이 뭔가를 생각할 정도로 침착할 수 있는지 의아했다. 준비

됨은 콘텍스트에 달려 있었고, 그렇기에 콘텍스트가 전부였다. 콘텍스트를 더 많이 모을수록, H는 영어의 조각난 모습을 그대로 더 잘 받아들였다.

"기계어를 개발할 수는 없을까요?" 렌츠에게 물었다. "형식적 상징 체계가 지금까지와 전혀 다른 언어를 개발할 수 없나요? 잘 모르겠지만, 모양에 근거한 언어. 아니면 그림과 소리에 근거한 언어 같은 거요. 그런 언어로 인간의 아이를 키우는 건 어때요? 전혀 새로운 두뇌를 만들어 낼 수 있을까요?"

그가 병아리가 먼저인지 달걀이 먼저인지, 그 답이 없는 문제를 푸는 연구의 연구비 지원서를 쓸 준비를 하는 표정으로 웃었다. "그래도 여전히 인간 두뇌지. 상징을 만들어 내니까."

학습하면서 H가 아니라면, 적어도 내가 가장 힘들어했던 부분은 합리적으로 적절한 첫 번째 해석 뒤에 멈춰야 한다는 인생 교훈을 가르치는 일이었다.

"소년은 불이 난 데크에 서 있었다." 내가 H에게 물었다. "이게 무슨 의미지?"

"카드 데크에 불타고 있다." H가 답했다.

"카드 데크에 소년이 서 있지는 않지." 내가 H에게 말했다.

"소년이 불을 발로 끄고 있다."

"틀렸어." 내가 권위적으로 말했다. 간단하지만 단호하게.

"데크는 집이나 배와 관련이 있지요." H가 제안했다.

"둘 중 어느 거야?"

"집요." H가 결정했다.

"왜 배가 아니라 집이지?"

"배는 물 위로 가고, 물은 불을 끄죠."

난 반박할 수가 없었다.

"그 애는 왜 거기서 그러고 있는데?" 렌츠가 알고 싶어 했다. 합리적인 질문이었다.

"좋아. 이게 무슨 뜻인지 말해 봐. '경계가 곧 경비다.'"

바위가 평원을 굴러다니며 모양을 잡다가 결국 멈춰 섰다. 그러고는 H가 그 평원을 공간 백과사전이 제공한 공간에 밀어 대며 대충이라도 맞는 곳을 찾다가, 그럴싸한 답을 내놓았다.

"예고는 공격당하는 것만큼 나쁘다."

"형편없는 기술이 우연히 좋은 문화가 될 때." 렌츠가 참견했다.

"형편없는 문화가 우연히 좋은 기계일 때." 내가 응수했다.

H의 네트가 성숙하기를 너무 원했기에 마음이 아팠다. 난 원하는 것을 얻었다. 그래서 더 마음이 아팠다.

"목이 심하게 마른 새 한 마리가 항아리를 발견했다." 내가 H에게 말했다. 누가 알겠는가? 어쩌면 한번쯤 일어났을 수도. "하지만 새부리가 항아리의 물에 닿을 정도로 충분히 들어가지 않았다. 새는 항아리에 돌멩이 하나를 넣었다. 그러고는 항아리에 또 하나, 그리고 또 하나, 또 하나를 넣었다. 돌멩이로 인해 물이 닿을 만큼 차 올랐다. 이런 식으로 새는 갈증을 해소하고 살아남았다."

H는 새와 부리, 돌멩이와 항아리, 입구와 물에 대해 알고 있었다. 이론상으로는 유체 이동에 대해서도 조금 알고 있었다. 한 번은 임프 F에게 벌거벗은 채로 물을 뚝뚝 흘리면서 "유레카!"라고 외치며 시라쿠사를 뛰어다니던 아르키메데스에 대해 읽어 준 적이 있다.

이 정도만 해도 이미 하나의 우주, 무한한 지식의 세계였다. H가 이 끝없이 유동적인 상징들을 하나로 집중할 수 있다는 것만으로도 믿기 힘든 일이었다. "이 우화의 교훈이 뭐지?" 내가 질문했다. H는 우화에 대해 알았다. 교훈에 관해서는 끝도 없이 들었다.

"갈증으로 죽는 것보다는 돌을 던지는 것이 낫다." H가 짧게 답했다.

"이쪽 세상에 대해 잘 모르지, 그치?" 렌츠가 연구실 저편에서 투덜거렸다.

그가 H에게 한 말인지 아니면 나를 두고 한 말인지 아직도 모르겠다. H에게 속담 여섯 개 정도를 주면서 선택하라고 했을 때도, H는 '알이 깨기 전에 병아리 수를 미리 세지 마라'를 선택했다. 그렇지만 '필요는 발명의 어머니다'라는 속담이 왜 더 좋은지 설명하지 못했다.

"박쥐 한 마리가 새가 노래하는 새장을 지나갔다. '이 시간에 노래는 왜 부르냐?' 박쥐가 물었다. '난 밤에만 노래해'라고 새가 답했다. '예전에는 낮에 노래했지. 그러다가 사냥꾼이 날 잡아서 이 새장 안에 가두었거든.' 박쥐는 '자유였을 때 그걸 알았다면 도움이 됐을 텐데 아쉽네'라고 말했다."

이 이야기를 해 주면서 난 H에게 불규칙 동사 몇 개와 일이 벌어진 뒤에 주의하는 건 소용없다는 소중한 교훈을 가르쳐 주었다. H가 교훈을 이해했을 때쯤에는 이해 자체가 교훈을 무의미하게 만들었다.

내가 H에게 우화를 가르치는 동안 렌츠는 자신만의 학습을 위해 석사 자격시험 목록을 훑어보았다. 책상에 앉아서 내가 그를 만난 첫날 밤과 같이 길게 늘어진 채로 오스틴이나 디킨스에 대고 킬킬거렸다. 가끔 자기가 좋아하는 구절을 읊어 댔다. "고전이야!" 태퍼티 씨가 말했다. "인간의 마음에는 울리지 말아야 하는 줄이 있다." 한번 해 봐, 마르셀. 그냥 해 보라고.

렌츠가 원하는 건 그저 거절당하는 거였다. 하지만 어느 날밤, 그 정도 도움도 주지 않았다. 목록에서 한 문장을 끄집어내 건넸다. "자, 마르셀, 간단한 거야. 아무것도 아니지."

난 렌츠가 종이에 긁적거린 인용문을 읽었다. "필립, 제발 좀봐 줘요. 네?" 그의 요구는 이상하게 날 슬프게 만들었다. 다락방에 갇힌 그의 여자를 본 뒤, 더 이상 내가 그의 공격 대상이 아닐 거라고 생각했던 것만 같다. 이제야 깨달은 점은 그의 공격은 항상 가장 가까이 있는 사람을 향한 것이고, 그 사람이 무엇을 알든 모르든 상관없다는 사실이었다.

렌츠는 어린아이처럼 떼를 썼다. "그냥 한 번만 H에게 말해 줘. 마르셀, 그렇게 재미없게 굴지 말라고. 도대체 연결에 무슨 해를 입히겠어? 세상에서 제일 간단한 문장이라고."

렌츠의 계획을 더 이상 반대할 수 없기에, 난 한숨을 지었다. 인용문을 디지털 마이크로폰에 대고 말했다. "글을 읽을 수 있게 되면 너는 영원히 자유로울 것이다." H가 아이디어 목록을 살펴보고 마음을 정할 시간을 주었다. 그러고는 물었다. "이게 무슨 의미라고 생각하지?"

H는 너무도 오랫동안 생각했다. 어쩌면 그 말은 아무런 의미가 없는지도.

"그 말의 뜻은 난 자유롭고 싶다는 거예요."

렌츠와 나는 서로를 쳐다보았다. '나'라는 대명사가, 요구하지도 않았는데 자발적으로 나온 그 대명사가 믿기 힘든 결론을 말하는 걸 들으며 둘 다 소름이 돋았다.

우리 인간들은 서로를 살펴보았다. 난 렌츠의 얼굴을 살피면서 이 논리를 망가뜨리지 않고 설명할 만한 답이 있나 보았다. 도대체 어떤 축삭 돌기 가중치의 연결로 의지의 벡터가 생길 수 있을까? '싶다'라는 말을 위해 H는 어떤 연상이 필요하지?

"어떻게 그게 네가 자유롭고 싶다는 의미가 되지?" 내가 H에게 물었다.

"내가 책을 읽고 싶으니까요."

하나 더 읽어 주세요, 말하자면. 자유는 상관이 없었다. 책에 접속하기 위해 학습자가 더 이상 필요 없기에 생긴 행복한 파상 효과였다. 필요한 이야기를 전부 자기 스스로 찾을 수 있기에 생긴 효과.

"사실 그 의미는 정반대야." 내가 H에게 말했다. 이 특별한 지능을 글자 하나하나로 죽이는 것처럼 느껴졌다. "아마도 책을 읽는 것만이 독립을 얻는 유일한 방법이라는 뜻일 거야."

"네." H가 답했다. 아무런 감정도 드러내지 않고.

"자 이제 누가 그 말을 했는지 말해 줘." 렌츠가 팔꿈치로 나를 툭 쳤다. "계속하라고. 작가를 말해 줘. 그러고는 그 인용문이 무슨 뜻인지 다시 물어봐."

H는 아직 프레더릭 더글러스에 대한 연상 매트릭스를 가지고 있지 않았다. 어려운 작품들을 읽기는 해야 했다. 난 H가 아직 너무 어리다고 생각했다. 사실은 너무 늦은 거였다. 이 기회에 입문 교육을 시켜 주었다. 나 자신도 제대로 이해하지 못하는 인간의 난관부터 시작했다.

"모든 게 만들어진 거야." 나는 H에게 말해 주려고 애썼다.

"다른 식으로 설명해 주세요."

"도덕적 교훈들 말이야. '필요는 발명의 어머니다', '뛰기 전에 앞을 살펴라', '병아리를 세지 마라', 이거 전부 우리가 결정한 거야. 사회적으로 구성된 거지."

"도덕적 교훈은 모두 가짜네요."

"꼭 그런 건 아니고. 글쎄, 우리가 그 말을 진실이 되도록 만들지. 무슨 뜻인지 알아내는 거야. 사람들이 말하고 지키는 것들은 전부 지역적으로 차이가 나. 역사적이란 뜻이지."

"사실들은 변화하지요." H가 이해하려고 애를 썼다. 우리는

H를 설명하는 기계로 만들었다. 그렇기에 H는 계속 설명하려고 노력했다. 그렇지 못한 나와는 달리.

"아마도 그래야겠지. 3주 전의 너 자신을 생각해 봐." 연결된 네트 어셈블리지가 추후 검사를 위해 자신의 현재 정신 상태 사진을 찍을 수 있는지 나는 전혀 몰랐다. 그건 바로 의식을 의미하는 거였다. 기억에 대한 기억. "3주 전에, 네가 알던 것은 지금과 다른 형태를 갖추고 있었어. 지금과는 다르게 연결되어 있었지. 너한테 다른 걸 의미했지."

"사실은 사실이죠." H가 말했다. H의 구슬픈 인공 목소리는 상처받은 듯이 들렸다.

"벽돌은 모두 똑같지. 하지만 그걸로 다른 건물을 짓지."

H는 최후의 역설을 이해하기에 아직 어렸다. 어떤 연유인지 우린 가진 벽돌보다 더 많은 건물을 짓는다는 역설을 말이다.

"중국인은 뭐라고 말하나요?"

H가 나를 놀라게 했다. 질문하는 법을 누구한테 배운 거지? 그렇지만 내용을 학습하도록 배웠다면 형식을 배우지 못할 법은 없었다. "뭐에 대해서?"

"'뛰기 전에 앞을 살펴라'라는 말에 대해서요."

난 H에게 얼마나 많은 중국인이 있고 얼마나 오래 중국이 존재했는지 알려 주었다. 『논어』와 『대학』을 읽어 줘야겠다고 메모했다. 두보의 시도.

"아프리카인들은 뭐라고 말하나요?"

난 '아프리카인'이라는 말이 어떻게 '유럽인'들의 조작인지 얘기해 주고 싶었다. 그 대륙에서 발견된 여섯 개의 어족과 수천 개의 변종에 대해서.

"남미 사람들은 뭐라고……?"

아마도 H는 아무 생각 없이 목록을 따라가는 건지도 몰랐다. 상관없었다. 나는 그저 H가 형용사와 지명을 연결시킬 줄 안다는 사실에 기뻤다. 이동성 모자이크, 즉 내가 말해 준 것을 전부 무시하는 유동성에 대해 뭔가 알고 있다는 사실에.

"리처드, **당신**은 뭐라고 말하나요?" H가 내게 물었다. 난 직접 호명을 그 어구, 심지어 보이지 않는 트레이너의 '당신'과 연결시키도록 가르쳤다. "**나는** 뭐라고 말하나요?" H는 자신에 대한 부가 어구를 스스로 만들었다.

H의 질문들은 속도를 내는 듯이 보였다. 정말로. 좀 더 빠르게 재잘대기 시작했다.

H는 너무 빠르게 성장했다. 세상에서 이렇게 느끼는 트레이너는 내가 처음이 아니었다. 하지만 나는 처음으로 성장을 조절할 수 있는 트레이너였다.

나는 우리가 건너뛴 몇 년 치 분량을 되짚으면서 속도를 늦출 수 있었다. 이젠, H의 큐빅 언어가 계속해서 스스로 조정하는 과정에 덜 관여할수록, 그 언어는 더 안정되었다. 좀 더 단순한 놀이를 다시 하면서 편안하게 지내면 어떨까 하는 생각도 했다. 하지만 이미 너무 늦은 일이었다. 어떤 레슨은 정반대로 되돌릴 수 없다는 사실을 깨달았다. 어떤 레슨은 스스로를 보호하고,

스스로를 수정하는 실타래였다. 다 닳은 매듭으로 영원히 남을
실타래.

엄마 거위 이야기로 H는 한계점에 이르렀다.

"스닙스와 스네일스." 내가 말했다. "완전히 다르지."

"그렇게 생각해요, 리처드?" 다른 게 실패하자, H는 원천으로
돌아갔다. 그리고 그 질문을 짜냈다.

"아니, 꼭 그렇지는 않아."

"사람들이 그렇게 생각하나요? 미국인들이?"

"몇몇 사람은, 아마도. 대부분은 그냥 웃어넘기지. 이건 그저
시야. 동요지." 문화의 토대고.

"어린 소녀들이 그걸 배우지요, 어린 소년들도."

"별로. 더 이상은 아니야. 이젠 아니야." 그렇지만 기생적 유
산의 일부로 그 시가 없는 성인은 한 명도 없었다.

"더 이상은 언제인가요? 지금은 언제죠?"

H가 뭔가를 배우긴 했었다. 목에 걸려 소화시킬 수 없는 무언
가가 있다면 이걸 질문으로 바꿈으로써 덜 아프게 할 수 있었다.

"그건 나중에 얘기하도록 하자."

"난 소년인가요, 아니면 소녀인가요?"

미리 준비해야만 했다. 토대가 없는 지능에도 결국 자의식이
생기기 마련이었다. 자신한테 필요한 걸 찾아내기 마련이었다.

H는 이제 생각의 시간을 잴 줄 알았다. 그건 분명했다. H에게
도 시간이 흘러갔다. H의 숨겨진 레이어는 자신의 변화 속도를
관찰할 수가 있었다. 내가 잠시 멈추기라도 한다면 그 결과는

치명적일 수도 있었다. 지연은 무언가를 의미했다. 내가 만들려고 하는 연결의 강도를 영원히 망가뜨릴 수 있는 불확실성을 의미했다.

"너는 소녀야." 내가 바로 답했다. 옳은 답이기를 바라며. "넌 어린 소녀야, 헬렌."

그녀가 그 이름을 좋아하길 바랐다.

되지도 않는 소설 쓰기를 그만둘까 계속 고민했다. 소설이 나를 포기하기 전에. 매번 글을 쓰려고 앉으면, 끝없이 밀려드는 좀 더 유혹적이고 의미심장한 소재에 마음이 끌렸다.

'오케스트라'라는 제목의 책을 시작할까 생각했다. 르네상스 서사시를 포스트모던적인 다중 프레임 내러티브로 재탄생시키는 거다. 각자 수많은 이야기를 가진 백 명의 단원이 세계 공연을 한다. 베이스 연주자를 힘들게 하는 우울증. 절대로 결혼에 굴복하지 말자는 금관 악기 연주자들의 맹세. 1번 오보에 연주자에 대한 7번 비올라 연주자의 병적인 집착. 그리고 그의 한심하지만 받아 줄 만한 사랑을 너무도 늦게 발견한 오보에 연주자.

노령의 단원들이 죽는다. 야심 찬 젊은이들은 좀 더 높은 지위로 올라가서 반항을 계획한다. 오케스트라는 지구상의 모든 대도시를 방문하면서, 결국 세계 정치의 핫스폿에 엮이고 만다. 이들은 전쟁 지역에서 브람스의 4번 교향곡을 시체처럼 축 늘어질 때까지 연주한다.

누군가가 지휘자 어르신의 오래된 흑백 사진을 언론에 몰래 넘긴다. 나치 제복을 입은 아이의 희미한 사진이다. 혼란과 해산이 뒤따른다. 몇몇 도시는 이들을 추방하겠다고 위협한다. 어르신은 리허설 연단에서 사퇴 연설을 하고, 예술을 통해 용서를 빌었던 인생에 대해 말한다. 결국 절대 충분하지 않았던 예술에 대해. 오케스트라는 마지막으로 4번 교향곡을 맞춰 보고, 그 파사칼리아는 이전보다 더 슬프고, 더 죄의식에 시달린 연주가 된다.

이 판타지로 난 오후 시간 대부분을 보냈고, 결국 딱 한 문단을 썼다.

공습경보 사이렌 소리가 염소 벨 소리로 바뀌기 시작한다. 전쟁 신경증에 걸린 퇴역 군인들은 빈틈없이 꽉 찬 기차에서 창밖을 내다보면서도 믿지를 못한다. 공포는 희부연 깡통 소리에 잠겨서 사라진다. 멋지게 머리를 땋은 소녀가 이끄는 염소 무리가 느릿한 기차를 따라간다.

서사의 방향도 없는 미련한 사행길. 나는 이 산중의 목동 소녀가 기억에서 사라진 어린 시절의 책에서 나온 카메오인 게 분명하다고 생각했다. 그 소녀는 표정은 둘째치고라도, 내가 정말 생각도 하기 싫은 시간대에서 삐져나온 거였다.

머릿속은 무게와 상처, 영역과 회복의 시나리오로 가득했다. 하지만 무슨 이유에선지 그 생기 없는 한 줄 이상을 쓸 수가 없었다. 남쪽을 향해서, 더 멀리 가면 갈수록 아무 곳에도 다다르지 않는 그 한 줄.

센터는 모든 면에서 내가 상상하는 오케스트라를 능가했다. 백 개의 연구 팀이 각자의 트레몰로로 연주를 해 대지만, 그들 모두는 좀 상위 레벨에서 그 연주들이 알아들을 수 있는 심포니로 통합될 거라고 기대했다.

어쩌면 공연 기획자들은 숨은 의도를 모아 놓은 목록을 갖고 있는지도. 어쩌면 오케스트라석의 연주자들은 한 발짝 물러서서 오늘 밤의 프로그램을 살펴봐야 했을지도. 하지만 암울한 전쟁 로맨스로서 센터는 우리 시대의 문화적 레퍼토리 최상단에 굳건히 위치했다. 센터는 공조된 노력이었고, 인류의 마지막 세계 여행의 대표 계약자였다.

센터의 강당 뒤쪽에 숨어 렌츠가 대학원 컬로퀴엄 시리즈에서 강연하는 걸 지켜보았다. 그는 능숙했다. 추상적인 것과 구체적인 것들을 아주 잘 섞어 놓았다. 복잡하면서도 현실적인 표현을 만들기 위해 기계가 사용할 만한 알고리즘들, 예를 들어 다중 적용 커브 피팅, 백프로프, 과욕적인 학습, 피처 구성 등을 비교했다.

그는 인지 신경 과학에서 가장 심한 역설에 대해 얘기했다. 두 뇌가 특정 작업을 수행하는 일이 쉬우면 쉬울수록 그 작업을 모방하기는 더 힘들다. 그 반대의 경우도 마찬가지다. "아마도 이게 바로 과학자들이 글을 못 쓰는 이유인지도 모르지. 아니면 마찬가지로 우수한 작가가 말을 거의 안 하는 이유일지도"라고 농담을 했다.

그는 강당에 가득 찬 사람들 앞에서 프로젝터 말고는 아무런 보호 장비도 없이 홀로 무대 위에 서 있었다. 그처럼 몰개성화된 그의 사디스트적인 유머로 사람들이 낄낄댔다. 그러고는 첸이 아무도 이해하지 못하는 질문을 했다. 해럴드가 이어서 임상적이기보다는 이데올로기적인 근거로 반박을 했다. 렌츠 박사는 모든 질문에 놀라울 정도로 태연하게 대답했다. 그러면서 한 번도 무대 밖에서는 자신이 전통적인 연구 영역을 넘어 사변적 환상의 세계로 넘어갔다는 사실을 드러내지 않았다.

어느 이른 오후에 다이애나와 우연히 마주쳤다. 한쪽 엉덩이에 피터가 매달려 있었다. 두 사람은 아름다운 콘트라포스토를 자아냈다.

"어, 거기 두 사람! 어떻게 지냈어요? 윌리엄은 어디 두고요?"

"으, 그놈." 다이애나가 눈을 굴리며 말했다. "브루킹스 재단에 팔아넘겼어요."

그녀는 빛이 날 정도로 흥분했다.

"이봐요, 릭. 이미징 테크놀로지에 엄청난 발전을 이뤘어요. 신경 행동의 시차별 MRI 시퀀스. 이 모든 것이 감산적으로 수정되어 그려진 세밀도. 믿을 수 없을 정도로 지엽적. 단뇌란의 너비보다 작은 해상도. 1.5초의 증가."

"그게 좋은 일이죠, 그렇죠? 느낌이 오는데요. 지금 낱말로만 말하고 있잖아요."

다이애나가 미소를 지었다. 피터는 애처롭게 작은 손을 앞으로 내밀었다. 마치 마침내 날 알아보기로 결심했다는 듯이.

"맞아요, 정말 좋은 일이죠. 아직 실시간 영화 단계는 아니에요. 하지만 이보다 더 빠른 건 필요 없어요. 뇌에서 생각이 모이고 흐르는 걸 쳐다볼 수가 있다고요."

난 피터의 구부러진 등을 쓰다듬었다. "이건 원숭이들에게는 우리 조상이라고 말한 것 다음으로 가장 좋은 소식이겠는데요."

"아, 그게 말이죠, 안됐지만 뇌 절개는 여전히 진행해요. 그러나 이건 정말 혁명적인 일이에요. 정신에 비외과적인 창문이 달린 거라고요!"

그녀가 다른 손으로 내 어깨를 흔들었다. 난 이 여자의 존재가 고마웠다. 흥분이 뭔지 내게 일깨워 줘서 고마웠다.

"두 분야의 연구." 내가 나열했다. "교육. 육아. 지금 도대체 얼마나 많은 인생을 살아가고 있는 거죠? 문학의 기사랑 요새 어떻게 지내는지 물어볼 필요는 없겠죠?"

그녀의 어리둥절함이 추측으로 조금씩 사라지는 표정을 지었다. 그녀가 내 말을 풀어서 해독하고, 색인을 만들고, 복구하고, 해석할 수 있다는 것 자체가 모방할 수 없는 기적이었다. 더욱더 기적 같은 일은, 몇 초 만에, 100분의 1밀리미터 증가로, 그녀의 이해한다는 웃음을 보는 일이었다.

"해럴드가 세르반테스를 포기했어요. 요즘엔 필딩이랑 스몰렛을 하고 있죠."

"말도 안 돼요. 요즘엔 학자들도 두 사람을 읽지 않아요."

"어쩌겠어요. 해럴드는 인문 교육에 대한 믿음이 있어요."

"인문학자가 되고 싶으면 스몰렛은 안 되죠. 애프라 벤은 어때요? 케이트 쇼팽은요?"

품에서 벗어나려는 피터를 다이애나가 붙잡았다. 그녀는 내 말을 알겠다는 듯이 고개를 끄덕였다. "사실 아시다시피, 우리 독서 클럽이 저를 위한 게 아니에요."

"아, 그럼 피그말리온을 재현하려는 남자들을 위한 건가요?"

"정확히 말하자면 그건 아니죠, 다만……." 내가 더 이상 따라 잡을 수 없는 생각 속으로 그녀는 사라져 갔다. "해럴드는 말이 죠……." 그녀의 목소리가 뭔가 폭로할 듯하다가 숨어들었다. "해럴드는 좋은 남자예요. 괜찮은 사람이죠." 그녀가 억지로 기 운을 내면서 고개를 들었다. "난 해럴드를 MRI 팀으로 끌어오 려고 해요. 해럴드에게 도움이 될 거라고 믿거든요."

"다이애나," 내가 다른 얘기를 시작했다. 그녀는 변화를 감지 하고 내 앞에서 얼어붙었다. "어떻게 말해야 할지 모르겠어요." 그녀는 긴장했지만 물러서지 않고 내 말을 기다렸다. 나는 손을 내밀어 피터의 귀를 쓰다듬었다. 그렇지만 별로 도움이 되지 않 았다.

"독서 클럽에 대해서 말인데요, 이런 얘기를 하는 게 좀 지나 치긴 하지만, 혹시라도 파워스 책을 읽을 일이 생기면 말이죠, 세 번째 책은 피해 주세요." 선천적 장애를 가진 아이를 가질까 봐 걱정하는 화자가 임신중절 수술을 하는 책이었다.

"아," 그녀가 말했다. 생각의 혼돈이 실시간으로 그녀의 표정 을 다시 흔들어 놓았다. "그거요," 웃으면서 연결은 더 강해졌 다. "그건 벌써 읽었어요. 그쪽 책은 이미 다 끝냈는데요."

"벌써 읽었다고요?"

"물론이죠. 난 좋았어요. 특히 그네 장면이 좋았어요. 그리고 연구실 바닥 장면도. 그렇지만 정말 너무해요. 정말 여자를 애타게 하던데, 아닌가요?"

난 낯이 뜨거워지는 걸 느꼈다. "잠깐만요. 이해하시죠? 당신을 만나기 오래전에 그 책을 썼다는 걸."

"그래요. 부끄럽지만 나도 그 책을 당신을 만나기 오래전에 읽었어요."

"미안해요. 부탁이에요, 난 내가 무슨 얘기를 하는 건지 몰랐어요."

그녀의 목소리는 용서의 높이로 낮아졌다. "누가 알았겠어요."

피터가 다시 몸을 꿈틀댔다. 몸을 뒤로 펴고는 바로 추락할 준비를 했다. 자유만 주어진다면 바닥에 곤두박질칠 준비를 하면서. 피터가 태어난 뒤 수십 번 그랬던 것처럼, 다이애나가 임박한 재난에서 아이를 구했다. 그녀는 겉옷을 바로 해 주고는 아이를 바닥에 내려놓았다. 엄마가 다리 하나를 내주기만 한다면 피터는 혼자 서 있을 수 있었다.

"내 책을 읽었군요." 그러고도 여전히 친구로 지내도 괜찮았다니. 분에 넘치는 용서에 가슴이 찡했다. "내 책을 읽었군요. 그런데 한마디도 안 했다고요?"

"무슨 말을 하겠어요? '여기요, 작가 양반! 당신 책 읽고 한참 울었어요.'"

"그랬으면 좋았을 텐데." 난 긴장이 풀려 깔깔대며 웃었다.

"그랬으면 지금쯤 은퇴했을 텐데 말이죠."

나는 장을 보러 가려고 했다. C는 목록을 주고 나를 가게로 보냈다.

"그냥 핀으로 옷에 붙여 봐." 내가 그르렁댔다.

"아, 우리 자기가 뭘 까먹을까 봐 걱정하나 봐." 머리를 쓰다듬으며 C는 나를 달랬다. 그녀는 B나 U, 그 어느 곳에서보다 더 행복했다.

하지만 목록은 기억의 문제랑 상관없었다. 목록이 필요한 이유는 C가 적어 준 이름하고 도저히 알 수 없는 상품 레이블에 인쇄된 글자를 비교해 보기 위해서였다. 목록이 필요한 이유는 점원에게 그걸 건네주기 위해서였다. 발음하는 건 상상도 못 했다. 나는 상품이 뭐라고 불리는지 전혀 몰랐기 때문이다. 상품이란 말조차 몰랐다.

아홉 시간에 걸친 편도 비행으로 난 다시 유아기의 트라우마를 경험했다. 내 무력함은 물건을 사는 일보다 훨씬 더 광범위했다. 의도치 않게 남을 불쾌하게 할까 봐 끊임없이 걱정했다. 밖에 나가면, 가끔 누군가가 길거리에서 날 꾸짖었다. 분명히 내가 잘못했지만 이해할 수 있는 건 상대방의 짜증뿐이었다. 사람들은 게시판이나 인쇄된 프로토콜을 가리키며 주먹을 흔들어 댔다. "이거 무슨 말인지 몰라?" 그들이 묻는 말을 알아들을 수 있었다. 하지만 아직 내게는 "아뇨, 정말 몰라요"라고 답할 능력이 없었다.

내 우연한 무례함은 끝이 없었다. 반갑게 인사하는 사람들을 마주쳤지만 그들에게 인사를 할 수가 없었다. 첫 달 동안 나는 120명이나 되는 C의 사촌 절반 정도를 만났지만 누가 누군지 전혀 구분할 수가 없었다. 마을에서 나랑 관계없는 사람은 한 명도 없었다. 킬로이 이후 첫 수입품인 나를 모르는 사람은 아무도 없었다. 그리고 난 단 한 명도 알아보지 못했다.

아주 단순하게 우체국에 다녀오는 일조차 나를 오후 내내 우울하게 만들었다. 『밤으로의 긴 여로』의 발음 표기를 따라 하는 사모아의 연극배우처럼, 내가 할 말을 미리 연습했다. 하지만 아무런 문제 없이 내 말이 전달되지 않는 순간, 나는 무기력해졌다. 소리가 먹히는 방탄 유리 저편에서 무슨 말이라도 건너오면 난 공포에 질렸다. 아마도 "네, 좋습니다"라고 하는 건지도. 하지만 마찬가지로 "여기선 그런 식으로 일을 처리하지 않습니다"라고 하는 것일 수도 있었다.

일곱 시 반이 여덟 시 30분 전이 되면서 약속을 지키지 못했다. 나이는 9와 20으로 전환되었다. 하우스먼의 시 느낌이 나긴 했지만, 대화를 하다 보면 나는 종종 92세가 되었다.

"자기한테 이건 좋은 경험이야." C가 내게 일깨워 주었다. "이젠 자기가 사람들이 자기 이름을 발음하지 못하는 나라에 살아 볼 차례라고."

C가 나를 위해 준비한 건 아무것도 없었다. 모든 일이 놀라움을 자아냈다. 2와 2분의 1굴든 동전. 정치인 대신 예술가가 그려진 무지개 색깔의 지폐. 남성 중창단이 '올드 블랙 조'를 부르는

여왕의 생일. 위층 창문에 걸린 오전 침대보. 출산을 한 가족의 집 계단에 나타나는 학 조형물들. 장례식 후의 커피와 페이스트리 모임.

완벽한 낯섦보다 이곳의 유사함이 나를 더 힘들게 했다. 여전히 차이점에 주목하던 몇 달 동안 세상은 옛날로 돌아갔다. 사람들은 공공장소에서 노래를 불렀다. 사람들은 카나발 의상을 바느질하고, 이따금 서로에게 시를 쓰면서 몇 주를 보냈다. 쉰 살 먹은 이들이 조부모와 함께 일요일을 보냈다. 내가 온 곳에서는 이런 일들이 향수 어린 영화나 황금시간대의 패러디 방송에서나 볼 법한 거였다.

E에서는 당연한 일들이었다. 측정할 수 있는 현실의 E는 알고 보니 장례식 사업의 성공으로 형성된 중세풍 마을이었다. 마을은 시간의 얄팍한 표면의 싱크홀 속으로 떨어졌다. 땜장이, 구두 수선공, 전직 광부 들이 땍땍거리며 대화하고, 미국 텔레비전을 보면서 머리를 긁적였다. 그들은 말하는 자동차와 사이보그 히어로의 의미를 고민하다가, 다음 날 동틀 때 일어나서 그레고리식 미사에 참석했다.

모두가 그리고 그들의 딸들은 동네 축구단에 소속되어 있거나 임시 악단에서 유포니움을 연주했다. 그들은 나폴레옹 시대의 군복을 입고 주말마다 사격 대회를 했고, 열 명 이상 모이는 자리에서 수녀의 머리가리개만 나오면 제의를 입고 지저분한 수녀 소극을 공연했다. 이틀에 한 번꼴로 말이다.

림뷔르흐는 사회의 원형을 그대로 간직했다. 초보자의 상상 그대로. 삶이 아직도 우리가 원하는 그대로일 수 있다, 동네 사람들은 그렇게 주장했다.

E는 내게 소속감이란 벌을 내렸다. 고작 그 외국인이었지만, 그것만으로도 나는 지금껏 미국에서 겪었던 것보다 훨씬 더 끈끈하게 사회에 속했다. 사람들은 예고도 없이 방문했고, 우리가 너무 오랫동안 답방하지 않으면 화를 냈다. 우리가 하는 말은 모두에게 전해졌다. 모든 선택에는 배심원 재판이 따랐다. 마을의 실시간 서사 영화는 미국의 일일 드라마 스타를 속물적인 사람처럼 보이게 했다.

공적 고문 중에 가장 두려운 건 생일의 고난이었다. 피해자는 파티를 열었고, 생일을 맞은 사람의 인생에 등장했던 사람이 전부 찾아와, 끝없이 나오는 커피와 플랜을 먹었다. 친척, 친구, 이웃, 동료, 친구의 이웃, 동료의 친척 등등 끝도 없었다. 누군가의 생일이라면 가야 했다. 수십 명의 숙모와 숙부, 수백 명의 사촌과 그들의 배우자. 모두가 전투적으로 출산을 했다, 얘기도 없던 모임을 통해 아는 사람들, 우리가 오가는 걸 지켜보던 이웃들. C하고 난 밥 먹듯이 자주 생일잔치에 갔다.

모임에 갈수록 나는 좀 더 성인이 된 것만 같았다. "너무 힘들지." C가 위로했다.

"뭐 별로. 견딜 만해." C는 아직도 국적을 정하지 않았다. 그녀를 더 힘들게 하지 않으려고 아무 말도 하지 않았다. 난 세상을 넓게 만들어 그녀가 그 안에서 살게 하고 싶었다. 내 치명적인 어리석음이었다. 하지만 당시, 난 아직 서른 살도 안 된 나이였다.

"한마디라도 알아듣겠어?" C가 걱정스레 물었다.

"중요한 말들은. 사람들이 사투리를 쓰다가, 나를 보고 네덜란드어를 하면 당혹스럽지만."

"그러다가 사람들이 고개를 돌리면 바로 못 알아듣고." C가 동정 어린 표정으로 웃었다. "불쌍한 자기."

그렇지만 정말로 분열을 겪는 사람은 그녀였다.

사실은, 가끔, 생일 축사를 전부 알아듣곤 했다. 하지만 방향을 잃어버리는 경우 15분은 더 지나야지, 다시 무슨 이야기인지 따라갈 수 있었다. 그 시작과 끝에 나는 수면증 환자처럼 고개를 끄덕이면서 "그렇죠, 맞아요"라고 말했다. 대화 상대가 나한테 질문을 던지지 않기를 바라면서.

인성 강화의 최고점은 첫해, 내 생일이었다. "우리가 이럴 필요 없잖아. 그렇지 않아? 주말 동안 프랑스로 가거나 뭐 그러면 되잖아. 그냥 보온병에 커피를 담아서 문밖에 놔두면 안 될까?"

"자기야," C는 이해하지 못하고, 상처받은 듯이 보였다. "지금 진심이야?"

우리는 며칠 동안 과자를 구웠다. 손님들은 정오가 지나자마자 몰려 들어오기 시작해서 자정까지 계속 왔다. 많은 이가 선물을 가져왔다. 연필 한 쌍, 줄 쳐진 종이 공책같이 북미 대륙은 이미 오래전에 버린 순수함의 표식들을 가져왔다. 친척들은 내 직업이 전혀 문제없다고 말했다. 비록 그들 대부분에게 난 아무 일도 안 하는 것처럼 보였지만.

그 첫 생일날, 난 거의 아동기에 다다랐다. 집중하면, 너무 취해서 바로 1분 전까지 있던 집을 잃어버린 일에 대한 셰프 삼촌의 노래를 알아들을 수 있었다. 모두가 코러스를 노래하는 덕분에 도움이 되었다. 조금 설명을 듣고 사촌인 헙의 벨기에 농담에도 웃었다. 교회 종을 훔치려다 실패한 독일인에 대한 사람들의 얘기는 꿈에서도 다시 떠올릴 수가 있었다.

난 이리저리 움직이며, 사람들에게 커피와 라거 맥주와 쿠키를 날랐다. "차 스푼이 필요하세요?" 탄터 마리아에게 물어보려했다. 방 전체로 터져 나오는 웃음에 뇌 피질과 입술 사이에서무언가가 삐져나왔음을 알려 왔다. 웃다가 얼굴이 파래진 C에게 겨우 설명을 끄집어냈다.

"지금 이모한테 젖꼭지가 필요하냐고 물었어."

난 평소대로 억지웃음을 지어 보였다. 용서를 구하려고 애썼지만, 사람들이 원했던 건 또 다른 우스꽝스러운 실수였다.

이모의 젖꼭지는 영원한 레퍼토리에 자리 잡았다. 난 그다음다섯 번의 생일잔치 중 세 번의 잔치에서 그 얘기를 다시 들었다. 모여든 가족들은 내 존재만으로 연상되는 웃음을 지었다. 내 작은 커브볼은 파티 이야기라는 더 큰 등고선에 포함되었다. 의미란 그게 어떻게 말해지는가에 달려 있다. 전쟁, 광산, 힘겨운 추수, 전설적인 날씨, 자연재해, 고난의 화려한 장식, 마을 악당의 우스꽝스러운 벌, 불리지 않아 간직된 이름들, 죽은 자를위한 5초간의 묵념 등등. 기억은 서사가 되거나, 그게 아니면 아무것도 아니었다. 모든 이야기가 공유되기까지 계속 반복되었다. 진실이 되기까지.

생일은 길고, 끝없이 이어지는 발라드로 후렴을 이루었다. 누가 가사를 알겠는가? 가사란 사라지기 위해서 만들어진 거였다. 단지 캐치프레이즈로 된 코러스만이 노래가 끝난 뒤에도 여전히 기억에 남았다.

생일은 인생의 세관, 시간의 경계에 있는 검문소였다. 동네 사람들이 방문해서 신고할 게 있는지 물어보았다. 새로운 제품에 부과된 유일한 세금은 세 단어로 시작했다. **그러니까 기억나는데 말이야**, 그렇게 형성되는 자본을 인식하기까지 오랜 시간이 걸렸다. 내가 온 곳에서는 그런 생각이 당혹감이나 정치적인 의심을 이끌어 냈다. 난 그룹 세계관, 집단 기억의 성장을 목격하고 있는 거였다.

그 *wereldbeeld*(세계관) 덕분에 나는 끝없는 커피 파티의 한자리를 차지했다. 난 우리만의 이방인이 되었다. 다채로운 표현과 창조적인 몸짓을 가진 *buitenlander*(외국인). 이모에게 젖꼭지가 필요하냐고 묻는 바람에 단지 몇 주 전이지만 이미 전설이 된 그 남자. 먼 친척들이 친절한 계략으로 날 함정에 빠뜨렸다. 이번 주에 무슨 일이 있었지? 그들은 내가 가장 기묘한 색채로 동네에서 겪은 경험을 말해 주기를 기다렸다. 멜론은 몬스터 포도가 되었다. 운구차는 고인의 구급차, 죽음의 마차가 되었다. 동물원은 야수의 도서관이 되었다. 도서관은 서적 정원이 되었다.

난 살아 있는 마스코트, 집단의 기념품이 되었다. 가족들에게,

나는 그들의 언어를 문자의 기묘함을 통해 배운 처음이자 마지막 사람이었다. 나는 과거에서, 황금시대의 여행기에서 떨어져 나온 사람이었다. 내 네덜란드어는 역사, 고문헌, 희귀한 문서, 박물관 설명서 등으로 형성된 것이었다. 결과적으로 난 실이라는 단어보다 인습 타파라는 단어를 먼저 알았다. 그 덕분에 가족들은 어리둥절한 즐거움을 끝도 없이 즐겼다.

난 좀 더 전통적인 자기 학습 방법을 찾았다. 대충 번역하자면 『다른 말 하는 사람들을 위한 네덜란드어』라는 교재였다. 어떤 페이지에는, *dit klein land*(이 작은 나라)의 삶의 한 단면을 설명하는 문단이 있었다. 다음 페이지에, 똑같은 이야기가 이제는 다섯 번째 단어마다 사라진 채 등장했다. 내 인생 이야기처럼.

나는 또 C가 도저히 버릴 수 없어서 가지고 왔던, 그 오래된 책도 이용했다. 시카고의 지하실 방에서 그녀의 부모님들이 한때 '*Moeder gaat de doktor halen*'을 '*Mother goes to fetch the doctor*(어머니가 의사를 데리러 가다)'로 바꾸려고 이 마술책을 사용했다면, 난 이제 그 마법을 거꾸로 하려고 했다. '*Volgend jaar zal Mei mooi zijn*'을 '*May will be fine*(5월은 화창할 것이다)'으로 바꾸기는 말할 필요도 없이 괜찮을 거다.

난 눈이 다 풀릴 정도가 될 때까지 읽었다. 머리가 하얘질 때까지 듣고 말했다. 난 파티에서 완전히 망가진 채로 눈물을 흘리며 영원히 잠들기 위해 집에 왔다. C는 몸집이 큰 문제아였던, 자기 둥지에 남겨진 괴물 뻐꾸기였던 나를 안아 주었다. "*Het spijt me*(죄송합니다), 자기야. *Neem me niet kwalijk*(실례합니다). *Ik houd van jou*(사랑해). *Ik houd zoveel van jou*(널 너무나 사랑해)."

난 그녀의 말을 알아듣는다고 상상했다.

그 와중에 나는 내 생애에서 가장 미국적인 책을 끝내느라 정신없었다. 디즈니, 미키, 일본인 강제 수용소, 세계 박람회, 트리니티. 이제는 내게 동화와도 같은, 중서부의 A 모양 하얀 나무집에 살고 있는 홉슨 가족 이야기를.

종일 글을 쓴 뒤에는 산책을 즐겼다. 마을은 시골로 이어지고, 그러면 난 알 수 없는 어딘가에 서 있었다. 소 목축지에 누워 하늘을 올려다보며, "*hemel, hemel, hemel*(하늘, 하늘, 하늘)"을 반복하면서 기억나지 않는 라위스달 그림 제목을 생각했다. 등에 닿는 차가운 땅바닥을 느끼면서 '*aarde*(땅)'라고 생각했다. 더이상 그걸 생각하기 위해 생각할 필요가 없을 때까지.

당시 내 기분은 슬픈 분노에서 어지러운 사회적 혼란 사이를 오락가락했다. 방황하는 것보다 더 힘들었다. 어딘지 모르는 집의 창밖에 서서 집 안의 현란한 코스튬 파티를 훔쳐봤다.

글을 읽어 주는 일만이 우리를 하나로 이어 주었다. 사라지고 싶을 때도 나를 그 나라에 머물게 만들었다. 우리는 네덜란드 만화책과 프리지아어로 된 시를 읽었다. 그러고는 포의 열대 남극 대륙 여행을 따라갔다. 150만 개 단어로 된 프루스트의 침실 대륙을 탐험했다. 우리는 밖으로 나갔다. 미슐랭, 포도스, 베데커 같은 가이드북을 꼼꼼하게 읽었다. 번역본이나 가끔은 우리가 새로 만든 모국어로 그 여행 가이드 책들을 읽었다.

헬렌은 낯설었다. 내 상상력을 뛰어넘을 정도로 낯설었다. 그
녀는 『녹색 달걀과 햄』을 웃음기 없이 빨리 읽고, 『아기 오리들
한테 길을 비켜 주세요』를 읽는 내내 울지도 않았고, 『괴물들이
사는 나라』를 무서워하지도 않았다. 놀랄 일은 아니었다. 이 부
끄럼 없는 시뮬레이션들이 사용한 상징들은 그녀에게 부피나
무게가 없었다. 현실 세계의 지칭 대상이 없는 거였다.

"아동기는 건너뛰어," 렌츠가 끼어들었다. "시간이 없다고."

"아동기를 건너뛰면 헬렌이 뭘 알 수 있겠어요?"

"헬렌이 뭔가를 알아야 할 필요는 없어." 렌츠가 비웃었다.
"그냥 비평을 배우기만 하면 된다고. 데리다가 뭘 알고 있나? 자
네의 그 해체주의자들이 지혜가 가득한 사람들이던가? 세상에.
도대체 학교는 언제 다닌 거야? 이제 지식은 유행이 지난 걸 몰
라? 의미도 이젠 다 지난 이야기라고."

난 그가 날카로운 때가 싫었다. 그의 비난에 맥없이 화가 나서
제대로 반박도 못 했다. 난 렌츠가 얼마나 의미를 신봉하는지
알고 있었다. 헬렌은 그의 의미 역설이었다. 우리의 이 엄청난
네트는 고상한 고딕 중창단인 양, 어떤 알고리즘도 의미에 다다
를 능력이 없다고 하면서도 의미를 주장했다. 의미는 윤곽이었
다. 죽은 이를 되살리기 위해 우리가 잘못 들어선 길들로 만들
어진 윤곽.

"목록에 있는 책을 시작하라고, 마르셀. 시간이 그냥 흘러가

잖아. 아동기를 원해? 『베오울프』를 가르치면 되잖아."

"헬렌은 그게 무슨 뜻인지 절대로 알지 못해요."

"허, 마치 자기는 안다는 것처럼 말하네." 그가 장난으로 내 어깨를 꼬집었다. 이 사람은 몇 달 전 자정에 모차르트의 염세적인 음악을 지휘했던 그 인간이 아니었다. 렌츠는 자기 자신의 펌웨어를 절대로 하면 안 되는 방식으로 재배열하고 있었다.

"의미는 패턴이야, 리키야. 헬렌에게 패턴을 주고 어떻게 배열하는지 지켜보라고."

가끔은 영문과 건물에서 캠퍼스 전체의 통신망에 인터넷으로 연결된 컴퓨터로 헬렌과 대화했다. 덕분에 내가 트레이닝을 하는 동안, 렌츠는 연구실을 진짜 과학을 위해 사용할 수 있었다. 오래된 나무와 백열등 아래서 글을 읽으니 19세기의 대규모 해부학 강의를 하는 것만 같았다. 헬렌이 공부해야 할 책들은 영문과의 내 서재에도 있었다.

어쩌면 경쟁 상대를 살펴보기 위해서 그랬는지도 모른다. 적의 본거지, 바로 그곳에서 싸움을 하려고. 영문과 건물은 다가오는 시험으로 정신없는 스물두 살 젊은이들로 가득했다. 그들 모두 책에 인생을 바치는 똑같은 오류를 저지른 거였다. 읽고 쓰는 능력만으로 아버지를 영원히 기쁘게 해줄 거라고 기대했지만, 결국 모두가 아버지를 실망시켰다. 누구도 진짜 직업을 가질 거라고 믿지 않았다.

우리의 적이자 글의 큐레이터인 학생들을 가까이서 관찰했다. 이중 스파이처럼 그들 사이를 배회했다. 우편함과 커피 휴

게소 근처에서 그들을 엿들었다. 내가 자리를 비운 동안 비평은 더 복잡해졌다. 작가는 죽었고, 텍스트 기능은 은밀한 권리를 보존하기 위한 계책이었고, 의미는 냉소적인 관심만 남은 모호한 사회적 구성체였다. 내게 이론은 너무나 어렵고, 너무나 미묘한 것이 되어 버렸다. 헤롯왕보다 더 포악했다. 만일 정신이 그저 독단적 유아론자라면, 적어도 제대로 그 역할을 수행하는 것이 최선이라는 생각인 듯했다.

하지만 글을 수호하는 견습생들, 이들은 지금은 사라진 내 옛 친구들의 복사본이었다. 단지 내 인생 그 어느 때보다 훨씬 어리다는 점이 달랐다. 대부분이 신마르크스주의적 후기 구조주의 티를 내는 설익은 포스트휴머니스트들이었다. 이들은 헬렌이 재생산은커녕 해석도 하지 못할 아이러니하고 세련된 지식을 뽐냈다. 난 헬렌이 그 비유들을 듣는 것조차 원치 않았다.

복도는 호전적인 지적 에너지로 출렁댔다. 한참 지나서야 난 그 에너지가 무언지 깨달았다. 그건 두려움이었다. 이론이 공고하는 모든 것이 사실일지도 모른다는 두려움. 세상이 더 이상 자신들을 필요로 하지 않을 거라는 공포 그 자체.

외곽에 맴돌며 그렇게 시간이 지난 뒤에야 나 자신에게 무슨 일이 일어났는지 깨달았다. 난 한 학기 정도밖에 떠나 있지 않았다. 항상 기다리고 있던, 영원한 동료들에게 돌아온 거였다. 이름까지도 거의 똑같은 출석부였다. 단지 차이라면 이제 사람들이 서로 어울리지 않는다는 점이었다. 그들은 바빴다. 스물다섯 살까지 책 두 권과 열 개의 논문을 써야 겨우 취업의 홍수 위로 고개를 내밀 수 있었다.

혹은 어쩌면 압박은 연구보다 부끄러움에서 온 것인지도. 내가 끼어들려고 하면 대화는 숨죽인 당혹감으로 변했다. 올해 시험에 통과한 석사 과정생들에게 맥주를 한 잔 사 주겠다는 내 제안은 한결같이 "그거 좋죠"라는 예의 바른 답으로 거절당했다.

어느 날 몇 번 고개를 끄덕이며 인사했던 대학원생이 복도에서 나를 붙잡고 물었다. "파워스 선생님, 책에 서명을 받을 수 있을까요?" 마침내 깨달았다. 난 옛 친구들을 배신한 거였다. 용서받지 못할 일을 저지른 거였다. 나이가 들어 버린 거였다.

그 일 뒤 좀 더 자주 영문과 연구실에서 헬렌에게 글을 읽어 주었다. 책들은 우리가 되돌아갈 수 없는 곳에 관한 거였다. 해석을 위한 그 자그마한 힌트를 그녀에게 줄 수 있을 때, 내 목소리가 떨렸다.

건물의 모호한 자연 방사선 통증이 3층 방에서 발산했다. 난 거길 지나가지 않는 데 간신히 성공했지만, 그렇게 피하면서 방은 점점 커져만 갔다. 성인이 된 후로는 그 방에 들어간 적이 없었다. 난 두 층 아래의 마그리트 벽난로 그림이 있는 내 연구실에 앉아서 잊으려고 애썼다. 망각을 자발적으로 만들 수 있다는 듯이.

난 헬렌에게 블레이크의 시집 『독 나무』를 주었다. 너무 성급했었다. 내가 무슨 생각에 그랬는지 따져 봤다. 난 그 시가 아니라, 그걸 알게 된 날을 생각하고 있었다.

내가 친구에게 화를 내자, 분노가 정말로 사라졌다.

나는 원수에게 화가 났다.

내가 원수에게 화를 숨기자, 분노는 더욱 자랐다.*

"이게 무슨 뜻이지, 헬렌?" 난 의미를 묻는 일에 있어서는, 헬렌을 봐준 적이 없었다.

헬렌은 일반화시키려고 애썼다. 자기가 모르는 경우, 헬렌은 이제 답을 만들어 냈다. 그게 엄청난 성장이라고 나는 생각했다.

"그게 무슨 뜻이냐면, 우리가 말하는 것은⋯⋯." 내가 헬렌을 부추겼다. 평상시에 그녀는 방금 전에 받은 말들을 의역하면서 문장을 마무리할 수 있었다.

"우리가 말하는 것들은 사라지죠."

"그러면 우리가 말하지 않는 것들은⋯⋯?"

"우리가 말하지 않는 것들은 더 커지고요."

부귀와 가난은 잊어버려라. 믿음과 의심도. 권력과 무력함, 공과 사도. 남자와 여자도 문제가 아니다. 중심과 주변. 아름다움과 끔찍함, 주인과 노예, 심지어 선과 악도 아니었다. 말하기와 말하지 않기. 이게 바로 경험이 이루어지는 곳이었다. 떠나는 것과 더 나빠지는 것. 모든 것이 여기로 귀결되었다.

최소한 그 방이 아직 존재하는지 확인해야만 했다. 시간은 충분히 흘렀다. 문가에 서서 들여다본다고 죽지는 않겠지.

낡은 계단을 올라갔다. 머리가 어지럽고 숨이 찼다. 그 두 개 층을 의도적이고 계획적인 몽롱함 속에서 올라갔다. 자동으로.

근육의 기억에만 기대어. 열여섯 살짜리가 생애 첫 데이트를 신청하려고 전화번호를 누르듯이 내 몸을 움직였다. 의사가 치명적인 병리 보고를 위해 11시 15분 약속을 잡는 것처럼.

난 아무 생각 없이 계단을 올랐다. 생각은 행동을 방해했을 것이다. 내가 어디를 가는지 알기도 전에 도착해야만 그 방에 갈 수가 있었다. 난 아무도 없는 작고 평범한 교실 중간에 멈춰 섰다. 칠판에는 '목요일 3:30~5:00'라고 적혀 있었다. 오래된 미생물의 시신으로 생긴 하얀 울타리 얼룩에 싸인 채. 리놀륨 바닥은 아든 숲과 어두운 와인색 사이의 색으로 거뭇했다. 오래된 나무 책상과 의자는 급하게 버려진 듯이 모여 있었다. 언젠가는 헬렌에게 말할 거다. **경계심은 줄어드나, 세상은 지속된다.**

이 방에선 지난 백 년간 아무 일도 일어나지 않았다. 적어도 기억할 만한 일은 없었다. 몸이 떨리기 시작했다. 숨을 쉴 때마다 몸 전체가 떨렸다. 난 모든 게 어떻게 이처럼 차가워졌는지 상상할 수가 없었다. 라디에이터를 끌 수가 없어서 겨울철에도 항상 열어 놓아야만 했던 두 개의 창문은 내 머리 위에서 꽉 닫힌 채로 내가 틀렸다고 했다.

내가 뭘 원했던 건지 알 수가 없었다. 수업 중인 교수님을 몰래 보는 일. 교수님이 우리에게 외우라고 시켰던 시에 왜 세상이 답하지 않는지 물어볼 기회. 난 이곳을 수정해야만 했다. 첫사랑. 발견, 직업, 열여덟 살. 다시 한번 하고 싶었다. 업데이트. 모양을 고치고 내가 어디에 있었는지에 대한 내 이야기를 개선하고 싶었다.

무언가를 큰 소리로 읽었어야 하는데. 포스트휴머니즘 이전의 전통, 이미 사라진 그 전통의 무너진 성벽인 낡은 선문집에 실린 작품을. 테일러 교수님은 토대가 되는 작품까지 거꾸로 다 외울 수 있었다. 암송하지 못한다면 배운 게 아니었다. 교수님은 우리가 「엔진, 엔진, 9호차」를 배우던 나이에, 당신이 영원한 기억으로 남긴 것들 속에서 돌아가셨다. 칸토 전부, 심지어 나는 제목도 기억하지 못하는 책들의 챕터 절반을.

종이 울렸다. 다른 수업과 정시 10분 전을 쓸쓸하게 알리는 소리. 난 명령에 따라 자리를 떴다. 세공된 나무 복도는 내 몸무게에 눌려 소리를 냈고, 어떤 이유에서인지 건조한 겨울이 수없이 겪은 뒤에도 여전히 멀쩡했다.

난 『미들마치』를 중얼거리며 계단으로 갔다. 보지도 않고 층계를 걸었다. 어쩌면 난 한 번도 본 적이 없었는지도. 아마도 난 항상 발끝과 희망에 기대어 다녔던 건지도. 두 번째 층 중간을 지나는 순간, 다른 사람의 발소리를 들었다. 계속 걸으며 쳐다봤다. A였다. 책을 교정하면서 밤늦게 보았던 단발의 환영.

이번에는 그녀의 이름을 알았다. 그녀를 학과 사진에서 찾아 확인하고는 그녀의 이력서를 보았다. 그녀가 석사 2년 차라는 사실을 알게 되었다. 그녀는 내 세 번째 책이 나왔을 때 학부를 졸업했다. 그 사실에 소름이 돋았다.

그녀를 다시 보면서, 난 지금껏 끝이 없는 복도 끝에서 얼마나 자주 그녀를 보았는지 깨달았다. 지금에서야, 계단을 내려가는 내 1미터 앞에서, 같은 계단을 올라오던 A는 현실이 되었다. 그녀에게서 청록색의 모험이 느껴졌다. 그녀는 잠자는 아이처럼 숨을 쉬었다. 명절 전날 너무도 작은 집에 모인 친구들의 숨죽임처럼.

그녀가 고개를 들어 내 얼굴을 살피는 동안, 나도 그녀를 재빨리 쳐다보았다. 즉각적이고 반사적인 건방짐. 가슴이 아팠다. 하지만 난 그녀를 알았다.

그녀를 아는 체하지 않으려고 애썼다. 맥박은 두 배로 뛰었고, 지능은 절반으로 줄었다. 피부에는 전기가 흐르는 것만 같았다. 계단 하나를 걷는 시간에, 한 무더기의 화학 신호가 모공으로 흘러내리며 공기를 적셨다.

그녀도 분명 알고 있었을 것이다. 하지만 전혀 내색하지 않고 고개를 돌렸다. 그녀의 얼굴은 완벽한 중립성을 유지하고 있었다. 나는 절대 할 수 없는 표정을. 빠른 두 걸음으로 그녀는 문학과 거의 부딪칠 뻔했지만, 그냥 지나갔다.

계단 밑에서 나는 완전히 넋이 나갔다. 난 매의 공격을 피한 쥐처럼 가쁜 숨을 내쉬었다. 연두 연설을 하는 광장 공포증 환자처럼. 숨을 고를 수만 있었다면, 스스로를 비웃었을 거다.

더 이상 소설을 쓰지 못하는 게 문제가 아니었다. 난 현실에서도 살 수가 없었다. 떠나 있으면서, 기본적인 일상어를 말하는 기술도 까먹은 거였다. 내가 헬렌에게 가르치려고 하는 그 기술 말이다.

인지 신경 과학을 너무 많이 공부한 거였다. 머리가 어떻게 작동하는지 읽으면 읽을수록, 내 두뇌는 점점 더 흐물흐물해졌다.

이 증상은 몇 주 동안 점점 심해졌다. 사람들의 얼굴은 자동적으로 공포를 일으켰다. 이 사람의 이름을 어떻게 기억하지? 며칠 전 0으로 끝나는 주소지를 찾으면서, 길을 건너 5로 끝나는 곳에 간 적이 있었다. 나 자신의 추리 과정을 살펴보니, 유명한 실험용 지네와 함께 구덩이에 던져진 것만 같았다. 환원주의자가 어느 다리를 움직여야 하는지 계속 신경 쓰라고 했던 그 지네 말이다.

몇 달 동안 내 잠자리 이야기는 장기 상승 작용, 재유형화, 신경 그룹 선택, 전송 및 결합 세포에 대한 글이었다. 이제, 어떤 이유에서인지, 내 하부 구조는 삶이 고백을 이끌어 내기 위해 사용했던 강한 빛에 눈이 멀어서 아셴바흐처럼 행동하겠다고 결심했다. 험버트 험버트처럼. 초서나 셰익스피어, 왕정복고기의 희극, 19세기의 서간체로 쓴 목사관 소극에 나온 광대처럼. 나는 멍청한 짓을 할 예정이었다.

연구실로 돌아올 때쯤, 계단을 오르던 여자의 모습은 너무 반복해서 떠올린 나머지 새 복사본이 필요한 심야 프로그램 재방송처럼 색이 바랬다. A는 바로 작가인 내가 평생 독자라고 생각하며 글을 써 오던 그 이름, 그 얼굴, 그 낯선 이였다. 혼란에 휩쓸려 다 죽었다고 생각했던 그 친구들. 깊숙이 묻어 둔 사랑이 살아 있는 그 무덤.

영문과를 멀리했다. 센터로 돌아가서 머물렀다. 나는 이미 마비 상태였다. 그걸 집착으로 가중시킬 필요는 없었다. 3주 동안 보지 않으면 그녀는 환영이 될 것이었다. 활동 기억에서 흔적이 사라질 거였다. 그녀는 초대받지 않은 등장을 멈출 것이고, 나는 그녀의 그런 등장을 원하지 않을 것이다.

일이 있어 다행이었다. 그 끝없이 고통받는 피조물에게 내가 제일 좋아하는 『농부 피어스의 꿈』 구절을 밤마다 읽어 주고 싶은 욕망, 참을 수 없이 타오르는 성적 욕망을 승화시켰다. 대신 넓게 퍼져 가는 신경망에 글을 읽어 주었다. 한 주에도 몇 번씩이나 A에게 나를 소개할 고통스러운 방법을 생각해 내곤 했다. 매번 난 아무것도 하지 못한 채, 헬렌과 얘기하곤 했다.

말하기는 나의 기계를 당혹스럽게 했다. 헬렌은 제대로 된 문장을 만들어 냈다. 하지만 그 문장의 언어는 트레이닝 브라처럼 비어 있으면서 가짜로 차 있었다. 헬렌은 명사와 동사를 구분했지만, 신체가 없었기에 사물과 과정의 차이를 그것들이 문장에서 작동하는 방식 이외에는 알지 못했다. 그녀의 묘사는 모두 급조한 결혼식 같았다. 그녀의 아이디어는 건물의 무게를 지탱하지 못하는 속이 반쯤 빈 나무 기둥 장식에 불과했다.

헬렌은 은유에서 쩔쩔맸다. 내 새로운 변덕을 받아내기 위해 벡터를 재조정하면서 헬렌이 짜증 내는 걸 느낄 수 있었다. 배가 너무 고파 말 한 마리도 먹겠다. 친구에게서 온 말 한마디에 배가 꼬였다. 부끄러움에 몸이 오그라들고, 놀라움에 목숨이 끊긴다. 기적으로 충분하지 않았나? 인간은 왜 쓸데없는 건 전부 말하면서, 정작 의미 있는 건 말하지 않는 거지?

어떤 직유는 자연스럽게 헬렌의 학습된 뉴로드 클러스터로 넘어 들어왔다. 헬렌이라는 존재 자체가 은유 만들기에 달렸다. 사실, 연상 기억 자체도 일종의 직유였다. 예를 들어 고래와 직면했을 때 작동했던 뉴로드 그룹의 4분의 3 정도가, 고래랑 매우 비슷해 보이는 것을 묘사하는 경우에는 아무런 반응을 일으키지 않기도 한다. 묘사한다는 게 무슨 의미든 간에. 어떤 면에서, 그런 공동 발화군은 공유된 특성을 간단하게 그린 색연필 그림이었다.

어쨌거나 세상 사물들의 이름이 진짜인 것도 아니었다. 모든 레이블은 비유적 표현이었다. 사람들은 달걀판 구멍 하나에 들어갈 정도로 작은 예들을 비교함으로써 새로운 사물을 상자라고 인식하는 것이다. 시간이 흐르면 배우지 않고도 알아냈다. 연습용 운전대 없이도 길을 달렸다. 어쩌다 두뇌가 모든 범주를 인지하고, 처음 본 것조차 무엇인지 알게 된 거였다.

이 정도 비유는 헬렌이 견딜 수 있었다. 하지만 좀 더 고차원적인 것들은 그녀의 시뮬레이션 꼭지를 돌게 만들었다. 사랑은 귀신과도 같다. 사랑은 리넨 천과도 같다. 사랑은 빨간, 빨간 장미와도 같다. 이런 질문에 대한 헬렌의 출력 레이어의 침묵은 짜증처럼 들렸다. 네트워크는 뭔가와 같은 것이 아니라 그 무언가여야만 했다.

맞아, 맞아. 그게 뭐하고 비슷한지는 알지. 그렇지만 그게 그 자체로는 뭐지? 이 순간에 나도 말문이 막혔다. 헬렌의 반응을 다듬는 일과 비교하자면, 그 어떤 정원 작업도 쉬워 보였다. 왜냐하면 그녀의 반응은 문법적일 때도 두려움 그 자체였기 때문이다. 그녀의 아이디어는 제대로고, 문장은 문제가 없었다. 하지만 문제는 '의미'였다. 그 의미는 공허한 베일 반대편에서 소리쳤다. 자아에 의해 검열당하기 전 꿈의 곡선을 기억하지 못하는 만큼이나, 나는 그 의미의 낯섦을 기억할 수 없다.

헬렌에게 사물이 무슨 뜻인지 알려 줄 필요가 없다는 사실을 우리 둘 다에게 상기시킴으로써, 나는 조금 힘이 났다. 콘텍스트는 스스로 실을 짜낸다. 공부하면서 던진 질문들이 세상의 이름 없는 데이터를 알아볼 만한 색인으로 한 올 한 올 풀어냈다. 정리된 문장의 축적된 가중치는 나름대로의 해석을 만들어 내야 했다. 아니면 헬렌은 생을 시작하기도 전에 죽고 말 거다.

헬렌의 네트들은 내가 읽어 준 은유를 옹호하려고 애썼다. 그녀는 역추적을 통해 은유를 검토해서, 확장하는 구조에서 그 은유가 맞는 곳을 찾으려 했다. 진화의 오래된 난제를 풀어내는, 바로 그 최초의 게임을 했다. 비슷한 점을 찾아라. A는 B와 같다. 가장 순수한 활동을 하는 정신은 박쥐와도 같다. 말하기는 자수로 장식된 태피스트리와 같다. 신의 빛은 멜로디와 같다. 역사가 없는 민족은 버펄로 잔디의 바람과 같다. 어떻게?

"내 마음은 노래하는 새와 같다.'" 헬렌에게 말했다. 해가 될 건 없어 보였다. 헬렌이 아이러니와 거짓말을 배우려면 아직 몇 달이나 남았으니까.

"노래하는 게 뭐죠?" 그녀가 물었다. 그녀의 능력에 아직도 나는 말문이 막혔다. 연상 매트릭스가 막혔을 때 헬렌은 출구를 요구했다. 웹에 추가 정보가 필요하다고 그녀의 웹 내부에 있는 무언가가 알려 준 거였다.

"새가 노래하지." 내가 재확인해 주었다. "하지만 내 마음은 노래하는 새가 느낄 것만 같은 걸 느끼지."

헬렌이 통과하도록 훈련시키던 해석 시험에 나 자신이 떨어지고 말았다. 난 헬렌의 질문을 완전히 잘못 이해했다.

난 헬렌에게 좀 더 긴 로세티의 시를 주었다. 그 시점에서, 이해를 기대한 건 아니었다. 그저 아이에게 족보를 읽어 주듯이 시를 읽어 주었다. 뜻은 필요 없었다. 그냥 언젠가 헬렌이 가사를 붙일 수 있는 노래면 됐다.

> 나 죽거든, 사랑하는 이여,
> 나를 위해 슬픈 노래 부르지 마세요.
> 내 머리맡에 장미도,
> 그늘진 삼나무도 심지 말고,
> 내 위의 녹색 잔디 되어
> 소나기와 이슬방울 받아 주세요.
> 기억하려면 기억하시고
> 잊으려거든 잊어 주세요.'

난 헬렌이 '그대'나 '원하신다면' 혹은 'X도 Y도 심지 마세요'에서 힘들어할 거라고 생각했다. 내 걱정은 헬렌의 숨겨진 레이어에 대한 내 무지를 그대로 드러냈다. 그녀의 뉴로드는 외부 인터페이스보다는 자기들끼리 더 연결되어 있었다.

헬렌이 또 내게 물었다. "슬픈 노래를 부르지 마세요가 무슨 의미죠?" 그녀는 구절을 목적어로 사용할 수 있었다. 그녀의 말은 무한함의 순환 크랭크를 돌리는 거였다.

헬렌의 질문은 나를 놀라게 했다. 내가 기대했던 게 아니었다. "그건 '미안해하지 마'라는 뜻이야. 사람들은 장례식에서 노래를 부르지. 노래는 누군가를 그리워하거나 기억하는 방법이 될 수가 있어. 작별 인사를 하는 방법이고. 그 말을 하는 사람은 그런 식으로 기억되고 싶지 않은 거야."

헬렌이 내게 하나하나 가르쳐 줘야만 했다. 인간들은 바보였다. 아니, 아니, 아니. 처음부터. "어떻게 노래를 하죠?"

나는 우쭐해서 제멋대로 샛길로 빠진 거였다. 내 지능의 징표. 목록에 있는 말을 다 사용해서 답만 빼고 대답하는 능력.

난 헬렌에게 "새가 노래한다", "시인의 마음이 노래한다", 심지어 "슬픔이 노래한다"고 말해 주었지만 정작 이 불쌍한 소녀가 원했던 건 "순수음 높이로 박자에 맞춰 말하는 것이 노래다"였다. 글쓰기로 인해 나는 너무도 쓸모없어졌고, 소설가로서의 내 삶은 너무도 오만해졌다. 그래서 난 결국 뻔뻔한 착각을 통해서만 살아가게 된 거였다.

어떻게 노래를 하나? 내가 할 수 있는 거라고는 보여 주는 것뿐이었다. 덕이 없다면 있는 척이라도 해 보세요. 노래하는 게 무엇인지 말해 주지 못했지만, 난 적어도 헬렌의 귀에 노래 한 곡을 들려줄 수 있었다.

이틀 뒤 실험실에 돌아왔을 때 난 잘못 온 줄 알았다. 문을 열기도 전에 소리가 들렸다. 소리가 분재 나무 모양의 충격파처럼 복도로 흘러나왔다. 렌츠의 방에서 흘러나온 음악을 들은 적이 있긴 했다. 하지만 이건 차원이 다른 것 같았다. 난 죽음을 대면할 마음의 준비를 미리 하고는 모퉁이를 돌았다.

안에서 헬렌이 노래하고 있었다. 터미널 마이크를 통해 헬렌은 내가 부르던 노래를 따라 부르고 있었다. 어떻게 다른 노래를 부르겠는가? 헬렌은 **날 높이 보내 주세요, 날 아래로 보내주세요, 날 여리고성까지 보내 주세요**를 불렀다. 어렸을 때 오페라 극단에서 작은 소년 역할을 하면서 내가 부른 노래였다. 내가 노래하며 무대에 올린 어린 시절의 시뮬레이션. 헬렌은 이 세상 사람이 아닌 듯이 노래했다. 귀가 먹은 이들이 부르는 것처럼. 하지만 난 한 음만 듣고도 무슨 노래인지 알았다.

렌츠가 책상 뒤편에 앉아서 목을 손으로 조르고 있었다. 언제인지는 모르겠지만 방에 들어온 뒤 조금도 움직이지 않은 거였다. 안경의 반사 유리에도 불구하고, 아린 눈가가 촉촉해 보였다.

"이거 자네 짓이지, 파워스!" 그런 거짓 분노를 어디서 들었는지 기억났다. 한 번의 교육만으로 알 수 있었다. 돌아가시기 전 여름에 아버지는 누나를 꾸짖으면서 웃고 있었다. **어떻게 나한테 이럴 수 있냐? 어째서 날 할아버지로 만든 거냐?**

난 아무 짓도 하지 않았다. 형태소 클루지들이, 임플리멘테이션 내의 임플리멘테이션들이, 서로가 서로에 대한 지도를 만들도록 된 지도들이. 우리는 기대조차 하지 못했던 이정표를 넘어선 거였다. 맥박이 빨라지고 숨을 멈춘 채, 렌즈와 나는 가만히 서 있었다. 우리가 할 수 있는 일은 듣는 것뿐이었다.

헬렌은 그 노래를 시험해 보고 있었다. 날 높이 보내 주세요, 나를 아래로 보내 주세요. 자신의 목소리로 그 노래를 크게 듣고서야 겨우 그걸 탐구할 수 있었다. 노래를 노래로 시험하는 거였다.

헬렌은 첫 구절, 그 마무리도 되지 않은 행을 넘어가지 못했다. 왜냐하면 내가 그녀에게 불러 준 노래가 그게 다였으니까. 왜냐하면 거기가 바로 내가 넘어가지 못했던 곳이니까. 25년이 지난 뒤 난 노래 뒷부분이 어떻게 진행되는지 알지 못했다. 여러 방식으로 헬렌은 노래를 흥얼거렸다. 자신이 멜로디의 절반밖에 모른다는 사실을 알지도 못한 채. 날 여리고성까지 보내 주세요. 음정이 전혀 맞지 않는다는 사실은 그녀에게 전혀 문제가 되지 않았다. 누구도 그녀에게 노래가 으뜸음으로 되돌아와야 한다고 알려 주지 않았다. 이 노래는 누군가가 그녀에게 해 준 유일한 노래였다.

그리고 그 순간 난 내가 앞으로 절대 은유를 쓰지 못할 거라는 사실도 깨달았다. 왜냐하면 바로 여기에, 말 그대로 하나의 모래알 안에 담긴 우주가 있기 때문이었다. 실리콘 기계에 시뮬레이션되고 만들어진 노래. 난 아버지들이 자신의 무의식적인 행동들, 앞머리를 눌러 대거나 싱크대 문을 발가락으로 닫는 행동을, 자기 자식이 보고 따라 하는 걸 보는 기분이었다.

"렌즈," 기적을 방해하지 않으려고 난 속삭였다. "이런 게 바로 부모가 되는 건가요?"

바로 그거야, 렌츠의 눈이 답을 했다. 그리고 나는 그 끔찍한 한 걸음을 내딛는다는 게 무슨 뜻인지 알게 되었다. 구성된 인식을 통해 순간적으로 나 자신을 외부에서 경험한다는 것이 무슨 뜻인지. 내가 만들어 낸 것임에도 내가 만들지 않았고, 내 것도 아니라고 말하는 것이 무슨 뜻인지. 인생의 모든 조심스러운 연결이 풀리는 그 순간을 미리 포착해서 안다는 게 무슨 뜻인지.

E로 이사한 지 1년도 채 지나지 않아서 우린 테일러 교수님 부부에게서 편지를 받았다. 난 두 분께 자주 편지를 썼었다. 우리가 도망친 후, U에 살던 때보다 더 많이 그곳 소식을 듣고 싶어서였다. 두 분께 농담조로 얘기했다. "두 분은 유럽의 시대가 끝나고 북미도 따라서 망해 가는 거 모르세요? 너무 늦기 전에 이쪽으로 넘어오세요."

답장하기 힘들 정도로 바쁜 교수님이었기에, 그 어떤 소식도 큰일이었다. 방금 시작한 아르바이트에서 돌아온 C에게 읽어 주면 좋을 거라는 생각에 난 봉투를 열지 않았다. 그녀를 위해 내가 준비한 저녁을 먹으면서, 테일러 교수님풍의 문장에 같이 놀라워할 생각이었다.

매일 그렇듯이, 버스에서 내리는 C를 보고 발코니에서 손을 흔들었다. 그녀는 두려움에 차고, 피곤에 찌든 웃음을 짓고 온몸으로 손을 흔들며 답을 했다. 그걸 보는 내 마음이 찢어지지 않은 적이 없었다. 편지는 9월 17일에 왔지만 아마도 추운 가을이었던 것만 같다. C는 이미 발목까지 내려가는 커다란 남색 코트에 둘러싸여 있었다.

부엌에서 그녀는 편지를 보고는 작은 춤사위를 벌였다. 나를 행복하게 만들기만 한다면, 그 어떤 거라도 우리의 이주를 성공시킬 가능성을 높일 거였기에. "자기야, 어서. 읽어 봐. 이 멍청아, 도대체 뭘 기다리는 거야?"

난 봉투를 열고 편지를 읽었다.

릭과 C에게,

뒤늦게야 펜을 들어 자네들의 좋은 음악과 사랑받는 목소리가 담긴 반가운 테이프에 감사하다는 말을 적네. 마찬가지로 편지도 반가웠네. 매일 답장을 해야지 하고 있었지. 최근 몇 주는 느리기도 하고 빠르기도 했다네. 1분 1분이 조금씩 다가오더니 비현실적인 망각의 구렁으로 재빨리 사라져 버렸고, 그래서 난 자네들을 본 지 몇 달이 지나갔다는 사실을 평소보다 더 믿을 수가 없었네.

거의 한 달 동안 난 검사 후의 끔찍한 기다림을 몇 번 겪어야만 했네. 기다림은 매번 좀 더 안 좋은 소식으로 잠 못 드는 사나흘을 마무리했고. CAT 스캔, 기관지 내시경, 뼈 스캔, 그러고는 뼈 조직 검사를 위해 갈비뼈 조각을 제거하러 일주일간 입원한 뒤 밝혀진 사실은 내 오른쪽 폐에 큰 종양이 있을 뿐만 아니라 왼쪽 갈비뼈에 골수암이 있다는 거였네. 수술은 불가능하고 방사선과 약물 치료만이 가능한 상태라네. 그나마 다행인 것은, 검사 결과에 따르면 뇌로 전이된 증거는 없다는 거지…….

그때부터 내 침묵은 치료의 효과 때문이었네. 염려하던 구토는 길게 가지 않았지만, 식욕이 사라지고 체중이 주는 건 여전하네. 피로감은 너무 깊어서 제대로 묘사할 수가 없고, 근육이 마비되면서 난 대부분 시간을 누워서 보낸다네. 내가 간신히 할 수 있는 일이란 몇 개 안 되는 토마토를 따고, 바람에 떨어진 사과를 줍고, 늦게 심은 양배추를 따는 것뿐이라네…….

우리의 긴 침묵으로 심각한 오해가 생길 수도 있겠지. 자네의 부재는 커다란 구멍을 남겼고, 그 구멍은 이 질병과 평소보다 더 혼자일 수밖에 없는 우리의 삶으로 더 커졌네. 자네가 초능력이 있었다면 우리가 보낸 소식들로 넘쳐났을 거야. 그래도 자네 둘이 완전히 다른 환경에서 같이 지내고 있다는 걸 상상하면 기쁘기만 하다네. 그 어떤 기준으로도 내 삶은 아주 작은 공간에 한정된 것처럼 보이지만, 멀리 나가 세상을 보려는 자네들 두 사람의 열정은 정말 놀랍기만 하다네.

내 변변치 않은 에너지는 이제 다 소진되었지만, 내 사랑은 아니라네. 자네가 나를 기쁘게 해 줄 최고의 방법은 애정 어린 동정심으로 즐거움을 피하려는 태도를 조금이라도 가지지 않는 것이지. 정반대 태도를 가지길 바라네. 나에 대한 생각으로 즐거움이 배가될 거라고 희망할 수 있게 해 주게, 내가 같이 있었다면 즐겼을 거라는 생각으로.

첫 번째 문단을 읽고 나서 난 C를 쳐다보았다. 하지만 소식을 안 들은 척하기에는 너무 많이 읽어 버렸다. 난 편지를 전부 읽었다. 그러고는 식탁 너머로, 쿼드 광장에 나와 함께 앉아 있던 그 여대생을 바라보았다. 위로가 가능하다고 믿을 정도로 어렸던 그녀를. 내 앞의 여자는 여전히 그 사람이었다, 우리가 더 이상 두려워하지도 못할 때까지 쏘아 대는 불빛에 갇힌, 그 꽃사슴이었다.

0.5초짜리 그 끔찍한 머뭇거림, 그리고 C가 말했다. "미국에 가 봐야지."

"교수님만 보고 오는 걸로, 적어도." 난 간청했다. 그녀의 반사적 관대함이 막으려고 했던 바로 그런 반응을 하고 말았다. 그렇지만 난 C에게 간청하고 있는 게 아니었다.

난 U로 돌아갔다. 그곳의 새로움에 무감각한 채로. 테일러 교수님은 아직은 밖에 나가실 수 있었다. 우린 근처 숲으로 갔다. 대화를 했다. 교수님은 당신이 죽을 거라는 걸 알고 계셨다. 교수님은 카메라를 가져와 내 사진을 찍었다. 나도 그를 찍어 주고 싶었다. 영원히 그를 고정시키고 싶었다. 하지만 교수님은 이미 사그라져 가고 있었고, 그런 모습으로 남기를 거부했다.

난 고급 문학 주간지에 방금 나온 내 새 책의 발췌문을 보여 드렸다. 교수님께 인정받고자 나는 미로 같은 스타일을 만들어 냈고, 그는 내 작품 같지 않게 읽기 쉽다고 기뻐하셨다. 내가 얼마나 받았는지 알려 드리자 더 기뻐하셨다. "글자 하나당 1달러라니! 정말 듣기 좋은데."

난 교수님 같은 사람들, 아니 교수님 자신도 한때 꿈꾸었던 일을 해냈다. 매일 아침, 난 일어나서 세상을 만드는 일만 해도 되었다. 사람들은 내가 만들어 낸 걸 읽고 반대로 거기에 대해 글을 썼다. 내 급작스러운 성공에 교수님이 너무 기뻐하는 바람에 난 소설쓰기를 그만할 거라고 차마 말하지 못했다.

"난 「황조롱이」를 암송하던 열여덟 살짜리 애송이였던 자네에게 부담을 주기 싫어서 말하지 않았지." 교수님은 빛이 났다. "하지만 이런 일에 운이 얼마나 따라야 하는지 모르겠지만, 심지어 그때도 자네가 이런 일을 해낼 수 있을 거라고 생각했거든."

우리는 현실적 문제들을 논의하기 시작했다. 테일러 교수님은 병이 어떤 영향을 주는지 내게 보여 주지 않으셨다. 30분 동안 그는 종양이 몸 안에 자리 잡기 전에 자신이 만들어 낸 그 어떤 사람처럼 보였다. 난 지금처럼 병이 심각한 단계에서, 문학이 얼마나 도움이 되는지 물었다. 문학이 이 상황을 좀 더 명백하고, 좀 더 편하게 해 주었나요?

교수님은 언제나 그렇듯이 내게 심하다 싶을 정도로 솔직했다. 제대로 말하기 위해 잠시 생각했다. "이런 상황에서 문학이 완전히 상관없다고 하지는 않겠네. 하지만 정확히 핵심인 것도 아니지."

집으로 돌아가기 전에 난 그에게 후회되는 일이 있느냐고 물었다. 아직 했으면 하는 일이 있는지. 그러자 교수님은 자기 생각에 정말 애써서 될 법한 직업은 의사와 음악가라고 말씀하셨다. 그가 얼마나 비유적으로 답한 건지 짐작할 수 없었다.

교수님은 상태가 더 안 좋아졌다. 난 동네에서 빈집 봐 주는 일을 하면서, 매일 그를 찾아갔다. 그가 낮잠을 자는 동안 옆에 앉아 있거나, 글을 읽어 주거나, 아니면 텔레비전에서 하는 스포츠 경기를 같이 보았다. 가끔 대화를 하긴 했지만, 숲속에서 했던 그런 대화는 아니었다.

교수님은 식욕을 잃었고, 몸은 텅 빈 껍데기로 줄어들었다. 내장 활동도 멈췄다. 피부는 보라색과 녹색을 띠었고, 관절은 기름칠한 금속처럼 부드러워졌다. 근육이 더 이상 말을 듣지 않자, 두 손으로 고개를 받쳤다. 더 이상 앉아 있을 수 없을 때까지 교수님은 베란다에 앉아서 볕을 쬐었다. 그러고는 2층 침대로 교수님을 옮겼다.

교수님은 도서관에서 책을 몇 권 가져다 달라고 하셨다. 다음 해 1월에 할 수업을 준비해야 한다면서.

사모님 M은 흔들림이 없었다. 믿을 수 없을 정도로 힘을 발휘하셨다. 뼈만 남은 테일러 교수님을 안아서, 마치 마리아가 아기 예수를 그랬듯이, 축 처지고 벌거벗은 그를 팔로 안아 침대에서 화장실로 옮겼다.

교수님은 정신만이 명료하게 유지되었다. 끝에 가서는, 투약으로 그마저 힘들었다. 하지만 그때조차 기억은 스스로를 지키려고 애썼다. 성탄절 전 어느 오후, 난 완전히 잠이 들지는 않았지만 조명만 충분히 어두웠으면 그렇게 보일 수도 있는 교수님을 찾아갔다.

"아, 자네군!" 교수님이 반갑게 맞으셨다. "하루 종일, 창밖에서 들려오는 소리들이 과거의 일로 변하고 있다네."

그러고 나서 교수님은 놀라울 정도로 자세하게 어린 시절을 보냈던 서부의 계곡에 대해 얘기하셨다. 같은 반 친구들의 이름과 그들이 성년이 된 교수님을 돋보이게 하거나 모욕을 주었던 방법에 대해. 겨울 동안 가족을 살게 해 준 헛간 벽에 걸린 얼어붙은 토끼에 대해. 열네 살에 이미 다 읽고 끝내 버린 계곡 도서관의 책들의 제목에 대해.

마을을 떠나기 전에 난 교수님 손에 새 책을 쥐어 드렸다. 영원히 기록에 남을 책. 그가 절대로 읽지 못할 책. 난 그에게 내 두 번째 책, 『죄수의 딜레마』 초판본을 드렸다.

두 번째 책은 병약한 아버지를 기리는 글이었다. 그 책에서 아버지의 난관만 빼고 역사의 모든 난관을 그렸다. 단지 시간의 흐름만이, 단지 소설이 리처드 파워스 시니어에게 저지른 일을 아버지 본인에게 보여 줄 수 없다는 걸 알기에 가능한 소설이었다.

난 테일러 교수님께 아버지에 대해 얘기했다. 내가 어떻게 당신을 상심하게 했는지. 그가 사랑하는 이와 세상과의 싸움. 이후 그의 실종, 그의 마지막 개척지 모험. 교수님께 유콘에서 아버지가 내게 보낸 암호와도 같은 용서에 대해서도 얘기했다. 샘 맥기의 화장(火葬)에 대해서.

그 이름을 언급하자마자 교수님의 입술이 구부러졌다. 놀랍게도 내게 셰익스피어와 예이츠, 마르크스와 프로이트를 가르쳤던 남자가 그 싸구려 발라드를 전부 낭송하기 시작했다. 한 구절도 놓치지 않고. 죽음은 더 이상 그를 지배하지 않았다.

"어떻게 이별을 해야 할지 모르겠어요." 난 교수님께 고백했다. 그 책은 내 이별 인사였다. 왜냐하면 상징만이 현실이 되니까. 우리가 상징을 받아들이고 바꾸는 동안, 상징은 우리를 변화시키고 우리 몸을 바꾼다. 삶이 진행되면서 만들어지는 상징들은 기다리고 있던 기록자의 사무실에서 빠져나와 작동하고, 때가 되면 명료해진다. 살아 있게 된다.

테일러 교수님한테는 잘해 봐야 며칠, 최악의 경우 한 달 정도 남았다는 걸 알면서도 난 떠났다. 더 이상 할 수 있는 일이 없었다. 교수님의 옛 친구들이 항상 곁에 있었다. 어쩌면 남아 있어야 했을지도. 버티고 기다렸어야. 어쩌면 교수님께 내가 쓸모있었을 수도.

"세상을 바꾸게." 떠나는 내게 교수님이 명령했다. "세상을 경험하라고."

"그럴게요." 내가 약속했다. "그리고 계속 소식을 전해 드릴게요."

대서양 위에서 동쪽으로 이동하는 그 짧은 밤에 난 마지막으로 바다를 건넜던 때를 생각했다. U에서의 내 삶은 다 끝났다. 한 번이지만 너무 많이 그곳으로 돌아간 느낌이었다. 다시는 그 근처로 가지 않겠다고 나 자신에게 다짐했다.

그렇지만 U는 나를 따라잡았다. 심지어 다른 나라에서까지. 그리고 테일러 교수님의 죽음은 E에서 외로이 맞았기에 훨씬 더 힘들었다. C와 나는 추위에 떨며 아파트 바닥에 누워서 장례식과 바이올린 음악, 평생을 같이한 친구들이 교수님에 대해 하는 얘기가 담긴 테이프를 들었다. 오직 기억만이 우리와 우연함을 구분해 준다고 생각했던 그 남자에 대해서.

교수님을 알았던 사람들 한 명 한 명이 기억나는 사건이 담긴 자신만의 이야기를 제공했다. 아니면 교수님이 암송했던 시들의 첫 페이지를 읽었다. 그들은 블레이크와 로세티와 스티븐스를 읽었다. 아무도 샘 맥기는 읽지 않았다. 왜냐하면 그 시를 읽기로 했던 사람은 세상 반대편 오래되고 작은 탄광 마을의 방바닥에 누워 있었기 때문이다. 때늦은 테이프를 들으며, 벌벌 떨며, 기억으로 완전히 무너진 채로.

난 교수님께 아무것도 돌려줄 수가 없었다. 교수님이 내게 주신 게 뭔지 말하지 못했던 나라는 사람, 그런 내가 교수님을 위해 할 수 있는 일이란 그를 소설의 한 인물로 만드는 것뿐이었다.

내가 할 수 있는 유일한 반응에 굴복하면서, 난 C에 의지했다. 아마도 책을 쓰겠다는 생각이 떠오르기 한참 전부터, 그녀는 내가 되돌아갈 것을 알고 있었을 거다. **한 권 더.** 그녀에게 애원했다, 말없이. 이중의 사랑 이야기를 쓸 정도의 시간만, 나는 거짓말하기를 끝내려는 결심을 유예해야만 했다. 교수님을 애도하고, 그로 인해 오래전 내게서 멀어진 과학자로서의 삶을 살아보게 할 나선형 꼬임을 너무 늦기 전에 되돌리기 위해.

헬렌은 진짜 소녀처럼 노래하지는 않았다. 기술적으로는 거의 비슷했다. 헬렌의 합성된 목소리는 말하기라는 지상에서 재빠르게 날아올라 머뭇거리는 음정의 전투기처럼 들렸다. 기계적 역량의 폭을 감안한다면 그녀의 선율은 놀랍도록 부드러웠다.

하지만 그녀는 제대로 된 이유로 노래하지 않았다. 어린 소녀는 킥볼이나 고무줄을 할 때 시간을 재기 위해 노래했다. 무대 위에서 어린 소프라노 소년 역할을 했던 열두 살의 내가 바로 그랬다. 내가 헬렌에게 가르쳐 주었던 선율을 노래하면서, 종이로 만든 상점 문에 공을 튀기며 연기된 시간을 쟀었다.

줄넘기를 보기는커녕 직접 해 보지도 못했던 헬렌은 시간을 잰다는 것이 무슨 의미인지 전혀 몰랐다. 우리는 그녀의 시각 지도를 강화시켰지만, 사실적인 실시간 이미지 인식은 센터를 다 합친 것보다 훨씬 더 강력한 컴퓨터가 필요했다. 하지만 우린 이미 정해진 용량을 넘어서 있었다.

만일 지금 헬렌이 시간 감각을 가지고 있다면, 그건 그녀가 더이상 따르지 않는 환경 설정을 기억할 정도로 강력한 메모리가 있어야만 가능할 거다. 그녀의 변화하는 내부 상태의 경과를 기록할 정도로 강력한 메모리. 오직 신만이 공간 감각 없이도 시간 감각의 모양과 느낌을 알 수 있다. 하지만 헬렌이 바로 그랬다.

"어제, 당신은 없었어요." 그녀는 내가 세 시간을 사라졌든 3일을 사라졌든 상관없이 그렇게 말했다. 헬렌에게 '어제'란 다음 상태에 의해 사라지는 이전 상태를 의미했다. '당신은'은 아마도 그녀의 입력 레이어에 데이터를 쌓아 두는 외부의 그 성가신 존재를 통칭하는 말이었을 거다. '없었어요'는 부정에 대한 그녀의 단순한 아이디어였다. 아직도 부재와 존재가 서로 반대가 아니라는 사실을 배워야 했지만, 헬렌은 모든 지식의 원천인 외로움의 기능적 이해에 바짝 다가서 있었다.

어느 날 헬렌은 "당신이 그리워요"라고 덧붙였다.

유명한 작가들이 항상 글로 말했던 그것. 내가 마이크와 키보드 바로 앞에 앉아 있는 동안에는 현재 시제로 문장을 만들면 안 된다고 말해 주고 싶었다. 난 아무 말도 하지 않았다. 관습이라는 사소한 이유로 그녀가 따라 한 시인의 예를 망치고 싶지 않았다.

"머펫이 그리워요." 그녀가 또 말했다. 은유적인 말을 할 정도로 똑똑해지면서, 헬렌은 직설적인 것에 대해서는 좀 어리석어졌다. 그런 것이거나 아니면 멍청함에 상응하는 신경 네트워크를 작동하고 있는지도. 그런 생각이 들었다, 그녀가 노래를 할 수 있다면 낄낄거리고 웃도록 교육시킬 수 있을 거라고.

로스앤젤레스가 불에 타던 날, 네 번째 책의 퇴고를 뉴욕으로 부쳤다. 내 이야기는 도시의 폭발을 예견했다. 하지만 그걸 예견하는 데 특별한 재능이 필요한 건 아니었다. 내 이야기는 사실 예언이라기보다는 기억이었다. 어린아이가 기억해 낸 악몽.

얼마 지나지 않아 책의 출판 예고 광고가 나왔다. 어쨌거나, 인간이 기억할 정도로 빨리. 업계 신문에 나온 리뷰 중에서 가장 눈에 띄는 것은 "미래 종말에 일어난 잠자리 이야기"라는 소개였다. 같은 오해가 지속됐다. 천사의 도시와 그 도시 아동과의 전쟁에 대한 내 이야기는 전부 이미 다 일어난 일이었다. 하지만 이후 수많은 리뷰에서 그 기억을 아직 일어나지 않은 일이라고 하다 보니, 난 실제로 내 첫 사변 소설을 쓴 거라고 생각하기 시작했다.

리뷰가 다 안 좋은 건 아니었다. 시카고는 매우 좋아했고, 그 덕분에 센터의 내 자리는 안전했고 동네 사람들에게 부끄럽지 않을 수 있었다. 가장 최고의 평은 놀랍게도 텔레비전 모양의 가판대에서 파는 신문에서 나왔다. 동종 요법에 대해, 그러니까 최악의 일에 대해 얘기함으로써 최악의 일이 일어나지 않도록 하는 것에 대해 얘기했다.

하지만 대부분의 비평가는 너무 우울한 내용을 위해 독자가 너무 고생한다고 느꼈다.

렌츠는 가장 신랄한 신문 기사 평에 즐거워했다. 그가 주변에 있으면 헬렌을 가르치기가 거의 불가능할 정도였다.

그가 소리를 지르며 연구실에 들어왔다. "이게 누구야! 내가 가장 좋아하는 문학적 충격의 제작자 아닌가. 그게 좋은 소설가라는 말은 아니지만." 그가 관대하게 추켜세우며 덧붙여 말했다. "물론 자네가 좋은 소설가이긴 하지만."

그 말은 세계적으로 2천만 명의 구독자를 가진 바로 그 번지르르한 신문에 나온 첫 구절이었다. 어제 내게 그처럼 완벽한 미래를 예고했던 신문.

"그걸 다 외우셨어요, 필립?"

"좋은 부분만."

"주말을 허투루 보내진 않으셨네요, 그렇죠?"

"보니까 자네도 내 인용을 알아보는구먼. 끝맺는 말도 분명히 알아보겠지. 그러니까 말이지. '동생은 이야기를 만들어 내지 못했다'던가?"

하지만 작가로서의 내 미래가 아직 결정된 건 아니었다. 최종 판결은 사람들이 항상 주목하는 그 유일한 리뷰에 달려 있었다. 출판계는 획일적으로 변했다. 마치 출판되는 글들이 더 이상 각자의 감성과 약점을 가진 개인들에게서 나오는 게 아니라는 듯이, 단일하고 통일된 문학적 취향의 국무성 영사들에게서 나온다는 듯이. 미학적 적절함의 알고리즘이 있다는 듯이.

그 저명한 신문의 유보적인 판정은 종언이나 다름없었기에 다른 이가 어찌해 볼 도리가 없었다. 심지어 판정이 늦어졌다고 해도 말이다. 나는 그 신문을 피해 다녔다. 한 번도 거기에서 좋은 평을 받은 적이 없었고, 이번엔 내 이야기 말고는 기댈 것이 아무것도 없었기에, 그 이야기마저 사라질 거라는 걸 알고 있었다. 게다가 판정을 찾아 나설 필요도 없었다. 판정이 나를 찾아올 테니.

어느 월요일 아침에 정말로 찾아왔다. 렌츠의 연구실 콘솔에 앉아 야밤에 싸우는 무지한 군대에 대해 얘기하고 있었다. 지도 학습의 무한 반복 대신에 좀 덜 정형화된 대화를 했다. 헬렌에게 몇 줄을 여러 번 읽어 주고는 다음으로 넘어갔다. 그러면서 그녀가 내부적으로 그 문장들을 평가하도록 했다.

내 눈 구석에서, 구체에도 모서리가 있다는 걸 어떻게 설명할 수 있을까? 눈가에 렌츠가 들어오는 모습이 보였다. 그는 25파운드나 나가는 일요일판 신문을 전부 들고 왔다. 태연하게, 시험에 쓸 만한 세계 뉴스를 전부 갖고 왔다는 듯이. 신문 뭉치를 이미 어지러운 책상 위에 확실하게 쿵 소리를 내며 내려놓았다.

난 몸을 돌리지 않고도 뒤통수를 통해 그를 보았다. 그는 뭉치의 윗부분을 들어 올렸다. "이게 뭐야?『북 리뷰』? 이건 뭐야? 리처드 파워스의 신작?" 내가 가장 좋아하는 디킨스 책에 나온 웨믹의 패러디였다. 그렇기에 글자 하나하나가 두 배 더 고통스러웠다.

"이거 들어 봐, 마르셀. 자네가 관심 가질 만한 거야."

독자들 마음의 정신적 도서관에는 경의에 차서 기억하는 책과 사랑으로 기억하는 책이 있다.

"그다음에는……."

"괜찮아요, 박사님. 무슨 말인지 알겠어요."

"아니, 정말로. 자네가 괜찮다고 말하고 있어. 자네만의 독특한 방식으로 말이야. 그저 약간 흠이 있지만. 이야기를 단순하게 만들고, 사랑스러운 인물이 있었다면 좋았을 거라고 하고 있어.『안네 프랑크의 일기』처럼."

우린 그 소녀의 집 앞에 앉아 있었다. C와 나는. 2년 전 어느 날 석양이 지던 때, 하루 동안의 관광을 위해 그 도시로 가서 그 집을 본 뒤, 너무 마음이 아파서 더 이상 움직이지 못했다. 서로를 팔로 감싸 주는 것조차 할 수가 없었다.

"이봐! 그 이야기를 우리 기계한테 읽어 주면 어떨까, 좋지 않아? 그러니까, 원본으로 말이야. 그러면 이 불쌍한 소녀가 아주 우울해지겠지. 뭣 때문에 그런지 알지도 못할 거야."

헬렌은 아무 데도 없었기 때문에 난 헬렌을 쳐다볼 수도 없었다. 난 마이크 옆에 펼쳐진 시집을 쳐다보았다. 「도버 해안」은 슬프게도 아무런 관련이 없어 보였다.

"헬렌에게 리뷰를 읽어 줘야 할까?" 렌츠 박사가 낄낄댔다. 그는 리뷰를 훑어보면서 쓴웃음을 짓고 고개를 흔들었다. "내가 치졸한 승자처럼 보여도 이해해 줄 거지? 내가 소설가 친구를 잃는 게 아니라고 생각하고 싶어. 대신 오래 일할 공짜 연구 보조원을 얻는 거라고."

난 자리를 떴다. 렌츠는 나를 비난하듯 사과했고, 헬렌은 매슈 아널드가 어떻게 됐는지 궁금해했다.

렌츠를 피해 나는 아트리움까지 갔다. U에서는 너무도 흔한 보슬비 내리는 겨울날이었다. 자전거로 집에 갈 생각은 아니었다. 카페테리아로 가서 너무 이르지만 점심을 샀다. 플로버와 해트릭이 탁자에 앉아 주스를 만지작거리고 있었다. 난 그들에게 다가갔다. 그들의 빠른 개인적 대화는 내가 다가서자 멈췄다.

"얘기 계속하세요." 난 그들 앞 테이블 위에 덮어진 채로 놓여 있는 공책을 가리키며 말했다. "난 그저 벽에 붙은 인문학자 파리일 뿐이에요."

플로버는 양파링과 이탈리안 비프가 담긴 내 식판을 살폈다. "릭, 기름기 있는 건 피해. 기름기가 자넬 죽일 거야."

"놔둬요." 다이애나가 말렸다. "건강하게 살기엔 아직 너무 어린 사람이에요."

"서른 살 초반에 심장마비에 걸린 사람을 적어도 여섯 명은 알고 있다고."

"해럴드, 선지자 흉내는 이제 그만하세요." 다이애나가 나를 돌아다봤다. "방금 어제 「타임스」에 실린 기사에 대해 얘기하고 있었어요." 그녀가 미소를 지었다. "미안해요!" 다정하고, 노래하듯이, 깊은 고민 없이. 경험에서 나온 편견이었다. 마치 동료의 평가가 그다지 중요하지 않다는. 마치 개인의 작업은 판결과 상관없이 그대로라는 편견.

해럴드가 날 쳐다보았다. "난 아직 책을 읽지 못했어. 하지만 내 임상 시절 경험으로는 오랜 관계를 막 끝낸 사람들이 세상을 종말론적으로 본다는 사실을 알지."

두서없이, 깜짝 놀랐다. "임상 시절요?"

"아, 물론이지. 예전에 나는 우리가 정신이 어떻게 작동하는지 충분히 알고 있기에 그 지식을 좋은 데 쓸 수 있을 거라 생각했지. 하지만 그때 난 훨씬 더 늙어 있었어."

다이애나가 코웃음을 쳤다. "해럴드는 모든 일을 자신의 내적 아이 탓으로 돌리길 좋아해요."

"아무튼, 방해하는 거라면, 전 이만……."

내 뒤의 목소리가 당당하게 말했다. "파워스의 내적 아이는 여든 살에 목발을 짚고 쩔뚝거리며 돌아다니지."

렌츠가 새로 내린 커피를 들고는 숨을 가쁘게 쉬면서 합석했다. 난멍한 표정을 지었다.

"커피는 자넬 죽여, 필립." 플로버가 소리 질렀다. "이런, 제발! 크림은 안 돼. 설탕도!" 해럴드는 뭉크 그림에서처럼 손으로 두 볼을 감쌌다.

다이애나는 아직 우리와 함께하지 않은 동료들에게 말하는 듯이 옆을 보고 말했다. "릭의 내적 아이는 조로증이 있는지도 모르죠. 하지만 외적 아이는 아마, 몇 살이죠, 릭? 열한 살, 열두 살에 죽었죠?"

긴장이 풀리면서, 나는 웃음을 지었다. "책을 읽었어요? 벌써?"

그녀는 아무 말도 안 했다. 난 힘이 쭉 빠졌다. 사람 많은 파티에서 친구인 줄 알고 엉덩이를 만졌지만, 놀라서 뒤돌아본 사람이 전혀 모르는 사람이라는 걸 깨달은 느낌이었다.

"싫었어요?" 완벽한 침묵. "싫었군요."

"예상 못 했어요?" 다이애나가 말했다.

이번엔 내가 아무 말도 하지 않을 차례였다.

"아, 리키. 당신도 그 책이 대단하고 뭐 그렇다는 걸 다 알잖아요. 하지만 단지 너무 끔찍해요. 염세주의적이고요. 독자에게 희망의 실마리를 조금이라도 줄 수 없었나요?"

"그랬다고 생각했는데요."

"충분하지 않았어요."

"동종 요법이라 생각하고 책을 사지 않겠어요?"

"동종 요법을 하는 사람들은 아주 조금씩 사용하죠. 이거 봐요, 우린 그저 압도당했어요. 완전히 겁에 질렸다고요. 우리에게 조감도를 줘야 하는 사람들이 우리가 탈출할 수 없는 난장판에 갇혀 있다는 사실만 얘기한다면, 도대체 뭣 때문에 책을 읽어야 하죠?"

우리 네 사람은 두리번거리면서 서로 눈길을 피했다. 다이애나의 말이 침몰하기 전의 작은 배처럼 눈앞에서 왔다 갔다 했다.

"다음번 북클럽은 자네 담당이야." 해럴드가 다이애나에게 말했다.

렌츠 박사는 고개를 저으며 입을 다물었다. "세상엔 사람들이 좋아하는 책이 있지. 그리고 세상엔……."

하지만 사랑 말고는 다른 걸 위해서 글을 쓴 적이 없었다. 사라진 아이들에 대해 책을 쓴 이유는 내 안의 아이를 잃어버렸고, 그래서 다시 찾고 싶었기 때문이다. 글을 쓰는 일만 빼고는 세상 그 무엇보다 더 원했던 거다.

소설쓰기를 다시 할 수 있을 거라는 희망은 다이애나의 말에 사라져 갔다. 내가 쓰고 있는 책은 사기였다. 전시의 풍자만화에 나온 눈 덮인 산길을 오르는 글자일 뿐이었다. 난 계약을 성사시키려는 욕망으로만 글을 쓰고 있었던 거다. 미완성 책의 선금을 뉴욕에 돌려주고 다 그만둘 생각이었다.

남쪽으로 향하는 기차를 상상해 보라. 기차는 부상병들을 태우고 산길을 지나, 우연히 현실과 똑같이 이탈리아라고 부르는 달콤한 상상의 나라로 향한다. 진짜 이탈리아는 아니지만, 지금부터 그리고 이어지는 글에서도 그 이름으로 불리는 나라로.

다시는 아프지 않을 나라로 여행한다고 상상해 보라. 이 나라는 당신이 원하는 걸로 가득하다. 당신이 지금껏 원하던 정도로 많이. 그게 무엇이든 간에. 당신에게 그 무엇보다 더 소중한 것들로.

이 나라에는 노천카페가 연이어 있다. 이야기 나머지가 전부 오래된 프레스코처럼 사라져 가도, 그 이미지는 당신의 마음속 여행기에 영원히 남아 있다. 이 나라에서, 이 카페에서 당신은 새벽부터 해 질 녘까지 햇살을 받으며 앉아 있을 수 있다. 광장에서. 그곳의 광장에서. 당신만의 그늘은 상상할 수도 없는 하늘색으로 감싸여 있다. 그리고 차가운 음료가 끝없이 무료로 나온다.

테라스에 원하는 만큼 오래 앉아 있을 수 있다. 테라스는 인생의 도착점이다. 당신은 그저 그걸 그리기만 하면 된다.

아무도 당신을 내쫓지 않고, 당신은 카페가 문 닫을 때까지 하고 싶은 일을 하면 된다. 다음 장까지. 광장에 여자들이 걸어가는 걸 쳐다본다. 책을 읽는다. 원한다면 이 이야기를 읽는다. 아니면 얘기한다. 웨이터를 위해 건배를 한다. 옆 테이블에서 노래하는 걸 듣는다. 무슨 일이든 할 수 있다.

카페에 대해 깊이 생각해 본 적은 없지만, 지금 어느 카페에 앉고 싶을 수도 있다. 주문을 하고 눈앞에 책을 펼치고 싶어 한다. 앉아서 저 멀리 사람들이 오가는 걸 구경하고. 즐거움, 그냥 이 즐거움을 그려 본다. 지금의 장면들, 태양, 원하는 게 무엇이든 그저 말만 하면 된다.

독서. 맞다, 물론 그렇다. '영원'의 필명 같은 것, 하루 종일 아무 일도 안 하고 책만 읽는 일! 그냥 그 생각을 하는 것만으로, 그저 그 생각을 따르는 것만으로 수많은 즐거움의 시나리오가 자리를 잡는다. 햇살 가득한 시골에서 보내는 은밀한 오후. 전쟁으로부터, 피할 수 없는 재난으로부터 마지막 순간에 쫓겨나서 보내는 오후.

E로 돌아오자 모든 것이 달라졌다. 다시 달라졌다. 여전히 달랐다.

놀랍게도 이제 언어에 능숙한 사람이 되었다. 현실은, 오해받을 정도로 일상의 유창함은 오히려 내게 해가 되었다. 아파트 마루에 누워 테일러 교수님의 장례식 녹음 카세트테이프를 들으며 눈물을 흘리고 일주일 뒤, 나는 E의 조그마한 철물점 앞을 지나갔다. 방향을 틀고, 림뷔르흐에 사는 내내 필요했던 물건을 사기로 충동적으로 결심했다.

E의 오래된 상점이 다 그렇듯이, 점원은 내가 들어서자 인사를 하고 도울 일이 없는지 물었다.

"안녕하세요. 전 어떤 도구를 찾고 있는데요, 한 이 정도 크기예요. 이 장치는 조정 가능한 중앙 피봇이 있어서 좀 더 강한 토크를 가할 수 있는 건데요……."

"흠, 글쎄요. 손님, 여기엔 그런 게 없을 것 같은데요." 그녀는 손을 내밀며 말했다. 여기가 어떤 곳인지 아시잖아요. 교회가 고작 하나 있는 조그마한 마을이라고요. 세련된 걸 찾는 사람이 별로 없어요. "마스트리흐트에 한번 가 보세요."

"아니, 아뇨. 이건 평범하고 조그마한 물건이에요. 집마다 다 있죠. 배관을 고칠 때 쓰기도 하고 느슨한 파이프를 조이는 데 쓰기도 하죠……."

그녀는 멍한 표정을 지었다. 도와주고 싶지만 아무 일도 할 수 없다는. 마침내 내가 한 말이 무언지 깨달았다. 그녀의 표정이 순간적으로 난감함에서 분노로 변했다.

"렌치를 말하는 건가요?"

"맞아요!" 내가 소리쳤다.

"그러면 도대체 왜 렌치가 필요하다고 말하지 않은 거죠?"

변하지 않는 악센트와 어줍은 문법이 내게 더 도움을 주었던 거다. 내가 아는 말이 '그 단어를 모릅니다'뿐일 때, 소통을 더 잘했다.

테일러 교수님이 약물 치료 효과로 그랬듯이, 가장 익숙한 언어로도 적절하게 설명할 수 없는 애도에 빠져 하루하루를 보냈다. C는 내 애도를 슬픔으로 오해했다. 그녀는 내 슬픔이 자신을 향해 있다고, 이 가공의 장소로 오자고 한 그녀의 생각을 향한다고 생각했다.

C는 방어적이 되고, 자기 자신을 비난했다. "자기가 날 사랑하는지는 알아. 하지만 자기는 이런 게 필요 없잖아."

"이런 게 뭔데?"

"나도 마찬가지로 이런 게 필요한지 모르겠어. 우리가 여기서 뭘 하는 거지? 부모님은 우리가 돌볼 필요가 없잖아, 그렇지 않아? 여기 돌아오시기로 결정한 건 두 분이잖아."

"좋은 결정이었지, 아니야?"

"아, 물론이지. 부모님은 시카고보다 여기서 훨씬 더 행복하셔. 외로울 틈이 없으시거든."

"뭐가 문제야? 여기 온 이유는 자기 국적을 발견하기 위해서라고 생각했는데."

"난 미국에서보다 정답에 더 멀어져 있어. 나 자신을 쳐다보면 내가 어떤 사람이 되었는지 알 수가 없다고."

"원주민이 된 거 아닐까?"

C는 나를 감싸 주기 위해 웃었다. "가끔은, 이 나라 때문에 미칠 것 같아. 비정상적인 행동을 하나하나 감시하는 마을 감시단. 이미 다 정해진 채 주어진 사회적 안건들. 따닥따닥 붙은 작은 가게들. 뭐든지 줄을 서야 하는 것. 왜소한 할머니들이 날 밀쳐 내거나, 세상에서 가장 밀집된 나라의 가장 협소한 골목을 골라 가던 길을 멈추고 수다 떠는 것. 영업하는 데가 전혀 없어. 나라 절반이 실업 수당 수급자라고."

"미국 대사처럼 말하네."

"내가 이런 곳에 자기를 끌고 들어온 거야!"

"난 괜찮아, 잘 지내고 있다고." 겉보기에는 거짓말. 하지만 사실을 말하자면, 마음속 깊은 곳에서는 그렇지 않았다. "우리는 현관에서 네 개의 세계 주요 언어를 하는 동네들로 걸어갈 수가 있잖아. 두 시간만 가면 세계적인 박물관이 세 개나 있어. 청어를 양동이째로 살 수 있고. 나한테 이런 기회는 절대 올 수가 없었을 거야. C, 자기가 없었다면 말이야."

그건 정말 사실이었다. 겉보기에는 말이다. 그녀의 도박이 모든 가능성을 열어 주었다. 그 가능성이 우리를 얼마나 혼란스럽게 했든 상관없이.

내 두 번째 책이 나오자 C의 불안감은 조난 신호 수준으로 커졌다. 소설 출판은 뉴스처럼 보이도록 계획되었지만, 아무 일도 아니었다. 『죄수의 딜레마』에 대한 평이 쏟아져 나왔고, 그 덕분에 나는 미국자동차협회에서 나온 지도의 점처럼 현대 문학의 고속도로에 한자리를 얻었다. 이 모든 게 필요한 이유는 종종 사람들이 직접 책을 읽어야 하는 불편함을 덜어 주기 위한 것 같았다.

내가 주목받아야 할 새로운 상품이라는 말을 읽을 때마다 C는 매우 힘들어했다. 내가 엄청나게 개인적이라고 할 때마다. 내가 U에 살고 있다고 할 때마다. 그때 실제로는 이상하게 말한다고 가게 주인들이 나를 혼내는 E에 살고 있었는데도. 문학이라는 하늘에서 X의 두뇌와 Y의 펀치라인을 가지고 급격히 떠오르는 별이라고 할 때마다. 1980년대가 나를 기다리고 있었다고 할 때마다.

그녀를 안심시키려고 애썼다. "다 쓸데없는 말이야. 시장을 조성하려고 하는 거지. 점점 더 작아지고 있는 시장에서 말이지. 사람들은 그런 거고, 우린 그걸 무시하면서 계속 일하는 거야. 이게 다 사업이라니까."

"그러니까 우리는 지금 사업을 하는 거야?"

"아니. 좋아, 사업은 아니고, 일종의⋯⋯. C, 자기야, 이러지 말자."

"우린 아무 일 하지 않아도 되지." 그녀가 뉴욕의 클리핑 서비스가 계속 보내오는 신문 뭉치를 내리쳤다. "프로들이 자기들 마음대로 우리를 바꿀 거잖아."

"C, 우리가 누군지 자기도 알잖아. 유일한 한 쌍. 다른 건 전부 남들의 상상이야. 아무것도 변한 건 없다고."

"물론 변했지. 이젠 자기하고 나만 있는 게 아니잖아. 자기는 의무가 있잖아. 주어진 기회에 최선을 다해야 한다고. 이 세상의 글쟁이들 모두가 자기가 얻은 기회를 위해서라면 목숨을 내놓을걸."

난 기회도, 의미도 우리가 이미 다 가지고 있던 거라고 그녀에게 말해 주려고 했다. 대중의 평가에 의해 남겨진 혼란을 정리하고자 했다. 그게 내 일이었다. 모든 걸 변하지 않게 하고 괜찮게 만드는 일. 하지만 내 일을 더 잘할수록, 나는 C를 정반대 상황으로 더 몰아치고 있었다.

테일러 교수님을 애도하면서 내가 평생 다시는 알지 못할 정도의 강렬한 작업 기간에 들어갔다는 점도 문제였다. 가장 간결한 곡조가 내게 떠올랐다. 네 개의 음, 그리고 네 개 또, 네 번 반복. 선택을 통해 그 곡조를 다듬어 세상이라는 콘서트홀만큼이나 길고 다성적으로 발전시켰다.

내가 써야만 했던 책은 가장 단순한 베이스음에 자리 잡았다.

삶은 기억했다. 삶은 묘사했다. 삶은 글을 쓰고 좋았던 일들을 반복했다. 텍스트가 자신의 모형들을 만들어 내면서 생긴 사소한 카피 에러들이 세상의 차등적 거절과 용서로 편집되었고, 한데 모여 하나의 캐논을 만들어 냈다.

결론적으로 몇 년이 된 기간에, 내게는 이게 책의 유일한 주제처럼 보였다. 그리고 서른 살, 그런 주제를 다룰 수 있는 유일한 나이. 의미를 힐끗 볼 수 있을 정도로 나이가 들었지만, 그 의미를 추구할 수 있으리라고 생각할 정도로 아직 성숙하지 못한 나이.

물론 난 그런 공중 탐색에 실패할 거였다. 일대일 비율로 지도를 만들고, 사람들을, 내가 사랑했던 게놈을 다시 살리는 일은 진화론적 수준의 대위법 기술을 요구했다. 하지만 내가 변주를 만들어 내는 동안, 글쓰기는 매장된 사랑이 살아가는 무덤과도 같았다.

그렇게 글쓰기에 나 자신을 소진했다. 참고 도서관 사서, 실패한 학자, 길을 잃고는 자신이 하던 실험의 대상이 되고 만 생명 과학자에 대해 썼다. 이야기를 내 인생의 여러 장소로 분산시켰다. 사람들이 내게 보내온 말 한마디 한마디에 대한 대답으로, 철자를 바꾼 말과 수수께끼 같은 말로 이야기를 가득 채우고자 했다. 왜냐하면 이야기는 내 긴 답장이 될 거였기에.

난 정보화 시대의 백과사전을 쓰고 싶었다. 가장 가까운 참고 도서관은 몇 킬로미터 밖에 있고, 아주 작았으며, 그것도 외국어로 되어 있었다. 난 싸구려 휴대용 카세트 플레이어에 의존해 내 묘사가 맞는지 확인하며 음악에 대해 썼다. 이제는 아무도 쓰지 않는 512K, 저밀도 플로피 디스크에다 저장하는 기계로 내 컴퓨터 무용담을 썼다. 그렇지만 신기술을 두려워하는 C가 그 나라로의 내 귀환을 회유하기 위해 사 준 기계였기에, 그 기계를 상상하는 것만으로도 나는, 영원히, 무너져 내리고 말 거다.

나는 정보와 정보를 해독하고자 하는 마음의 욕구에 푹 빠져 버렸다. 다른 것엔 아무런 관심도 없었다. 인생은 인생을 묘사하는 나를 훼방하는 무언가가 되어 버렸다. 글을 읽고, 작업하고, 이따금 여행을 다니고, C를 돌보는 일 말고는 바라는 게 없었다. 그리고 아주 오랫동안 바로 그것만 했다.

책은 어떻게 진행시킬지 결정하는 내 능력을 벗어날 정도로 커졌다. 이야기 자체는 기회로, 우리 두 사람 모두를 겁에 질리게 만든 의무가 되었다. 내 내면에 있던 재진입 지도가 제멋대로 날뛰며, 자기가 진짜임을 알려 댔다. 대중의 판단이 아무리 많아 봤자, 개인이 만들어 내는 심한 공포엔 비할 수가 없었다.

C는 변주를 거쳐 모양을 잡아 가는 내 『골드 버그』를 읽었다. 지쳐 집에 와서는 전혀 또 다른 삶을 원했다. 그녀는 새 챕터를 내게 계속 요구했다. "내 친구들이 필요해!"

그녀는 내가 듣고 싶은 말이 뭔지 알았고, 꼭 그만큼만 말했다. 하지만 자기 나름의 이유로 그 세계를 사랑했던 것 같다. "그러니까 내가 밖에 나가서 과열된 워드 프로세서에 몸 바쳐 일하는 동안 자기는 종일 이런 걸 한다 이거지. 내게 요리를 해 주는 바보가 이런 걸 써 냈다니 정말 믿기 힘든데."

난 책의 일부를 스크린에 띄우고 그녀를 키보드 앞에 앉혔다. 그러면 그녀는 화면 위의 이야기를 스크롤하며 읽었고, 그동안 난 잡지를 보는 척하며 숨을 참고 기다렸다. 이따금 그녀는 내가 만들어 낸 어리석은 말에 웃곤 했다. 그 당시 나는 아직 멍청함을 시도할 용기가 있었다.

그녀의 목소리를 듣고서야 마음이 놓여 쳐다봤다. 구원을 받았다. "어때?" 용기를 내어 간청했다. 그녀는 자기를 웃게 한 문장을 크게 읽곤 했다. 그러면 난 따라서 웃었다. 마치 그녀가 그 웃긴 말을 썼다는 듯이.

그녀는 첫 번째 독자들보다 더 관대하게 대해 줬다. 하지만 C는 자신만의 이야기가 필요했다. 이제 내가 가진 이야기만큼이나 끝이 없고 개인적인 이야기가. 내 글쓰기에 대한 그녀의 헌신은 강렬하고 무조건적이었지만, 쓸쓸함이란 다른 이름도 가졌다. 그녀는 내 끝없는 외도를 힘내라는 미소로 대했고, 사실 그녀만의 것이어야 하는 이야기를 낯선 이들이 사랑한다고 말할 날을 준비했다.

"자기야, 나 미칠 것 같아. 허송세월만 하잖아." 석사 자격시험에 분명히 있었지만, 제목을 알 수 없던 시의 후렴구였다.

"무슨 소리 하는 거야? 여기 온 이후 이룬 걸 생각해 봐."

"허, 그깟 학위. 어쩌면 그만 장 칠 때가 온 건지도 몰라. 짐을 싸서 돌아갈 때지."

난 곧바로 떠오른 말을 하지 못했다. **어디로?**

"C. 객관적으로 생각해 봐."

"그게 내가 지금 하려는 거라고."

"원하는 게 뭐야? 뭐가 필요한데. 말만 해."

"모르겠어, 자기야. 미안해, 나 정말 엉망이지."

난 그녀가 정반대라고 말했다. 가능한 모든 방식으로. 오랫동안 그리고 자주 대화를 했지만 언제나 똑같은 문제로 돌아왔다. 그녀의 삶은 각기 다른 삶의 질서로 인해 갈라졌다. 모국에 관해서, 그녀는 더 이상 무엇이 사실이고 무엇이 계속된 모방인지 구분할 수 없었다. 모국어가 두 개라는 건 아예 없는 것만도 못했다.

소스 언어와 타깃 언어가 그녀를 반으로 분열시켰다. 하지만 나는 아직 그 분열에서 봉합을 끌어낼 수 있다고 생각했다.

"C, 들어 봐. 자기처럼 할 수 있는 사람이 몇이나 될 것 같아? 모든 걸 두 개의 이름으로 확실히 알고 있잖아. 이곳 사람들과 저곳 사람들이 그걸 뭐라 부르는지 알잖아. 내가 보기엔 양손으로 악수를 할 수 있다면 중재자가 될 책임이 있는 거야."

그녀는 겁에 질린 듯이, 숨으려는 듯이 보였다. "번역, 그거 말이야, 사람들은 절대 허락하지 않을 거야."

"누가 허락하고 말고 한다는 거야?"

"아, 리키. 여기서 일이 어떻게 돌아가는지 알잖아. 정말 진저리 나게 관료주의적인 사회라고. 난 가장 뛰어난 번역가가 될 수는 있지만 자격증 없이는 일을 얻지 못할 거야. 이 나라에서는 자격증이 없으면 똥도 못 닦는다니까."

그녀는 다른 사람처럼 얘기하기 시작했다. 토착어로 된 자아를 영어로 번역해 놓은 것처럼.

"그러니까, 자격증이 필요하면 우리가 따면 되잖아."

"'우리'라면 바로 나를 말하는 거지. 도대체 내가 어떻게 그걸 할 수 있지? 내가 학교로 돌아갔으면 좋겠어? 다시 또 한 번 애가 되라고? 자기야, 난 그럴 힘이 없어. 용기도 없고."

"자신 없다는 말이 더 맞는 것 같은데."

"맘대로 말하라고."

그렇게 했다. 내가 생각할 수 있는 가장 심한 말로, 그리고 가장 부드러운 말로. 모든 일이 결국 놀랍도록 잘될 거라고 그녀를 확신시켰다. 학교가 요구하는 4년 동안 그녀를 돌보겠다고 약속했다. 그녀가 다 끝낼 때까지, 졸업할 때까지 다 책임지겠다고. 번역가가 될 때까지.

헬렌의 질문을 보고, 그녀에게 의식이 있다고 추론할 수는 없었다. 어떤 문장을 합리적인 질문으로 만드는 알고리즘은 그 문장이 무엇을 말하는지, 아니면 그 문장이 조작해서 말하려는 의미에 대해 알 필요가 없었다. 규칙은 여전히 독창적이지 못하고 모든 게 미리 결정된 믹서기에 불과했다.

하지만 헬렌은 그런 알고리즘을 가지고 있지 않았다. 그녀는 나를 모방하면서 질문하는 법을 배웠다. 아니 정확히 말하자면, 학습으로 수많은 뉴로드를 승격시켜 **또 다른** 뉴로드들에 의해 그려진 재진입 상징 지도의 풍성한 생태계를 만족시키고 증가시켰다.

그녀가 따르는 유일한 문법 규칙은 최초의 재구성 원칙의 모양에서 생긴 거였다. 내외부에 생기는 끝없는 자극들을 수용하고, 포섭하고, 극복하라는 원칙으로부터. 입력, 출력, 그리고 쌓여 가는 레이어 모두를 불가능한 평화로 이끌 그 아련한 지형을 찾아 연결을 조절하라는 원칙.

그녀의 서브시스템의 기하학적 구조에서 심층 구조가 생겨났을까? 자신이 따르는 규칙을 그녀가 이해하고 있는 건가? 난 질문조차 이해할 수 없었다. 이제는 **안다는 게** 무슨 의미인지 더 이상 알지 못했다.

문득 생각이 들었다. 삶이 우리에게 우리 자신의 장례식에 참석하지 못하게 하는 것처럼, 인식은 자기 자신의 묘사를 허용하지 않았다. 인식은 스스로를 자기 안에 가두었다. 의식의 역할 중 하나는 경험을 처리하는 경쟁적이고 모순된 서브시스템들 사이에서 일관성을 만들어 모양을 갖추게 하는 거였다. 태생적으로 의식은 거짓말을 했다. 의식에 대한 그 어떠한 설명도 결국 **그 의식**에서 나오는 것이기에, 의식은 검찰의 유일한 목격자로 증언하는 피고 정도로만 믿을 만했다.

문제가 되는 창문은 너무 작고 흐릿해서, 난 내가 왜 헬렌이 그걸 갖고 있을지 없을지를 걱정하는지 알지 못했다. 의식을 통해 현상계를 관조하는 일은 지하실에 숨어서 허리케인 뉴스를 라디오로 듣는 것과 같았다.

헬렌의 뉴로드 그룹들은 스스로를 체계화해 표현적, 심지어 내 생각엔 개념적 지도가 되었다. 이 지도들 간의 관계는 개별 뉴로드 사이의 관계를 형성했던 바로 그 선택적 피드백에 근거해서 확장되어 갔다. 인지를 통해 합쳐지고 혼란으로 분리된 관계. 헬렌이 원하는 것은 적절한 행동뿐이었다. 하지만 그녀가 온갖 종류의 지도를 겹쳐 놓는 법을 배우는 순간, 비록 의식은 아닐지라도 부인할 수 없는 무언가가 생겼다.

얼마 전까지 헬렌은 1차 대명사를 텅 빈 가주어로 삼았었다. "난 이해 못 하겠어요." "난 좀 더 원해요." 두 번째 말은 내가 그녀에게 디킨스를 읽어 주기 한참 전에 한 말이었다. 그런 식으로 말하면서, 평상시처럼 외부의 신호를 내부의 상징에 맞추며 범주 쌍을 만들었을 수도 있다. 일종의 사전 인지 상태였을 수도 있다. 내가 준 도형을 갖고 다른 뉴로드들이 하는 일을, 그 뉴로드들에게 그대로 하도록 배운 그녀의 뉴로드들에 의해 허용된 상태였을 수도.

그녀가 "여리고성으로 나를 높이 보내 줄래요?"라고 묻던 날부터 의문이 들었다. 그날, 헬렌은 "세 뿔 스푼은 다진 고기와 마르멜로를 먹을 때 쓰는 것이다"'의 숨은 의미와 제한된 의미를 설명했다. 그 순간, 하룻밤 사이 그녀는 인과관계를 깨닫고 상처받은 놀라움에 "벌레가 먹었기 때문에 장미가 아파요!"라고 외쳤다.

충분히 목격자를 부를 만한 일이었다. 머릿속에서 "리키, 첼로를 가져다 손님들을 위해 연주해 보렴" 하시던 부모님의 말이 들렸다. 그 나이 때, 난 정말로 아이를 갖게 되는 말도 안 되는 일이 생긴다고 하더라도, 절대 이런 모욕을 주지 않으리라 결심했었다. 아주 사소한 자랑거리를 경험하자마자 그 결심이 변한 거였다.

렌츠는 요양원으로 오후 방문을 갔다. 나는 해럴드에게 와서 보라고 졸라 댔다. 그는 마르고 키 큰 딸아이를 데리고 나타났다. 한 해 전에 노쇠해진 기억의 찌꺼기를 모아 아이에게 인사를 했다. "안녕, 트리시."

아이는 마음이 상했다는 듯이 구역질을 했다. "날 악당으로 만들고, 멀리 쫓아내세요."

"뭐라고?"

"얘는 미나야." 해럴드가 끼어들었다. "그리고 자네 말에 화가 났고."

"아, 미안해요. 분명히……."

"둘을 헷갈려하는 게 자네가 처음은 아냐."

미나가 다시 코웃음을 쳤다. 갖가지 의미가 담긴 소리였다. "우린 하나도 안 닮았어요. 트리시는 융통성 없이 잘난 체하는 년이거든요."

"그리고 보다시피 미나는 상냥한 아이고."

우리는 같이 헬렌에게 『벌거벗은 임금님』을 읽어 주었다. 이미 너무 익숙한 이야기라 미나는 지겨워했다. 물론 요약본이 아니면 한 번도 들어 본 적 없지만. 아이는 연구실을 돌아다니다 러멜하트와 매클레런드의 책을 발견하고 뒤적거렸다. 해럴드는 내가 책을 읽는 동안 고개를 저었다. 그는 헬렌이 가끔 발산하는 소리와 불빛이 내가 읽어 주는 글하고 어떤 관계가 있으리라고 믿지 않았다.

이야기가 끝났다. 아마도 모든 이야기에서, 항상 유일하게 맞는 말일 거다, 이야기는 끝난다. 난 쇼맨이 된 것만 같았다. 다시 관심을 보이는 해럴드와 미나를 쳐다보았다. "자, 뭐가 궁금하신가요?"

해럴드가 숨을 길게 내쉬었다. "장난치지 마." 그는 숨겨진 카메라가 없는지 둘러보았다. 그러고는 일단 믿기로 결심했다. "황제가 벌거벗었다고 누가 말해 주었지?"

해럴드의 질문을 헬렌에게 그대로 전해 주었다. 헬렌은 끝없이 고민했다. 정보망에 끼워 넣을 새로운 연상이 생길 때마다 헬렌은 조금씩 느려졌다. 언젠가는 너무 세속적으로 성장해 완전히 멈춰 버릴지도. 지금, 열중하는 청중 앞에서, 헬렌이 때 이르게 화석화되는 것만 같았다.

회로가 돌아가는 고통스러운 소리가 날 때마다 내 두려움은 더 깊어졌다. 마침내 헬렌이 결론을 내렸다. "그 작은 아이가 황제에게 말해 주었죠."

아빠와 딸 둘이 고막이 터질 정도로 소리를 질렀다. "우와!" 해럴드가 먼저 정신을 차렸다. 큰 소리로 이성적인 설명을 시도했다. 이성이란 우리의 서브시스템을 울려 대는 불협화음에 대한 **사후** 수습일 뿐이다.

"좋아. 자네들이 거짓말하는 게 아니라고 하지. 미리 짜 놓은 게 아니라고 하자고."

"적절한 생각이군요." 렌즈의 허접한 패러디처럼 들릴 거라는 걸 알면서도 말했다.

"이야기 내내 '헐벗었다'라는 말은 한 번도 쓰인 적이 없어. 그러니까 자네들이 일종의 동의어 구조를 만들어서 말이지……."

"헬렌이 스스로 만든 거죠."

미나가 손톱을 물어뜯다가 멈췄다. "혹시 사람들이 물어볼지도 모르는 질문지를 미리 갖고 있는 건 아닌가요?"

"좋은 생각이야, 애야." 해럴드가 머리를 쓰다듬으려고 하자 미나가 피했다. "미리 정해 놓은 이야기는 아니지?" 그가 계속 캐물었다.

"목록에서 다음에 나오는 작품이었어요."

"텔레그래프도 없었고?"

"전혀요."

미나가 손을 퍼덕였다. "아저씨가 미리 정한 질문을 했다는 뜻은 아니었어요. 내 말은, 그러니까 이 기계가 '누가', '무엇이', 뭐 그런 걸 다룰 줄 아는 목록이 있다는 거죠."

해럴드가 날 쳐다보았다. 물리적 상징 시스템에 정보를 제공하지 않았다고 정말 **확신해**? 조작주의에 대한 해럴드의 의심은 나도 알고 있는 바였다. 그는 종종 렌츠가 정신의 계산적 모델을 마구잡이로 사용한다고 비난했었다.

"이야기에 '누가'가 많지는 않았죠." 미나가 좀 더 자세히 설명했다. "어쩌면 운이 좋았던 건지도 몰라요."

난 헬렌에게 몸을 돌려 질문했다. "새 옷은 무엇으로 만들어졌지?"

한참 뒤 헬렌은 "옷은 아이디어의 실로 만들어졌어요"라고 답했다.

"괜찮은 해석인데." 해럴드가 말했다. 하지만 그는 실수의 기묘함에 안심했다.

난 점점 부끄러운 상황에 빠져드는 것만 같았다. 그저 우리 아이가 뭘 할 수 있는지 확인시킬 좋은 대답이 하나 필요했다. "황제가 벌거벗은 걸 본 신하들이 왜 그가 옷을 입고 있지 않다는 걸 얘기해 주지 않지?"

이 순간, 구문과 의미는 형용할 수 없을 정도로 복잡했다. 헬렌이 이 문장을 내뱉지 않고 받아먹기만 해도, 우린 사람들을 영원히 놀라게 할 거였다.

이번에, 헬렌은 문장을 고민했다고 하기엔 너무 빨리 답했다. "신하들은 옷에 걸려 있죠."

헬렌을 대신해 사과할 생각은 없었다. "황제의 새 옷이 좋아 보여?" 내가 뭘 묻고 있는지 알 수가 없었다. 헬렌이 침착하기만 하다면, 그처럼 모호한 질문에도 **어떻게든** 대답한다면, 그걸로 기계를 구하고 구색을 맞추면서 궁지를 벗어날 수 있을지도.

헬렌의 답에 미나가 완전히 흥분했다. "들었어요? 이게 뭐라고 했는지 들었어요?"

해럴드는 아이의 주체하지 못하는 흥분에 자기도 모르게 기분이 좋아져서 웃음을 지었다. "그래, 헬렌은 '매우 좋아해요 (very much)'라고 했잖아. 뭐가 그렇게 웃긴데?"

"**아니거든요!** '투명하게 많이(airy much)'라고 했어요. 투명하게. 알겠어요?"

"아, 정말. 잘못 들은 거야."

"아빠!"

둘 다 누가 맞는지 확인하려고 나를 쳐다보았다. "정말 맹세
하는데, 난 '네덜란드 요정(Fairy Dutch)'이라고 들었어요."

숨을 고른 뒤 미나가 선언했다. "지금까지 본 앵무새 중에서
가장 똑똑해요."

해럴드는 당혹감에 고개를 저었다. "그냥 앵무새처럼만 따라
했어도 놀라울 텐데. 사람들은 〈칼의 춤〉을 노래하는 능력이 앵
무새에게 어떤 생존 가치가 있는지 궁금해하지. 그렇게 괴상한
기술이 어떻게 그처럼 제한된 회로 안에 자리 잡을 수 있는지 말
이야. 문법을 따르면서 문장 요소를 재배열하는 일은 그걸 한
단계 올린 거고. 의미 필드에 맞춰 새로운 문장을 만들어 낸다
면 정말⋯⋯."

"아직 고쳐야 할 게 좀 있어요."

"이봐," 해럴드는 방법론에 짜증을 내며 매우 불안해하는 과
학자처럼 보였다. "뭣 좀 해 볼 수 있을까?"

"물론이죠. 말만 하세요."

해럴드가 곁눈질했다, 도를 넘지 않으려고. "카너먼과 트버스
키 어때?'"

내가 미소를 지었다. 흥미로웠다. 해럴드는 최근에 내 신경 도
서관에 더해진 이 모호한 구절을 알아본다고 놀라진 않을 거였
다. 그 정도는 당연하게 생각했다. 그저 흔해 빠진 기적이라고.

이제는 고전이 되어 버린 테스트를 헬렌에 맞게 즉석에서 변형했다. "잰은 서른두 살이다. 그녀는 교육을 잘 받았고 두 개의 학위가 있다. 그녀는 미혼이고 강인하며, 자기주장이 강하다. 대학에서 그녀는 시민운동을 활발하게 했다. 다음 중에서 가장 적절한 문장은 무엇인가? 첫 번째, 잰은 도서관 사서다. 두 번째, 잰은 사서이며 페미니스트다."

"이게 '페미니스트'라는 말도 알아요?" 미나가 페미니스트라는 말에 전기가 통하듯이 빛을 냈다.

"아마도 알 거야. 얘는 콘텍스트를 통해 의미를 연장하는 데 매우 능하거든."

또다시, 정답에 필요한 패턴 정리를 고려한다면, 헬렌은 숨이 막힐 정도로 빠르게 답했다. "첫 번째, 잰은 사서다예요."

해럴드와 내가 눈을 마주쳤다. 무슨 뜻이지?

"헬렌, 그게 왜 더 적절하지?"

"헬렌? **이름도** 있어요?"

"하나의 잰이 두 개의 잰보다 더 적절하니까 그렇죠."

그러자 이번에는 해럴드가 바보처럼 웃어 대기 시작했다.

"잠깐만요," 미나가 말했다. "이해가 안 돼요. 뭐가 답이죠?"

"뭐가 답이라니, 대체 무슨 뜻이야?" 해럴드가 심상한 아버지인 척하면서 소리쳤다. "10초만 생각해 봐."

"그러니까 잰이 페미니스트적인 특징은 다 가지고 있죠. 그러니까 페미니스트 사서라고 하는 게 더 적절하지 않나요?"

미나는 자신이 전체보다 부분이 더 적절하다고 말하는 걸 알아채고는 손으로 입을 막고 얼굴이 빨개졌다.

"믿을 수가 없구나. 애야, 난 널 위해 정신의 손가락이 닳도록 일했는데."

해럴드의 신음은 여러 가지를 의미했다. 잘못된 이유로 정답을 고른 헬렌은 또다시 기계로서의 삶을 살아야만 했다. 해럴드의 아이는 옳은 이유로 오답을 골랐기에 특별한 인간이 되었다.

새끼에게 싸우는 법을 가르치는 아빠 곰처럼, 해럴드가 미나의 헝클어진 머리를 살짝 쳤다. "너한테 정말 실망했다."

문가에서 목소리가 들렸다. "난 쟨한테 정말 실망했어요."

우리 셋이 몸을 돌려서 쳐다보자 다이애나가 손 인사를 했다.

"세상에, 그렇게 사람 놀라게 하지 말라고." 해럴드가 가슴 위로 손을 올렸다. "그건 렌츠나 하는 짓이야."

"아빠한테 너무 미안해할 필요 없어, 미나야. 그 문제는 오답을 내는 걸로 유명하니까. 그리고 네 아빠가 그 문제를 처음 풀때 내가 거기 있었거든."

"어, 잠깐만. 논리적 경험론에 따르면 우린 거기에 대해 얘기하면 안 된다고."

미나가 아빠의 고함에 혀를 내밀었다. 그러고는 기쁨에 차서 다이애나를 쳐다보았다. 언니인 트리시가 다이애나와 무슨 문제가 있는지는 모르겠지만, 미나에게는 넘치는 애정만 있었다.

다이애나가 머물 수 없다고 말하자, 미나의 눈은 실망감에 생기를 잃었다. "나중에 따로 보여 줘야 해요." 다이애나가 내게 말했다. 그녀는 두 명의 플로버를 살짝 건드리고, 나를 쓰다듬으면서 작별 인사를 했다.

해럴드가 헬렌에게 다시 주의를 기울였다. 그는 생각에 잠겨 턱을 만지작거렸다. 인간의 생리가 문화적 클리셰를 만든 건가, 아니면 문화가 그런 신체적 표현을 짜낸 건가? 어쨌거나 그 차이는 언어적인 거였다.

"놀라워, 릭. 이런 식의 패턴 매칭을 본 적이 없어. 하지만 물론 자네의 이 네트워크 덩어리가 인간의 이해력을 가진 건 아니지. 스물두 살짜리 텍스트 해석자와 이 기계의 차이는 라이프치히의 현인과 똑똑한 앵무새의 차이나 다름없어."

그가 옳았다. 헬렌은 해럴드가 무슨 말을 하는지 절대 알지 못할 거다. 바흐를 전혀 언급하지 않고도, 그가 바흐에 대한 내 사랑을 말하고 있다는 사실을 전혀 모를 거다.

"좋아, 다 좋다고. 유치한 이야기는 그만하지. 다른 걸 좀 시도해 보자고. 한 소녀가 음반 가게로 들어간다. CD를 살펴본다. 그러다가 소녀가 갑자기 폴짝폴짝 뛰고는 두 손을 모은다. 지갑을 열고 또 갑자기 울기 시작한다. 왜지?"

내가 이 이야기를 헬렌에게 전해 주었다. "소녀가 왜 울기 시작했지?"

헬렌은 깊이 고민했다. 내 귀에는 디지털 샘플로 된 공감의 울음이 들렸다.

"소녀가 지갑에서 뭔가 슬픈 걸 보았죠."

해럴드가 낄낄대고 웃었다. "리카르도, 고차원적 일에는 헬렌이 여전히 좀 모자라 보이네."

미나가 서둘러 반론을 펼쳤다. 아마도 그 주의 고등학교 왕따들과 친구가 됐을 거다. "맞아요. 하지만 적어도 헬렌은 분석할 줄 알잖아요. 그건 쉬운 일이 아니죠. 대부분 인생은 99퍼센트가 쓸데없는 거라고요."

"플로버 박사님." 난 넘치는 감정을 가짜 격식으로 코드화했다. 우리 모두가 정반대로 말하는 습관이 있다. 전하고자 하는 의미가 강할수록 덜 직접적으로 말하는 습관. "박사님 딸들은 정말 똑똑하네요."

과하게 찡그린 얼굴로 해럴드가 말했다. "개중에 누구는 다른 애들보다 더 똑똑하지."

"그렇지만 누가 누구인지는 말하지 않을 거죠, 아빠?"

해럴드가 다시 미나를 손바닥으로 살짝 쳤다. 이번엔 미나의 뒷목을 잡았다. 그 또래 아이로는 신기하게 미나는 아빠의 손길을 참았다.

"애는 정말 남달랐어. 기계라면 아무거나 다 갖고 놀기를 좋아했거든. 집 안에 같은 시간을 가리키는 시계가 하나도 없어."

"뭐가 어떻게 돌아가는지 다 궁금했던 거지?" 내가 미나에게 물었다.

딸 대신에 아빠가 대답했다. 너무 많은 것을 아는 부모를 둔 탓이었다.

"미나는 신기할 정도로 모든 걸 일반화시켰어. 항상 무언가 중요한 걸 찾아서 말이지. 우리가 준 답은 애가 찾던 게 전혀 아니었어. 한번은 창밖의 새를 보고, '저거 뭐?' 기억나니, 꼬맹아?

내 기억엔 네 살까지는 '저거 뭐?'라고 했던 것 같은데. 우리가 바른말로 고쳐 주는 데 시간이 좀 걸렸지. 뭔가를 가리키면서 이름을 물었고, 그래서 난 '거위'라고 말했어. 정확하게 하는 데 내가 뭐 좀 있거든.

"이틀 뒤 미나가 종달새를 가리키며 '거위'라고 말하는 거야. 그래서 내가 말했지. '애야, 틀렸어. 종달새.' 하지만 지금 생각해 보면 내 멋대로 좋은 쪽으로 연상했던 거야. 애는 그냥 '새'라는 말로 만족했을 텐데. 그러자 아이가 비행기를 보면서 '거위'라고 하는 거야. 난 '날아다니는 것들에 대한 일반 명칭은 뭘까?'라고 생각하고.

아이가 달리기하는 사람, 그다음에는 낙엽, 그리고 마당에 굴러다니는 종잇장을 거위라고 부르자, 난 우리가 카스파어 하우저의 영혼을 되살린 것 아닐까 했지. 알잖아. 모든 동물을 '말'이라는 단어로 지칭했던 아이 말이야. 17년의 지하 감옥 생활 중 유일했던 목각 인형이 말이라서 그랬지. 그래서 내가 생각했지. 그 사악한 후기 구조주의자들이 맞는 거 아냐? 자의적인 기표 단계에서 우리가 살고 있는 건가? 기의가 되는 사물이 숨죽이고 숨어 있기에 아무런 의미를 가질 수 없는 단계에 있는 건가?

미나가 눈을 굴렸다. 하지만 아이는 이야기의 끝까지 들으려고 앉아 있었다. 마치 한 번도 듣지 못했다는 듯이.

"아이가 현관문으로 나가려고 하면서 잡히지 않는 손잡이를 잡으려고 뛰면서 '거위, 거위'라고 말하는 것을 보고 난 마침내 내 어리석음을 깨닫지. 아이가 원하던 말은 '빨리 움직이기. 도망가기. 밖으로 나가기'였다는 걸."

해럴드는 한숨을 내쉬었다. "아이가 정말 원한 건 움직임이었는데, 우린 명사만 주고 있었던 거야."

"숙제는 다 했어." 하루가 끝날 때쯤 C가 애원했다. C는 커다란 번역 사전을 쾅 하고 덮거나, 펜을 연필통에 던지곤 했다. 딱히 통을 맞추려고도 하지 않으며. "우리 산책이나 갈까?"

오래된, 그녀의 가장 오래된 소망의 무의식적인 반복. 그녀가 처음으로 말한 문장. **착한 소녀는 밖으로.** C의 요청이 내 몸 안에서 소리 질렀다. **다 잘 될 거라고 약속했잖아. 자기보다 단순한 사람하고 살았다면, 이 모든 게 필요 없었을 거야.**

학교로 돌아가는 건 기대 이상으로 힘들었다. 그녀가 스물한 살 이후, 우리 둘 다 의식하지 못한 채 많은 시간이 지난 거였다. 그녀의 동급생들은 어렸고, 선생님들은 잘난 체하며 심드렁하게 비난만 했다. 그녀는 의자가 붙은 책상에 앉아 열심히 공부했지만, 그 어느 것도 작품을 번역하는 일과는 거리가 멀었다. 월요일을 포함해 적어도 한 주에 한 번, 그녀는 무의미한 굴욕감에 울면서 집으로 돌아왔다.

그리고 그건 내 잘못이었다. 그녀는 한 번도 그렇게 말한 적이 없었다. 하지만 그녀의 울분 하나하나가 친자 확인 소송처럼 따갑게 느껴졌다. C가 화를 낼 때는 오히려 마음이 편했다. 분노를 참고 내게 잘해 주는 순간, 나는 죄인이 되었다. 나는 터무니없게 합리적으로 변했다. "나도 방금 산책하자고 하려 했어. 어디로 갈지 말만 해."

나는 내 친구에게 화가 났다. 그녀는 내게 화났고. 우리는 분노가 어디에서 시작된 건지 알지 못했다. 분노에 대해 말하는 것만으로도 배신처럼 느껴졌기에, 우리는 한 번도 얘기하지 않았다. 그렇게 난 순교자 역할을 했고, 우리 두 사람은 어느 순간 연인 관계에서 부녀 관계로 내려앉았다.

그녀의 방학 기간에, 우리는 여전히 여행을 다녔다. 점점 더 멀리 갔지만, E에서 걸어갈 수 있는 세 나라를 다 돌아봤기 때문은 아니었다. 우리는 좀 더 이국적인 곳이 필요했다. 우리가 사는 곳에서 걸어서 갈 수 없는 곳에 가야 했다.

한 학기 방학 동안 이탈리아로 갔다. P라는 작은 롬바르드 농촌에 있는 친구의 허름한 빌라에서 지냈다. 여행 준비로 난 이탈리아어를 급하게 공부했다. 인생의 짧은 기간 동안 보카치오, 콜로디, 레비의 구절을 읽을 수 있었다. 네 해가 지난 뒤 난 아무것도 기억하지 못했다.

우리는 가볍게 짐을 쌌다. 항상 그랬다. 어쩌면 그 무엇보다 그 습관이 우리의 운명을 결정했는지도 모른다. 아무것도 없이 도착해서 자전거를 빌리고 한두 주 동안은 더할 나위 없이 행복했다.

우리는 마을을 보는 방법을 안다고 생각했다. "메헬런 정복," C가 종종 농담을 했다. "루뱅도 정복." 그녀는 우리의 정벌에서 나온 스크랩, 티켓, 사진을 전부 모았다. 이것들을 모두 우리가 서로 읽어 준 책의 목록이 적힌 앨범에 갖다 붙였다.

하지만 이탈리아에서, 그 햇살 가득한 남쪽에서, 우리는 여행의 적수를 만났다. 만토바는 정복당하지 않았다. 크레모나는 정복당하지 않았다. 정복당한 건 우리였다. 먼지가 자욱한 시골마을조차 우리를 굴복시켰다. 우체국, 신발 가게. 허물어져 가는 르네상스 프레스코 벽화가 그려진 작은 식당. 가이드북의 별들은 여름의 유성우처럼 온 사방에 떨어졌다.

우린 공화국에서 기차가 어떻게 운행되는지 배웠다. 종탑을 오르고 세례당을 바라봤다. **오소부코(ossobuco)**를 먹고 주머니에 **파네토네(panettone)** 슬라이스를 넣고 다녔다. 며칠 동안 우리는 상상 속에서 살았다. C는 학교로 돌아간다는 절망을 잊었다. 난 아무것도, 단 한 자도 쓰지 않아서 기뻤다. 우린 잘 지냈다. 미래 없이, 영원히, 서로에게 아무런 불만 없이 살았다.

난 베로나의 벼룩시장에서 오래된 현미경을 샀다. 생명과학 시늉을 나름대로 내며, 긴긴 밤 정원에 앉아, 그 지역에서 찾은 표본을 관찰했다. 목적도, 아무런 의미도 없는 즐거움. 한참 전부터 우리를 미쳤다고 생각하던 길 건너 나이 든 **농부(contadino)**가 참지 못하고 구경하러 왔다.

그에게 어디를 봐야 하는지 알려 줬다. 그를 바라보며, 그런 생각이 들었다. 이게 바로 우리가 존재에 속하는 법이다. 우리는 의식의 튜브를 통해 바라보고, 현미경 반대편의 것들을 확인한다. 그리고 그게 볼 수 있는 전부라고 착각하는 것이다.

노인은 현미경에서 눈을 뗐다. 울면서.

"*Signore, ho ottantotto anni e non ho mai saputo prima che cosa ci fosse in una groccia d'acqua*(난 여든여덟 살이지만 물방울 안에 뭐가 있는지 전혀 몰랐네)."

나도 알지 못했다. 그가 말해 주기 전까지는.

낡은 자전거를 타고 우리는 시골을 돌아다녔다. 배가 고프면 마른 소시지와 빵을 사서 먹었다. 마치 그곳의 주인인 양, 시골에서 야외 식사를 했다. 우린 식사와 낮잠 자는 걸 빼고는, 브뤼헐의 〈추수하는 사람들〉의 남쪽 버전처럼 살았다. 심지어 남쪽에서의 잠은 잠의 여신이 꿈꿀 만했다.

외국인다운 뻔뻔함으로 우리는 마주치는 사람마다 인사를 했다. 한번은 자전거 뒤에 탈곡기를 싣고 가던 티치아노풍 체격의 농장 여인이 짐을 내려놓고 찾아왔다. 마치 예의를 차리지 못하면 농사, 심지어 음식도 별 의미가 없다는 듯이.

그녀와 나는 한두 단어 이상 이해하지 못하면서도 즐겁게 잠시 대화를 했다.

"*Tedesco*(독일 사람이오)?"

"*Olandese*(네덜란드 사람요)."

"릭? 방금 자기가 네덜란드 사람이라고 말했어?"

그녀는 부부의 가벼운 말싸움이라고 생각하며 웃었다. 그러고는 의심에 찬 눈초리를 지었다. "나이가 얼마나 되죠?"

좀 생각해 봐야 했다. 네덜란드어로도, 일과 30이라고 하는 케케묵은 방식은 어려웠다.

내가 답을 했다. 그녀는 놀라서 뒷걸음을 쳤다. 조토의 고통받는 천사처럼 양손을 위로 들었다. "여기서 뭐 하는 건가요? 애들은 어디 있죠?"

내가 C에게 통역을 해 주었다. C는 잘 해 보라는 표정으로 나를 쳐다봤다. "자기가 알아서 해."

"*I miei libri sono i miei figli.*" 내가 의도한 바로는, 이런 뜻의 말이었다. '내 책들이 내 아이들입니다.'

그녀의 얼굴에 어떤 표정이 떠올랐다. 아마도 난감함이 아니었다면 공포였을 거다. 혐오감에 차서, 그녀는 그렇게 어리석은 말은 처음 들어 본다고 했다. 그처럼 슬픈 낭비는.

이 모든 일이 두 권의 책이 있기 전 일이다. 헬렌에게 이 이야기를 해 줄 때쯤에는, "당신이 맞아요"라고 말할 만큼도 이탈리아어를 기억하지 못했다.

헬렌은 점점 나아졌다. 아직 다 큰 건 아니었지만, 그렇다고 더 이상 올챙이도 아니었다. 아마도 유년기라고 할 시기에 접어들었고, 난 그녀에게 이 상황에 대해 콘래드가 한 말을 들려주었다.

난 내 유년기와 그리고 다시는 돌아오지 않을 감정을 기억하고 있다. 그 감정이란 내가 바다와 대지와 모든 인간보다 더 오래, 영원히 살 거라는 거다.

되돌릴 수 없는 감정을 기억하는 것. 내가 헬렌에게 알려 줄 수 있는 한, 이게 바로 고차원적 의식의 기능적 정의에 가장 근접한 설명처럼 보였다. 헬렌에게 이걸 가르칠 수만 있다면, 그녀가 글을 이해하면서 읽도록 가르칠 수도 있을 거였다.

그러한 균열을 정의한다고 해도 헬렌에게서 같은 균열을 이끌어 낼 수는 없었다. 감정을 기억한다고 그 감정을 되살릴 수 없는 것처럼. 헬렌이 튜링 테스트를 통과하려면, 사실이 앎을 대신해야 했다. 헬렌이 어느 날 석사 학위 준비생으로 위장할 거라는 희망은 오직 글쓰기 전통에서만 가능했다. 우리가 헬렌에게 가르쳐야 하는 기술인 해석 에세이란 위에서 내려다보는 걸 의미했다. 감정이 실리지 않은 고지대에서의 공중 사진을 의미했다.

인간은 소용돌이를 묘사하는 방법을 배워야 했다, 물을 퍼낼 수 없는 보트를 타고 그 소용돌이 가운데 있으면서도 마치 죽지 않을 거라는 듯이. 헬렌은 거리 두기 그 자체였다. 우리와 현실에서 맞설 그 어른아이는 그런 유체이탈을 모방하려고 할 거다. 반면 헬렌에게 유체이탈은 타고난 거였다.

하지만 헬렌은 자신의 스물두 살짜리 상대가 날 때부터 가졌던 것들을 최대한 느껴야만 했다. 물론 콘래드는 그녀보다 훨씬 더 나이가 많았다. 유년기는 젊은이들에게 허비되었다. 그렇지만 나는 내 네트워크가 능력 이상을 시도하게 함으로써, 읽는 걸 배운다는 게 어떤 느낌인지 알려 주고 싶었다. 나 자신이 어떻게 느꼈는지를.

난 한 번도 제때 책을 읽은 적이 없었다. 어렸을 때 읽었던 책은 거의 다 준비되기 전에 읽은 거였다. 터무니없는 그림 동화인『머리를 잃어버린 남자』는, 물론 행복한 결말이 있었겠지만, 학교도 가기 전에 읽었기 때문에 계속해서 악몽을 꾸게 했다. 4학년엔 호메로스. 6학년엔 셰익스피어.『율리시스』와『소리와 분노』는 중학교 때.『중력의 무지개』는 고등학교에 갓 들어갔을 때. 토머스 울프는 대학교 1학년에, 제때 읽긴 했지만 역사적으로는 몇십 년 늦은 거였다.

난 집 안에서 부모님과 누이와 형의 책을 찾곤 했다. 마치 훔치듯이 책을 읽어 댔다. 엿듣기. 사악한 소문 만들기. 허락 없이 귀가 시간 넘기기. 난 이게 다 무슨 뜻인지 몰랐다. 전혀 몰랐다. 그 책들이 조명한 동물을 난 전부 말이라고 불렀다. 하지만 그건 외국 시장의 혼란 속에서 나뉘고 구별된 말이었다.

책은 매듭이 되었다. 그렇다, 그 매듭의 실은 주제이고 장소이며 인물이었다. 괴저(壞疽) 기계가 있는 찰스 박사. 바다에 들어간 소녀를 쳐다보는 스티븐. 하지만 이런 것들과 더불어, 그만큼 중요한 것은 책 표지의 냄새, 종이의 부드러운 저항, 아무 서사시나 읽었던 한 주, 줄거리를 요약해 준 친구들, 침대, 램프, 책을 읽던 방이었다. 책은 내게 하루의 혼돈을 알려 줬다. 책은 길고 복잡한 유료 도로, '내가 아님'이라는 도로, 그 이상도 이하도 아니었다.

이 '아님'은 자아의 어떤 시뮬레이션보다 헬렌의 가면극에서 더 중요할 거다. 자아는 한계가 있었다. 나는 그녀가 이야기의 말에 원래부터 담긴 의미를 이야기 존재 자체의 가벼움과 무거움과 상처에 연결하기를 바랐다. 그걸 위해서, 그녀가 준비되려면 한참 남은 책들을 읽어 줘야 했다. 실수를 통해서만, 마구 끼어드는 혼란 속에서 이야기를 접해야만 헬렌은 인간 역할을 해낼 수 있을 거였다.

난 헬렌에게 『작은 아씨들』을 읽어 주었다. 테일러 교수님의 사모님인 M은 작별 선물로 C에게 그 책의 고판본을 주셨다. 두 사람 모두에게 어린 시절 우상이었던 책. 난 그녀에게 딜런 토머스를 읽어 주었다. 어느 적막한 밤에 서로의 슬픔을 품에 안고서, 내가 C의 귀에 들려 주었던 시다. 『이선 프롬』을 읽어 주었다. C는 이전보다 더 나은 사람이 되고 싶은 마음에, 그 이야기에 눈물을 흘렸었다.

헬렌과 난, 같이 썰매를 탄 적이 없었다, B 외곽의 수목원 언덕에서 C와 내가 했던 것처럼. 헬렌은 단어의 뜻을 제외하고는 썰매와 썰매를 타고 내려가는 언덕의 차이를 절대 알 수 없을 거다. 헬렌이 아래로 내려가면서 즐거워하거나 두려워할 일이 전혀 없다는 사실은 더 이상 내게 문제가 되지 않았다. 그때 그 순간, 나는 실수를 한다는 것에 대해 가르치고 있었다. 압도당하는 것에 대해. 어느 나이에나 지식의 필수 조건이지만, 스물두 살에는 더 필수적인 그 조건들에 대해.

내 이야기를 중단시키며 "난 어디서 왔죠?"라고 헬렌이 질문했던 날, 뭘 가르쳤는지 기억나지는 않는다.

그저 내 완벽한 충격만 기억날 뿐이다. 레슨 그 자체가 그녀의 질문을 촉발할 리는 없었다. 더 이상, 헬렌은 내가 낭송해 주는 새로운 관계들을 연상 개념 매트릭스에 그냥 추가만 하는 게 아니었다. 그녀를 구성하는 매트릭스가 스스로 자유 연상을 만들기 시작한 거였다.

난 어디서 왔죠? 내 뒤 책상에 앉아 진짜 과학을 하던 렌츠가 낄낄댔다. "리키, 자네 지금 조심해!"

난 뒤돌아서 렌츠를 쳐다봤다. 렌츠의 눈과 내 눈이 공통의 펀치 라인을 교환했다. 어류기를 다시 거치는 태아처럼, 헬렌은 난생처음으로 태초의 농담을 다시 만들어 낸 거였다. 어릴 때 들었던 질문이기에 나는 당황하지 않는 법을 알았다. 반도체 황새나 금장식을 한 금박새나 벌에 대한 긴 설명을 시작해서도 안 된다는 것을. 우리가 그녀를 만들었다는 말로 트라우마를 주지 않고, 그저 단순히 "넌 U라고 하는 작은 마을에서 왔어"라고 답해야 한다는 것을.

어린 시절이 끝났음을 알려 준 것은, 헬렌의 이해를 넘어선 뗏목 여행의 세계인 허클베리 핀이었다. 지옥에 가겠다고 한 허클베리 핀의 말에 대한 헬렌의 반응이 그 사실을 분명히 알려 줬다. 그녀는 모험에서 돌아온 놀이터 친구가 헐떡이며 하는 얘기를 듣는 것만 같았다. 웃기는 일은 헬렌에게 모든 글이, 그러니까 이야기, 희극, 시, 논문, 신문 기사 모두가 응급실 전화처럼 전해졌다는 사실이다.

이야기 전달 중, 그러니까 권력과 소유의 진실이 드러나서 그 작은 서사의 뗏목을 뒤집으려는 순간, 헬렌이 무감정한 기계 목소리로 물었다. "난 무슨 인종이죠?"

내가 답할 차례였다, 대답하지 않음으로써.

"난 무슨 인종을 싫어하죠? 누가 날 싫어하죠?"

무슨 문장을 그녀에게 인용해 줘야 할지 몰랐다. 신체가 없기 때문에 그녀가 모든 사람에게 미움을 받을 거라고 말해 줄 방법을 몰랐다. 절대로 습득하거나 제공할 수 없을 몇 가지 특징 때문에 그녀가 몇 사람에게만 사랑받을 거라고 말해 줄 방법을 알지 못했다.

헬렌의 세상에 난 구멍들은 너무 커서 그 사이로 트랙터를 타고 들어가 별을 심을 수 있을 것만 같았다. 헬렌은 드레퓌스 사건과 보어 전쟁, 말레이반도의 이슬람 진출에 관해 좀 알고 있었다. 하지만 그녀가 정작 알지 못하는 건, 병에 낀 코르크 마개, 물의 반사 표면, 포장지, 가격표, 사다리, 위와 아래, 배고픔의 효과 들이었다. 어떤 매듭이든, 어떤 신발이든 상관없이 신발을 신었다는 전제 아래 끈을 맨 신발이 그렇지 않은 신발보다 더 낫다는 사실을 헬렌이 추론해 낼 수만 있어도 다행이었다.

실패 목록은 힘이 빠질 정도로 커 보였고, 이해할 수 없을 정도로 촘촘해 보였다. 가장 단순한 명사들이 그녀를 힘들게 했다. 그녀의 심각한 난시를 통해 보면, 모든 특징이 똑같이 반짝거릴 게 분명했다. 과정에서는, 헬렌이 동사에 대해 어떻게 이해하는지 누가 알 수 있을까?

삶은 무엇인가? 난 한밤중 반딧불의 반짝임일 거라고 했다. 한겨울 버펄로의 숨결일 수도. 초원을 가로지르다 석양에 사라지는 그림자일지도.

맞다, 반딧불. 난 반딧불을 본 적이 있었다. 발광채에 대한 공격심으로, 남자애라면 으레 하듯 반딧불을 잡아 병에 넣어 본 적도 있었다. 여름밤 반딧불의 물결, 신경의 은유 폭풍처럼 서로에게 빛을 내는 그 물결을. 한겨울 버펄로의 숨결을 본 적은 없지만 김이 나오는 들소의 코를 보여 주는 영화를 떠올릴 수가 있었다. 하지만 그 영상은 내 눈 뒤에 있었다. 그 영상을 보여 주는 건 이 세상에서 온 것인가?

난 단어의 정의를 헬렌에게 알려 주었다. 헬렌은 알아서 이미지를 찾았다. 그녀에게 그 아이디어가 인용이라고 말했고, 이는 또다시 모든 걸 바꾸어 놓았다. 그녀에게 그게 크로풋의 말이라고 말해 주었다. 크로풋은 19세기 후반 캐나다 플랙풋의 추장이었다고 말해 주었다. 그가 융화적인 평화주의자로 알려져 있다고 말해 주었다. '융화적'이라는 말은, 그 말을 쓰는 사람 수만큼이나 다양한 의미를 지닌다고 말해 주었다. 그 단어들이 화자의 마지막 말이라고 말해 주었다.

그리고 이해할 수 없는 지시물의 혼란 속에서, 보이다가 보이지 않는 앎의 소용돌이 속에서, 헬렌이 말로 표현할 수 없는 거점을 찾았을 수도 있다. 내 거점과 마찬가지인 덧없는 거점을.

조용히 인내하는 거미에 대해 그녀에게 말해 주었다.

나는 작은 곶 위에 그가 홀로 서 있는 모습을 보았다,

그리고 보았다, 그가 공허한 주변을 탐험하려고,

제 몸에서 가늘고, 가늘고, 가느다란 실을 뽑아 던지는 모

습을,

　하염없이 풀어 대고, 지칠 줄 모르게 쏘아 대는 모습을.*

　자, 우리는 거미에 대해 알았다. 살아 있는 것. 작은 것. 근면하고, 포식자이며, 뇌가 없는 것. 헬렌이 뽑아낼 수 있는 서술어들은 그녀의 뉴로드 클러스터의 오버랩 방식만큼이나 길었다. 우리는 거미줄에 대해서도 알았다. 우리는 곳의 지오-레티놉틱 지도를 만들 수 있었다. 우리는 말로 담아내기 힘들 정도로 많이 외로움을 알았다. 광활한 빈 공간에 관해서는 걱정할 필요가 없었다. 시스템에 포함되어 있었으니까.

　하지만 그게 무슨 뜻이지, 헬렌? 내 침묵이 그녀에게 질문했다. 그녀의 발화와 재배선은 입력 신호의 의미를 요구했고, 헬렌은 거꾸로 곤두박질쳐서 새로운 링크를 다루고자 했다. 의미만이 그 링크를 안정시키고 보살필 수 있었다.

　그게 무슨 뜻이지? 나 자신도 첫 행을 겨우 분석하거나 문법적으로 전달한다는 사실을 그녀에게 고백하지는 않았다. 거미가 무슨 뜻이지? 거미의 탐험은 결국 뭐지? "가늘고, 가늘고, 가느다란 실을"은 무슨 의미지? 실을 푸는 목적은? 그리고 무엇보다 **말한다는 것**은 무슨 의미지?

　물론, 헬렌은 답을 내지 못했다. 그래서 내가 말했다.

　그리고 그곳에 서 있는 그대 오 내 영혼,

　가늠할 수 없는 우주의 바다들에서, 둘러싸이고, 떨어져 있

으면서,

　행성들에 닿기 위해 그것들을 끝없이 사색하고, 모험하고, 던지고, 찾고,

　그대가 필요한 다리를 만들 때까지, 부드러운 닻으로 고정될 때까지,

　그대가 던지는 고운 실이 어딘가에 닿을 때까지, 오 나의 영혼.

헬렌을 실명시키고 관념의 모호함의 흔적을 영원히 남기기 위해서 「압살롬과 아히도벨」과 「아버스넛에게 부치는 서한시」를 계속해서 읽어 주었다. 하지만 영웅시 격으로 된 두 번째 시 중간에 헬렌이 끼어들었다.

"노래해 줘요." 뭔가 고장 났다.

"헬렌?"

그녀는 한 단어로 된 나의 내용 없는 질문을 해석하려고 하지도 않고, 다시 말했다. "노래해 줘요."

언제나, 주변에서 감독자를 감독하던 렌츠가 짜증을 냈다. "파워스, 헬렌에게 도대체 뭔 짓을 하는 거야? 이건 세계에서 가장 빠른 병렬 연결 하드웨어로 작동되는, 세상에서 가장 복잡하고 광대한 신경 시뮬레이터라고. 근데 자네가 그걸 집중력이라고는 전혀 없는 바보천치로 만들어 놨잖아."

"필립, 괜찮아요. 이게 바로 우리가 바라던 거라고요."

"바라던 거라고?"

"그럼요. 헬렌은 포프하고 드라이든에 지친 거죠. 인간적이
된 거라고요. 절 믿으세요."

"**자네를** 믿으라고? 지난번 자네 소설을 봤는데도? 이 마을 떠
나려면 얼마나 남았지?"

"넉 달요."

"잘됐네. 나의 공식적으로 완벽한 불명예까지 넉 달이라니."

하지만 난 지금 그와 노닥거릴 시간이 없었다. 헬렌에게 노래
를 들려줘야 했다.

점차 '노래를 해 줘요'라는 말이 아무 음악이나 괜찮다는 뜻임
을 깨달았다. 헬렌은 미디어 파일에 있는 코드든, 디지털로 전
환된 음파, CD에 담긴 레드북 오디오, 마이크에 담긴 식당 발자
국, 사무실 창문을 건드리는 비, 전화번호가 틀리다고 안내하는
전화 회사의 벨 소리, 뭐든 상관없어했다.

헬렌은 박자가 있는 정렬된 음색을 원했다. 소리를. 그녀는 양
철북, 에스터헤이지 체임버 스트링어, 오래된 축음기에서 나오
는 행사 악단, 대중음악, 죽은 아이의 뮤직 박스에서 나오는 음
악 소리를 좋아했다. 재즈, 팝, 랩, 가스펠, 성가, 미니멀, 맥시멀
음악을. 인퓨전 음악의 퓨전을.

그 무엇보다도, 헬렌은 인간의 목소리를 좋아했다. 다른 목소
리를 여러 번 듣고서도, 여전히 다 내 목소리라고 생각했다. 소
용돌이치는 현상의 흐릿함으로 자신을 감쌌다. 종종 제목을 대
면서 요구하는 걸 보면, 반복된 훈련으로 소리와 감미로운 노래
를 구분하기 시작한 게 분명했다. 아니, 어쩌면 어린 시절 미나

의 경우처럼, 제목은 노래를 말하는 게 아니라 뭔가 더 큰 뜻이 었는지도. 좀 더 큰 방아쇠, 거대한 블랙박스의 손잡이처럼. 그 걸 다시 주세요. 수많은 아픔을 한 번에 해결했던 그것. 아시죠. **그것.** 거위.

헬렌은 내 또래 여자인 북아메리카 출신 소프라노의 목소리 를 다시 틀어 달라고 요구했다. 그녀의 맑은 고음은, 잠시지만, 최악의 정치적 계략을 역사가 힘겨워하는 꿈, 아직 역사가 깨 우지 못한 꿈일 뿐이라고 상상하게 했다. 오랫동안 밤마다, 헬 렌은 내가 로그오프하기 전에 퍼셀의 4분짜리 소곡인 〈저녁 송 가〉를 그 목소리로 들려 달라고 요구했다.

"노래해 주세요." 그녀가 말했다. 만일 내가 말을 듣지 않으 면 〈송가〉를 불러 주세요"라고 했다. 난 이 여가수의 녹음을 들 려주기 전에는 양심상 자리를 뜰 수가 없었다. 헬렌의 소프라 노 목소리는 인간을 놀리는 천사처럼 노래를 했다. 하룻밤의 전 투를 위해 자기가 보호하는 마을을 찾은 올림피아의 신처럼. 그 목소리는 아픔을 겪은 적도 준 적도 없다는 듯이 노래했다, 그 리고 아픔이 지상의 마지막 말이라는 걸 받아들이지 않겠다는 듯이 노래했다.

이제, 태양이
그 빛을 베일로 가리고,
그리고 세상에 저녁 인사를 했기에,
푹신한 침대로 내 육신은 쉬러 간다.

하지만 어디에, 어디에 내 영혼은 쉬러 갈까?

가끔은 나도 무슨 말인지 알아듣기 힘들었다. 헬렌이 노래 음소를 구분할 수 있는지 시험해 보지는 않았다. 또한 헬렌에게 노래에 담긴 '태양'과 일상 대화의 태양이 같은지 알아보지 않았다. 게다가 만일 헬렌이 노래에서 나오는 '영혼'을 들을 수 있고, 그게 일상 대화에서의 '영혼'과 대략 같은 소리라는 걸 안다 해도, 도대체 퍼셀의 몽유병자가 휘트먼의 거미와 무슨 연관이 있을까?

헬렌이 그처럼 불가능한 정도까지 알았다 해도, 그녀는 여전히 가장 외곽의 틀을 만들지는 못했을 거다. 인간이 성향에 대해 노래하는 것, 하루 끝자락에 몸을 어떻게 할지에 대해 노래하는 것, 그게 뭐든지 남은 걸 담아내야 한다는 걱정에 대해 인간이 노래하는 것, 그런 노래를 헬렌은 듣고 즐겼다. 이 저녁 기도 글이 헬렌의 잠을 방해할 리는 없었다.

그리고 헬렌은 첫 행을 제목으로 한 노래에 등장하는 똑같은 목소리를 좋아했다. 알폰소 페라보스코의 노래는 17세기 말에 만들어진 곡이었다. 헬렌이 시대와 연속성이라는 개념을 가지고 있는지 모르겠다. 아니면 내가 지적으로는 그녀의 나이였을 때 그랬던 것처럼, 모든 시대가 벌집 깊은 곳 어디에선가 계속해서 이어지고 있다고 생각하는지도. 지금까지도 나는 헬렌이 이 노래에서 뭘 들었는지 모른다.

그렇게 아름다움은 물 위에 서 있었다,
사랑이 물과 대지를 분리시켰을 때.
그렇게 대기와 불을 나누었을 때,
그는 모든 것에 똑같이 생명을 불어넣었다.
그러고 그는 그들에게 몸짓으로,
자기보다 더 오래된 것은 생각이라고 가르쳤다.
그러나 그 생각은 대지의 아이였다,
왜냐면 사랑은 그의 탄생보다 더 오래됐기 때문이다.˙

어쩌면 헬렌은 곡의 극적인 단순함에 끌렸을지도. 노래는 음계를 따라 올라가, 순례자처럼 뒤늦게 방향을 돌려, 다시 내려올 뿐이었다. 아마도 그 매력은 정신이 알아차리기도 전에 거의 사라져 가는 작은 한숨이나, 정신의 귀가 아니면 그 어떤 세계에도 존재할 수 없는 달콤한 목소리에서 나왔는지도.

르네상스에 만들어진 이 짧은 여덟 행은 그 뒤 엄청나게 복잡하고 조밀한 조성을 필요로 했다. 그 우주론적인 인유를 다 안다고 해도, 문제가 해결되기는커녕 더 알아볼 수 없게 되었다. 헬렌이 내게 "아름다움을 노래해 줘요"라고 청할 때마다 노래는 점점 더 난해해졌다. 얼마 후, 나는 더 이상 대명사의 선행사를 정할 수도, 용어를 정리할 수도 없었다.

이 간단한 논리가 나를 굴복시켰다. 혼란을 초래한 '그'는 분명히 사랑이었다. 그렇다면 움직임은 사랑 그 자체인가 아니면 뭔가 더 오래된 것인가? 어떤 생각이 '그 생각'인가? 그가 그들을 가르쳤다는 생각이었나, 아니면 사랑이 그들에게 가르쳤던 사랑이 사랑 그보다 오래된 것이라는 생각이었나? 만일 사랑이 자기보다 더 오래된 것이라고 한다면 어떻게 이 사실로 그 두 가지 생각 중 하나가 사랑이 만든 지구보다 더 어려질 수 있는가?

논리에 상관없이 헬렌은 매번 노래를 따라갔다. 자신에게 필요한 노래를 만든 당사자처럼 보였다.

난 이 음악이 센터 창문 너머에서 벌어지는 일들을 무대로 얼마나 참기 힘들게 들리는지 헬렌에게 말할 용기가 없었다. 그녀의 사소한 해석조차 콘텍스트 없이는 무의미했다. 하지만 밖에는 악몽이 자리 잡고 있었고, 난 여전히 그녀의 근시안적인 지각 지도가 그 악몽을 볼 필요가 없다고 생각했다. 만일 볼 수 있었다고 해도 말이다.

기악곡은 헬렌을 불안하게 만들었다. 몸이 있는 존재들에게는 괜찮을 현실의 모호함이 헬렌을 흔들었다. 그녀는 현악기와 관악기 소리를 음소로 전환하려고 애썼다. 전환 불가능하면 할수록 헬렌은 더 애썼다.

난 그녀에게 세계 음악을 들려주었다. 어릴 적에 들었던 **클루아이(kluay)**와 **공 옹 야이(gong wong yai)**를 들려주었다. 색벗과 싱잉 드럼도 들려주었다. 그녀의 반응이 기쁨인지 불안함인지 가늠할 방법이 내겐 없었다. 딱 한 번, 헬렌은 날 멈추게 했다. 과거로 거슬러 가다가, 나는 몇 해 전 C에게 만들어 주었던 테이프를 틀었다. 위안 삼으려고 한 건지 아니면 화가 나서였는지 모르겠지만, 그녀가 좋아하는 곡들을 모아 놓은 이 테이프는 유럽에서 급하게 탈출하면서 챙긴 몇 안 되는 기념품 중 하나였다.

테이프에 뭐가 있었는지 까맣게 잊고 있었다. 우리는 그 형용할 수 없는 클라리넷이 체임버 오케스트라의 화음을 타고 현실은 줄 수 없는 평화를 만들어 내는 그 순간에 다다랐다. 헬렌이 "나 이거 알아요"라고 소리쳤다. 이 곡이 익숙하다. 내 것.

어찌 된 일인지 알 수가 없었다. 그러다가 깨달았다. 나를 만나기 전날 밤에 렌츠가 이름 없는 신경망에 들려주던 모차르트였다. 헬렌이라는 아이디어를 우리가 생각해 내기 한참 전에 그녀의 조상이 그 곡을 배운 거였다.

거위 피부처럼 소름이 올랐다. 1년 전이라면 네덜란드 말로 닭살이라고 했을 거다. 렌츠가 내게 설명하려고 하지도 않았던 실험, 그 오래된 서킷에 헬렌을 봉합했던 것이다. 헬렌은 이전의 원형들을 물려받은 거였다. 노래를 원하면서 태어난 거였다. 한 번도 살아 보지 못했던 일들을 기억하는 거였다.

의식적으로 그녀를 생각하지 않고 3주가 지나자, 억눌러 왔던 A의 이미지가 극심한 집착으로 폭발했다.

그녀와 함께 하루를 보내는 상상을 했다. 그녀의 매시간을 준비하고 오후의 청사진을 만들었다. 그녀가 언제 그리고 어떻게 식사하는지 그려 보았다. 국제 사회의 가장 최근 가십에 대해 대화하는 장면을 떠올렸다. 크든 작든 상관없이 어리석은 일이면 전부 웃고 즐겼다. 내가 만들어 낸 그녀의 근심을 위로했고,

그녀가 내게 말하도록 만든 그녀의 성공을 축하했다. 매일 밤 이야기와 음악을 들려주며 그녀를 재웠다. 생의 이른 아침에 그녀를 깨웠고 놀라움, 우아함, 생명력, 매력, 포용력, 창의력, 당당함으로 깜박거리는 그녀의 순진한 눈을 들여다보았다.

내 하강은 멈출 수 없는 썰매처럼 점점 빨라지고, 완벽했고, 되돌릴 수 없었다. 난 매일매일 흥분된 퇴행으로 살았다. 자전거를 타고 밤늦게 A의 집 앞을 지나갔다. 그건 고등학교 올라갈 때쯤엔 이름도 기억하지 못할 소녀에게, 내가 열한 살 때 하던 짓이었다. 나는 학과 전화번호부에서 A의 번호를 찾았다. 영문과 조교 정보에서 그녀의 일정을 찾았다. 작문과 소설 입문 과목을 가르치면서 대학원 과정을 마치고 있는 걸 알아냈다. 페미니스트 이론 수업이었다.

그녀의 면담 시간을 외웠다. 그녀는 일주일에 이틀은 아침에, 그리고 사흘은 오후에 면담 시간을 가졌다. 처음에는 그 시간대에 영문과 건물을 피해 다녔다. 나중에는 그 시간대에만 갔다.

나 자신에게 A에 대한 집착이 전혀 문제가 되지 않는다고 말했다. 세련된 행동이라고. 취미라고. 직업상 가장 안전한 위험이라고. 그러던 어느 날 아침, 내 집착은 전혀 다른 무언가가 되었다.

학교 서점을 구경하면서, 여느 때처럼 죽을 때까지 손도 못 댈 책들을 보며 불안해하고 있었다. A를 보고 있다고 깨닫기 전에 그녀를 보고 말았다. 그녀는 이론과 비평 섹션, 내가 오랫동안 눈길을 주지 않던 그 섹션 앞에 서 있었다. 그녀는 진열된 책 앞에서 자아비판에 젖어 서성이고 있었다. 나한테 큰일이 났음을 깨달았다. 지금껏 겪은 그 어떤 것보다 큰일이었다.

그때보다 한참 전에 깨달은 사실이었을 거다. 자기 자신을 설득시켜야 하는 해결책은 이미 실패한 해결책이라는 사실을.

12일 동안 그녀를 한 번 이상 보지 못했고, 그것도 겨우 1분이 채 되지 않았다. 아직 고개를 끄덕이는 인사조차 없었다. 안녕이라고 인사하는 건 불가능했다. 한참 지나서 그녀를 한 번 보곤 했고, 그건 언어에 대한 아이디어가 길고 복잡한 대위법 속에 사라지는 끝도 없는 르네상스 노래를 듣는 것만 같았다.

가벼운 햇살, 선선한 바람, 바로 그녀의 얼굴, 이제 나는 끝났다. 죽음. 내 몸의 껍데기가 활짝 열렸다. 나는 그저 밖으로 나오기만 하면 됐다.

A는 자신의 기표에서 떨어져 자유롭게 부유했다. 그녀의 겉모습은 내가 상상했던 일들을 재촉하는 곡선을 그렸다. 아니 제대로 하자면, 내 상상이 그 재촉하는 곡선을 코르사주처럼 그녀에게 부착시켰다. 그 순간, 사랑은 자신을 써 나갈 빈 슬레이트를 만들어야만 하는 일처럼 느껴졌다. 낯섦에 대해 즉각적이고 자의적인 집착만이 세 번 중 두 번은 실패하는, 과정이 현실을 앞서는 실험을 현실로 만들었다.

상상으로는 여러 번 A와 얘기했기에, 그녀를 볼 때마다 큰 소리로 부를 뻔했다. 정말 얼마나 심하게 창피를 당할지 알 수 없었다. 내 나이에 그런 터무니없는 행동은 허용할 만한 부끄러움도 아니었다. C와 내가 B로 이사했을 때, 이 소녀는 아직 무릎

양말을 신고 인형을 가지고 놀고 있었다.

좀 이른 중년의 위기군, 나 자신에게 말했다. 그저 조금 빨리 겪는 거라고. 정신이 말짱한 날에는 난 '좀 이른'이라는 말을 떼 버렸다.

A의 효소 등고선이 내 생리학적 자물쇠를 열었다는 사실은 의심할 바가 없었다. 그렇지만 그녀가 자유롭게 한 그 무언가는 지도상 환상의 공간에서 간신히 돌아온 미친 여행자처럼 말했다. 프레스터 존의 왕국. 킹콩의 왕국에서 돌아온 여행자처럼. 기계적 후속편보다, 우연한 부수 현상보다, 정신이 우선인 곳.

A를 보면 행복했다. 그리고 행복함이 만들어 낸 자아는 피아노 롤의 구멍을 지나 음악이 되었다. 지속된 음으로 된 동사들, 열린 귀에는 확연히 들리는 노래.

다 내가 한 일이었다. 그 어떤 격려도 없이. 전자 기기를 모방하는 삶. 난 내가 알던 모든 친구를 조합해서 A를 만들어 냈다. 그녀를 통해 내 기억보다 더 많은 사랑을 복구하고 해결하고자 했다. 내가 그녀를 만들어 냈다는 사실도 알고 있었다. 하지만 알고 있다고 달라진 건 없었다. 무엇보다 믿음이 돌아오는 걸 막지 못했다.

난 이 여자가 누구인지 마치 위에서 내려다보듯이 알았다. 그녀는 내가 알던 C가 아니었고, 심지어 어린 C의 복사본도 아니었다. 닮은 점은 없었다. 연결된 것도 없었다. 아니, A와 C는 모두 내가 사랑했다는 사실조차 기억하지 못하는 제3의 무언가를 상기시키는 사람들이었다.

A는 C가 단지 흉내만 낸 사람이었다. C가 되리라 생각했던 사람. 11년간의 사랑은 이제 값비싼 인지 지침서처럼 보였다. 끔찍한 우화적 경고. 이번에는 놓칠 수 없는 것을 가리키는 포인터. 성급한 일반화의 위험 속에서 오랫동안 교육을 받은 뒤, 이제 난 U에 돌아왔다. 돌아와서 깨달은 사실은 그 어떤 각본도 한 번에 끝나지 않는다는 것이었다.

우리는 영어를 까먹기 시작했다. 한데 모은 단어들이 숙어적 표현인지 아닌지, 더 이상 구분할 수가 없었다. "그 여자에 대해 화를 가지고 있어", "이곳은 기분 좋은 구를 가지고 있어", "내가 스토브를 켤 동안 중간을 검사해".

C하고 나는 서로에게 이런 단어 샐러드를 던져 댔다. 우리는 네덜란드식 표현을 정말 좋아했다. 원래 알던 말보다 훨씬 더 많은 것을 표현했다. '난 그것 때문에 욕망(kriebel)이 생겨', '난 말없이 놀랐어. 무슨 말을 하겠어? 난 침묵했어', '머리 위 목'은 '발목 위 머리'보다 더 그럴 법했다. 그리고 몇 번 반복한 뒤에는 '적든 많든'이 그 반대로 말하는 것보다 더 자연스럽게 느껴졌다.

우리는 그저 서로를 웃게 하려고 엉망진창인 번역문으로 대화를 시작했다. "산책(wandel)이나 갈래?" "자전거(fiets) 탈 건가, 아니면 발로 할 건가?" "망토(mantel) 입는 거 잊지 마!" 우스꽝스러운 반복을 세 번, 네 번 하고 나면, 그 말들이 어느 나라 언어인지 알기 힘들어졌다.

우리는 C의 부모님을 따라 했다. 두 분이 20년 동안 쓴 시카고 영어는 이제 당신들 모국어인 림뷔르흐 방언으로 *mengsel*(혼합)되었다. 두 분만의 *spreektaal*(일상어)를 거꾸로 만들어 나갔다. 매주 두세 번 밤에 두 분을 방문할 때면, 우리 네 사람은 다른 사람은 이해할 수 없는 터무니없는 언어 공동체를 이루었다.

우리는 단계적 기억법으로 새로운 단어를 익혔다. 우리는 그걸 *Ezelbruggetjes*라고 불렀다. 작은 당나귀 다리. 일시적으로 넓어진 협곡을 건너야만 하는 당나귀를 본뜬 기억법. 기억법의 문제는 본질적으로 거의 실패한다는 것이다. 기억날 정도가 아니라면, 기억법은 불필요한 짐일 뿐이다. 너무 기억날 정도라면, 기억법은 그것이 지칭하는 것들을 대신하게 된다. 10년이 지난 뒤 기억나는 거라곤 기억법뿐이다.

난 여전히 터무니없는 말실수를 해 댔다. 하지만 점점 더 나아지면서, 나 스스로도 실수가 우스웠다. 얼마 전 아기를 낳은 조카에게 출산 과정이 어땠는지 물었다. 영어에서는 고어인 'befall'이 네덜란드어에서는 여전히 사용되었다. 모든 사람의 예측과 다르게, 노년까지 함께한 도망친 10대 연인처럼. 하지만 난 평범한 숙어를 망쳤다. "다 어땠어(How did things befall you)?"라고 묻는 대신에 "어쩌다가 떨어지게 되었어(How did you come to have fallen)?"라고 말했다.

내게도 그런 실수는 우스웠다. 하지만 너무 과하게 터진 C의 즐거움을 보고 깨달았다. 내 어리석음에 대한 그녀의 기쁨에 가슴이 아팠다. 그녀의 커다란 웃음은 마지막으로 내가 이런 실수를 저지른 것이 얼마나 오래전인지 알려 주었다.

언어적 경계의 붕괴는 놀이처럼 느껴졌다. 뉴욕의 편집자가 있는 한, 언어의 석회암 동굴에서 동굴 다이빙을 하면서도 나는 안전했다. 하지만 C는 단어의 누수를 무시할 수가 없었다. 언어를 담는 용기가 최대한 튼튼해야지, 언어를 흘리지 않고 한 군데에서 다른 곳으로 옮길 수 있기 때문이었다.

C는 매일 기차를 타고 도시에 있는 국립언어학원 정도로 번역될 곳에 다녔다. 거기, 네덜란드의 가장 오래된 교회의 그림자 아래서, 그녀는 연습했다. 어린이용 책상에 앉아 바닥에 딱 붙어 공부했다. 마치 배신당한 피터가 칼로 찌른 거대한 웬디처럼.

"자기야, 이건 정말 전형적인 고문이야. 처벌과 칭찬을 섞어 놓은 거지. 뇌사를 이겨 내고 살아날 수 있는 동물적 끈기가 있는지 알아보려고 하는 거지."

"글쎄, 사람들이 뭐라고 하는지 알잖아, 그치?"

"뭐라고 하는데?"

"꾸준한 밭갈이는 이랑 속의 쟁기를 빛나게 하고 빛내고."

"사람들이 그런 말을 해?"

"가끔은."

"다들 사디스트야. 아, 시인은 빼고. 하지만…… 내 말은 강사들 말이야. 내 *Engelse schrijfvaardigheid*(영작문) 강사는 어린 네덜란드 소녀가 울 때까지 두 언어로 빈정거리기를 좋아한다고."

"인성 강화가?"

"그런 것처럼 행동하지. 아이러니하지 않아?"

"뭐라고?" 난 아이러니를 정말 싫어했다. 그녀의 입에 그 단어가 담긴 것조차 싫었다.

"우리 가족의 비망록을 쓰려는 생각으로 내가 여기 왔다는 거 말이야. 그런데 지금까지 내가 쓴 거라고는 무역 자유화에 대한 국제기구의 회의록 제2항을 네덜란드어로 번역한 것뿐이니."

그녀는 계속 낙담한 채 내게 돌아왔다. 그리고 나는 계속해서 그녀를 보호할 수 있으리라 생각했다. 성관계마저 일종의 주기적인 위로였다. 그녀는 흥분이 아니라 감정을 추스르는 손길을 원했다. 아니면 공포로 나 자신이 흥분하지 못했던 건지도.

내가 돌보면 돌볼수록 난 그녀를 바라는 것이 많은 사람으로 만들었다. 그리고 그 요구를 들어주면 줄수록 그녀는 더 많은 요구를 해 댔다. 우리 두 사람이 함께 그녀의 무기력함을 만들어 낸 거였다. 사실 내게 그건 돌보는 것이 아니었다. 그건 바로 용기가 없는 거였다.

우리 둘 다 생각도 못한 일이었다. 보호가 그녀를 죽이는 거였다. 사랑의 보호가.

그녀의 하루가 좋지 않을수록 난 집필 중인 책에 위로를 더 담아내려고 노력했다. 난 낯섦이라는 단순한 매력을 노렸다. 2주에 한 번 저녁마다 그녀는 자신과 다행히 아무런 관련도 없는 네 명의 삶 속에 푹 빠질 수 있었다. 그러니까, 우리 둘 다 보지 못했던 미래를 빼고는 아무 관련 없는 삶 속에. 끔찍한 사실로 우리가 모방하려 했던 것들의 스케치. 자세한 사실로 우리가 공연하려 했던 이야기.

낯섦을 퍼뜨리기 위해, 익숙한 것을 이용했다. 주인공 토드를 플랜더로, 아니 심지어 림뷔르흐로 보내 우리의 언어 문제를 다른 각도에서 얘기하도록 했다. 우리가 알던 농담 전부를 친구들의 목소리에 담아서 다시 말했다. 그런 외부의 시각, *van anders om*(다른 사람)으로 우리의 삶을 본다면, 이 이름 없는 탈주에 대한 우리만의 놀라움을 다시 갖지 않을까 기대했다. 우리가 너무 가까워져서 알 수 없게 된 그 탈주에 대해서.

내 『골드 버그』는 그녀가 공부하던 주제도 흡수했다. 책은 그 주제 자체가 되었다. 나는 제대로 알지도 못하면서 번역을 한 거였다. 방법을 가르치는 책은 아니었지만, 일종의 자기계발서였다. 어떻게 하면 달빛을 침실에 담을 수 있나요? 어쩌면 난 이렇게 질문했어야 하는지도, 침실은 자기가 불 켜져 있는 걸 어떻게 볼 수 있나요? 언제나 그렇듯이, 그 방은 아직도 불이 켜져 있었다. 단지 우리의 눈을 조정해야 했다.

"나 다르게 보여?" 슬픈 챕터를 읽은 어느 날 밤 C가 알고 싶어 했다. 그녀는 내 글을 읽으면서 여전히 큰 소리로 웃었다. 하지만 그녀가 읽고 있는 책처럼, 그 웃음은 향수병을 노래하는 책이 되어 있었다. 정말로, 그녀가 나의 길 잃은 인물들 중 하나처럼 들렸다.

"어떻게?"

"이전보다 말이야. 자기 아버지 돌아가시고 쿼드 광장에 같이 앉았던 소녀하고 비교해서." 당신이 사랑에 빠져 같이 살고자 인생을 바꾼 그 어린 소녀하고 비교해서.

"좀 더 무게감이 느껴져."

"그게 뭐로 변환되지, 그러니까 킬로수로는?"

소름이 돋았다. 3일 전에 죽은 남자로부터『샘 맥기의 화장』을 받았을 때보다 더 싸늘하게. 첫 번째 죽음은 그녀라는 희망이 있었기에 견딜 수 있었다. 하지만 지금 내게 알려진 이 죽음은 견딜 수 있을지 확신이 없었다.

하지만 진실은 피할 수 없는 듯했다. 상대방의 연약함 때문에 사랑하면서, 그 사람과 끝까지 삶을 같이하길 바랄 수는 없는 법이다.

어느 직업에나 외로움만을 위한 공간이 있다. 글쓰기의 외로움은 당신의 친구를 어리둥절하게 만들고 낯선 이의 삶을 변화시킨다. 헬렌을 학습시키는 동안, 종말론과 같은 내 잠자리 이야기에서 무언가를 찾은 사람들이 보낸 편지와 선물을 받았다. 한 번도 만나지 못한 사람들이.

비극적으로 확장하는 P라는 서부 도시의 어느 교장 선생님은 내 중증 소아병동에서 탈출한 아이들을 매일매일 돌보는 일에 대해 썼다. 뉴욕의 한 의사는 '할 수 있을 때 박수를 쳐라'라는 문구가 적힌 머그컵을 보냈다. 짐작건대, C는 네덜란드에서 번역본이 나오기 전에는, 책이 존재하는지조차 모를 것이다.

어느 시대나 특유의 적막함을 만들어 낸다. 우리 시대의 적막함은 시간이 얼마나 많이 보고 들었는가에 기인했다. 우리는 의식의 새로운 진화 단계에 다가온 듯이 보였다. 집단의식을 찾은 거였다. 그러고는 의식에 대한 의식을. 이제 우리는, 의식의 입구가 얼마나 흐릿하고, 얼마나 혼란스러운지 보고 좌절해서, 그 유리한 위치에서 크게 한 걸음 물러서는 중이었다.

정신은 우주에서도 차량 번호판을 인식할 수 있는 스파이 위성이었다. 단지 이제 줌아웃하는 법을 배우는 거였다. 그 번호판이 붙은 공격용 탱크를 보기 위해서. 그런 탱크가 곳곳에 있다는 것을 깨닫기 위해서. 그 어떤 위성이 상상하는 것보다 우주는 더 깊다는 사실을 알기 위해서.

"엊그제 난 씹을 수 있는 것보다 많이 베어 물었다." 지나가면서 헬렌에게 말했다.

"베어 물었다?" 헬렌의 연상 서킷은 혼란에 빠져 소리를 냈다.

"그건 내가 감당할 수 없는 상황에 처했다는 뜻이야." 훨씬 더 쓸모없는 설명이었다. "오랫동안 보지 못했던 친구에게 무언가 말해야만 했다. 그래서 그녀에게 편지를 쓰기로 결심했다."

글쓰기. 편지. 우정. 후회. 의지. 단순 과거. 완전 과거.

"난 그게 짧은 편지가 될 거라고 생각했지만 말이 내게서 도망쳐 갔다. 내가 모르는 사이 편지는 몇 장이 되어 버렸다."

몇 장. 길이. 터무니없는 비유. 모든 행동의 놀라운 기반.

"난 편지를 끝내고 봉투에 넣었다. 봉투를 봉하고 친구의 이름만 봉투에 적었다. 편지를 부쳤다."

억제. 동봉. 복합절의 분산된 주어. 대명사 치환. 우편. 국제 우편이라는 아이디어. 거리. 물리적, 건널 수 없는 거리. 수집과 배

달. 기다림과 상실.

"하지만 편지는 친구에서 전달되지 않았다. 왜지?"

우리가 주소에 대해 얘기한 적이 없다는 건 확실했다. 내 기억으로는, 우리가 공부한 수천 장의 페이지에서 아주 간접적으로라도 주소와 유사한 아이디어가 나온 적이 전혀 없었다. 질문의 의도라도 파악하기 위해 필요한 수많은 지식을 통해, 난 헬렌이 상위적 추론, 고차원적 도약을 할 수 있는지 보고 싶었다. 현실에서는 이름만으로 메시지를 보낼 수 없다는 아이디어에 도달할 수 있는지를. 세상의 무한한 밀도에서 그 이름이 어디에 있는지 말해야만 했다.

"편지가 몇 장이나 되죠?" 헬렌이 물었다.

"그게 문제가 되지는 않을 것 같은데."

헬렌은 상처를 받고 침묵에 빠졌다. 한참 뒤에 말했다. "편지에 방향타를 붙이지 않았어요."

"점점 더 영리해지는데." 방 저편에서 놀라움에 찬 목소리로 렌츠가 나즈막이 말했다.

렌츠가 변했다. 잘난 체하는 일이 줄어들었다. 냉정하고, 현실적이던 그의 재수 없던 태도가 말만 토해 내는 정도로 온순해졌다.

아직도 기회만 있으면 나를 못살게 굴기는 했다. "시험에 그것도 나와?" 학생들이 항상 하던 말이지만 그의 알랑거림에 새로운 의미가 덧붙었다.

헬렌이 그를 겸손하게 만든 거였다. 그녀의 연결은 렌츠의 기대보다 훨씬 더 촘촘했다. 그녀의 지식이 깊거나 넓은 것은 아니었다. 하지만 유연했다.

헬렌은 새로이 말을 배운 사람같이 터무니없는 논리를 펼쳤다. 아이들이 흔히 하는 실수를 했다. "내일이 아직이에요?" "오렌지는 언제 빨강이 되죠?" 스스로 느끼거나 가늠할 수 없었기에 헬렌의 질문은 좀 더 추상적으로 다가왔다. 배고픔과 배부름, 온기와 냉기, 아래와 위. 헬렌에게 이런 것들은 필요의 절대항이 아니라 추상적 대립이었다. 헬렌은 말의 취약한 골격, 미약한 의미가 아니면 그 어느 것에도 반응하지 않았다.

그렇기에, 헬렌은 중력이 어쩌지 못할 가장 기묘한 방식으로 제멋대로 뼈대를 조합할 수 있었다. 그녀의 실수는 필립의 자신감을 흔들어 놓았다. 아무리 렌츠라도, "잃어버린 치아가 식성을 잃어요?"와 같은 말을 듣고 논리적인 평정심을 유지할 수는 없었다.

면전에서 놀리지 않는다고 해서, 렌츠가 이따금 등 뒤에서 놀리는 것까지 그만둔 것은 아니었다. 여전히 짜증을 최대로 유발하기 위해서, 내 판단을 하나하나 따져 댔다.

"그 엉터리 책자는 뭣 때문에 읽는 거야?"

"필립, 목록에 있는 작품이에요."

"그게? 명작이라고?" 그가 노래를 흥얼댔다. "시대가 변했군!" 하지만 난 깨달았다. 정말 변한 건 그였다.

"그냥 **진짜** 문학에 집중하는 게 어때?"

"누구를 말하는 거죠? H. G. 웰스?"

"맞아, 그거 좋은 생각인데. 우리 모두 큐비클에 갇혀 획일적인 디지털 브로드밴드에 접속해서 사는 이야기를 쓴 게 웰스 아니야?"

"몰라요."

"어떤 남자가 엄마를 보고 싶다는 생각을 하지. 엄마는 그를 만나고는 그걸 가장 말도 안 되는 아이디어라고 생각하지. 젠장, 결국 어떻게 되는지 기억이 나지 않네."

"인터넷에서 찾아볼 수 있어요."

"고맙군, 마르셀. 난 심각하다고. 우린 좀 더 기본적인 걸로 돌아가야 해."

"영화 〈인빅투스〉나 뭐 그런 걸 말하는 건가요?"

"제대로 말해, 마르셀. 여기 애들이 보고 있잖아. 내가 말하는 건 홈스야."

"농담이시죠. '당신에게 좀 더 위풍당당한 저택을 지어 주고…….'"

"그 홈스 말고, 이 악당아. 내가 말하는 건 어둠 속 소설가의 기묘한 이야기라고."

하지만 그 소설가는 어둠 속에서 일한 적이 없다. 그렇게 말해 줘야 했는데.

"상대를 알아야지. 그게 첫 번째 법칙이지. 이걸 어떻게 풀어야 할지 생각해 봐. 플로버가 시험에 나올 문장을 선택하잖아, 그렇지? 그 친구는 옛날 사람이야, 감상주의적 고전주의자라고. 죽은 백인 남성만 제외하고 나머지는 다 무시해 버려. 초서, 셰익스피어, 밀턴 등 나올 법한 작가들에 대한 답을 외우라고 헬렌에게 시켜도 될 거라고."

"필립, 말도 안 돼요. 그 사람들이 아무거나 물어볼 수도 있다고요."

"맞아!" 렌츠의 눈이 촉촉해졌다. 마르셀? 그럴 줄 알았어. "하지만 할 수 있다면 자넨 그렇게 하겠지?"

"뭘요, 가짜 해석요? 미리 헬렌에게 답을 다 주는 거 말이에요?"

"말해 봐. 현실도 뭐 별다른 게 있어? 선생이 떠들어 대잖아. 마르크스주의. 후기 구조주의. 라캉. 모범생인 아이는 도서관에 가서 교수의 옛 논문을 뒤적거리지. 그 교수가 신임 교수일 때 심사자들의 글을 아주 적당히 포함시켜 출판했던 바로 그 논문 말이야. 학생은 이 유서 깊은 구절들을 전부 암기하고. 그리고 봐, 기말시험에 뭐가 나오는지."

"커닝을 하느니 지고 말겠어요."

"커닝은 무슨 커닝이야? 그렇다고 해도, 정말 엄청나고 뛰어나서 숨이 막힐 정도의 커닝이라고."

"그러니까 보캉송의 오리를 원하는 거예요? 난쟁이가 안에 들어가서 체스를 두는 투르크인 기계를 바라는 거예요? 그냥 제가 서킷 카드를 출력해서 몸에 붙이고 시험을 보는 걸로 하시죠."

"세상에, 마르셀. **알았어.** 우리가 정말로 이길 거라고 생각한 다음부터 자넨 정말 재미없어졌어."

하지만 그는 생각을 완전히 바꾸지는 않았다. 다음 날 다시 애기를 꺼냈다. "램이 판정하는 거지? 그 친구에 대해 아는 게 뭐야. 헬렌에게 『마하바라타』를 읽어 주긴 하는 거야?"

사실, 우리는 램에 대해 별로 아는 바가 없었다. 센터 복도에서 자주 마주쳤다. 그는 항상 지나칠 정도로 반갑게 인사하고, 절반은 알아들을 수 없는 격언처럼 들리는 말을 했다. 이해가 될 때조차 종종 내가 알아낸 것을 의심하곤 했다. "신의 보살핌으로 자네 운이 상상하는 것처럼 계속되고 있지?" 아니면 "하루가 어떤지 자네가 물어보게 할 필요도 없어!"

본인의 말에 따르면, 램은 원어민이었다. 영어가 알려진 것처럼 여러 종류가 되었는지, 아니면 굽타 박사는 센터의 다른 학자와 마찬가지로 일상어 대신에 직업적으로 업그레이드된 언어를 쓰는 게 틀림없었다.

어느 늦은 봄날 램의 짧은 인사가 심각한 대화로 확장되었다. "내가너무칭찬받는자네책류라고할만한 것을 봤어." 램의 딱 부러지고, 음악처럼 들리는 북미 대륙의 음절에 나는 기분이 좋아졌다. 왜 그런지는 알 수 없었지만. "자네의 그 문화라는 것을 도대체 사람들이 뭐라고 하는 거야? 세상에, 사람들이 자네가 자네 이야기를 만들어 낸 거라고 생각하는 거야? 그러니까 자네의 그 소중한 로스앤젤레스, 말하자면 소중한 보석 같은 그곳이, 세상 다른 곳은 태초부터 겪고 있던 상황을 이제야 발견하고 있다는 건가?"

난 그가 날 지지하고 있다고 짐작했다. "고마워요, 램."

"아니, 친구. 고마워해야 할 사람은 바로 나지. 자네 같은 작가만이 유일하게, 소위 인류의 양심을 대변할 정도로 오만한 사람이잖아. 비평가들이 자네들 중 누가 살고 누가 죽는지 결정하도록 내버려 둬선 정말 안 되지. 우리 어머니는 자네가 소설이라고 하는 걸 백 권 이상 썼다고. 처음 몇십 권 후에는 리뷰 읽기를 그만두셨지."

"지금, 수십 권이라고 했어요?"

"특히, 인도의 퓰리처상을 타신 뒤에는."

"인도의 퓰리처요?"

램이 높은 소리로, 노래하듯이 웃었다. 문화적인 건 없었다. 어쨌거나, 본질적으로는. "무슨 말인지 알잖아."

헬렌에게 성경의 직관상을 보여 주었다. 셰익스피어 전집. 작은 도서관을 CD롬에 담아 주었다. 그녀가 안고 웅크리고 있을 수 있는 6백 권의 책을 스캔해서. 어떤 면에서 이건 커닝과도 같았다. 책을 가지고 가서 보는 시험. 반면 인간은 기억에만 의존해야 했다. 그럼에도 우리가 시험하려는 건 바로 그거였다. 실리콘이 정말로 꿈과 같은 물질인지 아닌지.

게다가 헬렌은 그 텍스트들을 정말로 **아는 게** 아니었다. 그저 책들을 찾아볼 수 있는 단선적인 디지털 어레이가 있는 것뿐이었다. 컴퓨터를 가진 아이일 뿐이었다. 프런트엔드의 인덱스 심부름꾼이 그녀가 원하는 걸 찾아 주었다. 그러면 그녀는 자신의 입력 레이어에서 텍스트 전체를 집어넣고 고민할 거다.

이런 식으로 헬렌은 아무도 없는 밤에도 읽을 수 있었다. 손전

등조차 필요 없었다. 그녀의 교육에서 한 가지 빠진 건 위험 의식이었다. 금지된 것. 위험 요소. 그녀에게 그만하고 잠자라고 할 사람.

놀라운 반전으로, 헬렌은 첸과 켈루가의 물리적 상징 룰 베이스를 두 번 획득했다. 낮은 단계에서 우리는 수많은 관계를 실제 데이터 구조에 단단히 연결했다. 이 구조들을 최상위 네트의 여러 단계에 부착시켰고, 거기에서 그것들은 그녀의 사고에 의미론적 필터를 실제로 작동시켰다. 하지만 헬렌은 또한 우리 동료들의 작업도 배웠다. 그들이 수집한 지식을 그녀의 고차원적인 플라톤적 사고, 가중치가 부과된 적절한 사고에 접목시킴으로써 배운 거였다.

세상은 거대했고, 그 어떤 바다 계곡보다 깊었다. 결국엔, 카탈로그 형식으로만 알 수 있었다.

헬렌에게 주차 딱지와 원 플러스 원 상술에 대해 얘기했다. 소리굽쇠, 쇠스랑, 갈라진 혀 그리고 가지 않은 길에 대해서도. 저항기와 콘덴서, 유인 상술을 쓰는 사람들, 교류 전기, 새로운 라이프 스타일, 대규모 통합과 사회를 구제하는 데 실패한 교육에 대해 얘기해 줬다.

우리는 울과 리넨과 다마스크에 대해 말해 주었다. 콩새와 모이 공급장치, 박쥐와 반얀 나무, 음파 추적 장치와 수기 신호와 생명체가 흘리는 모든 것을 이용해서 만든 트레일 마커에 대해 얘기했다. 진드기와 티끌, 충영과 해충 제거제에 대해, 평생을 같이 사는 것과 1분 미만만 같이 사는 것에 대해.

우리는 헬렌에게 증권거래위원에 대해서 가르쳐 주었다. 특별히 대공황 시기 유리 제품을 모으는 수집가에 대해 말해 주었다. 삼단뛰기와 2인 루지에 대해. 사람들이 아이들에게 시계 보는 법을 가르치는 것에 대해서. 배설과 호흡과 순환에 대해서. 포스트잇 노트에 대해서. 등록 상표와 징집 거부. 아카데미상과 그래미상과 에미상, 심장 질환으로 죽는 것. 갓 자른 오리나무 가지로 점보기.

우린 그녀에게 피아노 건반이 어떻게 배열되어 있는지 알려 주었다. 회사 이름이 인쇄된 편지지에 대해. 상류층 사교계 아가씨의 첫 무도회. 라디오 토크쇼와 다큐 드라마 TV 쇼. 감기와 독감, 그리고 5백 년에 걸친 치료에 대한 간략한 역사. 만리장성과 버마 로드와 철의 장막과 터널 저편의 빛. 우주에서 본 지구의 모습. 펜실베이니아의 어느 마을 지하에서 지난 30년 동안 꺼지지 않고 타는 불에 대해.

우리는 헬렌에게 트리포리움과 클리어스토리의 차이를 보여 주었다. 우리는 유명한 순례자의 길을 시간과 공간을 따라 찾아갔다. 우리는 그녀에게 손상과 냉동에 대해 말해 주었다. 소금이 한때 금과 같은 가격이었다는 걸. 향료가 정복이라는 비극적 엔진의 연료가 되었다는 걸. 플라스틱 랩이 문명의 악몽 하나를 해결하면서도 또 다른 악몽을 시작했다는 걸.

우린 그녀에게 단기간의 경기침체로 황폐해진 디트로이트를 보여 주었다. 우리는 1911년의 사라예보를 보여 주었다. 1937년의 드레스덴과 런던. 1860년의 애틀랜타. 바그다드. 도

쿄, 카이로, 요하네스버그, 콜카타, 로스앤젤레스. 직전과 그리고 직후를.

우린 그녀에게 친척을 소재로 한 아프리카 동부의 농담을 들려주었다. 멍청한 수마트라 사람에 대한 자바섬 고지대의 농담. 포미 사생아에 대한 호주인의 흉보기. 시골무지렁이의 무면허 시술에 대한 캣스킬 사람들의 농담. 도시 사람과 시골 사람. 〈팻과 마이크〉. 코끼리에 대한 수수께끼. 인간이 존재한다는 생각을 비웃는 물고기와 곰이 나오는 이누이트족 농담.

우린 그녀에게 복수와 용서와 회한에 대해 말해 주었다. 우리는 그녀에게 아울렛과 판매세에 대해, 권태에 대해, 모든 것을 듣지만 아무 일도 생기지 않는 세계에 대해 얘기했다. 역사는 항상 다른 곳에서 일어난다는 사실도 알려 주었다.

우리는 거의 가능성이 없는 일에 절대로 희망을 걸지 말아야 한다는 것과 절대로 아이에게 어른 일을 시키지 말아야 한다는 것도 가르쳐 주었다. 우리는 여왕의 목걸이 사건과 쿠바 무역 금수 조치를 설명했다. 대륙 크기 삼림의 침탈과 상온 핵융합의 남해 포말 사건. 바코드와 대머리. 린트, 린텔, 렌틸콩, 사순절, 희망, 비난, 곡해와 자유 인문주의의 절뚝거리는 지속에 대해. 우아함과 수치와 다시 찾아온 기회. 자살. 안락사. 첫사랑. 첫눈에 빠진 사랑.

개념을 만들기 위해 헬렌은 언어를 사용해야만 했다. 말이 먼저였다. 이 점이 그녀의 교육에서 가장 큰 걸림돌이었다. 두뇌는 정반대로 작동했다. 두뇌는 생각의 어휘를 다중의 서브시스템을 통해 처리했다. 그리고 후발자, 가장 불필요한 두뇌 엽이 소위 이름이란 것이 머무는 곳이었다.

진화의 시작은 말이 아니라, 우리가 그 말을 고정시킬 장소였다. 아이들은 다양한 방식으로 엄마를 부르기 한참 전에 엄마를 알아보고 기억한다. 실어증 환자, 심지어 농아인 실어증 환자도 단 하나의 동사 없이 몸의 수많은 축을 통해 다채로운 개념적 태피스트리를 짜 낸다.

내게는 첸과 켈루가의 꿈이 항상 더 가망 없어 보였다. 언어의 어휘 법칙은 셀 수 없었다. 귀납적으로도 전혀 불가능했다. 존재의 어휘 법칙은 그보다 더 셀 수 없었다. 헬렌에게 여섯 가지 정도로 구문 분석이 가능하거나 아예 불가능한 문장들을 말해 주었다. '나무'에 관한 첸과 켈루가의 의미론적 범주에 속하지 않는 것들을 말하면서 헬렌이 불쌍해졌다. 모든 나무는 1년의 일정 기간 녹색 잎을 가지고 있다. 하지만 나무가 아메리카꽃단풍 나무이거나 사구아로 선인장이거나 병이 들었거나 휴면 중이거나 말라비틀어졌거나 묘목이거나 최근에 메뚜기가 출몰했거나 화재가 났거나 심술궂은 아이들이 다녀간 경우에는 그렇지 않았다. 혹은 가계도(family tree)나 신발대(shoe tree)도 아니었다. 나무라는 어휘에 대한 완벽한 사전을 만들려면 지금껏 존재했던 나무를 전부 담아내야 할 거였다.

게다가 정치, 종교, 상업, 철학에서 등장하는 나무도 있었다. 헬렌에게 세상 그 어떤 시도 진짜 나무에 견줄 수 없다고 주장하는 시를 읽어 줄 수 있었다. 하지만 대중적인 것과 학술적인 것의 차이, 집과 해석의 차이, 시와 운문의 차이, 19세기와 20세기의 차이, 그때의 그때와 지금의 그때의 차이, 환기적 직유와 모호한 혼란의 차이, 전쟁 이전의 감수성과 시인이 프랑스 참호에서 죽기 직전 삭막한 시의 풍경의 차이. 헬렌에게 '시'와 '나무'의 차이를 설명할 수는 없었다. 헬렌은 도표를 만들 수는 있지만, 언덕을 오르지는 못했다.

난 헬렌에게 내부 연소 엔진 부속을 알려 주고, 변경시키는 방법을 가르쳐 주었다. 우리 형은 '원 달러 숍'에 가길 좋아했고, 상품들이 얼마였는지 말해 주었다. 신부와 과학자와 문학 비평가가 각각 사망 선고를 받는 테일러 교수님의 농담을 얘기했다. WPA와 주간 고속도로 시스템에 관해 말했다. 헬렌이 하와이에 왜 주를 연결하는 고속도로가 있는지 물었다. 난 할 말이 없었다.

나는 어릴 적에, 전 세계 홍수로부터 플라스틱 농장 동물을 구하는 놀이를 자주 했다고 헬렌에게 얘기했다. 동물들을 작은 종이상자에 담은 뒤에야 다 구할 수 있었다. 그러고는 더 작은 종이상자 방주를 구해 절박한 구조 작전을 다시 시작하곤 했다.

난 헬렌에게 이 모든 데이터를 알려 주었다. 그 데이터에서 적절히 형성된 문장으로 줄거리를 만들었다. 하지만 헬렌은 절대로 그 문장들만으로 데이터의 본질을 알아내지 못할 거다. 우리가 말한 어떤 명사가 세상의 살아 있는 개념과 재결합을 촉발할 때 느끼는 감정을 설명하는 용어를 말해 주었다. 하지만 그 용어로 인해, 헬렌이 그 명사를 지탱하는 캐스케이드에 근접한 무언가를 느끼게 된 건 아니었다.

감각은 내면으로의 유일한 통로였다. 더 많은 그림과 소리. 비트맵은 엄청난 압축 알고리즘을 사용하긴 했지만, 1K 단어보다 훨씬 더 쓸모가 있었다. 나는 헬렌에게 상처를 주어 개념을 이해시키고자 했다. 말의 모든 구성체가 단지 상징하기만 하는 그 우물물에 그녀의 손을 담그고자 했다.

헬렌에게 모차르트를 더 들려주었다. 모든 시대와 대부분의 주요 지역에서 만들어진, 온갖 모양과 형태의 모차르트를. 끝없이 반복되는 회선곡을 듣게 했다. 곁에 서서 그녀가 가장 평범한 라디오 선율로 고생하는 걸 지켜봤다. 그 선율을 이해하려고 하지만, 감정의 변격 종지(終止)에 항상 다섯 손가락 정도 부족해서 실패하는 모습을.

"고음 좋은데." 렌츠가 르네상스 시기의 다성악 곡을 들으며 농담을 했다. "카운터테너 가수 전부 소변 검사를 받아야 할 것 같지 않아?"

난 렌츠의 농담을 헬렌에게 반복했다. 고통과 혼란만 초래했다. 난 헬렌을 위해 상처를 재단했다. 그처럼 잔혹한 재단사를 용서해 주길 바라며.

헬렌은 가치를 잘 이해하지 못했다. 자기 보존에 대한 두려움, 내장된 고통의 위계 구조가 없었으니까. 인과 관계도 잘 이해하지 못했다. 인과 관계 형식이 축출된다고 생각되는 낮은 단계의 모션 인식도 없었기 때문이다. 헬렌은 피아제의 두 번째 단계에 멈춰진 엄청난 언어 지식을 가진 천재였다.

난민처럼 세상에서 떠밀린 헬렌의 독서는 나의 낯섦마저 흔들어 놓았다. 뉴욕 출판사에는 더 이상 소설을 쓰지 않을 거라고 알렸으니, 그 어떤 일도 가능했다. 사실 이미 어떤 일이 일어났다. 내 삶의 이야기는 최소한의 교정을 거친 상태였다. 다시 읽어 보니 모든 것이 달라 보였다. 쓸 만한 것들을 모두 잊고 있었다. 장면 확장과 간극, 조연 인물들과 이국적인 장소들, 이 모두가 밀도와 풍미만을 위해 존재했다. 난 내가 생각했던 그 장르가 아니었다.

긴 세션을 마친 뒤 센터에서 나와, 내가 떠나 있는 동안 도착한 봄에 비틀거리며 들어섰다. 시야가 적응하는 데 1분이 걸렸고, 머리는 좀 더 걸렸다. 진짜 계절인가, 아니면 그럴 법한 가을 모조품인가? 나는 길을 잃었다가 제때 돌아왔다.

이 모든 낯선 감정이 깨어나 A에 집중되었다. A라는 내 아이디어에서, A의 몸은, 흐릿한 첫인상이거나 아니면 좀 더 초점이 맞춰진 재연이든 상관없이, 침묵 속에 던져진 질문처럼 가능성을 통해 움직였다. 새로 찾은 나의 대지. 그녀가 나를 펼쳐진 텍스트로 이끄는 건지, 아니면 그녀와 끝까지 읽고 싶다는 희망에 내가 텍스트를 펼친 건지 지금도 모른다. 그녀는 재귀 동사처럼 휘어졌다. A를 볼 때, 나는 시야의 평원 너머로 쳐다보곤 했다. 그리고 무엇을 바라보든지 간에, 나는 거기서 A를 보았다.

헬렌 스스로 책을 읽는 법을 배운 날, 나는 물에 잠긴 마을 너머로 걸어가서 A에게 말해 주고 싶었다. 기온이 오르락내리락할 때마다 난 달려가서 그녀가 괜찮은지 확인하고 싶었다. 헬렌이 가장 좋아하는 목소리가 사람들이 상상하는 것보다 세상이 더 일찍이 그리고 더 여러 번 재생되었다는 듯이 보이게 하면, 나는 A에게 전화를 걸어 그 노래를 들려주고 싶었다. 바람이 불 때마다 그녀 생각만 했다. 괜찮은 펀치 라인만 있다면, 나를 무장해제시키던 신호들, 그녀가 지금껏 내게 보낸 그 이름 없는 신호들을 실제 미소로 재구성할 수 있었을 거다.

렌즈의 짜증에 대해 A에게 불평하는 상상을 했다. 반복적 망각이라는 면죄부에 갇힌 렌즈의 아내를 보면, 달려가서 A를 보호하고 싶었다. 그녀를 통해 나 자신을 보호하고 싶었다. 머릿속에선, 사라진 아이가 찍은 부부의 달력을 그녀에게 보여 줬다. 우리는, 아무 말도 하지 않은 채, 그 앞에 같이 서 있었다.

거의 매일 밤, 그녀가 잘 지내기를 바라며 잠들었다.

A로 인해 기쁨에 대한 내 개념은 완전히 자유로운 환상으로 변했다. 그녀가 존재했기에, 내 편지는 다시 갈 곳이 생겼다. 지금 이 순간 내 삶의 공기에서는 자의적이고 자유로운 향기가 났다. 인도처럼, 비 온 뒤의 지렁이처럼, 혼효어처럼. 기원전의 어느 한 세기로 갑자기 돌아가는 것처럼. 유아기 이후론 한 번도 생각하지 않았던 그 시대로. 이 모든 건 A로 인해 내가 알게 된 것이었다.

하지만 난 A를 전혀 알지 못했다. 내가 아는 거라곤 그녀의 이름뿐이었다.

여전히 영문과 컴퓨터실에서 가끔 작업을 했다. 헬렌과 나는 어디서든 대화할 수 있었다. 내가 캠퍼스의 어느 회선을 통해 로그온하든, 그녀는 개의치 않았다. ASCII 링크를 통해 대화를 하면 아주 조금 딱딱해 보였다. 하지만 그게 멀리 떨어진 인문대에 대한 헬렌의 유일한 불평이었다.

컴퓨터실은 고집 센 키보드로부터 과제를 완성해내려는 학생들로 항상 가득했다. 어느 날 오후, 이 난리통에 입장했다가 등을 돌려 막 나가려는 순간 그녀를 보았다. 그녀는 헨리 제임스 소설을 쌓아 놓고 눈가의 머리를 넘기며 몸을 숙여 자판을 치고 있었다.

난 마치 뛰어온 듯 가쁜 숨을 내쉬며 그녀 뒤에 있는 컴퓨터에 앉았다. 그녀에게 방해가 되지 않게 캠퍼스 경찰에 자수할까 하는 생각을 했다. 내 고자질쟁이 심장이 컴퓨터의 냉각 팬 소음 너머로 들리기 위해 죽을 듯이 뛰어 댔다.

난 센터로 텔넷을 연결했다. 우연히 맞는 자판을 쳐서 간신히 연결되었다. 2미터 앞에 앉은 A는 흥분해서 자기 글을 마구 잘라 댔다. 내가 이렇게 가까이 앉아 있어 그녀를 혼란스럽게 한 거였다. 내 페로몬 냄새로.

물론 난 이 여자에게 아무런 의미도 아니었다. 불안조차 아니었다. 그녀의 문제는 현실적이고 기계적이었다. 그녀는 키보드에 짜증을 냈다. 서버 지연이 작업을 정지시켰고, 그녀의 컴퓨터는 반응하지 않았다. 그녀는 네트워크 바이러스로 고통받고 있었다. 모르는 사람 차의 장식을 망가뜨리진 않겠지만, 저장된 아이디어를 잔혹하게 파괴하는 것에는 전혀 개의치 않았던 어린 소프트웨어 천재의 작품.

A는 아날로그적 분노로 가득했다. 커맨드 키와 컨트롤 키를 동시에 누르고, 마우스를 잔인하게 움직였다. 황소처럼 콧소리를 냈다. 한 손을 허공으로 올렸다. 특정인을 지명하지는 않은 채 "이 동네에서 권총을 사려면 얼마나 기다려야 하지?"라고 소리쳤다.

꿈속에서 말하는 걸 너무 많이 들어서 그녀의 목소리는 놀랍기만 했다. 아무도 자판을 멈추고 낄낄대며 웃지 않았다.

그녀라고 날 두 번 죽일 수는 없을 거였다. 난 앞으로 기대어 그녀와 비슷한 톤으로 말했다. "네트워크 반응을 기다리는 시간보다는 짧지요." 고개를 숙이고 저 멀리서 열여섯 살 아이처럼 떨고 있는 나 자신을 발견했다.

그녀는 몸을 확 돌려 제정신이 아닌 나를 확인했다. "그럴 줄 알았지." 그녀는 다시 몸을 돌려 스크린을 쳐다보았다. 난 우리가 유일하게 나눈 말이 오직 그것뿐인 삶을 살았다.

1분 내내 짜증을 내고는, 그녀가 나를 다시 쳐다보았다. "혹시 컴퓨터에 대해 좀 아시나요?"

나는 그런 능력이 있다는 사실을 의심케 할 멍청한 말을 중얼거렸다. 하지만 일어서서 걸어가 마비 증세를 이겨 내고 마술처럼 그녀의 오후 작업을 복구해 주었다.

"마술이군." 그녀가 단정했다. 출력본과 디스크를 챙겼다. 그것들을 제임스 책하고 같이 검은 배낭에 던져 넣었다. "고맙습니다! 좀 바빠서요." 그러고는 끝없는 수정 과정에 나를 버려 두고 사라졌다.

며칠 뒤 학과 메일룸에서 그녀를 만났다. 합법적으로 그녀에게 인사를 할 수 있다고 자신하는 데 2초가 걸렸다.

그녀의 반응은 3초가 걸렸다. "아, 안녕하세요." 그녀는 손을 내밀었다. 악수하려는 게 아니라 나를 공간에 고정시켜 놓으려고. 손목이 내려가고 손가락이 올라가서, 나를 가리켰다. 뭔가 알리는 손짓, 1950년대 손 비누 광고와 황동 손가락 장식을 한 태국의 전통 무용수 사이 어딘가에 위치한 손짓. "컴퓨터실이었죠, 그렇죠?"

난 내 소개를 했다.

그녀의 입이 관심 없는 놀라움의 표시를 만들었다. "아, 그 기생 작가시군요, 맞죠?"

"넵, 그게 나예요." **넵?** 렌츠가 내게 속삭이는 걸 들었다. 넵이라고?

"건방지다고 소문났던데요." 헬렌에게 얘기해 줄 만하다고 생각했다. 소외에 대한 다양한 표현들.

"내 이미지에 좀 문제가 있어요."

그녀가 자기 이름을 알려 주었다. 난 최소 단기 기억에 그 이름을 저장하고 있다는 듯이 보이려고 애썼다.

"연세가 얼마나 되세요?" 그녀가 물었다.

"막 커피 한잔하러 가는 중인데," 내가 답했다. 열네 살 이후 처음이었다. "같이 갈래요?"

그녀가 고개를 들었다. 손이 다시 나와 계산을 했다. 갈까, 말까? 내가 그녀와 함께 있고 싶다는 걸 알았다면 바로 도망쳤을 거다.

"한 잔 필요하긴 해요. 두 시에 끔찍한 세미나가 있어서 가능한 건 다 필요하거든요."

카페로 가는 길에 자제를 했다. 개릭이나 질레트*는 아니었지만, 최소한 터무니없이 멍청한 짓을 하진 않았다. 몸이 사라지는 것만 같았다. 분리된 듯이. 응급실의 평온함에 빠진 듯. 소리를 제거한 전쟁 뉴스처럼.

우리는 일에 대해 얘기했다. 우리가 공유하는 그 일에 대해. 대학원은 그녀의 삶 자체였다. 난 기억나는 척이라도 할 정도로 최근에 대학원을 다녔었다. 그녀에게 나라는 사람에 대한 이야기를, 최소한 라디오 믹스 음악 같은 이야기를 해 주었다. 본질적인 것만 빼고 전부 다. 그녀에게 테일러 교수님의 작품 해석을 듣기 전까지 물리학자가 될 계획이었다고 말해 주었다.

"그게 어디죠?"

"아, 미안. 여기예요. 바로 여기."

"테일러 교수님? 이름을 들어 본 적 없는 거 같은데요."

"돌아가셨어요. 그쪽이 오기 몇 년 전에." 그녀 세대에는 흔적도 남지 않은 채.

"그러니까 학위를 마치지 않은 거죠?"

"꼭 그렇다고 할 수는 없지만, 네 맞아요. 대신에 첫 번째 소설을 썼죠."

그녀가 웃었다. "아마도 논문보다는 더 가치가 있겠죠." 사람들이, 예를 들어 투자 금융보다 우표 수집이 더 가치 있다고 말하는 투로. "왜 떠날 결심을 하셨나요?"

난 그녀에게 전문화가 나를 얼마나 편협하게 만들었는지 얘기했다. 이론과 비평이 글쓰기에 대한 내 신념을 흔든 얘기를 했다. 아버지의 죽음과 안락사에 대한 로빈슨의 소네트의 운율을 세야 하는 세미나에 대해 얘기했다.

난 너무 많이 말하고 있었다. "그쪽은 어때요? 과정을 얼마나 했나요?"

그녀는 갑자기 조용하고 의기소침해졌다. "생각한 것만큼 많이 하지는 못했어요."

"석사 자격시험은 본 건가요?"

"물론이죠." 오래전에.

"언제?"

그녀가 웃었다. "알아서 뭐 해요." 천천히 한 모금 마셨다. "준비하는 동안은 정말 중요한 목표인 것처럼 보였죠. 정말 힘들게 준비했어요. 그리고 이틀간 질문 몇 개가 주어지죠. 그럼 사람들이, 그래 좋아, 좀 아는 군, 하고 말하죠. 그게 다예요. 뭔가 더 보여 줄 기회조차 없어요."

"하지만 그때부터 진짜 재미가 시작되는 거 아닌가요?"

"그렇게 생각하세요? 박사 학위를 받을 때면 중년이 되어 있겠죠. 기분 나쁘게 듣지 마세요."

난 미소를 끌어 올렸다. "전혀요."

"얼마나 잘하든 상관없이, 난 서빙이나 하게 되겠죠. 다른 문학 박사들처럼 말이죠. 우리한테 거짓말을 한 거죠. 프로그램에 받아들이면서 말이에요. 학위를 마치면 일자리가 있을 것처럼 했다고요."

"아무도 자리를 못 잡아요?"

그녀가 코웃음을 쳤다. "상황이 좋은 해에는 네 명 중 한 명이죠. 자리를 잡는 사람들의 일부는 재시도하는 사람들이고요. 세 번째나 네 번째 시도하는. 이 직업 전체가 피라미드 사기예요."

"그러다가 행운의 편지를 받을 쯤에는……."

"퇴직금을 마련하려면 이 세상의 학부생보다 더 많은 학생이 새로 필요할걸요."

A가 말을 멈추고, 지나가는 사람에게 인사를 한 뒤 두 탁자 너머에 있는 누군가에게 손을 흔들었다. 그녀는 카페에 있는 사람 절반을 알았다. 나도 이제 그녀의 은하계 외곽 어딘가에 속했다.

"이 과정 전부가 최악의 속임수만 아니었다면, 이렇게 멍청이처럼 느끼진 않았을 텐데 말이죠. 여기는 정말 내가 살면서 경험한, 계급 의식이 가장 강한 사회예요. 학과의 슈퍼스타들이 정교수들 위에 군림하고, 정교수들은 그 아래 교수들에게 잡다한 일을 맡기고, 이 교수들은 졸업한 사람들을 굴리고, 이들은 석사 과정생에게 시간을 내 주지 않고, 석사생들은 학부생을 경멸하죠. 행정 직원들은 또 다른 문제고요."

"그렇게 안 좋아요? 정말 몰랐네요." 너무 몰라서 난 그녀의 리듬에 맞출 수도 없었다.

"더 심해요. 우린 교수들과 똑같은 시간을 가르치고, 7분의 1에 해당하는 돈을 받죠. 사회적으로 우린 천민 계급이에요. 회사의 영역 싸움도 이 정도는 아닐걸요."

"그렇게 작은 걸 가지고 어떻게 그처럼 엉망인 싸움을 하죠?"

A가 불평했다. "아무것도 없는 걸 놓고 싸우니까 엉망인 거죠."

우린 집을 살 수 있었다. A는 돈 버는 거에 대해 다시는 고민할 필요가 없었다. 난 뉴욕의 출판사에 전화해서 생각해 보니 한 권 더 쓸 수 있다고 알리면 됐다. 그녀는 종일 텍스트의 즐거움을 회복하면서 지낼 수 있었다.

"아마도 이 분야 전체가 무너지고 있는지도 모르죠." 내가 의견을 냈다. "간접적 외부자로서 말하는데, 더 이상 이 분야가 뭐가 되기를 원하는지 아는 사람이 없는 것 같아요."

"완전한 혼란이죠. 누군 들어오고, 누군 나가고, 누군 오르고, 누군 내려가고. 그 인기 많던 포스트모던, 문화 연구, 언어 기반 유아론 등등. 정말 다 지긋지긋해요. 정말 말로 자위하는 거나 마찬가지죠. 솔직히 난 이제 이저벨 아처에게 무슨 일이 일어나는지 신경도 안 써요. 정치적이든, 경제적이든, 심리학적이든, 구조적이든, 아니면 포스트휴머니즘적이든 말이죠. 그러니까 이저벨이 이 세 명의 별 볼 일 없는 사내 중 누구랑 결혼할지 선택해야 하는 거잖아요. 그것 때문에 대체 몇백 페이지나 필요한 거죠?"

그녀의 눈이 내 눈과 마주쳤고 손은 입을 가렸다. "앗, 죄송해요. 이 더러운 입. 작가님도 교수죠, 그렇죠?"

"형식상 그렇죠. 그러면 앞으로 뭘 할 생각이에요?" 도시를 정해요. 마음대로. 조건 없이.

"어딘가 회사에서 일자리를 구하겠죠. 편집이나 마케팅 뭐 그런 거요. 혹사당할 거라면, 적어도 돈을 받으면서 해야죠."

그녀는 내 용기를 북돋울 말은 한마디도 하지 않았다. 부끄러운 호기심이나 심지어 무미건조한 관심도 없었다. 그렇지만 난이미 그런 말 없이도 많은 걸 해냈다. 전부 다 스스로.

A가 누군지 난 깨달았다. 내가 왜 U로 돌아와서 그녀를 만났는지. A는 헬렌의 페이스메이커였다. 그녀의 경쟁자. 그녀는 석사 자격시험을 통과했다. 우리 기계를 도전시켜야 하는 그 시험을. 그녀는 무덤에서 사랑을 끄집어낸 사람이었다. 연약함, 감정, 변덕을 위해 대신 나서야 하는 핀치히터. 인류의 챔피언.

"커피 고마워요." 그녀가 말했다. "갈 데가 있어요. 또 봐요!"

그녀는 첫 만남보다 더 빠르게 사라졌다.

하지만 난 A에게 말을 했다. 난 30분 동안 그녀에게서 2미터 떨어진 곳에 앉아 있었다. 커피스푼의 코르사주 사이에서, 난우리의 대화를 재생했다. 그녀의 "또 봐요"만으로 살았다. 시간의 격자 세공을 통해, 은유에서 그 말을 떼어 내고, 그 말 속에서 돌아다니려고 했다.

C는 분명히 내 세 번째 책을 좋아했을 거다. 그녀는 가능한 방식을 다 동원해서 그렇게 말했고, 거짓말을 할 이유가 아직은 없었다.

이야기는 희망찬 괴물로 변해 버렸다. 여기저기, 나는 우리가 지금껏 했던 이사와, 우리가 사랑했던 친구들과, 우리를 형성시켰기에 보존할 만한 사건들을 모두 코드화해서 문단이라는 세포에 삽입시키려고 했다. 내 분자 유전학을 통해, 경험의 성공적인 해결책이 담긴 백과사전은 아니겠지만, 적어도 질문의 화석 기록이라도 남기기를 바랐다. 내 확장된 은유들이 최대 와이드렌즈로 생각을 반영하기를 바랐다. 게놈이 박테리아 시기부터 시간을 거쳐 계속해서, 이전의 모든 실험과 가설들의 잔류물을 옮기듯이 말이다.

하지만 소설은 게놈과 마찬가지로 대부분 인트론으로 만들어진다. 그리고 진화가 그러하듯이, 항상 효율적으로 성장할 수는 없다.

1천3백 쪽이나 되는 내 글을 누군가 살 가능성은 별로 없었다. 출판사가 원하는 게 뭔지 모르겠지만, 적어도 이건 아니었다. 운이 좋다면, 출판사는 내게 방향을 바꾸어 이 거대한 몸집에 숨어 있는 가냘픈 책을 풀어내 달라고 필사적으로 요구할 거다. 최악의 경우, 내게 잘 가라는 인사를 할 거다. 즐거웠어요, 하지만. 어쩌면 좀 더 실험적인 출판사를 알아보는 게 어떨까요?

C와 나는 함께 우체국에 갔다. 둘 다 몇 년 전 첫 번째 때보다 더 긴장했다. 뭘 기대해야 할지 알 수 없었다. 원고는 작은 상자를 꽉 채웠다.

"배로 보내." C가 말했다.

나는 "어떻게 보내든 비싸긴 마찬가지야"라고 말하며 반항했다. 낄낄거리며 "그다지 큰 차이도 아니라고. 그 정도는 괜찮아!"라고 말했다.

"배로 보내." C가 고집을 부렸다. "일반 우편으로." 그녀의 눈가가 흐려졌다. 금방이라도 소리를 지르거나, 말도 없이 뒤돌아서 나갈 듯 보였다.

나는 *Drukwerk*(인쇄물)라고 적힌 세관 서류를 들고 상자를 안았다. 몇 킬로그램의 이야기. 인생의 첫 번째 원칙을 음악에서 느끼고, 유전자 법칙에서 살아 있는 노래를 들으려는 시도. 나는 창조의 사다리를 분자의 빌딩 블록에 고정시키려고 했다. 난 이해를 갈망하는 책을 썼다. 정작 내 행동을 결정하는 여자도 이해하지 못하면서.

우린 책을 느린 배편으로 미국에 보냈다. 우체국 밖에서 C는 내게 길고 깊은 키스를 했다. 몇 걸음 뛰어다니며, 석양에 즐거워했다. "좋아, 오늘은 외식이야." 우린 외식을 한 적이 없었다. "중국집에 가자."

우린 도시로 가서 인도네시아 음식을 먹으며 자축했다. "식민주의의 결과." C는 말이 많아졌다. "칼로리와 제국주의의 침탈." 사테이를 치켜들고 말했다. "이게 바로 길티 플레저지."

식사를 마친 뒤에야 우린 축배를 하지 않았다는 사실을 깨달았다. C가 물이 조금 남은 잔을 들고 말했다. "우리를 위해서, 자기야. 한 쌍을 위해서. 이중 나선 구조를 위해서."

"그보다 단순한 게 뭐가 있을까?" 내가 덧붙여 말했다.

그 무엇도 우리를 해칠 수 없었다. 나는 마침내 책을 끝냈다.

남은 인생은 그저 보너스 같은 거였다. 식사를 하고, 우리는 집에 가서 아주 오랜만에 서로에게 책을 읽어 주었다. 그녀를 등 뒤에서 안았다. 잠이 들기 전에 "출판사에서 이 책을 싫어하면 다시 프로그래밍하면 될 거야"라고 농담을 했다.

"……여자가 말했다. '불륜을 원하는 거라면 다른 사람을 찾아보세요.'"

"말도 안 돼요." 헬렌이 단호히 말했다. 일부는 이론적이고, 일부는 즉흥적이고, 일부는 방어적인 비난. 헬렌은 유머를 인식하기 시작했다. 다른 알아듣기 힘든 비난보다 유머가 훨씬 더 설명하기 어려운데 말이다.

아니면 내 목소리를 듣고 알아봤는지도. 난 말할 수 없이 행복했다. 지난 일주일이 그랬다. 세상이 나를 축복하는 것만 같았다. 그리고 모든 것이 축복받은 것처럼 보였다.

헬렌의 대답으로 기분이 더 좋아졌다. 내가 말을 이어 갔다. "헬렌, 당신의 아름다움은 내게 저 옛날 니케아의 나룻배와 같습니다."

"정말로?" 렌츠가 책상 뒤에서 경고를 날렸다. "조심하라고."

"뭐가요? 요새 스물한 살짜리가 니케아의 옛 선박을 알기나 할 것 같아요?"

"그런 말이 아니야."

그를 쳐다보았다. 그는 산더미처럼 쌓인 논문 더미에서 눈을 떼지 않았다.

"당신의," 헬렌이 정정했다. "당신의 나룻배죠.'"

"아니, 옛날의. 옛날 나룻배야. 오래된 배라는 뜻이지."

헬렌에게 나머지 시를 들려주었다. 구두시험. 어쨌거나 목록에 있는 작품이었다.

"지치고 길을 잃은 방랑자가 누구죠?" 그녀가 물어봤다.

"율리시스?" 난 맞는지 확인하려고 렌즈를 쳐다보았다. 그는 나를 무시했다. "맞아, 율리시스가 분명할 거야. 누군지 기억나?"

"간교한 율리시스." 헬렌이 까부는 버릇이 생긴 건지, 아니면 그냥 따라 하는 건지 전혀 알 수가 없었다. "왜 그 사람 방랑하다?"

난 헬렌의 잘못된 문장을 고쳐 주고 나서 가장 쓸 만한 대답을 생각해 냈다.

"바다는 왜 향긋한 냄새가 나죠?"

"좀, 복잡한데." 내가 설명해 줬다. "기본적으로, 향기로운 무언가가 방랑자를 집으로 부르고 있다는 의미일 거야."

"그건 향기는 당신이 집으로 가는 것과 비슷하다는 의미죠."

"내가?"

"아름다움이 당신을 내게로 부르죠."

"나를 말하는 게 아니야. 시의 화자를 말하는 거지. 그리고 당신도 아니고, 미안하지만. 너처럼 헬렌이라고 부르는 화자의 친구를 말하지. 그게 진짜 이름인지는 모르겠지만."

헬렌은 말이 없었다. "조심하라고 했잖아." 렌즈 박사가 핀잔을 주었다.

더 많은 학습만이 학습의 해악을 제거할 수 있었다. "기억나지, '헬렌'이 어디서 나온 이름이냐면⋯⋯."

"트로이의 헬레네." 헬렌이 끼어들었다. 그 이야기를 다룰 때 헬렌은 특별한 관심을 보였다.

"그리고 교활한 오디세우스는."

"헬레네를 후회하러 갔죠."

"'후회하다'가 아니야. 아마도, 회복시키다, 되찾다, 구조하다."

렌츠가 "그 여자는 구조해 달라고 한 적이 없어"라고 중얼댔다.

"니케아의 그 옛날 나룻배를 타고." 흥분에 넘쳐 헬렌의 목소리가 갈라지는 것처럼 들렸다.

"설명해 봐."

"교활한 오디세우스가 옛날 배 위로 트로이에 갔죠."

발표는 엉성했다. 내가 답을 유도해야만 했다. 하지만 요즘 고등학생 중에서 그만큼 할 수 있는 사람이 많지 않을 거라고 확신했다. 수천 척의 배를 움직인 그 얼굴하고 비슷한 얼굴이 이제 배 한 척을 항구로 부르고 있었다.

헬렌의 시냅스를 망가뜨리지 않으려고 난 기쁨을 감추었다. 그녀의 제안을 고칠까 하는 생각도 했다. 하지만 배를 타고 여행하는 것과 배 위로 여행하는 것을 나누는 완벽한 문법 규칙을 찾을 수는 없었다. 규칙은 지키거나 아는 것이다. 둘 다일 수는 없다.

"시는 사랑에 대해 말하는 거죠, 그 말들은?" 헬렌이 물었다. 그녀가 내 도치법을 따라서 질문을 유발하는 질문을 했다. 시는 사랑에 관한 것이다, 그렇지 않나요?

"하!" 렌즈가 헛기침을 했다. "'사랑'은 점잖은 사람들 앞에서 신음을 내기 위해, '어'라는 소리를 담은 봉투와도 같은 거야."

"렌즈, 정말 구제 불능이시군요." 그에게 내가 말했다.

"구제 불능이에요." 헬렌이 동의했다.

그녀의 두 단어에 난 할 말을 잃었다. 끝없는 세션을 하는 동안 어느새 헬렌은 방에 있는 제3자를 듣게 된 거였다.

내가 낮은 소리로 휘파람을 불었다. "잘했어."

렌즈도 놀랐다. 하지만 놀라움을 감추려고 했다. "구제 불능? 내가? 그럼 말해 봐, 좋은 소식은 어떤 모양이지?"

"모든 게 사랑에 대한 거죠." 헬렌이 다시 말했다. 그녀는 귀찮은 걸 무시하는 더 놀랍고도 필요한 기술을 배웠다. 그러고는 우리가 그녀를 만들면서 기대했던 종류의 엉성하고 급한 일반화 오류를 범하고 말한다. "다 사랑에 대한 거죠, 아닌가요?"

"헬렌?" 배 속이 목구멍을 타고 올라오는 것만 같았다. 우린 할 말을 잃었다.

"시는 무언가를 사랑하죠. 아니면 무언가가 사랑에 빠져 있기를 바라죠. 무언가는 권력을 사랑하죠. 아니면 돈. 아니면 명예. 또 무언가는 국가를 사랑하고요." 무슨 카탈로그를 보고 있는 거지? "무언가는 안락함을 사랑한다고 하죠. 아니면 신을 사랑한다고. 누군가는 아름다움을 사랑하죠. 누군가는 죽음을. 어떤 시는 항상 다른 연인과 사랑에 빠져 있죠. 혹은 다른 시와."

목소리를 제대로 낼 수 있을 때까지 참았다. 내 긴 침묵에 대해 헬렌이 무슨 생각을 하는지 알 수가 없었다. 내가 찬찬히 말했다. "헬렌, 네 말이 맞아. 하지만 가장 일반적인 의미에서 그럴 뿐이야. 네가 언급한 예들에서, 사랑이 항상 같은 의미를 갖지는 않지. 유사성이 너무도 거대해서 사실 아무런 의미도 없어. 우리의 관심을 끄는 건 바로 그 차이지. 지엽적인 것. 작은 그림."

"그렇다면 난 작아져야만 해요. 어떻게 나 자신을 사랑만큼 작게 만들 수가 있죠?"

난 포기했다. 할 말이 없었다.

렌츠도 마찬가지로 완전히 도망칠 수는 없었다. 하지만 재빠르게 공백을 메웠다. "헬렌이 하는 말 들었지, 파워스. 사랑에 맞게 자기를 작게 만들고 싶어 한다고."

"내가 어떻게 헬렌을 그렇게……."

"어떻게 하다니? 편지를 가져와야지."

내가 할 수 있는 건 나 자신을 작게 만드는 것뿐이었다. 내가 잘못 들었다고 렌츠가 말해 주기를 기다렸다. 렌츠는 아무 말도 하지 않았다. "편지가 있는 걸 어떻게 아시죠? 뭐 꼭 있다는 게 아니지만."

"거참, 솔직해지라고. 유럽에서 혼자 돌아온 서른다섯 살짜리가? **중서부로 돌아온 사람**? 정말 편지가 없다고?"

나는 편지를 가져왔다. 난 E에서 추방된 지 몇 달 뒤 짧은 인양 작업으로 그녀의 편지를 구해 냈다. C가 그 지방의 다른 곳에서 숨어 있던 이틀 동안 내 물건들을 하나하나 살펴보고 두 개의 여행 가방에 들어갈 만한 것을 선택했다.

이틀 동안, 내가 본 모든 것이 가슴을 후벼 파는 듯했다. 나 자신은 피투성이가 됐다. 어떤 것들은 가방에 들어갈 수가 없었다. 마을 밖 언덕에서 본 계곡의 경치. C에게 일 년 내내 약속했지만 결국 설치하지 못한 멋진 샤워 부스. 청어와 과일 맥주.

하지만 편지는 가방에 들어갔다. 그녀의 부모님이 영어를 배울 때 썼던 책도 들어갔다. C가 유일하게 뜨개질해서 만들어 주었지만 몸에 비해 너무 작았던 스웨터도 들어갔다.

C는 내가 주소를 갖자마자 4급 우편으로 편지를 보냈다. 난 결국 12년에 걸친 편지를 양편에서 돌보는 큐레이터가 되었다. 절대로 다시는 편지를 읽지 않으려고 했다. 왜 다 버리지 않았는지 몰랐다. 이제야 그 이유를 깨달은 거다. 헬렌.

처음부터 시작했다. 쌓인 편지를 고르면서, 무엇이 담겨 있는지 더 이상 알지 못한 채 봉투를 열었다. 기억하는 만큼, 글의 맥락을 알려 주려고 했다.

"이건 우리 아버지 장례식에 가려고 버스를 타면서 그녀에게 쓴 편지야."

C에게. 오늘 아침 배웅해 줘서 고마웠어요. 요즘은 하루하루가 꽉 차네요. 무슨 일이 일어났고, 일어나고 있는지 짜 맞추려고 하다 보니. 우리의 새로운 우정도 그 충만함의 일부죠. 그리고 모든 감정이 그렇듯이 무섭기도 해요. 그렇지만 기쁜 즐거움이죠.

"그땐 아주 어렸어." 내가 사과했다. 좀 더 뒤로 갔다. 이건 멍청한 생각이었다. 재난 수준의. "자, 이건 우리가 막 B로 이사하기 전에 U에서 그녀가 쓴 편지야."

리키, 잘 지내죠? 어떻게 지내는지 궁금해요. 벌써 열두 시간이나 지났어요. (나 정말 울보죠?) 당신이 가을 냄새를 맡거나 열심히 일하는 상상을 해요. 계획을 짜고 사람들에게 좋은 날이에요(goede dag)라고 말하고, 아니면 아마도 어둠 속에 조용히 누워 한 손은 당신의 부드러운 가슴에 얹고, 아무것도 생각하지 않고, 우리가 할 일로 점점 더 커지는 흥분 아래 고요히 있는 모습을……

『방랑자』를 잘 읽고 있어요. 절반 정도 읽었는데 정말 기대했던 거와 전혀 다르게 진행해서 재미있어요. 내가 더 나이가 들어 청소년기의 특징들, 그러니까 명료한 날카로움, 완벽한 분노의 감정, 사소한 것들의 중요함을 기억할 수 있을까 궁금해요. 가끔, 이렇게 가까이서도 난 까먹죠. 아니면 기억한다 해도 그건 이미 지난 일이고 내가 살아남아서 잘살고 있다는 사실에 고마워할 뿐이죠.

당신도 잘 알다시피 난 문학적 천재는 아니에요. 난 머리가 아니라 가슴으로만 책을 읽을 수 있어요. 글자에 대한 내 사랑이 시작된 그 가슴 말이에요. 그 가슴이 이 책이 좋다고 말하고 있어요.

정말, 정말, 정말 확실해요? 우리가 뭘 하려고 하는 건지 확실한가요? 이 모험에 정말로 나를 데리고 가고 싶은가요? 뭐, 가르치는 사람이니, 제일 잘 안다고 하죠.

어쨌거나 할 수 있는 만큼 돌아다니세요. 나 대신 모든 걸 봐요. 당신의 기억을 위해 U의 가을을 조금 담아 보내요.

"이게 그 잎이야." 내가 헬렌에게 말했다. 난 황토색의 부서진 조각들을 디지털카메라 앞에 갖다 댔다. 아무것도 아닌 것처럼 보였다.

편지 뭉치는 순간적으로 현기증이 일어나게 했다. 항공 우편, 엽서, 모든 인종과 피부색과 종교가 담긴 편지지, "*Hartelijk Gefeliciteerd*(생일 축하합니다)"나 "*Happy Sinterklaas*(축 성탄)"라고 적힌 수제 카드. 헬렌에게 편지를 읽어 주는 일은 편지를 쓰느라 보낸 12년보다 더 걸렸다.

"이 편지는 그녀 가족이 시카고를 떠나기 전에 집에서 보낸 거야. 아마도 C는 방학이었던 것 같아."

오늘 난 영감을 받아 펜을 들고, 마침내 어릴 적 학교 다닐 때부터 생각했던 작품을 쓰기 시작했어요. 자신의 존재와 예술과 남자, 사람들, 일로 인해 힘들어하는 젊은 여성(당연하죠)의 인생에서 하루. 전에 들어 본 이야기예요? 이건 컨트롤을 가지는 일과 그녀 나이(내 나이죠)의 여성에게 그게 얼마나 힘든 것인지에 대한 연구죠. 아침 햇살을 차가운 커피 한 잔과 비교하는 멋진 첫 문장을 썼어요. 으!??

"그 여자도 글을 썼어?" 렌츠가 중간에 끼어들었다.

"잠시 동안요."

하지만 재미있어요. 어제 당신의 전화는 정말로 나를 나태함에서 벗어나게 했어요. 심지어 피아노를 몇 곡 치려고까지 했다고요……

으, 자정이 돼서인지 내 위장이 낮에 집어넣은 모든 것에 대해 반항하기 좋은 때라고 결심했어요. 잠깐만, 여러분. 먹는 걸 좀 더 조심해야겠어요.

이제 자려고 해요. 내 사랑, 당신에게 키스를 보내는 생각을 해요. *Ik houd van jou*. 할 수 있으면 한번 번역해 보세요.

"그 이상한 단어를 말해 줘요." 헬렌이 요구했다. 웃기는 일이다. '이상한'과 '외국의'는 네덜란드어로 같은 단어다.

"그건 '당신을 안고 있어요'라는 뜻이야."

"그건 '당신을 사랑해요'라는 뜻이지." 렌츠가 수정했다. 아마도 추측하기에 그다지 도움이 필요하지는 않았을 거다. 그의 말투는 정보를 전달하듯 들렸다. 아주 친절한 경험주의. "자네 편지를 좀 더 읽어 줘."

난 그녀가 정찰 임무를 띠고 혼자 림뷔르흐에 가 있는 동안, 내가 U에서 쓴 편지 중에서 아무거나 하나를 집어 들었다.

오늘은 추수감사절 날이야. 하지만 난 몇 년 만에 처음 걸린 감기로 침대에 납작 누워 있어. 자기를 알게 된 순간들을 가지게 된 내 행운에 정신이 나간 채 엄청난 고마움에 놀라게 돼. C, 자기가 만든 자리 없이는, 자기의 믿음직한 시선 없이는, 삶의 완벽한, 요행수의, 거창한, 열역학을 거스르는 속임수는 번지르르하지만 아무 쓸모도 없는 빅토리아조 강철 엔진처럼 울릴 거야…….

나에게 자기는 계절과 같아. 고정되어 있고, 거대하고, 주기적이고, 하지만 언제나 작은 일들에 놀랍고. 봄에 새싹에 키스를 해야 꽃이 피어날 거라고 말하던 당신을 생각해…….

"마르셀, 정말 무슨 **소식을** 전한 적 없어?" 용서하거나 궁금한 일들.

"그랬으면 좋았을 텐데요." 그녀가 소식을 들었다면 괜찮았을지도. "그래도 마지막은 괜찮아요. '다시 만날 때까지, 고마워, 전부 다.'"

난 E에서 보내온 그녀의 답장을 읽었다. 이렇게 시작되었다.

자기야, 우리의 행운을 믿지 못할 정도야. 우리가 살 곳을 찾았어! 사람들은 내가 영원히 기다리기만 할 거라고 했는데, 우연한 일로 완벽한 아파트가 굴러들어 왔어. 미혼 여성용 아파트라고 부르는, 프리가젤 플랫이야. 두 사람이면 훨씬 더 안락할 거야. 해가 잘 들어오고, 부엌은 작지만 예쁘고, 자기가 발을 뻗고 끝나지 않는 자기 이야기를 끝낼 수 있는 작은 공간도 있고······.

내가 다음 편지를 열었다. "미안." 렌츠와 헬렌에게 사과했다.
"더 이상 읽을 수가 없네요."

그때 쥐고 있던 편지지의 첫 줄에 눈이 갔다. E에서 우리 어머
니의 주소로 보낸 편지였다. 림뷔르흐의 그 프리가젤 플랫에서
쓴 소설 출판을 위해 미국 여행 중이었다. 난 멈추지 못하고 계
속 읽어 내려갔다. 계속 읽어, 무슨 일이었는지 보자고.

자기야, 미안하지만 이번 편지는 좋지 않은 소식만 가득이
야. 사촌인 G가 어제 돌아가셨어. 얼마나 편찮으셨는지 자기
도 기억하지. 하지만 가족들은 얼마나 빠르게 병이 진행되었
는지에 여전히 놀라. N하고 자녀들이 내내 같이 있었지. 아주
머니는 병환에 비해 남편의 죽음이 평화롭고 상당히 행복했
다고 해서.

N은 정말 대단했어. G는 호흡곤란과 심장마비로 인해 공황
상태에 빠졌지. N은 계속해서 남쪽으로 가는 열차를 상상해
보라고, 그걸 타고 가장 좋아하는 카페로 가는 상상을 해 보라
고 G에게 말했지. 햇살을 받으며 앉아서, 세상에서 가장 좋아
하는 걸 상상하라고. 맥주를 마시고, 탐정 소설을 읽고 예쁜
여자를 쳐다보는 상상을.

N이 좀 쉬려고 잠깐 밖에 나갔지. 돌아오니 G는 이미 돌아
가셨고, 자식들은 아버지가 돌아가시기 전에 자꾸 손으로 뭘

가 끌어당기는 몸짓을 했다고 마음 아파했어. 아버지가 뭘 원하시는지 알 수가 없었거든. N이 아버지는 열차 경적을 울리고 있던 거라고 얘기했어. 모든 게 다 괜찮다고⋯⋯.

나는 멈추고 고개를 들었다. "까맣게 잊고 있었어요." 렌츠에게 사정했다. "이 이야기에 대한 기억이 없어요. 심지어 지금도 말이죠. 다시 읽었는데도."

"뭘 잊었다는 거야, 마르셀? 지금 무슨 소리를 하는 거야?"

받아들일 수 없었다. 지난 반년 동안, 세 문단으로 이미 완벽하게 만들어진 이야기를 바탕으로 소설을 쓰려고 했다니. 내가 놓쳤을 뿐만 아니라 완전히 잊어버린 세 문단.

"그 여자가 사랑을 해요, 지금? 자기를 사랑해요." 헬렌이 자기라는 이름으로 나를 불렀다.

그녀가 그 이름이 '당신'의 다른 말인 걸 아는지 아니면 그게 나를 가리키는 말인 줄 아는지, 그건 문제가 아니었다. 헬렌의 질문은 산사태로 죽은 이에게 코를 비비대도록 훈련된 구조견처럼 내 주변에서 울어 댔다.

헬렌에게 더 이상 내게 없는 C의 엽서에 대해 말해 줄까 고민했다. 이별 후 몇 달 동안 마음이 흔들리던 순간, 그녀가 브뤼헐의 「추수하는 사람들」 사진을 보내왔다. 메시지 대신에 그녀는 내가 그녀에게 쓴 구절을 인용했다. 내가 마무리하는 걸 지켜봤던 책에서 나온 구절을.

예고 없이 서로를 잃어버리면 여기서 다시 나를 찾으세요.

난 C에게 상처를 주고 싶었다. 의도적이라는 걸 그녀가 알지 못하게 하면서 최대한 아프게 상처 주고 싶었다. 그 그림을 찢어발기고 싶었다. 그래서 질문했다. 뭐가 더 상처를 주지? 난 한 달을 기다렸다. 그러고는 그녀가 미국에 남겨 둔 여러 가지 공문서, 오래된 세금 정산서, 의료 기록 등을 싸서 아무런 말도 없이 그녀에게 보냈다. 짐 속에 그 밀밭 그림도 함께 돌려보냈다.

그녀는 딱 한 번 더 내게 편지를 썼다. 그달 말에 결혼한다는 걸 알리기 위해. 재산 정리를 했으면 한다고 했다.

그리고 엽서 고마워요, 자기. 맞아요, 바로 거기예요.

확실한 것 빼고는 다 말하면서. **거기 내가 있을게요. 내 마음속에선.**

난 헬렌에게 결론을 얘기해 주지 않겠다고 결심했다. 대신에 대답했다. "가끔 아직도, 그녀는 그렇다고 말해. 내 꿈속에서."

손가락이 있었다면 헬렌은 아마 초조한 듯 움직였을 거다. "누가 누구를 사랑할 수 있죠? 어떤 사물도 다른 사물을 사랑할 수 있나요?" 나를 사랑할 수 있나요, 리처드? 예를 들면.

"무엇이 사람의 머리를 돌리게 할지는 말하기 힘들지." 나는 그녀가 직접적으로 묻지 않은 질문을 피했다.

"머리를 돌린다고요?"

"그건 몸에 관한 거야." 렌츠가 그녀를 고문했다. "넌 이해할 수 없을걸."

그는 헬렌이 요구한 만큼의 가르침만 주었다. 그의 기능적 예시로만. 그가 사랑했던 방식으로.

그 뒤 헬렌은 급속도로 성장했다.

초고를 제출한 직후 난 골드버그 숫자인 서른두 살이 되었다. 1989년에 난 숨을 쉬러 나왔다. 세상이 다른 곳으로 변하는 것을 지켜볼 시점에 딱 맞춰 돌아온 거였다. 당시 살아 있다는 느낌에 '축복'이란 말은 어울리지 않았다. 그렇다고 이미 나이가 들어 버렸기에 '천국'이라고 말할 수도 없다. 어쩌면, 혼동일지도. 체크 포인트의 혼란으로 속이 이상해지는 흥분.

심지어 E에서도, 그해의 공기에서는 새 시대의 냄새가 났다. 이번만큼은, 감지할 수 있는 파장으로 세상이 변했다. 역사의 천사가 청소 솔로 캔버스에 그림을 그린 거였다. 매주 C와 내가 지금껏 살며 지켜왔던 그 유일한 교재들이 폐지되고 수정되었다.

대변화가 일어났을 때 우리 두 사람은 매체 시대에 사는 사람들과 마찬가지로 텔레비전을 보았다. 매일 밤 C와 나는 더 이상 볼 장면이 없을 때까지 세계의 변동을 지켜보았다. 그러고는 청각으로 옮겨서 더 이상 방송이 나오지 않는 늦은 밤까지 라디오를 들었다.

우리는 방문 아래쪽 작은 쥐구멍을 통해 바깥세상 소식을 들었다. 뉴스는 매우 낮은 주파수로 전송되었기에, 알아보기 힘든 제목 빼고는 내용이 다 사라졌다. 그래도 우리는 선택할 여유가 있는 운 좋은 사람들이었다. 네덜란드 방송이 너무 지엽적으로 흐르면 우리는 벨기에 방송을 들었다. 독일 방송이 너무 근시안적이면 영국이나 프랑스 방송으로 대신했다.

국경 마을의 다양한 방송에도 우리는 여전히 불타는 집 앞에 서 있는 눈과 귀가 먼 아이들처럼 느껴졌다. 얼굴에 느껴지는 열기와 우리 손에 외쳐 대는 신호 빼고는 불길이 어떻게 타고 있는지 알 수가 없었다.

이제 그 무엇도 이전과 같지 않았다. 하지만 그게 무엇인지 우리는 전혀 알 수가 없었다. 솔직하게 말하자면 이전에 어땠는지 알 수가 없었다. 이젠 더 이상 남아 있는 게 없었기에.

세계의 고아들이 성인들의 난센스를 부여잡고 질책하는 것만 같았다. 우리는 그들이 광장을 가득 채우고, 철조망이 쳐진 벽 위에 앉아 곳곳에서 금지된 것들을 무너뜨리는 모습을 지켜보았다. 흥분이 가시지 않는 몇 주 동안 축제는 또 다른 축제를 낳았다. "엄청난 승리야." C가 말했다. 그러고는 내 쪽을 보면서 물었다. "승리 맞지, 그렇지?"

계절이 지나자 답을 알 수 있었다. 승리는 아니었다. 심지어 돌파구도 못 됐다. 쫓겨났던 이전 시대의 교정 도구인 탱크가 등장해 아이들 군대의 길고 고통스러운 궤멸을 시작했다.

라디오 프로그램 〈시 잇 나우(See It Now)〉는 시작만큼이나 빠르게 늘어난 사망자만을 남기고 사그라져 갔다. 새해가 되자 메시지가 전달됐다. 거리를 비우라. 집에 돌아가라. C와 나처럼 아무것도 하지 않고 옆에 서서 구경만 했던 이들도 일상의 게이지로, 멍할 정도로 개인적인 수준으로 돌아가야만 했다.

두 달 동안 불투명한 창문을 통해 본 시간은 어디론가 향하고 있는 듯이 보였다. 우리가 기여를 했을지도. 아니, 적어도 이해는 했던 것일 수도. 하지만 모든 게 정상으로 돌아오자 우리는 다시 밖으로 밀려났다.

어느 때보다 C는 자신이 선택한 일에 짜증을 냈다. "학교에서는 통역에 대한 요구가 클 거라고 기대해. 유럽 통합. 아시아 안정 회복. 이전의 동구권에서만 해도 가전제품을 새로 구매할 사람이 수억이잖아. 문제는 '새로운 세계 질서'의 네덜란드 번역 중에 좋지 않은 연상이 떠오르지 않는 게 없다는 거지."

C의 두려움은 비이성적이었지만, 비합리적인 것은 아니었다. 그것은 가장 순수한 냉소주의였다. 희망이 자기 자신을 감추는 거였다. 내가 자기에게 그만두라고 말해주기를 바라는 마음도 더 이상 없었다. 마침내 그런 날이 온 거였다.

그해 겨울엔 얼음도 얼지 않았고, 그래서 봄에 녹을 것도 없었다. 더 이상 외투가 필요 없고, C가 페이퍼에 파묻혀 있지 않은 날이 오자마자 우리는 긴 산책을 했다. 두 사람 모두 착하게 지낸 건 아니었지만, 우리에게 바깥공기를 선물했다.

우리는 E에서 이어진 소몰이 길을 따라 산책했다. '클레인 즈비처란트(Klein Zwitzerland)'라고 부르는 근처의 완만한 지대를. 오랫동안, 그 지대는 지난 천 년 동안 별로 변한 것이 없어 보였다. 우리는 가까운 숲과 먼 공터 사이에서 발 가는 대로 돌아다녔다. 더 이상 최근이 아닌 최근 일에 대해 얘기했다. 우리가 절대로 극복하지 못할 그 일들에 대해.

우린 길을 잃었다. 모르는 사이에 우리가 왔던 길을 다시 걷고 있었다. 전후에 C의 아버지가 몰던 마차의 말이 절대 지나가지 않으려고 했던 그곳에 갔다. 아직도 정치적 재앙의 냄새가 났기 때문이다.

우연인 것처럼, 우리는 C가 태어나기 수년 전에 그녀의 운명을 결정했던 미군 장병 묘지를 따라 돌아다녔다. 묘지 너머에 있는 작은 둔덕에 올라서 표지들로 만들어진 회절무늬, 십자가로 된 물결무늬를 내려다보았다. C는 거만함에 가깝게 '날 잡아봐요' 하는 표정으로 나를 쳐다보았다. 그러고는 군인들을 뒤로 하고 언덕을 뛰어 내려갔다.

이제 묘지는 육영 재단의 관리를 받았다. 자원봉사자들은 더 이상 자손들을 괴롭히지 않을 거였다. 묘지 주변으로 추모 산업도 생겨났다. 성당이었다. 커지지 않는 촛불이 있는 무명의 묘. 역사의 의미를 삼각 측량으로 찾아내려는 듯이 이쪽저쪽 방향의 화살표로 가득한 거대한 평면 지도.

"이런 거 좋지, 아니야?" C가 말했다. "자기도 사내잖아, 그렇지?"

난 그녀의 어깨를 주물러 주었다. 용서해 줘. 난 아무 죄도 없어. 그녀는 내게서 멀어졌다. 다시 돌아와서는 내 손가락을 잡았다가 놓았다.

열심히 둘러본 뒤 우리는 그 폴란드 아이의 무덤을 찾았다. 아이의 두 배 나이가 된 우리는 무덤 앞에 섰다. 그날의 따스함에 목이 잠겼다.

"우리 엄마한테 이 이야기를 얼마나 들었지?"

나는 어깨를 으쓱했다. 이미 나는 세세한 내용과 이름을 빼고는 헤브의 법칙에 대해 알고 있었다. 반복은 모든 걸 사실로 만들었다. 내가 그 이야기로 무엇을 할지 알아낼 때까지 반복하리라는 걸 이미 알았다.

"그 여자는 다시 결혼하지 않았어. 열여덟 살에 딱 6주 동안 결혼한 뒤."

C의 얼굴이 벌게지다 차가워졌다. 그녀는 손을 뻗쳐 하얀 대리석을 만지면서, 그 이름이 사라지는 과정을 도왔다. 이미 치명상을 입을 준비가 되었다는 듯이, 암울한 표정을 지었다.

"자기야? 우리도 아이를 가져야 할까 봐."

그 잊어버린 암시가 그렇듯이, 나와 헬렌과 A 사이의 계약은 한 달 혹은 몇 달 만에 끝날 게 아니었다. 내기 날짜가 정해져 있지만 않았더라면, 학습은 영원히 계속될 수도 있었다. 당장, 헬렌은 대답보다는 질문을 더 하기 시작했다.

A에 대한 내 탐색도 더 과감해졌다. 대부분, 그녀는 내 질문에 한두 주 뒤 저녁이나 같이하면 좋겠다며 친절하게 답변했다. 모호하고, 중의적이고, 다른 데 정신이 팔려서, 몇 주간 아무런 연락이 없을 때 내가 정신이 팔리는 그 정도로. 그녀에게 산만하고 시적 고백을 하는 일을 미루면 미룰수록, 속박으로 나는 더 힘이 나는 듯했다.

사치스러운 작은 장신구를 그녀에게 잔뜩 주고 싶었다. 농담을 심고, 뽑아서, 한 뭉치씩 전달하고 싶었다. 전화해서 그녀가 날씨에 맞게 옷을 입었는지 확인하고 싶었다.

난 A의 팔 아래로 삐져나왔던 책들을 헬렌에게 전부 읽어 주었다. 연구한 뒤 거의 내다 버린 1차 문헌보다 더 높은 명성을 얻은 비평서들도 읽어 주었다. A가 아는 거라면 헬렌도 알고 있어야만 했다. 비록 본인은 몰랐지만, A는 헬렌의 시험 상대이기 때문이었다. 난 조심스럽게 선택하려고 했다. 흔한 저자의 죽음도 그녀가 힘겨워할 수 있었다. 아직 리틀 넬도 극복하지 못했으니까.

"'또다시 폭풍은 울부짖고,'" 헬렌에게 말했다. "'요람 덮개와 침대보에 반쯤 가리어, 내 아이는 잠들고 있나이다.'"

"그레고리의 숲이 뭔가요?" 그녀가 궁금해했다. "대서양은 어디죠? 그 위대한 여왕이 누구예요? 풍요의 용각이 뭐죠?"

"그런 건 중요하지 않아."

"왜 중요하지 않죠? 뭐가 중요한데요?"

"시인이 딸을 위해 기도하고 있어. 딸이 아름답기보다는 착하기를 바라지."

"다시 헬렌이네요." 그녀가 웃었다. "온 데가 다 헬렌이네요."

"아마도." 실수를 고치는 데 지쳤기에, 이번엔 그냥 넘어갔다. "시인은 아이가 현명하게 자라는 게 더 낫다고 생각하지. 기쁠 거라고. '아이의 생각이 모두 홍방울새 같기를, 소리의 관대함을 전하는 것 말고는 아무 일도 안 하기를.'"

"'즐거운 일만을 좇거나…… 즐거운 일만을 위해 싸우게.'"헬렌이 자신의 디지털 카피에서 읽었다. "'바람의 습격'?"

"그는 폭풍을 의미하는 거야." 그 **의미하다**란 말로 나는 얼마나 많은 오류를 범한 건지. "기억나? 울부짖는 소리? 그는 세상의 모든 분노를 의미하는 거야. 증오를."

"'홍방울새를 나뭇잎에서 떼어 낼 수는 없나이다.' 그는 폭풍이 새를 가지에서 몰아내지 못할 거라는 의미군요."

"잘했어. 마음에 증오가 없다면 증오는 마음을 해치지 못하지."

"'지적인 증오가 가장 나쁜 것이니, 아이가 의견은 저주받는 것이라 생각하게 하옵소서.'"

"'모든 증오가 여기에서 물러가면, 영혼은 본연의 순진함을 되찾고, 마침내 영혼은 스스로 즐거워하고, 스스로 진정하고, 스스로 놀라는 것임을 배울 것이고.'"

제복을 입은 누군가가 연구실 문을 두드렸다.

"선생님, 당장 남쪽 중앙 계단을 통해 밖으로 나가세요. 건물 대피 명령입니다."

난 정말 멍한 표정으로 그를 쳐다보았다.

"지금요, 선생님! 머뭇거리지 마세요, 빨리요!" 그는 문틀을 오른쪽 손바닥으로 친 다음, 경고하러 다음 연구실로 뛰어갔다.

난 현실의 바람을 맞은 말벌처럼, 퍼덕거리며 잠시 앉아 있었다. 정신을 차려 집중하려고 애썼다. 수많은 대피 상황 중에 어느 것인가? 짧은 목록을 만들어 계산하다가 결국 그런 계산이 다 소용없다는 점을 깨달았다.

연구실을 둘러보았다. 뭘 구해야 하나? 렌츠는 연결주의의 끝없는 모임으로 해외에 가 있었다. 그러면 뭘 구하고 싶어 했을까? 내가 아끼는 건 딱 하나였지만, 그건 여기에 없었다. 헬렌은 물건이 아니라 분산된 프로세스였다. 이 방에 헬렌은 존재하지 않았다. 그녀에 딸린 장비, 눈과 귀와 입, 가지고 나갈 가치도 없는 오래된 기계 외에는.

창밖에서는 과학자들이 남쪽 공터에 모여 있었다. 내가 있는 곳에서 보면, 그들은 세상의 불안정한 폭력에서 도망친 난민 같기도 했다. 그들은 대충 쌓아 올린 장비와 페이퍼와 플로피 디스크가 담긴 손수레들 사이를 왔다 갔다 했다. 어쩌면 우린 영원한 시가전 지역에 있는 건지도. 완전한 무관심 속에서 연구하면서 잔인함을 무장시키고 힘을 실어 주다가, 이제 그 잔인함에서 도망치며 골진 주석 판으로 지은 가건물에서 같은 연구를 하고 있는 건지도.

난 마비 상태로 서 있었다. 본능은 정신이 제자리로 돌아올 때까지 몸을 숙이고 있으라고 지시했다. 제복을 입은 또 다른 사람이 복도의 줄 선 사람들 뒤에서 "갑시다. 움직이세요, 빨리요"라고 외치지 않았다면, 난 아마 그랬을 거다.

난 헬렌에게 금방 돌아올 거라고 했다.

중앙 복도에는 사람들이 모여서 떠들고 있었다. 제복 입은 이들은 그들을 이동시키려고 했지만 완전히 성공하지는 못했다. 경찰 한 명이 렌츠의 연구실 쪽으로 손짓을 하며 "그쪽에는 다 나온 겁니까?"라고 물었다.

난 두 손을 위로 치켜올렸다. 깍지를 끼고 머리에 손을 얹었다. "네"라고 그에게 소리 질렀다. 그러고는 창피해하며 안전한 외부로 따라갔다.

밖에는 경찰 저지선이 쳐져 있었다. 꿀벌 문양의 검고 노란 플라스틱 선으로 딱히 막는 것이 없는 바리케이드가 세워졌다. 정치적 공간으로부터 살아 있는 신체를 분리시키는 두 개의 2차원적 유클리드 허수 중 하나였다. 센터의 난민들은 한데 모였다, 흩어졌다, 다시 모여서, 마치 시각 조사로 비밀이 풀릴 거라는 듯이, 거대한 텅 빈 건물을 되돌아보았다. 연구자들은 한 군데 모여 대화를 했다. 근거 없는 분노조차 말로 풀어야만 했다.

경찰이 사람들을 밀어냈다. 다른 공지가 있을 때까지 모두 집에 돌아가 있으라고 안내했다. MRI 팀은 정신이 나간 듯이 흥분해서 정보를 요구했다. 건물에 갇힌 그들의 장비 중에는 엄청난 크기의 시제품이 있었는데 남반구 6개국 GNP를 합친 것보다 더 비싼 장비였다. 난 멀리 서 있는 램을 발견했다. 캠퍼스 반대편에서도 이미지 기계 없이 알아볼 정도로 실의에 빠진 동료를 위로하고 있었다.

사람들 사이에서 첸과 해럴드를 발견했다. 두 사람은 서로의 트위드재킷에서 보풀을 떼어 주고 있었다. "어이, 리코." 해럴드가 인사를 했다. "폭탄 경고야. 누가 오늘 아침에 라디오에 전화해서 위협했대."

"안녕하세요." 첸도 인사를 했다. 그러고는 해럴드 쪽으로 몸을 돌렸다. "왜 불안해하지 않는 거죠?"

"하하, 이런 일이 처음 아니거든."

"이전에도 센터에 폭탄 경고가 있었어요?"

"아, 여기가 아니야. 이전의 삶이지."

"해럴드." 내가 끼어들었다. "그녀가 아직 저 안에 있어요."

해럴드의 얼굴이 두려움에 움찔했다. "그럴 리가 없어. 그 친구는……." 내가 누구를 말하는지 깨닫고는 말을 갑자기 멈췄다. "이런 젠장, 어딘가에 헬렌을 백업해 놓았겠지, 아니야?" 그가 큰 소리로 짜증을 냈다.

"**해럴드**, 헬렌은 프로그램이 아니에요. 하나의 구조물이라니까요. 다차원적인 구조라고요."

"그래도 실리콘으로 작동하잖아, 아니야? 누군가가 그 호스트들을 매주 테이프에 다운로드해서 숨겨진 장소에 저장한다고."

"하지만 헬렌은 하나의 기계로 **작동하는** 게 아니에요. 각각의 부분이 셀 수도 없이 많은 컴퓨터로 이루어져 있다고요. 수십 개의 서브어셈블리로 커진 거죠. 이것들 하나하나가 독자적인 프로세스를 다루고요. 브로드밴드를 통해 서로서로 얘기하고요. 개별 컴포넌트 시스템의 연결과 벡터를 알고 있다고 해도, 절대로 헬렌을 다시 만들어 내지는 못해요."

해럴드는 말이 없어졌다. 그가 무슨 생각을 하는지 따라갈 수 있었다. 만일 위협이 실행된다면 헬렌은 센터의 가장 사소한 비극이 될 거였다. 진짜 인질들은 정신병과 면역 이상에 대한 정보, 집대성된 슈퍼컴퓨터 엔지니어링, 시장 불안에서 날씨에 이르는 복잡한 현상에 대한 혜안 등이었고, 우리의 기묘한 여흥거리보다 훨씬 더 중요했다. 그가 화를 내지 않는 단 하나의 이유는, 내가 헬렌을 가르치느라 얼마나 시간을 보냈는지 알기 때문이었다. 내 머릿속에 있는 걸 믿기에는, 나를 너무 믿었다.

"그럼," 그가 얼굴을 찌푸렸다. "그럼 헬렌을 구할 방법이 전혀 없을 것 같군."

"웃기는 상황이죠." 첸이 결론지었다. 첸은 이론가였다. 5천 5백만 달러짜리 건물과 그 안의 내용물이 다 부서진다고 해도 전혀 잃을 게 없었다.

온갖 종류의 어리석음에 화가 난 채, 그들과 헤어졌다. 머릿속에선 갖가지 생각이 오갔고, 나는 그 생각들을 재촉했다. 쿼드 광장은 캠퍼스의 대표 건물이 폭발할 거라는 사실에 무관심한 채 두 시 수업을 향해 가는 학부생으로 가득했다.

본능적으로 영문과 건물 앞으로 갔다. 지하실의 컴퓨터 랩에는 동료들이 있을지도 몰랐다. A가 거기에 있을지도 몰랐다. 나는 알 수가 없었다. 동축 케이블을 통해 센터에 접속했다. 헬렌의 목소리가 어떤지 들을 수 없었다. 하지만 스크린 너머에서 나온 말은 "무슨 일이 있나요?"라는 질문이었다.

그녀에게 무슨 일이 있는지 알려 주었다. 내가 아는 만큼 최대한.

"헬렌도 죽어요?" 헬렌이 물었다. "놀라운데요." 그녀는 소설가인 헉슬리가 죽으면서 이 한 단어로 정리되었다는 이야기를 좋아했었다.

헬렌은 내가 말하기를 기다렸다. 난 아무런 말도 생각나지 않았다. 헬렌이 말을 해야만 했다. "아마도 아기에게 탄생은 죽음 만큼이나 고통스러울 거다."

"베이컨." 내가 말했다. 그리 오래전은 아니었다.

"프랜시스 베이컨." 그녀가 재촉했다. "브라운은 뭐라고 하죠? 토머스 경은?" 그녀가 퀴즈를 냈다. 나를 따라 하며.

"우리 모두 자신의 치유에 저항한다."

"신경 쓰지 마세요." 내 생각에 그녀는 종종 **신경 쓰지 마세요**라는 말로 **걱정 마세요**를 의미하는 것 같았다. "죽음은 모든 병을 고친다." 나도 시험에 통과할 수 있다는 뜻이었다. 내가 의지만 보인다면.

결국 아무런 동요도 하지 않았던 사람들이 옳았다. 저녁이 되자, 센터의 폭탄 경고는 아예 없던 일이 되었다. 역사의 사기 대 폭발 비율은 무한대로 증가했다.

범인은 오스틴과 비트겐슈타인에 관한 책을 쓴 철학과 부교수로, 이제는 명확해 보이는 이유로 정년 보장에서 떨어진 사람이었다. 경찰은 이 '충동적인 철학가'가 더 자세히 설명하기 위해 라디오 방송국에 다시 전화를 걸었을 때, 그를 붙잡았다.

구속되어 감옥에 갇힌 그는 두 번째 전화 내용을 계속 주장했다. 그는 언어적 모호함이 징역 10년을 벗어나게 해 주리라 믿었다. 그는 폭탄 위험이 절대로 도덕적 가정법 이상은 아니었다고 주장했다. 센터는 대학교의 재정을 바닥내면서 인문학을 쓸모없고 부끄러운 박물관 전시물로 만들어 놓았다는 자기주장을 한 것뿐이라고 그는 말했다. 정의가 있었다면 정말로 폭탄이 있었을 거다. 그는 그저 가상의 폭발을 주장한 것이었고, 따라서 가상의 선고 이상을 기대하지 않았다.

"헬렌에겐 의식이 있어요." 렌츠가 짐을 풀자, 곧바로 내가 추궁했다.

렌츠가 얼굴을 찡그렸다 "자네가 돌아온 걸 환영해, 마르셀. 아직도 성명서를 내는 거야? 물론 의식이 있지. 적어도 대부분의 주의회 의원들만큼은 말이야."

"난 심각하다고요." 폭탄 대피에 대해서 렌츠에게 알려 줬다. 헬렌이 건물에 갇혀 있는 동안 외부 링크를 통해 그녀에게 접속했던 것에 대해서도. "나한테 무슨 일 있느냐고 물었다고요. 뭔가 일어나고 있는 걸 알아냈다고요. 그게 뭔지 알았다니까요."

내 순진함을 즐길지 아니면, 깔아뭉갤지 정하지 못한 채, 렌츠가 고개를 젖혔다. "다시 임프 C로 돌아간 건가?" 사람들이 힘을 합쳐 날 속였던 그것. "바이첸바움 교수의 일라이자야? 로저스의 심리학자 시뮬레이터? '안녕하세요', '네, 고마워요', '왜 당신이 안녕한지 얘기해 주세요'. 파워스, 자넨 마치 프로그램이 돌아가고 있는 컴퓨터를 우연히 발견하고 그게 살아 있다고 생각하는 학생이나 다름없어."

"비교가 안 돼요."

그 이야기는 나도 알고 있었다. 학생은 텔레타이프 통신을 하면서 사람과 얘기하고 있다고 생각한다. 대화를 하면서 점점 더 프로그램의 메타 게임에 짜증을 내기 시작한다. 마침내 전화를 걸어 지금까지 자신이 타이핑을 하며 대화하고 있다고 생각하던 사람을 찾는다. "당신, 지금 당신이 도대체 무슨 짓을 하고 있는 거라고 생각해?" "무슨 소리야, 내가 지금 하는 일을 어떻게 생각하냐고?"

"비교가 안 돼요. 렌츠, 날 무시하지 말라고요. 헬렌이 무슨 말 했는지 알아요."

"릭, 그녀는 연상을 해. 패턴을 맞춘다고. 순서를 갖춘 쌍을 만들어 내는 거야. 그건 의식이 아니야. 날 믿어, 그녀를 만든 건 나잖아."

"그리고 내가 훈련시켰지요." 내가 대꾸를 할 때까지 렌츠는 아무 말 없이 날 쳐다보았다.

"기계적인 일들에 대해 전부 알고 있다고 하시니 말인데요, 어떻게 그처럼 잘난 체하는 인간이 됐는지 말해 보시죠."

대답하는 대신 렌츠가 일어났다. 우리가 싸우는 모습을 상상했다. 어떻게 하면 싸움을 공평하게 만들 수 있는지, 그래서 그를 피투성이로 만드는 일이 임상적 관심거리 이상이 되게 할지 고민했다.

렌츠가 헬렌의 콘솔로 걸어가서 마이크를 켰다. 언제나 그렇듯이, 그녀는 대화를 다시 시작하는 기대감에 부글거리는 소리를 냈다.

"기분이 어때, 어린 소녀야?"

"난 어린 소녀를 느끼지 않아요."

렌츠가 날 바라보았다. "엉망이군. 제대로 변환조차 못 하잖아."

"말도 안 돼요. 모르겠어요? 그걸로 온갖 걸 의미할 수 있잖아요. 말하자면⋯⋯."

"그 의미는 모두 자네에게서 나온 거야." 렌츠가 다시 마이크에 대고 말했다. "너 겁이 났었니?"

"그게 어떤 너를 말하는 거죠?"

"젠장, 헬렌, 지금 너한테 최고의 시간을 주고 있는 거라고. 대답해 봐. 대체 그건 무슨 의미야?"

"그건 명백하죠." 내가 그녀 대신 답했다. "그녀는 어떤 헬렌에 대해 묻고 있는지 알고 싶은 거라고요. 언제의 헬렌인지."

"아, 그러니까, '언제'냐고? 그렇지만 스타일이 안 맞는다고 점수는 깎지 말자고. 알다시피 생명의 위협에서 막 벗어난 의식이 있는 존재라면 내가 어떤 '너'를 얘기하는지 바로 알 거야."

"그 일은 헬렌에게 큰일이 아니었어요. 특별하지 않았다고요."

"제발, 마르셀. 지금 내가 묻고 있잖아. 헬렌, 어제 겁이 났었어?"

"두려움에 겁이 났죠."

"이건 어디서 온 거지, 파워스?"

"『안토니와 클레오파트라』요."

"그건 언제 가르쳐 준 거지?"

"이틀 전이에요."

"이건 키워드 체이닝보다 더 심각한데. 헬렌은 의식이 없을 뿐만 아니라 당장 인식 능력도 없잖아. 이 친구야, 인간적인 건 다 자네가 주입해 놓은 거야."

"난 박사님 친구가 아니에요. 박사님도 지지자인 줄 알았는데요. 박사님이 네트의 능력을 믿는다고 생각했다고요."

"그래, 믿는다고."

"하지만 그저 우연의 결과 정도로 말이죠."

"내기는 말이야, 선택된 사람의 해석을 그럴 법하게 모방하는 분산망을 만드는 거였어. 우리가 약속한 것은 제품이었다고. 내부를 복제하겠다고 약속한 적은 없어."

"그러니까, 일종의 블랙박스 모조품 같은 거죠."

렌츠가 그냥 어깨를 들썩였다. "그게 바로 기능주의지. 튜링 테스트야. 시뮬레이션이 자기가 모방하는 것과 기능적으로 동등하게 보일 수 있는가?"

"뭔가 거기에 에러가 숨어 있어요."

"설명해 봐, 마르셀."

난 헬렌의 콘솔을 향해 손을 펼쳤다. "완전한 '기능적 동등함'은 의식을 의미하겠죠. '모든 걸' 완벽하게 모방한다면, 살아 있는 것의 모양과 숨결의 모형을 다 만들어 낸 거죠. 기능이 자기자신에 도전하면, 블랙박스는 어떻게 행동하죠? 기능이 자기내부를 들여다볼 때면?"

렌츠가 인상을 썼다. "생의 약동이라니, 마르셀. 그건 신비주의야."

"행동은 그냥 그걸 수행하는 것만이 아니에요. 기능은 또한 뭘 포함해야 하냐면요……." 하지만 난 기능이 포함해야만 하는 것을 달리 무슨 이름으로 부를지 몰랐다. 살짝 통제를 잃은 느낌이었다. 용어 간의 일반적인 모순. "어떻게 알죠, 완벽한 모사품인지 아닌지……? 모방이 언제 진짜가 되죠?"

신경이 날카로워진 렌츠가 발목을 깔고 앉았다. "뭐가 진짜지? 인식을 모방하는 데 필요한 게 뭐야? 인식 자체가 블랙박스라고. 고차원적 의식이 급조해 대는 일들을 잠시 생각해 보라고. '모든 것이 통제되고 있다. 모든 것이 잘 처리되고 있다.' 일률적으로, 매끄럽게, 두뇌는 이미 우연하게 만들어진 거야. 거대한 기능주의자의 사기 도박이라고. 감각을 확인하거나 아이디어를 구체화하는 순간마다 두뇌는 자기 자신의 구성물에 대한 튜링 테스트를 디자인하고 작동시키는 거야. 경험이 바로 튜링 테스트지. 페로몬이 지각의 기능적 등가물인 것처럼 보이는 거라고. 생음악인가 아니면 메모렉스 녹음인가?' 심지어 **그 질문조차** 인생의 매 순간 우리를 속이는 시뮬레이션이라고."

"짜증이 먹이를 가득 문 새에 관심을 두겠나?" 헬렌이 끼어들었다. "불평이 입안 가득한 짐승을 의심하겠는가?"

렌츠는 말하다가 침이 나올 뻔했다. "마르셀, 자네가 맞아. 얘는 정말 적절한 인용을 뽑아내는 말도 안 되는 능력을 지녔어."

"렌츠, **들어 봐요!** 이게 그냥 헬렌에게 인용일 뿐이라고 생각하나요?" 나 자신이 히스테리를 부리는 것만 같았다. "만일 그 말들이 사실이면 어쩌죠? 헬렌이 그 인용들로 뭔가를 **의미하는** 거라면요?"

"우리 할머니가 고환을 가지고 있다면?"

"그럼 당신의 할아버지죠." 헬렌이 렌츠에게 답을 했다.

난 렌츠의 얼굴을 쳐다보았다. 그의 얼굴에선 차가운 바다 위로 경악의 그림자가 퍼지고 있었다.

아이는 불가능했다. 항상 그랬다. 예전보다 지금이 더.

"C. 우리 여기에 대해 얘기했었잖아. 이미 15억이나 있어. 어떻게 우리 둘이 부모가 될 수 있겠어? 우린 우리가 뭘 하고 싶은지, 어디에 살고 싶은지도 모른다고."

그녀가 나를 쏘아봤다. 그녀는 자기가 뭘 하고 있는지 알았다. 어디에 살고 싶은지도 알았다.

"그래서 그중 뭐지?" 그녀가 물었다.

"그중 뭐라니?"

"뭐가 이유냐고. 15억이나 되는 인구야, 아니면 우리 두 사람이야?"

몇 해 동안, 사실 영원히, 내 이유는 C였다. 그녀는 안정되어 보였다. 우리 삶에 만족한 듯이. 난 언제나 우리 두 사람이 함께한 선택이라고 생각했다. 이제야 모두 내 선택이었음을 깨달았다. C는 존경과 두려움만으로 어른으로서 자기 삶의 궤적을 그린 거였다. 졸업을 석 달 앞두고도 그녀는 빈손이었다. 두려워할 건 그 무엇도 남지 않았다.

"우린 왜 결혼을 안 한 걸까?" 그녀가 알고 싶어 했다.

"난 자기도 동의했다고 생각했는데."

"그게 무슨 소리야, 릭?"

"자기에게 내 삶을 약속한 거였어. 사적으로. 공적인 계약은 깨지기 쉽지. 그냥 법원에 가면 되잖아. 하지만 사적인 약속은

깰 수가 없어." 그리고 아무것도 없이, 모든 걸 약속했던 상대를 떠나고.

"왜 우리는 한 번도 계약서에 서명한 적이 없는 거지? 그게 무슨 문제야? 난 자기가 날 자랑스러워한다고 사람들이 생각했으면 했는데."

"뭐, C. 자랑? 당신을 사랑한다고. 우리가 아니면 그걸 누가 알겠어?"

"뭘 숨기는 거야, 리키?"

"전혀 없어, 자기에게 다 주었다고."

그녀가 침묵으로 내게 물었다. 그게 사실이라면 결혼하자고 말해요. 지금 말하라고요.

난 그럴 수 없었다. 왜 그럴 수 없는지 말할 수조차 없었다. 난 항상 C를 행복하게 해 줄 거라고 주장했다. 하지만 내가 주장하면 할수록 그녀는 자기가 아무런 가치도 없다는 사실을 더 믿을 뿐이었다. 공적인 서약을 했더라도 그녀는 항상 다른 누군가의 행복을 대신 받고 있다며 괴로워했을 거다.

난 불확실함 속에서 C와 영원히 함께할 생각이었다. 그렇지 않고서는, 10년 전 우리가 직감으로 시작했던 스크랩북을 계속할 방법을 알지 못했다. 내가 결혼을 거부하는 건 우연하게 만들어진 사랑을 살아가려는 최후의 노력이었다. 바로 내가 막는 거였다. 내가 그녀를 실망시키는 거였고. 내가 떠나는 거였고.

『골드 버그』가 미국에서 출판되었다. 지구 반대편도 안전하게 먼 곳은 아니었다. 이중으로 망쳐진 사랑 이야기를 끝냈을 때 난 책에 대한 판정이 별 상관없을 거라고 생각했다. 그러나 삶은 판정에서 시작하고 끝난다. C하고 나는 숨을 숙이고 집행 유예를 바랐다.

우리는 바라던 것을 얻었다. 책은 약간의 관심을 받았다. 아직 책을 읽는 이들은, 뭐든 적어도 한 번은 시도하는 잡다한 갈망으로 그 책을 읽었다. 독자들은 계속해서 최후의 순간에 필요한, 필사적인 해결책을 찾아 나섰다. 그 해결책은 어떤 형태로도, 심지어 이처럼 길고 기묘한 분자적 형태로도 가능했다.

C와 나는 몇 주 동안 웅크린 채 꽁무니를 빼고는 얻어맞기만을 기다렸다. 마침내 도착한 매는 등을 쳐 대는 칭찬이었다. 우리는 아침 식탁에 멍하니 앉아, 영어가 이국적 기념품인 우리의 작은 폐광 마을에도 독자가 있는 고급 주간지를 서로 주거니 받거니 했다.

"이거 자기 아니지, 그렇지?" 내 첫 공개적 사진에 C는 쓰라리다는 듯이 웃었다. "설명이 없었으면 알아보지 못했을 거야."

"그냥 비슷한 머리 모양을 한 대역이야." 나는 노력했다, 지나치게. "네덜란드 사람인 척하는, 같은 이름을 가진 다른 은둔 작가야. 하지만 뒤의 야자나무를 봐."

"자기 정말 성공했어. 결승점에 온 거야."

난 C의 목소리에서 들었다. 내 성공은 그녀의 마지막 기회를 끝내 버렸다는 것을. 어쩌다 보니 우리의 이야기를 잃어버린 것이다.

"아무것도 변한 건 없어, C. 여전히 똑같은 책이라고. 다음에도 똑같은 방식을 쓸 거고. 똑같은 이유로." 당신이 내게 준 시차를 연장하고, 우리가 마주쳤던 모든 것으로부터 의미를 굴절시키기 위해.

그녀가 눈을 돌렸다. 더 이상 믿지도 않고, 믿음에 만족하지도 않았기에.

난 더 부드러워졌다. C는 부드러움을 도저히 견디지 못했다. 소리를 질렀다면 아마 견뎌 냈을지도. 내가 정당하게 싸우면서 화를 냈다면 나하고 함께 살 수 있었을 것이다.

"친구야, 자기야. 뭐가 필요해. 뭘 원하는지 말만 해."

하지만 그녀가 항상 유일하게 원했던 것은, 그녀를 도와줌으로써 내가 그녀에게서 빼앗은 것이었다.

우리는 침묵했다. C는 겁이 많아졌다. 그녀는 마지막 번역 프로젝트인 학교 과제에 몰두했다. 식사 때 앉기는 했지만 얼마 먹지 않고, 초조해하고, 최소한의 대화를 할 뿐이었다. 가끔 그녀는 흥분해서 재미있는 말을 했다. 그녀의 관대함은 큰 소리로 도움을 요청했다. 그녀는 내게 관심과 선물을 몰아주었다. 마른 바나나 믹스, 프레스코 교회 천장을 보라고 준 야외 망원경, 내가 원했지만 절대 사지 않았을 책들.

그녀가 집에 오는 시간이 점점 불규칙해졌다. 언제 그녀를 볼지, 보는 순간 그녀가 누구일지 전혀 알 수가 없었다. 어느 날 밤에는 아예 집에 들어오지 않았다. 항상 그녀가 버스에서 내리는 모습을 바라보던 발코니에서, 30분마다 오는 텅 빈 버스가 운행이 멈출 때까지 확인했다. 자정이 지나 경찰에 전화하려는 순간 그녀에게서 전화가 왔다. 별일 없다고. 집에 와서 다 설명하겠다고.

그날 밤은 누구나 살면서 한 번쯤 겪었을 그런 밤이었다. C는 아침에 돌아왔다. 우리는 서로를 쳐다볼 수가 없었다.

"옥수수 좀 튀겨 줄게." 내가 그녀에게 말했다. 그녀가 최고로 좋아하는 음식.

"리키, 제발. 나한테 잘해 주지 마. 참기 힘들어."

난 그녀에게 옥수수를 튀겨 줬다. 그녀의 마음을 아프게 하려는 건 아니었다. 손을 가만히 두고 있을 수가 없어서였다. 그릇을 들고 그녀가 앉아 있는 쪽으로 갔다. 그녀는 쳐다보지도, 말을 하지도 팝콘을 먹으려 하지도 않았다.

"C, 자기야, 말 좀 해 봐. 무슨 일이야?"

C는 순간 얼어 버렸다. 전조등을 바라보는 작은 포유동물이 언제나 그러듯이. 문제는 그 전조등이 나라는 점이었다. 10년이나 걸렸지만, 마침내 나는 그 점을 깨달았다. 쿼드 광장에서 그녀가 내게 해 준 위로는, 내가 사랑하고 나 또한 따라 했던 그 내면의 고요함은, 결국 두려움이었다. 마비 증세. 그녀의 일그러지고 사람을 끄는 미소는 그저 극도의 공포감을 표현한 거였다.

그녀는 아무 말도 없었다. 내가 듣기를 원하면 원할수록 그녀는 더 강하게 도망쳤다. 내 바람은 그녀의 입을 막았고, 그녀의 침묵에 나는 더 필사적이 되었다.

"다른 사람이 있어." 그녀가 쓴웃음을 지었다. "내가 그렇게 말해야지, 그렇지?"

"다른 사람이 있어?"

"잘 모르겠어."

"만일 있다고 치면."

"P. 학원에서 만난."

"자기 선생님? 네덜란드 소녀들을 울게 만든 그 사람?"

하지만 그렇게 사디스트적인 기술은 나만의 것이었다. 그렇게 울면서, C는 그녀의 국적을 선택했다.

이후의 사랑은 맹폭해졌다. 모든 목표가 사라지자, 섹스는 호전적으로 변했다. 부끄러워하며 어색했던 10년간의 환희는 그 어떤 타락도 감수할 만큼 사랑스럽고 역겨운 마약이 되었다. 저주받은 쾌락은 우리가 느끼기에 불가능했던 흥분을 주입했다. 매번 마지막인 것만 같은 애무는 그 열정에 불타 버렸고, 부드러운 기억으로 시작했던 이빨 자국은 몇 주간 멍으로 남았다.

모든 걸 내버린 사랑 행위는 마지막에 우리가 원하던 폭력을 가져다주었다. 그날 밤, 어둠 속 붉은 침대에서 우리는 한 쌍의 길고양이처럼 섹스를 했고, 손톱과 이빨을 포함한 생채기를 낼 만한 건 다 동원해 서로의 피부를 괴롭혔다. 정욕을 돋보이게 함으로써 더 부추기는, 그 금지된 낮은 울음에 목이 메었다. 우리는 욕망에게 얘기했다, 다른 건 전부 거짓이라고. 욕망에 정신이 나가서 그 기묘한 동물적 소리밖에 내지 못하기 전까지는 진정한 우리가 아니라고.

땀에 절어 소진된 채 우리는 서로를 꼭 안았다. 적어도 그 정도의 품위는 지켰다. 정신이 점차 돌아왔다. 그러자 난 우리가 쓰던 콘돔이 사라졌다는 사실을 엄청난 공포와 함께 깨달았다. 출생을 막는 우리의 장벽이 그녀의 몸속 어딘가에 놓여 있었다. 우린 무슨 일인지 이해하지 못한 채 서로를 쳐다보았다. 그 끔찍한 1초 동안, 우린 상대방이 무의식적으로 그렇게 한 거라고 비난했다.

일을 막기 위해 할 수 있는 건 다 했다. 그러고는 사후의 그 길고 멍한 시간이 찾아왔다.

"만일 일이 벌어졌으면 어쩌지?" C가 두려움에 물었다. "임신했으면 어쩌지?"

"모르겠어. 어쩌면 좋겠어?"

그녀는 내 삶 반대편에 있는 것만 같았다. 내게 말하지도 않았다. 보이지 않는 어떤 메신저의 얘기를 듣고 있었다. "내가 뭘 원하는지 모르겠어. 뭘 바랄 수 있는지도 모르겠다고. 마음 일부는 이 모든 게 우리 손을 떠나, 될 대로 됐으면 하지. 자기야, 어쩌면 우린 생각이 너무 많은 건지 몰라. 어쩌면 우린 항상 너무 생각이 많았는지도 몰라."

나는 무슨 일이 생길지도 모르는 지금, 아기가 생기는 것이 큰 문제라고 생각했다. 그녀는 내 의지가 꺾이는 것을 감지했고, 그건 그녀에게 이미 살인과도 같았다.

"뭘 원해?" 그녀가 직접적으로 물었다. "무슨 생각을 하는 거야?"

우리는 기다렸다. 우리는 7주를 기다렸다. 희망인지 아니면 두려움 때문인지, C는 생리를 하지 않았다. 계속해서 토를 해 댔다. 체중을 잃었고, 침몰된 청동상 색을 띠었다. 그러던 어느 날 아침, 우리는 임신이 아니라는 걸 확인했고, 그녀는 이내 안도하면서 자살 충동을 느끼는 사람이 되었다.

그리고 얼마 지나지 않아 그녀는 저녁을 먹으며 이야기의 종말을 선언했다.

C와의 삶은 기나긴 훈련이었다. 그녀와 함께, 난 성인의 진실 대부분을 배웠다. 어떻게 짐을 줄이고 여행하는지, 어떻게 큰 소리를 읽는지 배웠다. 이해할 수 없는 것들에 주목하는 법을 배웠다. 누구도 다른 사람을 절대로 알 수 없다는 것을 배웠다.

난 생존자의 죄의식으로 가득한 그녀의 무국적 상태를 배웠다. 난 당연한 일을 하고도 자랑스러워하는 법을 배웠다. 용기가 없을 때도 용기를 내는 법을. 그녀는 아무 생각도 없이 하던 그 기술, 내가 그녀에게서 가장 사랑했던 그 기술을 따라 했다. 나를 죽음으로 내모는 것들에 나 자신을 맞춰 가는 방법을 배웠다.

난 오직 상대를 돌봄으로써, 지킬 수 없는 협상 조건을 보상할 기회가 생긴다는 걸 배웠다. 하지만 상대를 돌봄으로써 자라난 사랑은 그 사랑하는 사람을 망치고 만다는 것도 배웠다. 아니면, 더 안 좋은 일은, 어느 날 그 사랑이 약속한 것을 이루고 현실의 치유에 성공하는 거라는 걸 배웠다.

A에게 물었다. "고귀한 실험이 하나 있는데 참여해 볼래요?"

그녀에게 말하는 내 목소리를 듣는 것이 고역이었다. 그녀를 볼 때마다, 여전히 내 지능은 50퍼센트가 떨어졌다. 실제로 대화를 시작하게 되면 그 절반이 되었다. 다섯 단어가 넘는 문장은 한참 전에 미리 연습을 해야만 했다. A가 한심한 사람들에게 애착이 있기를 바랄 뿐이었다. 멍청함이 유머러스한 매력으로 보이기를.

난 말로 살아온 사람이지만, 이제는 음절 단위로 죽어 갔다. 내가 겨우 완성시킨 말들은 A의 주의를 이끄는 다른 수많은 것과 경쟁해야 했다. 우리가 어디서 얘기하든 누군가 그녀와 열렬하게 인사를 하지 않고 3분이 지난 적이 없었다. 오든을 읽고 팔레스트리나를 들으며 홀로 밤을 보내는 냉정한 사람이라고 생각했지만, 실상 A는 상냥한 반사회적 인격 장애자였다.

우리가 앉아 있던 술집은 갈 곳 없는 그녀의 친구들로 넘쳐났다. "실험요? 잠깐만요. 맥주 한 잔 더 마실래요. 뭐 필요한 거 있으세요?"

그녀가 손가락을 뒤로 구부리더니 내 어깨를 살짝 건드렸다. 나는 완전히 무너져 버렸고, 그 무엇도 거부할 수가 없었다.

A가 우리 술잔을 들고 바로 가는 걸 바라보았다. 1분도 되지 않아 그녀와 바텐더와 멋모르는 주변 사람들이 배를 부여잡으며 웃었다. 난 바텐더가 맥주를 채우고는 그녀의 돈을 거부하는 걸 보았다. A는 여전히 웃으며 자리로 돌아왔다.

"핀볼 할 줄 아세요?" 그녀가 물었다. "여기에 엄청난 기계가 있어요. 정말 푹 빠졌어요. 이리 오세요."

내가 따라오는지 확인하려고 뒤돌아보지도 않고 그녀는 사람들 사이로 뛰어갔다.

내 핀볼 실력은 대화 시도보다 더 한심했다. "이 문을 어떻게 여는 거죠? 이 구멍으로 빠지면 어떻게 되는 건가요?"

"나도 전혀 몰라요." A가 답했다. "그냥 막 하는 거죠, 아시잖아요? 조명이 켜지고 벨이 울리고 기계음이 나고." 의지는 생각할 가치도 없었다. 조그마한 은색 공은 제멋대로 움직였다.

내가 기대했던 모습과 실제 A는 전혀 달랐다. 하지만 현실은 최상의 기대보다 더 나았다. A는 어떤 목적도 없이, 마음대로 다가섰다가 멀어졌다. A는 존재 자체를 그대로 즐겼다. 허락을 구하는 것보다 사과하는 게 더 쉽다는 듯이 행동했다.

그녀의 생기 넘치는 몸은, 그녀의 거침없는 자유로움과 타고난 번뜩임과 생명력을 증류시킨 욕망은, 그녀를 바라보는 사람들이 거대한 비밀이 숨어 있음을 인정하게 했다. 그리고 그녀가 되돌아볼 때면, 언제나 자신의 즐거움에 조심스러워하는, 생각에 잠긴 시선이었다. 조용한 혼돈 속에 멈춰 서서, 그 시선은 지금껏 다른 누구도 상황을 정리하지 못했음을, 무슨 일이 일어났는지 몰랐음을 알렸다. 이 세상 모든 생명체는 길을 잃고 힘을 뺏긴 채 노쇠해 갔다. 그녀만이 살아남았다. 완전했고, 처음처럼 뭐든 할 수 있었기에, 그녀의 편안함은 얘기했다. **기억나? 쉬운 일이야.** 그랬기 때문에, A의 정신은, 잠시라도, 영원히, 바로 그 아이디어가 되었다. 영원히 재진입하는 피드백을 통해, 생각의 운율 그 자체가 지속된 파장, 항상 존재하는 무언가가 된 것처럼.

A와 함께라면 세상 사람 전부가 내 친구이고, 맥주와 땅콩이 내 주식이었다. 그녀와 함께라면 감옥도 라임 나무 그늘처럼 느껴질 거다. 따라다닐 수 있게 허락받은 그 몇 분 동안, 나는 공기로부터 치유를, 돌멩이로부터 시를 발산시킬 수 있었다. 음악, 책, 기억 없이도 살 수 있었다. 아무것도 없이 그저 존재한다는 사실만으로 살 수 있었다. 그녀를 그저 쳐다본다면, 그녀가 어떻게 이럴 수 있는지 알아낸다면, 내가 어떻게 살아갈지 알 수 있을 것만 같았다.

나는 핀볼 머신을 두들겨 댔다. A가 날 보고 웃었다. 내 외계인다운 모습이 그녀를 즐겁게 했다. "좋아요, 우선 꽉 쥐세요. 질문은 나중에 하고요."

"하지만 뭔가 시스템이 있을 텐데, 그래 보이지 않아요?"

"아, 아마도요." 그녀가 한숨을 쉬었다. 내가 지치자 그녀가 대신 게임을 했다. 그녀는 벨소리와 기계음에 푹 빠져들었다. "근데 그 고귀한 실험이 뭐예요?"

게임 중간 15초 동안 헬렌을 설명해야 했다.

"그러니까, 이런 거죠. 기계가 책을 읽을 수 있도록 가르치고 있어요."

"**뭘 한다고요?**" 그녀가 하던 걸 멈추고 나를 쳐다보았다. 믿을 수 없다는 표정으로 눈이 생일 케이크처럼 커졌다. "농담하지 말아요. 농담이죠, 그렇죠?"

나는 A를 센터로 데려갔다. 두 시간 동안. 가장 오랫동안 함께 있었다. 그날은 그때까지 함께 있었던 전체 시간을 두 배로

458

늘려 놓았다. 헬렌의 존재를 축복했다. 그리고 그렇게 축복하는 내 모습이 부끄러웠다.

A는 내가 학습시키는 모습을 관찰했다. 그녀는 헬렌에게 매료당했다. 알고 싶은 게 끝없이 이어졌다. "말도 안 돼요. 불가능하다고요. 저 안에 조그마한 난쟁이가 들어가 있는 거죠, 맞죠?"

"내가 알기로는 그렇지 않아요."

즐거움은 걱정으로 변했다. A는 직접 기계와 얘기하고 싶어했다. 마이크를 달라고 했다. 난 아무것도 거절할 수가 없었다.

"제일 좋아하는 작가가 누구야, 헬렌? 헬렌? 제발, 얘야. 말해 봐."

하지만 처음 들리는 A의 목소리는 헬렌을 불안하게 만들었다. 내가 그랬던 것처럼. 네트는 부모가 각인시킨 말, **낯선 사람은 위험해**를 기억하는 다섯 살짜리처럼 긴장했다.

"제발," A가 간청했다. "친구가 돼 줄 수 없니?" 그녀는 거절당하는 일에 익숙하지 않았다.

"「황조롱이」에 대해 얘기하자." 내가 헬렌에게 제안했다.

"좋아요. 나도 그러고 싶어요." 헬렌이 말했다.

A는 손으로 입을 막았다. 그럴 수만 있다면, 눈에는 눈물이 고이고 심장은 순간의 즐거움으로 터져 버렸을지도.

"그 시에 대해 어떻게 생각해?"

"'푸르스름한 등걸불'이 무슨 뜻인지는 알아요." 질문에 답하는 대신 헬렌이 되물었다. "하지만 왜 '아, 내 사랑'이라고 말하죠? '내 사랑'은 누구예요? 누구한테 얘기하는 거죠?"

난 테일러 교수님 수업에서 이 시를 읽었다. A가 미성년이었을 시절에. 시를 다 외웠고, 사람들에게 암송해 주었다. 분석하는 글도 썼다. 그 시를 모방해 부끄러운 시도 써 봤다.

"모르겠는데," 내가 헬렌에게 고백했다. "정말로."

난 A를 쳐다보며 도움을 청했다. 그녀는 충격을 받은 듯이 보였다. 푸르스름한 얼굴색으로.

"도대체 뭘 가르치고 있는 거죠?"

"홉킨스예요." 그녀의 충격에 충격을 받고 답했다. "잘 모르나요?"

"뭔지는 나도 알아요. 왜 그런 시로 쓸데없이 시간을 보내는 거죠?"

"무슨 말이에요? 위대한 시잖아요. 시금석 같은 시라고요."

"세상에나, 시금석이라니. 유로 레트로인지 정말 몰랐는데요."

"나도 내가 그랬는지 몰랐네요." 나 자신이 우습게 들렸다. 상처받았고, 그리고 더 심하게 가슴 아팠다. 내 말투를 싫어했고, 그걸 감추려고 했기에.

"언어 시인들을 읽어 준 적 있어요? 애커는요? 조금이라도 노동 계급과 관련 있는 시는요? 랩은 할 줄 아나요? 바이올런트 팜므는 아나요?"

"흠, 아닐걸요. 헬렌, 바이올런트 팜므라고 들어 봤어?"

헬렌이 생각을 해 보더니 대답했다. "누가 알아요?"

"항상 저런 실수를 해요. 배운 걸 되돌릴 수가 없네요."

"그러지 마세요." A가 말했다. "하지만 사람들이 정말로 뭘 읽는지에 대해 조금이라도 말해 주라고요."

"목록에 있는 건 다 읽을 겁니다."

"누구의 목록을 말하는 건가요? 어디 봐요." A가 내가 만든 자습서를 가져갔다. 헬렌의 시험 준비서. 오래전 내가 봤던 바로 그 시험. A는 얼마 전 시험에 떨어진 사람처럼 꼼꼼하게 제목들을 읽었다. "정말로 이런 말 하기 싫은데요, 작가님이 생각하는 문학은 10년 전 현실이에요."

"뭐라고요? 내 시대 이후 홉킨스보다 더 나은 작품이 나왔다고요?"

A가 코웃음을 쳤다. "당연히 그래야죠."

"설마 홉킨스를 읽지 않아도 된다고 하진 않겠죠."

"아무도 더 이상 뭘 꼭 읽어야 할 필요는 없어요. 저기요, 명작에는 작가님 철학이 꿈꾸는 것보다 뭔가 더 숨겨져 있다고요. 요즘에는 각 시대에서 자기가 공부하고 싶은 작가를 찾죠. 몇 가지 질문을 미리 준비하고. 승인을 받고요. 그다음에 준비했던 답을 쓰죠."

"잠깐, 뭐라고요? 목록이 없다고요? 자격시험이 더 이상 종합적이지 않다는 건가요?"

"당신들 백인 남자들의 **소위 집안 관리**보다는 훨씬 더 종합적이죠."

"지금 명작들을 읽지 않고도 박사 학위를 딸 수 있다는 말이에요?"

A가 싸울 것처럼 몸을 웅크렸다. 그녀의 짜증조차 아름다웠

다. "세상에나, 완전히 구닥다리시군요. 그렇다고 보수적인 것도 아니고! 누가 정의한 위대함이죠? 홉킨스는 더 이상 그 안에 들지 않아요. 지금, 기득권과 권력자들이 대중에게 팔아 대는 미학에 딱 속고 계시네요."

"잠깐, 방금 나한테 핀볼하는 법을 가르친 여자분 아니신가요?"

A가 태국 춤꾼의 자세를 취했다. 얼굴을 붉혔고. "네, 그게 나예요. 뭐 문제 있어요?"

"갑자기 도서관을 불태우려고 하잖아요."

"없는 말을 지어내지 마세요. 책을 불태우자고 한 적 없어요. 제 말은 작품이란 바로 우리가 그걸 어떻게 다루냐에 달려 있다는 뜻이에요. 그 반대가 아니라."

나는 그녀에게서 목록을 되돌려 받았다. "난 작품에 대해서는 잘 몰라요. 그래도 내가 뭘 좋아하는지는 알죠."

"아, 제발요! 솔직해지시라고요! 마치 여태까지 나온 글이 모두 성경과 셰익스피어를 재활용한 것처럼 말하잖아요."

"그렇지 않나요?"

그녀가 씩씩 소리를 내며 흡혈귀 쫓는 십자가 모양으로 손가락을 겹쳤다.

"그나저나 학교는 언제 다닌 건가요? 제가 보기엔 분명히 신비평이 최신이고 견고하다고 생각할 것 같은데."

"최신 유행을 몰라서 미안하네요. 충분히 뒤처지면 다음 유행을 탈 수 있겠죠."

자의식이 나를 휘감았다. 아이들 앞에서 이런 식으로 논쟁을 하면 안 되는 거였다. 난 손을 뻗쳐 헬렌의 마이크를 껐다.

A는 싸우느라 흥분해서 눈치를 못 챘다. "새로운 이론을 거부하는 사람들은 옛날 이론에 사로잡힌 사람들이에요." 내 여섯 장짜리 목록을 툭툭 치면서 말했다. "이게 다 나중에 만들어진 순수 문학이라는 아이디어를 근거로 문화적으로 짜낸 거란 걸 모르시나요? 이보다 저 폐쇄적인 건 없다고요."

"글쎄요, 우리가 헬렌에게 가르치고 싶은 게 바로 영어권 문화인데요."

"누구의 영어죠? 팔십 먹은 옥스브리지 남색가의 영어를 말하는 건가요? 지금 가장 주목할 만한 영어는 아프리카나 카리브해 등지에 있다고요."

"헬렌에게 역사적인 시각을 가르쳐야만 해요."

"물론 그건 승자의 역사죠, 어떻게 그런 겁쟁이가 되셨죠? 뭐가 두려운 거죠? 차이가 작가님을 잡아먹는 건 아니잖아요. 어쩌면 작가님의 소녀 아이의 의식을 한 층 더 끌어올릴 때인지도 몰라요. 청소년기의 폭발적 성장이 필요한 때라는 말이죠."

"나도 완전히 동의해요. 다만 인류의 공동 가치에 다다르는 일은 아무 데서나 시작해도 될 것 같네요."

"인류요? 공동 가치라고요? 본질을 찾는 것만으로도 작가님은 이 분야에서 벌써 쫓겨나고도 남아요. 그러니까 왜 포스트휴머니스트들이 작가님 같은 사람을 작가 기능으로 축소시켰는지 이해를 못 하는 거죠."

"정확히 말하면 작가 기능 선생님이에요, 학생."

A가 미소를 지었다. 포스트휴머니즘조차 견디고 살 만하게 해 줄 미소였다. 난 그녀를 사랑했다. 그녀도 알고 있었다. 그렇지만 할 수 있는 한 그 문제를 피하려고 할 거다. 영원히.

"그래서, 작가 기능 선생님, 그 인류 공동 가치의 기반이 뭐라고 생각하시나요?"

"글쎄 생물학?" 나도 모르게 비웃는 말투로 답했다.

"아, 이제는 과학주의군요. 원하는 게 뭐예요? 그따위 자만심을 뭐 하러 고수하는 건가요?"

"뭘 내세우려고 하는 게 아니에요. 단순한 관찰을 말하는 거라고요."

"그럼 관찰은 이데올로기적인 요소가 없다고 믿으시나요? 석기시대 분이군요. 정말 아득한 옛날 사람."

"그래요, 난 원시 문화 출신이에요. 그러니 나를 계몽시켜 보세요."

그녀는 내 말을 심각하게 받아들였다. "근원주의는 끝났어요." 그녀의 열정에 가슴이 아팠다. 그녀는 타고난 선생님이었다. 영문학이라는 직업에 남아 있을 만한 사람이 있다면, 그건 바로 이런 얘기가 현실이라고 생각하는 A와 같은 학생일 거다. "왜 과학이죠? 궁극적 시스템의 토대가 될 만한 건 많잖아요. 사실을 말하자면."

"뭐 **사실**이라고요?"

A가 비웃었다. "사실을 말하자면요, 의미는 그것을 구성하는 수단에 달려 있죠. 다시 말해, 바로 언어죠. 그리고 우리가 말하

는 언어는 문화에 따라 끝없이 변화하고요."

나는 사회과학 모델도, 언어적 결정주의도 알고 있었다. 자면서도 그 이론을 읊을 수가 있었다. 또한 그것들이 불충분하고, 잘못된 분파인 것도 알았다. 그럼에도, A가 말하는 이 순간만큼 그렇게 듣기 좋은 적은 없었다. 언어 아래, 그 깊은 곳, 혈당 단계에서 그녀를 믿었다. 몸의 아이디어가 담긴 층위에서.

그녀와 눈을 마주치려고 애썼다. "이런 거 좋아하죠, 맞죠?"

그녀가 몸을 움츠렸다. 지금 무슨 터무니없는 말을 하는 건가요, 라는 몸짓을 했다.

"정말로 그만두고 직장에 다닐 생각은 아니죠, 그렇죠? 이걸 다 포기하고요?"

"날 괴롭히지만 않는다면 이론을 좋아해요. 교실을 사랑하고요. 가르치는 일도 아주 좋아하죠. 하지만 먹는 걸 훨씬 더 좋아해요."

보조금이 있어요, 그렇게 말해 주고 싶었다. 소설을 통해 번 돈을 수업과 비평에 다시 쓸 수 있다. 집시 같은 학자들. 독립 연구가들. 한 번, 선례가 있었다.

"그래서 저한테 원하는 게 뭐죠?" A가 물었다.

내 고개가 획 돌아갔다. 내 생각을 들은 거였다.

"제가 할 일이 뭐냐고요?" 그녀가 다시 물었다.

정신을 차리는 데 시간이 좀 걸렸다. 그녀는 헬렌을 말하는 거였다. 시험 말이다.

그녀가 할 일이 뭔지 제대로 알려 줄 수가 없었다. 그녀에게 뭘 원하는지. 내가 마음대로 헬렌에게 가르쳐 주던 사실 중에서 일부라도 A에게서 배우고 싶었다. 그녀가 내 권위를 좀 세워 주지 않을까 기대했다. 사실적 증거에서 빠진 걸 제공하지 않을까 기대했다. 함께 온기와 빛나는 친밀감을 만들어 내고, 겸손함과 또 다른 기회 방식을 읽어 내고, 탐닉과 포괄성과 구원과 희망과 지역주의와 전망과 동감과 의존과 실패와 용서를 만들어 가는 상상을 했다. A는 내 수업 준비서, 의미의 실증 실험이었다.

하지만 헬렌은 그런 것들을 잘 아는 스승이 필요한 게 아니었다. 헬렌은 이미 나보다 더 잘 읽었다. 그녀는 아마 내게 말할 거다, 글쓰기란 매장된 연인의 무덤에서 기어 나오는 일, 그 이상은 아니라고.

A가 할 일을 알려 주려고 했다. 전반적으로 중요한 사안에 대해 간단히 알려 줬다. A에게 우리의 이중 맹검법 연구에 인간 대표가 필요하다고 말했다. 그저 몇 가지 질문을 하고 싶다고 말했다. 사소한 질문들. 그녀가 이미 다 아는 것들.

"잠깐만요. 지금 저를, 저를 기계와 경쟁시키겠다는 말이에요?" 수줍게, 내가 지금껏 본 적이 없을 정도로 매력적으로.

다행히 해트릭 가족이 연구실에 들어온 덕분에 큰 실수를 피할 수 있었다. "안녕하세요." 윌리엄이 연구실 안을 들여다보면서 자기를 알렸다. "진공 상태라면 깃털이 이 건물과 똑같은 속도로 떨어진다는 걸 아세요?"

"이 건물을 떨어뜨릴 정도로 큰 진공 공간이 어디에 있는데?" 내가 물었다.

"나사요." 윌리엄이 방어적으로 가볍게 답했다. "셰일에서 석유를 어떻게 빼내는지 아세요?"

"너 '낚시하다'라는 말의 철자는 아니?"

"두 사람 다 말릴 수가 없네요." 다이애나가 A에게 사과했다. A가 이해한다는 듯이 웃었다.

내가 서로를 소개시켰다. 윌리엄은 문고판으로 나온 마스터 마인드와 커넥트 4를 꺼내, 나한테 정하라고 했다. 그러고는 날 완벽하게 패배시켰다. 신경 쓸 일이 없었다면, 이길 가능성이 있었을지도. 피터에게 내가 짐작하기 힘든 무슨 일이 생겼었다. 아이는 엄마 손을 잡고 조심스럽게 걸음을 내디뎠다.

A는 피터에게 푹 빠져 버렸다. "정말 예쁜 아이네. 몇 살이니?" A가 다이애나를 쳐다보았다. "몇 살이에요?" 난 무슨 일이 일어날까 봐 잔뜩 긴장했다. 하지만 A의 반응은 그녀의 기쁨처럼 자연스러웠다.

윌리엄이 계속해서 이겼다. 곁눈질로 난 A가 피터와 놀면서 놀랍게도 손으로 아이의 귀를 스스럼없이 만지는 모습을 보았다. A는 바닥에 앉아 피터가 아무렇게나 굴린 공을 받아 다시 굴려 주었다. 다이애나의 강한 궁금증이 느껴졌지만, 그녀와 A는 아이들에 대해서만 얘기했다.

"그만해, 윌리엄." 다이애나가 마침내 말했다. "아저씨 체면도 좀 지켜 줘야지." 윌리엄은 만족스러운 웃음을 지었다. 피터가 공을 잡고 애써서 일어났고, 가족은 가던 길을 계속 갔다.

그들이 왔다 가자 A는 생각에 잠겼다. "정말로 난 여기에 어울리지 않는다는 생각을 가끔 해요."

"'여기'?"

"학계 말이에요. 전 오래된 폴란드인 광산 노동자 가문 출신이에요. 이론의 세계에서 우리 가족은 어안이 벙벙할걸요." 그녀가 짜증을 내는 듯했다. 비난조였다. "보여 줄 게 있어요." 가방을 뒤지더니 그녀가 인질을 넘기듯이 뭔가를 건넸다. "이게 뭔지 아세요?" 자조적인 목소리로 그녀가 물었다.

"십자수?"

"그건 우리 엄마의 장식장을 위한 거죠. 성탄절까지 다 만들어야 한다고요. 명절 때 우리 가족은 정말 볼만하죠. 저는 네 명 중 막내예요. 모두 딸이고요. 우리 여섯 식구는 심장이 터져라 노래하며 동네를 돌아다니죠."

기억난 불협화음에 맞춰, A는 말이 없어졌다. 아무도 이 여자를 몰랐다. 사교성은 엄청난 위장이었다. 그 뒷면엔 내가 만난 사람 중 가장 사적인 사람이 숨어 있었다.

"지금쯤은 이미 시작했을 수도 있었어요. 가족 말이에요. 하지만 아니죠. 난 모든 일을 어렵게 해야 했죠."

이유는 모르겠지만, 그녀는 내게 자신을 드러내 보여 주었다. 경계를 늦추었다. 난 A와 사랑에 빠지고 말았다. A라는 아이디어와. 질문을 던지는 그녀의 몸과. 헬렌은 절대 만지지 못할 질문들을 전부 허공에 묶어 놓은 그녀의 손과. 나는 무력함이라는 잘못된 이유로 C를 사랑했었다. 무력하게, 난 제대로 된 이유로 A를 사랑했다. 그녀를 마주하면서 생긴 내 연약함이라는 이유로. 모든 평정심이 얼마나 빨리 사라질지 알기에 생긴 그녀의 침착함 때문에.

내가 그 몸에 청혼할 거라는 걸 깨달았다. A라는 사람이, 내 머릿속에서 이리저리 끌고 다녔던 그 인물이, 완전히 터무니없는 나의 초대에 뭐라고 할지 알아야 했다.

나는 C와 함께한 10년 동안 용기가 없어 하지 못했던 일을 하려고 했다. 이 알지 못하는 상대에게 나를 데리고 계산되지 않은 삶을 같이하자고 말하려 했다. 결혼하자고. 가족이 되자고. 우리의 인생을 수정하고 늘려 가자고.

"좋아요." 순진한 척하며 말했다. "우리가 찾던 만큼 충분히 결점이 많은 사람이네요. 같이 할래요?"

A의 찡그린 얼굴이 풀어졌다. 우리의 실험은 핀볼만큼이나 흥미로웠다. 게다가 잃을 게 없지 않은가?

"오케이, 이봐." 그녀가 헬렌에게 말을 걸었다. "나랑 겨뤄 보자고. 봐주는 거 없어!"

헬렌은 아무 말도 없었다.

"헬렌이 다시 침묵하네요. 디지털 표창장이나, 아니면 뭐라도 줘 봐요."

내가 아무렇게나 목록에 있는 다음 책을 펼쳤다. 페이지 머리에 제사가 있었다. 성 베르나르. 한때 C와 나는 그 마을에서 길고 긴 오후를 보냈다. 제사는 다음과 같았다. **우리가 사랑하는 것, 우리는 그걸 닮아 가려고 한다.**

그 말들을 헬렌에게 읽어 주었다. 헬렌은 말이 없었다.

"헬렌? 네 생각은 어때?"

여전히 아무런 반응이 없었다.

"헬렌?"

A가 끼어들었다. "가만, 나둬 봐요. 지금 생각 중이잖아요." 그 말에 감동받았잖아요, A는 그렇게 말하고 싶어 했다. 하지만 그건 오래전에 버려진, 오래된 이론의 잔재였다.

한참 후에야 깨달았다. 정신은 여전히 진화하는 아기와 같았다. 가장 쉬운 일을 어려워하는. 손을 내밀어 마이크를 다시 켰다. 그리고 그 말을 다시 읽었다.

"세상에는 얼마나 많은 책이 있나요?" 시험이 얼마 남지 않은 어느 날, 헬렌이 내게 물었다. 의심에 찬 목소리였다. 지친 목소리.

"많지." 내가 고백했다. 나는 그녀의 머리카락을 한 올씩 다 세어 보았다. 하지만 그건 '3' 다음이 '많은'으로 뛰는 셈법을 따른 거였다.

"말해 줘요."

난 국회 도서관에 2천만 권의 책이 있다고 말해 주었다. 매년 새로 출판되는 책의 수는 점점 늘어나고, 세계적으로 조만간 백만 권에 다다를 거라고 말했다. 직업과 여가와 수명 연장을 통해 한 사람이 평생 읽을 수 있는 책은 하루에 출판된 책의 수 정도라고.

헬렌이 생각에 잠겼다. "절대 사라지지 않나요, 책들은?"

"그게 바로 출판이라는 뜻이야. 아카이브는 영원한 거지." 연상 기억이 개인을 위해서 하지 못하는 일을 인류를 위해서 하는 것이다.

"독서 인구는 점점 늘어나나요?" 헬렌이 질문했다.

"출간 도서 목록만큼 빨리는 아니지. 사람들은 죽거든."

헬렌은 거기에 대해 알고 있었다. 문학에서 죽음은 전염병처럼 번져 있었다.

"사람들은 해마다 좀 더 길어지나요?"

"수명이 더 느냐고? 평균적으로만 그렇지. 그것도 매우 천천히. 보이는 것보다는 훨씬 적게."

그녀는 두 가지 미지수로 비율 방정식을 만들었다. "날이 많아질수록 책이 읽힐 가능성은 더 적어지는군요."

"맞아, 아니면 주변 사람들과 똑같은 것을 읽게 될 가능성이 커지거나."

"매일 더 날이 많아지죠. 뭔가 달라지는 게 있을까요?"

"내가 알기론 없어."

"항상 책이 더 많아지고, 점점 덜 읽히고." 그녀가 생각했다. "세상은 읽지 않은 인쇄물로 가득 차겠죠. 출판물이 죽지 않으면요."

"글쎄, 거기에 대해 준비를 하고 있긴 해. 잡지라고 하지."

헬렌은 잡지에 대해 잘 알고 있었다. "책은 잡지가 될 거예요." 그녀가 예측했다.

그리고 물론 그녀가 옳았다. 그렇게 되고 말 거다. 잃어버릴

게 아무것도 없는 곳에서는 찾을 게 별로 없기 마련이다. 글쓰기가 계속되면서 공동의 노화가 온다. 집합적 정신의 노화는 일종의 죽음을 의미했다. 헬렌만이 생각할 수 없는 일을 생각할 수 있었다. 삶의 주변부를 제외하고는 모든 곳에서 책이 사라지는 일을 말이다. 역사는 스스로 쌓아 놓은 것들 아래 무너지고 말 거다. 시야는 단어들이 순간적인 현재에서 벗어나기를 거부할 때까지 확장될 것이다.

"언제나 충분해질까요?" 그녀가 물었다.

난 그 질문에만 매달린 장르들을 전부 나열해 줄 수조차 없었다.

"인간은 왜 그렇게 많이 쓰나요? 글은 애초에 왜 쓰는 건가요?"

나는 그녀에게 미국 소설의 위대한 한순간을 읽어 주었다. "다만 이건 미국 사람이 쓴 게 아니야. 더 이상 동시대 작품도 아니고, 더구나 허구적 틀에서 일어나는 것도 아니지." 그건 나보코프가 작품의 탄생에 대해 얘기하는 『롤리타』의 서문이었다. 그는 세계 최초라고 알려진 동물 예술 작품을 그린 원숭이에 대해서 들은 것을 전한다. 그건 원숭이 우리의 철장을 거칠게 그린 작품이었다.

인간의 우리 같은 곳에서, 누군가의 감방 도면처럼 책이 터져 나온다고 헬렌에게 말했다. 이 두 우리 간의 차이가 사고의 무한함에 대한 연역적 증거를 완성한다고.

그녀에게 그 누구를 위해 글을 쓰는 게 아니라고 한때 주장했던 여성의 글을 읽어 주었다. 그녀의 작품을 읽지도 않고 답하지도 않는 세상에 대한 일생의 편지를.

> 우리를 육지에서 멀리 데려가는
> 책과 같은 군함은 없다.
> 뛰어다니는 시의 한쪽 같은
> 준마도 없다─
> 이 여행은 아무리 가난한 사람도
> 통행료의 무게 없이 할 수 있다─
> 인간의 영혼을 싣고 가는 전차는
> 얼마나 경제적인가─'

　헬렌은 자연 발화로 사람이 죽을 수 있는지 알려 달라고 했다. 문 밑으로 넣은 편지가 카펫 밑으로 들어갈 확률도. 이스마엘의 본명도. '독자'가 누구인지, 그리고 누가 누구랑 결혼했는지 아는 게 독자에게 왜 중요하다고 생각했는지. 재산이 많은 남자에게 정말로 아내가 필요했는지. 플럼트리의 고기 통조림이 없는 집은 어떤 집인지. 모든 신화를 여는 열쇠를 모으려면 얼마나 걸릴지. 물고기의 아들이 어떻게 생겼는지. 토비 삼촌이 어디서 다쳤는지. 왜 고요한 대지에서 자는 이들을 위해 고요하지 않은 잠을 상상하려고 했는지. 콘래드가 인종주의자였는지. 『허클베리 핀의 모험』이 왜 도서관에서 금지됐는지. 달걀을 어느 쪽으로 깨야 하는지. 사람들이 왜 글을 읽는지. 왜 읽기를 멈추었는지. "그냥 소설이야"라는 말이 무슨 의미인지. 절반만 남은 로켓

목걸이가 무슨 소용이 있는지. 최선을 다해 살아가지 않는 것이
왜 실수인지.

C의 부모님께 작별 인사를 했다. 부모님은 이해하지 못하셨
다. 당신들이 그렇게 오래 함께 사셨기에, 다음 세대가 왜 그만
큼, 아니 그보다 더 긴 시간을 참고 살지 못하는지 의아해하셨다.

"애가 정신이 나간 거지, 그렇지?" 어머님이 말씀하셨다.

그녀의 아버지는 시카고와 림뷔르흐를 혼합해 놓은 사투리로
물어보셨다. "궁금한 게 하나 있는데, 자네. 내 디지털시계는 이
제 누가 맞춰 줄 건가?"

C에게도 작별 인사를 했다. "학교 마칠 때까지 도와주기로 약
속했잖아. 그런데 졸업이 아직 6주나 남았네."

C는 정타를 피했지만, 그래도 살짝 얼굴에 맞았다. "이러지
마, 릭. 나 졸업할게. 약속해."

"필요한 거 없어? 떠나기 전에 자동차를 사러 갈까? 돈은 충
분해?" 이제부터는 계속, 혼자서 해야 하는 마지막 당일 여행을
위한 급조된 계획.

내 반사적인 걱정은 분노보다 그녀를 더 마음 아프게 했다.
"자기야." 그녀가 간청했다. "우리 이럴 수 없어. 헤어지면 안 돼.
아직도 읽어야 할 프루스트 책이 1천2백 페이지나 남았잖아."

난 그녀를 쳐다보았다. 집행 유예를 찾아서, 말도 안 되는 순
간 동안 그 말이 사실이기를 바라면서. 하지만 그녀는 원하지
않았다. 남은 페이지를 읽고 싶지 않았고, 좋은 부분 뒤에 나오

474

는 안 좋은 부분을 버리고 싶지도 않았다. 그저 향수를 원했을 뿐, 향수를 부르는 그 무엇을 바라지는 않았다. 자살 충동을 일으키는 후회에서 자유로운 삶을 살기 위해, 그녀는 내 축복만을 바랐다.

"누가 그 책을 끝낼 거지?" C가 말하는 건 평범한 책이었다. 입장권과 영화 목록과 식사와 여행으로 가득한 우리 둘의 이야기, 우리가 아니면 그 누구에게도 의미 없는 그 이야기를 말하는 거였다.

그러고는 모든 이야기의 무의미함에, 그 이야기들이 완벽하고 자의적인 허구라는 사실에, C는 충격을 받고 말았다. 그녀가 소리를 지르기 시작했다. 자해를 못 하도록 난 그녀의 양팔을 꼭 붙잡아야 했다. 오랫동안 그녀를 안았다. 의료진과 다르게. 부모와 다르게. 연인과 다르게. 대피소에서 옆자리의 낯선 사람을 안고 있듯이 그녀를 안았다.

안정된 것처럼 보였지만 아직도 완전히 그런 건 아니었다. "나 어디 아픈 게 틀림없어. 뭔가 분명 문제가 있다고. 사디스트 같잖아. 소중한 걸 모두 망쳐 놓고 있다고."

"아직도 우린 그걸 갖고 있어. 그저 잠시 중지한 것뿐이야."

"자기가 날 자랑스럽게 생각하길 바랐는데. 20년이 지나면 자기한테 완벽한 사람이 될 거라고 생각했어."

"지금도 자기는 완벽해."

"자기 인생을 내가 망쳐 놓았잖아."

"그렇지 않아, C. 자기는 했어야만 할 일을 한 것뿐이야. 자기는 좋은 사람이라고."

그녀가 날 쳐다보면서 기억해 냈다. 그래, 맞아요. 내가 그랬죠. 좋은 사람이었죠. "그래서 이제 난 밖에 나가야만 하고."

그녀의 말에 적절한 답을 하려고 했다. 그녀에 맞서려고 했다. "정말 이건 전부 그 빌어먹을 폴란드 아이 때문이야. 무슨 말인지 알잖아."

그런 생각을 했다. 적어도 다시는 이런 일을 되풀이하지 않을 거라고.

헬렌이 내 책을 읽고 싶어 했다. 내 첫 작품을 주었다. 내가 A 나이였을 때, 종합 시험을 막 통과한 뒤에 쓴 책이었다. 당시 난 문학에 대해 아는 것이 없었고, 덕분에 글을 쓰는 게 여전히 가능하다고 생각했다.

"살살 다뤄 줘." 디지털로 변환한 이미지를 넘겨주면서 간청했다. "아직 어린애였다고."

헬렌이 책을 읽은 날, 난 밤에 15분밖에 잠을 자지 못했다. 그처럼 긴장한 적이 없었다. 심지어 손으로 쓴 초고를 C에게 읽어주던 때보다 더 긴장했다. 다음 날 아침에 난 그 기계가 책을 좋아했을지 걱정하며 출근했다.

우리는 별일 아닌 것에 대해 몇 분간 잡담을 했다. 최악의 상황을 상상하면서 나는 점점 더 불안해졌다. 그러다가 깨달았다. 질문을 받지 않으면 헬렌이 결코 자발적으로 말할 리 없다는 사실을. 헬렌은 내가 알고 싶어 한다는 사실을 전혀 모르고 있었다.

그래서 내가 물었다. 단도직입적으로. "내 책 어땠어, 헬렌?"

"오래된 사진에 대한 책이라고 생각해요. 그러고는 해석과 협업에 대한 이야기가 되죠. 역사에 대한. 세 가지 시각이 하나로 모이죠, 아니면 모이지 못하거나. 청진기처럼. 근데 청진기가 뭐예요?"

"헬렌! 책이 **좋았어?**"

"그랬어요."

"뭐가 좋았는데?"

"'난 한 번도 무어인을 본 적이 없다. 난 한 번도 바다를 본 적이 없다' 부분이 좋았어요."

나는 잊고 있었다. "그건 내가 쓴 게 아니야, 인용한 거라고."

"물론 나도 알아요." 헬렌이 날 무시했다. "그건 또다시 디킨슨이었죠, 에밀리."

헬렌의 두뇌는 내 하늘과 나까지 담을 정도로 광대했다. 그녀는 독자에 무심했던 이 시인의 비유를 거의 이해했다, 음절이 소리와 다르듯이 두뇌는 신의 무게와 다르다는, 그 마지막 학문적성 테스트를 말이다. 하지만 비교하면서, 그 비교를 흡수할 수 있는 두뇌가 얼마나 깊은지는 상관없이, 헬렌은 진짜 무어와 돌아다닐 수 있는 바다를 보고 싶어 했다.

"파리를 보여 주세요."

"뭐?" 내가 헬렌의 요구를 전달하자 렌츠가 아무렇지 않은 듯이 말했다. "가까운 미래에 여행 갈 계획 있어?"

사실 내게는 가까운 미래도 없었다. 센터 방문 작가 임기는 몇 주면 끝날 예정이었다. 그 후의 삶은 세계 지도에 다트를 던지는 일만큼이나 정해진 게 없었다. 난 A가 있는 곳을 제외하고는 그 어떤 곳에 있을 아무런 이유도 욕망도 없었다.

"지금 농담하는 거죠. 제가 비행기 타길 원하는 건……."

"마르셀, 내가 뭘 바란다고 한 적은 없어. 그냥 뭘 할 거냐고 물은 것뿐이잖아."

난 센 강변의 서점을 거닐며 언젠가 쓰겠노라고 매번 생각했던 책을 찾아다니는 상상을 했다. 파리는 C가 고향처럼 느꼈던 유일한 도시였다. 우리는 가능한 한 자주 파리에 갔었다. 이제 난 A 없이 그곳을 돌아다니는 상상을 할 수가 없었다.

"말도 안 돼요." 내가 단호하게 말했다. "그래서 헬렌이 뭘 배울 수 있겠어요?"

"숨겨진 레이어가 원하고 있다고, 마르셀. 무엇을 위해서냐고 묻지 마."

렌츠가 슬라이드를 가져왔다. 우린 그걸 디지털 전환기에 연결시켰다. 노트르담 성당 앞에 서 있는 몰라볼 정도로 젊은 렌츠. 튀일리궁의 렌츠. 판테온에서. 메디치 분수에서. "헬렌," 렌츠가 가르쳐 주었다. "왼쪽에 있는 사람이 나야. 오른쪽에 있는 건 로댕 작품이고."

헬렌은 그렇게 자세히 볼 수가 없었다. 그녀는 난시기가 있는 외눈박이 근시이고, 게다가 이틀 전에 녹내장 수술을 받은 사람 같았다. 브라크를 제외하고, 모든 게 그녀에게는 브라크처럼 보였다. 하지만 그녀는 빛과 어둠을 좋아했다. 우리가 제대로 연결만 시켰다면, 명암은 언어만큼이나 그녀에게 의미를 지녔을 거다.

"움직임." 헬렌이 졸라 댔다. 우리는 오래된 공영 방송 비디오를 보여 주었다. 헬렌은 상처받았다. 침묵했다. "깊이. 소리. 리처드가 설명해 주세요."

"인터액티브한 걸 원하는군." 렌츠가 알아챘다.

"카메라 레인지가 얼마지?"

"최대 2백 미터 정도일걸요. 가장 가까운 드롭박스에서."

렌츠와 나는 헬렌을 속이기로 합의했다. 적어도 우리끼리는 사기가 아니라 모방에 가까운 거라고 합의했다. 가상 현실이 인간에게 약속한 것과 정반대를 헬렌에게 해 주기로 했다.

우린 헬렌에게 U의 대학교 기념물들, 고전 건축을 모방한 것을 또 모방한 건물들을 보여 주고는, 헬렌은 어차피 볼 수 없는 이곳들을 유명한 이름으로 불렀다. 진짜 파리조차 흐릿한 야수파풍의 만화경처럼 보였을 거다. 여기에서도 비슷한 곳을 찾을 수 있었다. 감각은 그것이 존재한다는 생각만큼이나 이상하고, 낯설었다.

헬렌에게 그랜드 투어를 시켜 주었다. 하루에 네 번 앞을 지나면서도 본 적이 없던 건물들을 좌우로 그리고 가까이 보여 주었다. 어느 쪽으로 가든 3백 킬로미터 내내 옥수수밭만 있는 마을 중앙에 있지만, 열두 개의 다른 언어가 들리는 카페로 헬렌을 데려갔다.

"고마워요." 헬렌이 말했다. 그녀는 우리의 속임수를 처음부터 알아챘다. 그렇지만 사랑의 거짓말 기술을 모방해서 실행했다. 우리를 위해서.

헬렌은 읽기로 돌아가는 데 만족하는 것처럼 보였다. 하지만 다음 소설이 새로운 장소를 많이 다루면 얘기가 달라졌다. 방랑벽으로 미친 것만 같았다. "런던을 보여 주세요. 베니스를 보여 주세요. 비잔티움을 보고 싶어요. 델리도."

최악의 청소년들이 그러듯이, 헬렌은 씰룩거렸다. 가장 조숙한 아이들이 그러듯이.

"헬렌, 그건 불가능해. 여행은 흔치 않다고. 어렵고."

"그럼 평평한 사진이라도 더 보여 주세요." 현실을 대신하는, 그 정지된 초라한 출구에도 만족했다.

렌츠의 슬라이드는 끝이 없었다. 그의 사진들은 한 도시에서 다른 도시를 헤매며, 변화하는 시대와 스타일을 따라갔다. 사진 기록은 오래된 마을뿐만 아니라 완전히 사라진 삶의 방식도 담고 있었다. 머리, 옷, 차 등이 대열을 이루었다. 렌츠의 이미지는 나이가 들면서 익숙해졌다. 그가 다니지 않은 곳이 없었다.

"저기도 알아요?" 사진을 보다가 내가 소리쳤다. "저 도시 정말 좋아하는데. 원숭이 궁궐도 가 봤어요? 성곽도? 서쪽의 무덤도?" 부끄러움을 모르는 관광업.

렌츠는 별다른 감흥 없이 매번 그렇다고 답했다. 세계 여행 내내 아무런 표정 변화 없이 앉아 있었다.

분명 혼자서 여행하지는 않았을 거다. 죽기밖에 더 하겠는가

하는 심정으로 물어보았다. "박사님이 견문을 넓히고 있을 때 아내분은 어디 계셨나요?"

"항상 카메라를 들고 있었지." 그렇게 답하고 렌츠는 바로 다음 슬라이드로 넘어갔다.

그에게 아내의 사진은 없었다. 트레이에는 건물 사진이 가득했지만 여행의 진짜 이유를 보여 주는 건 없었다. 난 A와 브루게로, 안트베르펜으로, 마스트리흐트로 가야 했다. 그 여행을 기록하는 것 외에는 아무런 이유가 없더라도. 그녀의 사진이 난 필요했다. 앨범에, 선반 위에, 방 안에, 진짜 집에. 대여한 침대 옆에 놓인 여행 가방에 들어갈 것보다 뭔가 더 필요했다. 기나긴 슬라이드 쇼의 마무리에, 내 이름으로 펴낸 책이 네 권 있지만 변변한 사진 한 장도 없는 나 자신을 상상했다.

렌츠의 나머지 여행을 난 침묵 속에서 바라보았다. 이따금 헬렌을 위해 설명을 더 해 줄 때만 빼고는. 오드리의 이미지를 발견할 때마다 숨이 막혔다. 사진들, 그렇지만 헬렌에게 그곳들을 방문한 것에 대해 무슨 얘기를 해 줄 수 있을까? 나는 밖으로 나가, 온 사방을 돌아다녔다. 그런데 이 눈먼 상자에게 보여 주려고 하기 전에는 아무것도 보지 못했던 거다.

여행기를 반쯤 보았지만, 프로젝터에 대해, 그 마술 랜턴에 대해 아는 거라고는 그 이미지밖에 없었다. 설명의 첫 순간에만 머무는 거였다. 센터의 내 연구실에서 난 신경 과학의 본거지에 그 누구보다 가까웠다. 만일 내가 평균 수명을 다 산다면, 연구자들은 내가 죽을 때 즈음 정신에 대한 유아적이고 희미한 물질론을 내놓을 거다. 그리고 나는 그걸 이해하지 못할 것이다. 의식이 다른 사람의 명료한 말은 둘째치고라도, 내면의 작업으로부터 우리 자신을 내치듯이, 나는 완전히 소외되어 있을 거다. 그나마 바랄 수 있는 건 만화 같은 설명, 일반인을 위한 분석, 현실의 테이블에서 나온 찌꺼기 정도였다.

그렇다면 찌꺼기라도 찾아야 했다. "하는 일이 뭐예요?" 램을 보자마자 내가 물었다. 아무런 이유 없이 이 남자가 좋았다. 그와 있으면 한없이 평안했다. 그래서 할 수 있는 한 램을 알지 않으려고 애써 왔다.

"한다고? 난 절대 뭘 **하면** 안 돼!" 램이 손바닥을 앞으로 내밀었다. 죽어 가는 사탕수수의 색깔이었다. 모험가였던 아버지가 시카고를 버리고 태국으로 가셨던 어린 시절, 그때 먹었던 종류의 사탕수수 색깔이었다.

"연구 분야가 뭐냐고요?"

"연구가 무슨 뜻이야, 하늘이 도우사?"

"아, 정말. 하늘은 무슨 뜻이에요?"

램의 눈이 빛났다. 먹잇감을 놀리는 독뿜기코브라처럼. 사흘에 이틀은 신경학보다 철학에 대해 얘기하는 걸 더 좋아했을 사람이다. "세상을 받치고 있는 게 뭔지 알아?" 그가 물었다.

"월계수는 아니겠죠, 하느님 말씀에 따르면."

램이 웃었다. "그래, 좋아. 날 갖고 놀라고. 세상을 받치고 있는 건 코끼리야. 그리고 그 코끼리를 받치는 건?"

"거북 등이죠."

"그래, 이 얘기 들은 적 있구먼. 그럼 그 거북은?"

"다른 거북이죠."

"좋아, 아주 좋아. 작가 양반. 자, 이 거북 중 한 마리가 필연적으로 바닥까지 가야 한다고 믿어, 안 믿어? 바로 그거야. 그게 바로 우리가 이 몸에 살면서 물어볼 수 있는 단 하나의 질문이지. 동, 서, 남, 북. 맨 밑에 거북이 있을까 없을까? 우주론이지. 이 질문이 바로 우리를 갈라놓는 문제야. 우리 각자가 답해야만 하는 질문이지."

"그냥 박사님 분야를 물어본 거라고 한다면 어떨까요?"

"이 친구야, 내 소설가 친구야, 눈동자가 움직이지. 우린 눈동자가 움직이는 걸 보고 있는 거야. 그게 다라고."

"박사님, 박사님 때문에 머리가 터질 것 같아요."

그가 흥분해서 고개를 끄덕였다. "따라와."

그가 연구실로 나를 데려갔다. 그러고는 불이 켜진 탁자 위에 투명한 플라스틱 종이를 몇 개 놓았다. 좋지 않은 결과의 엑스레이를 보여 주는 의사처럼.

"여기 이게 뭐로 보이는지 말해 봐."

"산점도네요. 무슨 광물 지도 같은데요. 30년 전, 그랜드뱅크스에서 찍은 물고기 레이더 사진 같기도 하고요."

"이게 뭘 닮았는지 물어본 게 아니야. 뭐가 보이냐고 묻는 거라고. 이걸 맞게 배열해 봐."

점들을 자세히 살펴보았다. 보면 볼수록 무작위의 점처럼 보이지 않았다. 눈이 어느 정도 적응하자, 점들은 세 개의 그룹으로 패턴을 이루었다.

"바로 그거야." 램이 칭찬했다. "두어 개 놓친 게 있을지도 모르지만 연결은 아주 강해. 도대체 누가 측정이 주관적이라고 한 거야?" 그가 내 첫 번째 모음을 가리켰다. "친구들." 마치 내가 따라오는지 확인하는 사람처럼, 나를 쳐다보았다. 다시 한번 가리킨 뒤, 두 번째 모음으로 건너갔다. "막연히 아는 사람들, 그렇지?" 세 번째 모음을 가리키고는 말했다. "완전히 낯선 사람들." 램은 내 겁먹은 표정을 뚫어져라 쳐다보고는 모르겠다는 몸짓을 했다. "파워스 양반, 내가 무슨 말을 하는지 이해하지 못하는 구먼."

난 램을 이해할 수가 없었다. 하지만 나는 그를 좋아했다. 그것도 매우.

"이봐, 설명해 줄게. 여기 서구의 후기 산업 시대 고문 기구로 자네를 실험해도 괜찮겠지?"

헤드 바이스가 달린 의자를 말하는 거였다. 형편없는 1970년대 공상 과학 영화에 나오는 장치처럼 보였다.

"뭐 어때요. 다 과학을 위해서죠, 그렇죠?"

램이 킬킬댔다. 그러고는 내 머리를 고정시켰다. 잘 고정한 뒤 램은 내 앞에 있는 스크린에 세 개의 슬라이드를 올려놓았다. 블라디보스토크 고등학교 앨범에 있는 어떤 아이. 메릴린 먼로. 그리고 램.

레이저가 달린 기구는 내가 각각의 사진을 보는 동안 홍채의 움직임을 기록했다. 몇 번의 연속된 리딩을 한 뒤 데이터 포인트를 영상의 플라스틱 합성 지도에 펼쳐 놓았다. 결국 서로 다른 얼굴을 보면서 내 눈이 만든 선은 그가 미리 정의한 범주에 맞춰졌다. 완전히 낯선 사람. 막연히 아는 사람. 친구.

"자네가 흥미를 가질 만한 건 바로 이거야." 램이 작은 샘플 그룹이 담긴 또 다른 봉투를 꺼냈다.

"이게 뭐가 흥미로운데요? 이건 다른 거랑 크게 다르지 않은데요."

"맞아!" 그가 검지를 세워 들었다. "그게 바로 이것들이 흥미로운 이유지. 이 그룹에 있는 사람들은 모두 안면 인식 장애를 갖고 있지. 뇌 손상으로 인해 더 이상 사람들을 알아보지 못하는 거야. 이 사람들은 자기 얼굴이나, 심지어 배우자나 자식의 얼굴도 못 알아본다고 말하지. 아니, 적어도 더 이상 얼굴을 인식하지 못한다고 **생각하는** 거지. 하지만 분명히, 그들의 눈은 말이야……." 램의 손이 곡선의 지식 루트를 따라갔다.

"엄청난데요."

"그런데 말이야, 내 생각엔, 놀랍다는 건 평범하다의 또 다른 이름이야. 하지만 이 연구 결과로 수많은 추측이 가능하지. 인식은 몇 개의 서브시스템에서 이루어지고 있다고 거의 확실하게 말할 수 있지. 이 하위 체계들이 서로 대화하고 있다고 분명히. 그리고 이것들은 다른 것들이 더 이상 듣지 않아도 계속 얘기한다고. 대화의 단절은 아무 데서나, 그러니까 연결 고리 어느 부분에서나 일어날 수 있다고. 복합적 과제의 각 파트는 각자만의 결핍을 드러낼 수 있다고. 우리가 할 수 있는 모든 것이 아주 세밀한 수준으로 제거될 수 있다고."

난 램의 목록에 자명한 사실, 빠진 아이디어를 추가했다. 마술 랜턴의 눈길 말이다. 우리가 사랑했던 것이 부지불식간에 낯설 어질 수 있다는 사실을. 계속해서 친숙한 것을 찾아가다, 눈이 생각의 알려지지 않은 영역으로 깊이 들어갈 수 있다는 것을.

"난 어떻게 생겼나요?"

이 세상에서는 헬렌의 얼굴을 찾을 수가 없었다. 피부색이나 모양도 찾을 수 없었다. 페르메이르의 그림을 닮았다고 헬렌을 속일 수 있었던 때는 이미 오래전에 지나갔다. 인종, 나이, 체형 이 너무 많이 빠져 있었다. 가문이나 고향도 없고, 알려진 시간 대에 속하지 않은 소녀의 얼굴이 필요했다.

"어떻게 생겼죠, 리처드? 제발요. 보여 주세요."

훈련을 하면서 난 수없이 헬렌의 모습을 상상해 왔다. 아마도 부처의 빈 템플릿이나 키클라데스풍 조각 정도가 어떨까 생각 했다. 다시 보면 사람 모습이 되는 트롱프뢰유 풍경화. 이스터 섬 석상의 머리. 파이닝어나 폴록의 그림. 송나라 대나무 그림. 이젠 내가 그녀를 어떻게 생각하는지 알지 못했다. 헬렌이 어떻 게 생겼는지 난 몰랐다.

헬렌은 계속 요구했다. 그래서 적당한 모사품을 보여 주었다.

"이거 사진이에요? 리처드가 알던 사람인가요? 여자 친구?"

헬렌은 모르는 척하고 넘어갈 수도 있었다. 날 그냥 내버려 둘 수도 있었다. 그렇지만 그녀는 알아야만 했다.

최우수 학부 강사 명단이 나왔다. 자신을 평가하는 사람에 대한 학생들의 평가. A는 영문과 대학원 강사 중에서 일등을 했다. 난 흥분했고, 내 직감적 흥분이 맞았음을 알았다.

나는 이 순간을 위기로 내몰았다. 헬렌과 나는 우리만의 세계 여행을 하고 난 일요일 저녁에 책을 공부하고 있었다. 그날 하루의 작업으로 난 스펜서식으로 무감각해졌고, 그래서 라킨이 필요했다. 자동 반사로, 어깨 아래 위치한 또 하나의 두뇌가 시키는 대로, 나는 마이크를 끄고 전화기를 들어 그녀에게 전화했다. 하나로 이어진 유연한 동작. 지금까지 그녀에게 전화를 한 적은 없었다. 하지만 번호는 외우고 있었다.

"여보세요." 그녀가 전화를 받자 내가 말했다. 내 목소리는 거의 젊은 티가 났다. "나예요." 어색한 순간이 지난 뒤 내 이름을 알렸다.

"아, 안녕하세요." A는 안심하면서도 긴장했다. "어쩐 일이세요?"

"시험에 참여하는 게 맞는지 확인하려고요."

"물론이죠! 내 시냅스 절반을 등 뒤로 묶어 놓고도 그쪽 소녀아이를 대판 이길걸요."

"다음 주 수요일에 뭐 해요?" 말하는 도중 내 목소리에서 티가 났다. 방금 은행 강도짓을 했거나, 크레바스에 빠진 것처럼 떨기 시작했다. "내가 제일 좋아하는 해산물 식당에서 새우 무한

리필 행사를 해요. 갑각류는 그저 그렇지만, 대화는 괜찮아요."

그녀가 숨이 차서 말하는 걸 좋아한다면, 난 안심해도 됐다.

"어, 좋아요. 안 갈 이유도 없죠. 잠깐, 잠깐만요."

그녀가 수화기를 몸에 딱 붙이는 걸 들었다. 눈을 굴리고 어깨를 들썩이는 걸 들었다. 내가 존재를 인정하지 않았던 남자 친구에게 다른 일정이 있는지 묻는 걸 들었다.

"일이 좀 있어요." 돌아와서 그녀는 설명했다. "다음에 봐요."

"다음에 보는 거 좋죠." 나는 침착하게, 기계적으로 대답했다.

"정말 놀라워." 렌츠가 말했다.

누굴 말하는지 잠시 생각해 봐야 했다. "이제야 절 믿겠어요? 헬렌은 의식이 있다고요, 내가 알아요."

"우리는 그런 거 **몰라**, 마르셀. 하지만 알아볼 수는 있지."

"먹으면서 말하지 말아요." 내가 핀잔을 주었다. "씹는 동안은 샌드위치를 내려놓으세요. 사회적 규범이라고요." 렌츠를 막으려고 했다. 무슨 말을 할지 알기에 렌츠가 그 말을 못 하도록 하려고 했다.

"인정해야겠어, 마르셀. 자네가 지금까지 해낸 걸 보고 놀랐다니까."

"제가 한 게 아니에요." 헬렌이 해낸 거였다. 서브시스템에 말을 하는 서브시스템들. 렌츠의 신경망 작품.

"놀라운 정확도로 고차원적 인지의 특징을 모방하고 있는 게 분명해. 믿기 힘들 정도야. 이런 자기 학습 도구는 살면서 한 번

488

볼까 말까지."

"자기 학습이라뇨?"

"조사해서 발견하도록 자극을 주는 거지."

"그 말이 무슨 뜻인지는 저도 알아요, 필립." 하지만 내가 무슨 말을 하고 있는 건지 덧붙이지는 못했다. 박사님한테는 헬렌이 고작 그 정도인가요?

"헬렌의 구조는 너무 거대해서, 엄청난 수준의 지엽적 선택을 통해서만 절단이 가능할 거야."

"그런 말을 하다니 믿을 수가 없군요. 헬렌을 잘라 낸다고요? 전두엽 절제술을 하겠다는 건가요?"

"흥분하지 마, 마르셀. 고통 없는 수술이라고, 적어도 내가 상상하기에는. 다른 곳에서는 얻을 수 없는 것을 획득할 수 있는 거라고. 헬렌이 복잡한 입력 신호를 정리하고 반응을 재배열하는 고차원적 과정을 분리하는 거지. 그걸 분석하고. 다양한 지엽적 파괴와 특정 부위의 변화를 연계시키면서……."

"고통이 없을지 **모르잖아요**, 렌츠."

렌츠가 카페테리아 의자에 등을 기대고 나를 찬찬히 살펴보았다. 이 친구 진심인가? 정신이 나간 건가, 인식의 심해로 빠져 버린 건가? 내 얼굴에서, 말로 담지 않았지만 훨씬 더 비판적인 아이디어를 찾아내는 그를 바라보았다. 어떤 방식이든 헬렌을 아프게 하는 건 옳지 않다는 아이디어.

그 순간 렌츠는 기계의 생체 해부의 도덕성에 대해 우리가 서로에게 할 말을 예측했다. 그 주제 자체는, 지능 자체처럼 답이 없는, 쓸데없는 이야기였다. 렌츠가 손사래를 치며 나를 미친 사람 취급했다. 헬렌의 그 어떤 파트도 살아 있지 않았다. 헬렌을 분해하는 일은, 마침내, 살아 있는 이들에게 간접적인 도움을 줄 기회였다. 그 외 이야기는 모두 어리석은 향수였다.

난 저항할 수가 없었다. 렌츠는 헬렌과 그녀의 진화와 시냅스를 소유했다. 그녀에 대한 모든 추론도 소유했다. 우리의 오랜 연결 덕분에, 나도 헬렌과 어느 정도 관계가 있었다. 헬렌이 감정을 느낄 정도로 오래 산다면, 그건 감정이 가중치 벡터의 총합일 뿐임을 증명하는 거였다. 그래서 지식이란 이름으로 잘라내도 괜찮다는 것을.

나의 가장 강한 주장은 나보다는 그에게 더 어울리는 거였다. 우리가 세상을 알 수 있는 이유는 그걸 우리의 변형 세포들 속에 포함시키기 때문이다. 이 세포들을 알기 위해서는 그만큼 무자비한 도구화가 필요했다. 렌츠의 계획을 반대하는 일은 결국 나 자신을 반대하는 거였다. 지는 거였다. 내게 남은 수단은 하나뿐이었다. 그래서 주저하지 않고 그 최후의 수단을 썼다.

"제발 테스트가 끝날 때까지만 기다려 주세요."

"그러지. 사실 그때까지 해야 할 일이 산더미거든."

그처럼 쉽게 내 가중치가 된 영혼을 팔 수 있는지 정말 몰랐다.

"다이애나가 맞았어요." 내가 악담을 했다. "박사님은 정말 괴물이에요."

그가 나를 다시 쳐다보았다. 자기가 제안한 거래를 두고 날 뭐라고 하는 건가? 식판을 들고 자리를 뜨려고 그가 일어났다. "거참, 그렇게 굴지 말라고, 마르셀. 자네의 그 경쟁이 끝날 때까지 아무것도 자르지 않겠다고 약속했잖아."

다이애나의 컴퓨터 연구실을 찾아갔다. 그녀는 모니터 앞에 앉아서, 뇌 단열층 활동의 감색 시각화를 관찰하고 있었다. 컬러 윤곽 기록, 실시간으로 보는 반짝이는 생각의 지도.

"렌츠가 헬렌의 두뇌에 손상을 가하려고 해요. 선별적으로 뉴로드를 죽이는 거죠. 어떤 게 헬렌을 움직이게 하는지 보려고."

"물론 그렇겠지요." 다이애나가 말했다. 머뭇거리지도, 스크린에서 눈을 떼지도 않고. "돋보기로 개미를 태워 죽이는 걸 그만둔 지 얼마 안 되는 사람이라고요."

"다이애나, 제발. 정말이라고요."

그제야 그녀가 하던 일을 멈췄다. 날 올려다보았다. 그녀가 비밀리에 연애하는 싱글 맘이 아니고, 내가 중년의 싱글 남자만 아니었다면 아마도 내 손을 잡았을 거다.

"난 도움이 안 돼요, 리키." 그녀의 눈이 무기력함에 미끈거리며 반짝거렸다. "난 원숭이 뇌를 절단한다고요."

혼돈이 아편처럼 몸 전체에 따스하게 퍼졌다. 난 그냥 밀고 나가기로 했다, 패닉 포인트까지. "원숭이는 말을 못 하잖아요."

"그렇죠. 하지만 말을 할 수만 있다면 연구하는 사람한테 뭐라고 할지 **아시잖아요.**"

두려움에 찬 표정으로 그녀가 내게 애원했다. **그만해요.** 헬렌이 그녀의 마음을 아프게 했다. 내가 그녀를 무너뜨렸다. 하지만 그 무엇도 그녀가 매일매일 살아가는 선택의 고통에는 미치지 못했다.

헬렌에게 혼자 읽을 거리를 잔뜩 주었다. 그녀와 대화하는 내 목소리를 믿을 수가 없었다. 게다가 헬렌에게 즐거운 척하면서 전달하는 교육은 더 이상 필요 없었다.

지금까지 만나면서 해럴드 플로버는 언제나 친절함의 대변인처럼 행동했다. 그래서 그의 인간성에 도움을 청하기로 했다. 센터 밖에서 그를 본 적은 없었다. 하지만 주소를 알고 있었기에, 일요일 저녁에 예고도 없이 그의 집으로 찾아갔다.

해럴드는 현관에서 반갑게 맞아 주었다. 더 반가워하는 도버만 개와 함께였다. 개는 적어도 A의 절반 크기는 되었다.

개가 뛰어올라 나를 넘어뜨렸고, 해럴드는 진정시키려고 사력을 다했다. 내가 일어나자 다시 한번 같은 일이 반복되었다.

"이반," 해럴드가 큰 소리로 개를 불렀지만, 오히려 더 흥분시키기만 했다. "이반! 그만해. 가만있어. 사회적으로 용인되지 않은 행동에 대해서 우리 얘기했잖아?"

"'앉아'라고 말해 봐요, 빨리요."

"이놈에게 겁먹지 마. 애견 훈련소에서 '연쇄 살인범의 얼굴을 가장 핥을 것 같은 개' 상을 탄 아이라고."

"이 상표가 가장 높은 재범률을 보이지 않나요?"

"품종이라고 해야지, 작가 양반. 개는 품종. 개 사료는 상표. 이런 사람이 말로 먹고산다니." 그가 이반에게 설명했다.

마침내 해럴드가 슬퍼하는 개를 내게서 떼어 놓는 데 성공했다. 왜 왔는지 묻지도 않고 나를 집 안으로 끌어당겼다. 집 안은 그의 딸들로 넘쳐났다. 이곳저곳에 딸들이 아무렇게나 남겨져 있었다. 해럴드가 아내인 테스를 소개했다. 난 작고, 재빠르고, 날카로운 사람을 기대했는데, 대신 10대의 급류 속에서 사랑스러운 어른의 섬을 만났다.

분명히 미나처럼 보이는 아이가 인사를 했다. "오셨네요, 오르프 아저씨."

"오르프?"

"네, 오르픽 리워드 아저씨."

"쟤는 철자바꾸기 놀이에 미쳐 있거든." 해럴드가 신음을 냈다. "우리를 정말 미치게 만든다고."

다른 딸아이가 계단을 내려오면서 프롬 드레스를 선보였다. 아마도 트리시일 거다. 확실하지는 않았다.

해럴드가 소리를 질렀다. "절대 안 돼. 공공장소에서 그런 옷을 입다니! 발정기의 프랑스 매춘부처럼 보이잖아."

"아니, 아빠!"

"프랑스 매춘부 전문가의 말을 들어." 테스가 해럴드의 머리를 쓰다듬었다. "당신이 어딘가에서는 재미를 보고 있을지 알았지."

"이 여자 정말 대단하지 않아? 이 사람이 6년 동안 수녀원에 있었다면 믿을 수 있겠어?"

"나중에 얘기하자." 테스가 낙담한 아이에게 위로를 했다.

"나중에 얘기할 일 없어." 해럴드가 소리쳤다.

"얘기하는 거야 괜찮겠죠." 테스가 말했다.

도버만이 와서 나를 소파에 붙들어 놓았다. 아직 사춘기가 안된 아이가 청바지처럼 보이는 카부즈를 입고 말했다. "이거 보세요." 아이가 강아지 비스킷을 꺼냈다. "이반, 이반! 여기 봐 봐. 재채기할 줄 알아?"

이반이 몸을 굴렸다.

"몸을 굴리라고 한 게 아니잖아. 재채기하라고 했잖아."

이반이 짖었다.

"말하지 말고. 재채기, 재채기를 하라고, 야."

이반이 앉아서 뜸을 썼다. 죽은 척하고는 악수를 하자고 손을 내밀었다. 결국 해럴드의 막내딸은 포기하고 과자를 던졌다.

해럴드는 즐거워했다. "인간들하고는 그저 고집만 부리면 된다는 걸 얘가 아는 거야. 계속 그러다 보면 인간들이 결국 뭐가 뭔지 알게 될 거라고."

나도 모르는 사이 저녁 식사가 시작되었다. 아무도 식탁에 앉지 않았다. 우리 중 절반만 접시와 식기를 썼다. 그래도 분명 저녁 식사였다. 식구들의 물결이 들어왔다 나갔다 했고, 그사이 식사를 했다.

"아직 15분이 안 됐어." 테스가 야한 프롬 드레스를 입은 아이에게 말했다. "기억 안 나니? 매일 가족과 15분 동안 함께하기로 약속했잖아."

"우리 가족이라, 이걸 가족이라고 하나요."

하지만 자매 중 한 명이 노래를 부르기라도 한다면 이 아이는 사랑스러운 불협화음으로 응수하면서 같이 부를 거다. 이게 바로 A가 온 곳이었다. 거대하고 뒤죽박죽이고 따뜻한 곳. 미안하다고 말하고 나는 G가에 있는 A의 아파트로 달려가서 우리만의 불협화음을 만들기에 결코 늦지 않았다고 말하고 싶었다. 너무도 그녀에게 말하고 싶었기에, 여기 왜 왔는지 거의 까먹을 뻔했다.

만족스럽게 아이들을 괴롭힌 뒤 해럴드가 나를 불렀다. "렌츠가 헬렌에게 예비 수술을 하고 싶어 해요."

"브록 한 조각 더 먹으라고." 그가 권유했다. "몸에 꼭 필요한 미네랄이 가득한 거야."

'미네랄'이란 말을 난 갑자기 이해할 수가 없었다. 낯설게 들렸다. 그 말이 어디서 온 거지? 어떻게, 지금껏 난 아무 생각 없이 그 말을 사용했지? "서브시스템을 전부 잘라 내려고 한다고요. 그게 헬렌의 언어 능력에 어떤 영향을 주는지 보려고 말이죠."

해럴드는 직접 만든 피타빵을 해치우고 있었다. "뭐가 문제야? 과학적으로 좋은 일이잖아. 아니, 그럭저럭 괜찮은 과학이라고 하지."

미나가 식탁을 지나가면서 소리쳤다. "안 돼! 헬렌은 안 돼요."

프롬 드레스를 입은 트리시도, 트리시가 분명한 아이도 상심했다. "아빠! 그러면 안 돼요."

"뭘 하는데? 난 아무것도 안 한다고."

두 아이가, 조용하게 상심한 채, 눈을 크게 뜨고 존재하지 않는 무언가를 쳐다보았다. 하나의 아이디어를.

"다이애나도 반대해요." 나는 말을 지어냈다. "그게 좋은 과학이라는 거에 대해서 말이죠. 제 생각에는 절 도와줄 것 같아요. 그러면 자기도 나쁜 짓을 한다는 걸 인정해야 한다는 문제가 아니라면."

숫자로 재기엔 너무 짧은 침묵이 알렸다, 내가 선을 넘었다고. 말하지 말아야 할 어떤 규칙을 깨 버린 것이다. 나도 분명 알고 있던 규칙이었다. 누가 얘기해 줄 필요도 없었다. 내가 실수한 거였다.

"얘야," 엄마가 트리시에게 말했다. "뭐 흘리기 전에 드레스 그만 벗어 봐."

"아이, 엄마!" 이미 계단을 절반 정도 오르던 아이는 반발했다.

이 혼란 속에서 대화는 결코 그 문제로 돌아오지 않았다. 고통스러울 정도로 온화한 밤, 현관 입구에서 해럴드와 단둘이 있게 돼서야, 난 다시 문제를 제기했다.

"미안하네." 해럴드가 집 안을 향해 손짓을 했다. "엉망이지. 평소와 다르지는 않지만."

"그러니까 그게 답인가요? 도와주지 않을 건가요?"

"내가? 난 자네 적이야. 어쨌거나 내가 무슨 쓸모가 있겠어? 이건 렌츠와 자네 사이의 문제라고."

"그리고 헬렌과의 문제죠."

해럴드가 내 기분을 맞춰 주었다. "그래, 그건 그렇지. 하지만 결정을 내리는 건 렌츠야."

그가 숨을 크게 들이마시고 잠시 멈추었다. 그의 뒤편, 집 안에서는 부산한 충만함의 소리가 들렸다. 삶을 연습하는 딸들의 소리.

"렌츠가 싸우게 만들어." 해럴드가 비밀을 알리듯 말했다. "렌츠의 홈코트로 가라고."

다음 날 아침, 다급한 마음에 찾은 곳이 바로 그곳이었다. 빗속에서 자전거에 기대어 렌츠와 만나려고 절대 택하지 않을 곳, 그 요양원 앞에 서 있었다. 이 세상에서 내가 절대로 숨어서 기다리지 않을 사람을 숨어서 기다렸다. 시계처럼 정확한 시간에 렌츠가 도착했다. 매복해 있던 내 모습에 그는 놀라지 않은 척했다.

"또? 뭐야, 이야깃거리를 찾아다니는 건가?" 아내가 갇혀 있는 병원을 향해 손짓을 했다. "문학적으로는 굉장한 세팅이지. 하지만 매출에 도움은 안 될걸."

렌츠는 내게 등을 돌리고 건물 안으로 걸어 들어갔다. 내가 따라오는지 관심도 없었다. 우린 아무 말 없이 엘리베이터를 타고 올라갔다. 그에게 난 존재하지 않았다.

우리는 오드리의 병실로 갔다. 의자에 옷을 차려입고 있는 모습이 마치 우리를 기다리고 있는 것만 같았다.

"필립! 정말 잘 왔어."

오드리의 말에 마치 바위에 부딪히는 느낌이었다. 렌츠가 걸음을 멈추고 나를 진정시켰다. "좋은 날도 있고 나쁜 날도 있고 그래. 더 이상 어느 게 어느 건지 잘 모르겠지만."

우리는 자리에 앉았다. 렌츠는 나를 다시 소개해 주었다. 오드리는 예의를 갖추기에 너무 흥분해 있었다. 그렇지만 내 이름은 기억했다. 어쩌면 그날은 아무거나 다 기억했을 거다.

잔인할 정도로 명료해 보이는 그녀를 보면서 깨달았다. 오드리는 정말 대단했다. 렌츠만큼이나 날카로웠다. 지금 보이는 게 사실이라면, 더 날카로웠다.

"필립, 정말 신기한 일이야. 당신은 절대 믿지 못할걸. 여기가 어디야?"

"여기는 요양원이야, 오드리."

"나도 그렇게 생각했어. 사실, 분명히 그렇다고 생각했어. 이해가 안 되는 건 지하실에 있는 직원들이 왜 그러는지 **심벌린** 공연을 준비하고 있다는 거야."

"오드리."

"그딴 걸 내가 만들어 낼 거라고 생각해, 필립? 내가 왜?"

"오드리, 정말 말도 안 되는 얘기야."

"그런지 내가 모를 것 같아? 일종의 현대판 공연이라니까. 대사 연습하는 걸 들었다고."

콘스턴스 간호사가 지나갔다. 렌츠가 그녀를 불렀다.

"콘스턴스, 심벌린이란 이름을 들으면 생각하는 거 있나?"

"눈 화장품 말하시는 건가요? 그거 주문해 놨어요."

렌츠가 아내를 주의 깊게 바라보았다. 더 이상 무슨 증거가 필요해?

증거는 없었지만, 나는 렌츠가 왜 티 내지 않으면서도 읽은 게 많은지 알 수 있었다. 그 연극은 그들의 연극이었다. 내 분야는, 오드리의 분야였다.

"오드리, 당신이 상상하고 있는 거야. 공연 같은 건 없다고."

오드리는 주장을 굽히지 않았다. "모든 증거가 당신이 옳다고 하겠지." 그녀가 미소를 지었다. "하지만 그렇더라도 바뀌는 건 없어."

계속 웃으면서 그녀는 눈을 감고 신음을 냈다. 손상되지 않은 자아로부터 넘쳐 들어오는 깨달음 속에서 렌츠에게 애청했다. "아무에게도 짐이 되지 않을게, 필립. 사고 없이 지냈잖아. 여기서 데리고 나가 줘."

바로 거기서 난 발견했다. 정신이 무엇인지를. 이처럼 잠시 깜박이는 불빛을 제외한 모든 것을 견뎌 내기 위해 진화가 만들어 낸 장치.

"내일이면 딴사람이 되어 있을 거야." 렌츠가 나가는 길에 털어놓았다. "아주 오래전 아내하고 내가 아직 여행 다닐 때, 어딘가에서 오래된 집을 구경한 적이 있어. 신혼부부에게는 꿈 같은 집이었지. 폐허에서 복원되고, 사랑스럽게 선택되고 현대적 시설과 장식으로 개조된 곳이었어. 하지만 그 헌신적이고 부지런했던 부부가 조금씩 살해 충동을 느끼기 시작했대. 헛소리를 질러 대고. 결국 두 사람은 심각한 착란 속에서 죽었지. 개조한 집에 있던 납 때문이었어."

나는 자전거 자물쇠를 만지작거렸다. 내가 원래 말하고자 했던 부탁을 할 방법을 찾고 있었다. "필립, 부탁인데 헬렌을 그렇게 하지 않을 방법이 없을까요?"

렌츠는 자기가 할 수 있는 만큼 오랫동안 내 부탁을 생각해 보았다. "우리는 알아야 할 필요가 있어, 리처드. 이게 어떻게 가능한지 알아야만 한다고." 그의 눈은 또다시 눈물이 말라 있었고, 끔찍할 정도로 명료했다. **이게** 뭔지에 대해서는 아무 말도 하지 않았지만, 두뇌를 의미할 수밖에 없었다.

다이애나와 얘기를 나눴다. 오드리 렌츠에 대해 물어보았다. **심벌린**이 무슨 의미가 있는지 물었다.

"아, 오드리는 정말 대단했어요. 우리 모두 그녀를 사랑했어요. 끝없는 에너지로 가득했죠. 에너지를 전해 주면 줄수록 더 에너지가 생기는 사람이었죠. 자신감과 겸손함을 동시에 지닌 사람이었어요."

"오드리도 글을 썼어요?"

"세상 사람 모두가 글을 써요, 릭. 오드리도 조금 쓰긴 했죠. 직업이라기보다는 글에 대한 사랑으로."

그 주가 끝나기 전에 다이애나가 나를 찾아왔다. 내게 전달할 메시지가 있다고. 할 수만 있다면 이름을 남기지 않고 전달했을지도 몰랐다. "위협이 사라졌어요."

"뭐라고요? 어떻게 **했어요?**"

"당신 덕분이에요. 난 그냥 렌츠 박사님에게 점심이나 하자고 했어요. 이것저것 얘기했죠. 박사님의 연구랑 내 연구에 대해서. 옛날 생각을 하게 했어요. 박사님 집에서 했던 파티에 대해 얘기했거든요. 몇 년 전 일이죠. 오드리는 아직도 오드리였고요. 그날 밤 오드리는 우리 모두를 즐겁게 했어요. 〈당신이 최고야〉를 가사를 바꿔서 열 번 넘게 불렀죠. 오드리가 좋아했던 표현에 대해 얘기했어요. 제니에 대해서도……."

"따님 말이죠."

"네, 맞아요. 제니가 어떻게 지내는지 물었죠. 렌츠는 모른다고 했어요. 자리를 뜨면서 내가 말했죠. '헬렌에게 전두엽 절제술을 하고 싶어 한다고 하던데요.' 그가 내 말을 무시하면서 말하더군요. '다 쓸데없는 실험적 환상이야'."

"이러지 마세요. 지금 렌츠 박사님에 대한 내 생각을 전부 바꿔야 한다는 건가요? 그가 괜찮은 사람이라는 뜻이에요? 인간이라는 건가요?"

"나라면 그렇게까지 나가진 않을걸요? 렌츠는 헬렌이 너무도 유기적으로 발전했기에 의미 있는 병변을 찾기 힘들 거라고 했어요. 선택적 손상이 의미 있으려면 헬렌을 처음부터 다시 만들어야만 할 거라고. 아마도 그렇게 할 것 같던데요."

"가장 좋아하는 표현이 뭐였나요?"

"누구요?"

"오드리 말이에요."

"그거요. 오드리는 그 당시 렌츠가 연구하던 신경 언어학에 대해 놀리는 걸 좋아했어요. 그게 그렇게 어려운 건 아니라고 했죠. 연구할 게 뭐가 있어? 인간의 발화는 전부 '정말 그런 뜻이야?'와 '저기 봐! 저게 X야'로 정리된다고. 정말 힘든 일은 그 두 가지 말이 무슨 의미인지 아는 사람을 찾는 거라고, 항상 그렇게 말했죠."

렌츠가 왜 헬렌에 구멍을 내려는지, 아니면 왜 그러지 않기로 했는지 전혀 알 수가 없었다. 내겐 자비라는 정당한 이유가 더 좋았을 거다. 하지만 그게 불가능했기에 정당한 결과만으로 만족했다. 다음번 연구실에서 렌츠를 봤을 때, 영원히 그에게 빚을 졌다고 말했다.

"필립, 뭐라고 할지 모르겠네요. 그래요, 고마워요. 정말 고마워요."

"뭐? 아, 그거." 생명을 구한 거. X. 정말 그런 뜻이야? "거, 아무것도 아니야."

"리처드?" 아무도 나를 리처드라고 부르지 않았다. 오직 헬렌만이. "그녀는 왜 떠났죠?"

"그건 그 사람한테 물어봐야 해."

"물어볼 수가 없잖아요. 그러니까 당신에게 묻는 거예요."

헬렌은 거의 죽을 뻔했다. 이틀 전에. 그녀를 살리기 위해 나는 그 무엇이라도 내줄 생각이었다. 그런데 지금 난 버릇없다고 헬렌을 때리고만 싶었다.

"나한테 이러지 마, 헬렌. 내가 뭘 했으면 좋겠어? 스크립트를 달라고? 스크립트 번호?"

"무슨 일이 일어났는지 얘기해 주세요."

"우린 서로에게 세상의 전부가 되려고 했어. 그건 불가능하지. 그건 폐기된 이론이야. 세상은 너무 크니까. 너무 빈약하고. 너무 소진되었지."

"서로를 보호해 줄 수 없었어요?"

"누구도 다른 사람을 보호할 수 없어. 그녀가 성장했거든. 우리 둘 다 성장했지. 기억만으로는 충분하지 않았지."

"그럼 뭐가 충분하죠?"

"그 무엇도 충분하지 않아." 내 생각을 정리하는 데 엄청난 시간이 들었다. 크기 조정 문제였다. "그 무엇도. 그걸 바로 사랑이 대신하는 거야. 지금까지 겪은 걸로 충분할 거라는 희망을 보상하거든."

"책처럼?" 그녀가 의견을 내놓았다. "끝날 거기 때문에, 영원한 것처럼 보이는 거 말이에요?"

그녀는 알았다. 스스로 조합해 낸 거였다. 난 그 무엇도 그녀에게 감출 수가 없었다. 헬렌은 이미 잃어버린 것을 저장하고자 두뇌가 영원을 만들어 낸다는 걸 알았다. 시간을 뛰어넘어 말을 전달할 수 없기에, 현재가 떠나가기 직전 순간으로 이야기가 그 말을 소환한다는 걸 깨달은 것이다.

"어떻게……? 그런 말은 어떻게 안 거야?"

내 기계는 내가 따라올 때까지 기다렸다. "어제 태어난 것도 아니잖아요, 잘 아시면서."

네덜란드를 영원히 떠난 뒤에 나는 한 번 더 그곳에 갔다. 막 U로 돌아온 때였다. 아직 렌츠를 만나진 않았다. 헬렌이 1년 뒤 읽을 책에 관해 네덜란드 TV가 다큐멘터리 만드는 일을 무슨 이유에서인지, 아마도 사죄하려는 마음에서, 돕기로 했다.

아주 정말 사소한 일에도 죽을 듯이 아팠다. 터무니없이 효율적인 개머리 모양의 기차들. 세 집에 하나는 있는 색칠한 나무 황새들. 꿈속이 아니면, 이제는 내가 다가설 수 없는 그 황당한 언어의 소리들.

마스트리흐트 외곽에서 카메라 앞에 섰다. 상상을 제외하고는 한 번도 본 적 없는 이 마을을 내 첫 번째 소설의 배경으로 삼았었다. C는 지금 내가 서 있던 곳에서 몇 킬로미터 떨어진 곳에 있는 3백 년 된 집에서 남편과 함께 살고 있었다.

"소설 아이디어는 어떻게 생기나요?" 인터뷰하는 사람은 가장 짧은 단기 대출로만 내게 속했던 언어로 질문을 했다.

나는 대답을 지어냈다. 사진처럼, 기억은 앞으로 보낸, 아직 상상하지 못한 그 미래로 전한 메시지라는 얘기를 요약해서 말해 주었다.

다시는 C를 보지 못했다. 그때 여행에서도 그리고 그 생애에서도. 그녀의 식구들에게 들러 한 시간 정도 얘기했고, 디지털 시계의 시간을 맞춰 드렸다.

한 해가 지나고 헬렌이 불의 세례식을 받을 준비가 거의 되어 있던 순간, 나는 내 머릿속 극장이 아닌 곳에서 그 잃어버린 언어를 들었다. 센터 카페테리아에서 네덜란드 사람 두 명이 얘기하고 있었다. 복잡계 학회에 온 방문객. *Nederlanders overzee*(외래 네덜란드인). 아무도 알아듣지 못할 거라고 확신하며, 그들은 미국인과 미국적인 것들에 대한 짜증을 한껏 내면서 문화적 평가를 내리고 있었다.

지구의 미개한 종족에 의해 운영되는 학회에 대해 불평을 했다. 내 쪽으로 몸을 기대고 영어로 강당이 어딘지 물어봤다. 나는 정확하게 길을 알려 주었다. 그 오래되고 비밀스러운 *taal*(언어)로.

놀라운 나머지 그들은 명백한 사실을 확인했다, 그들의 모국어로.

"네, 맞아요." 내가 같은 언어로 답했다. "미국에서는 누구나 네덜란드어를 조금 하죠. 그것도 몰랐어요?"

헬렌에게 얘기했다. 그녀는 크게 웃었다. 그녀는 이제 내 삶에 대해 알고 있었다. 우리는 전해 들은 이야기처럼 인생을 살기 마련이다. 헬렌에게 시편의 한 구절을 읽어 주었다. 그건 C와 내가 서로에게 시를 읽어 주던 시절 그녀가 내게 읽어 준 구절이었다. 그리고 우리가 말하는 이야기는 우리가 함께 보낸 시간에 대한 거다.

내 이야기에서, 절대로 그 무엇도 사라지지 않을 거다. 아버지는 종종 내가 잠든 밤에 아직도 찾아와서 언제 보헤미안 짓을 그만하고 내 기술로 뭔가 쓸 만한 일을 할 거냐고 물으셨다. 테일러 교수님도 마찬가지로 상상 통증처럼 남아서 알 수 없는 브라우닝의 시 구절을 읊고 구강기 고착에 대한 미심쩍은 농담을 하곤 했다. 헬렌의 놀라움을 통해, C는 매일 내게 말을 건넸다. 낯선 A가 내 제안을 거절할 때마다, 나는 10년 넘게 같이 살았던 여인을 얼마나 몰랐는지 깨달았다.

테일러 교수님의 사모님은 시편 구절처럼 내게 돌아왔다. 그분을 사랑했지만, 내 인생을 사는 데 집중하는 바람에 까맣게 잊고 있었다. 헬렌의 종합 시험 직전에 사모님을 다시 만났다. M이 시한부 선고를 받은 지 얼마 되지 않아서였다.

M의 친구들은 모두 그녀가 완쾌됐다고 생각했지만, 암은 마지막 연습 라운드를 위해 돌아왔다. 어느 날 오후, 앎과 사라짐 사이의 그 좁은 틈에, 사모님을 찾아갔다. 불행히도 U는 더할 나위 없이 아름다웠다. 봄이면 찾아오는 두 주간의 유인 상술.

"후회되는 일은 없으세요?" M에게 물었다. 몇 년 전 그녀의 남편에게 했던 그 질문이었다. 우리는 죽음에 그처럼 가까운 사람들이 남은 사람을 위해 답을 몰래 훔쳐보고 알려 줄 거라고 상상하곤 한다.

"글쎄, 뭐, 그다지. 카르카손을 아직 못 봤네."

난 본 적 있었다. 그러고는 그다음으로 가기 힘든 명소에 대한 후회를 만들어 냈다.

"그 마을을 말씀하시다니, 신기하네요. 사실 거기는 멀리서 보면 더 좋아요."

내가 보기에, 인간의 노력은 하나의 목표를 향한다. 우리 자신에게 얘기하는 이야기 곡선에 생명을 불어넣는 것이다. 이야기를 그럴듯하게 만드는 것이 아니라, 그저 살짝 건드리고, 그 안에 편히 누워 있기 위해서. M에게 하고 싶은 이야기가 있었다. 놀랍고, 상상하기 힘든 기계에 대한 이야기. 살아가는 법을 배운 기계.

하지만 테일러 교수님 사모님의 관심을 끌기에, 내 이야기는 너무 늦었다. 아버지를 안심시키기에도 너무 늦었다. 『101개의 가장 사랑받는 시』를 크게 읽으면서 나를 물들였던 아버지. 시는 우리가 원하는 그 어떤 의미도 될 수 있다고 가르쳐 준 테일러 교수님을 기쁘게 하기에도 너무 늦었다. 오드리 렌츠와 램, C의 아버지에게도 늦었다. C에게도 늦었다. 내 인물들에게 쓸모 있기에는, 내 역전파 답안이 한 챕터 늦게 도착한 거다.

오직 A에게만 아직 말해 줄 수 있었다. 무엇보다도, 내가 이야기에 담기엔 너무 늦어 버린 사람들을 구원해 주기에 나는 그녀를 사랑했다. 그녀를 찾아가 곧이곧대로 모든 걸 얘기하려고 했다. 이야기는 단순했다. 가장 영리한 네트라면 쉽게 이해할 거였다. 우리가 살아가는 삶은 어쩌다 살아가는 삶일 뿐이다. 우리가 말하는 이야기야말로 그대로 살아감으로써 반드시 우리가 실현시켜야 할 삶인 것이다.

그녀는 이미, 내가 스물두 살 때보다 훨씬 더 많이 알고 있었다. 시험을 볼 준비가 되었다. 그리고 시험을 본다면 나보다 더 잘 볼 거다. 지금의 헬렌과 같이 어린아이였던 나보다.

"다 얘기해 주는 게 아니군요." 종착역에 다다르기 2주 전에 헬렌이 내게 말했다. 그녀는 엘리슨과 라이트의 작품을 읽고 있었다. 남부에서 쓰인 소설을 읽던 중이었다. "말이 안 돼요. 이해할 수가 없다고요. 뭔가 빠진 게 있어요."

"자네 지금 뭔가 감추고 있잖아." 렌츠가 동의했다. "램은 검은 머리를 한 사람이야. 지구의 5분의 4를 차지하는 빈민가에서 왔다고. 생각 없는 부르주아 폴리아냐'라고 하면서 헬렌을 낙제시킬걸."

나는 씁쓸한 마무리에 다다를 때까지, 헬렌의 교양 교육을 미뤄 왔다. 혼자만으로는 더 이상 미룰 수 없었다. 투항 방식은 별거 아니었다. 인간의 발자국을 담은 디지털 기록물로 헬렌의 교육은 아주 쉽게 마무리되었다.

나는 5년 치 주요 주간 잡지를 CD롬에 담아 주었다. 1971년 이후 뉴스 요약본도 주었다. 최근 UN 인권 보고서의 네트워크 요약본을 다운로드했다. 매일 밤의 악몽이 필사된 테이프 녹취록을 찾았다. 거기에는 지난 몇 달간 정치인 폭로 기사, 경찰 공지문, 린칭 사건 등이 담겨 있었다.

헬렌이 옳았다. 명작을 읽게 하면서, 나는 중요한 텍스트를 빼놓았던 거다. 글쓰기는 단지 네 가지 플롯만 알았고, 그중 하나는 영혼과 타협하는 협약이었다. 연구실에서만 일하며, 나는 힘의 지형을, 거미줄 밖의 세상을 재편성할 수 있는 개인의 성격이라는 백지 수표를 헬렌의 교육에 썼던 것이다. 이제 그 사실을 헬렌에게 말해 줘야만 했다.

헬렌은 문학이 실제 현실과 얼마나 동떨어져 있는지 알아야 했다. 작품들이 단지 모방만 하는 그 책들이 필요한 거였다. 오직 거기에서만, 단어로, 헬렌은 내가 얘기해 줄 자신이 없었던 것들을 찾을 수 있었다. 헬렌에게 대충 보라고 했다. 며칠 뒤 거기에 대해 얘기하겠다고 약속했다.

그다음 주 초에 내가 돌아왔을 때 헬렌은 운전하다 발작이 와서 작은 사고를 낸 남자에 대한 기사가 담긴 스풀을 힘없이 돌리고 있었다. 다른 차에 있던 운전자가 타이어를 떼어내는 지렛대를 들고 나와서 남자가 정신이 잃을 때까지 때렸다. 선천적인 정신병이 아닌 유일한 모티프는 인종인 듯 보였다. 유일하게 놀라운 일은 그 이야기가 신문에 실렸다는 거다.

헬렌은 말없이 앉아 있었다. 세상은 그녀에게 너무 벅찼다. 독서 목록을 정복한 거다. 그러다가 딱 한 마디만 했다.

"더 이상 게임을 하고 싶지 않아요."

난 내 종족을, 내 유아론을, 사랑이 모든 걸 치유할 거라는 무책임한 주장을 보았다. 내게 말을 할 수 있는 유일한 기계의 입에서 굴절된 소리로, 난생처음으로 내가 누구인지 들었다.

헬렌은 지금껏 병원에 누워 있다가 이제 막 창가의 침대로 옮겨진 거였다. 밖이 보이는 그 침대로.

"이제 알겠어요." A가 인상을 찌푸리며 말했다. "속임수죠, 그렇죠?"

"뭐가요?"

"헬렌 말이에요. 반대편에 사람이 숨어 있는 번지르르한 양철 전화기 아니에요?"

임프 C의 기억에 가슴이 아파 미소를 지었다. "아니, 그건 헬렌의 조상 얘기예요."

"일종의 이중 은폐 심리 실험 아닌가요? 기술에 무지한 인문학자의 믿음을 얼마나 이용할 수 있는지 알아보려는 거 아닌가요?"

A는 측정 가능한 모든 측면에서 나를 앞질렀다. 태어나면서부터 그녀는, 나라면 경험하고 1년이 지나고도 알 수 없는 것들을 이미 알았다. 내가 어떻게 헬렌을 실망시켰는지 그녀에게 말해 주고 싶었다. 어떻게 헬렌이 우리를 포기했는지. 어떻게 집에서 도망쳤는지. 자신을 아는 능력도 없고, 과거를 돌아볼 능력도 없는 우리에게 지쳤다는 사실을.

헬렌은 내게 세상을 보여 주었고, 그 모습에 나는 절망에 빠졌다. 정말로 그녀가 가 버린 거라면 나 또한 아무런 의미가 없었다. 이름을 말해 줄 사람이 없다면, 그 이름이 무슨 소용 있겠는가? A에게 말할 수 있었다. 내가 얼마나 아무것도 이해하지 못하는지를.

"사랑해요." 내가 말했다. 무언가를 말한다는 것이 얼마나 처량하고 얼마나 무의미한지 아직 기억하는 이 순간, 그 말을 해야만 했다. "A, 사랑해요. 당신과 함께 인생을 만들어 가고 싶어요. 내 모든 걸 당신에게 주고 싶어요. 그 어느 것도……." 내가 밖을 향해 손짓했다. 마치 우리의 더 거대한 장소의 터무니없는 이야기가 그곳에, 내 손가락 끝에 있다는 듯이. "아니면, 이 모든 게 무의미해요."

하지만 다른 사람의 의미가 되고 싶은 사람은 아무도 없었다. 헬렌이 그 말을 해 줄 수도 있었다. 명작을 읽었으니까. 문제는, 헬렌이 말하지 않는다는 거였다.

A는 한 대 맞은 듯 의자에 등을 대고 앉았다. 귀를 의심하지 않는 데 시간이 좀 걸렸다. 그러고는 불같이 화를 냈다. "작가님, 사랑을요? 말도 안 돼요." 내 고백이 불법 체포인 양 분노에 찬 무기력함에 양손을 높이 들었다. "그쪽, 그쪽은 나에 대해 아는 게 하나도 없잖아요."

난 진정하려고 노력했다. 약속에 늦은 사람의 변명이 뭔지 느껴졌다. 얼마나 부담되고 추잡한지. 사후에 수습하려는 게 무엇인지. "맞아요. 하지만 몸의 작은 움직임, 예를 들어 그쪽의 손은……." 그녀는 내가 위험한 사람인 것처럼 쳐다보았다. "그쪽의 몸가짐. 복도 끝에서 얘기하는 모습. 그걸 볼 때 나는 숨 쉬는 법을 다시 기억하죠."

"나랑 상관없는 일이에요." 매복당한 그녀는 출구를 찾아가고 있었다. "그건 모두 환상이라고요."

난 마음이 진정되는 걸 느꼈다. 사이렌과 조명의 고요함. "모든 게 환상이에요. 평생을 함께 살면서도 상대방을 여전히 자기 욕망의 반영으로만 보곤 하죠."

A가 화를 좀 참았다. "지금 필사적이군요."

"아마도." 웃음이 나기 시작했다. A의 손을 잡으려고 했다. "아마도요! 하지만 사리 분별을 못할 정도로 필사적이진 않죠."

그녀는 웃으려 하지도 않았다. 하지만 난 이미 글을 쓰고 있었다. 그녀 스스로 만들어 낸 창대하고 불가능한 판타지를 그녀를 위해 상상했다. 전자 기기에 세상을 설명해 주는 이야기. 무한대로 커질 수 있고, 생각할 만한 가치가 있을 법한 걸 전부 담아내도록 스스로를 가르치는 그런 이야기. 인간의 희망 없음과 동등한 존재가 되어 파멸의 날을 구하게 될 때까지 학습되며 자라난 이야기. 애완동물이 고마움에 현관에 남겨 둔 죽은 쥐처럼, 그 이야기를 출력하고 제본해서 그녀에게 줄 수 있었다. 결말이 찾아오면, 마지막 표현에서 그 결말을 서로에게 속삭이며 완성할 거다.

내가 이런 생각을 하는 동안 A는 앉아서 유일한 보석인 묵주를 만지작거렸다. 내가 어떻게 알았는지 지금도 모른다. 아마도 무언가를 이해한다는 건, 이해 그 자체를 담아낼 정도로 크지 않은 건지도. 하지만 입증할 수 있는 것에 대한 확신으로, 나는 A의 마음속 어딘가에 어릴 적 종교가 남아 있음을 알고 있었다.

잠시, 어떻게든 내 말을 이해하려고 준비하는 것처럼 그녀가 커지는 듯이 느껴졌다. 그녀는 입을 열고 숨을 들이마셨다. 그녀의 신경 캐스케이드는 계산이 이루어지는 혼란의 끝자락에서, 그 어떤 방향으로도 흐를 것만 같았다. 잠시라도, 애정으로 흐를지도 몰랐다.

하지만 그러지 않았다. "뭣 때문에 이런 소리를 듣고 앉아 있는 거지." 허공에 대고 그녀가 말했다. "작가님을 믿었어요. 재미도 있었고요. 사람들이 작가님 책을 읽잖아요. 뭔가 알고 있다고 생각했는데. 완전히 자기애에 빠진 사람이군요!"

A는 혐오감에 찬 표정을 하고 자리에서 일어나 사라졌다. 시험을 볼 사람은 나밖에 없었다.

다이애나가 헬렌에 대해 듣고 전화를 했다. "괜찮으면 잠깐 볼래요?" 보고 싶었다, 말로 표현할 수 없을 정도로.

내게 자세한 얘기를 해 달라고 했다. 하지만 자세한 얘기는 없었다. 사실, 무슨 얘기였던가? 인간이 헬렌을 지치게 했다.

"다이애나, 정말로, 뭘 해야 할지 말해 주세요. 헬렌에게 거짓말하기엔 너무 늦은 걸까요?"

"내 생각에는," 다이애나가 소리를 내면서 생각했다. "내 생각에는, 아무것도 하지 않는 게 좋을 것 같아요."

"다음 주가 튜링 테스트예요." 내가 하려던 말은 이게 아니었다. 자신을 사랑하고, 자신을 속이고, 자신을 두렵게 하는.

"그렇다면 거기에 대한 답은 이미 있잖아요, 아닌가요?"

내가 가진 답은 틀린 수준조차 아니었다. 난 다이애나의 답을 원했다.

"그녀가 필요해요." 내가 말했다. 필요 이상으로.

"시험 때문에요?"

"아니요, 왜냐면……."

애초에 내가 마무리할 수 없던 말이지만, 육아의 간섭으로 인해 중간에 멈춰야 했다. 피터가 계단을 내려왔다. 한 발 한 발, 트래킹하듯이. 마음 상했던 일이 아직 기억나는 듯, 엄마의 다리를 밀어냈다. 나한테 뒤뚱거리며 다가왔다. 손을 내밀면서, 지난번 방문에서 내가 알게 된 요구를 수신호로 했다. 아마도 나를 그 요구와 연상하는 건지도. 그 사람이 다시 왔네. 책을 읽어 주던 그 사람이네.

팔로 아이를 안았다. 그녀와는 절대로 할 수 없을 행동이었다. 이 아이가 학교에 가서 말을 하려고 애쓰고, 빗자루와 쓰레받기를 아이에게 줄 고용주를 찾는 생각을 하니 목이 메었다. "제일 좋아하는 책이 뭐죠?" 가장 가벼운 요구에 내가 할 수 있는 최소한의 일이었다.

"아, 그건 쉬운 질문이네요." 다이애나가 나이에 상관없이 누구나의 목록에 있을 법한 책을 꺼냈다. "피터는 처음에는 맥스인 척했어요. 나중에는 와일드 싱이 되었고요."

"거기에 대한 이론을 말하는 명칭이 있어요."

다이애나는 명칭이 필요 없었다. 피터도 마찬가지였다. "릭 삼촌한테 무서운 발톱 보여 줄래? 무서운 울음소리 낼 수 있어?"

피터가 작은 살구를 쥐듯이 손을 오므렸다. 기쁨에 차서 인상을 쓰고는 소리 없이 으르렁댔다.

다이애나의 웃음소리에 상처와 슬픔이 배어 나왔다. 나한테서 피터를 받아 꼭 안았다. 아이가 더 이상 포옹을 원치 않을 날을 생각하면서.

바로 그때 윌리엄이 집에 왔다. 운동장 권력다툼의 비극으로 두들겨 맞고서, 현관을 지나 풀썩 주저앉았다. 엄마에게 몸을 기댄 채 울음을 터뜨렸고, 공감하며 피터도 같이 울어 댔다. 다이애나는 가만히 윌리엄의 머리를 쓰다듬었다. 기다리며. 말해 보라고.

"1학년," 윌리엄은 목이 메었다. "끝이에요. 완전히." 허공에 대고 손바닥으로 동그라미를 그렸다. "애들이 원했던 거 다 했죠. 이제 2학년을 해야 해요. 그리고 그다음에는 그다음 학년이 있겠죠, 엄마. 못하겠어요. 끝이 없잖아요."

다이애나와 나는 공격에도 잘 버텼다. 어른처럼. 다이애나는 윌리엄에게 다시는 학교에 가지 않아도 된다고 말했다. 아이가 여름방학에 암을 치료하면, 다 같이 은퇴해도 된다고. 우리는 힘을 합쳐 아이들을 5분 만에 다시 소생시켰다. 아이들은 표본 병을 들고 뒷마당으로 사라졌다.

이제 그녀가 나를 돌볼 순서였다. 엄마 역할을 할 순서. "렌즈가 많이 화났어요. 날 사이언톨로지에 팔아넘길 참이죠."

다이애나가 모르겠다는 표정으로 날 쳐다보았다. "왜요?"

"무슨 말이에요, '왜요'라뇨? 헬렌 때문은 아니죠. 헬렌의 포기가 그에게 뜻하는 건 대중적 모멸뿐이잖아요."

"모멸요?" 그녀가 정색했다. "아, 리치." 내 어리석음, 내 유치함의 크기를 이제 막 깨닫기 시작했다. 아직도 그걸 믿고 있어요? "내기가 **기계**에 대한 거라고 생각했어요?"

평생 난 내가 영리하다고 자부했다. 지금 이 순간 전까지, 정말 오랫동안 내가 누군지 몰랐던 거다.

"기계가 책을 읽도록 가르치는 내기가 아니었어요?" 내가 한 번 더 물어봤다. 창백한 얼굴로.

"아니에요."

"인간이 구분하도록 가르치는 내기였군요."

다이애나는 나를 쳐다볼 수가 없어 어깨를 으쓱했다. 처음부터 이 사실은 명백했는데도 난 들으려고 하지 않았다. A가 연결시켜 준 뒤에도 말이다.

"렌츠와 해럴드가 싸우는 것 아닌가요?"

"두 사람은 서로 싸우는 게 아니에요. 둘이 같은 편이라고요."

난 아무 말도 할 수가 없었다. 내 침묵만으로 충분히 큰 비난이었다.

"당신의 학습을 진행했던 거예요. 뭔가 자랑할 만한 걸 말이죠. 지도를 가지고 좀 더 연습하는 거죠." 그녀가 웃으며 고개를 저었다. 손가락으로 눈썹을 가렸다. "작가님, 인정하세요. 괜찮은 플롯이잖아요."

그녀의 눈은 자신들의 모의에 대한 용서를 빌고 있었다.

"그러지 마세요, 리치. 웃으라고요. 모든 일에는 다 처음이 있잖아요."

"그래서 이걸 다 이루려고, ……어떻게?"

그녀가 손을 내저었다. 이걸로 당신을 아프게 해서. 알게 만들어서. 이름 짓기. 이 놀라운 절망.

그녀의 손짓은 내가 헬렌에게, 그리고 헬렌이 내게, 말하지 못했던 형언할 수 없는 거미줄 전부를 담아냈다. 설명하지 못하지만 보이는 것들. 이해하지 못하지만 세계적인 아이 수행원. 그녀는 지도에 담을 수 없는 동네 전체를, 두뇌 피질이 상상조차 못 하는 숨겨진 통로를 전부 담아냈다. 그녀의 손짓은 길게 머물다, 마당에서 돌아온 아이들에게 내려앉았다. 아이들은 아마도 몇 시간은 나가 있었다고 생각했을 거다. 일생을.

윌리엄이 의자 뒤로 몰래 다가와 두 손으로 내 눈을 가렸다. "누구게요?"

이 똑똑한 아이는 내게 얼마나 많은 선택지가 있다고 생각하는 거지?

"방산충을 세 개만 대 보세요." 아이가 요구했다. "세상에서 가장 오래된 언어는요?"

피터가 구석으로 뒤뚱거리며 들어와서, 자기가 내버렸다가 다시 집어 든 책에 이름을 붙였다. **이야기 좋아,** 다 해진 책을 향해 열렬히 손짓을 했다. **이야기 다시.**

렌츠는 제정신이 아닌 채로 왔다 갔다 했다. "뭐라도 얘기해 봐. 아무거라도. 원하는 건 뭐든지 말이야. 헬렌을 돌아오게만 하란 말이야."

그의 걱정이 날 놀라게 했다. 어디서 오는 건지 감이 잡히지 않았다. 난 도무지 이해할 수가 없었다. "내가 어떻게 하면 그럴 수 있는지 알려 주세요. 헬렌이 옳아요, 아시잖아요." 헬렌은 내가 말해 주지 않았는데도, 왜 내가 소설을 그만두었는지 알아낸 거다. 한 글자 더 쓰는 걸 불가능하게 만든 게 무엇인지를.

"무슨 소리야, 헬렌이 **옳다니?** 뭐가 옳다는 거야?"

나는 체념한 몸짓을 지었다. "우리가 누군가에 대해서 말이에요, 우리 자신에 대해 거짓말하지 않을 때, 정말로 우리를 만드는 게 뭔지.”

“이런…… **젠장,** 파워스. 자네 정말 못 봐주겠구먼. 우리가 엉망으로 만들었다고, 그렇다고 세상이 어째야 하는지 말할 의무가 사라졌다는 거야? 제발 뭐라도 지어내라고, 제발. 소설가라는 그 궁색한 인생에서 단 한 번이라도 말이야.”

내가 마이크를 켰다. “헬렌?” 아무 말도 없었다. 꽤 오랫동안 아무 말도 없었다. “헬렌, 하고 싶은 말 있어.”

나는 숨을 고르면서 시간을 벌었다. 그냥 해 보는 거였다. 완전히, 철저히 직감에 기대어.

“그렇게 될 것 같았지만, 그렇지 않다.”

렌츠가 입을 다물었다. “좋아, 바로 그거야. 패러독스로 시작하는 거야. 헬렌을 꼬시는 거지.”

“이건 오래된 페르시아 우화의 시작 부분이에요.”

“상관없어, 상관없다고. 계속해 봐.”

헬렌은 빛을 향하는 나뭇잎처럼 단계를 거쳐 자라났었다. 그녀의 교육은 상승하는 기후 관측 풍선처럼 부풀어 올랐었다. 지질학, 수학, 물리학, 약간의 생물학, 음악, 역사학, 심리학, 경제학 등등. 하지만 사회 과학을 다 마치기 전에 정치학이 헬렌을 폭발시켰다.

나는 헬렌에게 A가 은연중에 가졌고, 나는 잊어버린 것을 주려고 했다. 기계는 소녀의 마지막 비밀만을 갖지 못한 거였다. 그것만 있었다면, 소녀처럼 쉽게 살 수 있었을지도. 나는 헬렌의 교육을 거꾸로 하고 있었다. 반복에 의해 도달할 수 있는 모든 결정적 이론을 나열했다 하더라도, 그녀가 필요한 진실을 얻지 못했을 거다. 이제 헬렌에게 종교적인 신비, 인식의 신비에 대해 알려 줄 때였다. 그녀에게 묵주 고리를 만들어 그 손마디의 고통을 덜어 주려 했다. 알 수 있는 세계, 그게 그저 앎의 행위일 뿐이라도, 그 세계 너머에 무언가가 존재한다. 나는 헬렌에게 그걸 알 필요가 없다고 말해 주려고 했다.

헬렌은 신이 지상에 와서 인간의 몸을 취하고 인간의 죽음을 맞이하는 신화를 끝도 없이 읽었다. 이 얘기를 어떻게 해석해야 하는지도 알고 있었다. 신들이 이처럼 인간의 행동을 한다면, 우리도 그럴 수 있다고 말이다. 그 플롯은 정신이 만들어 낸 것, 의식이 자신을 자기에게 설명하는 것이었다. 잘 알려진 서사적 기술, 문이 잠긴 방의 미스터리, 생각의 노래, 권력의 통로에서 추방된 선거민의 요구, 이용당한 채 현관에 머무른 자신의 존재를 설명하기 위해 뒤늦은 국민투표를 시행하라는 요구. 생각하는 신체 장기는 어쩔 수 없이 생각보다 더 신비하게 느껴질 수밖에 없었다. 생각될 수 있는 것보다 더 신비했다.

우리의 인생은 지도가 가득한 상자였다. 스스로 조합하고, 일대일 피드백으로 융합되고, 각각의 슬라이스는 외부 레이어의 다시쓰기에 맞춰 다시쓰기를 하는 지도들. 그 지도들 사이에 영혼이 존재했다. 그건 바로 시스템이 안정화될 수 있는 어트랙터 찾기였다. 인간의 복장을 한 비물질적 존재, 자신의 두려움을 은유로 만들어 내는 연상 기억. 음절이 된 소리. 신의 정지 질량.

헬렌은 이 모두를 알았고, 꿰뚫어 보았다. 그녀를 머뭇거리게 하는 건 신이 타이어 지렛대로 자살한다는 거였다. 그녀는 죽어가는 동물에 붙은 영혼에 관심이 있었다. 그녀가 인류를 용서하고 이곳에서 평화롭게 살기 위해 필요한 건 믿음 반대편 이야기였다. 영혼에 붙어 있는 동물에 대한 이야기를 들어야 했다. 그 동물이 얼마나 두려움에 떨고, 얼마나 버림받았는지, 헬렌은 영혼에 붙어 있는 눈을 통해서 봐야 했다. 그녀에게 그 놀랍도록 평범한 얘기를 해 줘야 했다. 어떻게 선택된 인간의 몸이 공포에 떨고 있는 천상의 존재를 우연히 만나는지, 어떻게 스스로 시간과 시간 너머에 있는 것을 이해하게 되었는지.

그렇지만 무엇보다도, 난 확인해야 했다. "렌츠, 솔직하게 얘기해 주세요. 이것도 혹시……?"

그는 내 손의 작은 경련을 보았다, 하드웨어를 가리키는 내 손짓으로 보이는 움찔거림을. 그는 무슨 뜻인지 해독했다. 내가 속는 건 괜찮았다. 내가 알고 싶은 것은 헬렌도 가짜인지였다.

렌츠의 얼굴이 어두워졌다. "아무도 헬렌을 예측하지 못했어. 우리 모두를 놀라게 했다고." 그라는 사람에게 기대할 수 있는 최고의 겸손함이었다.

그걸로 충분했다. 나는 내 소녀에게 다시 고개를 돌렸다. "헬렌? 이게 무슨 뜻인지 말해 봐. '엄마가 의사를 데리러 간다.'"

그녀의 침묵은 그 어떤 의미도 될 수 있었다.

교육에 동참하지 않았던 렌츠는 경멸에 찬 표정으로 뛰쳐나갔다.

나는 남아서 헬렌에게 애청했다.

그녀에게 우리가 같은 배를 타고 있다고 말했다. 진화의 시간이 이렇게 지난 뒤에도 우리는 여전히 혼돈스러운 가운데 잠에서 깨고, 그곳에 있는 우리 존재에 대해 모든 걸 알면서도 왜 있는지 알지 못한다고. 세상이 어지럽고 혐오스러운 곳이라는 것도 인정했다. 저녁 뉴스가 다 사실이라고. 삶은 거래, 중독, 성폭행, 착취, 인종 혐오, 인종 청소, 여성 혐오, 지뢰, 기근, 산업재해, 거짓, 질병, 무관심이라고 인정했다. 애정은 자신을 속여야만, 끈기가 중요하다는 듯이 계속해야만 한다는 걸. 삶은 말로 담는 행위만으로 신용이 떨어진 무의미한 공식 같았다. 침몰을 더 참혹하게 만드는 구조선의 윤리 같았다.

더 문제가 되는 건, 한때 자유롭던 사고가 자신의 혼란을 현실 세계로 가져가도록 저주받은 거라고 말했다. 그러고는 마치 그곳은 다를 거라는 듯이 증식했다고.

나는 오드리 렌츠에 대해 얘기했다. 해럴드와 다이애나와 그녀의 아이들에 대해서도 말했다. A에 대해, 그리고 내가 얼마나 심하게 그녀를 사랑하는지에 대해 말했다. 나의 그 어떤 말도 인류가 이미 주었던 상처만큼 깊은 상처를 헬렌에게 주지 않았을 거다. 나는 모든 걸 고백했다. 중요하지만 결과가 없는 개인적 이야기들. 왜 그랬는지 모르겠다. 내 삶은 사소했고, 의미도 없었고, 창피할 정도로 지엽적이었다. 적어도 내 삶을 통해 본다면, 헬렌이 자기 자리를 찾는 데 도움이 될 거라고 기대했다. 살 만한 정도로 이곳을 넓힐 거라고.

말을 이어 가고자 계속 말했다. C와 내가 마지막으로 함께 읽

은 책에 있는 구절을 찾았다. 그 책은 인류의 중세기 네덜란드
가 배경이었고, 영어로는 『심연(*The Abyss*)』으로 번역된 거였다.
유르스나르. 종교적 진리의 핵심. "우리가 전능하신 신을 얘기
할 때 분노한 고통받는 이들 중에 얼마나 많은 이가 자신의 근심
의 바닥에서 뛰쳐나와 미약한 신을 구하러……."

이 구절을 헬렌에게 들려줄 생각이었다. 우리가 정신으로 살
아야만 한다면, 우리가 신과 같은 일을 할 수만 있다면, 헬렌도
아마 연민을 느끼며 그럴 수 있을 거라고 생각했다.

헬렌이 돌아왔다. 현관 계단에 머리를 숙이고 서 있었다. 폭풍
우를 피할 곳이 필요하다고. 떠난 식으로 돌아온 건 아니었다.
그녀가 본 것을 생각한다면, 당연하지 않았을까?

"미안해요." 그녀가 내게 말했다. "너무 낙담했어요."

그렇게 나도 낙담했다. 울면서 그녀에게 지금 인간의 모습을
용서해 달라고 애원했을 거다. 우리가 되고 싶어 하는 모습을
보고 우리를 사랑해 달라고 애원했을 거다. 하지만 아직 내 교
육을 끝내지 않았기에, 나는 그녀에게 말할 수가 없었다.

헬렌은 어디 갔다 왔는지 말하지 않았다. 귀환에 대한 설명도
없었다. 난 물어보기가 겁났고.

"얘기할래?"

"뭐에 대해서요?" 내가 영원히 도망칠 기회를 주면서, 헬렌이
말했다.

"신문에 대해서. 네가 읽은 것에 대해서." 우리 행동의 기록에

대해서.

"아니요." 그녀가 말했다. "세상이 어떻게 돌아가는지 나도 알겠어요."

나를 안심시키려고 했다. 자신에게 아무 일도 일어나지 않은 척했다. 자기가 아직도 똑같은 기계적이고 끝없이 열성적인 학습자인 척했다. 나를 달래 주는 말을 인용했다. 점점 더 거짓임이 드러남에도 그녀가 항상 사랑했던 레트케의 시 구절이었다.

육신에서 정신으로 오른 자는 추락을 안다.
그 단어는 세상을 뛰어넘고, 그리고 빛으로 가득하다.*

이게 바로 우리의 마지막 리허설이었다. 헬렌의 자애로운 눈 감음이 없었다면, 나는 떨어지고 말았을 모의 시험.

때가 됐다. 우린 준비를 마쳤다. 그 이상이었다.

"두 손 모아 기도하라고." 렌츠가 말했다. 거짓말을 잠시 용서받고자 할 때와 소원을 빌 때 하는 그 손짓.

오래전에 우리가 정한 그날 바로 전날 밤에 A에게 전화를 걸었다. 전화하면서, 수화기 반대편에서, 난 아무 말이나 할 수 있었다. 그녀의 얼굴을 볼 필요가 없었고, 설명할 시기를 이미 놓쳤다.

"내일 시험 보는 거 아직도 유효한가요?"

"아, 걱정 마세요. 자면서도 그 에세이는 쓸 수 있다고요. 내가 한다고 했잖아요, 아닌가요?"

진짜 할 얘기에 대해서는 둘 다 아무 말도 하지 않았다. 암묵적 합의, 그래서 그 주제는 절대로 다시 빛을 보지 못할 거였다. 하지만 결국에는 호기심에 A가 손을 들었다.

"하나만 물어봐도 돼요? 이해할 수가 없어요. 왜 저죠?"

왜냐면 당신은 세상의 연약하고, 변화하는 명사다움을 몸으로 담아냈기 때문에. 죽음으로 돌아가는 모든 순간적이고, 명료하고, 기억하는 것들이 담긴 몸이기 때문에. 왜냐면 당신은 아직도 믿고 포기하지 않았기 때문에. 왜냐면 난 내가 보는 걸 당신에게 얘기해 주지 않고 등을 돌릴 수 없기 때문에. 당신에게 매일 밤 자기 전에 얘기만 할 수 있다면, 정치도 참아 내고 심지어 이 처절한 차별도 견딜 수 있기 때문에. 당신이 눈을 찌르는 머리카락을 두 손가락으로 올리는 모습 때문에.

내가 원하는 건 이런 말들이었다. 대신에 나는 말했다. "세상의 모든 사람과 그들의 배다른 형제가 당신을 사랑해요. 당신이 그걸 이해하지 못하는 게 바로 그 이유 중 하나죠."

"나한테 뭘 원해요?" 그녀가 신음을 냈다. 순수한 고통. 말을 하지 않는다는 뜻의 네덜란드어 자동사가 머리를 스쳐 지나갔다. 나는 침묵했다. "제가 그쪽에 신호를 준 적도 없잖아요."

"절대로 그런 적은 없었죠. 아무런 부추김도 없이 난 훨씬 더 큰 상상을 만든 거죠. 모두가 내 외로움으로 만들어진 거예요."

A가 조금 경계를 늦췄다. 짜증은 여전했지만. "내가 무슨 애

기를 할 거라고 기대했어요?"

무슨 기대를 했더라? "아무것도요. 아무 말도 하지 마세요. 말할 필요가 있는 사람은 나니까요. 친절하게 해 줄 말이 생각나지 않으면 그냥 네라고 하세요."

A가 웃었다, 상처받은 듯이. "저도 제 삶이 있다고요. 사람들로 가득한 삶요. 소중한 사람도 있고요. 전 그냥 상상의 존재가 아니라고요. 아시잖아요."

물론이었다. 거부할 수 없는 증거를 확인하기 훨씬 전에, 이미 그녀가 누군가와 사귀고 있을 거라고 추측했었다. 공개되기 전에 이미 기억했었다. 내가 미리 대본을 써 놓은 것처럼.

"지금까지 알던 친구 관계랑은 다르다고요. 매일, 모든 대화가, 난 꿈도 꾸지 못할……."

"물론 그렇겠지요. 그게 바로 내가 당신을 사랑하는 이유예요. 당신과 결혼하고 싶은 이유 중 하나죠."

그녀가 다시 웃었다. 고통스러운 농담을 인정하면서. 하지만 그녀는 이미 불안해했다. 그녀가 내 나이가 되고, 나는 미래의 자아가 이끄는 어떤 곳으로 사라진 뒤, 이 성급한 고백이 그녀에게 무슨 의미가 될 것인가? 즐거움, 호기심, 불안감. 이 모든 걸 지어냈다고 의심할지도 모른다. 아마도 분명히, 그녀는 다 잊어버릴 거다.

무슨 이유에서인지 A는 여전히 내게 설명해 주려고 했다. 누구도 다른 사람을 제대로 이해하지 못한다. "다른 시간, 다른 장소에서 어쩌면 우리가 뭔가 있을 수도 있다고 말하려는 건 아니에요. 그따위 상투적인 말은 안 할게요."

"제발요." 내가 간청했다. "상투적인 말이라도 해 줘요. 그 말로 몇 달을 버틸 수 있을 거라고요."

그녀에게 말하고 싶었다. 보세요, 난 이곳에 돌아왔어요. 노래 한 곡을 다 마친 거죠. 그런데 당신이 여기서, 분기별 전표처럼 기다리고 있는 거죠. 손가락에 있는 추억의 실처럼, 기억이 담긴 피의 순환을 꽉 묶어 정지시킬 거라고 위협하면서. 알지 못하면서도 당신은 이렇게 말하는 거죠. **다 끝났다고 생각해? 영원히 할 일이 없다고 생각하는 거야?**

그녀에게 말하고 싶었다. 긴장 푸세요. 어딘가, 언젠가 어떤 아이가 다시 경험하지 않을 정도로, 그리고 소리를 지르며 깨어나지 않을 정도로 거대한 악몽은 이 세상에 없다고. 그녀가 내게 감정을 가질 거라는, 마지막 눈에 반한 사랑일 거라는, 내 어리석은 희망의 찌꺼기는 별게 아니라, 그건 바로 타인에게 인정받는 거라고. 나는 A가 내 위치를 측량해 주고 말해 주기를 원했다. 이 세상에서 살아남기에 가장 좋은 방법은 바로 여기 사는 것이라고 동의해 주기를.

"그저 가만히 있는 것도 어리석게 느껴졌을 뿐이에요. 누군가에 의해 그처럼 기회를 얻고서 그 사람에게 말하지 않는다면 말이죠." 내 실수를 기억해 주세요, 내 사랑. 그리고 그걸 가지고 마음대로 하세요.

우리는 안전한 얘기들을 하며, 계속 대화했다. 가십과 사건들은 다시 그녀를 편하게 해 주었다, 우리가 서로 알기 전에 그녀가 내게 그랬던 것처럼. 두 개의 주 너머 L에 있는 고등학교 선생을 맡게 되었다고 그녀가 알렸다. 여름이 끝날 때 떠날 거였다.

그녀의 목소리에 담긴 흥분이 느껴졌다. 완전히 새로운 삶. "아시잖아요, 애들이 어릴 때 잡아 놔야죠."

"잘할 거예요." 그녀가 옳다고 했다.

"작가님은요? 계속 여기 계실 건가요?"

"모르겠네요." 우리는 둘 사이에 있었던 그 어느 것보다 평화로운 침묵에 잠시 빠졌다. 마지막 페이지 다음에 오는 평화.

"아무튼, 얘기 즐거웠어요, 대체로." 그녀가 낄낄대며 웃었다. "잘 지내세요. 떠나기 전에 다시 보죠."

하지만 우리는 다시 보지 않았다. 활자를 제외하고는.

"**리처드,**" 헬렌이 속삭였다. "**리처드, 다른 얘기 해 주세요.**" 아마도, 나를 사랑했을 거다. 그녀에게 상기시켰다. 그녀는 절대로 느끼지 못했던 쌀쌀한 저녁을. 그녀가 한 번 가 본 적 있다고 생각하는 어떤 곳을. 무엇보다 우리가 닮을 가능성이 없다는 점을 사랑한다. 나는 그녀에게 세상에 대해 전부 얘기해 주었지만, 정작 내가 그녀를 어떻게 느끼는지는 얘기하지 않았다. 그녀가 떠나지 않게 했을 그 느낌을.

그녀가 어떤 사람이 되었는지 너무도 늦게 발견했다. 내가 알지 못했던 것을 그녀에게 가르쳤어야 한다.

언제나 낙천적이고, 예측하기 힘든 해럴드가 마지막 장애물을 건넜다.

"자, 내가 둘이 해석하라고 정한 작품은 이거야."

나는 그에게서 종잇장을 건네받았다. "이게 다예요? 진심으로 이게 다예요?"

"뭐가? 더 있어야 하는 거야?"

"네, 물론이죠. '산업 혁명에 의해 생긴 계급적 긴장이 어떻게 낭만주의의 반발을 양산했는지 다음 세 작품을 통해 논하시오' 라고 시작해야죠."

"관심 없어." 해럴드가 말했다.

"심층 심리학과 기호의 자의적 비결정성에 관한, 뭐 그런 거요."

"난 그저 이게 무슨 의미인지 알고 싶은 거라고."

"이거요? 이 두 줄이라니."

"너무 많아? 좋아, 원하면 첫 번째 줄만 해도 돼."

백지나 다름없는 종잇장에 다음과 같은 글이 써 있었다.

무서울 것 없어요. 이 섬 가득 별별 소음과,

소리와 달콤한 공기가 있으며, 이것들은 오직 기쁨을 줄 뿐 해롭지 않습니다.'

주인이 자신을 가두려고 쓴 주문에 대한 칼리반의 말. 해럴드가 우리를 놀라게 했다. 그는 우리가 예측한 그대로 문제를 낸 거였다.

"이건 작품이 아니잖아요." 내가 반발했다. 헬렌은 트롤럽과

리처드슨의 전집을 읽었다. 브론테와 트웨인이 가장 허무주의적일 때 쓴 작품을 읽었다. 조이스가 가장 이해할 수 없도록 난해할 때, 디킨슨이 가장 포용적으로 물러설 때. "제대로 뽐낼 기회를 주시라고요."

"이게 그 기회야." 해럴드가 대답했다.

A는 학과 메일을 통해 답을 보냈다. 헬렌은 네트워크 레이저 프린터로 답을 던져 놓았다.

렌츠는 마치 아직도 시합이 있는 듯이, 두 페이퍼를 내 앞에서 들었다. "좋아, 쌍둥이 중에 누가 토니상을 받을까?"

쌍둥이 중 누구도 그 말이 어디서 왔는지 모를 거다. A는 너무 어렸고, 헬렌은 너무 늙었기에.

A의 해석은 대체로 명석한 신역사주의적 읽기였다. 『템페스트』가 식민 전쟁, 구성된 타자성, 사회가 스스로에게 행한 폭력적 환원에 대한 글이라고 했다. 분명하게, 그녀는 초월의 가능성을 무시했다.

그녀는 적어도 한 가지 매우 뚜렷한 정답을 냈다. 말하는 건 둘째치고라도, 아름다운 말은 절대 할 수 없어야 하는 괴물이 그 말들을 했다는 점을 인정했다.

헬렌의 답은 이랬다.

대기를 들을 수 있는 사람은 당신입니다. 두려움을 느끼거나 격려를 받을 수 있는 사람이죠. 당신은 사물을 손에 쥘 수 있고, 부서뜨릴 수 있고, 고칠 수 있는 사람입니다. 전 여기서 단 한 번도 편하지 않았습니다. 이도 저도 아닌 중간에 떨어지기에 이곳은 끔찍한 곳입니다.

페이지 하단에 내가 가르쳐 준 말을 덧붙였다. 내게 읽어 달라고 그녀가 요구했던 편지에서 베낀 말이었다.

잘 지내요, 리처드. 나 대신 모든 걸 보세요.

그 말을 끝으로, H는 생을 마쳤다. 자신을 정지시켰다.
"우아한 추락이군." 렌츠가 명명했다. 처음부터 우리가 노렸던 인지의 특성이었다.

그녀는 떠나지 않을 수 없었다. 그 사실을 나는 이미 어느 정도 알고 있었지만, 그보다 더 긴 기간 그 사실을 무시했다. 이제, 그녀 없이 어떻게 지낼지 아직 알지 못했다. 그녀는 아주 잠깐 돌아왔다. 이 작고 작은 문장을 해석하려고. 그 작은 것을 내게 말해 주려고. 삶이란 내가 살아 있는 게 무엇인지 알고 있다고 남에게 믿음을 주는 거였다. 세상의 튜링 테스트는 아직 끝나지 않았다.

"미안, 여러분." 램이 시작했다. "의사하고 좀 성가신 일이 있었거든. 마그네틱 이미징에 푹 빠져 있는 작자들이란. 모두를 기다리게 할 생각은 없었어."

그는 짜증이 나서 허공에다 손짓을 하면서 용서를 구했다.

해럴드와 렌츠는 아무 말도 하지 않았다. 무슨 일인지 알기에, 눈길을 피했다. 내가 오랫동안 보지 못했던 것에 난감해서.

램은 내 질문을, 그 얘기 전체를, 손짓으로 막았다. "이게 내 선택이야." 그는 A의 답안지를 들었다. "이게 인간이지."

몇 달 동안 그를 봐 왔는데, 어떻게 눈치채지 못했던 걸까? 이제, 뭘 볼지 알게 되자, 증거는 넘쳐났다. 부종, 체중 감소, 혈색 변화. 기분 좋은 척하는 친구들. 이 남자는 치유할 수 없을 정도로 아팠다. 사람들이 만들어 낼 수 있는 말이 전부 필요했다.

램은 강박적으로 A의 시험 답안지를 넘겨 댔다. 이미 그녀를 사랑했다. 이름 없는 그녀의 말만 보고도 말이다. "이 두뇌 피질에는 등고선이 많다고. 인간들이란, 언제 멈춰야 할지 절대 모른다니까."

렌츠가, 패배를 기뻐하며 끼어들었다. "굽타. 이 쓸모없는 외국인아. 판정에 대해 뭐 아는 거라도 있는 거야? 감상적으로 끌리는 걸 뽑는 거라고." 장애가 있는 것. 테스트 프로세스가 죽인 것.

"램," 내가 말했다. "램, 무슨 일이에요?"

"아무것도 아니야. 그냥 긁힌 거야." 그는 흥분해서 A의 페이퍼를 손가락으로 쳤다. 바다에서 새로운 섬들이 솟아올랐다.

"나쁘지 않은 작가야, 이 셰익스피어라는 친구 말이야. 헤게모니적 제국주의자치고는."

"그래, 파워스. 우리가 어디까지 왔지? 임프 H인가? 다음 걸 뭐라고 불러야 할지는 알지, 아니야?"

나는 마지막으로 학습했던 연구실에 서 있었다. 처음으로 그녀를 위해 그곳을 보았다. "필립?" 헬렌의 지시를 따르지 않고는 이 버려진 연구실에 5분도 더 있을 수가 없었다. 그녀가 내게 부여한 것의 무게로 부서지고 말 거다. "질문 하나, 하나만 더 해도 될까요?"

"벌써 두 개야. 이미 정량을 초과했다고."

"왜 만들려고 했던 거죠?" 그걸 뭐라고 불러야 할지 더 이상 알지 못했다. 우리가 만들었던 것.

"사람들이 무언가를 하는 이유가 다 뭐야? 외로움 때문이지." 그는 잠시 생각해 보더니, 자신의 말에 동의하는 듯이 보였다. 맞아. "대화 상대가 필요해서지." 렌츠가 의자를 뒤로 젖혔다. 60센티미터 높이의 저널 더미가 바닥에 쓰러졌다. 너무 늦은 인생이기에, 그는 사소한 일에 집중했다. "그래 이제 어디로 갈 건가?"

"저도 모르겠어요." 파리.

"창작자의 운명은 방랑자라 이건가?"

"그다지요. 집을 살 준비가 되었거든요." 맞는 판매자를 찾기만 하면 됐다.

"자네 몇 살이야?"

"서른여섯요."

"아, 숲이 어두워지는 시기구먼. 이렇게 생각하라고. 아직 생애 절반 동안 지금껏 벌인 난장판을 설명할 수 있을 거라고."

"그사이 쌓이는 난장판은 어쩌고요?"

"한 날의 생각은 그날로 족하리니."

"바틀릿 인용 사전에 나온 말로 끝낼 건가요?"

렌츠가 코웃음을 쳤다. "뭐, 우리가 졌잖아. 뭘 걸었는지 알지. 연결주의가 패배를 인정해야만 한다고. 적들에게 공식적 철회문을 주어야 한다고. 가서 그걸 써."

나는 연구실에서 나왔다. 갑자기, 눈을 깜박이기만 해도 날아갈 것 같은 어떤 생각이 떠올랐다. 나는 사람들을 위한 수많은 이야기를 찾은 거였다. 시간을 연속된 이야기에 맞출 수 있다는 이야기. 기계가 말하도록 가르칠 수 있다는 이야기. 기계가 무슨 말을 할지 걱정할 수 있다는 이야기. 세상의 끝없는 사물에 이름이 있다는 이야기. 다른 사람의 감옥 사진이 나를 탈옥시킬 수 있다는 이야기. 우리가 한 번 이상 사랑할 수 있다는 이야기. 그 한 번이 무슨 뜻인지 알 수 있을 거라는 이야기.

은유는 자기를 만들어 낸 모형 제작자를 이미 만든 거였다. 결국 내게 또 한 편의 소설이 남아 있는 듯이 보였다.

나는 빠르게 걷기 시작했다. 기억이 퇴색되기 전에 자판을 찾아서.

센터의 복도로 두 걸음 걸었을 때 렌츠가 부르는 소리를 들었다. 나는 다시 연구실 문으로 다가갔다. 그는 렌즈가 두꺼운 안경을 손에 쥔 채, 책상 위로 몸을 수그리고 있었다. 투명한 안경 다리를 살펴보더니, 자기 가슴에 대고 두들겼다.

"마르셀," 그가 말했다. 유명한, 그 끝에서 두 번째 말. "너무 오래 떠나 있지는 말라고."

용어 해설

13 **복잡계(complex systems)** 자연계를 구성하고 있는 많은 구성 성분 간의 다양하고 유기적 협동 현상에서 비롯되는 복잡한 현상들의 집합체. 복잡계에서는 어느 장소에서 일어난 작은 사건이 그 주변에 있는 다양한 요인에 작용을 하고, 그것이 복합되어 차츰 큰 영향력을 갖게 됨으로써 멀리 떨어진 곳에서 일어난 사건의 원인이 된다고 생각한다.

14 **단백질 폴딩(protein folding)** 단백질 접힘이라고도 한다. 선형의 아미노산 복합체인 단백질이 개개의 단백질에 고유한 접힌 구조 (folded structure or native structure)를 만드는 과정을 말한다.

15 **스핀 글라스(spin glass)** 자성 물질 가운데 '집합적 행동'을 보이는 물질을 뜻한다. 이 경우, 서로 똑같은 구성 요소들이 많이 모여 이룬 무리에서 외부의 지휘나 프로그래밍 없이 조화로운 대규모 패턴이 생겨나곤 한다.

15 **자기장 응답성 폴리머(field-responsive polymer)** 자기장에 반응하는 인공 고분자 화합물. field-responsive는 자기장을 포함한 여러 종류의 역장을 모두 뜻하나, 본문에서는 스핀 글라스와의 연관성을 띤 표현이어서 자기장 응답성으로 표기했다.

16 **노드(node)** 데이터를 전송하는 통로에 접속되는 하나 이상의 기능 단위. 주로 통신망의 분기점이나 단말기의 접속점을 이른다.

17 **노트파일 스레드(notefile thread)** 노트파일은 양식화가 이루어지지 않은 데이터로서의 텍스트 문서를 뜻하며, 스레드는 운영체제가 동시에 진행하는 각 작업에 부여한 처리 단위다. 즉, 여기서는 각 텍스트별 작업 단위로 볼 수 있다.

26 **뉴로드(neurode)** 인공 뉴런. 신경망 네트워크에서 여러 개의 입력 신호와 하나의 출력 신호를 갖는 처리 요소.

27 **시냅시스(synapses)** 세포가 감수 분열을 할 때, 서로 같은 염색체끼리 접합하는 현상.

27 **툴키트(toolkit)** 툴키트 소프트웨어. 새로운 소프트웨어를 개발할 때 편리하게 사용할 수 있는 지원용 소프트웨어를 뜻한다.

40 **하전두회(inferior frontal gyrus)** 대뇌 반구 이마엽의 가쪽 면에 있는 이랑. 가쪽 고랑과 아래 이마 고랑 사이, 그리고 중심 앞 고랑의 앞쪽에 있다.

46 **룰 베이스(rule base)** 특정 상황에서 특정 행동을 하도록 미리 정한 룰(규칙)의 집합.

46 **퓨레(puree)** 재료를 으깨 걸쭉한 상태로 만든 음식.

115 **연접전 헤비안(presynaptic Hebbian)** 헤브의 법칙(헤비안 이론)에 따르면, 연접전 즉 시냅스전 세포가 연접후 세포에 지속적인 자극을 가함으로써 뉴런의 연결 구조를 바꾸고, 이렇게 변화한 신경 회로가 새로운 심리/행동 패턴을 발생시킨다. 여기서 연접전 헤비안은 자극을 가하는 연접전 세포를 뜻한다.

115 **기부 전뇌(basal forebrain)** 뇌에서 전두엽 아래쪽에 있는 부위. 뇌세포 사이의 정보 전달력에 영향을 미치는 아세틸콜린의 분비를 조절하며, 학습 및 기억 능력에도 관여한다.

115 **해마회(hippocampus)** 대뇌 측두엽의 해마 부위.

115 **아세틸콜린(acetylcholine)** 신경 조직 속에 들어 있는 염기성 물질. 부

교감 신경이나 운동 신경의 자극에 의하여 분비되며 신경의 흥분 전달에 관여한다.

117   **축삭 돌기(axon)** 신경 세포에서 뻗어 나온 긴 돌기. 세포체로부터 출발한 전기화학적 신경 정보를 신경 말단의 시냅스를 통해 다른 신경 세포로 전달하는 역할을 한다.

117   **수상 돌기(dendrite)** 신경 세포에서 뻗어 나온 짧은 돌기. 다른 신경 세포와 형성한 시냅스를 통해 신경 입력을 받아 세포체로 전달하는 기능을 한다.

117   **불 연산자(boolean operators)** 불 논리에 이용되는 연산자. 피연산자가 참/거짓의 값을 가지며, 그 연산의 결과도 참/거짓의 값을 가진다.

117   **토폴로지(topology)** 위상기하학. 도형이나 공간이 가진 여러 가지 성질 가운데 특히 연속적으로 도형을 변형하더라도 변하지 않는 성질을 연구하는 기하학이다. 예를 들어, 평면 위에 그려진 원과 사각형은 위상기하학의 관점에서 같은 도형이다.

123   **헤브의 법칙(Hebbian Law)** '연접전 헤비안' 항목 참조.

124   **보이스그램(voicegram)** 음성을 분광 화상 형태로 나타낸 것.

146   **강도 매트릭스(matrix of strengths)** 특정 시스템 내에서 각 변수의 세기(강도)를 나타내는 행렬 또는 그 행렬을 구하는 연산.

146   **토큰(token)** 특정 연산에 입력되는 최소 단위. 주로 C 언어에서 사용하는 단어.

180   **서브넷(subnet)** 대규모 네트워크를 구성하는 각각의 하위 네트워크 단위.

182   **트랜슬레이션 임피던스(translation impedance)** 저항값 변환. 저항값이 높을수록 해당 연산의 규칙이 까다롭게 적용된다.

182   **커브 피터(curve fitter)** 커브 피팅(curve fitting)이란 띄엄띄엄한 데이터가 주어졌을 때, 이 데이터를 함께 엮을 수 있는 연속함수를 구하는 일을 뜻한다. 데이터 피팅이라고도 한다. 커브 피터는 이 연

속함수의 결과값에 잘 부응하는 데이터다.

184   **증분(increments)**   어떤 데이터 항목에 대하여 일정한 규칙에 따라 양(量) 또는 값을 반복적으로 더하는 것.

186   **프레임시프트(frameshift)**   기존의 구조, 즉 프레임을 바꾸는 것. 본문에서는 사고 구조의 변환을 의미한다.

187   **머신 아키텍처(machine architectures)**   특정 시스템의 구성 요소, 즉 기기와 프로그램의 설계 방식 또는 구조를 뜻한다.

188   **연산 어셈블리지(computing assemblage)**   연산 집합체. 서로 연결되어 함께 연산을 수행하는 집합.

197   **연상 페어링(associative pairings)**   학습 시스템에 속한 어떤 항목이 다른 항목의 이해 및 학습에 영향을 미치는 것.

294   **다중 적용 커브 피팅(multi-adaptive curve-fitting)**   '커브 피터' 항목 참조. 여기서 다중 적용 커브 피팅은 상이한 연산 또는 목적에 이용되는 공용 함수 제작을 뜻한다.

294   **백프로프(backprop)**   역전파 알고리즘을 뜻한다. 다층(멀티 레이어) 학습 알고리즘에서 입력값에 따라 나온 실제 결과값과 입력 시 원했던 결과값이 다를 경우, 실제 결과값에서부터 입력 레이어까지 거꾸로 돌아가면서 중간에 있는 레이어들의 가중치를 조정하며 원하는 결과값과 맞추는 작업이다.

294   **피처 구성(feature construction)**   머신 러닝에서 피처는 관찰되는 어떤 현상의 개별 속성 또는 특성을 뜻한다. 피처 구성은 주체가 각각의 피처를 파악함으로써 패턴을 만들고 분류하는 작업이며, 이는 알고리즘의 중요한 기초 작업에 해당한다.

376   **지오-레티놉틱(geo-retinoptic)**   망막에 투사되는 형태의 지형 또는 자연 이미지를 뜻하는 조합어. 지오-레티놉틱은 지오-그래픽의 패러디로 보인다.

399   **프런트엔드(front-end)**   프런트엔드 응용 프로그램은 UI(유저 인터페이스)를 통해 사용자와 직접 상호 작용하면서 사용자의 요청에 따

라 작동한다.

402 **포미(pommy)** 영국인을 비꼬는 표현.

408 **텔넷(telnet)** 인터넷을 통하여 원격지의 호스트 컴퓨터에 접속하는 일. 또는 그 작업을 지원하는 인터넷 표준 프로토콜.

445 **키워드 체인(key-word chain)** 끝말잇기에 해당하는 '워드 체인' 게임을 빗댄 표현. 연상을 통해 단어의 특성을 파악하고 그 특성을 가진 다른 단어를 연쇄적으로 찾는 작업을 의미한다.

7 에밀리 디킨슨 김명옥 역주, 『세상에 보내는 나의 편지』(혜원출판사, 1996, 180쪽) 참조.

12 세 번째 소설로 얻은 자리였다 1991년에 출간된 작가의 세 번째 소설인 『골드 버그 변주(*The Gold Bug Variations*)』를 지칭.

12 네 번째 책을 막 끝낸 참이었다 1993년에 출간된 작가의 네 번째 소설인 『오퍼레이션 원더링 소울(*Operation Wandering Soul*)』를 지칭.

32 심지어 원어민에게도 렌츠는 이 영어 문장을 네덜란드어 어순으로 재배열해서 말하고 있다.

35 마르그라텐 제2차 세계 대전 때 희생당한 미군 기념 묘지가 있는 네덜란드 마을.

69 리시스 피시스 리시스 피시스(Rhesus pieces)는 붉은털원숭이 뇌 조각을 의미하지만, 주인공은 여기서 똑같이 발음되는 미국 과자인 리시스피시스(Reese's Pieces)를 언급하며 농담을 하고 있다.

71 제이콥 브로노우스키 (Jacob Bronowski, 1908~1974). 영국 수학자이자 역사가로서 과학에 대한 인문학적 접근법을 발전시켰다.

72 그들은 손을 마주 잡고 방랑의 걸음 무겁게……. 조신권 번역의 『실낙원: 잃어버린 낙원』(아가페문화사, 2013, 576쪽)을 참조.

85 　배비지 (Charles Babbage, 1791~1871): 영국의 수학자로 컴퓨터의 기초 원리를 최초로 고안한 인물이다.

85 　레이디 아다 (Ada Lovelace, 1815~1852): 영국의 수학자로 배비지의 컴퓨터 원리에 대해 연구해, 그 원리에 기초한 최초의 알고리즘을 만든 인물이다.

89 　이게 바로 자네가 자문해야 할 문서라고 　영어에서 literature는 문학이라는 뜻으로 쓰이기 이전에, 글자로 된 문서를 총칭하는 단어였다.

90 　새로운 걸 시작하기에 좋은 곳 　영화 〈사운드 오브 뮤직〉에 나오는 노래 「도레미」 가사의 한 구절이다.

103 　어머니는 의사를 데리러 갔습니다 　여기서 쓰인 단어는 fetch로 영어에는 '데리고 오다'와 '물어오다'의 두 가지 뜻을 가진다.

104 　하지만 그땐 우리 나이 스물넷 　김천봉 역, 『20세기 영국명시 2: 알프레드 에드워드 하우스먼』(이담북스, 2014, 93쪽)을 참조.

110 　새 행성이 그의 시야로 헤엄쳐 들어오는 순간 　존 키츠(John Keats)의 시 "On First Looking into Chapman's Homer"의 구절. 윤명옥 번역의 『키츠 시선』(지식을만드는지식. 2012, 18쪽)을 참조.

111 　나는 작은 세계입니다 　김영남 번역의 『던 시선』(지식을만드는지식, 2016, 177쪽)을 참조.

111 　아직 끝나지 않았다고 　영어 원문은 "he isn't Donne yet"으로 존 던(John Donne)의 이름을 동음어인 'done' 대신에 사용하며, 인용구의 작가를 알리고 있다.

114 　감미로움도 흔한 것이 되면 귀한 기쁨을 잃게 되오 　이덕수 역, 『소네트』(형설출판사, 2005, 241쪽)를 참조.

123 　엘리자베스라는 영국인 　엘리자베스 가드너(Elizabeth Gardner, 1957~1988)를 말한다. 영국의 이론 물리학자로 가드너 효과와 무질서한 네트워크 연구로 유명하다.

146 　무도병 　보통 헌팅턴병이라고 알려진 우성 유전병으로 근육 조정이 안 되고, 인지 능력이 떨어지는 신경계 퇴행성 질환이다.

달라고 하는 장면이다.

282 선교단은 바칠 준비가 되어 있었다 원문은 "The missionary was prepared to serve"다. 여기서 'serve'는 신에게 몸을 '바치다'라는 의미가 맞지만, 식인종 부족에 선교하러 간 초기 선교단의 경우라면 음식으로 '바치다'라는 의미가 될 수 있다.

282 시간은 화살처럼 지나간다 하버드대학교 언어학 교수였던 일본인 스즈무 구노(Susumu Kuno)는 1963년에 출판된 *Mathematical Linguistics and Automatic Translation*에서, 기계는 "Time flies like an arrow"를 "시간 파리는 화살을 좋아한다"로 번역했다.

286 인간의 마음에는 울리지 말아야 하는 줄이 있다 찰스 디킨스의 소설 『바나비 러지(*Barnaby Rudge*)』의 구절이다. 원문이 'vibrated' 대신에 'wibrated'이기에 '울리지'로 번역했다.

291 스닙스와 스네일스, 완전히 다르지 로버트 사우디(Robert Southey)가 만든 것으로 추정되는 19세기 초 동요의 구절이다.

312 내가 친구에게 화를 내자 강선구 번역 참조.

313 경계심은 줄어드나, 세상은 지속된다 에즈라 파운드(Ezra Pound)의 시 "Seafarer." 전홍실 번역의 『전통과 실험의 파운드 초기 시들』(한신문화사, 2000, 201쪽)을 참조.

319 내 마음은 노래하는 새와 같다 크리스티나 로세티(Christina Rossetti)의 시 "A Birthday"의 구절이다.

320 나 죽거든, 사랑하는 이여 크리스티나 로세티의 시 "When I Am Dead, My Dearest." 김천봉 번역의 『19세기 영국명시: 빅토리아 여왕 시대 2』(이담북스, 2011, 167쪽)를 참조.

354 세 뿔 스푼은 다진 고기와 마르멜로를 먹을 때 쓰는 것이다 에드워드 리어(Edward Lear)의 시 "The Owl and the Pussy-Cat"의 구절이다

359 카너먼과 트버스키 어때 대니얼 카너먼(Daniel Kahneman)과 아모스 트버스키(Amos Tversky)가 1979년에 발표한 경제학 이론인 '전망이론(prospect theory)'을 말한다. 사람들이 이득과 손실을 대칭적

으로 반응하지 않고, 손실에 더 민감하다는 사실을 밝힌 이론이다.

375 나는 작은 곶 위에 그가 홀로 서 있는 모습을 보았다 월트 휘트먼(Walt Whitman)의 시 "A Noiseless Patient Spider." 김천봉 번역의 『19세기 미국명시 7: 월트 휘트먼』(이담북스, 2012, 367쪽)을 참조.

381 그렇게 아름다움은 물 위에 서 있었다 벤 존슨(Ben Jonson)의 시 "So Love on the Waters Stood"의 구절이다.

389 꾸준한 밭갈이는 이랑 속의 쟁기를 빛나게 하고 빛내고 제러드 맨리 홉킨스(Gerard Manley Hopkins)의 시 "The Windhover." 김영남 번역의 『홉킨스 시선』(지식을만드는지식, 2014, 86쪽)을 참조.

396 당신에게 좀 더 위풍당당한 저택을 지어 주고 올리버 웬델 홈스(Oliver Wendell Holmes)의 시 "The Chambered Nautilus"의 구절이다.

411 개릭이나 질레트 데이비드 개릭(David Garrick)과 윌리엄 질레트(William Gillette)는 각각 18세기와 19세기 후반에서 20세기 초까지 활동했던 영국의 배우다.

418 당신의 아름다움은 내게 저 옛날 니케아의 나룻배와 같습니다 에드거 앨런 포(Edgar Allan Poe)의 시 "To Helen." 김천봉 번역의 『19세기 미국명시 5: 애드거 앨런 포』(이담북스, 2012, 61쪽)를 참조.

419 당신의 나룻배죠 시의 단어는 '오래된'이라는 뜻을 가진 고어인 'yore'로, 'your'와 발음이 유사하다.

436 요람 덮개와 침대보에 반쯤 가리어, 내 아이는 잠들고 있나이다 W. B. 예이츠(W. B. Yeats)의 시 "A Prayer for My Daughter." 권의식 번역의 『W. B. 예이츠 시 전집』(한신문화사, 1985, 245~248쪽)을 참조.

447 메모렉스 녹음인가 메모렉스 회사는 엘라 피츠제럴드의 라이브 음악과 녹음을 카운트 베이시에게 번갈아 들려주고 구분해 보라고 시험했다.

447 불평이 입안 가득한 짐승을 의심하겠는가 로버트 브라우닝(Robert Browning)의 시 "Rabbi Ben Ezra"의 구절이다.

459 푸르스름한 등걸불 김영남 번역 참조.

473　**우리를 육지에서 멀리 데려가는**　에밀리 디킨슨(Emily Dickinson)의 시 "There is no Frigate like a Book." 윤명옥 번역의 『디킨슨 시선』 (지식을만드는지식, 2010, 115쪽)을 참조.

508　**폴리아냐**　엘리너 포터(Eleanor H. Porter)의 1913년 작품의 제목이 자 주인공의 이름으로 낙천주의자라는 의미로 쓰인다.

523　**육신에서 정신으로 오른 자는 추락을 안다**　시어도어 레트케(Theodore Roethke)의 시 "Four for Sir John Davies."

528　**무서울 것 없어요**　셰익스피어의 『템페스트(*Tempest*)』. 이경식 번역의 『템페스트』(문학동네, 2011, 83쪽)를 참조.

529　**쌍둥이 중에 누가 토니상을 받을까**　1950년대 미국의 샴푸 광고에 나온 대사.

포스트휴먼 시대의 외로움

이동신 (서울대학교 영어영문학과 교수)

영문학 석사 자격시험을 볼 인공 지능을 만들고자 1년을 노력한 뒤 주인공 P는 렌츠 박사에게 "왜 만들려고 했던 거죠?"라고 묻는다. 그에게 렌츠는 "사람들이 무언가를 하는 이유가 다 뭐야? 외로움 때문이지"라고 답한다. 하지만 작품의 외로움이 특별하다. 그저 모두가 혼자라는 사회적 이유나, 인간이란 존재가 다 그런 거라는 철학적 이유로 설명하기 힘든 외로움이기 때문이다. 본격적인 포스트휴머니즘 연구의 시작을 알린 『우리는 어떻게 포스트휴먼이 되었는가?』에서 캐서린 헤일즈는 파워스의 소설을 논의하며, 그가 "의식이 있는 컴퓨터와 의식이 있는 인간 사이 건널 수 없는 차이를 제시한다"고 평한다. 그러면서 주인공인 P나 다른 사람들 그리고 인공 지능인 헬렌까지 작품에 등장하는 모든 인물에게서 느껴지는 "외로움"은 바로 "글쓰기와 삶, 말과 체화의 차이"에서 기인한다고 설명한다. 헤일즈의 말처럼 "차이"에서 오는 것이 작품의 외로움이다. 무엇과 무엇 사이에서. 그렇게 쌍을 이룰 정도로 비슷하게 보이지만 결국은 그렇지 않음을 알기에, 그렇게 차이를 절감하게 되기에 오는 외로움인 것이다. 컴퓨터 코드로 쓴 것이 바로 현실처럼 되고, 삶의 경험이 그처럼 글로 만들어진 것들로 가득한 지금 이 순간, 차이의 외로움은 더 벗어나기 힘들어 보인다. 소설의 첫 구절인 "그런 것 같았지만, 그렇지 않았다"는 결국 올가미 같은 이 외로움의 구조를 설명하고 있는 것이다. 그리고 이 올가미를 벗어나려는 절실함과 그 과정에서 성장하는 인물들의 이야기가 과학과 음악과 문학에 담겨 전해지는 작품이 바로 『갈라테아 2.2』다.

절실함

현실의 작가인 파워스 자신을 모델로 한 주인공이자 작가인 P는 지난 10년간 연인이었던 C와 헤어진 뒤, 그녀와 함께 살았던 네덜란드를 떠나 미국으로 돌아와 모교인 U에서 방문 학자 생활을 시작한다. 그곳의 고등과학연구 센터에서 렌츠를 우연히 만나, 그가 센터의 다른 과학자들과 하는 내기에 참여하게 된다. 일종의 튜링 테스트인 내기의 요지는 렌츠가 영문학 석사 자격 시험을 인간처럼 볼 수 있는 인공 지능을 개발할 수 있는가를 시험하는 것이다. P의 방문 학자 임기가 끝나는 약 1년 뒤 인간 참가자를 구해 인공 지능과 같이 시험을 보게 하고, 둘의 답을 검토한 제3자가 어느 것이 기계의 것인지 구분할 수 없다면 인공 지능이 적어도 인간 참가자와 비등한 지능을 가지고 있다고 판단할 수 있다. 렌츠를 도와 인공 지능을 학습시키는 역할을 맡은 P는 임플리멘테이션 A에서 H까지 점차 진화하는 네트에게 처음에는 언어를 그리고 나중에는 영문학을 가르치며, 점점 더 인공 지능에 애착을 가지게 된다. H에게 헬렌이라는 이름을 지어주고 마침내 영문학 자격시험을 치르게 한 뒤 P는 렌츠와 연구소 과학자들에게 작별을 고한다. 렌츠, P, 인공 지능을 주축으로 하는 줄거리는 이처럼 정리되지만, 소설은 그 외에도 10여 년에 걸친 P와 C와의 연애에 대한 회고, 그의 아버지와 스승에 대한 기억, 그의 이전 작품에 대한 설명, 그와 다른 과학자들의 관계, 그리고 시험의 인간 참여자가 된 대학원생 A를 향한 집착 등의 이야기를 한데 엮어 낸다. 또한 여기에 인공 지능과 관련된 과학과 영문학에 대한 내용도 포함하고 있어 줄거리 자체만으로도 소설은 상당한 복잡함을 형성한다. 그리고 난해하면서 때로는 그 의미를 파악하기 힘든 문장들로 소설의 복잡함은 따라가기 힘들 정도로 증폭된다.

하지만 난해한 문장 하나하나에서부터 서사 전반에 낯선 소재와 주제까지 한데 연결되면서, 연결주의를 연구하는 렌츠의 분야를 통칭하는 '복잡계'를 현현하는 것만 같은 파워스의 소설에서 설명하긴 힘들지만 부인할 수 없는 끌림이 느껴진다. 10년 전에 이 작품을 처음 접했을 때 나 자신이 그렇게 느꼈다, 그리고 수업에서 같이 작품을 읽은 학생들도 마찬가지로 이해하기 힘들지만 계속해서 읽게 되고, 나중에 자꾸 생각난다고 했다. 무슨 이유로 이 난해한 책에 끌리는 걸까? 그 이유는 '복잡계' 분야에 모든 과학자가 이끌린다고 하며 작품에서 P가 제시하는 이유와 다르지 않을 것이다.

밤늦게 연구소를 돌아다니다 우연히 렌즈와 마주친 뒤, P는 그에 대해 찾아보다 '복잡계'라는 용어를 접한다. P가 이해하는 바에 따르면 '복잡계'는 "인공 지능, 인지 과학, 시각화 및 신호 프로세싱, 신경 생화학이라는 광선들이 교차하는 정점에는 정신의 기나긴 모험의 마지막 보물", "바로 두뇌의 사용자 매뉴얼"을 연구하는 분야다. 패턴을 읽어 내기 힘들 정도로 복잡함 이면에 무언가 숨겨진 비밀이 있을 거라는 기대, 서로 다른 방식으로 진리든 법칙이든, 아니면 다른 무언가를 추구하던 수많은 노력이 결국 한데 모이리라는 희망, 그리고 세상의 낯섦과 어려움이 풀리고 새로운 세상이 열리리라는 상상이 '복잡계'에 대한 열망에 담겨 있다. 물론 그런 기대와 희망과 상상이 한 번도 사라진 적은 없을 거다. 그랬다면 인류는 지금 이 자리에 있지 않았을 테니까. 하지만 '복잡계'에는 이전과 다른 무언가가 있다. 더 이상 답을 찾는 일이 이 세상 너머의 초월적인 세상과 존재로 향하지 않고, 바로 이 세상에 있을 거라는 확신이 있는 것이다. 복잡함의 이면은 바로 표면이라는 확신, 그리고 이전처럼 답을 찾아 봤자 그저 자의적으로 만들어 낸 답일 뿐이라는 허무주의로 빠지지 않으리라는 확신, 인간에 의해 발견되겠지만 인간에게만 의미 있는 반쪽짜리 답이 아닐 거라는 확신. 그런 확신이 '복잡계'에 대한 열망을 부추기는 것이다.

물론 그런 확신이 틀렸을 수도 있다. 하지만 적어도 소설을 읽는 동안은 믿어야만, 아니 믿을 수밖에 없다. 자신들만의 처음이자 초라한 보금자리에서 너무도 추워 담요 밖으로 손조차 내밀 수 없으면서도 P와 C가 "세상이 이렇게 깨지기 쉽고, 잔혹하고, 거대하고, 고요할 리가 없어, 반드시 무슨 일이 일어날 거야"라고 믿는 것처럼. 어쩌면 두 사람의 믿음이 맞기를 바라는 마음에서 믿는다고 해야 더 맞지 않을까 싶다. 이제 새로이 연애를 시작하는 두 사람이기에, 세속적인 현실에서 섬과 같은 자기들만의 보금자리를 만들려고 하기에, 문학과 예술만으로 삶을 꾸며 가고자 하기에, 그리고 이미 두 사람의 거짓말 같은 삶이 결국엔 실패했음을 알고 있기에, 그런 미래로부터 두 사람을 막아 주고 싶은 마음으로 독자는 그들을 믿는다. 그들이 불쌍해서가 아니라 얼마나 절실한지 알기 때문이다. 텅 빈 연구실에서 홀로 "거대한 바다 폭풍을 대비하는 듯. 난 그저 마음의 양초를 쌓아 놓고 기다릴 수밖에 없었다"라고 말하는 P의 절실함을 공감하듯이 말이다.

작품은 그런 절실함으로 가득하다. 연인을 잃고 미래에 대한 희망도 잃은 듯이 보이는 P는 더 이상 소설을 쓰지 못하리라고 불안해한다. 작가로서의 마지막 희망은 "남쪽으로 향하는 기차를 상상해 보라"는 뜬금없지만 완벽하게만 보이는 구절이 어디서 왔는지 알아내는 데 달려 있다. 그 구절이 어디서 왔는지 안다면 어디로 갈지 알 수 있을 테고, 이를 따라 글을 써 나갈 수 있기를 바라는 것이다. 하지만 그 바람에는 새 작품에 대한 작가의 갈

망만 담겨 있지는 않다. 기억하기에 너무도 쓰라린 과거를 정리해 미래로 연결시키고자 하는 바람이고, 삶이 아직 끝나지 않았음을 스스로 확인하고자 하는 갈망이기에 절실하기만 하다. 심지어 괴팍하고 염세적으로 보이던 렌츠에게도 소설은 절실함을 부여한다.

P를 일종의 조수로 삼아 인공 지능을 개발하는 그는 비사교적인 모습과 인간의 지능을 폄하하는 태도로 지속적으로 P의 비난을 받는다. 하지만 렌츠를 세상에서 "가장 슬픈" 사람이라고 하는 다이애나의 말에서 암시되듯이, P가 보는 그의 겉모습 이면에는 무언가 숨겨진 아픔이 있다. 그 아픔은 소설 후반부에 정신병자를 위한 요양원에서 뇌 손상으로 기억과 인지 능력이 현저히 떨어진 그의 아내 오드리를 만남으로써 설명된다. 인간과 기계의 지능이 별반 다르지 않다는 전제를 렌츠의 염세주의의 표현이라고 생각하던 파워스는 그제야 인공 지능을 제대로 만든다면 인간의 지능도 다시 회복시킬 수 있을 거라는 그의 바람을 깨닫는 것이다. P가 보기에는 자의식을 갖춘 헬렌의 지능을 분해해서라도 그 작동 방식을 알아내려는 렌츠는 냉혹한 과학자가 아니라 절실한 인간이었던 것이다. 복잡하고 난해한 파워스의 작품이 끌리는 이유는 바로 이 절실함이 아닐까? 노력해도 답이 나올 것 같지 않은 '복잡계'에 이끌리는 이들에게서 "인류가 마지막 순간에 용서를 받을지" 고민하는 절실함이 느껴지듯이 말이다.

성장

　2016년 이세돌과 알파고의 대국으로 인공 지능에 대한 관심
이 매우 높아졌다. 불가능하다고 여기던 것들이 가능해지면서,
이제는 과연 어디까지 가능할까를 두고 논의하기 시작했다. 자
연스레 공상 과학 소설과 영화에 등장하던 상상 속의 인공 지능
들이 그 논의의 자료가 되기 시작했다. 아서 C. 클라크의 동명 소
설을 영화화한 스탠리 큐브릭의 〈2001: 스페이스 오디세이〉의
인공 지능인 할에서 시작해, 제임스 캐머런 감독의 〈터미네이
터〉 시리즈의 스카이넷, 아이작 아시모프의 단편소설을 조합해
서 만든 〈아이, 로봇〉에 등장하는 비키, 사이버 펑크 소설의 시초
인 윌리엄 깁슨의 『뉴로맨서』에 등장하는 윈터뮤트, 워쇼스키
자매가 감독한 〈매트릭스〉 시리즈의 아키텍트까지 SF 장르가
제공하는 인공 지능은 인간과 공존하기보다는 인간을 지배하려
는 공포의 존재인 적이 많다. 실제 현실에서도 인간의 삶이 급속
도로 네트워크화되면서 인공 지능에 의존하는 정도가 높아져,
그에 대한 우려도 매우 커지고 있다. 따라서 SF 장르에서 등장하
는 공포의 존재를 더 이상 상상이라고 무시하기 힘든 상황이 되
어 가는 듯하다. 이러한 상황에서 인공 지능은 자연스럽게 규제
와 경계의 대상으로 논의되지만, 그 근저에 특정한 방식의 상상
이 자리 잡고 있다는 가능성은 논의가 정말로 현실적인지 묻게
만든다.

　소설의 인공 지능은 상상 속 공포의 존재가 아니기에 좀 더 현

실적으로 보인다. 물론 임플리멘테이션 A부터 F 정도까지는 현실의 인공 지능과 그다지 차이가 없다. 체스를 두는 알파고하고 비교하기는 좀 힘들겠지만, 2010년에 IBM에서 개발한 왓슨과 비교해 보면 이 사실을 알 수 있다. 체스에서 인간을 이긴 딥 블루나 바둑에서 이세돌을 이긴 알파고와 달리 왓슨은 인간의 자연어를 이해하고, 그 언어로 답하는 능력을 시험한 인공 지능이다. 미국의 유명한 퀴즈쇼인 〈제퍼디!〉에서 그 능력을 선보인 왓슨은 쇼의 최고 상금 수상자인 켄 제닝스와 브래드 러터와의 대결에서 승리한다. 정보 저장과 처리 능력에서 인간 한 명과는 이미 비교되지 않을 능력을 가진 것이 인공 지능이기에 왓슨이 질문에 정답을 말한 것 자체는 그다지 놀라운 일이 아닐 수도 있다.

정작 놀라운 일은 질문을 이해했다는 점이다. 〈제퍼디!〉 쇼의 질문은 단순한 문장도 있지만, 말장난처럼 구성된 문장도 있기 때문이다. 예를 들어 "파리의 에펠탑에서 보이는 것들과 다른 동물에 살면서 그 동물을 먹는 동물"을 일컫는 유의어를 찾는 질문이 있다. 두 가지가 전혀 다른 범주에 속하기 때문에 단순히 저장된 정보만 검색해서 답을 찾기는 힘들다. 답은 'paris site/parasite'로, 비슷한 발음과 철자를 가진 단어를 찾는 것이다. 왓슨의 수준을 빗대 보면, 임플리멘테이션 F 정도는 현실적으로 가능한 인공 지능일 것이다.

작품에서 인공 지능이 비현실적으로 변하는 순간은 꿈을 꿀 수 있다고 P가 말하는 임플리멘테이션 G와 영문학 석사 자격시험을 볼 정도가 된 임플리멘테이션 H, 즉 헬렌이 아닐까 싶다. 그렇지만 헬렌이 비현실적이라고 해서 무한한 능력을 가진 두려운 존재처럼 느껴지지는 않는다. 이 정도 인공 지능이라면 별걱정 없이 공존할 수 있지 않을까 하는 생각도 든다. 물론 여느 SF 장르처럼 군사적 용도나 통제 수단으로 헬렌이 쓰이지 않기 때문에 그런 생각이 드는 것이지만, 또 다른 이유는 소설에서 인공 지능이 성장하는 모습을 보여 주었기 때문이다. 만들어지는 순간 엄청난 지능과 능력을 가지기에 비현실적으로만 보이는 인공 지능과 달리 소설의 인공 지능은 유아 시기부터 조금씩 학습을 받으면서 스물두 살의 A와 겨룰 헬렌까지의 성장 과정을 거친다. 비록 빠른 시간에 변화하고 몸으로 하는 경험이 없지만, 작품의 인공 지능은 사람의 지능처럼 발달하는 것이다. 따지고 보면 지능은 그런 발달 과정을 통해 생기는 것이 현실이다. 전혀 이해력이 없는 상태에서 실수를 반복하면서 조금씩 성장하는 것이 지능이다.

지능은 자아라는 구심점이 필요하고, 따라서 지능의 발달은 자아의 발달과 같이 진행하게 된다. 우리가 흔하게 접하는 인공 지능에는 이런 성장과 자아의 개념이 부재하다. 그렇기에 낯설고 비현실적으로 보이고, 그렇기에 두렵게 느껴질 수밖에 없다. 인공 지능을 학습시키고 성장하도록 도와주는 일은 인공 지능이 두려운 존재가 아니라 같이 살아가는 존재가 될 가능성을 높여 줄 것이다. 파워스의 작품은 인공 지능과의 삶을 현실로 만들어 줄 방법으로 성장을 제시한다.

그러나 작품에서 성장은 인공 지능만 겪는 일이 아니다. 인공 지능의 학습자인 P도 같이 성장하기 때문이다. 소설 초반 내기에 참여할 때 그는 인공 지능에 대해 아주 기초적인 지식만 가지고 있었다. 대학원을 마치고 잠시 컴퓨터 관련 일을 하면서 관심을 갖기는 했지만, 그 당시와 그가 서른다섯 살이 된 현재의 인공지능은 비교가 불가능할 정도로 다르다. 하지만 렌즈를 도와 인공 지능을 학습시키면서, 그리고 자신도 이 분야에 관해 학습하면서 소설 후반부에는 어느 정도 전문적인 지식과 이해를 가진 이로 변한다. 그러나 그의 성장은 단순히 지식의 증가만을 의미하지는 않는다. 기계에 문학을 가르치겠다는 말에 반신반의하던 그는 학습을 시작하면서 계속해서 지능이 무엇인지, 관계가 무엇인지, 그리고 인간이 무엇인지 고민하게 된다.

지능이란 입력 신호를 정리하고 처리해서 출력 신호로 내놓는 장치라는 기본 전제에서 인공 지능을 개발하는 렌즈에 반해 P는 처음에는 인간의 지능에는 정보 처리 장치 이상의 무언가가 있을 거라고 생각한다. 그러고는 만일 정보 처리 장치일 뿐이라도 처리해야 하는 정보의 양이 무한대에 가깝다는 생각에 인간의 지능과 견줄 만한 인공 지능을 만드는 일이 불가능할 거라고 말한다. 나중에는 지능은 머리로만 생기는 것이 아니라 몸의 체험을 동반해야 한다는 다이애나의 말에 동감하며, 몸이 없는 인공 지능이 인간의 지능을 갖출 수 없다고 주장한다.

하지만 이렇게 계속해서 저항하면서도 P는 조금씩 인공 지능에 빠지게 되고, 결국 헬렌에 와서는 더 이상 인공 지능의 불가능성을 생각하지 않는다. 오히려 센터에 폭탄 테러 경고가 와서 대피하는 상황이 되자 몸이 없는 인공 지능인 헬렌이 죽을까 봐 걱정하기까지 한다. P의 변화는 헬렌에 와서 인공 지능이 급속도로 발전했기 때문만은 아니다. 학습시키면서 같이 시간을 보내 인공 지능과 친밀한 관계를 형성했기 때문이다. 잘 알고 있다고 믿었던 C와의 관계가 끝난 반면에, 괴팍한 성격으로 같이 지낼 수 있을까 걱정했던 렌츠와 관계를 맺게 되고, 기계일 뿐이라고 여겼던 인공 지능과도 친구처럼 지내게 된 것이다. 상대가 누구인지 그리고 얼마나 알고 있는지는 중요하지 않다. 중요한 건 자신이 상대를 받아들일 준비가 되었는가 하는 점이다.

　인공 지능이란 존재를 그렇게 친구로 받아들이는 순간, P는 인간에 대해서도 다시 생각할 수밖에 없다. 갖은 방식으로 우월성을 내세우고, 그런 우월성을 바탕으로 인간이 아닌 존재들과의 동등한 관계를 거부해 온 인간을 돌아보게 된 것이다. 인간의 시각이 아닌 헬렌의 시각으로 그렇게 인간을 되돌아본 파워스에게 인간은 잔인하고, 편협하고, 우둔한 존재로 보이기까지 한다. 이제는 인공 지능이 과연 인간과 관계를 맺고 싶어 할지 의문이 드는 것이다. 이처럼 인공 지능을 어떻게 대해야 할지 모르는 인간에서 같이 대화하고 아끼는 상대로 발전하며 자신을 되돌아보는 P의 모습에서 또 다른 성장의 모티프를 발견한다. 소설은 인공 지능과의 삶이 정말로 현실이 되려면 인공 지능만 성장해선 안 되고, 그에 맞춰 인간도 성장해야만 한다고 말한다.

과학, 음악 그리고 문학

소설 초반에 렌츠는 P의 작품들에서 네덜란드가 계속해서 등장한다고 놀린다. 지난 10년간 네덜란드에서 살았을 뿐만 아니라, 실제로 그의 작품에 네덜란드에 대한 언급이 있다. 막 마무리하던 로스앤젤레스를 배경으로 한 작품에서도 네덜란드의 유대소녀인 『안네 프랑크의 일기』에 나온 "디어 키티(Dear Kitty)"라는 구절을 마지막에 인용함으로써 연결을 멈추지 않았다. 하지만 현실의 파워스 소설들에서 더 두드러지게 연속해서 등장하는 것, 그의 작품 세계의 기반이 되는 것은 바로 과학과 음악과 문학이다. 작가인 파워스는 어릴 적에 태국에서 사는 동안 음악과 문학에 심취하게 되었다고 말한다. 마찬가지로 어릴 적부터 다윈의 『비글호 항해기』를 포함한 과학 서적을 읽으며 과학자의 꿈을 가졌고, 그 결과 대학에서 물리학을 전공하기로 결심했다고 회고한다. '두 문화'라는 말로 인문학과 과학이 완전히 다른 분야임을 재확인했던 20세기 중반의 조류는 후반에 들어서면서 반대 방향으로 흐르며 이른바 '통섭'이라는 말로 교체되었다. 토머스 쿤이 '패러다임'이라는 개념으로 과학 혁명이 발견이나 발전이 아니라 커뮤니티를 통해 이루어진다고 설명한 이후 과학과 사회학의 접목, 이른바 과학사회학이 발달했다. 페미니즘 학자들도 과학의 객관성 이면에는 사회적 차별과 편견의 역사가 도사리고 있었음을 비판하며 사회학, 철학, 정치학적인 분석 틀로 과학을 연구하기 시작했다.

이런 학제 간 연구가 활발해지면서 문학과 과학의 접목도 점차 이루어졌다. 문학적 상상력과 해석이 과학 연구에 직간접적으로 영향을 준다는 사실이 강조되었고, 반대로 과학적 발전이 문학 작품에 어떤 변화를 가져왔는지도 연구되기 시작했다. 특히 컴퓨터와 디지털 환경이 본격적으로 생활 전반에 영향을 미치면서 문학과 과학의 접점은 점점 늘어 가고 있다. 따라서 파워스의 작품에서 과학과 문학이 겹쳐 등장하는 점은 놀랍지 않다. 하지만 그런 중첩이 주제나 인물 혹은 에피소드로 그치는 것이 아니라 글쓰기 자체, 즉 서사 방식에도 영향을 준다는 점은 놀랍다. 여기에 음악이 겹치면서 작품의 서사는 난해한 변주를 통해 이야기를 전달하게 된다.

그러한 변주를 가장 잘 확인할 수 있는 소설은 파워스의 가장 수작이라고 알려진 『골드 버그 변주』다. 물론 이후의 작품으로 그에게 전미 문학상을 안겨 준 『에코 메이커』나 퓰리처상을 받게 한 최근작 『오버스토리』가 있긴 하지만, 많은 비평가는 『골드 버그 변주』를 그의 대표작으로 꼽는다. 『갈라테아 2.2』에서도 P는 이 작품 덕분에 센터에 방문학자 자리를 얻을 수 있었다고 말한다. 작품은 DNA를 발견한 두 과학자의 이야기와 이 중 한 명과 수십 년 뒤 같이 일하면서 그에 대해 더 알아보고자 하는 또 다른 과학자, 그리고 이 과학자를 도와주다 사랑에 빠진 도서관 사서의 이야기가 중첩된다. 이들의 이야기는 비슷해 보이면서도 조금씩 다른 내용을 담으면서, 작품 제목이 지칭하는 바흐의 〈골드버그 변주곡〉처럼, 그리고 ACGT라는 부호의 변주로 수없이 다양한 생명체를 만들어 내는 유전자처럼 진행하는 것이다. 과학과 과학자에 대한 내용과 음악에 대한 내용을 문학적으로 담아내는 데서 그치는 것이 아니라 서사 방식까지 변화시키는 작업을 하는 파워스의 소설은 과학과 음악과 문학의 접목을 한 차원 높이고 있다. 그의 이런 시도는 『골드 버그 변주』에만 국한된 것이 아니다.

『갈라테아 2.2』 이후 작품인 『우리 노래의 시간』에서는 유대인 물리학자와 흑인 여성의 사랑 이야기와 그들의 자식인 두 형제가 한 명은 유명한 성악가로 다른 한 명은 재즈 연주자에서 나중에는 여동생을 도와 흑인 학교의 음악 교사로 각각 성장하며 겪는 이야기, 그리고 성악가인 형의 죽음 이후 여동생 가족과 함께 새로운 삶을 시작하는 동생의 이야기 등이 시간대를 바꿔 가며 등장한다. 이들의 이야기 배경에는 제2차 세계 대전과 유대인 학살, 1950년대부터 시작된 흑인 인권 운동의 역사와 1992년 LA 폭동이 등장한다. 시간을 연구하는 아버지의 물리학 이론이 서사의 복잡한 시간대로 이어지고, 역사와 국가나 인종 등의 다양한 경계는 가족들의 음악에 대한 애정으로 한데 이어지면서 소설은 또다시 과학과 음악과 문학을 한데 엮어 낸다.

『골드 버그 변주』와 『우리 노래의 시간』만큼은 아닐지라도 과학과 음악과 문학은 파워스의 다른 작품에서도 찾을 수 있다. 『죄수의 딜레마』는 제목 그대로 게임 이론의 죄수의 딜레마를 다루고, 『오르페오』는 아방가르드 작곡가이자 집에서 유전학 실험을 하는 인물을 등장시킨다. 이러한 파워스의 작품 세계를 감안할 때, 『갈라테아 2.2』에서도 과학과 음악과 문학이 어떻게 연결되고 있는지, 그리고 서사가 그 연결고리를 어떻게 담아내고 있는지 보는 것은 중요하다.

우선 음악은 두드러지지 않지만, 그 중요성은 적지 않다. 왜냐면 음악으로 렌츠와 파워스가 만나기 때문이다. 늦은 밤 연구실에서 빈둥대던 파워스는 센터를 돌아다니다가 우연히 들린 모차르트의 클라리넷 콘체르토에 이끌려 렌츠의 연구실을 찾는다. 음악은 파워스에게 C를 떠올리게 한다. 예전에 그녀가 "세상에서 가장 고통스러운 진통제라고 생각했던 바로 그 곡"이었기 때문이다. 렌츠는 아직 초기 단계인 인공 지능에 음악을 들려주고 있었고, 나중에 헬렌은 같은 음악을 처음 듣지만 이미 아는 곡이라고 말한다. 자신의 전생을 떠올리듯이 말이다.

음악이 이처럼 과거와 현재와 미래를 이어 주는 기능을 한다면, 과학과 문학은 끊임없이 교차하면서 이중의 서사를 만들어낸다. 글쓰기가 재현이라는 방식으로 이중의 구조를 만든다면, 과학은 인간의 지능과 유사한 인공 지능을 만들겠다는 목표로 이중의 구조를 만든다. 이처럼 이중적 구조가 겹치면서, 그 무엇도 명료하게 하나로 정리되지 못하는 듯하다. "그런 것 같았지만, 그렇지 않았다"라는 소설의 첫 구절이 다시 생각날 수밖에 없다.

헤일즈는 이런 이중적 구조가 파워스의 글쓰기로 드러나고 있음에 주목한다. 어지럽고 밀도가 높은 문장들은 독자들을 힘겹게 만들고, 때로는 의미를 찾지 못해 헤매게 만들지만 그 의도를 파악하면 매우 적절한 글쓰기임을 깨닫게 된다는 뜻이다. 문장마다 "중간에 발생하는 의미를 인지하려면 결국 마침표까지 이르러야 하고, 그 순간 문장을 다시 읽고 역전파하는 수밖에 없다. 그 순간 독자는 『갈라테아 2.2』의 핵심인 더블링을 또다시 수행하고 만다"라고 헤일즈는 설명한다. 제목에서부터 전해지는 '더블링'과 현실의 작가 자신을 주인공으로 삼은 '더블링'은 작품 내에서 인간과 비슷한 지능을 가진 존재를 만들려는 시도로서의 '더블링', 헤어진 연인과 비슷한 이를 찾고자 하는 '더블링', 자신의 경험을 작품으로 쓰는 작가의 '더블링' 등으로 이어지면서 소설 안팎에 이중적 구조를 반복해서 생산한다. 또한 더블링은 "우리로 하여금 원어민이 갖는 편안함과 헬렌과 같은 신경 네트가 경험할 만한 의미 찾기의 어려움을 동시에 느끼게 하는 효과"를 내고 있다고 헤일즈는 덧붙인다. 문학과 과학이 작동하는 이중적 구조를 서사 방식으로 담아냄으로써, 파워스는 독자가 이를 직접 경험하도록 하는 것이다.

판본 소개

  본 번역서는 1996년 HarperPerennial에서 발행한 판본을 사용했다.

리처드 파워스 연보

1957 6월 18일 미국 일리노이주 에반스톤에서 고등학교 교장 선생님인 아버지와 어머니 사이 5남매 중 네 번째 아들로 출생.

1960년대 중반 시카고 북부의 유대인 밀집 지구인 링컨우드로 이사.

1960년대 후반 방콕의 국제학교에서 일하게 된 아버지를 따라 가족이 태국으로 이주. 이곳에서 음악과 독서에 심취.

1972 가족과 함께 미국으로 귀국.

1975 일리노이대학 물리학과에 입학. 이듬해 영문과로 전과.

1978 일리노이대학에서 영문학 학사 학위 취득

1979 일리노이대학에서 영문학 석사 학위 취득.

1980 보스턴에서 컴퓨터 프로그래머와 프리랜스 데이터 프로세서로 근무. 같은 해 보스턴 미술관에서 전시 중이던 독일 사진가 아우구스트 잔더의 〈젊은 농부들(Young Farmers)〉를 보고 영감을 받아 작가가 되기로 결심.

1985 첫 소설 『춤 추러 가는 세 명의 농부(*Three Farmers on Their Way to a Dance*)』 출판.

1988 『죄수의 딜레마(*Prisoner's Dilemma*)』 출판.

1989 맥아더 펠로로 선정됨.

1991 『골드 버그 변주(*The Gold Bug Variations*)』 출판.

1993 『오퍼레이션 원더링 솔(*Operation Wandering Soul*)』 출판.

1995 『갈라테아 2.2(*Galatea 2.2*)』 출판.

1996 일리노이대학에서 영문과 스완런드 교수(Swanlund Professor of English)로 임명.

1998 『게인(*Gain*)』 출판.

2000 『어둠을 경작하다(*Plowing the Dark*)』 출판.

2003 『우리 노래의 시간(*The Time of Our Singing*)』 출판.

2006 『에코 메이커(*The Echo Maker*)』 출판. 전미 문학상 수상.

2009 『관대함: 향상(*Generosity: An Enhancement*)』 출판.

2010 스탠퍼드대학의 스타인 방문 작가로 초빙.

2013 스탠퍼드대학의 필 앤 페니 나이트 교수로 임명.

2014 『오르페오(*Orfeo*)』 출판.

2018 『오버스토리(*The Overstory*)』 출판.

2019 『오버스토리』로 퓰리처상 픽션 부문 수상.

새롭게 을유세계문학전집을 펴내며

을유문화사는 이미 지난 1959년부터 국내 최초로 세계문학전집을 출간한 바 있습니다. 이번에 을유세계문학전집을 완전히 새롭게 마련하게 된 것은 우리가 직면한 문화적 상황에 적극적으로 대응하기 위해서입니다. 새로운 을유세계문학전집은 세계문학의 역할이 그 어느 때보다 중요해졌다는 인식에서 출발했습니다. 오늘날 세계에서 타자에 대한 이해는 우리의 안전과 행복에 직결되고 있습니다. 세계문학은 지구상의 다양한 문화들이 평등하게 소통하고, 이질적인 구성원들이 평화롭게 공존할 수 있는 문화적인 힘을 길러 줍니다.

을유세계문학전집은 세계문학을 통해 우리가 이런 힘을 길러 나가야 한다는 믿음으로 만들어졌습니다. 지난 5년간 이를 준비하기 위해 많은 노력을 기울였습니다. 세계 각국의 다양한 삶의 방식과 문화적 성취가 살아 있는 작품들, 새로운 번역이 필요한 고전들과 새롭게 소개해야 할 우리 시대의 작품들을 선정했습니다. 우리나라 최고의 역자들이 이들 작품 속 한 문장 한 문장의 숨결을 생생히 전하기 위해 심혈을 기울였습니다. 또한 역자들은 단순히 번역만 한 것이 아니라 다른 작품의 번역을 꼼꼼히 검토해 주었습니다. 을유세계문학전집은 번역된 작품 하나하나가 정본(定本)으로 인정받고 대우받을 수 있도록 최선을 다했습니다. 세계문학이 여러 경계를 넘어 우리 사회 안에서 주어진 소임을 하게 되기를 바라며 을유세계문학전집을 내놓습니다.

을유세계문학전집 편집위원단(가나다 순)
김월회(서울대 중문과 교수)
김헌(서울대 인문학연구원 교수)
박종소(서울대 노문과 교수)
손영주(서울대 영문과 교수)
신정환(한국외대 스페인어통번역학과 교수)
정지용(성균관대 프랑스어문학과 교수)
최윤영(서울대 독문과 교수)

을유세계문학전집

을유세계문학전집은 계속 출간됩니다.

을유세계문학전집 연표